Susan Elizabeth
PHILLIPS
Wer will schon einen Traummann

Roman

Deutsch von Gertrud Wittich

BLANVALET

Die Originalausgabe erschien unter dem Titel
»First Lady« bei Avon Books, Inc., New York.

Umwelthinweis:
Alle bedruckten Materialien dieses Taschenbuches
sind chlorfrei und umweltschonend.

Blanvalet Taschenbücher erscheinen
im Goldmann Verlag, einem Unternehmen
der Verlagsgruppe Random House GmbH.

Sonderausgabe März 2002
Copyright © der Originalausgabe 2000
by Susan elizabeth Phillips
Copyright © der deutschsprachigen Ausgabe 2001
by Wilhelm Goldmann Verlag, München,
in der Verlagsgruppe Random House GmbH
Umschlaggestaltung: Design Team München
Umschlagfoto: Ifa-Bilderteam/Sinclair
Druck: Elsnerdruck, Berlin
Verlagsnummer: 35649
MD · Herstellung: wag
Made in Germany
ISBN 3-442-35649-0
www.blanvalet-verlag.de

3 5 7 9 10 8 6 4 2

Man muss das anpacken, was man für unmöglich hält.
Eleanor Roosevelt

1

Cornelia Litchfield Case kitzelte es an der Nase. Im Übrigen eine sehr elegante Nase. Perfekte Form, diskret, damenhaft. Ihre Stirn war aristokratisch, ihre Wangenknochen anmutig geschwungen, aber nicht zu hervortretend, denn das hätte man für ordinär gehalten. Was Cornelia absolut fern lag. Tatsächlich stammten ihre Vorfahren in direkter Linie von den Pilgervätern der Mayflower ab, was bedeutete, dass ihr Stammbaum den von Jacqueline Kennedy, einer ihrer berühmtesten Amtsvorgängerinnen, an Vornehmheit noch übertraf.

Ihr langes blondes Haar, das sie schon vor Jahren hätte abschneiden lassen, wäre ihr Vater nicht dagegen gewesen, war zu einem tiefen Nackenknoten geschlungen. Später hatte dann ihr Mann sie auf seine unnachahmlich sanfte Weise – er ging immer nur sanft mit ihr um – gebeten, sie möge es doch beim Alten belassen. Und hier war sie also, eine amerikanische Aristokratin mit einer Haartracht, die sie hasste, und einer Nase, die sie nicht kratzen durfte, weil Millionen von Menschen auf der ganzen Welt sie auf dem Fernsehschirm beobachteten.

Seinen toten Gatten begraben zu müssen konnte einem wahrhaftig den ganzen Tag verderben.

Sie erschauderte, versuchte jedoch tapfer, die aufsteigende Hysterie hinunterzuschlucken – doch ihre Beherrschung hing nur mehr an einem seidenen Faden. Lady Case zwang sich, ihre Aufmerksamkeit auf den wunderschönen Oktobertag zu richten und darauf, wie herrlich die Sonne auf den gleichförmigen Grabsteinen des Arlington National Cemetery funkelte; aber der Himmel hing zu tief, die Sonne war viel zu nahe. Selbst die Erde schien näher zu kommen und sie erdrücken zu wollen.

Die beiden rechts und links von ihr stehenden Männer rückten dichter an sie heran. Der neue Präsident der Vereinigten Staaten ergriff sie beim Arm. Ihr Vater nahm ihren Ellbogen. Direkt hinter ihr stand Terry Ackerman, der engste Freund und Berater ihres Mannes, und sein Kummer schien sie wie eine große, finstere Welle zu überrollen. Diese Herrengruppe erdrückte sie, nahm ihr die Luft zum Atmen.

Cornelia hielt den Schrei, der sich aus ihrer Kehle lösen wollte, zurück, indem sie die Zehen in ihren schwarzen Lederpumps krümmte, sich in die Innenseite ihrer Unterlippe biss und an den Song »Goodbye Yellow Brick Road« dachte. Dieser Elton-John-Song erinnerte sie daran, dass er noch ein anderes Lied geschrieben hatte, eins für eine tote Prinzessin. Ob er nun auch ein Lied für den ermordeten Präsidenten schreiben würde?

Nein! Nicht daran denken! An ihre Haare konnte sie denken, an ihre juckende Nase. Daran, dass sie kaum mehr einen Bissen herunterbrachte, seit ihr ihre Sekretärin die Nachricht überbracht hatte, dass Dennis drei Blocks vom Weißen Haus entfernt von einem fanatischen Waffenbesitzer, der glaubte, sein Recht auf das Tragen von Waffen beinhalte auch das Recht, den Präsidenten als Zielscheibe zu benützen, niedergestreckt worden war. Den Mörder hatte noch am Tatort ein Polizeibeamter erschossen; aber das änderte nichts an der Tatsache, dass der Mann, den sie einmal geliebt hatte, nun in einem schimmernden schwarzen Sarg vor ihr lag.

Da sie die kleine Emaillebrosche in Form der amerikanischen Flagge, die sie sich auf das Revers ihres schwarzen Kostüms geheftet hatte, berühren wollte, entzog sie ihrem Vater den Arm. Es war der Anhänger, den Dennis so oft getragen hatte. Sie würde ihn Terry schenken. Am liebsten würde sie sich jetzt gleich zu ihm umdrehen und sie ihm geben, um seinen Kummer vielleicht ein wenig zu lindern.

Sie brauchte Hoffnung – etwas Positives, an das sie sich klammern konnte –, aber das war nicht leicht zu finden, nicht einmal für eine so überzeugte Optimistin wie sie. Doch dann kam ihr der rettende Gedanke ...

Wenigstens war sie nicht mehr die First Lady der Vereinigten Staaten von Amerika.

Vierundzwanzig Stunden später wurde ihr jedoch selbst dieser Trost von Lester Vandervort, dem neuen US-Präsidenten, wieder genommen. Er stand im *Oval Office* und blickte sie über Dennis Case's alten Schreibtisch hinweg an. Die Schachtel mit den Mini-Milky-Ways, die ihr Mann immer in Teddy Roosevelts Frischhaltebox aufbewahrt hatte, war ebenso verschwunden wie seine Fotosammlung. Vandervort hatte noch nichts Persönliches hereingebracht, nicht einmal ein Foto von seiner verstorbenen Frau; doch sie wusste, dass sein Mitarbeiterstab dieses Versehen rasch korrigieren würde.

Vandervort war ein dünner, asketisch wirkender Mann mit einem äußerst scharfen Verstand, aber wenig Humor. Und die Arbeit stellte seinen Lebensinhalt dar. Der vierundsechzigjährige Witwer galt nun seit vorgestern als die begehrteste Partie der Welt. Zum ersten Mal seit Edith Wilsons Tod, achtzehn Monate nach Woodrow Wilsons Amtsantritt, gab es in den Vereinigten Staaten keine First Lady.

Die Oval-Office-Räume waren vollklimatisiert, die drei Stockwerke hohen Fenster hinter dem Schreibtisch kugelsicher, und sie hatte das Gefühl, gleich ersticken zu müssen. Sie stand beim Kamin und starrte blind auf Rembrandt Peales Porträt von Washington. Die Stimme des neuen Präsidenten drang wie aus weiter Ferne zu ihr: »... möchte nicht unsensibel sein und weiß, was Sie im Moment durchmachen, aber leider bleibt mir keine Wahl. Ich habe nicht vor, noch einmal zu heiraten, und unter meinen weiblichen Angehörigen ist keine, die auch nur andeutungsweise in der Lage wäre, das Amt einer First Lady auszufüllen. Es käme mir sehr gelegen, wenn Sie weitermachten!«

Ihre Nägel gruben sich in ihre Handflächen, als sie sich zu ihm umwandte. »Unmöglich. Ich kann nicht.« Am liebsten hätte sie ihn angebrüllt, dass sie noch nicht einmal Zeit gehabt hatte, sich seit der Beerdigung umzuziehen; doch Gefühlsausbrüche dieser Art hatte sie sich schon lange vor ihrer Zeit im Weißen Haus abgewöhnt.

Ihr distinguierter Vater erhob sich von einem der beiden damastbespannten Sofas und nahm seine Prinz-Philip-Haltung ein – Hände hinter dem Rücken gefaltet, mit den Füßen nach hinten wippend. »Selbstverständlich war das ein sehr schwerer Tag für dich, Cornelia. Morgen werden dir die Dinge viel klarer erscheinen.«

Cornelia! Jeder, der ihr etwas bedeutete, nannte sie Nealy, bloß ihr Vater nicht. »Ich werde meine Meinung nicht ändern.«

»Aber natürlich wirst du«, widersprach er. »Diese Regierung braucht eine kompetente First Lady. Der Präsident und ich haben das Problem rundum erörtert, und wir beide halten dies für die ideale Lösung.«

Normalerweise war sie eine durchaus selbstbewusste Frau – nur nicht, wenn es um ihren Vater ging, und sie bereitete sich auf einen Kampf vor. »Ideal für wen? Nicht für mich!«

James Litchfield musterte sie auf diese herablassende Art, mit der er die Leute einschüchterte, seit sie denken konnte. Ironischerweise verfügte er jetzt als Parteivorsitzender über mehr Macht als in den acht Jahren seiner Vizepräsidentschaft der Vereinigten Staaten. Als Erster hatte ihr Vater das Potenzial von Dennis Case, dem gut aussehenden, ledigen Gouverneur von Virginia, erkannt. Sein Ruf als Königsmacher fand dann vor vier Jahren seinen Höhepunkt, als er seine Tochter zum Altar führte – als Braut eben jenes Mannes.

»Besser als jeder andere weiß ich, wie traumatisch das Ganze für dich sein muss«, fuhr er fort, »aber du bist nun mal das herausragendste und wichtigste Bindeglied zwischen der Case- und der Vandervort-Administration. Das Land braucht dich.«

»Du meinst wohl eher die Partei, nicht wahr?« Alle wussten, dass es Lester mit seinem fehlenden Charisma schwer haben würde, die nächsten Wahlen im Alleingang zu gewinnen. Er mochte ja ein fähiger Politiker sein, doch besaß er nicht einmal ein Quäntchen von Dennis Case's Starqualitäten.

»Wir denken dabei nicht nur an die Wiederwahl«, log ihr Vater aalglatt, »sondern auch an das amerikanische Volk. Du bist ein wichtiges Symbol für Stabilität und Kontinuität.«

Vandervort meldete sich forsch zu Wort. »Sie behalten natürlich Ihr altes Büro und Ihren bisherigen Mitarbeiterstab. Ich sorge dafür, dass Sie alles bekommen, was Sie brauchen. Nehmen Sie sich einen Monat Zeit, um sich im Landhaus Ihres Vaters in Nantucket ein wenig zu erholen, und dann kehren Sie allmählich wieder zu Ihren Aufgaben als First Lady zurück. Wir können ja mit dem Empfang für das diplomatische Corps anfangen. Und Mitte Januar sollten Sie sich für den G-8-Gipfel freihalten – auch der Südamerikabesuch ist äußerst wichtig. Aber das wird kein allzu großes Problem für Sie sein, da diese Termine ja ohnehin in Ihrem Kalender stehen.«

An dieser Stelle schien ihm endlich einzufallen, dass sie nur deshalb in ihrem Kalender standen, weil sie sie an der Seite ihres goldblonden, strahlenden Gatten hatte absolvieren wollen. Mit leiserer Stimme fügte er verspätet hinzu: »Natürlich fällt Ihnen momentan das alles sehr schwer, Cornelia, aber der Präsident hätte gewollt, dass Sie weitermachen – außerdem wird Ihnen die Arbeit helfen, besser mit Ihrem Kummer fertig zu werden.«

Bastard! Sie hätte ihm dieses Wort von Herzen gern ins Gesicht geschrien; doch war sie als Tochter ihres Vaters von Geburt an dazu erzogen worden, ihre Emotionen nicht zu zeigen – also tat sie es auch nicht. Stattdessen musterte sie ihre beiden Gegenüber mit festem Blick. »Es ist unmöglich. Ich will mein Leben wieder zurückhaben. Das steht mir zu!«

Ihr Vater kam über den ovalen Teppich mit dem Präsidentensiegel auf sie zugeschritten und nahm ihr noch mehr von der kostbaren Luft, die sie zum Atmen brauchte. Sie fühlte sich wie eingekerkert und musste daran denken, dass Bill Clinton das Weiße Haus einmal das Kronjuwel im föderalen Strafvollzugssystem der Vereinigten Staaten genannt hatte.

»Du hast weder Kinder noch einen Beruf«, erinnerte ihr Vater sie. »Du bist kein selbstsüchtiger Mensch, Cornelia, und hast gelernt, deine Pflicht zu tun. Wenn du dich ein wenig auf der Insel erholt hast, geht es dir sicher wieder besser. Das amerikanische Volk zählt auf dich.«

Wie war das nur passiert?, fragte sie sich. Wie war sie zu einer so populären First Lady geworden? Ihr Vater schrieb es dem Umstand zu, dass die Leute sie hatten aufwachsen sehen; aber ihrer Meinung nach war es eher darauf zurückzuführen, dass sie von klein auf gelernt hatte, sich ohne größere Fehltritte in der Öffentlichkeit zu bewegen.

»Mir fehlt der Zugang zu den Menschen und das Geschick dafür«, schaltete sich nun Vandervort ein mit der brutalen Offenheit, die sie so oft an ihm bewunderte, obwohl sie ihn immer wieder Stimmen kostete. »Sie können das ausgleichen.«

Vage fragte sie sich, was Jacqueline Kennedy wohl gesagt hätte, wenn LBJ mit einem derartigen Vorschlag an sie herangetreten wäre. Aber Lyndon B. Johnson hatte keine Ersatz-First-Lady gebraucht. Er war mit einer der besten verheiratet gewesen.

Nealy hatte ebenfalls geglaubt, einen der Besten an ihrer Seite zu haben, doch es war anders gekommen. »Nein, das kann ich nicht. Ich möchte wieder ein Privatleben haben.«

»Dein Recht auf ein Privatleben ist durch deine Heirat mit Dennis hinfällig geworden.«

Da irrte sich ihr Vater. Sie hatte es schon an dem Tag verloren, als sie als James Litchfields Tochter auf die Welt kam.

Über die siebenjährige Nealy – lange bevor ihr Vater Vizepräsident wurde – hatten die nationalen Zeitungen eine Geschichte gebracht: wie sie ihr Osternest, das auf dem Rasen des Weißen Hauses versteckt gewesen war, einem behinderten Kind schenkte. Nicht jedoch stand in der Zeitung, dass ihr Vater, damals noch Senator, ihr flüsternd befohlen hatte, das Nest herauszurücken, und dass sie hinterher bitterlich geweint hatte über diese angeordnete Nächstenliebe.

Mit zwölf und einer schimmernden Zahnspange im Mund war sie fotografiert worden, wie sie gerade Suppe in einer Washingtoner Obdachlosenküche austeilte. Und die Dreizehnjährige zierte grüne Farbe auf der Nase, weil sie bei der Renovierung eines Altersheims mithalf. Doch ihre Popularität wurde für immer besiegelt, als man sie in Äthiopien fotografierte, wie sie ein verhungerndes Baby in ihren Armen hielt, während ihr Tränen der Wut und Verzweiflung über die Wangen liefen. Dieses Bild, das auf dem Cover der *Times* erschien, brachte ihr für alle Zeiten den Ruf als die Verkörperung des menschenfreundlichen Amerikas ein.

Die blassblauen Wände drohten auf sie zu fallen. »Ich habe meinen Mann vor weniger als acht Stunden zu Grabe getragen und will jetzt nicht darüber reden.«

»Selbstverständlich, meine Liebe. Wir können den Rest auch morgen besprechen.«

Am Ende vermochte sie sich sechs Wochen Schonzeit zu erkämpfen, bevor sie wieder ihre Arbeit aufnahm: die Aufgabe, zu der sie von Geburt an erzogen worden war und die Amerika von ihr erwartete. First Lady zu sein.

2

Im Laufe der nächsten sechseinhalb Monate wurde Nealy so dünn, dass die Zeitungen zu vermuten begannen, sie wäre möglicherweise magersüchtig. Mahlzeiten waren die reinste Tortur für sie. Nachts konnte sie nicht schlafen, und ihre akute Atemnot verschwand nie. Trotzdem diente sie dem Land gut als Lester Vandervorts First Lady ... bis ein kleines Ereignis das fragile Kartenhaus zusammenbrechen ließ.

An einem Nachmittag im Juni stand sie in der Reha einer Kinderstation in Phoenix, Arizona, und sah einem kleinen lockigen, rothaarigen Mädchen, dessen dicke Beinchen in zwei Schienen steckten, bei ihrem Gehversuch auf Krücken zu.

»Guck her!«, rief der pummelige Rotschopf strahlend, stützte sich auf ihre Krücken und schickte sich an, den unglaublich mühsamen Schritt zu tun. Was für ein Mut!

Nealy hatte noch nicht oft Scham verspürt, doch nun wurde sie geradezu davon überwältigt. Dieses Kind hier kämpfte so tapfer darum, sein Leben zurückzubekommen, während Nealy ihr eigenes an sich vorbeigehen ließ.

Sie war weder feige noch unfähig, für sich selbst einzutreten; dennoch hatte sie das alles mitgemacht, weil ihr kein vernünftiger Grund eingefallen war, der ihrem Vater oder dem Präsidenten klar gemacht hätte, warum sie die ihr von Kind an zugedachte Rolle nicht mehr spielen wollte.

Genau in diesem Augenblick traf sie eine Entscheidung. Sie wusste nicht, wie oder wann, aber sie würde sich befreien. Selbst wenn diese Freiheit bloß einen Tag – eine Stunde! – dauern sollte; zumindest würde sie es auf einen Versuch ankommen lassen.

Nealy wusste ganz genau, was sie wollte. Sie wollte einmal wie ein normaler Mensch leben: einkaufen gehen, ohne angestarrt zu werden, mit einem Eis in der Hand durch eine

Kleinstadt bummeln und lächeln, einfach, weil ihr danach zumute war, nicht weil sie musste. Einmal wollte sie sagen können, was sie dachte, einmal einen Fehler machen. Sie wollte sehen, wie die Welt wirklich war, nicht herausgeputzt für einen offiziellen Besuch. Vielleicht würde sie dann ja herausfinden, was sie mit dem Rest ihres Lebens anfangen sollte.

Nealy Case, was willst du einmal werden, wenn du groß bist? Als sie noch ganz klein war, hatte sie immer geantwortet: Präsident, aber jetzt hatte sie keine Ahnung mehr.

Aber wie konnte die berühmteste Frau Amerikas auf einmal ein ganz normaler Mensch werden?

Ein Hindernis nach dem anderen durchkreuzte ihren Sinn. Es kam nicht in Frage. Die First Lady konnte nicht einfach verschwinden. Oder doch?

Personenschutz setzte Kooperation voraus, und im Gegensatz zu dem, was die meisten Leute dachten, war es durchaus möglich, dem Secret Service zu entschlüpfen. Bill und Hillary Clinton hatten sich in der Anfangszeit seiner Regierung einmal davongestohlen, waren jedoch unmissverständlich ermahnt worden, dass sie sich diese Art von Freiheit nun nicht mehr leisten konnten. Kennedy trieb den Secret Service mit seinem dauernden Verschwinden in den Wahnsinn. Ja, irgendwie wollte sie ihre Fesseln abwerfen – aber es hätte keinen Sinn, wenn sie sich nicht frei bewegen könnte. Jetzt kam es darauf an, einen Plan auszuhecken.

Einen Monat später war es so weit.

An einem Vormittag im Juli, etwa gegen zehn Uhr, gesellte sich eine ältere Dame zu einer Besuchergruppe, die soeben durch die Räume des Weißen Hauses geführt wurde. Sie hatte weißes, dauergewelltes Haar mit Korkenzieherlöckchen, trug ein grün-gelb kariertes Kleid und eine große Plastiktasche. Ihre knochigen Schultern beugte sie nach vorn, ihre dünnen Stelzen steckten in Stützstrümpfen und ihre Füße in einem Paar bequemer brauner Schnürschuhe. Durch eine große Brille mit einem Perlmuttrahmen und einer Falschgoldverzierung an den Rändern spähte sie suchend in ihre Begleitbroschüre. Ihre Stirn war aristokratisch, die Nase klassisch, und ihre Augen leuchteten so blau wie der Himmel über Amerika.

Nealy schluckte krampfhaft und widerstand dem Drang, an der Perücke, die sie sich über ein Versandhaus hatte schicken lassen, zu zupfen. Auch das Polyesterkleid, die Schuhe und die Strümpfe waren per Katalog eingetroffen. Sie machte das immer so, weil sie sich damit ein Stückchen Privatsphäre bewahrte. Auch benutzte sie stets den Namen ihrer Stabschefin, Maureen Watts, plus der falschen Mittelinitiale C, sodass Maureen wusste, diese Bestellung stammte von Nealy. Ihre Mitarbeiterin hatte keine Ahnung, was sich in den Paketen befand, die sie kürzlich im Weißen Haus abgegeben hatte.

Nealy blieb bei dem Grüppchen, das nun vom Roten Zimmer in den State Dining Room mit seiner Einrichtung im amerikanischen Empire-Stil weiterrückte. Überall waren Videokameras installiert, die alles aufnahmen, und Nealys Hände fühlten sich feucht und eiskalt an. Sie versuchte, aus dem Porträt von Lincoln Kraft zu schöpfen, das über dem Kamin hing. Darunter prangten die Worte John Adams', die sie schon so oft gelesen hatte: *Möge Gott dieses Haus segnen und alle, die dereinst darin wohnen. Mögen nur ehrenhafte und weise Männer unter seinem Dach regieren.*

Die Führerin der Gruppe stand beim Kamin und beantwortete höflich eine Frage. Nealy war wahrscheinlich die Einzige im Raum, die wusste, dass alle Führer von Besuchergruppen dem Secret Service angehörten. Sie erwartete jeden Moment, dass die Frau sie entdeckte und Alarm schlüge, aber die Agentin schaute kaum einmal in ihre Richtung.

Wie viele Secret-Service-Agenten hatte sie im Lauf der Jahre schon erlebt? Sie hatten sie zur Highschool begleitet und danach zum College. Sie waren bei ihrer ersten Verabredung dabei gewesen und auch beim ersten Rausch ihres Lebens. Ein Secret-Service-Agent hatte ihr das Autofahren beigebracht, und ein anderer war Zeuge ihrer Tränen geworden, als der erste Junge, an dem ihr wirklich etwas lag, ihr eine Abfuhr erteilte. Eine Agentin hatte ihr sogar beim Aussuchen eines Kleids für die Graduationsparty geholfen, als ihre Stiefmutter wegen einer Erkältung unpässlich war.

Die Gruppe machte sich auf den Weg durch einen Quergang zum North Portico. Es war schwül und heiß, ein typischer Washingtoner Julitag eben. Nealy blinzelte in die grelle Julisonne und fragte sich, wie lange es wohl noch dauern mochte, bis die Wachen merkten, dass sie keine ältliche Touristin war, sondern die First Lady.

Ihr Herz klopfte schneller. Neben ihr fauchte eine Mutter ihren kleinen Sohn an. Nealy ging weiter, mit jedem Schritt nervöser werdend. In den dunklen Tagen von Watergate hatte sich eine vollkommen verzweifelte Pat Nixon in Kopftuch und Sonnenbrille, mit nur einer Agentin als Begleitung, aus dem Weißen Haus geschlichen, um durch die Straßen von Washington zu bummeln, in Schaufenster zu schauen und von dem Tag zu träumen, an dem alles vorbei war. Aber mit der zunehmenden Wut der Welt waren die Zeiten, in denen First Ladys sich diesen Luxus leisten konnten, untergegangen.

Nach Luft ringend erreichte sie den Ausgang. Der Codename des Secret Service für das Weiße Haus war *Crown*, Krone, aber er hätte eher *Fortress*, also Festung, lauten sollen. Die meisten Touristen, die am Zaun entlangschlenderten, wussten nicht, dass dort Mikrofone installiert waren und dass die Sicherheitskräfte im Haus alles mitanhören konnten, was in dieser Bannmeile gesprochen wurde. Und immer wenn der Präsident das Gebäude betrat oder verließ, lag ein SWAT-Team mit Maschinengewehren auf dem Dach bereit. Überall auf dem Grundstück befanden sich versteckte Videokameras, Bewegungsdetektoren, Drucksensoren und Infrarotgeräte.

Wenn es doch bloß einen einfacheren Weg gäbe! Sie hatte überlegt, ob sie nicht eine Pressekonferenz abhalten und verkünden sollte, dass sie sich aus dem öffentlichen Leben zurückzog – doch dann wäre ihr die Presse auf Schritt und Tritt gefolgt. Das hätte sie vom Regen in die Traufe befördert. Nein, dies war ihre einzige Chance.

Lady Cornelia erreichte die Pennsylvania Avenue. Mit bebender Hand schob sie ihre Begleitbroschüre in die große Plastiktasche, wo sie an einen Umschlag stieß, in dem Tausende von Dollars Bargeld steckten. Starr geradeaus blickend, marschierte sie dann am Lafayette Park vorbei und auf die Metro zu.

Da sah sie, dass ein Polizist auf sie zukam, und ein dicker Tropfen Schweiß rann ihr zwischen den Brüsten abwärts. Wenn er sie nun erkannte? Ihr blieb fast das Herz stehen, als er ihr zunickte und sich danach abwandte. Der gute Mann hatte keine Ahnung, dass er soeben der First Lady der Vereinigten Staaten gegenübergestanden hatte.

Ihr hektischer Atem beruhigte sich ein wenig. Alle Mitglieder der First Family trugen winzige Geräte bei sich, mit deren Hilfe man sie im Falle einer Entführung ausfindig machen konnte. Ihres, so dünn wie eine Kreditkarte, lag unter ihrem Kissen im Schlafzimmer ihres privaten Apartments im vierten Stock des Weißen Hauses. Mit sehr viel Glück blieben ihr vielleicht zwei Stunden, bevor ihr Verschwinden bemerkt würde. Nealy hatte zwar Maureen Watts, ihrer Stabschefin, erklärt, es gehe ihr nicht gut und sie müsse sich für ein paar Stunden hinlegen: Doch sie zweifelte nicht daran, dass Maureen sie wecken würde, wenn es ihrer Meinung nach wichtig war. Dann würden sie den Brief finden, den Nealy hinterlassen hatte, und auch das kleine Gerät unter ihrem Kopfkissen und – ach, du liebe Güte!

Nealy zwang sich, nicht zu rennen, als sie die Metrostation betrat. Sie ging zu einem der Ticketautomaten, von deren

18

Existenz sie erst erfahren hatte, als sich zwei ihrer Sekretärinnen darüber unterhielten. Einmal musste sie umsteigen, wofür sie den Fahrpreis berechnete. Nachdem sie Geld eingeworfen hatte, drückte sie auf die richtigen Knöpfe und bekam ihr Ticket.

Danach schaffte sie es glücklich durch das Drehkreuz und zur Zugplattform. Mit heftig klopfendem Herzen, den Kopf nervös in ihre Lektüre vergraben, wartete sie auf die U-Bahn, die sie in die Außenbezirke von Washington bringen würde. Wenn sie Rockville erreicht hatte, wollte sie sich ein Taxi nehmen und einen der zahlreichen Gebrauchtwagenhändler an der Route 355 aufsuchen. Hoffentlich fand sie einen Verkäufer, der gierig genug war, einer alten Dame ein Auto zu verkaufen, auch ohne ihren Führerschein zu kontrollieren.

Drei Stunden später saß sie hinterm Steuer eines unauffälligen, vier Jahre alten blauen Chevy Corsica und fuhr auf der Interstate 270 in Richtung Frederick, Maryland. Tatsächlich, sie hatte es geschafft! Sie war raus aus Washington. Für den Wagen hatte sie zwar einen gesalzenen Preis bezahlt; aber das war ihr egal, da niemand ihn mit Cornelia Case in Verbindung bringen würde.

Sie versuchte ihre um das Lenkrad verkrampften Finger zu entspannen, schaffte es aber nicht. Im Weißen Haus schrillten inzwischen sicher die Alarmglocken, und es war Zeit, ihren Anruf zu tätigen. Während sie die nächste Interstate-Ausfahrt nahm, überlegte sie, wann sie zum letzten Mal Autobahn gefahren war. Manchmal steuerte sie selbst, wenn sie auf Nantucket oder in Camp David war – ansonsten jedoch fast nie.

Auf der linken Straßenseite tauchte ein kleiner Supermarkt auf, dort bog sie ab, stieg aus dem Wagen und ging zu der Telefonzelle, die etwas an der Seite stand. Bevor sie den Hörer abnahm, musste sie die Anweisungen sorgfältig lesen, da sie an die Effizienz der White-House-Operators gewöhnt war. Schließlich wählte sie die Nummer des privatesten Anschlusses aller Oval-Office-Anschlüsse, der definitiv nicht abgehört werden konnte.

Nach dem zweiten Klingeln nahm der Präsident persönlich ab. »Ja?«

»Hier ist Nealy.«

»Um Gottes willen, wo sind Sie? Ist alles in Ordnung?«

Die Aufregung in seiner Stimme verriet ihr, dass sie die richtige Entscheidung getroffen hatte. Den Anruf hätte sie nicht länger hinauszögern dürfen. Ihr Brief war offenbar gefunden worden – aber niemand hätte mit Sicherheit sagen können, ob sie ihn nicht unter Druck geschrieben hatte; schließlich wollte sie nicht mehr Staub aufwirbeln als unbedingt nötig.

»Es geht mir gut. Ausgezeichnet. Und der Brief ist echt, Mr. President. Niemand hat mir eine Pistole an den Kopf gehalten.«

»John ist furchtbar in Sorge. Wie konnten Sie ihm das antun?«

Das hatte sie erwartet. Jeder, der zur Familie des Präsidenten gehörte, musste sich einen Codenamen merken, der in einem Entführungsfall zu benutzen war. Wenn sie einen Satz mit dem Namen *John North* darin erwähnte, würde der Präsident wissen, dass man sie gegen ihren Willen festhielt.

»Es hat nichts mit ihm zu tun«, antwortete sie.

»Mit wem?« Er gab ihr eine weitere Chance.

»Man hat mich nicht entführt«, gestand sie.

Endlich schien er zu begreifen, dass sie das alles aus freiem Willen unternahm, und seine Wut war ihm deutlich anzumerken. »In Ihrem Brief steht kompletter Blödsinn! Ihr Vater ist außer sich!«

»Richten Sie ihm bitte nur aus, dass ich ein wenig Zeit für mich selbst brauche. Ich werde gelegentlich anrufen, damit Sie wissen, wie es um mich steht.«

»Das können Sie nicht machen! Sie können nicht einfach verschwinden. Hören Sie mir zu, Cornelia! Sie haben Verpflichtungen und brauchen den Schutz des Secret Service. Sie sind die First Lady.«

Es war zwecklos, mit ihm zu streiten. Seit Monaten sagte sie ihm und ihrem Vater, dass sie eine Pause nötig hatte und einmal weg musste von allem – aber keiner der beiden wollte ihr zuhören. »Maureen soll der Presse sagen, dass ich eine Erkältung habe. Das wird sie für eine Weile beruhigen. In ein paar Tagen rufe ich wieder an.«

»Warten Sie! Das ist gefährlich! Sie brauchen unbedingt Schutz. Sie können unmöglich ...«

»Auf Wiedersehen, Mr. President!«

Damit hängte sie auf und schnitt somit dem mächtigsten Mann der freien Welt das Wort ab.

Auf dem Rückweg zu ihrem Auto musste sie sich zwingen, nicht zu rennen. Das Polyesterkleid klebte ihr am Leib, und ihre Beine unter den heißen Stützstrümpfen fühlten sich an, als gehörten sie ihr nicht mehr. *Tief durchatmen*, befahl sie sich. *Tief durchatmen*. Es gab zu viel zu tun, um jetzt zusammenzubrechen.

Ihre Kopfhaut juckte unerträglich, als sie wieder auf die Schnellstraße hinausfuhr. Wie gerne hätte sie ihre Perücke abgenommen. Aber das musste warten, bis sie ihre Einkäufe erledigt und sich eine neue Tarnung zugelegt hatte.

Es dauerte nicht lange, bis sie den Wal-Mart fand, den sie letzte Woche aus den Gelben Seiten des Internets herausgesucht hatte. Da nur wenige Dinge in ihre Tasche passten, brauchte sie dringend noch eine Grundausstattung.

Ihr Gesicht war so bekannt, dass sie nicht einmal als Kind unbemerkt hatte einkaufen gehen können; deshalb war sie viel zu nervös, um ihre neue Freiheit richtig schätzen zu können. Rasch erledigte sie ihre Einkäufe, stellte sich an der Kasse an und eilte dann zu ihrem Auto zurück. Nachdem alles sicher im Kofferraum verstaut war, fuhr sie auf den Freeway zurück.

Bei Einbruch der Nacht wollte sie längst in Pennsylvania

sein, und irgendwann im Verlaufe des morgigen Tages würde sie die Autobahn gänzlich verlassen. Dann wollte sie herumfahren und sich das Land ansehen, über das sie so viel und dennoch so wenig wusste. Sie wollte vagabundieren, bis ihr das Geld ausging oder bis man sie wieder einfing. Je nachdem, was eher eintrat.

Das Ausmaß ihres Entschlusses begann ihr allmählich zu dämmern. Niemand, der ihr andauernd über die Schulter blickte. Keine Termine, kein Händeschütteln. Zum ersten Mal in ihrem Leben fühlte sie sich frei.

3

Mat Jorik reckte sich unbehaglich auf seinem Stuhl und stieß dabei mit dem Ellbogen an den Schreibtisch des Anwalts in Harrisburg, Pennsylvania. Er stieß sich öfters irgendwo. Nicht weil Mat etwa ein Trampel wäre, sondern weil seine riesenhafte Gestalt einfach nicht in die Maße dieser Welt passte.

Der Holzstuhl, auf dem er saß, wirkte geradezu zwergenhaft unter seiner gestandenen Zwei-Meter-zwei-Größe und dem Hundert-Kilo-Gewicht. Doch Mat war an Winzstühle gewöhnt und an Waschbecken, die ihm gerade mal bis zu den Knien reichten. Er duckte sich ganz automatisch, wenn er eine Kellertreppe hinunterstieg, und die zweite Klasse im Flugzeug war das, was er persönlich unter Hölle verstand. Und die Rücksitze praktisch aller Automarken konnte er ohnehin vergessen.

»Sie sind auf beiden Geburtsurkunden als Kindsvater aufgeführt, Mr. Jorik. Das heißt, dass Sie für sie verantwortlich sind.«

Der Anwalt war ein humorloser Spießer, der Typ also, den Mat Jorik am allerwenigsten mochte; also streckte er vorübergehend kurz ein baumlanges Bein aus, um diesen Wurm ein wenig einzuschüchtern. Warum sollte seine Größe nicht auch mal zu was gut sein?»Dann will ich's noch mal wiederholen. Sie sind nicht von mir.«

Der Anwalt zuckte ein wenig zusammen. »Das sagen Sie. Aber die Mutter hat Sie als Vormund eingesetzt.«

Mat funkelte ihn an. »Dankend abgelehnt!«

Obwohl Mat lange in Chicago und L. A. gelebt hatte, klebte ihm seine Herkunft aus der Stahlarbeiterstadt Pittsburgh, in der er in einem Arbeiterviertel seine Kindheit verbrachte, noch wie Fabriksmog am Leib. Er war ein vierunddreißigjähriger Bursche mit großen Pranken, einer dröhnenden Stimme und einem Talent für Wortgefechte. Eine Exfreundin hatte ihn einmal als einen der letzten wahren Männer Amerikas bezeichnet, doch weil sie ihm dabei gleichzeitig das *Bride Magazine* an den Kopf warf, hatte er es nicht als Kompliment aufgefasst.

Erneut raffte sich der Rechtsverdreher auf. »Sie sagen, sie wären nicht von Ihnen – aber Sie waren mit der Kindsmutter verheiratet.«

»Ja, mit einundzwanzig.« Ein Anfall jugendlicher Panik, den Mat nie wiederholt hatte.

Ihre Unterhaltung wurde vom Auftauchen einer Sekretärin mit einem großen Umschlag unterbrochen. Sie war der echte Typ Vorzimmerdrachen, doch ihre Blicke tasteten ihn ab wie eine Videokamera. Er wusste, dass er der holden Weiblichkeit gefiel; trotz seiner sieben Schwestern war ihm der Grund dafür bis heute ein Rätsel. Er sah doch wie ein ganz normaler Kerl aus.

Die Sekretärin schien jedoch anderer Meinung zu sein. Als er im Büro auftauchte und sich als Mathias Jorik vorstellte, hatte sie sofort bemerkt, dass er breite Schultern, große Hände und schmale Hüften besaß. Und Muskeln an genau den richtigen Stellen. Jetzt fiel ihr eine leicht schiefe Nase auf, ein Killermund und aggressiv hervortretende Wangenknochen.

Sein dichtes, welliges braunes Haar wurde durch den straffen Kurzhaarschnitt nur mäßig gebändigt, und das kräftige, eckige Kinn schien zu sagen: »Hau mir ruhig eine rein, wenn du dich traust.« Da sie übermäßig maskuline Männer eher irritierend als attraktiv fand, merkte sie erst, nachdem sie ihrem Boss den angeforderten Umschlag übergeben und in ihr Vorzimmer zurückgekehrt war, was ihr an diesem Exemplar so angenehm auffiel. In diesem scharfen, schiefergrauen Blick leuchtete eine beunruhigend wache Intelligenz.

Der Anwalt musterte kurz den Inhalt des Umschlags und sah dann wieder zu Mat auf. »Sie geben zu, dass Ihre Ex-Frau mit dem älteren Mädchen schwanger war, als Sie sie heirateten.«

»Muss ich's wirklich noch mal sagen? Sandy hat mir weisgemacht, dass es mein Kind ist, und ich hab ihr geglaubt, bis eine ihrer Freundinnen ein paar Wochen nach der Heirat mit der Wahrheit herausrückte. Daraufhin hab ich Sandy zur Rede gestellt, und sie hat zugegeben, dass alles gelogen war. Ich bin zu 'nem Anwalt gegangen und fertig!« Er konnte sich noch gut erinnern, wie erleichtert er gewesen war, noch einmal mit heiler Haut davongekommen zu sein.

Der Wurm warf den nächsten Blick in seine Unterlagen. »Sie haben ihr jahrelang Geld überwiesen.«

So sehr Mat auch den Bösen markierte, die Leute fanden immer früher oder später heraus, was für ein weiches Herz er hatte; außerdem gefiel es ihm nicht, dass ein Kind für das schlechte Urteilsvermögen seiner Mutter büßen sollte. »Reine Sentimentalität. Sandy hatte 'n gutes Herz; sie war bloß nicht sehr wählerisch, was ihre Bettgenossen betraf.«

»Und Sie behaupten, Sie hätten sie seit der Scheidung nicht mehr gesehen?«

»Ich behaupte es nicht nur, es stimmt. Seit fast fünfzehn Jahren nicht mehr. Kaum möglich also, dass ich der Vater des zweiten Kindes sein soll, das sie letztes Jahr bekommen hat.«

Wieder ein Mädchen. Sein ganzes Leben bestand aus einer einzigen Weiberwirtschaft.

»Warum steht dann Ihr Name auf beiden Geburtsurkunden?«

»Das müssten Sie schon Sandy fragen.« Aber Sandy würde niemand mehr was fragen. Vor sechs Wochen war sie mit ihrem Freund bei einem Autounfall umgekommen – beide in betrunkenem Zustand. Da Mat sich auf Reisen befand, hatte er erst vor drei Tagen davon erfahren, als er endlich auf den Gedanken gekommen war, mal seine Mailbox abzuhören.

Es waren noch andere Nachrichten drauf gewesen. Eine von einer Ex-Flamme, eine andere von einem Bekannten, der sich Geld von ihm borgen wollte. Ein Kumpel aus Chicago rief an, um zu fragen, ob Mat wieder in die *Windy City* zurückzuziehen gedachte, damit er ihn bei seinem alten Eishockeyverein anmelden könnte. Vier seiner sieben Schwestern wollten mit ihm reden, was nichts Neues war, da er sich schon seit seiner Kindheit in diesem rauen Slowakenviertel um sie kümmerte.

Mat war das einzig verbliebene männliche Wesen, nachdem sich sein Vater aus dem Staub gemacht hatte. Die Großmutter kümmerte sich um den Haushalt, während seine Mutter fünfzig Stunden pro Woche als Buchhalterin arbeitete. Das bedeutete, dass der neunjährige Mat für seine sieben jüngeren Schwestern zuständig war, darunter ein Zwillingspärchen. Aber er kämpfte sich durch und hasste seinen Vater dafür, dass er das getan hatte, was Mat nicht konnte – einem Horrorleben voller Weiber den Rücken kehren.

Die letzten Jahre, die er in diesem Tollhaus zubringen musste, gestalteten sich besonders schlimm. Sein Vater war nämlich inzwischen verstorben und hatte ihm somit jede Hoffnung auf eine Rückkehr und Entlastung von den verhassten Pflichten genommen. Die Mädchen wurden größer und immer unberechenbarer. Ständig bekam eine ihre Periode oder hatte sie gerade oder musste sich davon erholen. Oder kam nachts schluchzend zu ihm ins Zimmer, weil ihre Periode ausgeblieben war und er ihr nun sagen sollte, was, zum Teufel, zu tun sei. Zwar liebte er seine Schwestern, aber die Verantwortung für sie empfand er dennoch wie einen Strick um den Hals. Er schwor sich, sobald er das alles hinter sich gelassen hatte, würde er dem Familienleben ewiglich den Rücken kehren. Und bis auf den blöden Ausrutscher mit Sandy hatte er sich bis jetzt auch daran gehalten.

Die letzte Nachricht in seiner Mailbox stammte von Sid Giles, dem Produzenten von *Byline*, mit der nochmaligen dringenden Bitte, doch zu der Klatsch-und-Tratsch-Sendung nach L. A. zurückzukommen, der er vor einem Monat entronnen war. Doch Mat Jorik hatte seine Glaubwürdigkeit als Journalist einmal verkauft und würde es nie wieder tun.

»... als Erstes müssten Sie mir eine Kopie Ihrer Scheidungsurkunde übersenden. Ich brauche einen Nachweis für Ihre Scheidung.«

Nun wandte er seine Aufmerksamkeit wieder dem Anwalt zu. »Den Nachweis habe ich, aber es wird 'n Weilchen dauern, bis Sie ihn kriegen.« Vor lauter Eile, Los Angeles zu verlassen, hatte er sogar vergessen, sein Schließfach zu leeren. »Ein Bluttest geht schneller. Ich erledige das noch heute Nachmittag.«

»DNA-Testergebnisse liegen erst nach mehreren Wochen vor. Im Übrigen brauchen Sie eine behördliche Erlaubnis, um die Kinder einem solchen Test zu unterziehen.«

Vergiss es! Mat hatte nicht die Absicht, sich von diesen Geburtsurkunden in den Arsch beißen zu lassen. Obwohl es ihm ein Leichtes war, die Scheidung zu beweisen, wollte er das Ganze dennoch durch die Bluttests untermauert wissen. »Die Erlaubnis erteile ich.«

»Sie können nicht beides haben, Mr. Jorik. Entweder es sind Ihre Kinder oder nicht.«

Mat beschloss, auf der Stelle in die Offensive zu gehen. »Erklären Sie mir doch bitte mal, wieso es überhaupt zu diesem Schlamassel kommen konnte. Sandy ist seit sechs Wochen tot – wieso machen Sie mir erst jetzt davon Mitteilung?«

»Weil ich's selbst erst vor ein paar Tagen erfahren habe. Ich bin mit ein paar Urkunden in den Fotoladen gegangen, in dem sie arbeitete, und erst dort kam heraus, was mit ihr passiert ist. Man hat mich, obwohl ich ihr Anwalt bin, nicht informiert.«

Für Mat war es schon ein Wunder, dass Sandy überhaupt einen Anwalt gehabt, geschweige denn sich die Mühe gemacht und ein Testament aufgesetzt hatte.

»Ich bin sofort zu ihrem Haus gefahren und habe mit dem älteren Mädchen gesprochen. Sie sagte, eine Nachbarin würde sich um sie kümmern, aber von einer Nachbarin war keine Spur. Seitdem war ich noch zweimal dort und habe nie einen Erwachsenen gesehen, der sich mit den Kindern befasst hätte.« Er trommelte auf seine gelbe Schreibunterlage und schien nachzudenken. »Wenn Sie sie auch nicht übernehmen wollen, dann werde ich wohl oder übel das Jugendamt einschalten müssen, damit die Mädchen in eine Pflegefamilie kommen.«

Alte Erinnerungen senkten sich auf Mat wie die Rußwolken der Stahlfabrik, in deren Nähe er aufgewachsen war. Nein, hielt er sich vor Augen, es gab viele wundervolle Pflegefamilien – warum also sollten Sandys Töchter bei Bestien wie den Havlovs landen? Die Havlovs hatten nebenan gewohnt, als Mat klein war. Der Vater hatte praktisch permanent keine Arbeit, und die Familie schlug sich durch, indem sie Pflegekinder aufnahmen, die sie so sehr vernachlässigten und misshandelten, dass sich Mats Großmutter und ihre Freunde gezwungen sahen, sie immer wieder durchzufüttern und zusammenzuflicken.

Nein, er musste jetzt an seine eigenen Probleme denken und durfte sich nicht durch die Vergangenheit beeinflussen lassen. Wenn er nicht von vornherein klarstellte, dass er nicht der Vater der beiden Mädchen war, konnte ihm das Ganze eventuell monatelang oder noch länger wie ein Klotz am Bein hängen. »Warten Sie noch ein paar Stunden mit dem Anruf! Ich möchte erst mal die Lage checken.«

Der Anwalt schien erleichtert zu sein; aber Mat hatte lediglich vor, sich die Kids zu schnappen und mit ihnen ins nächste Labor zu kutschieren, bevor das Jugendamt sie unter seine Fittiche nahm und er durch eine Flut von Anträgen waten musste.

Erst als er bereits zu Sandys Haus unterwegs war – der Anwalt hatte ihm den Weg dorthin beschrieben – kam ihm der Gedanke an die Mutter seiner Ex-Frau. Sie war, soweit er sich erinnern konnte, noch relativ jung gewesen und außerdem verwitwet. Er war ihr nur einmal begegnet, aber sehr beeindruckt von ihr gewesen – eine Professorin an einem College in Missouri oder sonstwo, die kaum etwas mit ihrer wilden, ungebärdigen Tochter gemein zu haben schien.

Er griff nach seinem Handy, um den Anwalt anzurufen, doch da tauchte die gesuchte Straße vor ihm auf, und er legte das Telefon wieder weg. Ein paar Minuten später stellte er seinen Mercedes SL 600, ein Zweisitzer-Sportcoupé, das er sich von seinen Silberlingen gekauft hatte, vor einem schäbigen kleinen Bungalow ab, der in einer ebenso schäbigen Gegend lag. Der Wagen war viel zu klein für ihn – aber er hatte sich zu der Zeit nicht nur diesbezüglich etwas vorgemacht – also hatte er den Scheck ausgeschrieben und sich in die Karre hineingezwängt. Die Kiste wieder loszuwerden stand als Nächstes auf seiner Liste.

Während er auf das Haus zuschritt, nahm er die abblätternde Fassade, den rissigen Zugang und das heruntergekommene gelbe Wohnmobil wahr, das neben dem unkrautüberwucherten Vorgarten parkte. Typisch Sandy, ihr Geld für ein Wohnmobil auszugeben, wo das Haus um sie herum zusammenfiel!

Er stakste auf sein Ziel zu, stieg eine schiefe Treppe zur Veranda hinauf und schlug dann ohne Federlesens mit der Faust an die Tür. Eine mürrisch dreinblickende, sehr junge Version von Winona Ryder erschien. »Yeah?«

»Ich bin Mat Jorik.«

Sie verschränkte die Arme und lehnte sich an den Türknauf. »Na, wenn das nich der gute alte Paps is!«

So stand die Sache also.

Ihr Gesicht unter dem pfundweisen Make-up war feinknochig und zart. Brauner Lippenstift verkleisterte ihren jungen Mund. Ihre Wimpern waren derart stark getuscht, dass es aussah, als wären schwarze Tausendfüßler darauf gelandet, und ihr kurzes braunes Haar glänzte am Oberkopf von lila Spray. Alte abgewetzte Jeans hingen tief an ihren schmalen Hüften und gaben mehr von ihren hervortretenden Rippen und ihrem Bauch frei, als ihm lieb war; ihre mickrigen, vierzehnjährigen Brüste brauchten den schwarzen BH eigentlich nicht, der unter dem tiefen Ausschnitt ihres kurzen, engen Oberteils hervorblitzte.

»Wir müssen reden.«

»Es gibt nichts zu reden.«

Mat blickte in ihr kleines, trotziges Gesicht hinunter. Winona wusste es nicht, aber sie konnte nichts sagen, was er nicht bereits von seinen Schwestern kannte. Er musterte sie mit dem Blick, mit dem er Ann Elizabeth, die Schlimmste seiner Angehörigen, immer zur Räson gebracht hatte. »Lass mich sofort rein.«

Er sah, wie sie versuchte, ihren Mut zu mobilisieren, um sich ihm entgegenzustellen, aber dann gab sie doch auf und trat beiseite. An ihr vorbei rauschte er ins Wohnzimmer. Es war heruntergekommen, aber sauber. Auf einem Tisch lag aufgeschlagen ein eselsohriges Exemplar eines Säuglingspflegeratgebers. »Hab gehört, ihr seid schon 'ne Weile auf euch allein gestellt…«

»Sind wir nich! Connie is bloß kurz einkaufen gegangen. Sie is die Nachbarin, die sich um uns kümmert.«

»Dass ich nicht lache!«

»Willst du damit sagen, dass ich lüge?«

»Yep.«

Das gefiel ihr mitnichten, aber was sollte sie schon dagegen tun?

»Wo ist das Baby?«

»Mittagsschläfchen.«

Sie sah Sandy überhaupt nicht ähnlich, bis auf die Augen vielleicht. Sandy war alles andere als zierlich gewesen, robust und kurvig, mit einem überschwänglichen Lachen, einem großen Herzen und einem beachtlichen Verstand, den sie von ihrer Mutter geerbt haben musste, aber leider kaum benutzte.

»Was ist mit deiner Oma? Warum passt sie nicht auf euch auf?«

Die Kleine begann an einem abgekauten Daumennagel zu knabbern. »Sie is in Australien und studiert die Aborigines. Is 'ne Collegeprofessorin.«

»Sie ist nach Australien gereist, obwohl sie wusste, dass ihre Enkelinnen ganz auf sich allein gestellt sind?« Er gab sich keine Mühe, seine Skepsis zu verbergen.

»Connie hat sich ...«

»Hör auf mit dem Unsinn! Es gibt keine Connie, und wenn du mich dauernd weiter anlügst, dann telefonier ich mit dem Jugendamt, die holen euch innerhalb einer Stunde ab.«

Sie rang mit den Tränen. »Wir brauchen niemanden, der sich hier reinmischt! Uns geht's prima. Wieso kümmerst du dich nicht um deinen eigenen Scheißdreck?«

Als er in ihr trotziges kleines Gesicht blickte, musste er an all die Kinder denken, die sich damals bei den Nachbarn die Klinke in die Hand gegeben hatten. Ein paar von ihnen waren entschlossen gewesen, der Welt ins Gesicht zu spucken, nur um ein paar Ohrfeigen für ihre Mühen zu kassieren. Seine

Stimme klang etwas sanfter, als er nun sagte: »Erzähl mir von deiner Oma.«

Schulterzuckend begann sie: »Sandy und sie sind nich gut miteinander ausgekommen. Weil Sandy immer gesoffen hat und so. Die Oma weiß nix von dem Autounfall.«

Irgendwie überraschte es ihn nicht, dass sie Sandy bei ihrem Vornamen nannte. Das war genau das, was er von seiner Ex-Frau erwartet hätte, aus der tatsächlich eine Alkoholikerin geworden zu sein schien. Nun, die Ansätze konnte man damals schon kaum übersehen. »Willst du damit sagen, dass deine Oma keine Ahnung hat, was mit Sandy passiert ist?«

»Jetzt schon. Ich hatte ihre Telefonnummer nich und konnte sie also nich anrufen, aber vor ein paar Wochen hat sie mir 'nen Brief mit einem Foto vom Outback geschickt. Also hab ich ihr zurückgeschrieben und ihr von Sandy, dem Autounfall und von Trent erzählt.«

»Wer ist Trent?«

»Der Vater meiner kleinen Schwester. Er is 'n Arschloch … na, jedenfalls auch bei dem Unfall gestorben, und es tut mir kein bisschen Leid!«

Ja, richtig, Sandys Freund war bei dem Unfall dabei gewesen – und offensichtlich der Vater des Babys. Sandy musste sich alles andere als sicher gewesen sein, oder Trents Name wäre auf der Geburtsurkunde des Babys aufgetaucht … statt seines eigenen. »Hatte dieser Trent irgendwelche Angehörigen?«

»Nö. Er kam aus Kalifornien und ist in Pflegefamilien groß geworden.« Trotzig reckte sie ihr kleines Kinn. »Und er hat mir alles darüber erzählt, und meine Schwester und ich gehen da nich hin, also vergiss es! Außerdem müssen wir gar nich, weil ich ja diesen Brief von meiner Oma gekriegt hab und sie bald wieder da sein wird.«

Misstrauisch musterte er die Göre. »Zeig mir diesen Brief!«

»Glaubst du mir nich?«

»Nun ja, ein kleiner Beweis könnte nicht schaden.«

Sie betrachtete ihn mürrisch und verschwand dann in der Küche. Seiner Ansicht nach log sie, und es überraschte ihn daher, als sie kurz darauf mit einem Brief, auf dem das Siegel des Laurents College in Willow Grove, Iowa, prangte, zurückkam. Er musterte die saubere Handschrift.

Habe Deinen Brief soeben erhalten, mein Schatz. Es tut mir so Leid. Ich fliege am fünfzehnten oder sechzehnten Juli nach Iowa zurück, je nachdem, welchen Flug ich bekomme. Sobald ich da bin, melde ich mich und werde alles Nötige veranlassen. Macht Euch keine Sorgen. Das kommt schon in Ordnung.
Love, Granny Joanne

Mat runzelte die Stirn. Heute war Dienstag, der elfte. Wieso hatte Granny Joanne nicht sofort ihre Aufzeichnungen zusammengepackt und den nächsten Heimflug genommen?

Nun, es war schließlich nicht sein Problem. Er wollte nur diese Bluttests, ohne dabei für irgendeinen Bürohengst durch endlose Reifen springen zu müssen. »Pass auf. Jetzt hol mal deine Schwester. Ich kauf euch beiden ein Eis. Wir halten bloß kurz bei einem Labor an.«

Ein Paar intelligenter brauner Augen blickten ihn durchdringend an. »Was für ein Labor?«

Er versuchte, es möglichst beiläufig klingen zu lassen. »Wir drei werden uns ein bisschen Blut abnehmen lassen, das ist alles.«

»Mit einer Spritze?«

»Ich weiß nicht, wie sie's machen«, log er. »Jetzt hol schon die Kleine.«

»Fick dich ins Knie! Ich lass mir von keinem 'ne Spritze reinjagen.«

»Halt dein freches Mundwerk!«

Sofort bedachte sie ihn mit einem sowohl herablassenden als auch verächtlichen Blick, als wäre er ein absoluter Trottel und der Allerletzte, der das Recht hatte, ihre Ausdrucksweise zu kritisieren. »Du hast mir nichts vorzuschreiben.«

»Los, hol das Baby!«

»Kannste vergessen!«

Das Ganze war den Streit nicht wert, also machte er sich selbst auf den Weg durch einen mit einem abgetretenen grauen Teppich ausgelegten Gang, von dem aus auf jeder Seite eine Tür in ein Schlafzimmer führte. Das eine war offensichtlich Sandys gewesen. Im anderen befand sich eine ungemachte Liege und ein Gitterbettchen. Ein Wimmern ertönte.

Das Bettchen war zwar alt, aber sauber. Auf dem Teppich lag keinerlei Staub, und in einem blauen Wäschekorb befanden sich einige Spielsachen. Auf einem wackeligen Wickeltisch lag adrett gefaltet ein Stapel Babykleidung, daneben eine Tüte mit Einwegwindeln.

Aus dem Wimmern wurde ein ausgewachsener Protest. Er trat näher und sah einen rosa Hosenboden aus den Decken in die Luft ragen. Dann tauchte plötzlich ein Köpfchen mit einem kurzen, glatten blonden Haarschopf auf. Er blickte in ein wütendes, rotwangiges Gesicht mit einem nassen, offenen Mündchen, aus dem zornige Schreie hervorquollen. Wie in seiner Kindheit …

»Reg dich ab, Püppchen!«

Die Schreie des Babys hörten abrupt auf, und ein Paar himmelblauer Augen blickten ihn misstrauisch an. Gleichzeitig nahm er einen penetranten Geruch wahr, und ihm wurde klar, dass ein Tag, der seiner Meinung nach nicht schlimmer werden konnte, offenbar doch noch so einiges in petto hatte.

In seinem Rücken bewegte sich etwas, und er sah das Winona-Double, an einem weiteren Fingernagel kauend, im Türrahmen stehen. Sie verfolgte jede seiner Bewegungen, und die Blicke, mit denen sie das Kinderbettchen bedachte, verrieten ihren starken Beschützerinstinkt. Die Kleine war nicht halb so tough, wie sie tat.

Mit einer ruckartigen Kopfbewegung wies er auf das Baby. »Sie braucht 'ne frische Windel. Ich warte im Wohnzimmer auf dich.«

»Spinnst du? Ich fass doch keine vollgeschissene Windel an!«

Da sie sich schon seit Wochen um das Baby kümmerte, war das eine glatte Lüge – aber falls sie von ihm erwartete, das zu übernehmen, hatte sie sich geschnitten. Als er damals dem Weibertollhaus entkommen war, hatte er sich geschworen, nie wieder eine Windel zu wechseln, sich keine einzige Barbiepuppe mehr anzusehen und auch keine verdammte Haarschleife mehr zu binden. Aber das Mädel hatte Mumm, also wollte er ihr's ein wenig leichter machen. »Ich geb dir fünf Piepen.«

»Zehn. Im Voraus!«

Wenn er nicht in einer so üblen Laune gewesen wäre, hätte er vielleicht gelacht. Nun, sie hatte nicht nur Mumm, sondern war obendrein nicht auf den Kopf gefallen. Er holte seine Brieftasche heraus und reichte ihr das Geld. »Komm raus zu meinem Auto, wenn du fertig bist. Und bring sie mit.«

Mit ihrer gerunzelten Stirn glich sie einen Augenblick lang eher einer besorgten Fußballermama als einem mürrischen weiblichen Teenager. »Haste 'nen Kindersitz?«

»Seh ich so aus, als würd ich mit einem Kindersitz rumgondeln?«

»Babys müssen in Kindersitze. Das ist Vorschrift!«

»Biste 'n Bulle?«

Sie legte den Kopf schief. »Ihr Sitz is in Mabel. Dem Wohnmobil. Sandy hat es Mabel genannt.«

»Hatte deine Mutter denn kein Auto?«

»Der Händler hat's ihr ein paar Monate vor ihrem Unfall wieder weggenommen, also ist sie mit Mabel gefahren.«

»Na toll!« Er wollte gar nicht wissen, wie sie in den Besitz des heruntergekommenen Wohnmobils gelangt war. Lieber zerbrach er sich den Kopf darüber, wie er einen Teenager, ein Baby und einen Autositz in sein Sportcoupé kriegen sollte. Antwort: gar nicht.

»Gib mir die Wagenschlüssel.«

Er sah, dass sie ihm gerne noch mal frech gekommen wäre, es sich in letzter Sekunde aber anders überlegte. Sehr weise.

Mit den Wagenschlüsseln in der Hand marschierte er hinaus, um sich mit Mabel vertraut zu machen. Auf dem Weg dorthin holte er sein Handy und die Zeitung aus dem Auto, die zu lesen er bis jetzt noch nicht eine Sekunde Zeit hatte.

Er musste sich bücken, um in das Wohnmobil reinzukommen, das zwar geräumig war, aber nicht geräumig genug für einen Zwei-Meter-zwei-Mann. Sobald er hinterm Steuer saß, rief er einen befreundeten Arzt in Pittsburgh an, um von ihm den Namen eines nahen Labors und die nötige Genehmigung zu erhalten. Während er am Telefon wartete, schlug er die Zeitung auf.

Wie die meisten Journalisten war er auf Sensationen aus, aber nichts Ungewöhnliches stach ihm ins Auge. Ein Erdbeben in China, eine Autobombe im Mittleren Osten, Budget-Gezänk im Kongress, noch mehr Probleme im Balkan. Ganz unten stieß er auf ein Bild von Cornelia Case, die wieder einmal ein krankes Baby auf dem Arm hielt.

Obwohl er nie zur Fanschar von Cornelia gehört hatte, stellte er fest, dass sie auf jedem Foto dünner aussah. Die First Lady hatte spitzenmäßige blaue Augen, die aber allmählich zu groß für ihr dünnes Gesichtchen wurden und die Tatsache, dass sich keine richtige Frau dahinter verbarg, bloß eine äußerst clevere Politikerin und Marionette ihres Vaters, nicht mehr verbergen konnten.

In seiner Zeit bei *Byline* hatten sie ein paar Sendungen über Cornelia gemacht – ihr Friseur, ihr Modestil, wie sie das Vermächtnis ihres ermordeten Gatten ehrte – all so blöder

Kitschkram. Trotzdem tat sie ihm Leid. Wenn einem der Mann vor der Nase über den Haufen geschossen wird, ist es schwer, eine souveräne Fassade aufrechtzuerhalten.

Mit einem Stirnrunzeln dachte er an sein Jahr beim Klatsch- und -Tratsch-Fernsehen. Davor war er ein seriöser Zeitungsjournalist gewesen, einer der am meisten geschätzten Reporter Chicagos; aber er hatte seinen guten Ruf wegen eines Haufens Geld im Klo runtergespült, Geld, an dem er, wie er feststellte, gar keinen Spaß hatte. Jetzt interessierte es ihn nur noch, seinen Ruf wieder reinzuwaschen.

Mats Idole waren nicht Ivy-League-Journalisten, sondern Kerle, die ihre solide recherchierten Storys mit zwei Fingern in ihre Remington-Schreibmaschinen hackten. Kerle, die ebenso rau um die Kanten waren wie er. Seine Arbeit beim *Chicago Standard* hatte nichts Glamouröses gehabt. Mit kurzen Worten und einfachen Sätzen beschrieb er die Leute, denen er begegnete, ihre Träume und Sorgen. Die Leser wussten, dass er ihnen nichts vormachte. Und jetzt hatte er sich auf einen Kreuzzug begeben, um zu beweisen, dass er wieder der Alte war.

Ein Kreuzzug! Das Wort besaß etwas geradezu Archaisches. Auf einen Kreuzzug brachen Ritter in schimmernden Rüstungen auf, nicht ein Proletarierbursche aus einer Stahlarbeiterstadt, der eine Zeit lang vergessen hatte, was im Leben wirklich zählte.

Sein alter Boss beim *Standard* meinte, Mat könne seinen ehemaligen Job wiederhaben, aber das Angebot war widerwillig erfolgt, und Mat weigerte sich, mit dem Hut in der Hand zurückzukommen. Also fuhr er kreuz und quer durchs Land, auf der Suche nach etwas, mit dem er aufwarten konnte. Wann immer er anhielt – ob Kleinstadt oder Großstadt –, er kaufte sich eine Zeitung, redete mit den Leuten und schnüffelte ein bisschen herum. Auch wenn er sie noch nicht gefunden hatte, er wusste genau, wonach er suchte – den Anfang einer Story, die groß genug werden konnte, um sich damit seinen einstigen Ruf zurückzuerobern.

Gerade war er fertig mit Telefonieren, als die Tür aufging und Winona mit dem Baby auf dem Arm ins Wohnmobil kletterte. Es war barfuß und trug einen gelben Strampler mit Lämmchen drauf. An seinem molligen kleinen Fußgelenk prangte das Peace-Zeichen.

»Sandy hat das Püppchen tätowieren lassen?«

Winona maß ihn mit einem Blick, der sagte, dass er zu blöd war, um auf der Welt zu sein. »Es ist 'n Abziehbild. Hast du denn von überhaupt nichts 'ne Ahnung?«

Seine Schwestern waren glücklicherweise schon groß, als es mit dem Tätowieren und Piercen losging. »Ich wusste, dass es ein Abziehbild ist«, log er. »Aber meiner Ansicht nach ist so was nichts für ein Baby.«

»Es gefällt ihr. Sie findet, dass sie damit cool aussieht.« Winona platzierte das Baby vorsichtig im Kindersitz, schnallte es fest und ließ sich dann auf den Beifahrersitz neben Mat plumpsen.

Nach ein paar vergeblichen Versuchen sprang das Gefährt stotternd an. Angewidert schüttelte er den Kopf. »Was für ein Schrotthaufen!«

»Was de nich sagst!« Sie legte ihre Füße, die in Sandalen mit diesen dicken Sohlen steckten, aufs Armaturenbrett.

Er warf einen Blick in Mabels Seitenspiegel und stieß rückwärts aus dem Grundstück. »Du weißt hoffentlich, dass ich nicht dein richtiger Vater bin.«

»Als ob ich einen wie dich haben will!«

Soviel zu seiner Sorge, sie könnte sich ein paar sentimentale Fantasien über ihn zusammengesponnen haben. Während er dahinfuhr, kam ihm der Gedanke, dass er weder ihren noch den Namen des Babys wusste. Er hatte die Kopien ihrer Geburtsurkunden zwar gesehen, doch sein Blick war an der Zeile mit seinem Namen hängengeblieben. Wahrscheinlich wäre sie nicht gerade erfreut, wenn er sie Winona nennen würde. »Wie heißt du?«

Es folgte eine Pause, während sie überlegte. »Natascha.«

Beinahe hätte er gelacht. Seine Schwester Sharon war ihnen mal drei Monate lang damit auf die Nerven gegangen, dass sie »Silver« genannt werden wollte. »Na, klaro!«

»So will ich aber heißen«, fauchte sie.

»Ich hab dich nicht gefragt, wie du heißen willst, sondern wie du heißt.«

»Lucy, okay? Und ich hasse den Namen.«

»Finde ich aber ganz in Ordnung.« Er warf einen Blick auf die Wegbeschreibung, die ihm die Labor-Rezeptionistin gegeben hatte, und fuhr erneut auf den Highway. »Wie alt bist du eigentlich?«

»Achtzehn.«

Er spießte sie wieder mit seinem Mörderblick auf.

»Also gut, sechzehn.«

»Du bist vierzehn und hast 'ne Klappe wie eine Dreißigjährige!«

»Wieso fragst du, wenn du's schon weißt? Und ich bin bei Sandy aufgewachsen. Was erwartest du also?«

Mitleid durchfuhr ihn beim heiseren Klang ihrer Stimme. »Na ja, tut mir Leid. Deine Mutter war ...« Sandy war lebenslustig gewesen, sexy, klug, aber total unvernünftig und außerdem vollkommen verantwortungslos. »... einzigartig«, beendete er ein wenig lahm seinen Satz.

Lucy schnaubte. »Sie hat gesoffen!«

Das Baby hinten begann zu wimmern.

»Sie muss bald was zu essen kriegen, und wir haben nichts mehr.«

Na toll! Das hatte ihm gerade noch gefehlt. »Was isst sie denn so?«

»Na, sie kriegt ihr Fläschchen mit Milchbrei und isst auch schon so Zeug aus dem Gläschen.«

»Wir besorgen was, wenn wir im Labor waren.« Die Laute aus dem Wagenrückteil wurden zunehmend unglücklicher.
»Wie heißt sie?«

Eine neuerliche Pause. »Butt.«

»Du bist 'n richtiger Spaßvogel, stimmt's?«

»Ich hab ihr den Namen nich gegeben.«

Er warf einen Blick in den Rückspiegel auf den rotwangigen kleinen Wonneproppen mit den Bonbonaugen und dem engelsgleichen Mündchen. Dann blickte er wieder Lucy an. »Du willst mir weismachen, dass Sandy ihr Baby Butt, also Hintern, genannt hat?«

»Is mir egal, ob du's glaubst oder nicht.« Sie zog ihre Füße vom Armaturenbrett. »Und ich lass mir nich von irgendeinem Arschloch 'ne Spritze reinjagen, also vergiss diesen blöden Bluttest.«

»Du tust, was ich dir sage.«

»Bullshit!«

»Jetzt pass mal auf, du Schandmaul! Deine Mutter hat meinen Namen auf beiden Geburtsurkunden als Kindsvater angegeben, das muss korrigiert werden, und die einzige Möglichkeit ist ein Bluttest.« Eigentlich wollte er sagen, dass sich das Jugendamt bis zum Auftauchen ihrer Großmutter um sie kümmern würde, was er aber nicht übers Herz brachte. Dafür war der Anwalt zuständig.

Den Rest des Wegs zum Labor absolvierten sie schweigend, begleitet nur vom immer wütender werdenden Plärren des kleinen Balgs. Er hielt vor einem zweistöckigen Gebäude an und wandte sich dann Lucy zu. Sie starrte auf den Eingang, als wäre er das Tor zur Hölle.

»Ich geb dir zwanzig Piepen, wenn du den Test machst«, sagte er rasch.

Sie schüttelte den Kopf. »Keine Spritzen! Ich hasse Spritzen. Mir wird schon schlecht, wenn ich bloß dran denke.«

Gerade überlegte er, wie er zwei brüllende Kinder ins Labor schleppen sollte, als ihn zum ersten Mal an diesem Tag das Glück ereilte.

Lucy schaffte es aus dem Wohnmobil, bevor sie sich draußen erbrach.

4

Sie war unsichtbar! Herrlich, himmlisch unsichtbar! Laut lachend warf Nealy den Kopf zurück und drehte das Radio auf, um zusammen mit Billy Joel in den Refrain von »Uptown Girl« einzustimmen. Der neue Tag war einfach atemberaubend. Zarte weiße Schleierwolken zierten einen Georgia-O'Keeffe-blauen Himmel, und ihr Magen knurrte, trotz der großen Portion Rührei auf Toast, die sie in dem kleinen Restaurant nicht weit von ihrem Übernachtungsmotel zum Frühstück verschlungen hatte. Die fettigen Eier, der lasche Toast und der schlammige Kaffee erschienen ihr das köstlichste Mahl seit langer Zeit. Jeder Bissen war spielend ihre Kehle hinuntergerutscht, und niemand hatte ihr auch nur einen zweiten Blick geschenkt.

Sie war schlau, raffiniert und überaus zufrieden mit sich selbst. Alle hatte sie sie hinters Licht geführt: den Präsidenten der Vereinigten Staaten, den Secret Service und sogar ihren Vater. Ein Hoch auf die große Feldherrin!

Entzückt lachte sie über ihre eigene Unverschämtheit – schon seit langem war ihr nicht mehr so zumute gewesen. Nealy wühlte in ihrer Tasche auf dem Beifahrersitz nach dem Snickers, das sie gekauft hatte, bis ihr einfiel, dass ja auch das bereits nicht mehr existierte. Ihr Hunger brachte sie zum Lachen. Ein Leben lang hatte sie von einer kurvenreichen Figur geträumt. Vielleicht würde sie sie ja nun kriegen.

Im Rückspiegel sah sie ihr Konterfei. Auch ohne die grauhaarige Perücke hatte niemand sie erkannt. Sie hatte sich in eine ganz normale Person verwandelt. Eine herrlich, paradiesisch normale Person!

Im Radio kam Werbung. Sie drehte die Lautstärke herunter und begann zu summen. Den ganzen Vormittag bummelte sie bereits über die Landstraße westlich von York, Pennsylvania, das zufälligerweise die erste Hauptstadt der Nation und auch der Ort gewesen war, an dem die Verfassung geschrieben wurde. Wann immer es ihr in den Sinn kam, fuhr sie von der Landstraße ab und erkundete die idyllischen Ortschaften. Einmal fuhr sie an den Straßenrand, um ein Sojabohnenfeld zu bewundern, obwohl sie, während sie am Zaun lehnte und ihre Blicke schweifen ließ, nicht anders konnte, als über das komplexe landwirtschaftliche Subventionssystem und seine Auswirkungen nachzudenken. Danach hielt sie an einem ärmlichen Farmhaus an, an dem ein Schild mit der Aufschrift ANTIQUITÄTEN hing, und stöberte eine wundervolle Stunde lang in all dem Staub und Kitsch herum. Folglich war sie noch nicht sehr weit gekommen. Aber es erwartete sie ja auch niemand, und sie fand es herrlich, so absolut ziellos herumzugondeln.

Wahrscheinlich gaukelte sie sich ihr Glück nur vor, wo doch der Präsident zweifellos die ganze ihm zur Verfügung stehende Macht des Regierungsapparates einsetzte, um sie aufzuspüren – aber sie konnte einfach nicht anders. Nealy war nicht so naiv zu glauben, sie könnte ihnen auf ewig entschlüpfen ... aber das machte jeden Augenblick nur umso kostbarer.

Das Commercial endete, und Tom Petty begann zu singen. Nealy lachte wieder laut auf und fiel fröhlich mit ein. *Free-falling.* O ja.

Mat war der dümmste Arsch, den es je gab! Anstatt hinterm Steuer seines Mercedes-Coupés zu sitzen, mit dem Radio als nette Begleitung, fuhr er auf einer löchrigen Landstraße in

Pennsylvania in einem zehn Jahre alten Wohnmobil namens Mabel gen Westen, mit zwei Gören im Schlepptau, die sich schlimmer aufführten als seine sieben Schwestern zusammengenommen.

Gestern Nachmittag hatte er Sandys Anwalt angerufen und ihm von Joanne Pressman erzählt; aber anstatt ihm zu garantieren, dass man ihr die Mädchen übergeben würde, sobald sie wieder im Lande war, hatte der sich gewunden wie der Wurm, der er war.

»Das Jugendamt wird erst prüfen müssen, ob sie ihnen ein zufriedenstellendes Zuhause bieten kann.«

»Das ist doch lächerlich«, hatte Mat entgegnet. »Sie ist 'ne Collegeprofessorin. Und alles ist besser als das, was sie im Moment haben.«

»Nun, trotzdem muss sie überprüft werden.«

»Und wie lang wird das dauern?«

»Schwer zu sagen. Nicht länger als sechs Wochen, denke ich. Höchstens zwei Monate.«

Mat hatte geschäumt vor Wut. Einen Monat im Unterbringungssystem des Jugendamtes konnte genügen, um ein Kind wie Lucy dauerhaft zu schädigen. Ohne es zu wollen, versprach er also, die Nacht über bei den Mädchen zu bleiben, damit die Behördenvertreter nicht vor morgen Vormittag auftauchen mussten.

Während er dann nach seinem misslungenen »Unternehmen Bluttest« vergebens versuchte, auf Sandys durchgesessener Liege Schlaf zu finden, tröstete er sich mit der Vorstellung, dass Pflegefamilien heutzutage viel schärfer überprüft wurden als früher. Man sah sich die Verhältnisse genauer an und machte auch öfters Hausbesuche. Aber die Erinnerung an all diese Kids, die durch den Havlovschen Fleischwolf gedreht worden waren, ließ ihn nicht mehr los. Bei Tagesanbruch wusste er, dass sein Gewissen ein Herauswinden aus dieser Sache nicht zulassen würde. Zu viel früher Einfluss von Nonnen. Er konnte nicht zulassen, dass diese Teenage-Terroristin oder der kleine Dämon monatelang bei irgendwelchen Pflegefamilien verkamen, wenn zwischenzeitlich er nur ein paar Tage einspringen und sie am Wochenende dann ihrer Großmutter übergeben musste.

Joanne Pressmans Adresse in Iowa stand in Sandys Adressbuch. Er sollte die beiden so rasch wie möglich aus dem Haus schaffen; also beschloss er, den Morgenflug nach Burlington zu nehmen. Einmal dort angekommen, würde er einen Wagen mieten und nach Willow Grove fahren. Und während er auf Joanne Pressmans Rückkehr wartete, würde er die verdammten Bluttests machen lassen, selbst wenn er Lucy mit Gewalt ins Labor schleppen müsste.

Unglücklicherweise zerschlug sich sein schöner Plan in dem Augenblick, als er feststellte, dass Spritzen nicht Lucys einzige Phobie waren.

»Ich steig nich in ein Flugzeug, Jorik! Fliegen hasse ich! Und wenn du versuchst, mich zu zwingen, dann schrei ich so laut ich kann, dass du mich entführst!«

Eine andere Kröte hätte vielleicht gebluft, aber Lucy meinte es bestimmt ernst; da er sich nun mit dem Ausweichmanöver vorm Jugendamt ohnehin schon an der Grenze der Legalität befand, ganz zu schweigen von der Tatsache, dass er mit den Kindern den Staat verließ, wollte er lieber kein Risiko eingehen. Also schnappte er sich ihre Sachen und die Lebensmittel, die er gestern gekauft hatte, und trieb sie wie eine kleine Schafherde ins Wohnmobil. Sowieso musste er vier oder fünf Tage totschlagen – was machte es also aus, wenn sie ein wenig länger unterwegs waren?

Er hatte keine Ahnung, wie sehr die Behörden hinter ihm her sein würden – besonders wo Sandys Anwalt mit Sicherheit erriet, wohin sie fuhren. Trotzdem mied er lieber jede Herausforderung und hielt sich von den Autobahnen fern, wo Tollbooth-Angestellte oder die Autobahnpolizei die Nummer des Wohnmobils bereits notiert haben mochten. Leider konnte er beim Gebrüll des süßen Ungeheuers und der dauernden Nörgelei von Lucy die schöne Landschaft nicht genießen.

»Ich glaub, ich kotz gleich.«

Sie saß auf der schmalen Sitzbank des Wohnmobils. Er wies mit einer Kopfbewegung zum Rückteil des Wagens und übertönte das Gebrüll des Babys: »Das Klo ist da hinten.«

»Wenn du nich netter zu mir und Butt bist, wird's dir noch Leid tun!«

»Würdest du aufhören, sie so zu nennen?«

»So heißt sie aber.« Nicht mal Sandy konnte so verrückt gewesen sein – aber es war ihm noch nicht gelungen, den richtigen Namen des Babys aus Lucy herauszukriegen.

Das Gebrüll riss jäh ab. Vielleicht war das Baby ja eingeschlafen. Er warf einen Blick auf die Bank, auf der es in seinem Sitz festgeschnallt lag, aber es sah hellwach und ziemlich sauer drein. Feuchte, himmelblaue Bonbonaugen und Engelsmündchen. Der Welt verdrießlichstes Engelchen!

»Wir haben Hunger.«

»Ich dachte, dir wäre schlecht.«

Die Sirene ging wieder los, noch lauter als zuvor. Wieso hatte er nicht jemanden mitgenommen, der sich um diese kleinen Monster kümmerte? Irgendeine stocktaube alte Lady oder so.

»Mir wird immer schlecht, wenn ich Hunger hab. Und Butt braucht auch was zu essen.«

»Dann gib ihr was, Teufel noch mal! Wir haben das Milchpulver und den Babybrei doch säckeweise mit, also erzähl mir nicht, es wär nix da.«

»Wenn ich sie während der Fahrt füttere, kotzt sie.«

»Ich will kein Wort mehr übers Kotzen hören! Jetzt füttere die verdammte Kröte!«

Sie funkelte ihn böse an, erhob sich dann mürrisch und

machte sich an den Tüten mit Babynahrung und Windeln zu schaffen.

Er fuhr weitere fünfzehn Meilen in gesegneter Stille, bis er es hörte. Zuerst ein kleiner Huster, dann ein Würgen, dann eine mittlere Eruption.

»Ich hab's dir doch gesagt!«

Nealy hatte soeben ihren ersten *Garage Sale*, eine Art privater Hinterhof-Flohmarkt, besucht und fuhr nun wieder auf die Landstraße zurück. Ein riesiger grüner Keramikfrosch hockte neben ihr auf dem Beifahrersitz. Die Dame, die ihn ihr für zehn Dollar verkauft hatte, erklärte, diese Gartenfigur habe ihre Schwiegermutter in einem Töpferkurs angefertigt.

Er sah kolossal hässlich aus, mit einer matt glänzenden grünen Glasur, hervorstehenden, leicht schielenden Augen und silberdollargroßen, kackbraunen Flecken auf dem Rücken. Seit fast drei Jahren lebte Nealy nun schon in einem nationalen Schrein, der mit den edelsten Antiquitäten gefüllt war, die Amerika zu bieten hatte. Vielleicht kam ihr deshalb ganz spontan die Idee, das urige Ungetüm auf der Stelle zu erwerben.

Nach dem Kauf war sie noch ein Weilchen mit dem Frosch unterm Arm bei der Dame stehen geblieben und hatte mit ihr geplaudert. Sie brauchte weder eine staubige alte Perücke noch Stützstrümpfe. Ihre wundervolle neue Tarnung funktionierte prächtig.

Nealy sah ein Schild, das einen nahen Truckstop ankündigte. Dort gab es Hamburger mit Pommes, dicke Schokoladenshakes und jede Menge Kuchen. *Himmlisch!*

Der Gestank von Dieselbenzin und fettigem Essen schlug Mat entgegen, als er Mabel verließ und auf den Parkplatz des Truckstops trat. Auch von einem nahe gelegenen Feld her roch es ziemlich ländlich, aber das war immer noch besser als der Gestank von Babykotze.

Ein blauer Chevy Corsica mit einer Frau am Steuer kam flott auf den Parkplatz gebraust und parkte direkt neben ihm. Die Glückliche! Ganz allein im Auto, mit nichts als ihren Gedanken zur Begleitung.

Gleich jenseits der Tankstelle lungerte ein Tramper mit einem Pappschild in Händen, auf dem ST. LOUIS stand. Der Typ sah aus wie ein Krimineller, und Mat bezweifelte, dass ihn so bald jemand mitnehmen würde – dennoch beneidete er den Mann glühend um seine Freiheit. Dieser ganze Tag war bisher ein einziger Albtraum für ihn gewesen.

Lucy kletterte hinter ihm aus dem Wohnmobil. In ihrer Tasche steckte ein Zehn-Dollar-Schein, und um die Hüften hatte sie sich ein Flanellhemd gebunden. Das muffelnde Baby hielt sie so weit von sich gestreckt, wie sie konnte. Lucy war nicht sehr kräftig, und er bezweifelte, dass sie ihre Last lange aushielt, aber er bot ihr seine Hilfe nicht an. Als Kind hatte er selbst zu viele schreiende Bälger herumgeschleppt, um jetzt sentimental zu werden. Das einzig Gute an Babys war, dass man sie an ihrem einundzwanzigsten Geburtstag betrunken machen konnte.

Er lächelte über die aufsteigenden Erinnerungen und schob einen weiteren Zehn-Dollar-Schein in die Gesäßtasche von Lucys Jeansshorts. »Kauf dir was zu essen, wenn du sie sauber gemacht hast. Wir treffen uns hier in 'ner halben Stunde.«

Sie blickte ihn forschend und ein wenig enttäuscht an. Er fragte sich, ob sie erwartet hatte, dass sie sich alle hübsch zusammensetzten und gemeinsam aßen. Keine Chance!

Die Frau, die er vorhin beneidet hatte, stieg aus dem Wagen. Ihr hellbraunes Haar besaß einen dieser kurzen, modischen Stufenschnitte. Der Rest von ihr wies jedoch wenig Mode auf: billige weiße Turnschuhe, dunkelblaue Shorts und eine weite gelbe Umstandsbluse mit dem Aufdruck einer Parade watschelnder Enten. Sie war vollkommen ungeschminkt. Und ziemlich schwanger!

Ein Laster bremste für den Tramper, nur um rasch wieder zu beschleunigen, als der Fahrer den Typen des Näheren in Augenschein nahm. Der Tramper zeigte ihm den Mittelfinger.

Mats Blick richtete sich wieder auf die Frau, die soeben an ihm vorbeiging. Irgendwie kam sie ihm bekannt vor. Ihre Gesichtszüge waren fein und zart, ihr Hals lang und schlank und ihre Augen von einem umwerfenden Blau. Ihre Haltung hatte etwas Aristokratisches, was so gar nicht zu ihren Supermarktklamotten passen wollte. Sie erreichte die Tür des Restaurants kurz vor Lucy und hielt sie ihr auf. Lucy würdigte die Höflichkeit mit keinem Dank. Sie war zu sehr damit beschäftigt, ihn noch mal kurz vernichtend zu durchbohren.

Etwas auf dem Beifahrersitz des Corsicas erregte seine Aufmerksamkeit. Er bückte sich und erblickte einen hässlichen Keramikfrosch. Immer schon hatte er sich gefragt, was für Leute einen solchen Schrott kauften. Dann sah er den Schlüssel im Zündschloss des Wagens. Mat überlegte, ob er ihr nachgehen und sie darauf aufmerksam machen sollte; doch andererseits verdiente jemand, der dumm genug war, Kitsch hoch zwei zu kaufen, eben sein Schicksal.

Das Innere des Truckstops wies die Form eines großen L auf. Er suchte sich einen kleinen Tisch ganz hinten in einer Ecke, wo er seine langen Tentakel ausstrecken konnte, und bestellte sich einen Kaffee. Während er auf das Gebräu wartete, kalkulierte er, dass er mindestens zwei Tage brauchen würde, um nach Iowa zu gelangen. Vielleicht sogar länger, wenn das ominöse Klingelgeräusch, das der Motor ausstieß, noch schlimmer wurde. Wie sollte er es zwei weitere Tage mit den beiden Biestern aushalten? Die Ironie seiner Situation entging ihm nicht: Seit er erwachsen war, hatte er versucht, genau dem auszuweichen, was er sich nun aufgehalst hatte.

Ach, wenn doch das Jugendamt rechtzeitig eingeschritten wäre!

Nealy tunkte dicke, fettige Pommes in Ketchup und beobachtete die drei, die am anderen Ende des Speiseraums hockten. Zunächst saß der Mann allein da. Er war ihr sofort aufgefallen – bei seiner Größe kein Kunststück –, aber nicht bloß seine Größe erregte ihre Aufmerksamkeit, sondern alles an ihm.

Er war der Typ muskulöser Arbeiterbursche, und man konnte ihn sich leicht mit nacktem, gebräunten Oberkörper auf einem Dach beim Ziegelverlegen vorstellen oder, einen abgeschabten Helm auf dem Kopf, gerade mit einem Vorschlaghammer den Asphalt einer belebten Straße aufreißend. Ein wirklich umwerfender Bursche, aber nicht auf die schöne, zivilisierte Art männlicher Models! Sein Gesicht wirkte wie aus Granit gehauen.

Enttäuschenderweise funkelte er das Mädchen, das sich zu ihm an den Tisch quetschte und ein Baby auf den Schoß nahm, böse an. Nealy schätzte ihn als einen dieser Väter ein, die ihre Kinder als lästige Anhängsel betrachteten – der Typ also, den sie am allerwenigsten mochte.

Seine Tochter war das Mädchen, dem sie zuvor die Tür aufgehalten hatte. Obwohl sie viel zu stark geschminkt war und einen lila Streifen im Haar hatte, ließen ihre feinen Gesichtszüge darauf schließen, dass sie einmal eine große Schönheit werden würde. Und das Baby war einfach entzückend. Eins dieser vor Gesundheit strotzenden blonden kleinen Racker, die Nealy mied wie den Teufel.

Leute zu beobachten machte zwar einen Riesenspaß, aber sie war ungeduldig und wollte so schnell wie möglich zurück auf die Piste; also riss sie ihren Blick widerstrebend von dem Mann los und sammelte ihren Abfall zusammen, wie die anderen es auch taten. Ein ältliches Pärchen, das an einem benachbarten Tisch saß, lächelte sie an, was sie freundlich erwiderte. Einer Schwangeren wurde häufig zugelächelt, das gefiel ihr.

Ihr Lächeln verwandelte sich in ein selbstzufriedenes Grinsen. Gestern Abend hatte sie sich vor dem Zubettgehen das lange blonde Haar, das ihr Vater und ihr Mann so liebten, abgeschnitten und es hellbraun getönt – ihre eigentliche Farbe. Allerdings hatte sie ihr Naturhaar so lange nicht mehr gesehen, dass sie den richtigen Ton nur raten konnte. Sie liebte die flotte Kurzhaarfrisur. Sie sah nicht nur jünger damit aus, sondern obendrein viel zu sportlich und lässig für eine elegante First Lady.

Die Verkleidung als alte Dame war zwar ihre ursprüngliche Idee gewesen, aber sie hatte sich nicht dauernd mit einer Perücke und all der Kleidung abplagen wollen. Der ausgestopfte Bauch war da die bequemere Lösung. Selbst wenn die Leute die frappierende Ähnlichkeit einer Schwangeren mit Cornelia Case bemerkten, so würden sie es für nicht mehr als einen Zufall halten.

Gestern Abend hatte sie die Ecken eines Wal-Mart-Kissens umgenäht und Bänder daran befestigt. Mit ihren kurzen braunen Haaren, der billigen Kleidung, den ringfreien Fingern und der minimalen Schminke sah sie aus wie eine Schwangere, der das Schicksal übel mitgespielt hatte. Wenn sie sprach, dann benutzte sie einen Südstaatenakzent, um ihre gepflegte Upper-Class-Ausdrucksweise zu überspielen, was ihre Tarnung komplett machte.

Beim Verlassen des Truckstops wühlte sie in der Tasche, mit der sie das Weiße Haus verlassen hatte, nach ihren Wagenschlüsseln. Da war eine Packung Tempos, eine Rolle Pfefferminz, ihre neue Brieftasche, aber kein Schlüsselbund. Hatte sie ihn etwa im Wagen stecken lassen?

Sie musste unbedingt vorsichtiger sein. Viel zu sehr hatte sie sich daran gewöhnt, dass ihr ihre Assistenten alles hinterhertrugen. Heute Vormittag zum Beispiel hatte sie ihre Tasche in dem Diner liegen gelassen, in dem sie gefrühstückt hatte, und hatte zurückrennen müssen, um sie sich wieder zu holen. Und jetzt die Schlüssel!

Nealy trat auf den Parkplatz hinaus und blickte sich nach ihrem blauen Chevy um, konnte ihn jedoch nirgends sehen. Komisch. Sie dachte, sie hätte ihn neben dem heruntergekommenen gelben Wohnmobil geparkt – ganz bestimmt ...

Umgehend hastete sie dorthin, aber nichts stand da.

Fassungslos starrte sie auf die leere Parkfläche und dann auf das Wohnmobil. Vielleicht irrte sie sich ja. Vielleicht hatte sie doch woanders geparkt. Mit heftig klopfendem Herzen blickte sie sich um. Und wollte es immer noch nicht glauben. Der Wagen war weg. Sie hatte die Schlüssel stecken lassen, und jemand hatte das Auto gestohlen!

Ihre Kehle war auf einmal wie zugeschnürt. Ein einziger Tag in Freiheit. Sollte das alles gewesen sein?

In ihr stieg eine Verzweiflung auf, die sie zu ersticken drohte. Nein, noch war die Hoffnung nicht verloren. Mit ihren mehreren Tausend Dollar Bargeld konnte sie sich wieder ein Auto kaufen. Irgendein netter Mensch würde sie in die nächste Stadt mitnehmen, und sie würde sich einen Autohändler suchen ...

Die Knie gaben unter ihr nach, und sie sank auf die nächstbeste Holzbank. Ihr Geld lag sicher verstaut im Kofferraum. Und in ihrer Brieftasche befand sich nur ein jämmerlicher Zwanzig-Dollar-Schein.

Sie vergrub das Gesicht in den Händen. Jetzt musste sie das Weiße Haus anrufen, und innerhalb einer Stunde würde es an diesem friedlichen Fleckchen nur so wimmeln von Secret-Service-Agenten. Man würde sie in einen Helicopter verfrachten und rechtzeitig zum Dinner wieder im Weißen Haus absetzen.

Es lief alles genau vor ihrem inneren Auge ab. Eine Standpauke von ihrem Vater, Mahnungen von wegen Pflichterfüllung seitens des Präsidenten. Grässliche Schuldgefühle. Schon morgen Abend würde sie wieder in Habachtstellung antreten und Hunderte von Händen schütteln, bis ihr die Finger abfielen. Und alles war nur ihre eigene Schuld. Was nutzte ihr ihre ganze Bildung, ihre Erfahrung, wenn sie nicht mal imstande war, auf dem Parkplatz den Schlüssel abzuziehen?

Ihr Hals schnürte sich zu, und mühsam rang sie nach Luft.

»Sie is sauschwer, und ich trag sie nich länger!«

Nealy hob den Kopf und sah, wie das junge Mädchen von vorhin das Baby auf dem Gehsteig absetzte und den prächtigsten Vater des Jahres anfauchte, der bereits zu dem gelben Wohnmobil unterwegs war.

»Wie du willst!« Er sprach nicht laut, besaß aber eine tiefe, weit tragende Stimme.

Das Mädchen rührte sich nicht von dem Baby weg, machte aber auch keine Anstalten, es wieder hochzunehmen. Die Kleine ließ sich auf die Knie plumpsen, als wolle sie davonkrabbeln, doch der heiße Asphalt bremste sie abrupt. Aber sie war ein schlauer kleiner Wonneproppen und stemmte sich hoch, sodass nur noch das Allernötigste den Asphalt berührte – ihre Handflächen sowie die Fußsohlen. Mit dem Popöchen in der Luft begann sie nun, wie eine Spinne auf allen vieren sich vorwärts zu hanteln.

Das Mädchen fiel wieder über ihren Vater her. »Ich mein's ernst, Jorik! Du benimmst dich wie ein Arschloch!« Nealy zuckte bei der groben Ausdrucksweise des Mädchens zusammen. »Sie is nich giftig. Du kannst sie zumindest mal anfassen.«

»Das Baby ist deine Sache. Ich bin nur fürs Fahren zuständig. Und jetzt komm.« Der Mann namens Jorik mochte zwar ein lausiger Vater sein, aber er war schlau genug gewesen, die Wagenschlüssel mitzunehmen, und schob nun einen davon ins Türschloss des Wohnmobils.

Das Mädchen stemmte ihre Fäuste in die Hüften. »Das ist Bullshit!«

»Yeah, so wie neunzig Prozent des Lebens.«

Beide waren so in ihren Streit vertieft, dass keiner das Baby bemerkte, das langsam, aber sicher vom Gehsteig hinunter auf den Parkplatz krabbelte.

Nealy erhob sich ganz automatisch. Ein Baby in Gefahr. Genau die Situation also, der sie sich seit ihrer frühesten Kindheit nicht entziehen konnte.

»Hör auf zu meckern und steig ein«, knurrte der Mann.

»Ich bin nicht deine Sklavin! Seit gestern kommandierst du mich nur rum, und ich hab's satt!«

Ein älteres Pärchen in einem Cadillac stieß rückwärts aus einer Parklücke und näherte sich bedrohlich dem Baby. Nealy eilte herbei, bückte sich und hob die Kleine rasch auf.

Die Art Zorn, die sie in ihrem wirklichen Leben nie zeigen durfte, brach aus ihr hervor. »Was für ein Vater sind Sie eigentlich?«

Mr. Macho drehte sich langsam zu ihr herum und musterte sie mit seinem schiefergrauen Blick. Sie stürmte mit dem Baby unterm Arm auf ihn zu. Die Tatsache, dass sie eine Todesangst dabei hatte, Babys zu halten, machte sie nur noch wütender.

Sie wies mit dem Finger in Richtung des davonfahrenden Cadillacs. »Ihre Tochter ist genau auf dieses Auto zugekrochen. Sie hätte überrollt werden können!«

Wortlos starrte er sie an.

Je mehr sie sich ihm näherte, desto größer erschien er ihr. Reichlich spät fiel ihr ein, dass sie ja mit einem Südstaatenakzent reden musste. »Wie können Sie bloß so verantwortungslos sein?«

»Wir sind ihm egal«, mischte sich das Mädchen ein. »Er hasst uns!«

Nealy funkelte ihn zornig an. »Auf Kinder muss man Acht geben, besonders auf Babys.«

Er wies mit einer Kopfbewegung auf die leere Lücke neben ihm. »Wo ist Ihr Auto?«

Sie fuhr zurück. »Woher wissen Sie das?«

»Ich hab Sie aussteigen sehen.«

Nein, so leicht ließ sie sich nicht von ihm ablenken. »Küm-

mern Sie sich nicht um mein Auto. Was ist mit Ihrem Kind?«
Sie hielt ihm das Baby hin, aber er nahm es ihr nicht ab. Stattdessen starrte er die Kleine an, als wüsste er nicht genau, was er da vor sich hatte. Schließlich wandte er sich an das Mädchen. »Lucy, nimm sie und steig ein!«

»Sind deine Arme gebrochen, oder was?«, zischte das Mädchen.

»Tu, was ich dir sage. Und füttere sie, bevor wir losfahren.«

Sein Ton klang so bedrohlich, dass Nealy sich nicht wunderte, als das Mädchen ihr das Baby abnahm. Doch Lucy war immerhin noch aufmüpfig genug, um ihn mit einem tödlichen Blick anzufunkeln, bevor sie die Tür des Wohnmobils aufriss und die Kleine hineinwuchtete.

Der Mann namens Jorik blickte auf Nealy hinab. Obwohl sie selbst alles andere als klein war, überragte er sie um mehr als Haupteslänge und sah direkt vor ihr sogar noch kantiger aus. Sein Nasenrücken war ein wenig krumm, als hätte er ihn sich beim Herunterfallen von einem Hochhausstahlträger gebrochen.

»Das sind nicht meine Kinder«, erklärte er.

»Was machen Sie dann mit ihnen?«

»Ich war ein Freund ihrer Mutter. Also, was ist nun mit Ihrem Auto?«

Ein gelbes Warnlicht begann in ihrem Gehirn, zu blinken. »Nichts ist damit.«

»Es wurde gestohlen, stimmt's?«

Er musterte sie so eingehend, dass sie fürchtete, er könnte sie erkennen; also senkte sie den Kopf, um ihr Gesicht vor ihm zu verbergen. »Wieso behaupten Sie das?«

»Weil ich gesehen hab, wie Sie hier geparkt haben, und weil die Karre nun verschwunden ist. Außerdem haben Sie die Schlüssel stecken gelassen.«

Ihr Kopf schoss hoch. »Sie haben sie gesehen?«

»Yep.«

»Sie haben sie gesehen und nichts unternommen?«

»Nun ja ... ich hab überlegt, ob ich den Wagen selbst klauen soll, hatte aber Angst vor Ihrem Frosch.«

Wenn sie nicht so erregt gewesen wäre, hätte sie vielleicht gelacht. Nach seiner Ausdrucksweise zu schließen, war er gebildet, was sie angesichts seines erdigen Aussehens ein wenig aus der Fassung brachte. Sein Blick fiel auf ihren dicken Bauch, und sie musste dem Drang widerstehen, ebenfalls hinzusehen, um sicherzugehen, dass noch alles richtig saß.

»Sie gehen besser wieder rein und rufen die Polizei«, sagte er. »Vorhin stand dort drüben ein Tramper. Würde mich nicht überraschen, wenn er's satt gehabt hätte, noch länger auf eine Mitfahrgelegenheit zu warten, und sich Ihr großzügiges Angebot zunutze gemacht hat. Ich bleib so lange, bis ich den Bullen eine Beschreibung von ihm gegeben hab.«

Die Lady hatte nicht die Absicht, die Polizei zu holen. »Nicht nötig. Sie brauchen nicht zu warten.«

»Macht mir aber nix aus.«

Er schien zu überlegen, woher er sie kannte. Allmählich wurde sie nervös. »Ich will Sie nicht länger aufhalten. Trotzdem danke.« Sie wandte sich zum Gehen.

»Halt. Keinen Schritt weiter.«

5

Woher kannte er sie bloß? Mat studierte die Frau, die sich ein wenig ängstlich zu ihm umblickte, nachdenklich. Ihre Haltung besaß etwas beinahe Königliches, aber ihr abgemagerter Körper, dazu der lange, schlanke Schwanenhals und die Hände, an denen kein Ehering zu erkennen war, ließen vermuten, dass sie harte Zeiten hinter sich hatte. Ihre Arme und Beine waren beinahe grotesk dünn im Vergleich zu ihrem dicken, hervortretenden Bauch, und ihre vergissmeinnichtblauen Augen wirkten irgendwie müde, als hätte sie mehr vom Leben gesehen, als ihr lieb war.

Dieses intensive Blau ... kam ihm irgendwie bekannt vor. Freilich war er ihr noch nie begegnet, dennoch schien es ihm so. Ihre Abneigung vor der Polizei erregte seine journalistische Neugier. »Sie wollen den Diebstahl nicht melden, stimmt's?«

Er sah eine Ader an ihrem schlanken Hals pochen, aber sie blieb kühl. »Wie kommen Sie denn darauf?«

Sie hatte etwas zu verbergen, und er glaubte auch zu wissen, was. »Ach, ich weiß nicht. Vielleicht können Sie's ja nicht melden, weil der Wagen gar nicht Ihnen gehörte.«

Alarm flackerte in ihren Augen auf, aber keine Angst. Die Lady mochte ja in letzter Zeit Pech gehabt haben, aber der Mumm hatte sie noch nicht verlassen. »Das geht Sie nichts an.«

Da war definitiv was faul, und er riskierte eine wilde Vermutung. »Sie haben Angst, wenn Sie die Polizei holen, wird man rauskriegen, dass Sie das Auto Ihrem Freund gestohlen haben.«

Ihre Augen verengten sich. »Warum glauben Sie, ich hätte einen Freund?«

Mat warf einen Blick auf ihren prallen Bauch. »Na ja, eine Freundin wird das wohl nicht zu verantworten haben.«

Sie blickte ihren Bauch an, als hätte sie ihn vollkommen vergessen. »Ach!«

»Außerdem tragen Sie keinen Ehering und sind obendrein in einem gestohlenen Auto unterwegs. Passt wie die Faust aufs Auge!« Wieso er es ihr eigentlich so schwer machte, wusste er nicht genau, Gewohnheit vermutlich. Berufliche Neugier auf alle, die etwas zu verbergen hatten. Oder vielleicht wollte er ja bloß Zeit schinden, um nicht so schnell ins Wohnmobil zurückzumüssen.

»Ich habe nicht gesagt, dass der Wagen gestohlen ist. Sie haben sich das selbst ausgedacht.«

»Warum rufen Sie dann nicht die Polizei?«

Sie blickte ihn an, als wäre sie die Kaiserin von Ägypten und er ein niedriger Sklave, der auf ihr Geheiß Steine für eine Pyramide heranschleppte. Irgendwie ging ihm ihre Arroganz gewaltig auf die Nerven.

»Sie könnten ja einfach wieder zu ihm zurückgehen«, schlug er vor.

»Und Sie geben wohl nie auf, was?«

Er bemerkte die Mischung aus Intelligenz und Hochmut in ihrer Miene. Diese Lady war es gewöhnt, Menschen auf Distanz zu halten. Zu schade, dass sie bei ihrem Freund nicht so schlau gewesen war.

Wem sah sie bloß ähnlich? Die Antwort lag ihm auf der Zunge, aber sie wollte nicht heraus. Er fragte sich, wie alt sie wohl sein mochte. Ende zwanzig, Anfang dreißig? Ihre ganze Haltung und Art troffen geradezu vor Upper Class, aber ihre Situation war zu prekär für ein Mitglied der Oberschicht.

»Ich kann nicht mehr zurück«, sagte sie schließlich.

»Wieso nicht?«

Einen Moment lang schwieg sie. »Weil er mich schlägt.«

Bildete er sich das bloß ein, oder lag eine gewisse Genugtuung in ihrer Stimme? Was sollte das? »Haben Sie Geld?«

»Ein wenig.«

»Wie wenig?«

Ihr Stolz blieb ungebrochen, und er bewunderte sie dafür. »Danke für Ihre Hilfe, aber das geht Sie wirklich nichts an!«

Sie wandte sich zum Gehen, seine Neugier war indessen noch lange nicht befriedigt. Aus dem Instinkt heraus, der ihn zu so einem guten Reporter gemacht hatte, langte er nach dem Schultergurt ihrer hässlichen Plastiktasche und hielt sie fest.

»He!«

Ohne auf ihren wütenden Protest zu achten, zog er ihr die Tasche von der Schulter und holte ihr Portemonnaie heraus. Als er hineinblickte, fand er keine einzige Kreditkarte, keinen

Führerschein, bloß einen Zwanzig-Dollar-Schein und ein wenig Kleingeld. »Damit kommen Sie nicht sehr weit.«

»Was fällt Ihnen ein!« Sie riss ihm Geldbeutel und Tasche aus der Hand und wandte sich ein drittes Mal zum Gehen. Er hatte wahrhaftig genug eigene Probleme und sollte sie einfach laufen lassen – aber sein journalistischer Instinkt lief auf Hochtouren. »Und was haben Sie jetzt vor?«, rief er ihr nach.

Sie antwortete nicht.

Eine verrückte Idee sprang ihm in den Sinn. Ganze fünf Sekunden dachte er darüber nach. »Wollen Sie mitfahren?«

Langsam drehte sie sich zu ihm um. »Mit Ihnen?«

»Mit mir und den kleinen Monstern.« Er schritt auf sie zu. »Wir fahren nach Westen, zu Grandma's Haus, in Iowa. Wenn das auch Ihre Richtung ist, können wir Sie irgendwo absetzen!«

Ungläubig blickte sie ihn an. »Sie wollen, dass ich mitfahre?«

»Wieso nicht? Aber die Fahrt ist nicht umsonst.«

Misstrauen breitete sich auf ihren Zügen aus, und er wusste genau, was sie dachte. Aber schwangere Damen standen nicht gerade an der Spitze seiner Liste von Turn-ons. »Sie müssen mir Lucy vom Hals halten und sich um das Baby kümmern. Das ist alles.«

Er erwartete, dass sie erleichtert sein würde, doch sobald er das Baby erwähnte, versteifte sie sich. »Ich weiß nichts über Babys.«

»Finden Sie nicht, dass Sie es baldigst lernen sollten?«

Es dauerte einen Moment, bis ihr wieder einfiel, dass sie ja schwanger war. Und er hatte allmählich das Gefühl, dass sie nicht gerade glücklich über den zu erwartenden Neubürger war. Sie überlegte nur ein paar Sekunden, und dann begannen ihre Augen vor Aufregung zu funkeln. »Ja, gut. Ja, das wäre schön. Gerne.«

Ihre Reaktion überraschte ihn. An dieser Lady war mehr

dran als auf den ersten Blick erkennbar. Er dachte daran, dass er im Grunde ja gar nichts über sie wusste – womöglich hatte das Zusammensein mit Sandys Kids seine Gehirnwindungen geschädigt. Aber er hielt es keine Meile länger mit Lucys ständiger Verdrießlichkeit und dem andauernden Geplärre des Dämons aus. Im Übrigen konnte er ihr, falls es nicht funktionierte, immer noch ein bisschen Geld in die Hand drücken und sie an der nächsten Tankstelle absetzen. Er wandte sich wieder zu dem Wohnmobil um. »Eine letzte Warnung.«

»Und die wäre?«

»Die beiden haben äußerst empfindliche Mägen.«

»Was soll das heißen?«

»Das werden Sie schon rausfinden.« Er hielt ihr die Tür auf. »Wie heißen Sie?«

»N-Nell. Nell Kelly.«

So zögernd, wie das herausgekommen war, fragte er sich, ob sie die Wahrheit sagte. Ihr Freund musste wohl ein echter Halunke sein. »Ich bin Mat Jorik.«

Sie schenkte ihm ein königliches Nicken, und in diesem Moment fiel es ihm wie Schuppen von den Augen. *Cornelia Case*. Sie sah aus wie Cornelia Case.

Irgendwie hatte er es mit den Berühmtheiten ... Zuerst Lucy, die er mit Winona Ryder verglichen hatte, und jetzt erinnerte ihn diese Lady an eine schwangere Version von Cornelia Case. Selbst ihre Stimmen ähnelten sich; aber er konnte sich einfach nicht vorstellen, dass die First Lady pleite, schwanger und mutterseelenallein in einem Truckstop mitten in der Pampa stranden würde. »Hat man Ihnen schon mal gesagt, dass Sie aussehen wie Cornelia Case?«

Ihre Augenlider zuckten kurz. »Ja, ständig.«

»Ihre Stimme klingt auch genauso, bloß, dass Sie Dialekt sprechen. Ich weiß allerdings nicht, welchen. Wo kommen Sie her?«

»Aus Carolina, Alabama. Michigan, für 'ne Weile, dann Kalifornien. Wir sind sehr oft umgezogen. Muss meine Sprechweise beeinflusst haben.«

»Hm, kann sein.« Die Sonne schien ihr direkt auf den Kopf, und er sah einen kleinen braunen Farbflecken an ihrer Schläfe, als hätte sie sich erst kürzlich die Haare gefärbt. Automatisch merkte er sich dieses Detail. Nell Kelly mochte ja das Glück verlassen haben, aber sie war dennoch eitel genug, um sich die Haare zu färben. Beobachtungen wie diese hatten ihn schon früher auf die wirklich heißen Spuren geführt.

Sie roch gut, und als er beiseite trat, um sie ins Wohnmobil zu lassen, verspürte er auf einmal etwas Seltsames. Wenn sie nicht schwanger gewesen wäre, dann hätte er es eindeutig als Erregung bezeichnet. Es war schon ein Weilchen her, seit er zuletzt eine Beziehung gehabt hatte – er musste an das *Bride-Magazin* denken, das ihm um die Ohren geflogen war –, und sein Sexualleben hatte seither etwas gelitten. Aber nicht genug, um beim Anblick einer dürren, schwangeren Lady einen Steifen zu kriegen. Trotzdem, sie hatte was …

»Nach Ihnen, Prinzessin.« Spöttisch neigte er den Kopf.

»Prinzessin?« Nealys eigener Kopf schoss hoch, und ihr Blick traf auf ein Ladykiller-Grinsen, bei dem sie sich fragte, ob sie begann, den Verstand zu verlieren. Nicht nur, dass sie sich von einem Wildfremden mitnehmen ließ, dieser Fremde war auch noch fast dreißig Zentimeter größer als sie und viel, viel stärker. Und sein Grinsen … Obwohl man es nicht gerade als lüstern bezeichnen konnte, so besaß es dennoch etwas eindeutig Herausforderndes. Und das machte sie nervös.

»Irgendwie passt es«, sagte er.

Sie wusste nicht, was sie dazu sagen sollte, also schlüpfte sie wortlos an ihm vorbei – was gar nicht so einfach war – und ins Wohnmobil hinein. Zwar hatte sie ihre Entscheidung spontan, aber nicht vollkommen unüberlegt gefällt; aufmerksam blickte sie sich im Innern des Wohnmobils um. Obwohl dem Mann eindeutig etwas Gefährliches anhaftete, so war es nicht die Art von Gefährlichkeit, die man einem Serienmörder zuschrieb. Immerhin hatte er sich erboten, auf die Polizei zu warten, nicht wahr? Und wundersamerweise war ihr herrliches Abenteuer noch nicht vorbei.

Nealy hoffte, dass er ihr die Erklärung für ihren eigenartigen Dialekt abgekauft hatte; sie musste in Zukunft unbedingt vorsichtiger sein, damit ihr nicht dauernd ihre gewohnt gepflegte Sprechweise entschlüpfte. Außerdem durfte sie nicht vergessen, dass sie nun Nell Kelly war, der erste Name, der ihr spontan einfiel.

Das Baby schaukelte in einem Autositz auf einer alten Liege mit einem abgewetzten, blau-grünen Karobezug. Gegenüber und gleich rechts von Nealy befand sich eine schmale Sitzbank. Auf dem Tisch lagen eine offene Tüte Kartoffelchips, ein angebissener Donut, eine Haarbürste und ein Walkman. Links von ihr stand ein kleiner Kühlschrank, und daneben führte eine abgeblätterte Tür wahrscheinlich in ein Klo oder Bad. Außerdem gab es eine winzige Küche mit einem Drei-Platten-Herd, einer Mikrowelle und einem Spülbecken, in dem ein paar Styroportassen und eine Dunkin-Donuts-Box lagen. Ganz hinten gab eine nur halb geschlossene Schiebetür den Blick auf ein Doppelbett frei, auf dem sich Kleidung und Handtücher stapelten. Vorne befanden sich zwei Schalensitze, einer für den Fahrer, einer für den Beifahrer.

Eine herausfordernde Stimme unterbrach ihre Gedanken. »Was haben Sie hier zu suchen?«

Widerwillig wandte sie sich dem mürrischen Teenager namens Lucy zu, die auf der Liege saß und das Baby mit einem Gläschen Erbsenbrei fütterte. Das Mädchen war offenbar überhaupt nicht erfreut, sie zu sehen.

Nealy erinnerte sich, einen Ausdruck von Sehnsucht in ihren Augen gesehen zu haben, als sie mit Mat stritt. Vielleicht wollte sie ja ihr Territorium gegen das Eindringen eines anderen weiblichen Wesens verteidigen.

»Ich fahre ein Stückchen mit euch mit«, gab Nealy Auskunft.

Lucy starrte sie hasserfüllt an und blickte dann zum Fahrersitz. »Was ist los, Jorik? Brauchst du's so dringend, dass du's keinen Tag mehr ohne Sex aushalten kannst?«

Definitiv besitzergreifend!

»Ignorieren Sie sie.« Mat nahm eine Straßenkarte zur Hand und begann sie zu studieren. »Lucy glaubt, wenn sie dreckig daherredet, dann fange ich an zu heulen.«

Nealy blickte Lucy an und musste an die blankgeputzte Gruppe von Jugendlichen denken, die sie erst letzte Woche im Weißen Haus empfangen hatte. Alle waren Gewinner eines staatlichen Stipendiums gewesen, das die Regierung wegen besonderer schulischer Leistungen verlieh, und der Kontrast zu diesem Mädchen hier hätte nicht größer sein können. Nun, sie hatte ja einen Einblick ins ganz normale Leben haben wollen. So schaute das also aus.

Lucy stellte das Breigläschen auf den Boden. Das Baby, dessen Mäulchen mit grünem Brei verschmiert war, stieß sogleich einen ungehaltenen Schrei aus. Das Mädchen erhob sich, ging zur Sitzbank und ließ sich darauf niederplumpsen. »Butt is noch nicht satt, aber ich hab keine Lust mehr, sie weiter zu füttern.« Sie langte nach ihrem Walkman, setzte sich die Kopfhörer auf und lehnte sich in die Ecke zurück.

Mat lächelte vielsagend über die Schulter. »Zeit, sich die Fahrt zu verdienen, Nell!«

Einen Moment lang hatte sie keine blasse Ahnung, wen er damit meinte.

»Füttern Sie das Baby fertig, damit wir endlich loskommen«, ordnete er an.

Lucy nickte im Takt der Musik, aber die Art, wie sie dabei das Baby im Auge behielt, verriet, dass ihr kein Wort des Gesprächs entging. Nealy hatte das deutliche Gefühl, auf eine Art Probe gestellt zu werden.

Sie wandte sich dem Baby zu und wurde von der alten Panik übermannt. Obwohl sie Kinder wirklich mochte, waren Babys die reinste Tortur für sie. Wie sollte sie nun ihr bestgehütetes Geheimnis mit der Art ihrer Tarnung in Einklang bringen?

Auch ohne Seelenklempner wusste sie, was mit ihr los war. Das berühmte *Time-Magazin*-Foto, das mit sechzehn von ihr gemacht worden war, zeigte nicht, dass das äthiopische Baby nur Augenblicke, nachdem der Fotograf verschwand, in ihren Armen gestorben war. Und diese Erinnerung verfolgte sie seither Tag und Nacht.

Zwar hatte sie schon zahlreiche gesunde Babys vor der Fotokamera gehalten, doch das waren meist nur sehr flüchtige Episoden. Vielmehr verlangte es ihr Amt, sich hauptsächlich mit kranken Säuglingen zu befassen. Sie hatte Dutzende von Crack-Babys ansehen müssen, hatte Hunderte von HIV-Babys auf dem Arm gehalten, hatte Babys mit unsagbar schrecklichen Krankheiten getröstet und Fliegen von den Augen verhungernder Säuglinge gescheucht. Für sie waren Babys und Leid inzwischen untrennbar miteinander verbunden.

»Du musst dich innerlich mehr distanzieren«, hatte Dennis noch vor ihrer Heirat zu ihr gesagt, als sie versuchte, es ihm zu erklären. »Wenn du den Kindern irgendwie nützen willst, musst du dich distanzieren.«

Aber wie konnte man sich vom Sterben vollkommen Unschuldiger distanzieren? Ihre geschwollenen Bäuche und verkrüppelten Gliedmaßen verfolgten sie bis in den Schlaf. Diese Babys waren sowohl zu ihrem Kreuz als auch zu ihrem Kreuzzug geworden, und sie hatte ihre Mitarbeiter angewiesen, ihr so viele Gelegenheiten wie nur möglich zu verschaffen, um deren Leid in die Öffentlichkeit zu bringen. Das war die einzige Weise, auf die sie dem Andenken des äthiopischen Babys, dem zu helfen ihr nicht vergönnt gewesen war, gerecht werden konnte.

First Ladys hatten traditionell ein Anliegen. Lady Bird hatte ihre Wildblumen, Betty Ford kämpfte gegen Alkoholmissbrauch, Nancy Reagan *just said no*, zu Drogen, und Barbara Bush wollte, dass jedermann lesen konnte. Obwohl Cornelia es gar nicht vorgehabt hatte, wurde sie zum Schutzengel der Schutzbedürftigsten dieser Welt.

Doch nun, da Nealy ins Gesicht dieses gesunden, schreienden Wonneproppens mit seinen funkelnden blauen Augen und dem grün verschmierten Mündchen hinabblickte, empfand sie nichts als Angst und Hilflosigkeit. Die dunkle Seite ihres Kreuzzugs war ihre panische Angst vor gesunden Babys. Wenn sie diesem wunderschönen Geschöpf nun schadete? Natürlich war das vollkommen unlogisch, aber sie fühlte sich nun schon so lange als Todesengel von Säuglingen, dass sie nicht mehr anders reagieren konnte.

Sie merkte, dass Mat sie ansah, und brachte ein Schulterzucken zustande. »Ich – ich kann nicht gut mit Babys umgehen. Vielleicht sollten Sie's besser übernehmen.«

»Angst, sich schmutzig zu machen? Falls Sie's vergessen haben – Ihre Unterstützung ist die Voraussetzung, dass ich Sie mitnehme.«

Sie steckte in einer Zwickmühle, und das wusste er ganz genau. Ihr Blick glitt über den unordentlichen Trailer, den mürrischen Teenager und das schreiende Baby. Dann schaute sie zu diesem rauen, harten Brocken von Mann mit seinem Killerlächeln hinüber. Wünschte sie sich die Freiheit wirklich so sehr, dass sie das alles in Kauf nahm?

Die Antwort lautete: Ja!

Mit grimmiger Entschlossenheit ergriff sie den verkleckerten Löffel, tauchte ihn ins Gläschen und führte ihn an den Mund des Babys. Die Kleine verschlang die Erbsen und öffnete sofort danach eifrig das Mäulchen, die Augen unverwandt auf Nealys Gesicht geheftet. Als Nealy sie mit dem zweiten Löffel traktierte, grabschte das Kleine nach ihren Fingern.

Nealy zuckte zusammen und musste gegen den Drang ankämpfen, ihre Hand zurückzuziehen. »Wie heißt sie?«, brachte sie mühsam hervor.

»Das sollten Sie lieber nicht wissen.«

Lucy hob eine Seite ihres Kopfhörers. »Ihr Name is Butt.«

»Butt?« Nealy blickte auf das entzückende erbsenbreiverschmierte Gesichtchen mit den weichen Zügen und der rosigen Haut hinab. Das glatte blonde Haar umgab ihr Köpfchen wie eine Flaumwolke. Es lächelte und entblößte dabei vier winzige Zähnchen. Dann brachte es eine grün gefleckte Spuckeblase zustande.

»Ich hab sie nich so getauft«, sagte Lucy, »also sehen Sie mich nich so an!«

Stattdessen wandte Nealy sich zu Mat um.

»Ich hab sie auch nicht so getauft.«

Rasch gab sie dem Baby den letzten Löffel Erbsenbrei. »Wie heißt sie wirklich?«

»Da muss ich passen.« Er begann die Karte zusammenzufalten.

»Ich dachte, Sie wären ein Freund ihrer Mutter. Wieso wissen Sie dann nicht, wie sie heißt?« Und wie kam es, dass er mit zwei Kindern unterwegs war, die nicht ihm gehörten?

Statt einer Antwort drehte er den Schlüssel im Zündschloss herum.

»Ich würd jetzt noch nich losfahren, wenn ich du wäre, Jorik«, ließ Lucy sich vernehmen. »Butt braucht mindestens 'ne halbe Stunde zum Verdauen, oder sie wird bloß wieder alles rauskotzen.«

»Verdammt noch mal, so kommen wir nie von hier weg!«

Nealy fand, er sollte nicht vor einem Teenager fluchen, auch wenn die Ausdrucksweise des besagten Teenagers noch so sehr zu wünschen übrig ließ. Nun ja, das ging sie im Grunde nichts an.

Lucy riss sich die Kopfhörer herunter. »Schalt die Klimaanlage ein. Es ist heiß hier drin.«

»Hast du je schon mal das Wort ›bitte‹ gehört?«

»Hast du je schon mal die Worte ›Ich schwitz wie 'ne Sau‹ gehört?«

Lucy hatte es zu weit getrieben. Anstatt den Airconditioner anzuschalten, schaltete er den Motor ab, erhob sich und steckte in aller Seelenruhe den Schlüssel ein. »Ich sehe die Ladys dann in einer halben Stunde.« Sprach's und verließ das Wohnmobil.

Es war wirklich furchtbar warm, und Nealy blickte das Mädchen mit hochgezogener Braue an. »Das hast du ja prima hingekriegt.«

»Er ist 'n Arsch.«

»Ein Arsch, der uns gerade ohne Aircondition sitzen gelassen hat.«

»Wen kümmert's?«

Als Nealy in Lucys Alter war, musste sie sich hübsch anziehen und höflich mit den höchsten Politikern dieser Welt Konversation betreiben. Unhöflichkeit wäre ihr nie in den Sinn gekommen. Das mürrische Mädchen faszinierte sie mehr und mehr.

Das Baby fing an, sich die grün verschmierten Fäustchen an seinem blonden Haarflaum abzuwischen. Nealy blickte sich nach Papiertüchern um, konnte jedoch keine entdecken. »Womit soll ich sie sauber machen?«

»Weiß nich. Mit 'nem Waschlappen oder so was.«

»Wo sind die?«

»Na, irgendwo. Vielleicht in der Schublade da.«

Nealy fand einen Lappen, befeuchtete ihn unter dem Wasserhahn und begann unter Lucys wachsamen Augen dem Baby den Kopf zu säubern, nur um festzustellen, dass es klüger gewesen wäre, mit den Händchen anzufangen. Und währenddessen übersah sie angestrengt das süße Grienen der Kleinen. Endlich war das ganze Paket einigermaßen sauber.

»Holen Sie sie aus dem Sitz und lassen Sie sie ein bisschen

rumkrabbeln.« Lucy klang absolut gelangweilt. »Sie braucht Bewegung.«

Der Teppich sah nicht gerade sauber aus. Gedanken an Typhus, Dysenterie, Hepatitis und einem Dutzend anderer Krankheiten schossen ihr durch den Kopf, und sie blickte sich nach etwas um, das sie auf dem Teppich ausbreiten konnte. Schließlich fand sie in einem der oberen Schrankfächer im Schlafteil des Wohnmobils eine Steppdecke, die sie zwischen der Liege und dem Tisch auf dem Boden ausbreitete. Sie fummelte eine Weile an den Schnallen des Babysitzes herum, bevor sie sie aufbekam.

Wie immer musste sie sich überwinden, das Dingelchen hochzunehmen. *Stirb nicht. Bitte stirb nicht.*

Das Baby strampelte und krähte vergnügt, als Nealy es aus dem Sitz hob. Es fühlte sich warm und lebendig unter ihren Händen an und war offenbar kerngesund. Nealy setzte es rasch auf den Boden. Das Baby reckte den Hals, um sie anzustarren.

Lucy hatte aufgehört, so zu tun, als würde sie Musik hören. »Das mit der Decke hätten Sie sich sparen können. Sie bleibt ohnehin nich drauf.«

Und wirklich, der Winzling schoss sofort auf Händen und Knien los. Innerhalb weniger Augenblicke war er von der Decke heruntergekrabbelt und zum Vorderteil des Wohnmobils unterwegs.

»Wenn du so viel weißt, wieso kümmerst du dich nicht um sie?« Nealy genoss die neu gewonnene Freiheit, auch einmal grob sein zu dürfen. Wäre es nicht einfach wundervoll, wenn man jeden, der einem blöd kam, anfauchen dürfte?

Das Baby zog sich am Fahrersitz hoch und begann auf zwei wackeligen Beinchen und mit einer erbsenbreiverschmierten kleinen Faust seine unmittelbare Umgebung zu erkunden.

»Was glauben Sie, was ich mache, seit meine Mutter tot ist?«

Nealy fühlte sich elend. »Das von deiner Mutter wusste ich nicht. Es tut mir Leid.«

Lucy zuckte mit den Schultern. »Macht nichts. Lass das in Ruhe, Butt.«

Nealy sah, dass das Baby auf Zehenspitzen stand und sich reckte, um an den Schaltknüppel zu gelangen. Die Kleine drehte sich zu ihrer großen Schwester um, grinste und steckte sich die Faust in den Mund.

»Ich weigere mich, sie Butt zu nennen«, nahm Nealy den Faden wieder auf.

»Woher soll sie dann wissen, dass Sie sie meinen?«

Allerdings wollte Nealy sich auch nicht in einen Streit hineinziehen lassen. »Ich hab eine Idee. Wir geben ihr einen anderen Namen. Einen Spitznamen.«

»Was für einen Spitznamen?«

»Nun – wie wär's mit Marigold?«

»Also das ätzt doch.«

»Kann sein, aber es ist immer noch besser als Butt.«

»Sie macht's schon wieder. Tun Sie sie weg von da.«

Nealy hatte es allmählich satt, sich von einer Halbwüchsigen herumkommandieren zu lassen. »Wenn du schon so genau weißt, was sie vorhat, solltest du dich vielleicht besser selbst um sie kümmern.«

»Ha, ha«, höhnte Lucy.

»Es wäre wirklich das Beste. Du kannst offenbar sehr gut mit ihr umgehen.«

Lucys Gesicht wurde unter all dem Make-up knallrot. »Kann ich nich! Ich kann diese Heulboje nich ausstehen.«

Nealy musterte das Mädchen genauer. Wenn sie das Baby so wenig mochte, warum behielt sie es dann immer so gewissenhaft im Auge?

Baby Butt – Baby *Marigold* – langte schon wieder nach dem Schaltknüppel. Nealy schoss vor, packte die Kleine unter den Armen und trug sie zur Liege zurück. Das Baby hielt sich mit einer Hand an der Kante fest und drehte den Kopf, um ihre Schwester anzusehen, die sie geflissentlich ignorierte. Sie stieß ein forderndes Quäken aus.

Lucy senkte den Kopf und fing an, an dem blauen Nagellack ihrer großen Zehe herumzuzupfen.

Das Baby stieß ein erneutes, lauteres Quäken aus.

Lucy ignorierte sie.

Noch ein Quäken. Zunahme der Lautstärke.

»Hör auf damit! Hör bloß auf!«

Das Gesicht der Kleinen fiel bei dem wütenden Ton ihrer großen Schwester zusammen. Die himmelblauen Äuglein füllten sich mit Tränen. Die Unterlippe zitterte.

»Shit!« Lucy sprang auf und stürmte aus dem Wohnmobil. Zurück blieb Nealy mit einem kummervoll schluchzenden Wicht.

»Bilde ich mir das bloß ein, oder wird das Klingelgeräusch aus dem Motor immer lauter?« Mat warf Nealy, die neben ihm auf dem Beifahrersitz saß, einen Blick zu. Sie waren seit ungefähr einer Stunde unterwegs, aber er hielt sich die meiste Zeit bedeckt, und dies waren die ersten Worte, die er sprach.

»Ich habe nicht darauf geachtet.« Sie war zu sehr in die Betrachtung der bäuerlichen Landschaft vertieft gewesen.

»Lasst uns anhalten«, quengelte Lucy. »Ich will in ein Einkaufscenter.«

»Kaum anzunehmen, dass es hier ein Einkaufscenter gibt«, erwiderte Nealy.

»Woher wollen Sie das wissen? Und lasst mich fahren. Ich weiß, wie man mit dem Ding umgeht.«

»Sei still«, befahl Matt, »oder du weckst Butt noch auf.«

Zu Nealys Erleichterung war das Baby endlich in seinem Autositz eingeschlafen. »Ihr Name ist Marigold.«

»Klingt doof.« Er langte nach der Dose Kräuterbier, die er

sich aus dem kleinen Kühlschrank geholt hatte. Offenbar war er süchtig nach dem Gebräu, stellte sie fest.

»Butt mag ihn auch nich«, pflichtete Lucy ihm bei, »aber das is *ihr* ja egal.«

Ihr war's nicht ganz egal, besonders nicht, da Lucy sie schon seit zwanzig Meilen so nannte. »Na ja, Pech für euch, denn so werde ich sie nun mal nennen.« *Sie* empfand erneut ein starkes Glücksgefühl über ihre neu erworbene Grobheit. Man stelle sich vor, mit Kongressabgeordneten so reden zu können. *Sir, das Einzige, was mehr stinkt als Ihr Atem, ist Ihre Politik.*

Stille senkte sich über das Gefährt, das, wie Lucy Nealy informiert hatte, Mabel hieß. Sogar diese alte Klapperkiste hatte einen schöneren Namen als das Baby.

Mat blickte finster auf die Straße vor sich, den Kopf ein wenig schief geneigt, um dem Motorklingeln zu lauschen. Auf einmal merkte Nealy, wie viel Spaß ihr das alles machte, trotz der mehr als unangenehmen Gesellschaft. Ein herrlicher Sommertag, an dessen Ende sie keine Empfänge oder formalen Dinners erwarteten. Heute Abend musste sie ihre Hände nicht in Eis packen, weil sie ihr von zu vielen Begrüßungen wehtaten.

Schmerzende Hände waren der Preis für ein Leben in der Öffentlichkeit. Es gab Präsidenten, die sich alles Mögliche einfallen ließen, um sich davor zu schützen. Woodrow Wilson beispielsweise krümmte immer seinen Mittelfinger und verkreuzte darüber Zeige- und Ringfinger, sodass man keinen festen Griff bekam. Harry Truman nahm als Erster die andere Hand und schob seinen Daumen zwischen Daumen und Zeigefinger der anderen Person, um den Druck kontrollieren zu können. Ida McKinley, die Gattin von Präsident William McKinley, hatte immer ein Blumensträußchen in der Hand, damit sie gar nicht erst Hände schütteln musste. Aber Elizabeth Monroe, die wunderschöne, aber arrogante Gattin des fünften Präsidenten, setzte sogar noch einen besseren Trick ein. Sie hielt sich gleich ganz vom Weißen Haus fern.

Personen des öffentlichen Lebens entwickelten eine Menge Tricks, um offizielle Empfänge erträglicher zu gestalten. Einer von Nealys Lieblingstricks stammte von Ihrer Majestät, Queen Elizabeth. Wenn sie wollte, dass ihre Mitarbeiter sie aus einer besonders langweiligen Unterhaltung retteten, dann wechselte sie ihre Handtasche einfach vom rechten auf den linken Arm.

»Ich will in ein Einkaufscenter.«

Wo aber war die Handtasche, wenn man sie brauchte?

»Wieso hörst du nicht ein wenig Walkman?«

Lucy warf die Chipstüte beiseite. »Das hängt mir zum Hals raus. Ich will Spaß haben.«

»Hast du keine Bücher dabei?«

»Ich bin nicht in der Schule. Wieso sollte ich ein Buch lesen?«

Mat lächelte. »Ja, Nell, wieso sollte sie?«

Bücher waren in Nealys Kindheit ihre treuesten Begleiter gewesen, und sie konnte sich nicht vorstellen, dass jemand nicht versessen aufs Lesen war. Sie fragte sich, wie Eltern ihre Kinder während einer Reise bei Laune hielten. Obwohl sie die First Lady war – die Landesmutter also –, hatte sie nicht die blasseste Ahnung.

»Möchtest du etwas malen?«, erkundigte sie sich.

»Malen?« Das klang, als hätte Nealy vorgeschlagen, sie solle mit einer toten Ratte spielen.

»Hast du keine Stifte? Filzstifte oder Buntstifte?«

Sie schnaubte und fuhr fort, an ihren gelackten Zehennägeln herumzuzupfen.

Mat warf Nealy einen amüsierten Blick zu. »Das ist das Millennium, Nell. Stifte sind ein alter Hut. Fragen Sie sie, ob sie Drogen und 'ne Handfeuerwaffe will.«

»Das ist nicht lustig.«

»Doch, isses.« Lucy blickte von ihren Zehen auf. »Das is der erste lustige Satz, den ich von dir gehört hab, Jorik.«
»Ja, ich weiß. Ich bin der reinste Jim Carrey.«
Lucy erhob sich von der Liege. »Halt jetzt an! Ich muss mal pinkeln.«
»Wir haben ein Klo. Da kannst du dich erleichtern.«
»Vergisses! Es ist absolut eklig da drin.«
»Dann putz es.«
Lucy kräuselte verächtlich die Oberlippe. »Das ätzt doch.«
Mat blickte Nealy an. »Dann sind Sie dran!«
Nealy blickte sich hochnäsig um. »Das ätzt doch.«
Lucy kicherte, und Nealy musste lächeln, als sie das hörte.
»Setz dich hin«, befahl er Lucy. »Und schnall dich an. Die Liege hat Gurte. Also benutz sie auch.«
Sie schnappte sich ihren Walkman und ging damit nach hinten, wo sie sich bäuchlings aufs Bett warf, die Kopfhörer aufsetzte und mit den Fäusten zum Takt der Musik an die Wand hämmerte.
»Nettes Mädel«, murmelte Nealy. »Ich wette, sie wird im Gefängnis ihren Mann stehen.«
»Wenn sie den Dämon aufweckt, dann murks ich sie ab, bevor sie dort landet.«
Nealy studierte ihn. »Ich bin noch nie mit Kindern gereist, aber sollte man nicht häufiger Pausen planen, damit ihnen nicht langweilig wird? Aussichtspunkte, Spielplätze, Zoos.«
»Wenn Sie 'n Schild für eine Schlangenfarm sehen, dann sagen Sie's mir, dort setz ich euch alle drei gerne ab.«
»Mann, Sie haben aber eine schlechte Laune.«
»Und Sie eine umso bessere, obwohl sich nur noch zwanzig Dollar in Ihrer Tasche befinden und Ihr gestohlenes Auto gerade gestohlen wurde.«
»Es war nicht gestohlen, und irdische Güter halten uns ohnehin bloß von unserem Streben nach geistiger Vollkommenheit ab.«

»Tatsächlich?«

»Lucy sagte, ihre Mutter wäre gestorben. Wann war das?«

»Vor ungefähr sechs Wochen. Die Frau hatte noch nie viel Verstand. Sie war betrunken im Auto unterwegs.«

»Was ist mit dem Vater der Mädchen?«

»Den Vätern. Lucys Vater war ein One-Night-Stand. Der Vater des Dämons war Sandys letzter Freund. Er ist mit ihr umgekommen.«

»Wahrscheinlich ist Lucy deshalb so feindselig. Sie versucht, mit dem Tod ihrer Mutter fertig zu werden.«

»Das glaub ich nicht. Ich wette, dass Sandy für Lucy schon lange gestorben war. Jetzt hat sie hauptsächlich Angst und will nicht, dass man's merkt.«

»Es ist nett von Ihnen, sich um sie zu kümmern – noch dazu, wo Sie Kinder nicht besonders mögen.«

»Nun, die beiden sind ganz in Ordnung. Das Einzige, was ihnen fehlt, sind zwei Betonblöcke und ein richtig tiefer See!«

Sie lächelte. Die Leute setzten ihr gegenüber immer ihre Feiertagsgesichter auf. Es gefiel ihr, zur Abwechslung mal mit jemandem zusammen zu sein, der so wundervoll abscheulich war. »Was machen Sie beruflich? Ich meine, wenn Sie nicht gerade mit fremden Kindern in der Weltgeschichte herumgondeln.«

Er nahm einen Schluck Kräuterbier und stellte die Dose ab, bevor er antwortete. »Ich arbeite in einer Stahlfabrik.«

»Wo?«

»Pittsburgh.«

Sie lehnte sich in ihrem Sitz zurück und genoss es, sich einmal wie ein ganz normaler Mensch unterhalten zu können. »Ist das interessant? In der Stahlindustrie zu arbeiten?«

»Yeah. Der reinste Heuler!« Er gähnte.

»Was tun Sie dort?«

»Dies und jenes.«

»Es ist schon erstaunlich, wie sich die Industrie trotz der

Konkurrenz der Japaner erholt. Obwohl es seltsam anmutet, dass nun Indiana unser Hauptstahllieferant sein soll und nicht mehr Pennsylvania. Und Pennsylvania steht nicht mal an zweiter Stelle.«

Erstaunt starrte er sie an, und sie merkte, dass sie zu viel gesagt hatte. »Ich hab das im *National Enquirer* gelesen«, erklärte sie rasch.

»Im *National Enquirer*?«

»Nun, vielleicht war's auch der *Philadelphia Enquirer*.«

»Vielleicht ...«

Wie ärgerlich! Zu viele Jahre hatte sie auf jedes Wort geachtet, das sie sagte, und wollte es hier nicht auch noch tun müssen. »Ich besitze ein fotografisches Gedächtnis«, log sie. »Kann mir alles Mögliche merken.«

»Zu schade, dass Sie sich nicht merken konnten, den Wagenschlüssel abzuziehen.« Er nahm noch einen Schluck Kräuterbier. »Also Pennsylvania ist Nummer drei?«

»Nein, Nummer vier. Nach Ohio und Illinois.«

»Faszinierend.« Wieder musste er gähnen.

»Möchten Sie, dass ich fahre, damit Sie sich ein wenig ausruhen können?«

»Haben Sie so 'n Ding schon mal gesteuert?«

Sie hatte Panzer gefahren, sowohl amerikanische als auch russische. »Etwas Ähnliches.«

»Na ja, ist vielleicht gar keine so schlechte Idee. Ich hab 'ne lausige Nacht hinter mir.« Er nahm den Fuß vom Gas und lenkte den Wagen an den Straßenrand.

»Was is?«, rief Lucy vom Bett aus.

»Ich werd mich kurz hinlegen. Komm her und nerv Nell mal ein bisschen, damit ich meine Beine ausstrecken kann. Bring ihr doch einfach alle schmutzigen Wörter bei, die du kennst.«

»Ruhe, alle beide! Ihr weckt noch B ... Marigold auf.«

Lucy kam nach vorn, während Mat den Fahrersitz freimachte, und kurz darauf waren sie wieder unterwegs. Die Meilen flogen nur so vorbei, aber anstatt die schöne Landschaft zu genießen, fragte Nealy sich unwillkürlich, was jetzt wohl im Weißen Haus los sein mochte.

Die schräge Nachmittagssonne schien durch die hohen Fenster des Oval Office herein und spiegelte sich in den polierten Schuhen des Secret Service Directors Frank Wolinski. Er nahm in einem der Duncan-Phyfe-Stühle Platz, die unter einem Landschaftsporträt aus dem neunzehnten Jahrhundert standen. Der Chief Advisor des Präsidenten stand neben einer der Innentüren, die von muschelförmigen Nischen oberhalb der Türrahmen geziert waren. James Litchfield dagegen hatte einen Stuhl neben einer der mit Giebel versehenen Außentüren gewählt.

Wolinskis Amtskollegen vom FBI und CIA saßen nebeneinander auf einem der Sofas. Ihre direkten Vorgesetzten, der Oberste Staatsanwalt und der Finanzminister, hatten sich am Rand der Sitzgruppe positioniert, als wollten sie sich von den Vorgängen distanzieren.

Harry Leeds, der Direktor des FBI, und Clement Stone, der Direktor der CIA, wussten bereits, was Wolinskis Bericht beinhaltete. Die drei Männer standen seit achtundzwanzig Stunden in ständigem Kontakt miteinander, seit dem Zeitpunkt also, als Cornelia Cases Stabschefin das Verschwinden der First Lady bemerkt hatte. Der Präsident selbst hatte dieses Meeting anberaumt.

Wolinski rutschte unbehaglich auf seinem Stuhl hin und her, als der Präsident über das Präsidialsiegel schritt, das auf dem Teppich vor seinem Schreibtisch prangte. Die Spannung im Raum konnte fast keiner ertragen. Er war erst vor sechs Monaten, aufgrund des Attentats auf Case, in dessen Folge viele Köpfe rollten, zum Leiter des Secret Service ernannt worden – und schon wackelte sein Posten. Der Gedanke, möglicherweise als der erste Direktor, dem die First Lady abhanden kam, in die Geschichte einzugehen, gefiel ihm gar nicht.

»Schießen Sie los«, befahl der Präsident barsch.

»Ja, Sir!«

Alle Anwesenden wussten, wie Wolinski schwitzte, und wollten sehen, wie er sich in einer solchen Situation behauptete. »Vor zwei Stunden stießen wir auf einen Bericht der Pennsylvania State Police, die einen kleinen Gauner namens Jimmy Briggs festgenommen hatte. Es läuft ein Haftbefehl wegen bewaffneten Raubüberfalls gegen ihn. Zur Zeit der Verhaftung war Briggs in einem blauen Chevy Corsica unterwegs, der auf eine Della Timms zugelassen ist. Am Chevy waren Überführungsschilder von einem Gebrauchtwagenmarkt in Rockville.«

Bei der Erwähnung des Washingtoner Vororts erwachte schlagartig das Interesse jener Anwesenden, die Wolinskis Bericht noch nicht kannten.

»Soweit wir wissen, existiert eine Della Timms nicht«, setzte er hinzu.

»Aber Sie können es nicht mit Bestimmtheit sagen!«

Clement Stone, der CIA-Direktor, wusste sehr wohl, dass sie viel mehr Zeit benötigten, um wirklich sicher sein zu können. Dies war seine Art, sich vor möglichen Vorwürfen zu schützen. Wolinski unterdrückte seine Irritation. »Wir prüfen die Sache noch. Der Gebrauchtwagenmarkt ist bekannt dafür, es mit den Vorschriften nicht allzu genau zu nehmen, und der Verkäufer hat keinen Führerschein verlangt. Wir haben ihn befragt, und er beschreibt Timms als dünne, ältere Dame mit grauen Locken und einer ungewöhnlich glatten Haut.«

Er hielt einen Moment inne, um ihnen Zeit zu geben, ihre eigenen Schlüsse daraus zu ziehen – dann fuhr er fort. »Fest steht, dass Mrs. Case in einer Verkleidung aus dem Weißen Haus gelangt ist, und das Timing stimmt auch.«

»Sie *glauben*, sie hat eine Verkleidung benutzt«, herrschte

Litchfield ihn an. »Wir können noch nicht mit endgültiger Sicherheit sagen, ob meine Tochter nicht gegen ihren Willen verschleppt wurde.«

Wolinski hatte James Litchfield noch nie gemocht, doch jetzt tat er ihm Leid. Jeder in Washington wusste, wie nahe der ehemalige Vizepräsident seiner Tochter stand. »Alle Zeichen weisen auf ein freiwilliges Verschwinden hin.«

Der Präsident musterte Wolinski mit einem durchdringenden Blick. »Sie glauben, sie hätte sich als alte Lady verkleidet aus dem Weißen Haus geschlichen, es irgendwie nach Maryland geschafft und sich dort einen Wagen besorgt. Da müssen Sie mir schon mehr bieten.«

»Das kann ich, Sir. Die Pennsylvania State Police hat einen Umschlag mit fünfzehntausend Dollar im Kofferraum des Wagens gefunden.« Wolinski graute vor dem, was er nun zu berichten hatte. »Man fand außerdem eine Tüte mit Frauenkleidung und ein paar Toilettenartikel. In einer Tüte steckte eine graue Perücke.«

»Allmächtiger!« Litchfield schoss mit einem panischen Ausdruck auf die Füße.

»Vielleicht gibt es ja gar keine Verbindung«, meinte Wolinski hastig, »aber wir sind noch dabei, die Videoaufnahmen von den Führungen an jenem Vormittag durchzugehen, um die älteren Damen, die an dem Tag daran teilgenommen haben, näher zu untersuchen. Die Ergebnisse müssten in einer Stunde vorliegen.«

Der Präsident fluchte, und Litchfield wurde noch blasser. Wolinski wusste genau, was sie dachten, und sprach rasch. »Es gab keinerlei Anzeichen von Gewalt. Jimmy Briggs sagte, der Schlüssel steckte im Zündschloss, als er den Wagen stahl, und die Fahrerin hätte er gar nicht gesehen. Das Auto ist in diesem Moment unterwegs ins Labor.«

»Was haben Sie den örtlichen Polizeibehörden erzählt?« Erstmals meldete sich der Chief Advisor des Präsidenten, der bekanntermaßen paranoid war, wenn es darum ging, nichts aus dem Weißen Haus dringen zu lassen, zu Wort.

»Wir sagten, wir würden eine Routineuntersuchung durchführen. Dass irgendein Psychopath Drohbriefe an den Präsidenten geschickt habe und wir glaubten, sie könnten von der Besitzerin des Wagens stammen.«

»Haben die euch das abgekauft?«

»Ich denke schon.«

Der Berater des Präsidenten schüttelte den Kopf. »Bis jetzt hat die Öffentlichkeit noch nicht Wind davon bekommen, aber lange werden wir die Sache kaum mehr geheimhalten können.«

Litchfield explodierte. »Das müssen wir aber! Wenn die Presse rauskriegt, dass meine Tochter verschwunden ist ...« Er beendete den Satz nicht. Das war auch nicht nötig.

»Meine Agenten sind bereits nach Pennsylvania unterwegs«, berichtete Wolinski.

»Das genügt mir nicht.« Der Präsident nahm sowohl Wolinski als auch Harry Leeds, den Bureau-Direktor, aufs Korn. »Ich möchte, dass eine spezielle Task-Force von Agenten gebildet wird, und zwar paarweise von jeweils einem Agenten des FBI und des Secret Service. Ihre besten Leute!«

Wolinski wusste nicht, wen der Gedanke, die Agenten der verschiedenen Geheimdienste so zusammenzuwürfeln, mehr erschreckte, ihn oder Harry Leeds. »Aber, Sir ...«

»Sir, wenn ich einen Vorschlag machen dürfte ...«

»Sie tun, was ich Ihnen befehle.« Der Blick des Präsidenten glitt über den Oberstaatsanwalt und den Finanzminister hinweg, bevor er sich wieder auf Wolinski und Leeds heftete. »Mir ist bekannt, wie das bei Ihnen läuft, und ich werde nicht zulassen, dass sich jemand ein privates Königreich aus dem Verschwinden von Mrs. Case aufbaut. Ich bestehe auf absoluter Zusammenarbeit zwischen den Agencys. Und eine solche Vermischung der Teams garantiert mir das. Hat das jeder verstanden?«

»Ja, Sir.«

»Ja, Sir.«

»Gut.« Die Augen des Präsidenten verengten sich. »Und jetzt schlage ich vor, dass alle an die Arbeit gehen! Denn ich kann Ihnen versprechen, wenn Cornelia Case nicht schnellstmöglich gefunden wird, werden einige der Anwesenden bald arbeitslos sein.«

6.

»MA-MA-*MA*!«

Mat träumte, dass er gerade eine Latrine putzte. In seinem Traum tauchte plötzlich ein bösartig dreinblickendes Kätzchen auf und schlug seine scharfen kleinen Krallen in seinen Arm. Er hob mühsam ein Augenlid, dann das andere ... blinzelte. Kein Kätzchen. Stattdessen funkelten ihn ein Paar himmelblauer Augen engelsgleich über dem Bettrand an.

»Ma-ma-ma-ma-*Ma*!« Sie grub die Fingerchen in seinen Arm. Ihr duftiger Blondschopf war auf einer Seite platt gedrückt, und auf einer molligen Backe befanden sich Knitterfalten. Ansonsten strahlten die Äuglein, auch wenn es verdächtig miefte. Die Party konnte beginnen.

»*Ma!*«

»Falsche Adresse, Kid.« Er machte seinen Arm los, rollte auf den Rücken und starrte an die Decke des Trailers. Sie fuhren nicht, was die Tatsache, dass der Dämon los war, erklärte. »Nell! Lucy! Butt braucht 'ne neue Windel.«

Keine Antwort.

»Da-*Da*!«

Das brachte ihn schneller auf die Beine als ein Knallkörper unter dem Hintern. Schaudernd fuhr er sich mit den Fingern durch die Haare. Dann schob er einen Zipfel seines T-Shirts in seine Jeans zurück und ging nach vorn. Allmählich bekam er einen steifen Nacken vom dauernden Ducken.

Lucy war nirgends zu sehen, aber Nell saß mit hochgelegten Füßen und einem Ausdruck absoluter Zufriedenheit auf dem Beifahrersitz. Im Strahl der schrägen Nachmittagssonne sah ihre Haut wie feines Porzellan aus, was ihr einen Schimmer von fast überirdischer Schönheit verlieh.

Sie drehte sich um und ertappte ihn beim Starren. Er warf einen Blick auf die Wagenuhr und sah, dass er eine ganze Weile geschlafen hatte. »Die Kleine ist los!«

»Richtig. Sie braucht ein bisschen Bewegung.«

Die Tür schwang auf, und Lucy stakste herein. »Das ist das letzte Mal, dass ich im Gebüsch gepinkelt hab.«

»Dann mach doch das Bad sauber«, schlug Nell vor.

Mat fühlte, wie sich etwas an sein Bein klammerte, schnüffelte angeekelt und blickte auf den Dämon hinab, der sich an seinen Jeans festkrallte. Sie blickte mit einem Spuckegrinsen zu ihm auf. Dann begann sie, sein Bein als Balancestange nutzend, auf und ab zu hüpfen.

»Da-da-*Da*!«

Vielleicht war er ja gestorben und, ohne es zu wissen, in der Hölle wieder aufgewacht.

»Sag das nicht.« Lucy nahm ihre Schwester bei den Armen und zog sie weg, dann kniete sie vor ihr nieder und umfing ihr kleines Gesicht, damit sie sie ansehen musste. »Sag *Arsch*, Butt! *Arsch. Arsch. Arsch*!«

Nell besaß nicht mal den Anstand, ihre Belustigung zu verbergen. Sie nahm das Baby vorsichtig hoch und trug es zur Liege, um ihm die Windeln zu wechseln. »Sie haben da ja einen wahren Fanclub!«

Er brauchte frische Luft. »Ich bin in ein paar Minuten wieder da, aber fahrt ruhig schon ohne mich los.«

Als er zurückkehrte, war der Dämon sicher festgeschnallt in seinem Babysitz, und Nell saß hinterm Steuer.

»Ich fahre«, beharrte er.

Sie lenkte den Trailer auf die Straße. »Gleich. Erst mal suche ich uns ein Restaurant zum Abendessen.«

»Es ist ja noch nicht mal sechs.«

»Lucy hat Hunger.«

Er nickte dem Mädchen zu. »Iss Kartoffelchips.«

»Ich habe auch Hunger«, meldete Nell. »Und Marigold braucht eine anständige Mahlzeit.«

»Hören Sie auf, sie so zu nennen!«, keifte Lucy. »Sie hasst das! Sie hasst es!«

»Halten Sie an«, befahl er.

»Ah ja, da vorne. Auf dem Schild steht, noch eineinhalb Meilen. *Grannie Peg's Good Eats.*«

»Ist sicher ein Fünf-Sterne-Restaurant.«

»Was weiß ein Stahlarbeiter über Fünf-Sterne-Küche?«

»Keine Klischees, bitte!«

»Aber so was käme mir niemals in den Sinn.«

Sie wirkte ausgesprochen fröhlich, was seltsam war für jemanden, der pleite war und eigentlich verzweifelt sein sollte. Er fragte sich, wie sie wohl reagieren würde, wenn er ihr seinen wahren Beruf verriete. Früher hatte er den Leuten stets gern erzählt, dass er Journalist war; doch im Laufe des letzten Jahres hatte er sich diesbezüglich immer mehr zurückgehalten. Das allein reichte eigentlich schon als Grund, dem verhassten Job den Rücken zu kehren. Ein Mann sollte stolz auf seine Arbeit sein.

»O seht doch! Die machen ein Picknick!« Nell fuhr langsamer, um sich die vierköpfige Familie anzusehen, die am Straßenrand angehalten hatte und nun auf der breiten Stoßstange ihres ältlichen Kombiwagens saß und Sandwiches futterte. Ihre blauen Augen funkelten entzückt. »Wie lustig! Das ist herrlich! Lasst uns im Freien zu Abend essen.«

»Auf keinen Fall! Mein Herz hängt an Grannie Peg's Fünf-Sterne-Küche.«

»Spielverderber«, maulte Lucy.

»Ihr könntet beide eine Glückspille vertragen«, bemerkte Nell streng.

»Mir tut Ihr Kind jetzt schon Leid, wenn Sie's zwingen wollen, auf der dreckigen Stoßstange eines Stationwagons zu essen.«

Nell richtete den Blick auf die vor ihr liegende Straße. »Ich kann Sie nicht hören, weil bei mir nur positive Worte ankommen.«

Mat lächelte. Die schwangere Lady machte sich als Entertainerin gar nicht so schlecht.

Nealy war entzückt über Grannie Peg's flamingorosa T-Shirt, die schwarzen Leggins und die funkelnden Silberohrringe. Und all das an einer drallen Dame Ende vierzig mit einem kupferroten Haarschopf. Sie hatte ihr Restaurant mit Kunstholzpaneelen auskleiden lassen, Plastikblumen zierten die Trennwand, die den Eingang vom Speiseraum abteilte, und eine lange Bar mit einer Formica-Anrichte und schwarzen Vinyl-Hockern schloss eine Seite des großen Raums ab. Genau so einen Ort hatte sie sich immer zu sehen gewünscht.

Glücklicherweise hatte sie Lucy dazu gebracht, das Baby zu tragen. Es war schwierig genug gewesen, das kerngesunde, rosige kleine Wesen beim Windelwechseln am Strampeln zu hindern. Sie hatte eine Todesangst gehabt, ihr möglicherweise einen Schaden zuzufügen.

Grannie Peg zwängte sich bei ihrem Eintreten aus der Kassenkabine und nickte ihnen grüßend zu. »Hallo, ihr Leutchen! Raucher oder Nichtraucher?«

»Raucher«, sagte Lucy.

»Nichtraucher«, verbesserte Mat.

Lucys Miene verriet, dass sie ihn für den letzten Schwächling hielt.

Nealy sah, wie Mats Blick sich eifrig auf die Bar des Restaurants heftete. »Vergessen Sie's«, sagte sie unmissverständlich. »Sie sitzen bei uns, oder ich schnalle Marigold auf den Hocker neben Ihnen.«

Das Baby quietschte entzückt. »Da da *da*!«

»Würdest du sie bitte dazu bringen, das zu unterlassen?«, knurrte Mat.

»Arsch. Arsch. *Arsch*!«, blies Lucy dem Baby ins Ohr.

Mat seufzte.

Nealy lachte. So unangenehm, wie ihre Reisegenossen waren, sollte sie sich eigentlich nicht so köstlich amüsieren; aber mit ihnen zusammen fühlte sie sich wie in einer ganz gewöhnlichen amerikanischen Familie. Sie waren alle so herrlich disfunktional. Bis auf Marigold. Die war wiederum äußerst funktional.

Mat schnüffelte. »Haben Sie ihr nicht gerade die Windel gewechselt?«

»Wahrscheinlich hat's ihr so gut gefallen, dass sie's gleich noch mal ausprobiert.«

Ein Blick auf Lucy überzeugte Nealy davon, dass sie keine Chance hatte, diese nächste Prozedur auf den Teenager abzuwälzen. Widerstrebend begab sie sich mit Marigold in den Trailer zurück.

Als die beiden zurückkehrten, saßen Mat und Lucy in einer Nische, und Lucy blickte ihn böse an. Nealy wollte gar nicht wissen, was schon wieder los war, aber Lucy beklagte sich trotzdem.

»Er lässt mich kein Bier bestellen.«

»Das Ausmaß seiner Grausamkeit verschlägt mir die Sprache.« Stirnrunzelnd musterte Nealy den Hochstuhl, der am Kopfende des Tisches platziert worden war. Wer weiß, wie viele Babys schon darin gesessen hatten und was für Krankheiten sie gehabt haben mochten. Sie blickte sich suchend nach einer Kellnerin um, die sie um ein Desinfektionsmittel bitten wollte.

»Was ist los?«, fragte Mat.

»Dieser Thron sieht nicht gerade sauber aus.«

»Ist sauber«, widersprach er. »Setzen Sie sie schon rein.«

Nealy zögerte, setzte dann das Baby jedoch ergeben in den Stuhl. *Werd bloß nicht krank, Schätzchen. Bitte werd bloß nicht krank!*

Nealy fummelte so lange mit dem Klapptischchen herum, bis Lucy sie aus dem Weg stieß, um es selbst zu befestigen. »Sie sind echt erbärmlich. Ihr Kind tut mir jetzt schon Leid!«

»Halt die Klappe.« Obwohl sie den Worten nicht allzu viel Nachdruck verlieh, genoss Nealy sie dennoch. »Halt einfach die Klappe«, wiederholte sie, weil's gar so schön war.

»Sie sind ziemlich *unhöflich*.«

»Na, das sagt gerade die Richtige«, entgegnete Nealy. Ach, machte das Spaß!

Mat blickte amüsiert drein. Marigold schlug mit den Handflächen auf das Hochstuhltischchen und erheischte die Aufmerksamkeit ihrer Schwester. »Ma ma *ma*!«

Lucys Miene fiel zusammen. »Ich bin nich deine Mutter. Sie is tot!«

Nealy blickte Mat an, doch der steckte soeben die Nase in die Speisekarte. »Lucy, das mit deiner Mutter ist wirklich schlimm. Ich habe auch meine Mutter verloren, als ich noch klein war. Wenn du also mit mir reden willst ...«

»Wieso sollte ich mit Ihnen reden?«, blaffte Lucy böse. »Ich kenne Sie ja kaum.«

»Damit hat sie gar nicht so Unrecht«, kommentierte Mat.

Eine grauhaarige Kellnerin tauchte mit Stift und Notizblock in der Hand an ihrem Tisch auf. »Schon bereit zum Bestellen? Hallo, du Süßes. Was für ein niedliches Baby. Wie alt ist sie denn?«

Nealy hatte keine Ahnung.

»Siebenundvierzig«, tönte Lucy. »Sie ist 'n Zwerg.«

»Achten Sie nicht auf das Gör«, sagte Mat zu der Kellnerin.

»Sie ärgert sich, weil wir sie in eine Besserungsanstalt für Jugendliche mit kriminell schlechten Manieren stecken wollen.«

Die Kellnerin nickte wissend. »Teenager machen's den Eltern nicht leicht.«

Mat wollte sie schon korrigieren, was ihm dann jedoch zu viel Mühe zu sein schien. »Ich nehme einen Cheeseburger mit Pommes. Und 'n Bier vom Fass.«

»Das is unfair!«, rief Lucy empört. »Wieso kriegt er ein Bier und ich nich?«

»Weil du zu alt für Alkohol bist!« Er legte die Speisekarte beiseite.

Nealy lächelte und konzentrierte sich auf ihre eigene Bestellung. Sie merkte, dass sie einen Riesenhunger hatte. »Ich nehme das Brathühnchen mit Kartoffelbrei und grünen Bohnen. Blue-Cheese-Dressing auf dem Salat.«

»Bacon-Sandwich«, wollte Lucy haben. »Ohne Salat. Ohne Tomaten und ohne Mayo. Und mit Weißbrot. Und roter Marmelade.«

»Wir haben nur Zitronengelee.«

»Das ätzt doch!«

Das Baby patschte aufs Tablett und stieß einen ungeduldigen Schrei aus. Da ihr das Geräusch ihrer Stimme offenbar gefiel, wiederholte sie es gleich noch mal.

Die Kellnerin nickte geduldig. »Und was kriegt das Engelchen?«

Mat schnaubte.

Nealy wusste nicht, was das Baby außer Brei aus dem Gläschen sonst noch aß, und sah sich erneut gezwungen, Lucys Rat zu suchen.

»Sie können ein bisschen von Ihren grünen Bohnen und Huhn mit der Gabel zerdrücken. Aber tun Sie keine Butter auf die Bohnen«, unterwies sie die Kellnerin. »Und bringen Sie ihr ein paar Cracker, damit sie beschäftigt ist, bis das Essen kommt. Danach noch Apfelmus.«

»Wir wär's mit Rührei oder etwas ähnlich Weichem, das sie leicht schlucken kann?«, warf Nealy hilfreich ein.

»Babys dürfen kein Eiweiß essen, solange sie nich mindestens ein Jahr alt sind. Die hat echt überhaupt keine Ahnung.«

Die Kellnerin starrte Nealy lange an – offenbar hielt sie sie für die schlechteste Mutter des Jahrhunderts –, bevor sie sich abwandte.

»*Buh-buh-buh!*«, brüllte das Engelchen mit aller Kraft. »*Gah!*«

Mat blickte sehnsüchtig zur Bar und der langen Reihe von Barstühlen.

»Vergessen Sie's«, trieb Nealy ihm seine Hoffnung aus.

»Sie ist so laut«, brummte er. »Wieso muss sie so laut sein?«

»Vielleicht ahmt sie ja Sie nach.« Mats Stimme war nicht wirklich laut, aber überstieg einfach etwas die Norm, so wie der Rest von ihm.

Lucy grinste hinterhältig und reichte dem Baby einen Löffel, mit dem die Kleine sofort auf ihr Tablett eindrosch. Ein junges Pärchen in der Nachbarnische blickte ärgerlich zu ihnen herüber. Sanft bemächtigte sich Nealy des Löffels.

Riesenfehler.

Marigold plärrte.

Mat stöhnte.

Lucy blickte äußerst zufrieden drein.

Nealy drückte rasch wieder den Löffel in die kleine Faust.

»*Gah!*«

»Fluch nicht, Butt«, ulkte Lucy. »Das kann Jorik nicht ausstehen.«

»Könnten Sie sich mit dem Bier vielleicht ein bisschen beeilen?«, rief Mat der Kellnerin zu.

Es dauerte nicht lange, bis das Essen vor ihnen stand. Nealy haute rein, ohne sich von den Kindern ihre Freude an Grannie Peg's Kochkunst verderben zu lassen. Sie hatte in den berühmtesten Restaurants der Welt gespeist, vom Tour

D'Argent bis zum Rainbow Room, aber kein einziges besaß so viel Atmosphäre wie dies hier. Erst als die Rechnung kam, fiel ihr wieder ein, dass sie ein Problem hatte.

»Mat, ich wäre Ihnen dankbar, wenn Sie mir ein bisschen Geld leihen könnten. Bloß für kurze Zeit. Ich möchte gerne selbst für mein Essen bezahlen, außerdem brauche ich noch etwas Kleidung und ein paar andere Kleinigkeiten. Fünfhundert müssten genügen.«

Er starrte sie an. »Sie wollen, dass ich Ihnen fünfhundert Dollar leihe?«

»Ich zahl's Ihnen zurück. Großes Ehrenwort.«

»Na klar!«

Man stelle sich vor, da zweifelte jemand an Cornelia Cases' Wort. Bloß, dass sie nicht Cornelia Case war. Sie war eine schwangere Herumtreiberin namens Nell Kelly und konnte seine Zweifel verstehen. »Ganz ehrlich, ich zahle es Ihnen zurück. Das Geld bekomme ich. Es kann bloß ein bisschen dauern.«

»Mm-hm.«

Da lagen Schwierigkeiten in der Luft. Sie hatte keine Kreditkarten bei sich, weil sie sie nicht hätte benutzen können, ohne sich zu verraten – aber sie brauchte unbedingt etwas Bares.

»Ich kann Ihnen fuffzig leihen«, sprang Lucy ein.

Nealy war überrascht über diese unerwartete Großzügigkeit. »Wirklich? Danke.«

»Null Problemo.« Zu spät sah sie das berechnende Funkeln in den Augen des Teenagers. »Wenn Sie alles tun, was ich Ihnen sage.«

So viel zu den fünfzig Dollar.

»Fünfzig kann ich Ihnen leihen«, knurrte Mat widerwillig.

Lucy schnaubte. »Sie sollten die Knete von mir nehmen. Dafür müssen Sie sich wenigstens nich ausziehen.«

»Hat dir schon mal jemand gesagt, wie langweilig du bist?«, erkundigte sich Mat.

»Ich hab gesehen, wie du sie angeguckt hast, als sie grade nich hinschaute«, verteidigte Lucy sich.

»Das hab ich getan, weil sie wie Cornelia Case aussieht.«

»Sieht sie nich.«

Auf einmal wurde Nealy von einem Teufelchen gepackt. »Aber viele Leute glauben das.«

»Hättense wohl gern!«, höhnte Lucy.

»Tut mir Leid, unser glückliches Kaffeekränzchen abbrechen zu müssen, aber es wird Zeit, dass wir wieder auf die Piste kommen.« Mat erhob sich.

»Aber Butt hat gerade erst gegessen«, erinnerte Lucy ihn.

»Das riskieren wir«, knurrte er.

Der hat leicht reden, dachte Nealy, als sie kaum eine halbe Stunde später die letzten Spuren von Marigolds Autokrankheit aufwischte. Zum ersten Mal seit ihrer Flucht sehnte sie sich nach dem effizienten Personal des Weißen Hauses, das jegliche häusliche Unannehmlichkeit rasch beseitigte.

Als das Baby wieder sauber, der Autositz gereinigt und sie einen Zwischenstopp bei einem Discountmarkt eingelegt hatten, wo Nealy sich ein paar Anziehsachen als Ersatz für ihre verlorenen kaufte, brüllte Marigold wie am Spieß, und Nealy geriet allmählich in Panik. »Wir brauchen einen Arzt! Irgendwas stimmt nicht mit ihr!«

Lucy gab ihren Versuch, das Schwesterchen mit einem Beanie-Baby-Walross ablenken zu wollen, auf. »Butt braucht keinen Arzt; sie fürchtet sich vor Ärzten. Sie hat Hunger, sie is müde und will raus aus ihrem Autositz. Und sie braucht ihr Fläschchen. Das is alles!«

Marigold streckte ihrer Schwester schluchzend die Ärmchen entgegen.

Nealy setzte sich auf den freien Beifahrersitz. »Ich finde, wir sollten auf dem Campingplatz rasten, der auf diesem großen Schild angekündigt wurde.«

»Ich halte nicht an«, verkündete Mat. »Wir fahren die Nacht durch. Einer von uns kann schlafen, während der andere chauffiert.«

Obwohl sein Ton keine Widerrede duldete, vermutete sie, dass er seinen Plan selber nicht für durchführbar hielt, aber nicht ganz ohne Gegenwehr aufgeben wollte. »Wir können ohnehin nicht schlafen, solange das Baby schreit«, erklärte sie in vernünftigerem Ton. »Wenn wir jetzt anhalten, sind wir morgen ganz früh richtig ausgeruht und brechen wieder auf.«

Sein Seufzer war ebenso tief wie der von Lucy. »Eigentlich sollte Ohio schon halbwegs hinter uns liegen. Dabei haben wir kaum die Grenze nach West Virginia überschritten.«

»Aber es macht doch solchen Spaß!«

Sein Stahlarbeitermundwinkel zuckte. »Also gut, wir halten. Bei Tagesanbruch sind wir allerdings wieder unterwegs!«

Hoolihans Campingplatz war ein kleiner Trailerpark, in dem nicht mehr als ein Dutzend Vehikel in sauberen Reihen zwischen Bäumen stand. Mat stieß rückwärts in den angewiesenen Platz, schaltete den Motor ab und erhob sich dann, um sich eine Dose Kräuterbier aus dem Kühlschrank zu holen. Sekunden später hatte er sie mit den Kindern sitzen gelassen. Obwohl sie wusste, dass er sie nur deshalb mitgenommen hatte, ärgerte sie sich über den Drückeberger.

Lucy reichte Nealy das schreiende Baby. Nealy erwartete, dass Lucy Mat folgen würde, doch stattdessen trat das Mädchen ans Spülbecken und machte das Fläschchen ihrer Schwester zurecht. Als sie fertig war, nahm sie ihr die Krawallbombe wieder ab.

»Ich mach das. Sie mag Sie nich. Sie bringen sie bloß wieder zum Kotzen.«

Und dann stirbt sie ... Dieser schreckliche, unlogische Gedanke schoss Nealy, ohne dass sie es verhindern konnte, durch den Kopf. »Ich – dann unternehme ich kurz einen Spaziergang!«

Lucy gab dem Baby die Flasche und schwieg.

Die Nachtluft fühlte sich an wie Samt, als Nealy nach draußen trat. Sie blickte sich um und sah, dass der Campingplatz in einer kleinen Lichtung zu Füßen einer niedrigen Bergkette lag, die im Mondschein schwach erkennbar war. Aus dem Nachbargrundstück drang leise Radiomusik an ihr Ohr, und sie roch ein verglimmendes Holzkohlenfeuer. Der Kiesweg wurde vom schwachen Schein gelber Glühbirnen erhellt, die an einer Kette an einer Reihe von Masten befestigt waren. Sie ging darauf zu, zögerte dann jedoch. Etwas stimmte nicht. Auf einmal fühlte sie sich desorientiert.

Dann wurde ihr klar, was fehlte. Keine verhaltenen Schritte hinter ihr, kein Stimmengemurmel, niemand, der ihre Position in ein Funkgerät flüsterte. Zum ersten Mal seit Jahren war sie vollkommen allein. Die Erleichterung darüber sickerte ihr durch alle Glieder.

Kaum war sie jedoch zehn Meter weit gekommen, als eine vertraute Stimme ihre gesegnete Einsamkeit unterbrach. »Na, wer nimmt denn da Reißaus? Ich dachte, Sie mögen unser glückliches kleines Heim.«

Sie wandte sich um und sah eine dunkle Gestalt an einem Picknicktisch unter Bäumen hocken. Er saß mit dem Rücken an den Tisch gelehnt, die langen Beine vor sich ausgestreckt, das Kräuterbier in der Hand.

Etwas zog sie zu ihm, obwohl sie nicht mehr über ihn wusste, als dass er Kinder ablehnte und in einer Stahlfabrik arbeitete. Es gab Dinge, die sie ihn fragen musste, Dinge, die sie vor Lucy nicht hatte ansprechen können.

»Laufe ich in Ihrer Gesellschaft Gefahr, verhaftet zu werden?«

Er erhob sich und gesellte sich zu ihr. Gemeinsam schlenderten sie weiter.

Mit seiner Größe und Statur hätte er vom Secret Service sein können; aber sie fühlte sich nicht so sicher wie bei den

Agenten, an die sie gewöhnt war. Nein, der Mann war alles andere als harmlos. »Wie kommen Sie darauf?«

»Für einen Mann, der so versessen ist, schnell vorwärts zu kommen, haben Sie sich ziemliche Mühe gegeben, die Autobahnen zu meiden.«

»Ich hasse Autobahnen.«

»O nein, Sie lieben sie. Sie sind der typische Autobahnraser. Mal ehrlich, Mat. Was geht da vor, zwischen Ihnen und den Kindern?«

»Ich kidnappe sie nicht, falls es das ist, was Sie denken.«

Dessen war sie sich bereits ziemlich sicher. Lucy beschwerte sich über holprige Straßen und warme Cola – sie würde wohl kaum so etwas wie eine Entführung verschweigen. »Was haben Sie also vor mit ihnen?«

Er nahm einen Schluck, blickte in die Ferne und zuckte dann die Schultern. »Vor langer Zeit war ich mal mit ihrer Mutter verheiratet. Sandy hat meinen Namen auf beiden Geburtsurkunden als Kindsvater angegeben, obwohl keins von beiden meins ist.«

»Dann sind Sie also *doch* der Vater der Kinder?«

»Haben Sie nicht zugehört? Das steht bloß auf dem Papier. Ich hab bis vor ein paar Tagen noch nicht mal was von Butts Existenz gewusst.«

»Bitte hören Sie auf, sie so zu nennen.«

»Jeder, der so brüllt wie sie, verdient einen solchen Namen.«

»Mag ja sein, dass sie brüllt – aber aussehen tut sie wie ein Engelchen.«

Das schien ihn überhaupt nicht zu beeindrucken.

In der Ferne hörte man den Schrei einer Eule. »Ich verstehe das immer noch nicht. Sie verabscheuen sie, wieso kümmern Sie sich um die beiden? Es sollte doch nicht schwer sein zu beweisen, dass Sie nicht ihr Vater sind.«

»Na, versuchen Sie mal, Lucy zu einem Bluttest ins Labor zu schleppen.« Er schob eine Hand in die Tasche seiner Jeans.

»Aber Sie haben Recht. Es sollte nicht schwierig sein, und sobald wir Grandmas Haus erreichen, werde ich es in die Wege leiten.«

»Sie haben mir noch immer nicht erklärt, wieso Sie Autobahnen meiden.«

»Sandys Mutter wird nicht vor Ende der Woche zurückerwartet, und das Jugendamt wollte sich die Kinder schnappen. Dem Baby würd's wahrscheinlich gut gehen, aber können Sie sich Lucy in einer Pflegefamilie vorstellen, und wenn es auch nur kurz wäre? Sie würde in einer Besserungsanstalt landen, noch bevor sie Iowa erreichen könnte.«

»Ich weiß, sie ist schrecklich, aber ich mag sie irgendwie. Und ich bin sicher, sie hätt's überlebt.«

»Kann sein ... ich weiß nicht ... es erschien mir sicherer, sie gleich zu ihrer Großmutter zu bringen.«

Als Mat ihr nun von Joanne Pressman erzählte, von dem Brief, den sie geschickt hatte, von all den Anträgen und Formularen, die er bei einer Überstellung der Kinder durchwaten müsste, erkannte Nealy, dass mehr in Mat Jorik steckte, als seine krustige Macho-Schale vermuten ließ. »Also haben Sie beschlossen, den örtlichen Behörden aus dem Weg zu gehen.«

»Nicht etwa aus Zuneigung für die Gören«, bemerkte er trocken. »Aber trotz allem, was Sandy mir angetan hat, habe ich auch ein paar gute Erinnerungen an sie, und ich finde, dass ich ihr diesen Gefallen schuldig bin. Denn ich glaube nicht, dass die örtlichen Behörden mir erlaubt hätten, sie in einen anderen Staat zu schaffen, bevor alles geklärt ist.«

»Also haben Sie die Mädchen doch gekidnappt.«

»Nun, lassen Sie's mich so sagen: Ich hatte einfach nicht die Geduld, rumzuhocken und zu warten, bis so ein Bürohengst die Legalitäten auseinander gefieselt hat. Ursprünglich hatte ich vor zu fliegen, aber Lucy hat mir einen Heidenzirkus gemacht.«

»Unter Ihrer harten Schale sind Sie also ein Softie!«

»Wenn Sie das glauben, ist es Ihre eigene Schuld.«

Zugegebenermaßen sah er nicht wie ein Softie aus. Mehr wie ein Mann, der jede Menge Unannehmlichkeiten am Hals hatte. Doch da auch sie die kleinen Landstraßen bevorzugte, weil sie die Gegend und die malerischen Ortschaften bewundern wollte, kamen ihr seine Vorsichtsmaßnahmen im Grunde sehr entgegen, und es wäre dumm gewesen, dagegen zu protestieren.

Seine Augen glitten über ihr Gesicht, blieben einen Moment an ihrem Mund haften und richteten sich dann auf ihre Augen. »Jetzt sind Sie an der Reihe, ein paar Fragen zu beantworten.«

Sie merkte, dass sie ein wenig atemlos war. »Ich? Aber ich bin doch ein offenes Buch.« Gott war offenbar gerade nicht im Dienst, denn es traf sie kein Blitzschlag.

»Wieso benutzen Sie dann einen falschen Südstaatendialekt?«

»Wie kommen Sie darauf, dass er falsch ist?«

»Weil Sie ihn die halbe Zeit über vergessen.«

»Ach, das liegt bloß daran, dass ich in Kalifornien gelebt habe.«

»Geben Sie's auf, Nell. Sie sind offensichtlich gebildet, und sonst war niemand in dem miesen Speiselokal, der sein Hühnerbein mit Messer und Gabel gegessen hätte.«

»Ich mache mich eben nicht gerne fettig.«

»Sparen Sie sich das für einen anderen Blödmann.«

Nealy überlegte rasch. »Viele Frauen geraten einmal an den Falschen.«

»Wie falsch?«

»Falsch genug, dass ich nicht darüber reden will.«

»Könnte es sein, dass er Sie verfolgt?«

»Jetzt nicht mehr«, entgegnete sie vorsichtig. »Vor einiger Zeit vielleicht schon.«

»Haben Sie denn keine Freunde, die Ihnen helfen würden? Familienangehörige?«

»Im Moment nicht.«

»Keinen Job?«

»Ich musste kündigen.«

»Sind Sie zur Polizei gegangen?«

Von Minute zu Minute verstrickte sie sich mehr. »Vorläufige Verfügungen sind manchmal nicht besonders effektiv.«

»Wie heißt er? Der Vater des Babys?«

»Wieso wollen Sie das wissen?«

»Wenn uns jemand am Arsch hängt, dann will ich nicht blind in die Situation reinstolpern.«

Nur ein Name kam ihr in den Sinn, was wohl daran lag, dass sie sich erst kürzlich wieder einmal *Titanic* auf Video angesehen hatte. »Leo.« Sie schluckte. »Leo ... Jack.«

»Komischer Name.«

»Wahrscheinlich nicht sein richtiger. Wäre typisch für ihn!«

»Wenn er so mies ist, warum haben Sie sich dann mit ihm eingelassen?«

»Ich leide unter Co-Abhängigkeitsproblemen.«

Er starrte sie an.

Nealy hielt das für eine ziemlich gute Antwort, aber er schien offenbar noch nicht zufrieden zu sein; deshalb schickte sie sich an, das Ganze ein wenig auszuschmücken. »Er sieht recht gut aus. Hellbraune Haare, tolle Augen, prima Körper. Schlechter Schwimmer. Ein bisschen jung für mich, aber ...« Um Himmels willen, was machte sie da eigentlich? »Als ich merkte, dass er ein Psychopath ist, war's schon zu spät«, erklärte sie hastig.

»Und was sagt er zu dem Kind, das Sie erwarten?«

Sie versuchte, sich Leonardo DiCaprios Reaktion vorzustellen, wenn sie ihm sagte, dass sie ein Kind von ihm erwartete. Wahrscheinlich wäre er einigermaßen überrascht.

»Er weiß nichts davon.«

»Dann haben Sie ihn also schon 'ne ganze Weile nicht mehr gesehen?«

Diesmal vergaß sie nicht, dass sie ein Kissen auf dem Bauch hatte. »Nein, eine ganze Weile nicht. Er war nicht da, als ich mir sein Auto borgte. Ich möchte lieber nicht mehr darüber reden. Es ist alles sehr schmerzhaft für mich.«

Mat musterte sie scharf, und sie fragte sich unwillkürlich, wie viel von ihrer Geschichte er ihr wohl abkaufte. Er schien einen äußerst agilen Verstand zu besitzen.

»Fällt mir schwer zu glauben, dass Sie sich mit einem Psychopathen einlassen konnten.«

»Na ja, das kommt daher, weil Sie mich nicht kennen.«

»Ich weiß genug. Lassen Sie mich raten: Wetten, dass Sie 'n Blaublut sind. Episkopalin wahrscheinlich.«

»Presbyterianerin.«

»Ist dasselbe. Sie sind offenbar intelligent und gebildet, auch wenn Sie draußen auf der Straße nicht gerade gut zurechtkommen.«

Das ärgerte sie. »Vielen Leuten wird das Auto gestohlen. Und Mum und Dad würden sich freuen zu hören, dass Sie mich als Blaublut bezeichnen.«

»Wissen Sie, dass Ihr Mundwinkel zuckt, wenn Sie lügen?«

Ihre Mundwinkel fest unter Kontrolle haltend, beglückwünschte sie ihn: »Sie sind ein freundlicher und äußerst sensibler Mensch!«

Er lachte. »Also gut. Ich geb auf. Aber denken Sie dran, ich nehme Sie nur so lange mit, wie Sie mir die Mädchen vom Hals halten, und das ist Ihnen heute nur zur Hälfte gelungen.«

Er war nicht der Einzige, der den Erpresser spielen konnte. »Und Sie sollten lieber nett zu mir sein, oder ich lasse Sie mit Lucy und Baby Butt sitzen. Ist es nicht süß, wie sie immer *Dada* sagt?« Mit einem, wie sie hoffte, kecken Lächeln ließ sie ihn stehen und stolzierte davon.

Keck. Das war so gar nicht Cornelia-like. Aber, oh, es gefiel ihr!

Er lächelte, als sie sich entfernte. Die Lady war nicht ohne, das musste er zugeben. Und von hinten konnte man unmöglich sagen, dass sie schwanger war. Er wollte sie nicht schwanger sehen – sondern in sexy Dessous ...

Es geschah nicht oft, dass er über sich selbst erschrak, doch diesmal schon. Schwangere repräsentierten alles, was er im Leben mied wie die Pest, und trotzdem hatte er soeben eine im Geiste ausgezogen. Der Gedanke ließ ihn erschaudern.

Von jeher hegte er eine sehr komplexe Beziehung zum weiblichen Geschlecht. Sein Heranwachsen unter so vielen Frauen hatte dazu geführt, dass er sich nach allem Männlichen sehnte. Er liebte vor Schweiß stinkende Umkleideräume, harten Körperkontakt und heiße politische Debatten. Barsche Männerstimmen mochte er und hatte auch nichts dagegen, wenn beim Hockeyspielen ein bisschen Blut floss. Ihm gefiel Shampoo, in dem bloß Shampoo war – keine Blumen, kein Gemüse, kein Obstsalat. Er liebte es, das Bad für sich allein zu haben. Keine rosa Haarspangen auf dem Waschbeckenrand, keine Büstenhalter, die von der Duschvorhangstange baumelten. Ein Waschbeckenschränkchen, in dem Rasierschaum stand, keine Schachteln mit Mini-Pads, Maxi-Pads, Tampons jeglicher Größe und Form, Produkte für die leichten Tage, für die schweren Tage, für die Tage, an denen die Frisur einfach nicht sitzen wollte, und die Tage, an denen man sich zu fett fühlte. Er war ein Kerl! Und wollte Sachen um sich haben, die Kerle benutzten.

Unglücklicherweise war das Beste, was ein Kerl tun konnte, Sex mit einer tollen Frau zu haben.

Dieses Dilemma löste er, indem er von Anfang an ehrlich zu den Ladys war. Er ließ sie wissen, dass er seine Zeit als Hüter der Familie abgesessen hatte und etwas Derartiges nie wieder zu tun gedachte. Dann legte er die Grundregeln fest – toller Sex, gegenseitige Achtung, jede Menge persönlichen Freiraum und keine feste Bindung.

Dennoch gab es immer wieder Damen mit einer gewissen

Todessehnsucht, und diese fühlten sich zu einem Mann hingezogen, der harte Grenzen setzte. Ein paar hatten sich sogar eingeredet, sie könnten ihn zum Altar schleppen, obwohl ihm schleierhaft war, wieso sie einen Mann, der eine solch tief verwurzelte Abneigung gegen das Familienleben hegte, unbedingt zu einer Ehe zwingen wollten. Wenn er schon einen so katastrophalen Gatten abgäbe, wie wäre er dann erst als Vater?

Er zuckte innerlich zusammen, wenn er an all die Püffe und Schläge dachte, die er an seine Schwestern ausgeteilt hatte – weil er einfach keinen anderen Weg gesehen hatte, um sie unter Kontrolle zu halten. Es war ein Wunder, dass er ihnen nicht ernsthaft wehgetan hatte.

Die leere Dose Kräuterbier landete in einem Abfallbehälter, und Mat schob die Hände in die Jeanstaschen. Nun, wenigstens ein Gutes hatte diese leidige Situation – sie hielt ihn davon ab, darüber nachzugrübeln, weshalb er eine Karriere, die das Ergebnis harter Arbeit war, den Bach hatte runtergehen lassen.

Nicht lange, nachdem er trotz diverser Jobs seinen Collegeabschluss machte, starb seine Mutter. Da nun noch mehr finanzielle Verantwortung auf ihm lastete, arbeitete er umso härter an seinem beruflichen Aufstieg, was sich auch auszahlte: Er schaffte es von einer kleinen Provinzzeitung zum Chicago New Bureau und schließlich zum *Standard*. Nun besaß er alles: einen hochklassigen Job in einer großartigen Stadt, jede Menge Geld auf dem Konto, gute Freunde und genügend Freizeit fürs Eishockeyspielen. Und obwohl er manchmal dachte, dass ein Mann, der alles im Leben erreicht hatte, glücklicher sein müsste ... nun, *Life's not perfect*, wie es so schön hieß.

Dann kam Sid Giles angewieselt. Sid war der Produzent eines Fernsehmagazins namens *Byline* und wollte Mat als Kopf des Flaggschiffs engagieren. Letzterer besaß zwar keine Erfahrung als Fernsehreporter, doch sein Ruf als Journalist war makellos, und Sid brauchte ihn, um seinem Magazin Seriosität zu verleihen. Neben einem astronomischen Gehalt versprach er Mat beste Arbeitsbedingungen.

Zunächst lehnte Mat das verlockende Angebot ab, konnte jedoch nicht aufhören, darüber nachzudenken. Vielleicht war es ja das, was ihm fehlte, was seinem Leben einen Sinn geben würde: die Chance, eine völlig neue Richtung einzuschlagen, die Karriereleiter noch weiter hinaufzuklettern. Also nahm er den Job schließlich an und machte sich mit Sack und Pack auf nach Los Angeles.

Sid hielt vorläufig sein Versprechen, und Mat konnte einige recht gute Berichte bringen. Aber die Einschaltquoten von *Byline* stiegen nicht rasch genug, sodass es nur wenige Monate dauerte, bis Mat sich mit Reportagen über untreue Ehemänner, lesbische Gattinnen und hellsichtige Haustiere herumschlagen musste. Reine Dickköpfigkeit ließ ihn durchhalten und die Unfähigkeit, sich einzugestehen, dass er einen Fehler gemacht hatte. Doch als die Storys immer dünner und niveauloser wurden und seine Reporterkumpels aus Chicago nicht mehr auf seine Anrufe reagierten, wusste er, dass er so nicht mehr weitermachen konnte. Er reichte seine Kündigung ein, schrieb sein Luxusapartment zum Verkauf aus und schüttelte L. A.'s Staub von seinen Füßen.

Jetzt wollte er ein paar gute Storys aufstöbern, um seinen angeschlagenen Stolz wieder aufzurichten, bevor er nach Chicago zurückkehrte. Ein paar geeignete Geschichten waren ihm bereits zu Ohren gekommen – Stahlarbeiterkids in Albuquerque, deren hartes Los dem Leser die Tränen in die Augen treiben würde, oder eine Kleinstadtbank, die ein Vermögen bei der Schließung von Farmen gewann. Aber keines dieser Themen genügte ihm. Er wollte etwas Größeres.

Bis vor zwei Tagen war das alles, was ihn ununterbrochen beschäftigte. Doch nun hatte er zwei Bälger am Hals, die nicht ihm gehörten, und dazu eine Schwangere mit mageren Stelzen, einem eigenartigen Sinn für Humor und einer Faszination, die er nicht begreifen konnte. Er trank nicht oft, aber er fand, dass er ein wenig Vergessen in der Flasche Jim Beam, auf die er in einer von Mabels Hängeschränken gestoßen war, verdient hatte.

7

»Ich schlaf doch nicht im selben Bett mit Ihnen!«, verkündete Lucy empört. »Woher soll ich wissen, dass Sie nich Läuse oder so was haben?«

»Also gut«, seufzte Nealy und schlug die Bettdecke auf dem großen Doppelbett zurück. »Dann schlaf eben im Vorderteil.«

»Sie haben gesagt, Mat will sich dort einnisten.«

»Ja, wird er wahrscheinlich.«

»Soll er doch hier hinten pennen!«

»Denk bitte mal 'ne Sekunde nach, ja? Marigold schläft auf dem Boden neben dem Doppelbett, weil das ein abgeschlossener Raum ist, in dem sie nicht viel Unsinn machen kann – also braucht man keinen Grips, um zu wissen, dass Mat auf keinen Fall hier hinten pennt. Vorne kann man entweder auf der Sitzbank oder auf der Couch schlafen. Demnach kannst du hier hinten im Doppelbett bei mir schlafen oder vorne bei ihm.«

»Also das ätzt doch! Woher wollen Sie wissen, dass er nich einer von diesen Typen is, die sich an Kindern vergreifen?«

»Instinkt.«

»Na, Sie haben leicht reden. Sie sind ja nicht diejenige, die er überwältigt.«

Warum kam ihr die Vorstellung, von Mat Jorik überwältigt zu werden, gar nicht so schrecklich vor? Aber an Sex erlaubte sie sich grundsätzlich nie zu denken – und blickte sich lieber in der Küche nach einem Putzmittel um.

»Soll er doch mit Ihnen schlafen«, grollte Lucy. »Das will er sowieso.«

Mit der Sprühflasche in der Hand drehte sich Nealy zu dem feindseligen Mädchen mit den feinen, perfekt proportionierten Gesichtszügen um.

»Du hast leider keine Ahnung, wovon du redest. Kann sein, dass er mich ein klein bisschen mehr mag als dich, was aber nicht viel heißen will. Ich geh jetzt duschen. Schlaf, wo du willst.«

Nealy hatte nicht viel Erfahrung im Putzen, aber sie konnte das Bad, so wie es war, einfach nicht benutzen. Zwar dauerte es eine Weile, jedoch das Ergebnis gefiel ihr. Danach duschte sie und schnallte sich anschließend widerwillig das Kissen um. Beim Schlafen war es wirklich unbequem, aber auf so engem Raum blieb ihr nichts anderes übrig.

Sie nahm das billige blaue Baumwollnachthemd, das sie im Discountmarkt gekauft hatte, zur Hand. Es fühlte sich komisch an, als sie es über den Kopf streifte. Normalerweise trug sie nur seidene Nachtwäsche.

Als sie aus dem Bad auftauchte, sah sie mit Erleichterung, dass Lucy eingeschlafen war. In ihren Sachen lag sie quer über dem großen Bett. Die verschmierte Schminke bildete eine Maske über ihrem zarten, unschuldigen kleinen Gesicht.

Marigold schlief dort, wo Nealy ihr auf dem Boden ein Lager bereitet hatte. Sie lag auf der Seite, den kirschroten Babymund geöffnet, die zarten Wimpern in einem Halbmond auf den runden Wangen ruhend, das Beanie-Baby-Walross unter einem pummeligen Knie. Zum ersten Mal bemerkte Nealy, dass alle zehn Zehennägel glitzerblau lackiert waren.

Lächelnd blickte sie auf Lucy hinab und öffnete dann ein Rückfenster. Als die Nachtbrise über sie hinwegstrich, erforschte sie instinktiv die Schatten nach den Wachen, die immer präsent waren. Aber in dieser Nacht sah sie nur die Bäume, die sich sanft im Wind wiegten. Sie kam sich vollkommen isoliert vom Rest der Welt vor und vollkommen sicher. Cornelia Case war untergetaucht.

Lucy fühlte, wie sie etwas am Kopf antippte, hörte ein Glucksen. Es war zu früh, um aufzustehen, und sie wollte ihre Augen noch nicht aufmachen – noch dazu, wo sie genau wusste, was sie erwartete.

»Gah?«

Der Laut erklang leise, beinahe flüsternd. Lucy zwang sich, ein Auge zu öffnen, dann das andere. Einen Moment lang starrte sie ihre Schwester nur an, die über den Rand der Bettkante zu ihr hinaufspähte. Flaumige blonde Haarbüschel standen ihr nach allen Seiten vom Kopf ab, die meisten davon verklebt von den gestrigen Mahlzeiten, und auf ihrem Gesicht lag ein Lächeln wie Sonnenschein, voller Liebe und Vertrauen. Lucys Magen schmerzte.

»Gah«, flüsterte sie zurück.

Das Lächeln wurde breiter. Lucy hob den Kopf und sah den lila Fleck auf dem Kissen von der Farbe, die sie sich ins Haar gesprüht hatte. Außerdem bemerkte sie den nassen Fleck vom Speichel, der ihr im Schlaf aus dem Mund geronnen war. Ätzend!

Nell schlief noch, und Lucy spürte einen Stich Eifersucht, als sie sah, wie hübsch sie aussah auf ihrem Kissen. Und dieser dahergelaufenen Schwangeren schenkte Jorik mehr Aufmerksamkeit als ihr selber, Lucy.

Sie wollte nicht daran denken, wie sehr sie sich wünschte, dass er sich vor allem ihr widmete. Es erinnerte sie bloß an all die Jahre, in denen sie versucht hatte, Sandy auf sich aufmerksam zu machen. Aber Sandys Interesse galt ausschließlich dem Alkohol und ihren diversen Liebhabern.

Als Lucy sich aufsetzte, entdeckte sie Jorik mit dem Gesicht nach unten auf der Liege, die Beine über eine Lehne ragend, ein Arm auf den Boden baumelnd. Vierzehn Jahre alter

Hass auf Sandy regte sich in ihrem Innern. Warum konnte nicht Jorik ihr Dad sein anstatt irgendein betrunkener Carnegie-Mellon-Fraternity-Typ, den Sandy einmal kennen gelernt und nie wiedergesehen hatte?

»Gah?«

Spitze kleine Fingernägel gruben sich in ihre Beine. Sie blickte auf den verklebten Blondschopf und die dreckigen Knubbelknie hinunter. Nell und Jorik hielten sich ja für sehr schlau; aber keiner von beiden schien zu wissen, dass Babys vor dem Schlafengehen ein Bad brauchten.

Sie machte sich aus dem Griff ihrer Schwester los und stand auf, um ein paar saubere Sachen aus dem Stapel zu nehmen, den sie gestern, bevor sie losfuhren, auf den Boden des Wohnwagens geworfen hatte. Mit der frischen Wäsche unterm Arm bückte sie sich und hob das Baby auf.

Die Digitaluhr auf Mabels Armaturenbrett zeigte 6:02 an. Lucy wünschte, bloß einmal in ihrem Leben ausschlafen zu können, wie andere Jugendliche in ihrem Alter – aber dazu kam es nie.

Ihre Schwester war schwer, und Lucy stieß auf dem Weg zur Tür gegen den Tisch; doch Jorik rührte sich nicht. Dann sah sie die halbleere Whiskyflasche auf dem Boden liegen. Ein Gefühl von Verrat erfüllte sie. Wurde auch er zu einem Säufer wie Sandy?

Die einzige Zeit, in der Sandy sich nicht dauernd betrank, war während der Schwangerschaft. Lucys Augen füllten sich mit Tränen. Das hatte sie verdammt genossen. Obwohl Sandy oft mit Trent ausging, waren sie doch auch allein gewesen: bloß sie beide, hatten zusammengesessen, gelacht und sich über alles mögliche Zeug unterhalten.

Manchmal hatte Lucy ein schlechtes Gewissen, weil ihr Sandys Tod nicht so richtig Leid tat; aber in vieler Hinsicht war Sandy schon nach der Geburt ihrer kleinen Schwester für sie gestorben, als sie wieder mit dem Trinken anfing. Alles, was sie von da an interessierte, waren Partys. Lucy hatte angefangen, sie beinahe zu hassen.

Draußen roch es nach Speck und frischer Luft. Einmal war sie mit Sandy und Trent auf einem Campingplatz gewesen und wusste, dass es gewöhnlich Duschräume für die Leute gab, die das Bad in ihrem Wohnwagen nicht benutzen wollten. Sie musste das Baby ein paarmal absetzen, um ihre Arme auszuruhen. Endlich entdeckte sie eine grün gestrichene Holzbaracke. Hoffentlich war es drinnen nicht allzu eklig.

Sie hievte das Baby wieder hoch. »Du fängst besser bald an zu laufen, im Ernst! Allmählich wirst du mir einfach zu schwer. Und hör auf, mich ins Auge zu pieksen, ja?«

Babys taten andauernd solches Zeug. Weckten einen in aller Herrgottsfrühe auf, wenn man noch schlafen wollte, stachen einen ins Auge, kratzten einen mit ihren Fingernägeln. Sie waren nicht absichtlich solche Nervensägen, wussten es halt nicht besser …

Niemand war in den Duschräumen, als sie eintraten, und Lucy freute sich, dass es einigermaßen sauber war. Ihre Arme fühlten sich an, als hätte jemand versucht, sie ihr aus den Schultern zu reißen, und sie schaffte es gerade noch in eine der beiden großen Kabinen, bevor ihre Arme den Dienst aufgaben. Sie ließ ihre Schwester auf den Betonboden plumpsen und ihre Sachen auf eine Holzbank fallen.

In diesem Moment merkte sie, dass sie Shampoo und Seife vergessen hatte. Zwar hatte jemand ein Stück Seife liegen gelassen, aber es war grüne, und sie mochte keine grüne Seife, weil die so blöd roch. Aber ihr blieb keine Wahl – so wie immer in ihrem bisherigen Leben.

Wieder fing ihr Magen an zu schmerzen. Er tat in letzter Zeit oft weh, besonders, wenn sie sich Sorgen machte.

Das Baby gurrte fröhlich vor sich hin, während Lucy es auszog, und diese lustigen Laute entschädigten sie für das frühe Aufstehen. Während das Engelchen herumkroch, zog Lucy auch ihre eigenen Sachen aus und hielt die Hand vorsichtig unter den Strahl, um sicherzugehen, dass er auch nicht zu heiß war. Sie trat unter die Dusche, bückte sich und streckte die Arme aus, aber ihre Schwester fürchtete sich vor dem Sprühwasser und blieb in Deckung.

»Jetzt komm schon.«

»Mmpf!« Sie verzog ihr Gesichtchen und kroch rückwärts.

Lucy versuchte, sich nicht aufzuregen, weil sie ja bloß ein Baby war und keine Ahnung von Wasser hatte. Aber es war schwer, nicht zornig zu werden, wenn einem zu allem anderen auch noch der Magen wehtat.

»Komm sofort her!«

Das Baby zog eine Schnute und rührte sich nicht.

»Ich mein's ernst! Komm jetzt hier rein!«

O Scheiße! Das runde Gesicht verzog sich und die kleinen Augen füllten sich mit Tränen. Sie gab keinen Laut von sich, fing bloß an zu zittern, auch die Unterlippe, und Lucy konnte das nicht ertragen. Splitternackt und frierend trat sie aus der Duschkabine und bückte sich, um ihre Schwester zu umarmen.

»Ich wollte dich nicht anschreien. Es tut mir Leid, Button. Entschuldige.«

Button vergrub ihr Gesicht an Lucys Hals, wie sie es immer tat, und schlang die Ärmchen um sie, weil Lucy alles war, was sie auf der Welt hatte.

In diesem Moment konnte auch Lucy nicht länger an sich halten und brach in Tränen aus. Mit einer Gänsehaut am ganzen Körper und Button, die sich an sie krallte, und mit wild hämmerndem Herzen weinte sie, bis sie bebte; denn sie wusste nicht, wie sie sich um Button kümmern sollte und was Jorik anstellen würde, wenn er das mit ihrer Großmutter herausfand.

Sie sagte sich, dass sie sich weniger fürchten würde, wenn sie allein wäre. Mit ihren vierzehn Jahren war sie das klügste

Mädchen in ihrer Klasse – obwohl sie sich das diesen Versagern gegenüber, mit denen sie zur Schule ging, nicht anmerken ließ. Ein paar von den Lehrern hatten's trotzdem spitz gekriegt und sie nach dem Unterricht zu sich nach vorn gerufen und sie mit so Scheiß voll gelabert wie, dass sie sich anstrengen sollte, damit mal was aus ihr würde. Aber mit einer Mutter wie Sandy, die nie Geld hatte und dauernd von einer erbärmlichen Wohnung in die andere zog, kam sich Lucy ohnehin schon wie ein Freak vor. Da brauchte nicht noch jedermann zu wissen, dass sie ein kluges Köpfchen besaß.

Bloß, dass ihr ihr kluges Köpfchen auch nicht verraten konnte, wie es mit Button weitergehen sollte. Kurz nach Sandys Tod hatte sie den letzten Gehaltsscheck ihrer Mutter eingelöst und davon die Miete, das Telefon und sonstigen Kram bezahlt. Dann hatte sie mit Babysitten angefangen, bei einem von den Kindern aus der Nachbarschaft, auf das sie aufpasste, während seine Mutter in der Arbeit war. Das hatte alles geklappt, bis dieser ätzende Anwalt auftauchte.

Wenn es nur um sie gegangen wäre, dann wäre sie ausgerissen und nach New York oder Hollywood oder so gegangen, hätte sich einen Job gesucht und eine Tonne Geld gemacht. Aber mit Button konnte sie das nicht.

Im Moment wusste sie bloß eins: Sie musste tough sein. Das war so ziemlich das einzig Gute, was Sandy ihr je beigebracht hatte. *Wenn dir einer blöd kommt, kratz ihm die Augen aus. Wer nicht für sich selbst gradestehen kann, geht unter, denn die andern tun's nicht.*

Deshalb war sie tough, trat für sich selbst ein und versuchte, diese Reise zu verzögern, so gut es ging; gleichzeitig zerbrach sie sich den Kopf darüber, was aus ihrer kleinen Schwester werden sollte.

Button fing an, an Lucys Hals zu nuckeln. Das tat sie manchmal, wenn Lucy sie umarmte. In diesem Moment tat Lucy der Magen so weh, dass sie am liebsten gleich wieder zu weinen angefangen hätte; denn sie wusste, dass Button den Unterschied zwischen einem Kind und einem Erwachsenen nicht kannte. Noch schlimmer, Button begriff nicht, dass Lucy nicht ihre Mama war.

So weit ist es also gekommen, dachte Nealy. Die First Lady der Vereinigten Staaten reist mit einem Trunkenbold, einer rotzfrechen Göre, einem Baby, das anzufassen sie eine Todesangst hatte, und einem ungeborenen Wal-Mart-Kissen durch den amerikanischen Mittelwesten.

»Wo, zum Teufel, sind wir?«, schallte Mats röhrende Stimme durch den Wohnwagen.

Sie warf einen Blick über die Schulter und sah, wie er sich wie ein Bär, der aus dem Winterschlaf erwachte, von der Liege wälzte. Bloß, dass er mehr wie ein unverschämt attraktiver Pirat aussah, mit seinem ungekämmten Haar, dem zerknitterten schwarzen T-Shirt und den dunklen Bartstoppeln …

»West Virginia.«

Er stemmte sich hoch, zuckte zusammen und fuhr sich mit dem Handrücken über den Mund. »Das weiß ich. Wo in West Virginia?«

»Dies ist einer der schönsten Staaten. Berge, Flüsse, idyllische Wälder, gewundene Landstraßen.« Sie überlegte, ob sie ein wenig »West Virginia, Mountain Mama« anstimmen sollte, entschied aber, dass man einen Grizzly mit einem schlimmen Kater besser nicht zu sehr reizte.

»Die Mautstellen liegen auf dieser Strecke hinter uns, also haben wir auf gewundenen Landstraßen nichts mehr zu suchen. Auf 'ner vierspurigen Autobahn sollten wir sein!« Seine Stimme klang rau, als hätte er zum Frühstück Erde verspeist.

»Die ist nicht weit«, beschwichtigte sie. »Und das ist alles, was zählt. Bitte schlafen Sie weiter. Im wachen Zustand machen Sie bloß Ärger.«

Lucy lächelte. Sie saß auf der Sitzbank und schminkte sich.

Ihre Wimpern waren bereits so stark getuscht, dass man sich wunderte, wie sie ihre Augen offen hielt. Um sie herum lagen die Reste des McDonald's-Frühstücks, das sie sich vorhin besorgt hatten, dazu eine Zeitung, die Nealy beim Verlassen des Campingplatzes noch rasch erwarb. Während sie am Drive-In-Schalter von McDonald's auf ihre Egg McMuffins warteten, hatte Nealy sie durchgeblättert und auch ruckzuck gefunden, was sie suchte: eine kurze Notiz auf Seite drei, in der mitgeteilt wurde, dass Cornelia Case erkältet sei und ihre Termine für die nächste Woche absagen musste.

Das Baby, das heute Morgen eine bonbonrosa Latzhose und abgestoßene blaue Schühchen anhatte, saß wieder sicher festgeschnallt in ihrem Autositz und blickte zunehmend misslauniger in die Welt. Nealy war sich ziemlich sicher, dass sie bald würden anhalten müssen. Sie freute sich nicht gerade darauf, es Mat zu sagen. »Ich habe Kaffee gemacht. Er ist zwar ein bisschen stark, aber auf Ihrer pelzigen Zunge macht das wohl keinen großen Unterschied. Ach ja, und ich hab ein bisschen Geld aus Ihrem Portemonnaie genommen fürs Frühstück. Ich schreibe alles auf, was ich Ihnen schulde, damit ich's Ihnen zurückzahlen kann.«

Sie hatte zwei große Egg McMuffins verputzt, dazu einen Becher Orangensaft. Es war herrlich, wieder Appetit zu haben, und noch herrlicher, wieder ordentlich schlucken zu können.

Mat grunzte, erhob sich und wankte auf die Kaffeekanne zu, überlegte es sich jedoch im letzten Moment und verschwand unversehens im Bad.

»Glauben Sie, dass er jetzt kotzt?«

»Das bezweifle ich. Er scheint mir eher der Typ Eisenmagen zu sein.«

Lucy zeichnete ihre Konturen mit braunem Lippenstift nach. »Ich frage mich, wieso Sandy nich gleich jemanden wie Mel Gibson als Vater angeben konnte, statt den da.«

Nealy lachte. »Weißt du, Lucy, dafür, dass du der Welt abscheulichster Teenager bist, kannst du ganz schön komisch sein.«

»Komisch is das gar nich. Wie würden Sie sich fühlen, wenn Sie einen Nachnamen wie Jorik hätten und der von dem da stammte?«

Nealy meinte, in den abfälligen Worten ein wenig Sehnsucht herauszuhören. »Wirklich? Du heißt mit Nachnamen Jorik?«

»Was haben Sie denn geglaubt?«

»Na, dass du den Namen deiner Mutter trägst.«

»Jorik war ihr Name. Sie hat ihn nie ändern lassen. Weil sie ihn wohl immer mochte.«

Nealy hörte die Dusche angehen. Sie wartete eine Minute, dann riss sie absichtlich das Lenkrad nach links, zurück nach rechts und dann wieder nach links. Aus dem Bad hörte man ein Poltern und dann einen unterdrückten Fluch.

Lucy lachte. Es klang gut.

Nealy lächelte und wandte ihre Aufmerksamkeit wieder ihrem Thema zu. »Dann ist Marigold also auch eine Jorik?«

»Hören Sie auf, sie so zu nennen!«

»Sag mir bitte einen anderen Namen. Und nicht Du-weißt-schon-was-für-einen.«

»Mist!« Ein langer, tiefer Seufzer. »Dann nennen Sie sie eben Button. Sandy hat's getan. Ich weiß, es is doof, aber ich hab ihr den Namen nich verpasst.«

»Button?« Also daher stammte das schreckliche *Butt*.

Lucy knallte den Lippenstift auf den Tisch. »Nennen Sie sie, wie Sie wollen, okay?«

»Ich mag Button. Knöpfchen. Wie niedlich!«

Sie kamen auf eine Anhöhe, und Nealy sog die Aussicht begierig in sich auf. In ihrem Leben hatte sie schon so viele schöne Landschaften gesehen: Mount McKinley an einem kristallklaren Tag, den Grand Canyon bei Sonnenuntergang. Paris hatte sie von den Stufen Sacre Coeurs aus bewundert, hatte vom Sitz eines Range Rovers über die weite Serengeti geblickt und eine Schule von Walen vom Deck eines Kriegsschiffes aus beobachtet. Aber keiner dieser Anblicke erschien ihr so großartig wie die grünen Hügel von West Virginia! Dies mochte ja ein armer Staat sein, aber wunderschön war er auf jeden Fall.

Die Dusche wurde abgedreht. Eine Minute tickte vorüber.

»Wahrscheinlich rasiert er sich jetzt«, meinte Lucy hoffnungsvoll.

Nealy lächelte, hielt das Steuer jedoch gerade. »So wütend bin ich nun auch wieder nicht auf ihn.«

»Er hat sich gestern Abend betrunken, stimmt's?«

»Ja, ich denke schon.«

»Ich hasse Betrunkene.«

»... mag sie auch nicht besonders.«

»Sie halten sich für soo lustig und sexy, wenn sie betrunken sind – aber in Wirklichkeit sind sie bloß erbärmlich!«

Nealy hatte das Gefühl, dass sie nicht über Mat redete. Sie wollte sich nach ihrer Mutter erkundigen, unterließ es aber, weil sie wusste, dass Lucy dann bloß wieder ihre Stacheln aufgerichtet hätte.

Durch die dünnen Badezimmerwände drang das Geräusch eines elektrischen Rasierers, und das Baby wurde zunehmend unruhiger. Sie aus ihrem Sitz herauszuholen war gefährlich; aber Nealy konnte sich nicht vorstellen, dass sie ein so lebhaftes Kind noch einen Tag länger festgeschnallt halten konnten. Lucy anscheinend ebenfalls nicht, denn sie erhob sich und ging zu ihrer Schwester. Im Rückspiegel sah Nealy, dass sie sich anschickte, das Baby zu befreien. »Lass sie in dem Sitz. Es ist einfach zu gefährlich beim Fahren.«

»Dann müssen Sie aber bald anhalten, damit sie ein bisschen spielen kann.«

Nealy ahnte in etwa, wie Mat das aufnehmen würde. Die Badezimmertür schwang auf. »Das is ja eklig!« Lucy rümpfte die Nase.

Nealy blickte in den Rückspiegel und fuhr fast in den Straßengraben, als Mat nur mit einem himmelblauen Handtuch um die Hüften geduckt aus der Tür trat – und zwar alles andere als eklig. Sein Haar war nass und glatt zurückgekämmt; aber sie vermutete, dass sich die Naturwelle beim Trocknen rasch wieder zeigen würde, und der Elektrorasierer hatte seine Piratenstoppeln für den Augenblick gezähmt. Ihr Blick glitt über das prächtige, gebräunte Exemplar Mann. Der beengte Raum ließ ihn derart riesig erscheinen, dass er lächerlich hätte wirken können. Was nicht der Fall war.

»Ich muss meine Sachen holen«, brummte er. »Wenn's Ihnen nicht gefällt, dann schauen Sie eben weg.«

»Mel Gibson hat 'nen viel besseren Body als du«, stellte Lucy fest.

»Kleine, das ist mir so was von schnurz!«

Und es stimmte nicht einmal, wie Nealy sich insgeheim eingestand – Mat mit seiner eindrucksvollen Größe! Sie war mit den Gedanken nicht beim Fahren und musste das Lenkrad herumreißen, um einem Schlagloch auszuweichen.

Er fing sich am Türrahmen ab. »Könnten Sie bitte aufpassen, wo Sie hinfahren?«

»Sorry.«

»Sie schlenkern rum wie 'ne Anfängerin.«

»Die Aussicht lenkt mich ab.« Eine zwei Meter zwei große Aussicht ...

»Also geben Sie bitte ein bisschen mehr Acht.«

Als Mat zum Rückteil des Trailers balancierte, streckte Button ihm laut klagend die Ärmchen entgegen. Er zuckte zusammen. Die Botschaft war unmissverständlich: Heb mich hoch! Doch er zog die Schiebetür hinter sich zu. Sie heulte auf. Lucy gelang es, sie mit dem Beanie-Baby-Walross abzulenken.

Nealy beschloss, die Landschaft zu genießen, solange sie noch die Gelegenheit dazu hatte. Mat würde sicher darauf bestehen, dass sie auf den Highway fuhren. Und siehe da, kaum tauchte er auf und hatte sich eine Tasse Kaffee genommen, als er ihr auch schon befahl anzuhalten, damit er fahren konnte.

Sie musterte seine abgewetzten Jeans und das graue Sport-T-Shirt. »Ich möchte, dass Lucy sich zuerst die überdachte Brücke ansieht.«

»Wovon reden Sie?«

»In diesem Teil von West Virginia befinden sich einige der schönsten überdachten Brücken des Staates. Das stand in der Broschüre, die ich im Campingplatzbüro mitgenommen habe. Die Erhaltung dieser Brücken kostet eine Menge Steuergelder, und ich denke, es ist wichtig für ihre Bildung, dass sie zumindest eine davon gesehen hat.«

»Auf Lucys Bildung pfeif ich!«

»Genau diese Einstellung hat das öffentliche Schulsystem in eine so prekäre Lage gebracht.«

Er starrte sie an, und sie bereute ihre unbedachten Worte. Dann schüttelte er den Kopf. »Würden Sie jetzt bitte anhalten?«

»Seien Sie doch nicht so miesepetrig! Lucy muss ihren Horizont erweitern.«

»Sie wird ohnehin im Gefängnis landen. Was für einen Unterschied macht es da, ob sie eine überdachte Brücke gesehen hat oder nicht?« Er ließ sich auf den Beifahrersitz plumpsen.

»Du bist überhaupt nicht komisch, Jorik«, mischte sich Lucy ein. »Und *sie* hat mir versprochen, dass ich die Brücke sehen darf.«

»Es ist nicht mehr weit«, tröstete Nealy. »Lehnen Sie sich einfach zurück und genießen Sie die Fahrt. Oder genießen Sie sie zumindest so, wie es mit einem solchen Kater möglich ist.«

»Wenn Sie was zu sagen haben, dann spucken Sie's aus«, brummte er.

»Also gut. Lucy und mir passt es nicht, mit jemandem zu reisen, der sich betrinkt.«

»Wie bitte? Es *passt* Ihnen nicht?«

»Sie meint damit, du bist eklig und wir hassen es.«

»Halten Sie sofort an«, schnauzte er. Das Baby fing wieder an, unruhig zu werden.

»Hier ist die Abzweigung zur überdachten Brücke.« Nealy, die nach links auf eine schmale Landstraße abbog, dachte, es wäre besser, das Thema zu wechseln. »Weißt du, warum man diese Brücken gebaut hat, Lucy?«

»Nö, und es is mir auch scheißegal.«

»Manche behaupten, man hätte deshalb überdachte Brücken gebaut, damit die Pferde nicht wegen des Wassers scheu würden; aber wahrscheinlich wollte man die Brücken einfach nur vor Wind und Wetter schützen, damit sie länger hielten. Keiner weiß es so genau.«

»Sie sind ja 'ne wandelnde Enzyklopädie«, bemerkte Mat spöttisch.

»Ich habe Ihnen doch gesagt, dass ich ein fotografisches Gedächtnis habe.« Das Protestgeheul des Babys steigerte sich.

»Und was stand auf dem Schild, an dem wir gerade vorbeifuhren?«

»Ich habe nicht aufgepasst.«

»Jesus der Retter«, warf Lucy hilfreich ein.

Mat ignorierte sie. »Und was war mit dem großen Schild vor dem Campingbüro, gleich am Eingang?«

»Hat mich nicht interessiert, also habe ich's nicht gelesen.« Wieder soufflierte Lucy. »Wilde Lagerfeuer verboten!«

Nealy schoss ihr einen ärgerlichen Blick zu. »Fällt dir nichts Besseres ein?«

»Nö.« Lucy reichte ihrer Schwester einen leeren Papierbecher, doch Button pfefferte ihn mit einem zornigen Aufschrei zu Boden.

Hinter der nächsten Kurve entdeckten sie eine alte Brücke, die sich über ein Flüsschen spannte, das in einer sanften Senke zwischen grünen Hügeln dahinplätscherte. Sie bestand aus verwittertem braunem Holz und besaß ein Blechdach, das wohl einst rot gestrichen gewesen sein mochte. Davor ragte ein pockennarbiges Schild, welches Vehikel über drei Meter Höhe davor warnte, die Brücke zu passieren. Obgleich dies West Virginia war und nicht Madison County, Iowa, sah die Brücke so malerisch aus, dass Nealy erwartete, jeden Moment Clint Eastwood und Meryl Streep aus dem schattigen Inneren hervorkommen zu sehen. Das war Amerika in Reinkultur und sie seufzte verträumt. »Herrlich, nicht wahr?«

Als keiner ihrer Reisegenossen eine Antwort gab, beschloss sie zu glauben, dass der idyllische Anblick ihnen einfach die Sprache raubte.

»Kommt, wir wollen uns die Beine vertreten.« Sie stellte Mabel am Straßenrand ab. »Lucy, du kannst jetzt deine Schwester herausnehmen.«

»Sie is nich verseucht oder so was. Ihr beiden dürft sie ruhig auch mal tragen.«

Nealy tat, als hätte sie nichts gehört.

»Wir bleiben nur kurz«, verkündete Mat. »Zwei Minuten. Und dann geht's zur Autobahn.«

»Okay. Zwei Minuten.« Das konnte er sich hinter die Binde schmieren! Und wusste es vermutlich auch.

Draußen lag die Landschaft im gleißenden Sonnenlicht, und in der schwülen Luft lag der Geruch von Staub, Gras und Landstraße. Der Fluss führte nicht viel Wasser, als ob es schon länger nicht mehr geregnet hätte, und die Geräusche um sie herum klangen wie Musik: Das Rinnsal plätscherte über Steine, Vögel zwitscherten, Grillen zirpten und Bienen summten. Blumen blühten auf den sanft abfallenden Uferböschungen beidseits der Brücke. Lucy setzte das Baby ins Gras.

»Gah!« Sie gluckste und klatschte in die Händchen.

»Sie sind mit Babysitten dran.« Lucy machte sich auf zur Brücke, bevor Nealy protestieren konnte.

»Gah!« Das Baby machte einen Satz und schnappte nach einer fetten Hummel. Glücklicherweise vergebens.

»Nicht, Button. Die Brummer sind nicht ganz ungefährlich.«

»Ich dachte, sie hieße Marigold.« Mit der Kaffeetasse in der Hand tauchte Mat aus dem Wohnwagen auf.

»Lucy sagt, ihre Mutter nannte sie Button. Würden Sie mir bitte die Decke von hinten bringen? Sie bleibt wahrscheinlich sowieso nicht drauf, aber vielleicht wird sie dann nicht gar so schmutzig.«

Nealy war nicht entgangen, dass Lucy sie heute früh gebadet hatte. Die Sonne beschien ihre goldenen Härchen, und ihre abgetragenen Sachen waren sauber. Unwillkürlich fragte sie sich, ob die Stipendiaten, die sie im Weißen Haus empfangen hatte, sich auch so liebevoll um eine durchaus anstrengende kleine Schwester gekümmert hätten.

Mat tauchte mit der Decke wieder auf. Nealy nahm sie ihm ab und breitete sie an der Uferböschung aus. Sie setzte das Baby darauf, aber Button krabbelte sofort wieder zur Wiese zurück. Die Latzhose schützte sie vor dem stacheligen Gras, und sie war entzückt, als sie einen Schmetterling entdeckte, der sich auf ein paar Butterblumen niederließ. Eilends krabbelte sie dorthin, ließ sich dann auf den Hintern plumpsen und tat ihre Empörung kund, als der Schmetterling davonflatterte.

Nealy setzte sich auf die Decke und war überrascht, als auch Mat sich dort neben ihr ausstreckte. Sie seufzte und atmete tief ein, jeden Augenblick dieses gestohlenen Sommertags genießend.

»Normalerweise betrinke ich mich nicht, wissen Sie.«

Sie schloss die Augen und wandte ihr Gesicht der Sonne zu. »Mhm!«

»Nein, ehrlich. Ich bin ein mäßiger Trinker.«

»Gut – denn ich glaube nicht, dass das ein gutes Vorbild für die Mädchen ist.«

Sie öffnete die Augen und sah, dass er sie beobachtete. Irgendwie sprühte sein Blick Funken. Oder bildete sie sich das bloß ein? Er ließ sich Zeit, bevor er woanders hinschaute.

»Na, davon haben sie sicher noch viel mehr mitgekriegt, als Sandy noch lebte.«

Nealy merkte, dass sie nichts über Mats Ex-Frau hören wollte, und erhob sich. »Passen Sie auf das Baby auf, ja? Ich möchte mal durch die Brücke gehen.«

»He! Sie sind das Kindermädchen, nicht ich.«

»Jetzt habe ich Mittagspause.«

Damit ließ sie ihn kurzerhand allein und marschierte zur Brücke. Irritiert starrte Mat ihrem Rücken nach, der im Innern verschwand. Geschähe ihr ganz recht, wenn er sie an der nächsten Tankstelle aussetzte und ihrem Schicksal überließe. Aber er wusste, dass er das nicht tun würde. Sie mochte ja nicht die Nanny seiner Träume sein, aber was Besseres gab es im Moment nicht. Überdies war sie ihm ein Rätsel.

Irgendwie passte ihr presbyterianisches Upper-Class-Gehabe nicht zu ihrer sonnigen Natur und dem grenzenlosen, beinahe kindlichen Enthusiasmus. Also unterhaltsam war sie ganz sicher. Zumindest gestern hatte sie ihn prächtig unterhalten. Heute Vormittag machte ihm dagegen sein Kater einen ordentlichen Strich durch die Rechnung.

Aus den Augenwinkeln sah er eine Bewegung. Etwas in Pink. Er blickte gerade noch rechtzeitig auf, um zu sehen, wie der Dämon rückwärts die grasbewachsene Uferböschung hinunterrobbte, direkt auf den Fluss zu. Die Kaffeetasse flog in die Luft, als er hastig auf die Füße sprang.

Das Baby bewegte sich pfeilschnell und mit großer Zielstrebigkeit. Seine Schuhsohlen rutschten im Gras, und er glitt beinahe aus, fing sich jedoch wieder.

Ohne Vorwarnung flogen ihre Ärmchen hoch und sie begann zu rutschen. Mit den Schuhen voran traf sie aufs Wasser, und der Rest folgte einen Herzschlag später.

Der Fluss war zwar nicht hoch, aber für ein Baby dennoch

zu tief, und mit Entsetzen sah er, wie der blonde Schopf sofort unter der Oberfläche verschwand. Wieder rutschte er aus, rappelte sich hoch und sprintete ihr nach.

Das Wasser reichte ihm bis knapp über die Knie. Es war schlammig. Zu schlammig, um etwas sehen zu können. Da erblickte er etwas Rosarotes in der Strömung und packte es.

Mit weit aufgerissenen Augen und herunterhängenden Armen und Beinen tauchte sie auf. Er hatte sie an den Rückenträgern ihrer Latzhose erwischt.

Sie blinzelte, rang nach Luft und hustete. Er setzte sie in seine Armbeuge, während sie wieder zu Atem kam. Sein eigener Herzschlag beruhigte sich ein wenig, und er spürte, wie der schlammige Flussboden an seinen Schuhen saugte. Nur mit Mühe gelang es ihm, sie aus dem Schlamm zu zerren und ans Ufer zu treten.

Endlich hörte sie auf zu husten. Ein paar Sekunden lang war es mucksmäuschenstill; dann spürte er, wie sich ihre Brust dehnte, während sie tief Luft holte. Was jetzt bevorstand, versuchte er verzweifelt aufzuhalten.

»Heul nicht!«

Nell und Lucy waren noch im Innern der Brücke, aber definitiv würden sie ihm die Hölle heiß machen, wenn sie merkten, dass er den Dämon beinahe hätte ersaufen lassen. Er blickte auf das Baby hinunter. Das Flusswasser lief ihr aus den Haaren in die Augen. Der erste Laut ertönte, der Auftakt zu einer Zornessymphonie.

»Hör sofort damit auf!« Er nahm sie unter die Achseln und hob sie hoch, damit sie ihm in die Augen sehen konnte und begriff, dass er es ernst meinte. »Du hast bloß ein bisschen Wasser geschluckt. Nicht weiter schlimm! Von wegen tragisch!«

Das ominöse Runzeln zwischen ihren zarten Brauen glättete sich ein wenig. Ihre Augen weiteten sich, und sie stieß den angehaltenen Atem aus.

»Nicht weiter schlimm«, beruhigte er sie noch mal. »Kapiert?«

Sie starrte ihn an.

Ihre rosa Latzhose würde nie mehr dieselbe sein, und sie hatte einen Schuh verloren. Rasch zog er ihr auch den anderen vom Fuß und warf ihn ins Gebüsch.

Aus dem Innern der Brücke drangen lauter werdend zwei sich kabbelnde weibliche Stimmen an sein Ohr. Jetzt war er dran. Blitzschnell überlegte er. »Wir gehen wieder ins Wasser!«

»Gah?«

Er streifte seine durchweichten Schuhe ab, setzte sich das Baby erneut in die Armbeuge und watete in den Fluss zurück. Button vergrub ihr Gesicht an seiner Schulter.

»Sei kein Waschlappen!«

Sie blickte auf und grinste ihn an, sodass man ihre vier Zähnchen sah.

»Das ist schon besser, du kleiner Teufel.«

Aber als er versuchte, sie wieder ins Wasser zu setzen, versteifte sie sich und grub ihre Finger in seinen Arm.

»Entspann dich, ja? Ich werd dein Gesicht nicht eintauchen.«

»Nah-nah-nah!«

Klarer konnte man's nicht ausdrücken. Er merkte, dass er wohl oder übel mit ins Nasse musste, wie er's bei allen seinen Schwestern gemacht hatte. Mit einem resignierten Seufzer legte er sie an seine Schulter und sank mit ihr in die Fluten.

Sie bog den Kopf zurück und strahlte ihn an. Mannomann, die würde den Kerlen mal reihenweise den Kopf verdrehen, mit ihren babyblauen Augen und dem schmelzenden Lächeln. »Ja, ja. Spar dir das für jemanden auf, den's interessiert!«

Das Fräulein patschte ihm mit der flachen Hand ans Kinn und dann aufs Wasser. Es spritzte ihm in die Augen. Er blinzelte das Wasser weg und tauchte langsam mit ihr in die Strömung ein.

»*Was tun Sie da?*« Nell kam aus der Brücke hervorgeschossen, eine schwangere Ein-Mann-Armee in Khakishorts, einer blauen Umstandsbluse mit Gänseblümchen drauf, an den Füßen zierliche weiße Sandalen. Goldbraune Locken, so goldbraun wie Sommerweizen, umwehten hochrote Wangen, und ihre erstaunlichen blauen Augen, genau dieselbe Farbe wie der Himmel über ihnen, sprühten Funken. »Bringen Sie das Baby sofort aus dem schmutzigen Wasser!« Sie rannte die Böschung herunter. »Davon kann man Typhus bekommen!«

Er blickte auf den Dämon herab, der ganz vergnügt zu sein schien, solange er nicht zu weit hineinging. »Ich glaube nicht, dass Typhus in West Virginia noch allzu verbreitet ist.«

Jetzt trat Lucy auf den Plan und starrte erstaunt zu ihnen hinunter.

Nell hielt keuchend am Flussufer an. Sie war kreidebleich. Er merkte, dass sie wirklich einen Schrecken bekommen hatte, und fragte sich, wie sie erst reagiert hätte, wenn sie Zeugin des ganzen Dramas geworden wäre. »Nun beruhigen Sie sich schon, ja? Der Kleinen geht's gut.«

»Sie ist vollkommen angezogen!«

»Na ja, ich bin ein Mann. Männer denken nicht an so was.«

»*Sie* sind vollkommen angezogen!«

»War eben so was wie 'ne spontane Idee.«

Sie blickte auf seine schlammigen Schuhe, die am Ufer lagen. »Das kann man wohl sagen.«

Er beschloss, in die Offensive zu gehen. »Leider bin ich ausgerutscht, okay? Und dann dachte ich, was soll's.«

»Sie wird sich erkälten.«

»Es müssen über dreißig Grad sein.« Er hob das Baby aus dem Wasser und stand auf.

»*Nah!*«, protestierte Button und begann sich zu winden, weil sie wieder ins Wasser wollte.

»Lenk sie lieber ab, oder es gibt einen Riesenzirkus«, rief Lucy von oben herunter.

Die Schreie des kleinen Dämons nahmen an Stärke zu.
»Und wie, zum Teufel, geht das?«, fragte Mat.

»Sie mag Tierlaute, besonders Kühe. Muh wie eine Kuh!«

Lucy erntete einen angewiderten Blick, und Mat hielt das schreiende Baby Nell hin. »Hier! Lenken Sie sie ab.«

Nell verschränkte die Arme hinter dem Rücken und trat zurück. »Ich weiß nicht, wie.«

Der Dämon drosch auf alles ein, was ihm unter die Fäuste kam, und strampelte wild um sich. *Mist.* Resigniert drehte er sich um und watete ins Wasser zurück.

Er wollte verdammt sein, wenn er muhte wie ein Rindvieh!

8

Mat blickte auf den Nackedei hinunter, der in der Duschwanne saß und mit seinen Zehen spielte. Wie war es bloß dazu gekommen? Wieso stand er hier und duschte mit einem Baby? Also, mit Nell zu duschen, das wäre etwas ganz anderes …

Verspätet fiel ihm ihr praller, schwangerer Leib ein, und er schüttelte die Vorstellung ab. Sie standen noch immer am Straßenrand vor der überdachten Brücke, und wenn es so weiterging, erreichten sie Iowa erst, wenn er alt und grau war. Er wischte sich die restliche Seife von der Brust und kam zu dem Schluss, dass er in einem dieser Albträume steckte, wo man verzweifelt versuchte, irgendwo hinzugelangen, es aber nie schaffte.

Ein erschreckender Gedanke durchzuckte ihn. Zuerst war er wie die Jungfrau zum Kinde gekommen (und noch dazu gleich an zwei Bälger!). Und nun hatte er sich obendrein eine Frau eingefangen. Zweifellos hatten sich irgendwelche satanischen Mächte verschworen, ihm auf Teufel komm raus eine Familie anzuhängen.

»Alles in Ordnung da drinnen?«, rief Nell durch die Tür.

Der Dämon beugte sich vor und grub alle vier Zähnchen in seinen Fuß. Er jaulte auf und bückte sich dann, so gut er konnte, in der engen Duschkabine, um sie aufzuheben. »Du kleine …«

»Wir wissen nicht, was für Mikroorganismen in diesem Fluss waren«, sagte Nell. »Haben Sie sie auch richtig gründlich abgeseift?«

Er hielt sie ohne Federlesens unter den Duschstrahl. »Hab 'ne ganze Seife verbraucht.«

»Du versuchst besser keine Schweinereien da drin mit ihr, Jorik!«, kam es nun von Lucy. »Im Ernst!«

»Sei still, Lucy«, mahnte Nell. »Mach ihn nicht noch ärgerlicher.«

Der Dämon begann zu prusten, also zog er die Kleine wieder unter dem Duschstrahl hervor und setzte sie sich in die Armbeuge. Sofort kratzte sie ihm mit ihren Fingernägeln über eine Brustwarze.

»Autsch!«

»Du tust ihr weh!«, rief Lucy. »Ich weiß, dass du ihr wehtust!«

»Ich tu ihr nicht weh!«

Der Dämon mochte es nicht, wenn jemand außer ihm brüllte, und fing wieder mit dieser Zitterlippen-Nummer an.

»Dagegen bin ich immun«, knurrte er.

Das Zittern hörte auf und ein strahlendes Grinsen trat an seine Stelle. Er konnte schwören, Bewunderung in ihren babyblauen Augen zu lesen, alles davon natürlich auf ihn gerichtet. »Vergisses! Ich bin nicht käuflich.«

Sie stieß ein entzücktes Baby-Vampir-Quietschen aus und biss ihn in die Brust.

»Gottverdammt noch mal!«

Genau in diesem Moment wurde aus dem Duschstrahl ein Tröpfeln. Er hatte es so eilig gehabt, von Sandys Haus wegzukommen, dass er sich nicht die Mühe gemacht hatte, den Wassertank ganz aufzufüllen; und gestern Abend auf dem Campingplatz war er zu sehr mit seiner Flasche Jim Beam beschäftigt gewesen, um daran zu denken.

»Das alles hätte sich erübrigt, wenn Sie nicht mit Button im schmutzigen Fluss baden gegangen wären«, fühlte sich Nell bemüßigt zu bemerken und klang ganz wie eine nörgelnde Ehefrau.

Er drehte den Dämon herum, sodass ihre Zähne ihm nichts mehr anhaben konnten, und zwängte sich aus der winzigen Duschkabine ins ebenso winzige Bad hinaus. Als er nach einem Handtuch greifen wollte, stieß sein Ellbogen an die Wand. »*Gottverdammt noch mal!*«

»Das sagten Sie bereits«, bemerkte Nell von der anderen Seite der Tür. »Scheint nicht gerade lustig zu sein da drinnen.«

»Wenn Sie sich den Anblick eines nackten Mannes ersparen wollen, dann treten Sie lieber zurück.« Er wickelte den Dämon in ein Handtuch, öffnete die Tür und setzte sie draußen auf den Boden. »Hier, gehört ganz Ihnen!«

Er drückte die Tür vor Nells amüsierter Miene wieder ins Schloss. Das Baby begann sofort zu brüllen.

»Sie will Sie«, erklärte Nell.

»Sagen Sie ihr, sie soll 'ne Fliege machen.«

Er hörte etwas, das wie ein Lachen klang, und lächelte ebenfalls – das erste Mal an diesem vermaledeiten Tag. Sobald er sich ein Handtuch um die Hüften geschlungen hatte, öffnete er die Tür und trat hinaus.

»*Gah!*« Das Baby streckte die Ärmchen zu ihm hoch, das Handtuch noch über dem Kopf. Es jaulte, als er an ihm vorbei nach hinten ging und die Schiebetür zwischen alle Beteiligten brachte.

Er hörte ein Rascheln und wusste, dass sie hinter ihm herkrabbelte. »Komm sofort zurück!«, rief Lucy. »Du magst ihn gar nicht. Er ist ein Arsch.«

Offenbar war der Dämon anderer Meinung, denn ein kleiner Kopf bumste gegen das Holz. Ein Augenblick gesegneter Stille folgte. Dann brach die Hölle los.

Das war nicht das Mitleid erregende Wimmern eines Babys. Es war das empörte Gebrüll eines weiblichen Wesens, dem man ihren Mann genommen hatte. Frustriert riss er sich das Handtuch herunter. Wieso hatte Sandy nicht einen *Sohn* bekommen können?

Nell begann zu muhen.

Sobald Button trocken und wieder angezogen war, musste sie gefüttert werden, worauf alle warteten, dass sich ihr Magen ein wenig beruhigte. Nealy beobachtete Mat, der am Straßenrand auf und ab stampfte, von Mabels Fenster aus. Seine Schuhsohlen attackierten den Asphalt, auf seiner Stirn stand ein tiefes Runzeln des Missfallens. Von Zeit zu Zeit hob er einen Stein auf und warf ihn zornig ins Wasser. Einmal ließ er sich sogar auf die Straße fallen und vollführte eine lange Reihe von Liegestützen. Seine Ungeduld irritierte sie. Wieso konnte er den Tag nicht einfach genießen?

Als Lucy Button in ihrem Autositz unterbrachte, machte Nealy die Tür auf und trat hinaus. »Ich glaube, wir können's jetzt versuchen.«

»Wird auch Zeit.«

»Kein Grund, so mürrisch zu sein.«

Er stieß sie beiseite – stieß die First Lady der Vereinigten Staaten beiseite! –, zog den Kopf ein und verschwand im Wohnmobil.

»Dada!«, quietschte Button zur Begrüßung.

Sein Gesichtsausdruck war derart finster, dass Nealy rasch vortrat. »Vielleicht sollte ich fahren. Sie scheinen ja in einer gefährlichen Stimmung zu sein.«

»Vielleicht sollten Sie sich hinhocken und nach Schildern Ausschau halten, damit wir so schnell wie möglich einen anständigen Highway erreichen.« Er quetschte sich hinters Steuer.

»Mir ist langweilig«, maulte Lucy. »Ich will in ein Einkaufscenter, bummeln gehen.«

»Noch ein Wort, und ich schnür euch alle drei zusammen, werf euch zum Gepäck und schließ von außen ab!«

Nealy blickte Lucy an. Lucy blickte sie an. Ein Moment schweigenden Einverständnisses. Bloß Button schien glücklich zu sein. Sie hatte endlich wieder ihren Helden vor Augen.

Schweigend fuhren sie etwa zwanzig Meilen dahin, vorbei an Tabakfeldern, ärmlichen Farmen und ein paar kleinen Ortschaften. Soeben passierten sie einen etwas größeren Ort, nicht weit von der Interstate, als Nealy einen ominösen Ruck im Vorderteil von Mabel wahrnahm. Mat stieg sofort vom Gas und bremste vorsichtig. Dann lenkte er nach rechts, doch der Wagen reagierte nicht. Er fluchte.

»Was ist los?«

»Das Lenkrad reagiert nicht mehr.«

»Ich hab dir doch gesagt, die Karre ist 'n Schrotthaufen«, bemerkte Lucy unnötigerweise von hinten.

Mat manövrierte den Trailer von der Straße und blieb am Rande eines Parkplatzes, der zu einem ziemlich alten Drive-In-Restaurant namens Hush Pups gehörte, stehen.

»Cool. Kann ich 'n Shake haben?«

»Sei still, Lucy. Was, glauben Sie, ist es, Mat?«

»Erinnern Sie sich noch an dieses Motorgeklingel, das mich so beunruhigt hat?«

»Ja.«

»Ich glaube nicht, dass es das ist.«

»Oh!«

Er rührte sich nicht, starrte bloß düster durch die Windschutzscheibe. »Der Kupplungshebel ist hinüber. Irgend so was.«

Da er so verloren dreinblickte, streckte sie impulsiv die

Hand aus und drückte tröstend seinen Arm. Er wandte sich ihr zu und studierte sie. Ihre Blicke begegneten sich, eine Art Funke sprang über. Verlegen zog sie langsam ihre Hand zurück. Ihre Handfläche, die auf seinem Arm gelegen hatte, fühlte sich warm an.

Sie erhob sich und schlug Lucy vor: »Komm, wir kaufen uns von Mats Geld ein bisschen Junkfood, während er rausfindet, was mit Mabel los ist.«

Da Hush Pups etwas so Luxuriöses wie einen Speiseraum nicht zu bieten hatte, ließ sich Nealy mit den Mädchen an einem von drei Metalltischen am Rand des Parkplatzes nieder, von wo aus sie zusahen, wie ein Abschleppwagen Mabel samt Mat wegbrachte. Während Lucy aß, jagte Nealy hinter Button her. Schließlich wurde das Baby aber doch müde und gönnte sich auf der Decke ein Mittagsschläfchen.

»Mir ist stinklangweilig.«

»Warum gehst du nicht los und siehst dich ein bisschen um? Aber bleib nicht zu lange.«

Lucy blickte auf ihre kleine Schwester hinunter und musterte Nealy dann misstrauisch.

Nealy versprach leise: »Ich werde sie nicht eine Sekunde aus den Augen lassen.«

Lucys braun geschminkte Lippen verzogen sich höhnisch, was jedoch nicht ganz überzeugend wirkte. »Is mir doch egal.«

»Es ist dir gar nicht egal. Gib's auf, Lucy. Der Tag, an dem Button dich als große Schwester bekommen hat, war ihr größter Glückstag.«

Lucy blinzelte und wandte sich ab, aber nicht bevor Nealy einen Blick auf die verwundbare Vierzehnjährige erhascht hatte, die sich hinter der harten Schale versteckte.

Als sie gegangen war, streckte Nealy ihre Beine auf der Decke aus, lehnte sich mit dem Rücken an ein metallenes Tischbein und beobachtete zufrieden das gemächliche Kleinstadtleben ringsum.

Gerade war sie am Eindösen, als ein uraltes rotes Oldsmobile mit Mat am Steuer auf den Parkplatz rumpelte. Mit einem womöglich noch düstereren Gesichtsausdruck als zuvor stieg er aus und kam auf sie zu. »Ich hatte Recht. Der Kupplungshebel ist gebrochen, und der Wagen wird nicht vor morgen früh fertig sein.« Er blieb vor ihr stehen. »Mabel befindet sich jetzt in der Werkstatt, zu der auch ein Schrottplatz des Landkreises zu gehören scheint. Daneben ist so 'ne Art Halde, und es stinkt wie auf 'nem Mafiafriedhof.«

»Also können wir dort nicht übernachten!«

Er ließ sich auf einen Stuhl ihr gegenüber sinken. »Es gibt 'n Holiday Inn ungefähr fünf Meilen von hier.«

Mat sah aus, als würde er dringend einen Drink benötigen, und sie hielt ihm den Rest ihres wässrigen Colas hin. »Ich besorge Ihnen einen Hamburger.«

»Besorgen Sie mir doch einen mit 'ner Prise Arsen drin, ja?«

»Genau, die gibt's gratis!«

Lächelnd legte er dann die Lippen um ihren Strohhalm und nahm einen Schluck. Sie hatte erwartet, dass er vom Becherrand trinken würde, und starrte ihn einen Moment lang an. Er setzte den Papierbecher ab. Wieder knisterte es gewaltig zwischen ihnen, was sie nervös und verlegen machte.

Noch nie war ihr ein Mann begegnet, der so viel männliche Erotik ausstrahlte wie er, so viel sexuelle Energie. Sie sah sie in seinen Augen, in der Haltung seiner Schultern, in der Bewegung seiner Hände. Sie hörte sie in seiner Hochofenstimme. Es kam ihr beinahe vor, als hätte er es geschafft, sich dem zähmenden Einfluss sanfter Weiblichkeit gänzlich zu entziehen. Er gehörte auf den Rücken eines wilden Pferdes, ans Ruder eines Schiffes, an die Spitze einer Sturmtruppe oder auf eine Straßenbaustelle, wo er den flüssigen Asphalt in der sengenden Sonne verteilte.

Eilig schüttelte sie die ungewollten Bilder ab und machte sich auf den Weg zum Drive-In-Schalter. Sie wusste nichts über Männer wie Mat Jorik und hatte auch nicht die Absicht, etwas über sie zu erfahren.

Lucy tauchte auf, als Mat gerade fertig gegessen hatte. Sie sah zu, wie Button versuchte, an Mats Hosenbein hinauf und auf seinen Schoß zu klettern, dann erblickte sie den uralten Oldsmobile. »Konntest du nicht 'nen Camero oder so was kriegen?«

»Die waren gerade alle weg.«

Während der Fahrt zur Reparaturwerkstatt gab sich Button alle Mühe, Mats Aufmerksamkeit abwechselnd durch Gurgeln und forderndes Schmatzen zu erregen, doch er ignorierte sie stur. Als sie die Werkstatt erreichten, stellte Nealy fest, dass der danebenliegende Schrottplatz tatsächlich so stank wie von Mat beschrieben. Sie war froh, als sie alles, was sie brauchten, aus dem Trailer geholt und im Leihwagen verstaut und das Holiday Inn erreicht hatten.

Der Mann an der Rezeption betrachtete Mat unsicher, als dieser zwei so weit wie möglich auseinander liegende Zimmer verlangte. Nealy hatte nicht die Absicht, die alleinige Verantwortung für die Mädchen zu übernehmen, und trat rasch vor. »Hören Sie nicht auf ihn! Er erlaubt sich immer solche Scherze!«

Am Ende bekamen sie zwei miteinander verbundene Räumlichkeiten.

Als Nealy ihre Tasche auf dem Bett abstellte, überlegte sie, was anders war. Und dann merkte sie, dass der Geruch von frisch gestrichenen Wänden fehlte. Jedes Hotel der Welt wollte sich von seiner besten Seite zeigen, wenn der Präsident und die First Lady dort abstiegen – was fast immer bedeutete, dass sie ihre beste Suite renovierten. Nealy war öfters mit Kopfschmerzen von den Farbdämpfen aufgewacht, als sie zählen konnte.

Sie sah Lucy am Fenster stehen und zum Swimmingpool hinabblicken. »Wieso gehst du nicht schwimmen?« Suchend schaute sie sich am Boden um, ob es irgendetwas Gefährliches dort gab, und setzte Button dann ab.

»Ich hab keinen Badeanzug.«

»Lass doch das an, was du gerade trägst. Du kannst's ja später auswaschen.«

»Vielleicht.«

Nealy merkte, dass Button verschwunden war, und eilte rasch durch die offen stehende Tür nach nebenan. Abrupt blieb sie stehen, als sie Mat auf der anderen Seite des großen Bettes erblickte, der sich gerade das T-Shirt über den Kopf zog. Wieso konnte nicht auch er seine Sachen anbehalten?

Er besaß genau den Typ Oberkörper, den sie am attraktivsten fand. Breite Schultern, schmale Hüften, ein wenig schwarze Brustbehaarung. Seine Muskeln waren deutlich sichtbar, aber nicht übertrieben ausgeprägt. Sie genoss den Anblick gerade ganz ungeniert, als sie merkte, dass er sie beobachtete.

Sein Mundwinkel zuckte. »Irgendwas Interessantes gesehen?«

Fieberhaft überlegte sie, was sie ihm als Erklärung für ihre Blicke anbieten konnte. »Haben Sie dieses T-Shirt nicht erst heute Vormittag angezogen?«

»Es bekam Flecken, als ich Mabels Motor untersuchte. Wieso kümmert Sie das?«

»Weil ... weil uns allmählich die saubere Wäsche ausgeht.«

»Sie können den Kram ja morgen in den Waschsalon bringen.«

»Ich?« Noch nie im Leben hatte sie Wäsche gewaschen. »Das gehört nicht zu meinen Aufgaben. Ich bin die Nanny, schon vergessen?«

»*Dada!*«

Mat zuckte zusammen und blickte stirnrunzelnd auf das Baby hinunter, das sich unerbittlich an seinen Jeans festkrallte.

»Sie ist zu jung, um zu wissen, was dieses Wort bedeutet«, versuchte Nealy zu vermitteln. »Wieso nehmen Sie sie nicht einfach hoch? Wenn Sie ihr bloß ein bisschen Aufmerksamkeit schenken, ist sie bestimmt zufrieden und geht wieder spielen.«

»Das können Sie vergessen.«

»Spiel die Spröde, Button. Männer mögen's nicht, wenn man zu direkt ist. Zumindest habe ich das gehört.«

»Keine persönliche Erfahrung?«

Sie murmelte etwas Unbestimmtes, wappnete sich und bückte sich dann, um Button aufzuheben. Aber das Baby wollte Mat, und als Nealy sich mit der süßen Last erhob, warf Button sich in seine Richtung und packte ihn am T-Shirt, was Nealy aus dem Gleichgewicht brachte. »Uups. Sorry!«

Automatisch fing er sie auf, und seine Brust fühlte sich warm an ihrer Seite an. Sie unterdrückte ihre Sexualität schon so lange, dass es ihr zur Gewohnheit geworden war; doch dies wirkte wie eine Schockbehandlung und erinnerte sie daran, dass sie immer noch eine Frau war.

Er wich nicht zurück. Stattdessen breitete sich ein Lächeln auf seinem Mund aus und wanderte bis hinauf zu seinen grauen Augen. »Ich dachte, Sie hätten was gegen Direktheit.«

War es eine Anmache? Keiner machte je Cornelia Case an. Als sie noch auf dem College war, musste sie die Jungen selbst um ein Date bitten, weil sie viel zu schüchtern waren, sich der Tochter des Vizepräsidenten zu nähern. Noch einschüchternder wirkte auf die Knaben die ständige Präsenz des Secret Service, sodass keiner den Versuch wagte, sie ins Bett zu kriegen. Dennoch war sie sicher, dass es ihr gelungen wäre, den einen oder anderen dazu zu überreden – aber sie hatte es nicht getan.

Von klein auf hatte man ihr eingedrillt, dass der harmlose Fehltritt von ihr auf ihren Vater zurückfallen würde, und schließlich war ihr die Vorsicht so zur Gewohnheit geworden, dass sie eine Schattenexistenz führte – ihre natürliche Neugier, Abenteuerlust, Sexualität unterdrückte, all das also, was ihr geholfen hätte herauszufinden, wer sie war. Dennis lernte sie als Jungfrau kennen.

Zum ersten Mal verspürte sie keinen Schmerz beim Gedanken an Dennis. Vielleicht heilte die Zeit ja allmählich ihre Wunden, oder der Mann vor ihr lenkte sie einfach zu sehr ab.

Das Baby bäumte sich erneut auf und wollte zu Mat. Mat nahm Nealy fester in den Arm. Dann blickte er sie nachdenklich an.

»Ich – ich nehme sie mit zum Swimmingpool hinunter«, stammelte sie.

Seine Antwort ließ auf sich warten. »Ja, tun Sie das.«

Button heulte auf, als Nealy sie aus dem Zimmer trug.

Die nächsten paar Stunden verbrachte Nealy am Rand des Babybeckens, immer in Sorge, Button könnte sich einen Sonnenbrand holen oder ertrinken. Da der Pool im Schatten lag und das Baby nur, als Lucy es ins große Becken mitnahm, mehr als ein paar Meter von ihr entfernt war, fand sie sich selbst etwas töricht. Nun, vielleicht kam ein Teil ihrer übertriebenen Sorge ja daher, dass sie nicht so viel an Mat denken wollte.

Oder die Freiheit, einmal aus ihrer starren Rolle hinauszuschlüpfen zu können, bewirkte mehr bei ihr, als sie gedacht hatte. Wer war diese Nell Kelly? Nicht nur, dass sie eine recht aktive Libido besaß, sie schien sich auch nichts daraus zu machen, anderen Leuten die Meinung zu sagen. Nealy lächelte. Sie mochte alles an Nell, außer ihrer Schwäche für Mat Joriks Figur.

Sie sagte sich, dass es schließlich nicht ungewöhnlich war, an Sex zu denken. Zwar mochte sie reichlich Hemmungen haben, aber trotzdem war sie auch ein Mensch und Mat so ganz anders als die Männer ihrer gesellschaftlichen Kreise. Viel zu selbstsicher im Umgang mit Frauen, um sich absolut korrekt zu benehmen. Wenn sie an Mat dachte, dann sah sie seinen harten, muskulösen Körper vor sich, die eckigen Kiefer, die großen Pranken und die kräftigen Finger. Sie liebte seinen Geruch nach Seife, Rasiercreme und Haut. Er war ein richtiger Schrank, und sie mochte seine Zähne.

Seine Zähne? Himmel, verlor sie noch den Verstand? Mit einem Stöhnen wandte sie sich Button zu und half ihr, Wasser in Styroporbecher zu füllen, ohne es zu trinken natürlich.

Lucy wurde es schließlich langweilig, und sie beschloss, aufs Zimmer zu gehen und ein wenig fernzusehen. Bevor sie ging, warf sie Nealy noch vor, blöd zu sein, weil sie nicht wüsste, dass Button ihr Fläschchen brauchte; kurzerhand nahm sie ihre kleine Schwester mit.

Nealy lehnte sich seufzend im Liegestuhl zurück. Nein, sie würde weder an Lucy noch Button, noch Mat Jorik denken, was sie aber leider auf das Thema Geld brachte. Stahlarbeiter bekamen recht gute Gehälter, aber dies erwies sich als überteuerte Fahrt. Konnte Mat sich die Reparatur von Mabel, zusätzlich zu all den anderen Ausgaben, auch leisten? Und wollte sie wirklich den Rest ihres gloriosen Abenteuers in zwei Paar Shorts, ein, zwei Umstandsblusen und zwei Garnituren Unterwäsche verbringen?

Sie brauchte unbedingt Dollars, und Terry Ackerman war der Einzige, bei dem sie darauf vertrauen konnte, dass er es ihr schickte, ohne sie zu verraten. Stracks suchte sie sich eine Telefonzelle und rief ihn an.

FBI Special Agent Antonia »Toni!« DeLucca fuhr vom Parkplatz des Truckstops bei McConnellsburg, Pennsylvania, wo Jimmy Briggs den Chevy Corsica gestohlen hatte. Sie und ihr Partner waren unermüdlich im Befragen von Personal und Fernfahrern, aber keiner hatte etwas gesehen. In ein paar Stunden wollten sie wiederkommen und mit den Leuten von der nächsten Schicht sprechen.

Sie blickte zum Beifahrersitz ihres Dienstwagens, eines Taurus, auf dem ihr neuer Partner saß, und fragte sich, wie sie bloß an jemanden mit Namen Jason hatte geraten können. Secret Service Special Agent *Jason Williams*. Niemand über dreißig hieß Jason. Und möglicherweise irritierte sie das am meisten, denn Jason Williams war noch ein paar Jährchen von den dreißig entfernt, während sie, Toni, die dreißig schon vor gut fünfzehn Jahren überschritten hatte.

Als Toni Ende der Siebziger beim FBI anfing, war sie eine von nur zweihundert weiblichen Agenten gewesen. Mehr als zwanzig Jahre später gab es sie immer noch, was vor allem daran lag, dass sie härter und gerissener war als die meisten ihres Jahrgangs. Sie hielt es für ihre Pflicht, sich die Karriereleiter hochzuarbeiten, um am Ende dann festzustellen, dass sie die Arbeit im Außendienst am meisten liebte. Vor drei Jahren war sie zu guter Letzt wieder dorthin zurückgekehrt und seitdem nie glücklicher gewesen.

Vergangene Nacht hatte man sie dann nach Harrisburg zitiert, ein Ort, in dem das Bureau keine Außendienststelle unterhielt, weil er zu klein war – und hatte im Morgengrauen bei einem Briefing mit anderen Agenten von Cornelia Cases Verschwinden erfahren. Obzwar sie sich Sorgen um den Verbleib der First Lady machte, war sie gleichzeitig hocherfreut, zu einer Elite-Spezialeinheit zu gehören, die extra zum Zwecke ihres Wiederauffindens zusammengestellt worden war. Unglücklicherweise hatte man ihr jedoch gleichzeitig einen neuen Partner aufgedrückt – noch dazu einen, der nicht mal zum Bureau gehörte. Und obwohl sie früher schon mit dem Service Kontakt gehabt hatte, handelte es sich da meist um erfahrene Veteranen, nicht um einen sechsundzwanzigjährigen Jüngling namens Jason.

Er besaß das geputzte, geschniegelte, markante Aussehen der meisten Secret-Service-Agenten. Kurzes hellbraunes Haar, gleichmäßige Gesichtszüge und etwas, was verdächtig nach einem Pickel aussah, am Kinn. Wie konnten sie ihr einen Partner zumuten, der noch Pickel hatte?

Und dieser Partner musste sich ansonsten weder mit Gewichtsproblemen herumschlagen noch sich Sorgen um Falten machen. Ein Partner mit keinem bisschen Grau in den Haaren! Sie konnte sich den Blick in den Rückspiegel sparen, um zu prüfen, wie viel davon sich bereits in ihren kurzen dunklen Haaren zeigte. Dennoch, ihre olivbraune Haut war noch relativ glatt, und obwohl sie ein paar Pfunde mehr zugelegt hatte, als sie es wünschte, war sie nach wie vor topfit.

Bis jetzt hatten sie und der Junge nicht mehr miteinander gesprochen als unbedingt nötig; doch nun fand Toni es an der Zeit, ihrem neuen Partner ein wenig auf den Zahn zu fühlen.

»Also, dann red schon, Kid. In welchen Hintern musstest du für diesen Job kriechen?«

»In keinen.«

»Ha! Mach mir doch nichts vor.«

Er zuckte mit den Schultern.

Sie war italienischer Abstammung und hasste es, wenn Grünschnäbel ihr mit Schulterzucken kamen. Der Junge sank in ihrer Achtung noch eine Stufe tiefer. »Bravo! Du musstest also bloß auftauchen, und schon wurdest du in eine Elite-Task-Force gesteckt. Na, ist das nicht ein echtes Sonntagskind? Wir vom Bureau müssen für Jobs wie diesen hier arbeiten.«

Lächelnd sah er auf. »Ich bekam diesen Job, weil ich gut bin.«

»Na, da haben sie mir ja einen richtigen Streber zugeteilt«, spottete sie gedehnt. »Ist das nicht mein Glückstag?«

Er runzelte die Stirn, also hatte sie einen wunden Punkt getroffen. Ihre Befriedigung schwand jedoch, als sie merkte, dass er die Stirn nicht vor Ärger runzelte, sondern weil er tief nachdachte.

»Wie scharf sind Sie auf die Sache?«, erkundigte er sich.

»Was meinst du?«

»Wie scharf sind Sie drauf, Aurora zu finden?«

Aurora war der Codename des Secret Service für Cornelia Case. Die Familienangehörigen des Präsidenten bekamen immer Codenamen mit denselben Anfangsbuchstaben. Dennis Case' Codename hatte Arrow gelautet.

Sie überlegte sorgfältig, bevor sie antwortete. »Hätte nichts dagegen, die Sache auf meinem Konto verbuchen zu können.«

»Das reicht nicht. Und ist wahrhaftig untertrieben. Wie man so hört, sind Sie hier der Streber.«

»Tatsächlich? Und was hast du noch so gehört?«

»Dass Sie arrogant sind, eine schwierige Partnerin und eine der besten Außendienstagentinnen des Bureaus.«

»Du bist wirklich ein vorlauter kleiner Scheißer, stimmt's?« Sie beschloss, den Spieß umzudrehen. »Ich hasse Misserfolge. Und ich hasse gelackte Rotznasen, die glauben, mit ein bisschen Schaumschlagen wäre der Job schon erledigt.«

»Dann haben wir ja was gemeinsam.«

»Das bezweifle ich. Bei so einem Gemüse wie dir spielt es keine Rolle, ob du derjenige bist, der Aurora findet oder nicht.«

»Für mich spielt es sehr wohl eine Rolle. Mal abgesehen von der Tatsache, dass keiner gern die First Lady verliert, bin ich ziemlich ehrgeizig.«

»Was du nicht sagst! Wie ehrgeizig?«

»Genug, um zu wissen, dass das Auffinden von Aurora den Chef, den Innenminister, ja vielleicht sogar den Präsidenten auf mich aufmerksam machen wird.«

Sie blickte in sein ernstes, kindlich-glattes Gesicht. »Viele Leute sind ehrgeizig, Heißsporn! Die Arbeit durchzuführen ist das wirklich Harte.«

Seine Augen glitten von ihrem angegrauten Haar zu ihrer leicht übergewichtigen Figur. »Ach, ich glaube kaum, dass es mir allzu schwer fallen wird, mit Ihnen mitzuhalten.«

Er hatte ihr den Fehdehandschuh hingeworfen, und sie lächelte. »Ach ja? Na, wir werden ja sehen, Jungchen. Es wird sich herausstellen, wer von uns beiden mehr davon versteht, eine vermisste First Lady aufzustöbern.«

Beide Mädchen waren unleidlich, also bestellte Nealy Abendessen aufs Zimmer und tat, als wäre sie nicht ärgerlich, weil

Mat sich noch immer nicht blicken ließ. Lucy sah sich einen Film an und schlief dann mit Button an ihrer Seite ein. Nealy duschte, schnallte sich wieder das blöde Kissen um und schlüpfte in ihr Nachthemd.

Als sie aus dem Bad kam, erblickte sie zu ihrer Überraschung Mat, der in der Verbindungstür stand. Er war barfuß, und das T-Shirt hing über seinen Jeansshorts. Seine Gestalt erschien im Gegenlicht des anderen Raumes noch riesenhafter, und obwohl die zwei Mädchen auf dem Bett schliefen, hatte sie das beunruhigende Gefühl, ganz allein mit ihm zu sein.

Sie sprach leise und gab sich unbefangen. »Dann haben Sie also beschlossen, uns doch nicht sitzen zu lassen?«

»Ich will mit Ihnen reden.«

Sein barscher Ton verursachte ihr Unbehagen. »Ich bin müde. Morgen wäre mir lieber.«

»Wir reden jetzt, auf der Stelle!« Er wies mit einer ruckartigen Kopfbewegung auf sein Zimmer. Sie überlegte, ob sie sich weigern sollte; aber etwas in seiner Miene verriet ihr, dass das verschwendete Liebesmüh gewesen wäre.

Er machte die Tür hinter sich zu und musterte sie eisig. »Ich hasse es, wenn man mich anlügt.«

Zwar hatte er sie nicht angefasst, doch sie merkte, dass sie mit dem Rücken zur Wand stand. »Was meinen ...«

Abrupt brach sie ab, als er den Saum ihres Nachthemds ergriff und anhob. Sie versuchte sich loszureißen, aber er hielt sie am Arm fest.

»Aufhören!«

Er starrte auf sie nieder; sein Blick glitt über das Kissen um ihre Taille und das lavendelfarbene Seidenhöschen gleich darunter.

Sie wehrte sich, trommelte gegen seinen Oberkörper, aber er war zu stark für sie. »Lassen Sie mich los.«

Mat hatte genug gesehen!

Das Nachthemd glitt wieder über ihre Beine. Sie versuchte

sich an ihm vorbeizudrängen, aber seine bärenhafte Gestalt blockierte ihr den Weg.

Seine Augen bohrten sich in die ihren. »Sie haben mich von vorne bis hinten belogen.«

Aha, er wusste, dass ihre Schwangerschaft nicht echt war – aber kannte er auch ihre Identität? Sie versuchte, ihre aufkeimende Panik hinunterzuschlucken. »Ich – ich habe Ihnen gesagt, dass ich weder Sie noch die Mädchen gefährde. Das ist alles, was zählt.«

»Ist es nicht.«

»Wir können morgen darüber reden.«

»Sie laufen jetzt nicht weg!« Er packte sie an der Schulter und drängte sie in einen Sessel.

In ihrem ganzen Leben war sie noch nie körperlich angegriffen worden und war so verblüfft, dass sie nach Luft schnappte. »Eine Unverschämtheit!«

Mit beiden Armen stützte er sich auf die Sessellehnen und nahm sie in die Zange. Ein Schauder rann ihr über den Rücken, als sie in seine kalten Augen blickte. Dieser Mann besaß Seiten, die sie sich nicht im Traum hätte vorstellen können.

»Das Spiel ist vorbei, Prinzessin. Fangen wir mit Ihrem richtigen Namen an.«

Ihr *Name*? Er wusste nicht, wer sie war! Sie rang nach Luft. »Nennen Sie mich nicht so«, stieß sie mühsam hervor. »Und Kelly *ist* mein richtiger Name. Mein Mädchenname.« Nealy war nicht dumm und musste oft auf Unerwartetes eine Antwort improvisieren. Wieder überlegte sie fieberhaft. »Meinen Ehenamen brauchen Sie nicht zu wissen.«

»Sie sind verheiratet?«

»Ich bin ... geschieden, aber mein Ex will das nicht akzeptieren. Seine Familie ist äußerst einflussreich und wohlhabend. Ich – ich brauche Zeit, um ... um ...« Ja, was? Ihr Hirn war wie leer gefegt. Sie schenkte ihm einen hochmütigen Blick. »Mein Privatleben geht Sie nichts an.«

»Seit Sie bei mir mitfahren, schon.«

Er richtete sich auf, sodass sie nicht länger zwischen seinen Armen gefangen war, wich aber nicht zurück. Nealy bemühte sich um einen gelassenen Ton. »Die Sache ist ziemlich kompliziert. Ich muss ein Weilchen untertauchen, das ist alles. Es könnte sein, dass … Privatdetektive hinter mir her sind – also dachte ich, es ist am sichersten, mich als Schwangere zu tarnen, um sie loszuwerden.« Sie durfte sich nicht so von ihm herumschubsen lassen und funkelte ihn zornig an. »Hören Sie auf, mich mit Ihrer Größe einzuschüchtern. Ich hasse das!«

»Gut.« Er rückte keinen Millimeter beiseite, und als sie zu seiner grimmigen Miene aufblickte, merkte sie, wie sehr ihr sein Lächeln fehlte. Er lächelte nicht häufig, aber wenn er's tat, dann bekam sie weiche Knie.

Oft genug hatte sie mit dem Militär zu tun gehabt und war im Bilde über den Wert einer Counter-Attacke. »Was mischen Sie sich überhaupt ein? Das Ganze geht Sie überhaupt nichts an! Und Sie haben mich tätlich angegriffen!«

»Stimmt nicht!« Er zog ein finsteres Gesicht, trat aber immerhin einen halben Schritt zurück.

»Wieso haben Sie mich nicht einfach gefragt, ob ich wirklich schwanger bin? Und woher wussten Sie es überhaupt?«

»Sie sind auf mich gefallen, schon vergessen? Als wir hier ankamen und Sie den Dämon aufheben wollten. Der Bauch einer Schwangeren fühlt sich nicht an wie ein Kissen.«

»Oh!« Ihr kam wieder in den Sinn, wie seltsam er sie angesehen hatte. Sie dachte zu der Zeit, das wäre eine Reaktion auf die sexuelle Spannung, die zwischen ihnen existierte – aber offenbar war diese Spannung bloß einseitig. Sie erhob sich. »Ihr Benehmen ist unverschämt und flegelhaft!«

»*Flegelhaft?* Sie haben ja vielleicht 'nen Wortschatz, Prinzessin. Was kommt als Nächstes? Rübe ab?« Er stützte sich etwa dreißig Zentimeter von ihrem Kopf entfernt mit dem

Handrücken an die Wand. »Falls Sie's noch nicht bemerkt haben, Sie sind allein in einem Hotelzimmer mit einem Mann, den Sie nicht wirklich kennen.«

Seine Worte beinhalteten eine unterschwellige Drohung, aber sie hatte keine Angst. Mat mochte ja stur und misslaunig sein. Vielleicht bestand er nur aus harten Kanten und befand sich nicht im Einklang mit seinem weiblichen Anteil – aber sie konnte sich nicht vorstellen, dass er ihr körperlich etwas antun würde.

Sie blickte ihm direkt in die Augen. »Übertreiben Sie's nicht. Sie brauchen mich weit mehr als ich Sie.« Das war nicht wahr, aber das wusste er ja nicht. »Ab sofort dulde ich keine Fragen über mein Privatleben mehr. Ich tue nichts Illegales und habe schon gesagt, dass es nichts mit Ihnen zu tun hat. Das müssen Sie eben einfach akzeptieren.«

»Oder was? Nehmen Sie mir sonst meine Ländereien weg?«

»Und verheirate Sie mit der hässlichsten Maid im ganzen Königreich.«

Sie hatte gehofft, ihm ein Lächeln zu entlocken, aber er blickte so knurrig drein wie ein Bär, den man mit einem Ast gepiekst hatte. »Nehmen Sie das verdammte Kissen raus. Es sieht lächerlich aus.«

»Warum schlagen Sie sich nicht an die Brust und essen eine Banane?« Himmel, sie spielte mit dem Feuer und machte sich nicht einmal etwas draus.

Er erstarrte. »Was haben Sie gesagt?«

»Ähm … nichts. Ein leichter Anfall von Snobismus. Das kommt und geht.«

Jetzt musste er beinahe lächeln. »Ihnen jagt so schnell nichts Angst ein, was?«

»Na ja … Sie benehmen sich ja wirklich ein bisschen wie ein Gorilla.«

»Im Gegensatz zu Ihrem stinkreichen Schnösel von Ex-Mann, der Sie mit 'ner Horde Privatdetektiven jagt?«

»Nun ja, auf der Plusseite kann ich sagen, dass er ... äh ... Bananen hasst.«

»Sie flunkern ja schon wieder. Alles Lüge. Es gibt gar keinen Ex-Mann.«

Sie reckte ihr Kinn. »Und wie bin ich dann schwanger geworden? Beantworten Sie mir das mal, Sie Schlaumeier!«

Sein Mundwinkel zuckte, und er schüttelte den Kopf. »Also gut. Ich geb auf. Wir machen's eine Weile so, wie Sie's wollen.«

»Herzlichen Dank!«

»Bis auf eins ... Ich muss wissen, ob Sie wirklich verheiratet sind oder nicht.«

Diesmal fiel es ihr nicht schwer, ihm in die Augen zu sehen. »Nein, ich schwör's. Ich bin nicht verheiratet.«

Er nickte, und sie sah, dass er ihr glaubte. »Na schön. Aber dieses verdammte Kissen möchte ich nie mehr an Ihnen sehen, ich mein's ernst. Sandys Kids und ich sind die einzige Tarnung, die Sie kriegen. Kapiert?«

In dieser Sache würde sie sich also nicht gegen ihn durchsetzen können – aber genügte die Anwesenheit von zwei Kindern, um ihre Identität zu verschleiern? »Und was soll ich Lucy sagen?«

»Sagen Sie ihr, Sie hätten in der Nacht das Baby gekriegt und an fahrende Zigeuner verkauft, weil es Sie so an sie erinnert hat.«

»Das werde ich nicht tun.«

»Dann rücken Sie mit der Wahrheit raus. Sie wird's aushalten.«

Nealy zuckte mit den Schultern, was er so oder so interpretieren konnte.

Stille senkte sich zwischen die beiden. Sie hörte, wie gegenüber eine Tür zufiel und ein Servierwägelchen vorbeiratterte. Auf einmal wurde sie verlegen.

Er lächelte. »Na wenigstens komme ich mir jetzt nicht mehr wie ein Perversling vor.«

»Was meinen Sie damit?«

»Weil mich eine schwangere Lady so antörnt.«

Ihre Haut prickelte. »Wirklich?«

»Tun Sie nicht so, als ob Sie überrascht wären.«

»Nun, gewöhnlich wirke ich nicht so auf Männer.«

Es gab viele Männer, die sie ausgesprochen mochten, und noch mehr, die sich von ihrer Macht angezogen fühlten. Aber es handelte sich nicht um sexuelle Anziehung, dafür war ihr Rang viel zu hoch. Ihre Position, ihre *Würde*, machten sie zu einem Neutrum, einem asexuellen Wesen. »Törne ich Sie wirklich an?«

»Hab ich das nicht grade gesagt?«

»Ja, aber ...«

»Kleine Demonstration gefällig?« Der heisere Unterton in seiner Stimme fühlte sich wie eine Liebkosung an.

»Ich – oh, nein ... nein, ich glaube nicht ...«

Siegessicher kam er auf sie zu. Seine Jeans streiften ihr Nachthemd, und als sie zu ihm aufblickte, kam sie sich überraschend klein und zierlich vor. Und sehr feminin.

Seine großen Hände umfassten ihre Taille und zogen sie an sich. Um seinen Mund lag ein kleines Lächeln, als wüsste er ein Geheimnis, das sie nicht kannte. Allmächtiger, gleich würde er sie küssen. Und sie würde es ihm erlauben.

Ob sie sich überhaupt noch auskannte? Bestimmt vergaß man so etwas nicht, wie das Radfahren ...

Ihre Münder trafen sich. Ihre Augenlider fielen zu und sie merkte, wie sie in seinen Armen weich wurde. Dann hörte sie auf zu denken und fühlte nur noch.

Seine großen Hände strichen an ihrer Wirbelsäule entlang nach oben, dann umschlang er sie fester. Seine Lippen öffneten sich fordernd. Sie hatte das Gefühl, gleich ertrinken zu müssen.

Und dann geriet sie in Panik, weil er ja nicht wusste, dass er eine nationale Institution küsste. Eine Person, die zwar eine gute First Lady abgab, aber nur mehr wenig Ahnung von ihrem Frausein hatte.

9

Nealy holte tief Luft, als sie den Kuss abbrach.

Mat ließ sie los, dann blickte er mit Wärme auf sie nieder. »Sie küssen wie ein kleines Mädchen.«

Sein Lächeln nahm seinen Worten ein wenig den Stachel, aber sie taten dennoch weh. Ohne es zu wissen, hatte er den Finger auf ihre wundeste Stelle gelegt. Trotzdem schaffte sie es, mit perfekter Haltung zu antworten. »Wie viele kleine Mädchen haben Sie denn schon geküsst?«

»Mehr, als Sie sich vorstellen können.«

»Tatsächlich? Bizarr!«

»Nicht allzu bizarr. Ich habe sieben jüngere Schwestern.«

»Sie machen Witze.«

»Glauben Sie mir, darüber Witze zu reißen ist mir längst vergangen.« Er steuerte die Minibar an. »Möchten Sie einen Drink?«

Eigentlich sollte sie gehen, solange sie noch konnte – aber sie wollte nicht. Sie hatte Lust, waghalsig und verantwortungslos zu sein, mehr wie die unbekümmerte Nell Kelly als die zugeknöpfte Cornelia Case. »Einen guten Merlot gibt es da drinnen wohl nicht, vermute ich?«

Er bückte sich, um nachzusehen. »Da ist schon ein Merlot, aber er hat einen Schraubverschluss; also weiß ich nicht, wie gut er ist.« Er nahm die Flasche heraus, verschränkte dann die Arme und blickte mit hochgezogenen Brauen auf ihren dicken Leib. »Kein Alkohol, solange Sie schwanger sind!«

Verlegen griff sie von hinten unter ihr Nachthemd, zog die Schnüre auf, und das Kissen plumpste herunter.

Beim Aufschrauben der Flasche beäugte er ihr weites Nachthemd. »Keine große Verbesserung!«

Sie hob das Kissen auf und legte es sich auf den Schoß, als sie sich in den Sessel setzte. »Ich musste all meine sexy Negligés zurücklassen.«

»Zu schade! Und das meine ich aus tiefstem Herzen.« Er schenkte den Wein in ein Glas, reichte es ihr und versorgte sich dann selbst mit einer Cola. »Woher also Ihre Schüchternheit?«

»Ich bin nicht schüchtern«, verteidigte sie sich. »Bloß weil ich Sie nicht abgeschlabbert habe, heißt das noch lange nicht, dass ich schüchtern bin.«

Er stellte ein Kissen auf und streckte sich auf dem Bett aus, den Kopf ans Brett gelehnt, die Cola auf der Brust. Nun verschränkte er die bloßen Füße und blickte weit behaglicher drein, als sie sich fühlte.

»Dann finden Sie mich also nicht attraktiv!« In seinen Augen stand ein gewisses Glühen, eine subtile männliche Arroganz, die seine überwältigende sexuelle Selbstsicherheit verriet.

Sie kam sich vor wie ein Kind, das probierte, wie nahe es an die offene Straße treten kann, bevor es zurückgepfiffen wird. »Das habe ich nicht gesagt.«

»Dann finden Sie mich also attraktiv!«

»Das habe ich auch nicht gesagt. Und wieso kümmert Sie das überhaupt? Ich küsse doch wie ein kleines Mädchen.« Am liebsten hätte sie sich auf die Zunge gebissen. Wieso konnte sie die Sache nicht einfach auf sich beruhen lassen?

»Ich hab das nicht als Beleidigung gemeint.«

»Na, ein Kompliment war's sicher auch nicht.«

»Ich entschuldige mich.«

»So was sagt man eben nicht!«

»Nie wieder – großes Pfadfinderehrenwort!«

Die Belustigung in seiner Stimme brachte sie erneut in

Rage. »Vielleicht hätte ich Ihnen mit der Zunge die Mandeln rausnehmen sollen, dann wären Sie wohl glücklich gewesen.«

»Hab ich mich nicht bereits entschuldigt?«

»Ich kann solche Küsse nicht ausstehen. Man erstickt ja dabei.«

»Nun ja, jedem das Seine.«

»Das *Ihre*, und zwar jemandem den Zahnbelag runterzuschlabbern, überlasse ich dem Zahnarzt; unter einem romantischen Kuss verstehe ich was anderes. Man sollte die Zunge im eigenen Mund behalten.«

»Das heißt wohl, dass ich von Ihnen keinen oralen Sex erwarten darf.«

»*Was?*«

Er warf den Kopf zurück und stieß ein bellendes Gelächter aus.

Sie errötete, doch als sie einen tiefen Schluck Wein nahm, wunderte sie sich, warum sie nicht verlegener war.

»Nun komm schon, Nell. Die Nacht ist noch lang, und wir sind ganz allein. Erzähl Pater Mathias, woher diese Hemmungen kommen.«

»Mathias? Ich dachte, Ihr Name wäre Matthew.«

»Mathias ist die slowakische Version. Mat mit nur einem T. Stammt von meinen Schwestern. Ist leider an mir hängen geblieben. Ah, aber du versuchst das Thema zu wechseln. Worum ging es? Ach ja, ums Küssen. Ich vermute, dein Ex war kein besonders guter Küsser.«

Nealy nahm einen Schluck Wein und sagte dann, ohne es zu wollen: »Bei mir jedenfalls nicht.«

»Dann bei jemand anders?«

Zögernd nickte sie. Er hatte keine Ahnung, wer sie war, und sie hatte es so satt, so zu tun, als wären sie und Dennis das Traumpaar gewesen. Zumindest Nell Kelly konnte einen kleinen Teil der Wahrheit preisgeben.

»Bei vielen anderen?«

»Nein, bloß eine Person. Er war treu ... bloß mir nicht.« Sie zupfte an dem Kissen auf ihrem Schoß herum. »Mit mir war er gar nichts.«

Es folgte eine lange Pause. »Willst du damit sagen, dass dein Mann überhaupt nicht mit dir geschlafen hat?«

Erschrocken merkte sie, was sie beinahe verraten hätte. »Aber natürlich haben wir ... so routinemäßig.«

Das war eine Lüge. Zu Beginn ihrer Ehe hatte es ein paar ungeschickte Versuche gegeben, die sie in der demütigenden Ungewissheit zurückließen, ob sie ihre Jungfräulichkeit nun verloren hatte oder nicht. Sie war sich entsetzlich töricht vorgekommen. Während ihrer ganzen Highschool- und Collegezeit hatte sie sich nach Sex gesehnt; aber weil sie Daddys braves Mädchen war, hatte sie die paar Male, in denen ein Junge den Mut aufbrachte, sich über den Secret Service hinwegzusetzen, nein gesagt.

»Der Typ muss ein Problem haben.«

Ein riesiges sogar. Er lag zwei Meter unter der Erde auf dem Arlington National Cemetery. Sie stieß ein ersticktes Lachen aus, das fast wie ein Schluchzen klang. »Bist du sicher, dass nicht ich die mit dem Problem bin?«

Einen Moment lang schwieg er, und sie merkte, dass er tatsächlich darüber nachdachte. »Ja, da bin ich mir sicher.«

Gegen ihren Willen musste sie lächeln. »Danke.«

»Bist wohl ein bisschen unsicher, was?«

»Ein bisschen.«

»Dann hat er sich also bloß bei seiner Tussi angestrengt, aber nicht bei dir?«

»Ich weiß nicht, was er mit ... mit seiner ... Tussi gemacht hat.«

Stirnrunzelnd richtete sich Mat auf. »Shit.«

»Was?«

»Es war gar keine Tussi«, sagte er langsam. »Es war ein Kerl.«

Ihr Wein schwappte über und das Kissen flog hinunter, als sie aus dem Sessel sprang. »Das ist doch lächerlich! Wieso sagst du so was? Wie kommen Sie bloß darauf?«

»Ich weiß nicht. Ist mir so durch den Kopf geschossen. Und du kneifst schon wieder die Mundwinkel zusammen. Dein Ex ist schwul. Deshalb hast du dich von ihm scheiden lassen.«

»Nein! Völlig absurd! Einfach lächerlich!« Mit der freien Hand rieb sie über den Weinfleck. »Sie kennen ihn ja gar nicht ... Er war – ist ein sehr maskuliner Mann. Sehr gut aussehend. Sportlich. Alle fühlen sich wohl in seiner Gegenwart. Sie irren sich gewaltig!«

Er sagte kein Wort – blickte sie nur an, und seine grauen Augen waren voller Sympathie.

Nealy versuchte, ihre Panik niederzukämpfen. Wie hatte sie bloß so unvorsichtig sein können? Sie hütete dieses Geheimnis schon so lange – das Geheimnis, das eine Regierung hätte stürzen können und gegen das sich der Clinton-Sex-Skandal wie eine Gute-Nacht-Geschichte ausnahm. Der verheiratete Präsident der Vereinigten Staaten war homosexuell gewesen.

Der Einzige, der außer ihr noch Bescheid wusste, war Terry Ackerman, Dennis' ältester Freund, stellvertretender Stabschef und lebenslanger Geliebter. Sie ging an dem heruntergefallenen Kissen vorbei mit dem Weinglas in der Hand zum Fenster. Durch die Jalousien konnte sie die Lichter des Swimmingpools erkennen und gleich dahinter einen Laster, der auf dem Highway vorbeiraste.

Bis zu ihrer Begegnung im ersten Jahr auf der Universität von Harvard hatten beide ihre Neigung zutiefst verleugnet; doch es war für beide Liebe auf den ersten Blick, und ein Verdrängen war nicht mehr möglich. Sie hatten so viel gemeinsam. Beide stammten aus prominenten Familien. Beide waren ehrgeizig und beliebt bei ihren Studienkameraden, zwei junge Löwen auf dem Weg zum Ruhm. Jede Woche gingen sie mit anderen Mädchen aus und tischten einander Lügen auf über ihre sexuellen Fantasien. Aber die Anziehung zwischen ihnen war so stark, dass sie nichts dagegen tun konnten.

Jener Novemberabend sechs Wochen nach ihrer Hochzeit kam ihr in den Sinn, als sie Dennis schließlich zwang, die Wahrheit zu gestehen. Sie befanden sich auf Wahlkampfreise in New York und waren im Waldorf-Astoria abgestiegen. Nealy war verzweifelt. Der Vollzug ihrer Ehe stand immer noch aus, und sie hatte endlich erkannt, dass es nicht ihre Schuld war.

Dennis saß mit Tränen in den Augen am Bettende, blickte auf seine Hände hinab, und seine Stimme klang so erstickt, dass sie ihn kaum verstand.

›Vom ersten Moment unserer Begegnung haben Terry und ich gewusst, dass wir Seelenpartner waren. Keiner von uns hat seitdem jemand anderen angeschaut.‹ Er blickte mit einem gequälten Ausdruck in seinen goldbraunen Augen zu ihr auf. ›Außer Terry bist du der beste Freund, den ich je hatte. Ich liebe dich ehrlich, Nealy.‹

›Wie eine Schwester‹, sagte sie dumpf. ›Du liebst mich wie eine Schwester.‹

›Es tut mir so Leid.‹ Die Tränen glitzerten in seinen Augen. ›Es tut mir so schrecklich Leid.‹

Sein Verrat zerriss ihr das Herz, und am liebsten wäre sie gestorben. In diesem Moment hasste sie ihn.

›Ich musste verheiratet sein, wenn ich Präsident werden wollte‹, erklärte er. ›Ich mochte dich schon immer, und als dein Vater anfing, die Sache zu forcieren, da – da ...‹

›Da hast du beschlossen, mich zu benutzen‹, murmelte sie. ›Du wusstest, dass ich mich in dich verliebt hatte, und hast mich benutzt.‹

›Genau‹, flüsterte er.

›Wie konntest du nur?‹

›Ich wollte Präsident werden‹, beharrte er stur. ›Und man fing an, über mich zu tuscheln.‹

Davon wusste sie nichts. Sie hatte nicht den leisesten Verdacht gehabt. Vor ihrer Ehe hatte er die penible Aufmerksamkeit der Medien als Vorwand benutzt, erst nach der Ehe mit ihr ins Bett zu gehen.

Am Morgen nach seinem Geständnis floh sie nach Nantucket, wo sie sich im Gästehaus ihres Vaters einschloss und versuchte, mit dem neuen Tatbestand ins Reine zu kommen. Sie entschloss sich zu einer möglichst raschen Scheidung. Dennis verdiente es nicht besser.

Aber jedes Mal, wenn sie zum Hörer griff, um ihren Anwalt anzurufen, legte sie wieder auf. Dennis hatte sie schlimm betrogen, aber er war kein schlechter Mensch. In jeder anderen Beziehung war er der anständigste Mensch, den sie kannte. Wenn sie sich jetzt, während des Wahlkampfs, von ihm scheiden ließ, würde sie ihn ruinieren. Wollte sie das?

Ein Teil von ihr wollte Rache. Aber Blutdurst lag ihr nicht wirklich, hatte ihr noch nie gelegen, und ihr Magen rebellierte, sobald sie das Telefon anblickte.

Schließlich war es Terry, der sie dazu brachte, ihre Ehe mit Dennis fortzusetzen. Terry, der lustige, respektlose Kamerad, den sie als Dennis' ältesten Freund kannte, kam ins Gästehaus gestürmt, goss ihr einen Drink ein und blickte ihr direkt in die Augen.

›Lass dich nicht von ihm scheiden, Nealy. Halt durch! Du weißt, dass keiner der anderen auch nur ein halb so guter Präsident wäre.‹ Auf seinem Gesicht lag ein drängender Ausdruck, er nahm ihre Hände in seine und drückte sie. ›Ich bitte dich, Nealy. Er wollte dir nie wehtun. Ich glaube, er hat sich eingeredet, er könnt's durchziehen, und du würdest nie etwas merken.‹

›Was man sich so alles vormacht!‹ Sie ließ Terry stehen und ging stundenlang am Strand spazieren, doch als sie zurückkehrte, war er immer noch da.

‹Ich gebe ihm eine Amtszeit, dann reiche ich die Scheidung

ein.‹ Noch während sie sprach, spürte sie, dass etwas in ihr abstarb – all ihre romantischen Träume.

Terry, der ihre politischen Gegner täuschend echt imitieren konnte und der immer ein Lachen auf den Lippen hatte, brach in Tränen aus. Da erkannte sie, dass auch er seinen Pakt mit dem Teufel geschlossen hatte.

Danach tat Dennis alles, um ihr seine Dankbarkeit zu erweisen. Er war in jeder Beziehung – bis auf die eine – ein wundervoller Ehemann. Und obwohl sie ihm seinen Verrat nie ganz verzeihen konnte, wollte sie nicht zum Opfer ihrer eigenen Bitterkeit werden; also zwang sie sich, seine Freundschaft anzunehmen.

Ihre Beziehung zu Terry war komplexer. Sie hatte die Stellung, die rechtmäßig ihm zustand, und ein Teil von ihm hasste sie dafür. Gleichzeitig jedoch war er ein Ehrenmann und kompensierte alles, indem er unermüdlich für sie eintrat. Er war es, weniger ihr viel beschäftigter Gatte, der sie vor den Einmischungen ihres Vaters schützte. In der Nacht nach Dennis' Tod hatten sie und Terry einander gehalten, aber sie wusste trotz ihres tiefen Kummers, dass Terrys noch viel größer war.

»Wie lang warst du mit ihm verheiratet?«

»Was?« Sie fuhr zusammen, als Mats Stimme ihre Gedanken unterbrach.

»Mit deinem schwulen Mann. Wie lange wart ihr verheiratet?«

»Ein paar Jahre. Und er ist nicht schwul.«

»Nun komm schon, Nell. Wieso schützt du ihn immer noch?«

Weil sie nun sein Erbe zu bewachen hatte, was in gewisser Hinsicht eine noch größere Verantwortung war, als seine First Lady zu sein.

Mat stellte seine Cola auf dem Nachttischchen ab. »Deine Geschichte hat 'n Riesenloch. Ist schwer vorzustellen, wieso er jetzt so hinter dir her sein sollte.«

»Seine Familie sucht mich«, stieß sie hervor. »Sie sind sehr konservativ und wollen um jeden Preis ihren Ruf wahren.«

Er erhob sich mit einer für einen so großen Mann erstaunlich anmutigen Bewegung. »Nell, ich hoffe bloß, du hast gut auf dich aufgepasst. Frauen mit schwulen Ehemännern haben weit größere Probleme als ein gebrochenes Herz.«

Sie brauchte nicht zu fragen, was er damit meinte, und dass kein Grund zur Sorge bestand, wollte sie ihm auch nicht verraten. »Mein Mann war nie promisk; er liebte eben einfach jemand anders ... eine andere *Frau*«, wiederholte sie aus reiner Gewohnheit. »Ich bin nicht dumm und stelle auch kein Gesundheitsrisiko dar. Erst vor knapp einem Monat habe ich Blut gespendet. Kannst du dasselbe von dir behaupten?«

»Dumm bin ich auch nicht«, erwiderte er leise.

Es gab nur einen Grund für eine solche Unterhaltung, und im Moment war sie viel zu aufgewühlt und verletzt, um sich damit zu befassen. Sie stellte ihr Weinglas ab und erhob sich. »Ich bin müde.«

»Die Nacht ist noch jung.« Lächelnd blickte er sie an. »Ich wette, dass ich mit dieser Kuss-Sache Unrecht hatte, denn du siehst gewiss nicht aus wie ein kleines Mädchen, besonders nicht in diesem Nachthemd. Vielleicht sollten wir's noch mal probieren und sehen, was passiert.«

»Oder vielleicht auch nicht.« Aber oh, wie sehr sie es wollte! Und weil das so war, zwang sie sich, zur Tür zu gehen. »Danke für den Wein.«

»Du hast wohl doch nicht genug Mumm.«

»Hm – aber ich bin auch nicht von gestern.« Sie hörte ihn leise lachen, als sie die Tür hinter sich zuzog.

Ihr war sehr heiß. Sie konnte gar nicht glauben, wie gerne sie geblieben wäre. Aber er war immer noch fast ein Fremder für sie, und sie brauchte ein wenig mehr Zeit, um über alles nachzudenken.

Button lag zusammengerollt neben Lucy auf dem Doppelbett. Nealy breitete eine Decke auf dem Boden aus und hob sie dann sanft hoch. Das Baby kuschelte sich an ihre Brust. Sie strich mit den Lippen über seine weichen Härchen, legte es dann sanft auf dem provisorischen Nachtlager ab und schlüpfte neben Lucy ins Bett.

Sie konnte lange nicht einschlafen.

Gleich nachdem Nealy am nächsten Morgen aufgewacht war, schlich sie sich in Mats Zimmer, um ihm die Autoschlüssel zu stibitzen, damit er sich nicht wieder verdrückte. Drinnen blieb sie jedoch zuerst einmal stehen und starrte ihn an.

Er lag mit dem Gesicht nach unten quer über dem Bett, und das weiße Bettlaken hatte sich um seine Hüften gewickelt. Sein Oberkörper war nackt. Die Haare wirkten auf dem Kissen, das er aggressiv zusammengeknüllt hatte, sehr dunkel, und seine Hand war zu einer Faust geballt. Als sie so dastand und ihn ansah, regte er sich und winkelte ein Bein an, das unter dem Laken hervorragte. Es war muskulös und kräftig, mit einer spärlichen dunklen Behaarung. Sein Anblick erfüllte sie mit einem tiefen, für Cornelia Case ganz untypischen Hunger.

Sie erinnerte sich an alles, was sie ihm gestern Nacht so leichtsinnig gestanden hatte. Es war sehr verlockend gewesen, sich hinter der Identität einer anderen Person zu verstecken und ihre Geheimnisse preiszugeben. Verlockend und töricht. Sie schnappte sich den Autoschlüssel und schlich gleich darauf ins Bad. Dieser neue Tag war ein Himmelsgeschenk, und sie wollte ihn sich nicht durch alten Herzschmerz verderben lassen.

Eine Stunde später streckte Mat frisch geduscht seinen Kopf in ihr Zimmer. Er runzelte die Stirn, als er ihren dicken Bauch sah. »Ich dachte, ich hätte dir gesagt, dass ich das Ding nicht mehr sehen will.«

Button stieß ein entzücktes Quietschen aus, als sie ihn erblickte. Sie begann sich zu winden, um von Nealy wegzukommen, die ihr gerade ihre letzten sauberen Sachen anzog. »Ja, das hattest du wohl erwähnt.«

»Und?«

»Bist du der irrigen Ansicht, ich würde nach deiner Pfeife tanzen?«

»Dada!«

»Ich will in ein Einkaufscenter«, maulte Lucy, als sie aus dem Bad kam. Ihre Haare waren nass vom Duschen und ausnahmsweise nicht lila.

»Nell ist nicht schwanger«, verkündete Mat. »Dieser dicke Bauch da ist bloß ein Kissen.«

»Blödsinn.«

Er piekste ihr ins Polster, bevor sie ihn aufhalten konnte. »Ein Wal-Mart-Kissen!«

Lucy musterte Nealys Bauch. »Wieso?«

»Sie hat 'ne Bank ausgeraubt und ist auf der Flucht.«

»Cool.« Zum ersten Mal betrachtete Lucy Nealy mit so etwas wie Respekt. »Also haben Sie jemanden umgebracht?«

Nealy genoss einen Moment die Vorstellung von sich als Bonnie Parker. »Ich habe keine Bank ausgeraubt. Mat macht bloß Witze. Ich ... ich verstecke mich vor meinem Ex-Mann und seiner Familie.«

»Das is doch doof!« Lucy stopfte ihre Sachen in ihre Reisetasche.

»Na ja, es wäre mir lieb, wenn du das für dich behältst.« Sie schoss Mat einen finsteren Blick zu. »Im Gegensatz zu *anderen*, die alles ausplaudern müssen.«

»Dada!«, quietschte das Baby, als Nealy den letzten Knopf ihres Stramplers schloss und sie losließ.

Mat zuckte zusammen.

»Ich geh jedenfalls heute ins Einkaufscenter, ob ihr nun mitkommt oder nich«, verkündete Lucy.

Nealy sah ein Unwetter aufziehen, und um es aufzuhalten,

imitierte sie Mindy Collier, ihre forsche Privatsekretärin. »Wir könnten zusammen ein Picknick machen!«

»Das ätzt doch. Ich will lieber ins Einkaufscenter.«

Button krabbelte schnell wie der Blitz zu dem Bett, das Mat am nächsten war, und wäre heruntergefallen, wenn Nealy sie nicht an einem Fußgelenk erwischt und sanft auf dem Boden platziert hätte. »Meiner Ansicht nach gibt es hier nicht viele Einkaufscenter.«

»Aber eines in der nächsten Stadt«, trumpfte Lucy auf. »Ein Mädchen am Pool hat's mir gesagt.«

Button zog sich am Bettpfosten hoch und krähte Mat fröhlich zu, der sich im Zimmer nach seinen Schlüsseln umsah, die sicher in Nealys Shortstasche steckten.

»Dann gehen wir eben erst bummeln und machen anschließend das Picknick«, meinte sie versöhnlich.

»Was hast du bloß immer mit Picknicks?« Mat blieb unmittelbar hinter ihr stehen. »Und wo sind die Schlüssel zu der Schrottkarre?«

»Ich finde Picknicks eben toll. Nicht!«

Aber sie erwischte ihren Bauch zu spät. Er hatte bereits von hinten unter ihre Umstandsbluse gegriffen und die Schnüre aufgezogen. »Zuerst werd ich das hier verbrennen – hinterher fahre ich zur Werkstatt und nehme sämtliche Mechaniker als Geiseln, bis sie Mabel repariert haben.«

Sie riss ihm das Kissen aus der Hand und stopfte es in ihre Tasche. »Wir können auf dem Weg zum Einkaufscenter und dem anschließenden Picknick bei der Werkstatt vorbeifahren.«

»Super, schaut mal!«, rief Lucy auf einmal.

Nealy drehte sich gerade rechtzeitig herum, um zu sehen, wie Button drei Schritte über den Teppich auf Mat zuwackelte.

»Sie kann laufen!« Lucys Augen blitzten. »Ich hab mir schon solche Sorgen gemacht. Sie is ein Jahr alt und ihr Dad war ein Trottel, und ...« Sie presste den Mund zu, weil niemand hinter ihre Fassade blicken sollte. Dennoch konnte sie ihren Stolz nicht ganz verbergen, und Nealy hätte sie am liebsten umarmt.

Button torkelte auf Mats Beine zu, doch er war zu weit entfernt, und sie begann zu schwanken. Er griff sie sich wie ein Linebacker einen abgeschlagenen Football.

»Daaa ...« Voller Bewunderung blickte sie zu ihm auf.

Mat runzelte die Stirn.

Sie legte den Kopf zur Seite und ließ ihre Wimpern flattern.

»Ich glaub, ich muss kotzen«, giftete Lucy.

Nealy kicherte.

Er schoss ihr einen sauren Blick zu und klemmte sich Button dann wie einen Kartoffelsack unter den Arm. »Keiner geht irgendwohin, solange ich die Schlüssel nicht gefunden hab.«

»Ich fahre«, zwitscherte Nealy. »Du hattest gestern einen schweren Tag.«

»Du hast sie?«

Sie besaß eine jahrelange Erfahrung darin, direkten Fragen aus dem Weg zu gehen. »Hoffen wir, dass es heute nicht regnet! Vergiss die Windeltüte nicht, Lucy. Auf geht's!«

Sie schnappte sich ihre Handtasche, dazu die Tasche mit ihren Sachen, hielt sie sich vor den flachen Bauch und eilte in den Gang hinaus. Die Aufzugtüren waren gerade dabei, sich zu schließen, aber sie zwängte sich noch hinein und ließ die anderen hinter sich zurück. In der Lobby blickte sie weder nach rechts noch nach links, hielt sich nur die Tasche vor den Bauch und marschierte stracks auf den Parkplatz.

Als sie in dem klapprigen Oldsmobile saß, langte sie nach ihrer Reisetasche, zögerte dann jedoch, das Kissen wieder umzuschnallen. Ganz eindeutig konnte Mat es nicht ausstehen, und er war durchaus fähig, eine öffentliche Szene hinzulegen. Mit ihren kurzen Haaren und der billigen Kleidung sah sie nicht mal aus der Ferne wie Amerikas modische First Lady aus. Was war riskanter, Mat zu reizen oder ohne Kissen herumzulaufen und darauf zu vertrauen, dass niemand sie erkannte?

Während sie noch dieses Für und Wider wälzte, tauchte ein finsterer Mat aus der Lobby auf, im Schlepptau Lucy, mit Button beladen.

Nealy starrte den Fed-Ex-Umschlag an, den er in der Hand hielt, und merkte, dass sie sich schon wieder völlig kopflos und weltfremd verhalten hatte. Die langjährige Gewöhnung an die Effizienz des *White House Mail Rooms* hatte sie ein wenig den Kontakt zur Realität verlieren lassen. Aber dieses Paket war zu wichtig, um es zu vergessen, und sie musste in Zukunft daran denken, dass sie keine Armee von Sekretärinnen mehr hatte, die ihr ihre Privatpost nachtrugen.

Das System des Weißen Hauses, Privatpost von der Flut öffentlicher Post, die die First Family jeden Tag erhielt, zu trennen, war einfach und effektiv. Freunde und gute Bekannte des Präsidenten bekamen einen numerischen Code, den sie zur Adresse dazuschreiben sollten – sie und Dennis hatten 1776 gewählt –, und die Privatpost landete direkt auf ihren Schreibtischen.

Mat stützte sich mit einer Hand aufs Wagendach, und seine Blicke spießten sie durchs offene Seitenfenster auf. »Der Portier hat mich aufgehalten. Du hast mir nicht gesagt, dass du ein Paket erwartest.«

»Ja und?« Sie streckte ihre Hand aus, aber er rückte den Umschlag nicht heraus.

Lucy befreite ihre Haare aus Buttons Fäusten. »Er is sauer, weil der Portier so ein Theater gemacht hat, ob er auch sicher is, dass es für seine Frau wäre, weil ihr Nachname nich derselbe wie seiner is.«

Sie beäugte den Umschlag. »Nun, ich hätte wohl auch deinen Nachnamen nehmen sollen – so wie alle anderen.«

Ein ominöser Ausdruck breitete sich auf seinem Gesicht aus. »Was meinst du mit *wie alle anderen*?«

Ein solcher Fauxpas wäre ihr in Washington nie unterlaufen. »Gar nichts. Schau nicht so finster und steig ein, ja?«

Lucy kicherte. Er drehte sich langsam zu ihr um und starrte sie an. Button fing ebenfalls an zu grienen und zu gurgeln, aber er ignorierte sie. »Was meint Nell damit?«

»Glaubst du, es gefällt mir, Jorik zu heißen?«, entgegnete Lucy. »Oder Button?«

»Willst du mir weismachen, du heißt mit Nachnamen *Jorik*?«

»Was hast du denn gedacht?«

Mat raufte sich die Haare. »Shit!«

»Sit!«, krähte Button.

»Das reicht!«, rief Nealy. »Keine Vier-Buchstaben-Wörter mehr vor dem Kind. Und das gilt für euch beide!«

»*Sit!*«, schrie Button und klatschte, hochzufrieden mit sich, die Händchen zusammen.

Jetzt war es an Nealy, finster dreinzublicken, und sie tat ihr Bestes, während sie gleichzeitig die Hand aus dem Seitenfenster streckte. »Danke, ich nehme das.«

Er blickte auf den Umschlag hinab. »Von John Smith?«

Wieso konnte Terry nicht ein wenig mehr Einfallsreichtum an den Tag legen? Der alte Terry hätte Homer Simpson oder Jerry Falwell oder etwas dergleichen geschrieben. Aber Dennis' Tod hatte ihm den Humor geraubt. »Mein Cousin«, erklärte sie.

Mat wiegte das Päckchen prüfend in der Hand und blickte sie dann fragend an, bevor er es ihr überreichte. Selbstverständlich erwartete er, dass sie ihm sagte, was darin war; aber irgendwie glaubte sie nicht, dass seine Neugier befriedigt wäre, wenn sie ihm verriet, dass der Geliebte ihres Mannes ihr Tausende von Dollar in bar geliehen hatte.

Sie klemmte sich das Päckchen unter den Arm. »Auf die Plätze, fertig, los, Leute! Die Zeit verrinnt, und wir werden nicht jünger.«

Nach all der Drängelei schien Lucy, als sie endlich im Einkaufscenter anlangten, gar nicht so begeistert zu sein. Während der Teenager davonschlenderte, fragte sich Nealy, ob ihr nicht vielleicht mehr daran gelegen war, ihre Ankunft in Iowa hinauszuzögern, als bummeln zu gehen.

Mit Button als Tarnung im Arm schlüpfte Nealy rasch in die Damentoilette, um den Fed-Ex-Umschlag loszuwerden und das Geld in ihrer Handtasche zu verstauen. Als sie herauskam, wartete Mat auf sie, obwohl er versprochen hatte, sich nach Mexiko abzusetzen, sobald sie außer Sicht wären.

»Probleme mit dem Grenzposten?«, erkundigte sie sich.

»Shaaaa!«, kreischte Button entzückt.

»Also was war im Umschlag?«

»Geld, damit ich mir was zum Anziehen kaufen kann. Du darfst gerne mitkommen.«

»Jemand hat dir echt Geld geschickt?«

»Schon erstaunlich, was die Mafia heutzutage für einen Auftragsmord zahlt.«

»Du bist zu viel mit Lucy zusammen.« Er schloss sich ihr an. »Also wie viel hast du?«

»Genug, um dir alles zurückzuzahlen und ein paar Sachen für mich zu erwerben, die nicht ›ätzen‹.« Ein süßes Lächeln. »Genug, um mich allein aus dem Staub zu machen, wenn du mich auch nur im Mindesten irritierst.«

Ein freches Grinsen breitete sich auf seinem Gesicht aus. »Wieso hab ich das Gefühl, dass es dir genau da gefällt, wo du bist?«

»Das hat überhaupt nichts mit dir zu tun.«

»Nein? Der Kuss gestern Abend sagt mir was anderes.«

»Welcher Kuss?«

»Der, von dem du in der Nacht noch geträumt hast.«

Die First Lady schnaubte verächtlich.

Er runzelte die Stirn. »Ich hasse shoppen. Ganz besonders mit Weibern.«

»Dann komm halt nicht mit.« Sie marschierte los und blieb dann abrupt stehen. Nealy befand sich in einem echten amerikanischen Einkaufszentrum und musste weder Hände schütteln noch um Stimmen werben. »Das ist einfach wundervoll!«

Er schaute sie an, als wäre sie verrückt geworden. »Es ist eine drittklassige Anlage mitten in der Pampa und jedes Geschäft gehört zu 'ner Kette. Für ein Blaublut bist du erstaunlich leicht zufrieden zu stellen.«

Sie war jedoch schon stracks auf dem Weg zum Gap und hörte ihn nicht mehr.

Trotz allem Gemaule war Mat von seinen sieben Schwestern gut abgerichtet worden und erwies sich als fabelhafter Shopping-Berater. Er schleppte Button mit nur minimalem Protest herum, während Nealy sich durch Kleiderstapel wühlte, und gab generell akkurate Urteile über das ab, was sie tragen sollte und was nicht. Da ihr guter Geschmack von klein auf eingedrillt worden war, brauchte sie seine Meinung eigentlich nicht – aber es machte ihr Spaß, ihn danach zu fragen.

Zusätzlich zu einer Grundausstattung für sich selbst wählte sie ein paar Sommerkleider für Lucy und machte dann einen raschen Abstecher zu Baby Gap wegen ein paar Outfits für Button. Mat verdarb ihr jedoch das Vergnügen, indem er sich weigerte, sie für die Sachen bezahlen zu lassen. Während er die Rechnung beglich, schlüpfte sie an eine andere Kasse und kaufte eine süße rosa Baseballkappe für Button.

Als sie sie der Kleinen aufsetzte, sah sich Mat das Ganze kurz an und drehte dann den Mützenschirm nach hinten. »Das ist der Dämon, von dem wir reden!«

»Sorry!«

Sie erwartete, dass das Baby die Mütze herunterziehen würde, aber weil ihr geliebter Mat sie positioniert hatte, ließ sie sie auf. »Ich hab dir die Kappe gekauft, nicht er«, brummte sie.

Button vergrub das Köpfchen an seiner Schulter und brabbelte zufrieden vor sich hin.

Nealy konnte kaum glauben, dass niemand auf sie achtete. Mit ihrem veränderten Äußeren, der Tatsache, dass niemand Cornelia Case in einem schäbigen Einkaufscenter in West Virginia vermuten würde, dazu Mat und Button als weitere Tarnung, das alles zusammen machte sie herrlich unkenntlich.

Sie gingen zum größten Geschäft des Centers. Nealy liebte das neue Gefühl, sich umsehen zu können, ohne dass ihr ein Dutzend Verkäufer zu Hilfe eilten. Es war fast so schön, wie den diversen Unterhaltungen an der Kasse zu lauschen.

Als sie die Unterwäscheabteilung entdeckte, schickte sie sich an, Mat abzuschütteln. »Jetzt kann ich Button wieder nehmen. Würdest du die Tüten schon mal zum Auto bringen?«

»Du versuchst mich loszuwerden.«

»Wie paranoid! Du hast selbst gesagt, du hasst Einkaufen, und ich wollte bloß höflich sein.«

»Damit kannst du einen anderen austricksen. Du willst entweder Tampons oder Unterwäsche kaufen.«

All diese Schwestern ... »Ich brauche ein paar Dessous«, gestand sie, »und die würde ich lieber allein kaufen.«

»Zusammen macht's aber viel mehr Spaß.« Er marschierte mit langen Schritten zur Abteilung Wäsche voraus. Glücklich hüpfte Button auf seinem Arm auf und ab und sah in ihrer rosa Baseballkappe mit dem nach hinten gedrehten Schirm unwiderstehlich aus.

Nealy musste rennen, um ihn nicht zu verlieren. »Du bist da drin sicher der einzige Mann und wirst dir blöd vorkommen.«

»Blöd kommst du dir vor, wenn du als Dreizehnjähriger der einzige Mann in der Abteilung bist. Mit vierunddreißig kratzt mich das gar nicht – im Gegenteil, es ist mir sogar ein Vergnügen!« Stracks ging er auf ein zartes schwarzes Nightie zu, das komplett durchsichtig war. »Ich denke, wir sollten damit anfangen.«

»Ich nicht.«

»In Ordnung, aber wie wär's damit?« Er trat an einen Ständer mit knappen schwarzen Unterhöschen.

»Oder dies hier?«

Er hielt einen schwarzen Demi-BH in die Höhe. »Dann lass uns das als Verhandlungsbasis benutzen.«

Sie brach in Lachen aus. »Du magst schwarze Wäsche, stimmt's?«

»Sieht an einer Lady mit hellem Teint einfach umwerfend aus, finde ich.«

Auf einmal wurde ihr ziemlich heiß, also drehte sie sich rasch um und eilte zu den Baumwollregalen.

»Du bist ein grausames Weib!«

Was sollte sie bloß mit ihm anfangen? Cornelia Case war so unsicher in Bezug auf Sex, dass sie nichts unternommen hätte. Aber Nell Kelly ... Nell besaß vielleicht den Mumm, etwas zu riskieren.

Als sie ihre Einkäufe bezahlte, merkte sie auf einmal, dass sie nun wieder genug Geld hatte, um allein weiterzureisen; aber ein Solo-Abenteuer hatte seinen Reiz verloren.

Gerade verließen sie das Geschäft, als Lucy mit leuchtenden Augen auf sie zugeschossen kam. »Ich hab euch schon überall gesucht. Komm, Nell. Beeil dich!« Sie riss ihr die Tüten aus der Hand, hängte sie Mat an und zog sie mit sich.

»Moment! Was ist los?«

»Du wirst schon sehen.«

Nealy drehte sich zu Mat um, doch der bückte sich gerade nach einem fallen gelassenen Päckchen. Sie ließ sich von Lucy fortzerren, weil sie froh war, dass diese sich zur Abwechslung einmal wie ein ganz normaler Teenager benahm statt wie eine feindselige kleine Erwachsene.

»Ich hab dich schon angemeldet. Aber du musst die Umstandsbluse in die Hose stecken, damit du nicht schwanger aussiehst. Nun komm schon! Jemine, die haben bereits angefangen.«

»Wofür angemeldet?«

»Das ist so cool.« Sie zerrte sie zur Mitte des Einkaufszentrums. »Der erste Preis ist ein Fernseher. Wär doch toll, wenn wir im Wohnwagen fernsehen könnten.«

»Lucy!«

»*Beeil dich!*«

Eine Menschentraube hatte sich vor einer Art Plattform versammelt, von der Musik heruntendröhnte und auf der eine Reihe von Leuten mit Nummern stand. »Jetzt warte doch mal. Ich gehe keinen Schritt weiter, bevor …«

»Hier ist sie!« Lucy schubste Nealy vor eine junge Frau mit einem langen dunklen Pferdeschwanz. Sie hatte ein Klemmbrett in der Hand und einen Smiley-Button am Revers.

»Sie haben's gerade noch geschafft.« Die Person klebte Nealy ein Schild mit der Nummer elf an die Bluse. »Sie sind die letzte Kandidatin. Wen wollen Sie darstellen?«

Nealy starrte sie vollkommen verblüfft an. »Was …«

»Na, Cornelia Case natürlich!«, erläuterte Lucy. »Das sieht doch ein Blinder.« Erst da bemerkte Nealy das Transparent über der Plattform.

Ähnlichkeitswettbewerb!
Welcher Berühmtheit ähneln Sie?

10

Nealy wurde kreidebleich. »Lucy, das mache ich auf keinen Fall!«

»Zu spät. Hat mich zehn Mäuse gekostet. Und ich will diesen Fernseher, also musst du auch gewinnen!«

»Wir haben noch eine weitere Bewerberin«, rief der Ansager aus. »Kommen Sie herauf, Nummer elf! Ihr Name ist …«

Er warf einen Blick auf die Karte, die ihm die Frau mit dem Klemmbrett reichte. »Brandy Butt?«

»Den hab ich erfunden, damit dein Ex-Mann dich nicht findet«, flüsterte Lucy, während sie Nealy auf die Stufen zuschob. »Nicht so schüchtern! Nur Mut!«

Alle Blicke waren auf sie gerichtet. Ihre Glieder fühlten sich wie taub und ihre Finger eiskalt an. Sie überlegte, ob sie einfach davonlaufen sollte, aber das hätte sie bloß noch verdächtiger gemacht. Mit stocksteifen Beinen erklomm sie die Plattform.

Warum hatte sie sich bloß von Mat das Kissen wegnehmen lassen? Die anderen standen in einer unordentlichen Reihe. Sie stellte sich ans Ende und machte sich möglichst klein, aber die Menge starrte sie neugierig an. Nealy nahm sich vor, Lucy den Hals umzudrehen.

»Brandy, erzählen Sie uns, woher Sie kommen!«

Ihre Stimme bebte. »*Qu'e?*«

»Woher kommen Sie? Wo wohnen Sie?«

»*No hablo inglés.*«

Lucy schoss ihr einen Mörderblick zu.

Der Ansager sah die Frau mit dem Klemmbrett hilflos an. Lucy meldete sich vom Fuß der Treppe aus: »Sie kommt aus Hollywood, Kalifornien. Und Sie können sie nich aus dem Wettbewerb rauswerfen, weil ich schon die zehn Dollar bezahlt hab!«

»Wir werfen sie nicht hinaus, junge Dame«, sagte der Ansager mit der schmierigen Stimme eines Mikrofon-Verliebten. Er wandte sich wieder an Nealy. »Wem sehen Sie Ihrer Meinung nach ähnlich, Nummer elf?«

»*Qu'e?*«

»Sie sieht aus wie Cornelia Case!«, schrie Lucy. »Die First Lady!«

»Nun, was finden Sie, meine Damen und Herren?«

Nealy bekam eine Gänsehaut, als die Menge begeistert klatschte.

»Also Leute, dann wollen wir mal anfangen. Wem geben Sie Ihre Stimme? Denn es ist Zeit, die Finalisten auszuwählen.«

Die anderen zehn Bewerber waren eine bunt zusammengewürfelte Gruppe: Männlein und Weiblein, Kinder, Erwachsene, ein Teenager. Keiner davon ähnelte einer ihr bekannten Berühmtheit, ganz gewiss nicht so wie sie.

Der Ansager bat die Kandidaten, sich am Rand der Plattform in einer Reihe aufzustellen. Nealy hatte das Gefühl, als steckten ihre Füße in Betonblöcken. Er trat hinter die Bewerber. »Ihr Applaus zählt, verehrtes Publikum! Unterstützen Sie Ihren Favoriten! Und vergessen Sie nicht, dass WGRB-FM 1490, der Radiosender für Junge und Junggebliebene, diesen Wettbewerb veranstaltet!«

Er hielt nacheinander die Hand über jeden Kandidaten. Ihr Herz hämmerte wie wild, und ihr war richtig übel. Die Dame mit dem Klemmbrett notierte sich die Stärke des Applauses von einem kleinen Phonoaufnahmegerät am Rand der Plattform. Als er hinter Nealy trat, senkte sie den Kopf und versuchte, wie jemand auszusehen, der nur Spanisch sprach. Frenetischer Applaus brandete auf.

Schließlich war die Stimmabgabe vorbei, und die Frau reichte dem Ansager einen Zettel mit den Ergebnissen. Er warf einen Blick darauf.

»Sie haben Ihre Finalisten gewählt, und hier sind sie!«

Er deutete auf eine magere Dame mit strohblond gebleichten Haaren. »Miss Joan Rivers!« Die Menge klatschte. Er trat zu einem dickbäuchigen älteren Mann mit einem weißen Vollbart. »Santa Claus!« Mehr Klatschen. Und schließlich blieb er, wie hätte es auch anders sein können, bei Nealy stehen. »Und die First Lady Cornelia Case!« Die Leute tobten.

Der Ansager warb nun in langen, weitschweifigen Sätzen für den »Radiosender für Junge und Junggebliebene«, während Nealy den Blick fest auf ihre Füße geheftet hielt.

»Und nun ist es Zeit für unsere letzte Runde. Es liegt an Ihnen, liebe Zuschauer, WGRB's Champion im Ähnlichkeitswettbewerb zu wählen!«

Nealy erblickte Mat und Button, die am Rand der Menge standen. Sie schienen sich prächtig zu amüsieren.

»Also zunächst für Joan Rivers, Mrs. Janine Parks!« Ein verhaltener Applaus folgte für Janine, deren Schmetterlingshaarklammern nicht so ganz zur Joan-Rivers-Impression passen wollten.

»Und wie steht es mit unserem Santa Claus hier? Clifford Rays!« Der Applaus war merklich lauter.

»Hier nun zu unserer letzten Bewerberin, Brandy Butt, die First Lady Cornelia Case!« Sie versuchte, nicht zusammenzuzucken, als jemand tatsächlich einen anerkennenden Pfiff ausstieß.

Die Frau mit dem Klemmbrett verglich die Werte am ›Applausometer‹, rief dann den Ansager zu sich und flüsterte ihm etwas ins Ohr.

Er wandte sich wieder zur Mitte der Plattform um. »Meine Damen und Herren, wir haben einen Gewinner!« Dramatische Pause, um die Spannung zu erhöhen. »Der Champion von WGRB's Ähnlichkeitswettbewerb für Junge und Junggebliebene ... und somit der Gewinner eines brandneuen, tragbaren Farbfernsehers ist ... *Mr. Clifford Rays!*«

Zu ihrer grenzenlosen Überraschung begann der Ansager, dem Bärtigen mit dem Bierbäuchlein neben ihr die Hand zu schütteln.

Sie hatte verloren! Verblüfft starrte sie in die Menge hinunter. Mat zuckte mit einem Was-soll's-Ausdruck die Schultern, und Button klatschte in Nachahmung der Leute mit den Händchen.

Ein kalter Schauder durchzuckte sie, als sie einen Fotografen mit einer Kamera erblickte. Rasch senkte sie den Kopf. Dann begann sie sich so unauffällig wie möglich an den Rand der Plattform zu bewegen.

»Warten Sie einen Moment, Brandy. Sie sind die Zweite. Wir haben auch einen Preis für Sie.«

Sie tat, als würde sie nichts verstehen, und huschte eilends in Sicherheit. Die Leute traten beiseite, als sie sich durch die Menge zu Mat durchkämpfte.

»Willst du deinen Preis gar nicht haben?«, erkundigte er sich, als sie ihn erreichte.

»Was ich will, ist raus hier, so schnell wie möglich«, zischte sie wütend.

Seine Augenbrauen schossen in gespielter Überraschung in die Höhe. »He, ich dachte, du sprichst bloß Spanisch!«

»Lass die Scherze. Ich sehe dich beim Auto. *Du* kannst Lucy suchen; ich will sie nie wiedersehen! Und gib mir Button.« Falls der Fotograf sie aufs Korn nehmen sollte, konnte sie sich hinter dem Baby verstecken.

»Liebend gerne!«

Als sie ihm das Baby abnahm, fiel Buttons Gesicht zusammen. Nealy hatte ohnehin schon zu viel Aufmerksamkeit auf sich gezogen, und einen Protestanfall konnte sie jetzt am allerwenigsten gebrauchen. »Nicht weinen, Süßes! Bitte!«

Button verzog ihr Gesicht noch mehr. »Scheiße!«

Nealy wandte sich dem Ausgang zu. »Wie macht das Schweinchen? *Oink ... oink ...*« Genau in diesem Moment kam Lucy mit einem erbitterten Ausdruck auf sie zu, eine Black-und-Decker-Schachtel in der Hand. »Was soll ich mit 'nem blöden Bohrer anfangen? Und Nell hat viel mehr wie Cornelia Case ausgesehen als dieser alte Furz wie Santa Claus. Wieso hast du für ihn gestimmt?«

Nealy blieb abrupt stehen. »Du hast für ihn gestimmt?«

Er zuckte die Schultern. »Du musst zugeben, dass er wirklich wie Santa aussah. Dieser Bart war echt.«

Nealy starrte ihn an. »Ich fasse es nicht! Vor zwei Tagen hast du ein solches Theater gemacht, wie sehr ich Du-weißt-schon-wem ähnele, und dann stimmst du nicht mal für mich!«

»War 'ne Gewissensentscheidung …«
Überraschenderweise konnte sie noch lachen.

Zu Mats großer Erleichterung war Mabel fertig, als sie bei der Werkstatt vorbeischauten. »Und was ist mit meinem Picknick?«, beschwerte Nealy sich, als sie in Richtung Highway fuhren.

»Versprich ihr, dass sie ihr Picknick kriegt, Jorik, oder sie mault uns den ganzen Tag was vor.«

»Das sagst gerade du, Miss Shoppingcenter«, entgegnete Nealy.

»Mädels, Mädels …« Mat stieß einen abgrundtiefen Seufzer aus.

»Ich fasses nich, dass du bloß 'nen Bohrer gewonnen hast«, beschwerte Lucy sich. »Du hättest dir die Bluse reinstecken sollen, wie ich's gesagt hab, damit du nich so dick aussiehst.«

»Ich sehe nicht dick aus.«

»Glaub mir, Lucy«, bestätigte auch Mat. »Sie sieht nicht dick aus.«

»Und wieso musstest du auf einmal Spanisch reden?« Lucy knallte den Bohrer auf den Tisch. »Ich such mir jetzt so einen Laden, in dem man Sachen verkloppen kann und Geld dafür kriegt.«

»Ein Pfandhaus?«, fragte Nealy.

»Ja, genau! Ich will in ein Pfandhaus. Vielleicht krieg ich ja einen gebrauchten Fernseher für dies Dings.«

»Du gehst nicht in ein Pfandhaus!« Mats Kiefer begann zu jucken.

»Zu viel Fernsehen verblödet nur«, bemerkte Nealy.

»Er is doch nich für mich. Er is für Button. Hast du denn gar keine Ahnung?«

»Anscheinend nicht. Wieso braucht Button einen Fernseher?«

Lucy schoss ihr wieder einen ihrer patentierten Wie-blödbist-du-eigentlich-Blicke zu. »Damit sie *Teletubbies* gucken kann wie alle Kids in ihrem Alter. Aber dir ist's ja wahrscheinlich egal, wenn sie im Kindergarten durchfällt oder so.«

»Schnall dich an«, donnerte Mat. »Und ich will kein Wort mehr über Pfandhäuser oder Tele-Dingsbums oder irgend sonst was hören. Hat das jeder verstanden?«

Allgemeines Schweigen folgte.

Mat wählte die Route 50, einen zweispurigen Highway, aber keine Interstate, um die Grenze von West Virginia nach Ohio zu passieren, und da begriff Nealy, dass er sich noch immer Sorgen machte, die Mädchen könnten von der Polizei gesucht werden. Gegen Mittag bewölkte es sich, und es begann zu regnen, sodass Nealy leider auf ihr Picknick verzichten musste. Stattdessen aßen sie Hamburger und durchquerten die malerischen, aber nassen Hügel von Südost-Ohio, der Heimat von acht Präsidenten – obwohl Warren Harding ein so schlechter gewesen war, dass sich Nealy fragte, wieso ein Staat ihn überhaupt für sich reklamieren sollte.

Button blieb relativ ruhig und gab sich mit dem Anblick ihres heiß geliebten Mat zufrieden; aber Lucy forderte bei jedem Einkaufszentrum, Supermarkt oder Rastplatz anzuhalten. Mat ignorierte sie völlig, was sie nur noch unleidlicher machte. Nealy fürchtete allmählich, dass Lucy nicht nach Iowa wollte, und das bereitete ihr Sorgen.

Schließlich zwang sie Mat, an einem Highway-K-Mart-Laden anzuhalten, und tauchte mit einer Hand voll Reisespiele sowie einigen Büchern und Zeitschriften, die Lucy ablenken sollten, wieder auf.

»*Der kleine Hobbit?*« Lucy warf das Buch, das Nealy ihr mitgebracht hatte, verächtlich beiseite. »Das is doch ein Kinderbuch!«

»Tut mir Leid, Schätzchen«, entgegnete Nealy mit geheucheltem Verständnis, »aber *Ulysses* war gerade nicht auf Lager.«

Da Lucy keine Ahnung hatte, wovon Nealy redete, konnte sie ihr nur einen finsteren Blick zuwerfen. Ein paar Minuten später lümmelte sie sich mitsamt dem »ätzenden« Hobbit hinten aufs Doppelbett, und Nealy hörte den restlichen Nachmittag keinen Mucks mehr von ihr. Jetzt, wo Button friedlich in ihrem Autositz schlief und der Teenager endlich beschäftigt war, konnte sich Nealy entspannt zurücklehnen und die Landschaft genießen.

»Tut mir ehrlich Leid, dass du auf dein Picknick verzichten musstest«, sagte Mat.

»Tut's dir nicht.« Sie lächelte. »Und es sieht aus, als ob es wieder aufklart, also werden wir es vielleicht am Abend nachholen.«

»Kann's kaum erwarten.«

»Du bist immer so zynisch. Woher kommt das?«

»Liegt wohl an meinem Job.«

»Ich wusste gar nicht, dass man als Stahlarbeiter zynisch wird.«

Er zuckte kurz mit den Augenlidern. »Das kommt und geht.« Aber dann meinte er träumerisch: »Letzte Nacht war schön.«

Auf einmal fühlte sie sich verlegen wie ein Teenager. »Für mich nicht. Du hast dich unmöglich benommen, wegen des Kissens. Nicht nur, dass du …«

»… ein toller Küsser bist?«

Sie unterdrückte ein Lächeln. »Vielleicht bist du ja in Ordnung …«

Er seufzte. »Wir haben einigermaßen unterschiedliche Stile.«

»Das stimmt.«

»Ich mag tiefe, aggressive, männliche Küsse … die Art Küsse, die einem die Zehennägel hochrollen. Du andererseits magst lächerliche Kleinmädchenküsse, Küsse, bei denen sich einem nicht mal ein Haar aufstellt.«

»Kleinmädchenküsse?«

»Ja, die Art von Küssen, die kleine Mädchen zigarrenrauchenden Onkels geben.«

»Glaub mir, ich würde einen Onkel nie so küssen, wie ich dich letzte Nacht geküsst habe!«

»Zimperliche Küsse.«

»Zimperlich!« Das empörte sie nun doch. »Ich bin überhaupt nicht zimperlich.«

»Du hast weiße Unterwäsche gekauft.«

»Ja, weil ich dich ärgern wollte. Wenn du nicht da gewesen wärst, hätte ich was ganz anderes ausgesucht.«

»Was denn?«

»Geht dich nichts an!«

»Tut es schon! Denn die Art von Unterwäsche, die eine Frau trägt, reflektiert ihren Charakter.«

»Na, das musst du mir schon näher erklären.«

»Deshalb mache ich mir ja solche Sorgen um dich. Weil du weiße Unterhöschen trägst.«

»Irgendwie komme ich nicht mehr mit.«

»Liegt das nicht auf der Hand? Das ist die bevorzugte Unterwäsche von weiblichen Serienkillern.«

»Ach so!« Sie nickte weise. »Und da bist du ganz sicher?«

»Hab's irgendwo gelesen. Frauen, die solche Unterwäsche tragen, sind dieselben Frauen, die ein Schild ›Zimmer zu vermieten‹ in ihr Fenster hängen. Und ehe man sich's versieht, beschwern sich die Nachbarn über den Gestank, der von der hinteren Veranda kommt ...«

»Na, von irgendwas muss man doch leben.«

Er lachte.

Sich über Unterwäsche zu kabbeln war nicht gerade ihre Stärke, und sie wusste, dass sie das Thema wechseln sollte – aber dieses kleine Flittchen Nell Kelly wollte nicht. »Ich glaube nicht, dass das was mit Serienkillern zu tun hat. Eher leidest du unter einem Schwarze-Unterwäsche-Komplex.«

»Rot mag ich auch! Dir würde jede Farbe gut stehen.«

»Findest du?«

»Ja, finde ich.« Er lächelte, und seine grauen Augen glitten wie Flüssigmetall über sie hinweg. »Was machen wir also gegen dieses Kuss-Problem?«

Cornelia Case war alles andere als albern, aber Nell besaß weniger hohe Standards und fühlte sich pudelwohl. »Nun, wir müssen uns leider damit abfinden, dass manche Dinge eben nicht sein sollen.«

»Oder … und das ist nur so 'ne Idee … wir arbeiten daran.«

Ihre Haut prickelte. »Und wie stellst du dir das vor?«

»Wir warten, bis die kleinen Racker eingeschlafen sind – und üben.«

»Aha! So könnte man's natürlich auch bewerkstelligen.«

»Jetzt, wo ich so überlege, finde ich, dass das Hotel letzte Nacht viel bequemer war als dieses Ding hier. Ich glaube, ich suche uns für heute Nacht auch so eine Adresse.«

Cornelia wählte ausgerechnet diesen Moment, um ihr zimperliches Haupt zu recken. »Und ich glaube, das geht alles viel zu schnell. Wir haben uns doch erst vor zwei Tagen kennen gelernt.«

»Und werden in ein paar Tagen wieder auseinandergehen. Umso wichtiger, keine Zeit zu verlieren!«

»Also einfach drauflos, oder wie?«

»Klar! Hast du dir denn noch nie ausgemalt, mit einem Fremden eine wilde Nacht zu verbringen?«

Ein starker, wundervoll aussehender Fremder, der sie um den Finger wickelte, ohne zu wissen, wer sie war – mit dem sie herrlichen Sex hatte und der dann am nächsten Morgen verschwand. »Nein, ganz bestimmt nicht.«

»Lügnerin!« Er grinste sie frech und unverschämt selbstsicher an.

»Würdest du jetzt endlich die Klappe halten, damit ich die Landschaft genießen kann?«

Lucy legte einen Moment ihr Buch beiseite und beobachtete das Geplänkel zwischen Jorik und Nell. Die beiden schienen vergessen zu haben, dass sie da war. Sie konnte zwar nicht hören, was sie sagten – aber man sah, dass sie total verrückt aufeinander waren.

Eine Idee regte sich in ihrem Kopf, und ihr Magen begann zu flattern, doch diesmal fühlte es sich gut an. Keiner von beiden war verheiratet. Jorik kommandierte zwar dauernd herum und wusste alles besser, aber Button mochte ihn. Nell war so 'ne Art Intellektuelle und verstand nicht viel von Babys, aber sie passte immer auf wie ein Luchs, dass Button nichts passierte. Und – hatte ihr netterweise die Kleider und Bücher gekauft. Und obwohl Jorik sich einmal betrunken hatte, schien er kein Säufer zu sein. Auch war er in einem tollen Auto aufgetaucht, also musste er wohl Geld haben, und er war lustig ... obwohl sie das ihm gegenüber nie zugeben würde.

Wenn sie die beiden nun zusammenbringen könnte? Die Schmetterlinge in ihrem Magen flatterten heftiger. Sie traute den beiden weit mehr als Sandy zu, sich um ihre kleine Schwester zu kümmern. Vielleicht verliebten sie sich am Ende, heirateten und adoptierten Button. Button war ein süßer Racker, kein unleidlicher Teenager wie sie, und Nell und Jorik schienen sie allmählich zu mögen. Jorik nahm sie jetzt sogar ab und zu freiwillig, und Nell schien auch nicht mehr so ängstlich mit ihr zu sein wie am Anfang.

Je mehr Lucy darüber nachdachte, desto sicherer wurde sie in ihrer Hoffnung. Irgendwie musste sie es schaffen, Jorik und Nell miteinander zu verkuppeln und sie dann davon zu überzeugen, Button zu adoptieren. Wenn ihre kleine Schwester einmal untergebracht war, konnte sie, Lucy, sich aus dem Staub machen.

Lucys Aufregung schrumpfte ein wenig bei dem Gedanken, Button auf Wiedersehen sagen zu müssen. Sie ermahnte sich, nicht blöd zu sein. Das war es doch, was sie wollte, oder nicht? Sich allein zu verabschieden. Sie würde was aus sich machen: die toughe, kluge Lucy, die sich von keinem was bieten ließ.

Und trotzdem, zum millionsten Mal, wünschte sie sich, eine richtige Familie zu haben. Ihr ganzes Leben lang hatte sie von einem Dad geträumt, der den Rasen mähen und ihr irgendeinen beknackten Kosenamen geben würde, und von einer Mutter, die keine Säuferin war, die nicht jeden Job verlor und mit diversen Männern schlief. Alle zusammen würden sie in einem richtigen Haus wohnen, nicht in einer Mietwohnung, aus der man rausgeschmissen werden konnte. Lucy könnte eine höhere Schule besuchen, ohne dass sich jeder über sie lustig machte, könnte mit netten Kids was machen, nicht mehr andauernd mit so Losern! Sie könnte einem Verein beitreten, im Chor singen, und Jungs, die keine Drogis waren, würden sich in sie verknallen. Das war es, was sie wirklich wollte.

Wütend stach sie mit dem Finger auf die Tagesdecke ein. Nun, was sie sich wünschte, würde sie nicht kriegen, und sich was anderes vorzumachen hatte keinen Sinn. Im Moment musste sie an ihre Schwester denken – also es so einfädeln, dass sich zwischen Jorik und Nell etwas anbahnte. Das sah nicht nach Kinderspiel aus, denn die beiden waren nicht dumm – aber sie würde das schon deichseln. Lucy musste ihnen lediglich einen Schubs in die richtige Richtung geben.

Und dafür sorgen, dass sie nicht allzu bald in Iowa ankamen.

Button wartete, bis sie Indiana erreichten, dann schlug sie hörbar Alarm. Diesmal musste Mat nicht lange davon überzeugt werden, anzuhalten. Sie hatten West Virginia und Ohio hinter sich gelassen, Mabel tuckerte brav vorwärts, und er war nun ein wenig zuversichtlicher, dass sie am Ende doch noch in Iowa landen würden.

Er holperte auf den kleinen Campingplatz, den sie sich zur Übernachtung ausgesucht hatten, und lächelte über die diversen Tierlaute, die von hinten an sein Ohr drangen. Nell versuchte wieder einmal, das Baby zu besänftigen. Eine ungewöhnliche Person – klug und humorvoll! Doch es war ihre subtile Erotik, die dazu führte, dass ihm andauernd nicht jugendfreie Vorstellungen durch den Kopf geisterten.

Den ganzen Nachmittag schon fuhr er wie unter Strom. Jedes Mal, wenn sie ihre überschlanken Beine kreuzte, eine zierliche Sandale vom Zeh baumeln ließ oder ihn mit dem Arm streifte, hatte er das Gefühl, explodieren zu müssen. Die Mystery Lady mochte es ja noch nicht ganz akzeptiert haben, aber sie würde einen Liebhaber bekommen. Und falls er etwas zu sagen hatte – was er verdammt noch mal hatte –, dann würde es noch heute Nacht passieren.

Es würde nicht einfach werden, auf diesem engen Raum, mit zwei Kindern – aber die Tür im Rückteil ließ sich verriegeln, und beide Mädchen schienen einen guten Schlaf zu haben. Es war zwar keine ideale Lösung – er wollte sie zum Schreien bringen –, aber er konnte einfach nicht mehr warten.

Während er über den Kiesweg zum Stellplatz holperte, fragte er sich, wie lange sie ihre tadellosen Upper-Class-Manieren im Bett wohl beibehielte. Wenn sie doch bloß ein einsames Plätzchen hätten ... Der kleine Teil seines Gehirns, der noch funktionierte, mahnte ihn zu warten; aber ein animalischer Instinkt befahl ihm, sie so rasch wie möglich zur Seinen zu machen.

Zur Seinen machen? Was war das denn für eine absurde Idee? Wenn er nicht aufpasste, würde er sie noch an den Haaren ins Gebüsch zerren. Er musste lächeln, als er sich vorstellte, wie sie darauf reagieren würde ... dann manövrierte er Mabel auf ihren Stellplatz und schaltete den Motor ab.

Der Dämon hatte mittlerweile vom Schreien einen Schluckauf bekommen, und Nell beeilte sich, das Ungeheuer aus dem

Autositz loszuschnallen. Ihre Wangen waren von dem Muhen, Grunzen, Bellen, Miauen gerötet, und als sie sich vorbeugte, sah er, wie sich ihre kleinen festen Brüste unter dem weichen Baumwollstoff ihrer Bluse abzeichneten. Jetzt brauchte er dringend frische Luft.

Er stieg aus dem Wohnmobil, obwohl er wusste, dass er gleich wieder hineinmüsste, um das Baby selbst zu beruhigen. Mat blickte sich um und beglückwünschte sich zu der Wahl eines kleinen Campingplatzes statt eines großen, kommerziellen. Hier gab es ein wenig mehr Privatsphäre.

Genau in diesem Moment trat ein molliges Tantchen in einer Blümchenbluse, knallblauen Shorts, karierten Turnschuhen und einer Lesebrille an einer bunten Schnur um den Hals auf ihn zu. Gleich hinter ihr trottete ein dürres Männlein drein in ordentlich gebügelten, marineblauen Shorts, einem karierten Sporthemd, schwarzen Socken und braunen Ledersandalen.

»Hallöchen!«, trillerte die dicke Dame. »Wir sind die Waynes aus Fort Wayne. Ich bin Bertis und das ist mein Mann Charlie. Wir hatten gehofft, dass eine nette junge Familie neben uns campt.«

Mat sah all seine Hoffnungen auf Einsamkeit und eine stille Verführung den Bach runtergehen.

»Ihr Kleines da drin scheint ja recht aufgeregt zu sein«, bemerkte Charlie. »Unsere Enkeltochter hat auch oft so geschrien, aber Bertis konnte sie immer beruhigen, stimmt's nicht, Bertis? Bringen Sie das Baby ruhig heraus, Grandma kümmert sich schon darum.«

In diesem Moment tauchte Nell mit Button auf dem Arm aus dem Trailer auf. Button wand sich und schrie aus Leibeskräften. Ihre Bäckchen waren ganz nass, das rosige Mündchen zornig aufgerissen.

»Ich dachte, dass vielleicht ein bisschen frische Luft …« Nell brach ab, als sie die Waynes erblickte.

»Hallöchen, Honey!« Bertis stellte sich und ihren Mann erneut vor, setzte sich dann ihre Brille auf und streckte die Arme nach dem Baby aus. »Geben Sie sie mir. Ich beruhige sie schon.«

Keinesfalls würde Mat zulassen, dass Fremde den Dämon anfassten, und er schnappte sie Nell weg, bevor die Konkurrenz Button berühren konnte. »Sei still, du Hexe!«

Eine 747 hätte auf ihrer Unterlippe landen können, aber sie hörte auf zu brüllen.

»Schon besser!«

Ihre Unterlippe zog sich zurück. Sie hickste und blickte ihn dann mit einer beleidigten Schnute an, so als ob sie sagen wollte, dass nur ein Diamantarmband oder zumindest ein Pelzmantel die angetane Schmach wieder gutzumachen vermöchte.

»Na, sieh sich das einer an! Sie können's aber gut mit der Kleinen, nicht wahr? Das ist einfach nicht fair.« Bertis schenkte Nell einen verschwörerischen Blick. »Wir machen die ganzen Geburtswehen durch, nur um zusehen zu müssen, wie sie dann mit ihren Daddys schmusen.«

»Ich habe sie nicht geboren«, sagte Nell. »Ich bin …«

»Mommy? Daddy? Vielen Dank für das wundervolle Buch, das ihr mir geschenkt habt. Ich hab viel daraus gelernt.«

Er blickte auf und sah Lucy aus dem Wohnwagen treten, und ihr bescheidener Gesichtsausdruck wollte so gar nicht zu ihrem Schlampen-Make-up passen. »Hi, ich bin Lucy Jorik!«

Mat zuckte zusammen. Er konnte noch immer nicht fassen, dass Sandy ihren Kindern seinen Nachnamen gegeben hatte.

»Das ist mein Dad Mat und meine Mom Nell und unser Baby Button. Is sie nich süß? Sie wollten sich schon scheiden lassen, weil mein Vater eine Affäre mit meiner besten Freundin hatte, aber dann haben sie sich doch wieder vertragen, und Button ist sozusagen ihr Versöhnungsgeschenk.«

Mat blickte Nell an. »Ich glaub, ich muss gleich kotzen.«

Nell lachte und wandte sich dann an Bertis. »Lucy ist frühreif. Achten Sie nicht auf sie. Mat und ich sind nicht verheiratet. Ich bin bloß sein Kindermädchen.«

Bertis Blick verriet, dass sie kein Wort glaubte, gleichzeitig jedoch schon so viel erlebt hatte, dass sie sich kein Urteil mehr erlaubte. Sie beäugte Lucys zahlreiche Ohrringe. »Hoffentlich lässt du dir nicht auch noch die Zunge piercen, junge Dame. Unsere älteste Enkeltochter Megan hat sich mal die Zunge piercen lassen und dann das Metallteil verschluckt. Sie musste eine Woche lang ihr Geschäft in einen Eimer machen und das Ergebnis mit Gummihandschuhen durchsuchen, bis sie das vermisste Objekt wiederfand.«

Mat war froh zu sehen, dass Lucy entsetzt aussah, und seine Achtung vor Bertis stieg gewaltig.

»Kommt doch zum Abendessen rüber zu uns, sobald ihr euch ein wenig eingerichtet habt. Ich habe einen Honigschinken mitgebracht und meine Ore-Ida-Kartoffel-Kasserole. Und wartet nur, bis ihr meinen Dosenfrüchtekuchen probiert habt! In der Kirche bitten sie mich immer, ihn zum Potluck mitzubringen. Komm, Lucy, du kannst Charlie helfen, die Picknicktische zusammenzustellen. Und für dich, kleiner Schatz, finden wir auch ein geeignetes Happihappi!«

Mat blickte Nell an und hoffte, dass ihr eine gute Ausrede einfiele, doch sie schien ganz begeistert zu sein von den Waynes.

»Vielen Dank für die Einladung«, sagte er, »aber ...«

»Liebend gerne!«, fiel Nell ihm ins Wort. »Lassen Sie uns bloß ein paar Minuten zum Auspacken.«

Und bevor er wusste, wie ihm geschah, war Nell wieder im Wohnwagen verschwunden, Lucy marschierte mit den Waynes davon, und er stand mit dem Dämon allein da, der in diesem Moment in den Ausschnitt seines Polohemds griff und an seinen Brusthaaren zog.

»Autsch!«

Hochzufrieden klatschte das kleine Biest in die Hände.

Er folgte Nell in den Trailer und setzte das Baby am Boden ab, wo es nach Herzenslust herumkrabbeln konnte. »Verdammt noch mal, Nell, wieso hast du gesagt, wir würden mit ihnen zu Abend essen?«

»Weil ich wollte. Aber was sollen wir mitbringen? Wir müssen doch ein Gastgeschenk haben, nicht wahr?«

»Woher, zum Teufel, soll ich das wissen?«

Mit leuchtenden Augen begann sie im Wohnwagen herumzuwühlen. Vorübergehend vergaß er beim Anblick ihrer schlanken Figur seine Verärgerung, als sie sich auf die Zehenspitzen stellte und in eins der oberen Schrankfächer griff.

Ihm schwante nichts Gutes, was den heutigen Abend betraf. Seit sie einander begegnet waren, hatte sie bewiesen, wie sehr sie die gewöhnlichen Dinge des Lebens genoss: Fastfood und sogar das Tanken an einer Tankstelle. Heute Nachmittag musste sie lange in einer Schlange an der Kasse eines Supermarkts warten, weil die junge Kassiererin lieber telefonierte, als sich um die Kunden zu kümmern. Statt sich zu ärgern, hatte Nell getan, als wäre es ein Privileg, ignoriert zu werden. Das Dinner mit den Waynes musste genau auf ihrer Linie liegen.

Sie wandte sich mit einem leichten Runzeln auf ihrer glatten Stirn zu ihm um. »Weißt du, wie man Kekse bäckt?«

»Du machst Witze.«

»Oder Cornbread? Sie hat gesagt, sie hat Schinken. Cornbread wäre doch toll dazu.«

»Wir haben eine ungeöffnete Tüte Tortillachips, ein paar Dosen Cola und Säuglingsnahrung in Pulverform. Ich glaube nicht, dass man daraus Cornbread herstellen kann.«

»Wir haben doch noch mehr als das.«

»Ja, aber da steht entweder Hipp oder Pampers drauf.«

»Gah!« Button schob sich ein Käsebällchen, das sie auf dem Boden gefunden hatte, in den Mund. Glücklicherweise sah Nell es nicht.

»Cheerios!« Sie holte eine Schachtel ganz hinten aus einem

Schränkchen, als hätte sie einen kostbaren Schatz gefunden. »Ich wusste doch, dass wir noch was anderes haben. Sie sind so nette Leutchen.«

»Ja, du könntest ja die Cheerios mit dem Babypulver zusammenmischen und Tortillachips drüberstreuen.«

»Und du könntest wirklich ein wenig hilfsbereiter sein.«

»Was wunderst du dich? Ich werde gleich mit den zwei schlechtangezogensten Leuten aus Fort Wayne, Indiana, zu Abend speisen müssen!«

Sie lächelte nachsichtig, und einen Moment lang konnte er sie bloß anstarren. Sie hielt seinem Blick stand, doch dann wurde sie nervös und begann sein rechtes Ohr zu studieren. Als echter Kerl freute er sich, dass sie ein wenig nervös war. Eindeutig begriff sie, dass sich schon bald alles zwischen ihnen ändern würde.

Zeit, sein Territorium abzustecken!

Als Nealy Mats Hand auf ihrer Schulter fühlte, begann ihr Herz wild zu klopfen. Im einen Moment war alles entspannt und humorvoll zwischen ihnen und im nächsten stand alles auf der Kippe.

Sie spürte seinen Atem an ihrer Wange und das federleichte Streicheln seiner Finger an ihrem Kinn. Seine große Hand legte sich auf ihren Rücken, und als er sie an sich zog, merkte sie, dass er erregt war. Genau so sollte sich ein Mann anfühlen, wenn er eine Frau im Arm hielt.

Jetzt musste sie es besser machen. Sie konnte seine Behauptung, sie küsse wie ein kleines Mädchen, nicht ertragen. Als sie jünger war, wusste sie, wie es ging. Sicher würde sie es immer noch schaffen.

Selbstbeherrschung war ihr von klein auf in ihre Litchfieldknochen getrichtert worden, und als sich sein Mund auf den ihren legte, zwang sie sich, sich zu konzentrieren. Eins war sicher. Leidenschaftliche Frauen küssten nicht mit zusammengepressten Lippen.

Also öffnete sie die ihren leicht und legte den Kopf ein wenig schief. Sie musste sich entspannen! Aber was war mit ihrer Zunge? Wie benutzte man die eigentlich – wann und wie weit?

Mat fühlte Nells wachsende Anspannung und wollte den Kuss schon abbrechen, um zu sehen, was los war – doch irgendein Instinkt ließ ihn zögern. Im einen Moment war sie weich und warm gewesen und nun steif wie ein Brett. Sie schien an der Sache zu arbeiten, anstatt das Ganze einfach nur zu genießen.

Er hörte ihre Kiefergelenke beinahe knacken, als sie ihre Lippen öffnete. Ihre Zungenspitze wagte sich vor und zog sich dann wieder ein wenig zurück. Ihm fiel seine blöde Bemerkung von gestern Abend ein über die Art, wie sie küsste. Für jemanden, der weit mehr über die weibliche Psyche wusste, als er es wünschte, hatte er unglaublich danebengehauen. Jetzt musste er versuchen, den Schaden wieder auszuwetzen.

Obwohl es ihn Überwindung kostete, zog er sich vor der entschlossenen kleinen Zungenspitze zurück, strich mit dem Mund über ihr Ohrläppchen und flüsterte: »Langsam, mein Herz! Ein Mann kann nicht zu viel auf einmal vertragen.«

Ihre Augenlider flatterten an seiner Wange, und da wusste er, dass er ihr etwas zum Denken gegeben hatte. Sie entspannte sich ein wenig. Sie nahm seinen Kopf in beide Hände und drückte ihre weichen Lippen auf die seinen. Viel besser. Mat lächelte in sich hinein.

Sie zuckte nervös und blickte zutiefst verletzt zu ihm auf. »Du lachst mich aus!«

Sein Herz sank. Er benahm sich wirklich wie ein Anfänger, obwohl er's gar nicht wollte. »Da kannst du wetten. Dich zu küssen ist das Beste, was mir seit langem passiert ist, und das feiern wir jetzt!«

Sie blickte ihn nicht mehr ganz so aufgebracht, aber dennoch misstrauisch an. »Nun komm schon, kritisiere mich ruhig! Ich weiß, dass du das willst.«

»Was ich will, ist, dich wieder küssen.« Zum Teufel damit! Er hatte versucht, sensibel zu sein, und es hatte nicht geklappt. Jetzt zog er sie hart an sich. Manche Typen taten besser daran, einfach Blödmänner zu bleiben.

Diesmal ließ er ihr keine Zeit zum Nachdenken. Das war sein Territorium, und sie sollte sehen, was sie daraus machte.

Ihr Kuss war derart hingebungsvoll und leidenschaftlich, dass sie gar keine Zeit mehr hatte, sich über ihre Zunge Gedanken zu machen oder wo sie sie hinstecken sollte, denn seine war sowieso schon da. Er hatte Männer nie verstanden, denen es bloß ums Hauptereignis ging. Mat war selbst ein leidenschaftlicher Küsser. Und diese unschuldige Klassefrau zu küssen, empfand er als besonders süß.

Ihre Finger gruben sich in seine Schulter, und er griff ihr unter die Bluse, um endlich das zu tun, was er schon den ganzen Tag lang vorhatte.

Nealys Haut war ebenso weich wie ihr Mund. Er strich mit der Hand an ihrer Seite nach oben und stellte dann fest, dass sie keinen Büstenhalter trug. Einfach so hatte er auf einmal ihre feste kleine Halbkugel in Händen.

Ein Zittern durchlief ihren Körper.

Er strich mit dem Daumen über die Brustwarze. Sie stieß einen leisen, kehligen Laut aus. Da verlor er die Kontrolle. Schluss mit der langsamen Verführung. Schluss mit Warten auf die heutige Nacht. Er wollte und musste sie sofort haben.

»Gah?«

Mit der freien Hand umschloss er ihre Pobacke. Die keuchenden, hilflosen Laute, die sie ausstieß, machten ihn ganz wild.

»Dada?«

Den ganzen Tag lang hatte er über ihre Brüste fantasiert. Jetzt wollte er sie endlich sehen. Er schob ihre Bluse hoch.

»DADA!«

Nell erstarrte. Und in Mats Bein gruben sich scharfe kleine Fingernägel. Eilends zog er die Hand unter ihrer Bluse hervor.

Sie riss sich von ihm los. Ihre Lippen waren feucht und geschwollen, ihre Wangen gerötet. Entsetzt blickte sie ihn an.

Dann schauten beide auf ihre winzige Sittenwächterin hinunter, die sie mit all der Missbilligung einer evangelischen Pastorin betrachtete. Mat hätte am liebsten den Kopf zurückgeworfen und aufgejault.

»Nah!«

Nell presste eine Hand auf die süße Brust, die er noch kaum erforscht hatte. »Jemine! Sie weiß genau, was wir getan haben.«

»Verdammt«, knurrte er. »Jetzt müssen wir sie umbringen.« Er funkelte das Baby böse an.

Nell bückte sich und hob die Kleine rasch auf. »Ach Schätzchen, es tut mir so Leid. Das hättest du nie sehen dürfen.« Ihre Augen flogen zu ihm. »So etwas kann sie fürs Leben traumatisieren!«

»Das bezweifle ich ernsthaft.« Im Moment fühlte er sich bei weitem traumatisierter als dieser Störenfried.

Sie blickte den Dämon ernst an. »Das hättest du nicht sehen dürfen, Button. Aber du sollst wissen, dass daran nichts Böses war. Na ja, fast nichts ... Ich meine, wir sind Erwachsene, keine Teenager. Und wenn sich eine erwachsene Frau zu einem attraktiven Mann hingezogen fühlt ...«

»Ja? Du findest mich attraktiv?«

Wann würde er endlich lernen, seine große Klappe zu halten? Sie drückte Button an ihre Brust und musterte ihn vorwurfsvoll. »Du hältst es sicher für dumm, einem Kleinkind so etwas zu erklären – aber keiner weiß so genau, was Babys schon verstehen.«

»Irgendwie glaube ich kaum, dass sie das in den nächsten paar Jahren kapieren wird.« Er überlegte, ob er sich einfach, so wie er war, unter die kalte Dusche stellen sollte.

Erneut wandte sie ihre Aufmerksamkeit dem Baby zu. »Mat und ich sind verantwortungsbewusste Erwachsene, Button, und wir wissen ...« Sie hielt inne, gerade wo er anfing, sich zu amüsieren, und schnüffelte am Atem des Dämons.

»Sie riecht nach ...« Nealy wischte ein wenig orangen Schleim vom Mundwinkel des Babys und untersuchte ihn. »Sie hat *Käsebällchen* gegessen! Himmel! Sie hat sie vom Boden aufgeklaubt. Haben wir Ipecac im Erste-Hilfe-Kästchen?«

Er verdrehte die Augen. »Du wirst diesem Ungeheuer kein Ipecac einflößen. Komm her, Dämon, bevor sie dir noch den Magen auspumpen lässt!« Er übernahm das kleine Paket, obwohl er im Moment alles andere als gut auf es zu sprechen war.

»Aber ...«

»Schau sie doch an, Nell! Sie ist kerngesund, und ein wenig Fußbodennahrung wird ihr kaum schaden. Als meine Schwester Ann Elizabeth ein Baby war, hat sie sich immer alte Kaugummis in den Mund gesteckt. Das war nicht so schlimm, solange sie im Haus war – aber sie hat sie auch vom Asphalt gepflückt.«

Nell erbleichte.

»Komm, wir wollen die Waynes retten, bevor Lucy sie noch völlig fertig macht. Und Nell ...« Er wartete, bis sie ihn voll ansah, dann schenkte er ihr sein langsamstes, gefährlichstes Lächeln. »Sobald die Kids schlafen, machen wir genau da weiter, wo wir aufgehört haben!«

11

Lucy liebte die Waynes. Sie waren zwar Hirnis, und Bertis hatte ihr bereits einen Vortrag darüber gehalten, dass man ein hübsches Gesicht nicht mit so viel Schminke zukleistern sollte – aber sie waren auch nett. Während ihrer Predigt hatte Bertis Lucy selbst gemachte Cookys zugesteckt und ihr die Schulter getätschelt. Lucy mochte es ganz besonders, wie Bertis sie dauernd anfasste, da das außer Button niemand mehr tat. Nicht mal Sandy hatte sie angefasst, außer wenn sie Hilfe brauchte, um ins Bad zu kommen.

Lucy mochte auch Charlie, obwohl nur ein Arsch zu Sandalen Socken anzog. Er nannte sie Scout, als sie ihm beim Zusammenrücken der Picknicktische half. *Ein bisschen mehr nach rechts, Scout.*

Sie wünschte, sie könnte Button den Waynes anvertrauen, aber die waren zu alt, also blieben ihr nach wie vor nur Jorik und Nell ...

Gerade deckte sie das Besteck auf, als sich die beiden mit Button näherten. Komisch sahen sie aus, und Lucy schaute genauer hin. Nell hatte einen roten Fleck am Hals, und ihr Mund war geschwollen. Als ihr auffiel, dass Joriks ebenso aussah, schöpfte sie neuen Mut.

Nealy stöhnte innerlich angesichts von Lucys wissendem Blick. Der Teenager bekam mehr mit, als gut für sie war. Also bemühte Nealy sich um eine unbefangene Miene, während sie herauszufinden versuchte, was gerade mit ihr passiert war. Oder noch wichtiger, was sie zu tun gedachte.

Amerikas First Lady hätte jetzt einen gelben Notizblock gezückt und einen Schlachtplan entworfen, aber Nell Kelly war nicht so wohl organisiert. Mat beabsichtigte, genau da weiterzumachen, wo sie aufgehört hatten – was genau das war, was sie sich auch wünschte, aber erst später. Oder?

Sie beschloss, sich lieber über die Nahrungsmittelallergien Gedanken zu machen, die sich Button von den Käsebällchen eingefangen haben konnte, anstatt nur immerzu an den großen, grauäugigen Mann an ihrer Seite zu denken, der ihre Gefühlswelt auf den Kopf stellte.

»Ja, wer kommt denn da? Nell, setzen Sie sich doch mit dem

Baby hierhin, und Mat, Sie holen bitte die Kühltasche aus dem Wagen! Charlie hat sich schon mal fast einen Bruch zugezogen und darf nichts Schweres mehr heben.«

»Passen Sie auf, dass Sie in die Knie gehen, wenn Sie sie hochheben«, mahnte Charlie. »Ein Bruch ist nichts Lustiges.«

Nealy lächelte. Über solche Themen sprach in ihrer Gegenwart für gewöhnlich niemand.

»Sie kommen mir so bekannt vor, Nell. Irgendwie sieht sie doch bekannt aus, nicht wahr, Charlie? Waren Sie schon mal in Fort Wayne?«

»Sie sieht aus wie Cornelia Case, obwohl *gewisse Leute* anderer Meinung sind.« Lucys Augen verfolgten Mat, der gerade im Trailer der Waynes verschwinden wollte, um die Kühlbox zu holen, rachsüchtig. »Und jetzt hock ich mit einem blöden Bohrer da.«

»Du liebe Güte, das stimmt ja! Sieh sie doch nur an, Charlie. Sie sieht genauso aus wie Mrs. Case. Also ihr beiden könntet direkt Schwestern sein!«

In dieser Richtung wollte Nealy das Gespräch definitiv nicht weiterlaufen lassen. »Es tut mir Leid, dass ich nichts zum Dinner mitbringen konnte, aber wir sind im Moment ein bisschen knapp an Lebensmitteln.«

»Na, da machen Sie sich mal keine Gedanken, Liebes. Wir haben mehr als genug.«

Während des Essens musste Nealy an all die Staatsdinners denken, an deren Planung sie beteiligt gewesen war, steife und sehr förmliche Angelegenheiten, wo jedes Gedeck bis zu siebenundzwanzig Teile umfasste. Nicht eins davon konnte sich mit dem Vergnügen messen, das sie an diesem einfachen Mahl hatte. Sie und Mat tauschten zahlreiche heimliche Blicke, voll von wortloser Kommunikation, als würden sie sich schon ewig kennen. Lucy musste über Charlies Witze kichern. Button torkelte um den Tisch herum und fand schließlich, wie konnte es auch anders sein, ihren Platz auf Mats Schoß.

Nealy war hingerissen von den Waynes. Bertis war ihr Leben lang eine einfache Hausfrau gewesen und steckte voller Geschichten von ihren Kindern und Enkeln, ihrer Kirche und den Nachbarn. Charlie war der Eigentümer einer kleinen Versicherungsagentur gewesen und hatte die Regie vor kurzem an seinen ältesten Sohn übergeben.

Die Waynes zögerten nicht, ihren Ansichten über Washington offen Ausdruck zu verleihen, und Mat noch weniger. Beim Dosenfruchtkuchen entdeckte sie, dass er zwar ein begeisterter Politisierer, aber wie die meisten Bürger des Landes ziemlich desillusioniert war, was die gewählten Repräsentanten betraf.

Während sich langsam Dunkelheit über den Campingplatz senkte, erkannte sie, dass die Waynes zwar aufrechte Patrioten, aber keineswegs blind waren. Es widerstrebte ihnen, wahllos Unterstützung an jedermann zu zahlen, doch wirklich Notleidenden halfen sie gerne. Sie wollten, dass sich die Regierung aus ihrem Privatleben heraushielt; gleichzeitig jedoch verlangten sie, dass man dem Drogenhandel und der Gewalt auf den Straßen ein Ende bereitete. Sie machten sich Sorgen darum, ob ihre Krankenversicherung ausreichte, und erwarteten, dass das soziale Netz sie auffing – wollten andererseits jedoch nicht, dass ihre Kinder den wirtschaftlichen Preis dafür bezahlten. Obwohl Mat nicht in jedem Punkt ihre Meinung teilte, so waren sie sich doch zumindest darin einig, dass Politiker sich heutzutage ineffektiv, eigennützig, nur auf die Interessen ihrer Partei ausgerichtet gebärdeten und überdies ihr Vaterland zur Wahrung persönlicher Vorteile dem Ausverkauf anheimstellten.

Diese Haltung deprimierte Nealy immer, obwohl sie sich mittlerweile daran gewöhnt hatte. Sie kannte viele gewählte Staatsbeamte, auf die diese Beschreibung passte – aber ebenso viele, bei denen das nicht der Fall war. Und Familien wie die Waynes bildeten das Rückgrat Amerikas. War eine Nation von

Zynikern schließlich das, was mehr als zweihundert Jahre demokratischer Regierungen hervorgebracht hatten?

Dennoch, Washington erntete hier nur das, was es säte, und sie und Dennis hatten über die Jahre unzählige Male über eben dieses Thema diskutiert. Obwohl Dennis sie, als die Tochter eines hochkarätigen Politikers, für reichlich naiv hielt, war sie der Meinung, dass allmählich eine neue Spezies Politiker fällig sei. Manchmal träumte sie sogar selbst davon, einmal zu kandidieren. Ihre erste und oberste Regel wäre Ehrlichkeit, und wenn sie das in Insiderkreisen zu einer Eigenbrötlerin stempelte, dann würde sie ihr Anliegen eben direkt vors Volk tragen.

Mat rückte ein Messer aus Buttons Reichweite. »Du bist ja so still, Nell. Es überrascht mich, dass du, die doch zu allem eine Meinung hat, dich zur Politik nicht äußerst!«

Oh, sie hatte eine Menge zu sagen und musste sich schon seit Beginn der Diskussion auf die Zunge beißen. Doch eine kleine Bemerkung konnte sie sich nun doch nicht verkneifen. »Ich bin sehr wohl der Ansicht, dass man als Politiker ehrenwert sein kann.«

Charlie und Bertis schüttelten die Köpfe, und Mat stieß ein zynisches Lachen aus. »Vor fünfzig Jahren vielleicht, aber heute nicht mehr.«

Die Worte sprangen ihr nur so auf die Zunge. Hunderte! Tausende! Ja, eine ganze Rede über Patriotismus und Staatsbürgerpflichten, komplett mit Zitaten von Lincoln, Jefferson und Roosevelt. Der Beruf eines Politikers konnte ein anständiger Beruf sein, und wieder musste sie sich zwingen, sich zurückzuhalten.

»Doch, selbst heute«, widersprach sie. »Alles, was uns fehlt, sind mehr mutige Vorkämpfer.«

Sie betrachteten sie skeptisch, und Nealy musste an sich halten, um nicht mehr zu sagen.

Beim Aufräumen halfen alle zusammen, bis auf Button, die

zunehmend unleidlich wurde, weil sie schon viel zu lange auf war. Nealy wollte gerade mit dem Baby verschwinden, um es ins Bett zu bringen, als Lucy aus dem Wohnwagen der Waynes auftauchte. »*Die* haben einen Fernseher«, meinte sie schnippisch.

»Wir sehen uns gerne die Politiksendungen an«, erläuterte Charlie. »Heute Abend kommt *Dateline*.«

»*Wir* haben keinen Fernseher.«

»Und daran wirst du auch nicht zugrunde gehen, junge Dame.« Bertis nahm Lucy in den Arm. »Du kannst ja ein gutes Buch lesen. Etwas, was bildet.«

»Mat, kann ich einen *Playboy* von dir leihen?«

»Lucy, du bist so eine richtige Göre!« Bertis betrachtete den Teenager liebevoll. »Unsere Megan wäre begeistert von dir.«

Lucy gab einen tiefen Seufzer von sich, machte jedoch keinerlei Anstalten, sich aus Bertis' großmütterlicher Umarmung zu befreien.

»Und vergessen Sie nicht, Nell, mir Buttons Strampler vorbeizubringen, damit ich die aufgerissene Naht beim Fernsehen zunähen kann.«

Buttons Strampler hatte einen Riss bekommen, und Nealy hatte natürlich keine Ahnung gehabt, dass Bertis sich freiwillig zum Flicken melden würde. Das Ganze war ihr peinlich. »Nicht nötig, wirklich!«

»Sie würden mir einen Gefallen tun. Wenn ich meine Hände nicht beschäftige, dann nasche ich bloß.«

Nealy bedankte sich bei ihr und kehrte dann mit Lucy und dem Baby zum Trailer zurück. Beim Eintreten kam ihr der Gedanke, wie nett es doch war, so völlig ohne Hintergedanken einen Gefallen erwiesen zu bekommen.

Das Baby war schmutzig vom Krabbeln im Gras, das um den Picknicktisch herumwuchs. Nealy hatte verzweifelt versucht, das zu verhindern – nur um von den anderen verständnislos gemustert zu werden, als wäre ihre Sorge total übertrieben. Da Charlie Mat gebeten hatte, ihm mit einem angerosteten Markisengelenk zu helfen, lag es an Nealy und Lucy, die unleidliche Heulboje im Spülbecken rasch noch zu baden. Als Button endlich einen sauberen Schlafanzug anhatte, schluchzte sie vor Müdigkeit und ließ sich von Nealy nicht mehr beruhigen.

Lucy nahm sie mit nach hinten, um ihr die Flasche zu geben. Als der Teenager die Schiebetür hinter sich zuschob, bedrückte das Nealy ein wenig. Sie war zwar nicht gerade eifersüchtig, aber es tat schon weh zu merken, dass das Baby ihr so offensichtlich alle anderen vorzog. Button spürte wahrscheinlich, dass etwas mit ihr nicht stimmte.

Der Todesengel der Säuglinge ... Sie schüttelte die schreckliche Vorstellung rasch ab.

Die Tür schwang auf, und sie fuhr herum. Mat trat herein, noch größer und umwerfender als sonst. Ihr Mund wurde plötzlich ganz trocken. Sie wandte sich ab, und ihr Blick fiel auf Buttons zerrissenen Strampler. »Könntest du das Bertis bringen? Ich hab's ganz vergessen.« Sie hielt ihm das Kleidungsstück verlegen hin.

»Null Problemo.« Für einen sonst so mürrischen Zeitgenossen klang er ungewöhnlich aufgeräumt. Lächelnd nahm er den Strampler und streifte dabei ihre Hand. »Bin in ein paar Minuten wieder da.«

Er quälte sie absichtlich. Und wofür? Vielleicht frohlockte er bereits, dass sie mit ihm schlief, obwohl gleichzeitig zwei Kinder nur durch eine dünne Wand getrennt nebenan lagen – aber sie wusste es besser. Frustriert stakste sie ins Bad und zog sich aus.

Unter der Dusche musste sie daran denken, wie sich seine großen Hände auf ihren Brüsten angefühlt hatten. Sie liebte seine stürmische, leidenschaftliche Art, hatte jede Sekunde ihres lustvollen Kusses genossen. Es war so schön, einmal richtig begehrt zu werden.

Sie erinnerte sich daran, dass sie einander ja kaum kannten. Weder hatten sie gemeinsame Interessen noch eine auch nur ansatzweise vergleichbare Herkunft. Dennis und sie dagegen schon – aber was hatte ihr das genützt?

Auf einmal brannten ihre Augen. Sie vermisste Dennis, trotz allem. Er hätte, mehr als jeder andere, ihre derzeitige Verwirrung verstanden und ihr mit gutem Rat zur Seite gestanden. Immer wenn sie es schaffte, seinen Hauptverrat zu verdrängen, fiel ihr wieder ein, was für ein guter Freund er ihr gewesen war.

Sie ließ sich Zeit mit der Dusche und war daher beim Herauskommen überrascht, dass Mat sich noch immer nicht blicken ließ. Wieso musste das Leben auch so kompliziert sein? Bloß eins wusste sie mit Gewissheit: Es gefiel ihr, Nell Kelly zu sein. In die Haut einer anderen Person zu schlüpfen war das beste Geschenk, das sie sich je hatte machen können, und allzu rasch würde sie es nicht wieder aufgeben.

Den ganzen Tag lang hatte sie versucht, den Gedanken an die Horde von Regierungsbeamten zu verdrängen, die hinter ihr her sein mussten, und nun schickte sie ein stummes Stoßgebet gen Himmel. *Bitte, Herr im Himmel! Nur noch ein paar Tage länger. Das ist alles, was ich mir wünsche. Bloß noch ein paar Tage...*

Toni DeLucca saß in einem Hotelzimmer in der Gegend von McConnellsburg, Pennsylvania. Der Fernseher lief, doch sie achtete kaum auf *Dateline*, das wöchentliche Nachrichtenmagazin. Sie und Jason hatten einen weiteren erfolglosen Vormittag im Truckstop verbracht und einen ebenso erfolglosen Nachmittag mit dem Verhören von Jimmy Briggs. Jetzt hockte sie auf dem Bett, nagte an einem Apfel, anstatt sich die Tüte Kartoffelchips zu gönnen, nach der es sie in Wahrheit gelüstete, und studierte den vorläufigen Laborbericht über den Chevy Corsica. Man hatte zwar überall Cornelia Cases Fingerabdrücke gefunden, aber glücklicherweise keinerlei Blutspuren oder Anzeichen von Gewaltanwendung. Sie legte den Bericht beiseite und nahm sich stattdessen noch mal den Bericht vor, den sie soeben erst von Terry Ackerman erhalten hatten.

Dennis Cases Chief Advisor berichtete, dass er gestern Abend mit Aurora gesprochen habe. Laut Ackerman hatte sie während des Gesprächs kein einziges Mal den Ausdruck *John North* benutzt, weshalb es keinen Anlass gab, ihr Verschwinden für unfreiwillig zu halten. Nun, immerhin wussten sie nun, dass Jimmy Briggs Mrs. Case nichts angetan hatte. Dennoch wünschte sie, Ackerman hätte mehr Druck ausgeübt, um herauszufinden, wo sie sich aufhielt.

»Hier ist Ann Curry mit einem Sonderbericht der NBC News...«

Der angebissene Apfel rollte vom Bett, als sie eilends nach der Fernbedienung griff, um den Fernseher lauter zu stellen. Dreißig Sekunden später schnappte sie sich den Hörer und rief Jason Williams in seinem Zimmer an.

»NBC hat gerade Auroras Verschwinden gebracht. Im CNN kommt es auch.«

»Okay, hab's schon.«

Sie hörte den Fernseher in seinem Zimmer angehen, und beide sahen sich den Bericht an.

»Wo ist Cornelia Case? Zuverlässige Quellen in Washington behaupten, dass die First Lady, die angeblich mit einer Erkältung das Bett hütet, in Wahrheit verschwunden sein soll. Keiner hat sie seit Dienstagvormittag, vor drei Tagen also, mehr im Weißen Haus gesehen. Sie befindet sich auch weder in dem Haus in Middleburg, Virginia, das sie mit Präsident Case unterhielt, noch auf dem Anwesen der Litchfields auf Nantucket. Zwar liegt uns noch keine offizielle Bestätigung ihres Verschwindens durch das Weiße Haus vor – doch aus inoffizieller

Quelle haben wir erfahren, dass Mrs. Case auf eigene Faust losgezogen ist. Offenbar hat sie weder über ihre Pläne noch über ihren Zielort mit jemandem gesprochen. Als äußerst beunruhigend wird jedoch die Tatsache empfunden, dass die First Lady ohne Begleitung des Secret Service untergetaucht ist.«

Man sah James Litchfield, der gerade eilig in einer Limousine verschwand.

»Ihr Vater, der frühere Vizepräsident James Litchfield, nahm zu diesen Fragen keine Stellung, als er …«

Toni drehte den Ton wieder leiser, als man nun über eventuelle Gründe für ihr Verschwinden zu spekulieren begann. Sie klemmte sich den Telefonhörer stirnrunzelnd zwischen Wange und Schulter. »Irgendwann musste es ja rauskommen.«

»Macht uns das die Sache nun leichter oder schwerer?«

Soeben hatte sie sich dasselbe gefragt. »Es wird jetzt schwerer für sie sein, sich zu verstecken, was eine Entdeckung wahrscheinlicher macht – auch riskanter. Jetzt weiß jeder Verrückte, dass sie ganz allein irgendwo herumschwirrt.«

»Kommen Sie doch rasch zu mir rüber, ja?«

»He, Baby, wusste ja gar nicht, dass du so scharf auf mich bist.«

»Lassen Sie den Blödsinn. Ich will Ihnen was zeigen.«

»Wie groß ist er?«

»Sexuelle Belästigung ist strafbar auch für Frauen, DeLucca«, sagte er barsch. »Und Sie sind gerade um einiges zu weit gegangen.«

»Na, da bitte ich aber vielmals um Entschuldigung!« Lächelnd hängte sie ein. Jason mochte ja nicht gerade viel Sinn für Humor haben, aber seine Professionalität war bewundernswert. Rasch schlüpfte sie in eine ausgebeulte Jogginghose, die an der Hüfte mit einer Sicherheitsnadel zusammengehalten wurde, schnappte sich ihren Zimmerschlüssel und lief durch den Gang zu seinem Zimmer.

Als er die Tür öffnete, schnippte sie ihm mit dem Finger an

die Brust. »Mommy ist ja da! Soll ich dein Nachtlicht anknipsen, damit du dich im Dunkeln nicht fürchtest?«

Er verdrehte die Augen genauso, wie es ihre dreiundzwanzigjährige Tochter Callie immer tat, wenn Toni sie nervte. Nur junge Leute schafften es, die Augen derart rollen zu lassen.

»Sehen Sie sich das mal an!« Er wies auf seinen Laptop, der auf dem Schreibtisch stand.

Sie hatte ihre Lesebrille vergessen und musste daher die Augen zusammenkneifen, um zu sehen, dass er die Website der morgigen Ausgabe einer kleinen Zeitung aus West Virginia auf den Bildschirm geholt hatte.

»Und wonach soll ich suchen?«

»Hier, gleich da!« Er tippte mit dem Finger auf den Schirm.

»›Santa gewinnt Ähnlichkeitswettbewerb‹? Wieso sollte mich das – oha!« Sie ging näher an den Bildschirm heran und begann den Artikel von vorne zu lesen. »Wie hast du das gefunden?«

»Bin so herumgesurft. Hab mir alle Lokalzeitungen in einem Umkreis von hundertfünfzig Meilen um McConnellsburg angesehen. Es heißt, die Frau wäre spanischer Abstammung gewesen, also ist's wahrscheinlich nicht wichtig. Im Übrigen – wieso sollte jemand, der sich verstecken will, an einem Ähnlichkeitswettbewerb teilnehmen?«

»Trotzdem ... Verdammt, ich wünschte, wir hätten ein Foto. Schau doch mal ins Telefonverzeichnis und sieh zu, ob du ...« Sie blickte mit zusammengekniffenen Augen auf den Bildschirm. »Brandy Butt. Klingt nicht grade spanisch. Und die meisten Frauen spanischer Abstammung sehen nicht aus wie Aurora.«

»Bis jetzt konnte ich nicht mehr rauskriegen, aber ich suche weiter.«

»Mal sehen, ob ich auch was machen kann.« Toni schickte sich an, zum Telefon zu gehen, hielt dann jedoch inne. Normalerweise müssten sie die Sache an ein Außendienstbüro in

West Virginia weiterleiten, aber ihre Aufgabe konnte man nicht als normal bezeichnen. Sie und Jason zum Beispiel waren direkt Ken Braddock, dem stellvertretenden Direktor der National Security Division, unterstellt, und sie besaßen die Erlaubnis, ihre Anhaltspunkte entweder selbst zu verfolgen oder sie weiterzuleiten.

Toni nahm den Hörer ab, klemmte ihn sich zwischen Wange und Schulter und betrachtete ihren Partner. »Ich habe vor, gleich morgen früh nach West Virginia abzudampfen. Was ist mit dir, Kleiner? Ist sieben Uhr zu früh für dich?«

»Eigentlich hatte ich vor, schon um sechs aufzubrechen, aber wenn Sie bisschen mehr Schlaf brauchen, dann verstehe ich das!«

Ach, der Kleine wuchs ihr allmählich richtig ans Herz.

In Mats Nacken kribbelte es immer noch. Das war echt komisch, als er mit Buttons gelbem Strampler im Wohnwagen der Waynes gestanden und gehört hatte, wie auf *Dateline* das Verschwinden von Cornelia Case gemeldet wurde. Sicher handelte es sich nur um einen dieser verrückten Zufälle; aber das merkwürdige Kribbeln im Nacken blieb. Es war das Gefühl, das er immer hatte, wenn er an einer großen Sache dran war.

Er konnte nicht umhin, im Geiste einen Vergleich zwischen Nell Kelly und Cornelia Case anzustellen. Trotz der äußeren Ähnlichkeit war Mrs. Case kühl, reserviert, ja beinahe ätherisch, während Nell dagegen humorvoll, kontaktfreudig und sehr real war. Abgesehen vom ersten Eindruck musste man sogar sagen, dass sie einander gar nicht so ähnlich sahen. Nells Haare waren anders, und obwohl auch sie ziemlich dünn war, haftete ihr nicht dieser Prêt-à-Porter-Look an, den Mrs. Case permanent ausstrahlte. Außerdem besaß Mrs. Case eine höhere Stirn, sie war größer als Nell, und auch ihren Augen fehlte es an Bläue. Und was am allerwichtigsten war, Mrs. Case hätte sich bestimmt nicht von Mathias Jorik küssen lassen.

Er lachte in sich hinein. Mit einer Perücke, einem besseren Kleid und hohen Absätzen wäre Nell wahrscheinlich sogar imstande, einfach durch die Tore des Weißen Hauses zu marschieren und sich als First Lady auszugeben. Und wenn dann die richtige Mrs. Case wieder auftauchte, würde niemand glauben, dass sie es war. Ganz wie in dem Film *The Prince and the Pauper*, wo ein König mit einem Bettler die Rollen tauschte. Was für eine Story wäre das!

Als er die Tür zum Trailer öffnete und eintrat, wollte er ihr schon alles erzählen – doch als er sie so auf dem Sofa sitzen sah, verging ihm das Lachen. Sie hatte ihr blaues Baumwollnachthemd an und die Beine hochgezogen darunter versteckt. Bis auf eine kleine Tischlampe waren alle Lichter aus. Der Schein der Lampe fiel auf ihr Gesicht. Sie sah so zart und durchsichtig wie eine mittelalterliche Madonna aus! Mit einem Mal fand er es beinahe unmöglich, sich vorzustellen, dass sie etwas so Albernes wie einen Keramikfrosch kaufen, in einem Wohnmobil mitfahren oder einem unleidlichen Baby zumuhen könnte.

In seinem Nacken kribbelte es wieder. Sie sah absolut aus wie Cornelia Case.

Die Schöne hob den Kopf und lächelte ihn an. »Das hat aber gedauert. Hat dir Bertis noch ein Stück von ihrem Dosenfruchtkuchen angeboten?«

»Kuchen? Nein. Nein, wir haben bloß ...« Einer der breiten Träger ihres Nachthemds rutschte ihr von der Schulter, und der jüngste Eindruck verflüchtigte sich sofort. Sie sah wieder aus wie Nell, die Frau, die er den ganzen Abend nicht aus dem Kopf kriegte. »Wir haben uns bloß unterhalten.«

Er nahm auf der Sitzbank Platz, und abermals wurde sein Wunsch, sie zu umarmen, überwältigend. »Schlafen die Mädels?«

»Wie Murmeltiere.« Sie musterte ihn einen Moment lang. »Stimmt was nicht?«

»Nein, wieso?«

»Ich weiß nicht. Du hast nur eben so komisch ausgesehen ...«

Mat wollte ihr schon von Cornelia Case erzählen, kam aber gerade noch zur Besinnung. Er wollte sie verführen, nicht die aktuellen Tagesereignisse mit ihr durchdiskutieren. Das konnte warten. »Der Fruchtkuchen muss mir wohl etwas schwer im Magen liegen.«

Sie erhob sich, und vor der Lampe zeichnete sich ihr Körper unter dem Nachthemd ab. »Willst du was trinken? Ein Kräuterbier vielleicht?«

Mühsam brachte er ein Kopfschütteln zustande. Dann merkte er, wie er sich gegen seinen Willen in Bewegung setzte und einen Schritt auf sie zutrat.

Sie blickte zu ihm auf, und in ihren Augen lag Angst – das Letzte, was er dort sehen wollte.

»Mat, wir müssen reden. Es schlafen zwei Kinder hinter dieser Schiebetür.«

»Ja, ich weiß.« Er konnte kaum an etwas anderes denken. Es war eine Sache, sich einzureden, was für einen festen Schlaf sie hatten; doch nun merkte er, wie dünn diese Tür wirklich war. Also musste er halt improvisieren. »Es ist heiß hier drinnen. Lass uns ein bisschen spazieren gehen.«

»Ich habe schon mein Nachthemd an.«

»Es ist dunkel, da sieht keiner was. Außerdem hat das Ding hier mehr Stoff als die Klamotten, die du tagsüber anhattest.«

»Trotzdem ...«

»Hinter dem Wohnwagen führt ein kleiner Weg in den Wald. Wir können ja in Sichtweite von Mabel bleiben.«

Überraschend verzog sich ihr Mund zu einem Lächeln, und er musste wieder daran denken, wie viel Freude sie an den einfachen Dingen des Lebens hatte. »Ich ziehe rasch meine Schuhe an.«

Ein paar Minuten später schlenderten sie den mit Rinde bestreuten Weg entlang. Vom Campingplatz schien gerade noch genug Licht herüber, um den Pfad zu beleuchten. Nealy holte tief Luft, sog den Duft von Holzfeuer und satter, feuchter Vegetation in sich ein, genoss den Gedanken, dass sie nachts draußen im Freien in ihrem Nachthemd herumspazierte. »Ist das nicht herrlich?«

»Ja, ein richtiger Knüller! Gib mir die Hand, damit du nicht stolperst.«

Sie glaubte nicht, dass sie so leicht stolperte, legte aber dennoch ihre Hand in seine große verlässliche Pranke. Ein komisches, ungewohntes Gefühl. Obwohl sie unentwegt Tausende von Händen schütteln musste, waren die einzigen, die sie länger festhielt, Kinderhände. »Ich habe den heutigen Abend genossen.«

»Zwar geb ich es nur ungern zu, aber ich auch.«

»Sie waren so nett zu Lucy. Nicht ein einziges Mal hat sie geflucht, hast du's gemerkt?«

»Ja, hab ich. Und sie hätte Grund gehabt, bei dem Theater, das Bertis um sie machte.«

»Ich glaube, gerade das hat ihr gefallen.«

»Stimmt!« Er ging langsamer, und einen Moment glaubte sie, er wäre auf ein Hindernis gestoßen. »Komm hierher. Aus dem Licht.«

Der heisere Unterton seiner Stimme ließ sie erschauern. Sie war hin- und hergerissen zwischen Erregung und Unmut, als er sie einfach vom Weg weg und durchs Dickicht zu einem großen Baum führte. Ohne sie loszulassen, lehnte er sich mit dem Rücken an den breiten Stamm und zog sie an sich. Dann begann er sie zu küssen.

Sein Kuss war hungrig und drängend und wies auf langjährige Erfahrung hin; doch diesmal fing sie gar nicht erst an, sich den Kopf darüber zu zerbrechen, ob sie auch alles richtig machte. Sie schlang ganz einfach die Arme um seinen Hals und überließ sich ihm und ihren Gefühlen.

Seine Hände glitten hektisch über ihren Körper und entfachten Feuer, wo sie sie nur berührten. »Ich kann gar nicht genug von dir bekommen.«

Er nahm eine Brust in seine Hand und streichelte die Brustspitze. Sein Kopf senkte sich, seine Lippen fanden die Warze, und er saugte durch den dünnen Baumwollstoff daran.

Sie stöhnte. Es war einfach exquisit – zutiefst erregend, magisch ... und genau richtig. Sie hörte sich murmeln: »Ich will nicht ...«

»O doch, du willst!«

Sie hatte sagen wollen, dass sie nicht draußen, nicht in einer so exponierten Lage sein wollte. Aber irgendwie konnte sie sich nicht mehr genug konzentrieren, um lange Erklärungen abzugeben.

Mat griff unter ihr Nachthemd. Fand ihr Höschen. Umfasste sie sanft durch den Nylonstoff. »Du bist ganz feucht.«

Seine unverblümte Bemerkung ließ sie erschaudern. War das die Art, wie Liebende miteinander redeten? Er begann sie zu streicheln. Sie bäumte sich auf und drängte sich an ihn, ihre Beine öffneten sich wie von selbst.

»Zieh dein Nachthemd aus«, wisperte er.

Seine Worte rissen sie in die Wirklichkeit zurück. Sie konnte nur eine begrenzte Anzahl von neuen Erfahrungen auf einmal bewältigen. »Wir sind im Freien.«

»Das macht's ja umso besser.« Er raffte ihr Nachthemd hoch.

Schon wollte sie sich wehren, überlegte es sich dann jedoch anders. Sie hatte es satt, immer vorsichtig zu sein, sich andauernd nach den Vorschriften anderer zu richten. Und entspannte sich.

Die kühle Nachtluft strich über ihre nackte Haut, als er ihr das Nachthemd über den Kopf zog und es dann fallen ließ. »Jetzt dein Höschen«, wisperte er. »Gib's mir.«

Sie zögerte.

»Los, mach schon.«

Sein barscher Befehl erregte sie. Gleichzeitig veranlasste sie eine Art primitiver weiblicher Instinkt, ein wenig mitzuspielen – also versuchte sie, gekränkt zu klingen. »Och, na ja, meinetwegen.«

Er belohnte sie mit einem leisen, heiseren Lachen, das wie warmer Honig über sie hinwegfloss. Erregt über die Schamlosigkeit ihres Tuns beugte sie sich vor und streifte sich das Höschen ab. Obwohl der Campingplatz völlig still dalag, befanden sie sich dennoch auf öffentlichem Gelände.

Er nahm ihr das Dessous weg, und sie glaubte, er würde es in seine Tasche stecken. »Jetzt rühr dich nicht«, wisperte er.

Gut. Ohnehin war sie wie gelähmt.

Nun umfasste er ihre nackten Schultern, küsste ihren Hals. Dann berührte er ihre Brüste, streichelte sie, liebkoste sie, bis sie zu keuchen begann. Ihr Fuß zuckte und wand sich dann um seine Wade. Ein Gefühlssturm braute sich zusammen und nahm an Intensität zu, bis sie es nicht länger zu ertragen glaubte. Sie packte seine Handgelenke und hinderte ihn an weiteren Bewegungen.

»Du bist dran.« Ihre Stimme klang heiser und war kaum noch zu verstehen. »Jetzt zieh du dich aus.«

Wieder dieses leise, heisere Lachen. »Spinnst du? Wir sind doch im Freien. Bloß ein hemmungsloser Exhibitionist würde draußen nackt herumlaufen.«

»Ich bring dich um«, stammelte sie.

»Lass dich nicht aufhalten!« Seine Hände glitten über ihren Rücken und sein Gesicht wurde wieder ernst. »Du fühlst dich so verdammt gut an.«

Sein Streicheln sogar noch besser.

Er umfasste ihren Po, die Rückseiten ihrer Oberschenkel, zog sie fester an sich. »Hast du auch nur eine Ahnung, was ich am liebsten mit dir machen würde?«

Ja, aber sie wollte trotzdem, dass er es ausspräch. Sie wollte Worte hören, die nicht höflich waren. Erregende, schmutzige

Worte, die ihr Blut in Wallung brachten. »Sag's mir«, hörte sie sich murmeln. »Sag's mir ganz genau.«

Er zwickte sanft ihre Brustwarze. Eine herrlich sinnliche Drohung. »Du spielst wohl gern mit dem Feuer?«

»Ja.«

»Dann wundere dich nicht, wenn du in Brand gerätst.«

Und sie brannte tatsächlich ... all die plastischen Beschreibungen. Die lüsternen Forderungen. Die erdige Sprache der Sexualität.

»... mich auf dich werfen ... dich spreizen ... in dich eindringen ...«

Mat sprach in ihren Mund. Beherrschte sie mit seiner Zunge. Und mit den Händen ... du große Güte, seine Hände ... sie waren überall. Sprangen mit ihr um, als ob sie ihm gehörte.

»... dich da anfassen ... hier drücken ...«

Zwischen ihren Beinen ... suchende Finger ...

»... da drin.«

Kein Zögern, kein Ekel, weil sie eine Frau war.

»Und da ...«

Ein Mann, der sich in ihrem weiblichen Duft, dem Gefühl ihrer weichen Haut verlor.

»Ein bisschen tiefer ...«

Der sich nach ihr verzehrte.

Seine Bewegungen wurden schneller. Ein leiser Aufschrei. Ein Aufbäumen. Sie zersprang.

Er hielt sie fest und küsste sie, während sie von zarten Nachbeben geschüttelt wurde.

Als die Nachbeben abklangen, fühlte sie auf einmal seinen nackten Rücken unter ihren Handflächen, fühlte seine heiße, schweißbedeckte Haut, fühlte, wie angespannt seine Muskeln waren, wie sehr er sich beherrschte. Sie griff zwischen ihre beiden Körper und berührte ihn.

Er drängte sich in ihre Hand. Sein Atem klang rau in ihrem Ohr. Dann zuckte er zurück. »Diese verdammten Gören!«

Sie rang mühsam nach Luft.

»Ich will dich für mich allein!« Seine Stimme vibrierte vor Frustration. »Ich will mir keine Sorgen darüber machen, wie laut wir sind oder ob eins der Kinder aufwacht und Durst hat.« Er stieß einen obszönen Fluch aus, ein Wort, das er nur Momente zuvor in einem anderen Zusammenhang gebraucht hatte. Und dann richtete er sich auf. »Iowa!«

Ihr Gehirn war irgendwie betäubt. »Was?«

»Keine Gören. Und ein Bett ...« Seine Hände streichelten sie hektisch. »Nicht bloß ein Haufen Tannennadeln. Sobald wir Iowa erreicht haben, können wir endlich allein sein. Und dann können wir das hier beenden.«

»Iowa ...« So weit weg! Er bückte sich und sie hörte ein Rascheln. Dann drückte er ihr das Nachthemd vor den Bauch. »Das Höschen behalte ich.«

Er klang so irritiert wie ein Bär mit einem Stachel in der Tatze, und sie stieß ein zittriges Lachen aus. »Iowa?«

»Genau. Iowa. Streich's dir rot im Kalender an, Liebste!«

Und auf einmal wurde der Hawkeye State zum Land der Verheißung. Einfach so.

12

Mat verbrachte eine mehr oder weniger schlaflose Nacht. Entweder wälzte er sich ruhelos hin und her oder wurde von fieberheißen Träumen heimgesucht. Am nächsten Morgen machte er sich als Erstes einen starken Kaffee und schenkte sich dann eine zweite Tasse ein, als Nell und Lucy mit Button verschwanden, um sich von den Waynes zu verabschieden. Er lümmelte sich mit seiner Tasse auf den Beifahrersitz und schimpfte sich aus, weil er ein erwachsener Mann war, kein geiler Teenager. Aber der Anblick von Nell in diesem verflixten blauen Baumwollnachthemd, als sie vor kaum einer Stunde aus dem Bad kam, war beinahe über seine Kräfte gegangen. Er schaltete das Radio an, um sich abzulenken.

»... *das Verschwinden von Cornelia Case hält nach wie vor die gesamte Nation in Atem ...*«

Allmählich wurde er leichtsinnig. Der sexuelle Frust hatte ihn so im Griff, dass er die Case-Story ganz aus den Augen verlor. Tatsächlich war sie noch immer nicht aufgetaucht. Wie viele Orte gab es schon, wo sich eine der berühmtesten Frauen der Welt verstecken konnte?

Wieder dieses komische Kribbeln im Nacken!

Die Trailertür flog auf, und Lucy kam wutentbrannt hereingestürmt. »Wieso können wir nicht auch noch einen Tag bleiben, so wie Bertis und Charlie! Immer muss alles nach deiner Schnauze gehen!«

»Da hast du verdammt Recht«, knurrte er. »Und jetzt schnall dich an, wir fahren los.«

Nell tauchte mit Button auf und zog angesichts seines knurrigen Tons die Braue hoch, aber er tat, als würde er nichts merken. Sie wusste besser als jeder andere über den Grund seines Missmuts Bescheid.

Mat hatte ein schlechtes Gewissen, weil er Lucy so angefahren hatte, und übersah deshalb die Tatsache, dass sie seine geliebte Blackhawkskappe aufhatte. Niemals würde er mehr herausfinden, wie viele seiner Kleidungsstücke schon in den Schränken seiner Schwestern verschwunden waren ...

Nachdem sie die Wassertanks aufgefüllt und den Toilettenbehälter geleert hatten, machten sie sich auf gen Westen durch Indiana. Nell verbrachte verdächtig viel Zeit mit Lucy, was ihn annehmen ließ, ihr sei der gestrige Vorfall wohl peinlich. Auf einmal kamen ihm die Gören noch mehr wie Mühlsteine vor. Wenn es sie nicht gäbe, wären Nells Schamgefühle längst Vergangenheit.

Er schaltete das Radio wieder ein, um sich die neuesten

Nachrichten anzuhören, wobei er jedoch so leise drehte, dass niemand außer ihm etwas verstehen konnte. Diese Sache wollte er sich noch ein wenig in Ruhe durch den Kopf gehen lassen.

Die Story wurde im Verlauf des Vormittags immer aufgeblähter, und mit jedem Bericht klangen die Prognosen der fetten Washingtoner Politikergilde ominöser.

»*Auch wenn keiner wirklich daran denken möchte, könnte das Leben von Mrs. Case ernsthaft in Gefahr sein ...*«

»*... Es ist unmöglich, sich nicht über die Folgen Gedanken zu machen, falls die First Lady in feindliche Hände fiele.*«

»*... gilt es, sowohl in- als auch ausländische Feinde in Betracht zu ziehen. Falls beispielsweise eine paramilitärische Gruppierung ...*«

Als ein populärer Fernsehpsychologe verkündete, Cornelia Case könne aus Kummer über den Tod des Präsidenten einen Nervenzusammenbruch erlitten haben, schaltete Mat das Radio aus. Spekulieren konnte jeder – aber eigentlich müssten die sich in Bewegung setzen und etwas tun, um die Wahrheit herauszufinden!

Nun, er war der Letzte, der Steine werfen sollte. Vor nicht allzu langer Zeit war er einem Transvestiten drei Tage lang mit einem Kamerateam gefolgt. Er hatte zu viel ähnliche Sünden auf dem Konto, um jetzt die sensationslüsterne Art, wie die Journalisten den Fall ausschlachteten, zu kritisieren.

Der Vormittag verging, und als der Beifahrersitz bis auf gelegentliche Besuche von Lucy, die ihn zu unnötigen Stops überreden wollte, leer blieb, merkte er, dass Nell ihn absichtlich mied. Vielleicht war's besser so. Dann konnte er sich besser konzentrieren. Dennoch, als sie sich der Westgrenze von Indiana näherten, merkte er auf einmal, wie ihm ihre fröhlichen Kommentare fehlten.

Diese Wolkenformation erinnert mich an eine Zirkusparade.

Wo kommen wohl die Zuschüsse für dieses Recycling-Center her?

Was für ein hübsches Städtchen! Schau, da findet ein Blaubeer-Festival statt. Lass uns hingehen!
Eine Blumenwiese! Wir müssen unbedingt anhalten!
Und mindestens jede halbe Stunde ... *Lass uns doch mal schauen, wo dieses Sträßchen hinführt.*

Da ihm ihr Enthusiasmus abging, überraschte es ihn einigermaßen, als er sich sagen hörte: »Wer hat Lust auf ein Picknick?«

»Ich!«, rief Nell.

»Wenn's sein muss.« Lucy versuchte ihre Begeisterung zu verbergen, was ihr nicht ganz gelang, und eine halbe Stunde später hielten sie vor einem kleinen Supermarkt in einem Städtchen namens Vincennes in Indiana. Er nahm Button auf den Arm und folgte Nell und Lucy hinein.

»William Henry Harrison hat genau hier in Vincennes gelebt«, erklärte Nell. »Er war der neunte Präsident der Vereinigten Staaten, aber ist schon einen Monat nach dem Amtsantritt verstorben.«

Mat sagte sich, dass so etwas jeder wissen konnte. Die Tatsache, dass Vincennes Harrisons Heimatstadt gewesen war, stand im Übrigen auch auf den Ortseingangsschildern, an denen sie vorbeigekommen waren.

Zielstrebig marschierte Nell in Richtung Lebensmittelabteilung, während sie weiter von William Henry Harrison und seinem Nachfolger, John Tyler, erzählte. Entzückt musterte sie die Auslage mit den Blaubeeren, um dann Kartons mit Erdbeeren zu bewundern, als hätte sie etwas Derartiges noch nie gesehen. Diese ganze Einkauferei war Mat viel zu weibisch, und er merkte, dass er raus musste. Zu allem Überfluss kuschelte genau in diesem Moment der Dämon seufzend das Köpfchen unter sein Kinn. »Dadaa ...«

»Nimm sie, Lucy. Ich muss was ... was für Kerle besorgen.«

»Bääähuuu!«

»Lass nur«, seufzte er. »Ich behalte sie ...«

Sie verließen Vincennes und überquerten fast gleich dahinter die Grenze nach Illinois. Nell stand summend in der Küchenecke und schwankte mit den Bewegungen des Wohnmobils, während sie Sandwiches zubereitete. Sie sah so glücklich aus, dass er froh war, auf die Idee mit dem Picknick gekommen zu sein.

Seine Hand kroch zum Lautstärkeregler des Radios zurück, als er hörte, wie ein paar alte Collegekameraden von Mrs. Case interviewt wurden.

»... *wir konnten uns immer darauf verlassen, dass Nealy in den Examen unter den Besten war* ...«

Nealy? Er hatte ganz vergessen, dass das Mrs. Cases' Spitzname war. Die Presse benutzte ihn nur selten. *Nealy. Nell.* Ziemlich ähnlich.

Vergisses! Er war Journalist. Für ihn zählten Fakten, keine Fantasiegespinste. Persönlich lehnte Mat Fantasie ab; nur jemand mit einer doppelten Portion davon könnte sich vorstellen, dass die First Lady der Vereinigten Staaten sich in einem klapprigen Chevy Corsica auf und davon machen, sich dann einem wildfremden Mann, der mit zwei wildfremden Kindern unterwegs war, anschließen würde, nur damit sie verschissene Windeln wechseln, sich mit einem frechen Teenager rumschlagen und sich im Zungenküssen üben konnte.

Aber in seinem Nacken kribbelte es nach wie vor.

Toni spähte durch ein Vergrößerungsglas auf die Probeabzüge, die ihr der Fotograf der kleinen Lokalzeitung aus West Virginia reichte. Es gab keine einzige scharfe Aufnahme von dem Cornelia-Case-Double. Hier eine Schulter, dort ihr Haarschopf, da ein Teil ihres Rückens. Das war's.

Sie reichte die Aufnahmen Jason. »Kommt dir da irgendwas komisch vor?«

Während Jason sich mit der Musterung der Fotografien Zeit ließ, lief sie unruhig in dem Kabäuschen des Fotografen auf und ab. Die Gespräche mit Laurie Reynolds, der Promotion-Managerin von WGRB Radio, und dem Mann, der den Wettbewerb geleitet hatte, hatten nur magere Ergebnisse erbracht.

Laut Reynolds sprach die Frau, die sich Brandy Butt nannte, nur Spanisch und schien von dem jungen Mädchen, mit dem sie zusammen war, in den Wettbewerb gezwungen worden zu sein. Danach verließ sie die Bühne im Eiltempo, und Reynolds hatte sie mit einem markanten dunkelhaarigen Mann, einem Baby mit einer rosa Baseballkappe und dem jungen Mädchen verschwinden sehen.

Jason legte das Vergrößerungsglas beiseite. »Sieht aus, als würde sie sich absichtlich vor der Kamera verstecken.«

»Schwer zu sagen, aber so könnte man's deuten.«

Er schüttelte den Kopf. »Ich weiß nicht. Ein Mann, ein Baby, ein Teenager. Höchst unwahrscheinlich, dass diese Frau Aurora ist.«

»Finde ich auch. Aber – das ist doch kein so großer Ort. Wieso kennt sie keiner?«

»Wahrscheinlich war sie bloß mit ihrer Familie auf der Durchreise. Das Mädchen sagte, sie kommt aus Hollywood.«

»Keiner in Hollywood weiß, wo West Virginia überhaupt liegt. Und wieso wollte sie sich nicht fotografieren lassen und ist gleich danach so schnell verschwunden? Und noch interessanter: Wieso hat das Mädchen beim Abholen des Gewinns eine falsche Adresse angegeben?«

»Weil Brandy Butt oder jemand aus ihrer Familie nicht gefunden werden will.«

Erneut nahm sie den Probeabzug zur Hand. »Und sie ist bloß Zweite geworden. Das dürfen wir nicht vergessen.«

»Tun wir auch nicht!« Er holte eine Schachtel TicTacs aus seiner Tasche und steckte sich eins in den Mund. »Trotzdem sind wir uns einig, dass wir nichts haben?«

»Ja, würd ich meinen. Aber heute Morgen hatten wir weniger als nichts, also machen wir immerhin Fortschritte!«

Gegen zwei mögliche Picknickplätze erhob Nealy Einwände, bevor sie sich mit einem dritten endlich einverstanden erklärte. Es war ein kleiner Park außerhalb eines Farmstädtchens, gleich westlich von Vincennes, jenseits des Wabash Rivers. Sie wählte diesen Platz wegen des netten Ententeichs, der Babyschaukel und der schönen Wiese, auf der man wundervoll Frisbee spielen konnte.

»Wir haben kein Frisbee«, sagte Lucy, nachdem Nealy dies erwähnt hatte.

»Jetzt schon.« Als Nealy ein Frisbee aus einer der Lebensmitteltüten zog, sah sie Mats Stirnrunzeln und wartete auf sein Machtwort, dass sie dafür keine Zeit hätten. »Lucy und ich spielen Frisbee«, teilte sie ihm entschlossen mit. »Wenn's dir nicht gefällt, kannst du ja ohne uns nach Iowa fahren.«

Iowa. Er blickte sie an, und dieses Wort schien wie ein besonders verlockendes Sexspielzeug zwischen ihnen zu hängen. Sie musste an das Päckchen Kondome denken, das sie noch rasch in der Pharmaabteilung erstanden hatte, weil sie nicht wusste, wie sie so etwas Mat gegenüber zur Sprache bringen sollte. Noch eine neue Erfahrung.

»O Mann ...«, brummte Lucy. »Jetzt muss ich auch noch Frisbee spielen. Is doch kindisch.«

»Los, nimm.« Nealy drückte ihr eine Lebensmitteltüte in die Hand.

»Du bist sooo unhöflich.«

»Ja, ich weiß. Und es macht mir riesigen Spaß.«

Mat lächelte und stieß dann mit dem Ellbogen an ein Küchenschränkchen, als er ein paar kalte Getränke aus dem Kühlschrank holte. Das Wohnmobil war viel zu klein für ihn, aber er beschwerte sich nicht. Sie nahm an, dass er es gewohnt war, sich in Puppenstuben zu bewegen.

Sie schluckte hart, reichte ihm rasch Button und zwang sich, ihre ungehorsamen Gedanken vom Thema Sex wieder aufs Thema Picknick zu richten. Ob ihre provisorische Familie wohl Truthahnsandwiches mochte? Sie hatte auch welche mit Schweizer Käse belegt, aber Lucy bevorzugte wahrscheinlich amerikanischen. Der Tortellinisalat war vielleicht ein wenig zu ausgefallen und die fertigen Möhrchen zu schlicht. Die Schokoladen-Cupcakes mit den Pandagesichtern hatten im Regal so süß ausgesehen, aber sowohl Mat als auch Lucy hatten sie komisch angeschaut, als sie sie aus der Tüte holte. Nun, zumindest Button würde die kleinen Überraschungen, die sie für sie gekauft hatte, mögen.

Es war die reinste Ironie, dass sie sich so viele Gedanken um dieses einfache Picknick machte, wo sie doch schon zahllose White-House-Empfänge organisiert hatte. Aber dies hier war um so vieles persönlicher.

»Wo soll das Zeug hin?«, erkundigte sich Mat, als sie in die heiße Mittagssonne hinaustraten, in deren Schein der kleine Park brütete.

Sie wies auf einen Picknicktisch ein wenig abseits im Schatten, nicht weit vom Spielplatz; unwillkürlich lächelte sie in sich hinein, als sie daran dachte, was für Augen die Leute im Weißen Haus machen würden, wenn sie Pappteller anstelle von Lady Bird Johnsons bestem Porzellan aufdecken ließe. Lucy schielte zu drei Jungen hinüber, die am Rand des asphaltierten Parkplatzes auf ihren Skateboards herumdüsten.

»Geh ruhig und schau ihnen zu. Ich decke derweil den Tisch.«

»Was soll ich denn mit solchen Affen anfangen?«

»Vielleicht hast du Glück und einer bricht sich ein Bein – dann kannst du ihn auslachen.«

Lucy lächelte. »Du bist so blöd, Nell.«

»Ich weiß.« Impulsiv nahm Nealy Lucy in den Arm. Lucy wurde stocksteif, und Nealy wich sofort wieder zurück. Lucy rieb sich den Arm und schlenderte davon, nicht direkt zu den Jungen hin, aber auch nicht ganz von ihnen weg.

Mat setzte das Baby im Gras ab und machte sich eine Dose Kräuterbier auf. »Worüber habt ihr beiden euch den ganzen Vormittag unterhalten?«

Sie runzelte die Stirn, als Button herumzukrabbeln begann, wusste aber, dass er sie bloß ignorieren würde, wenn sie jetzt Hundekot, Insekten oder anderes Getier erwähnte. »Hauptsächlich darüber, ob Lucy sich nun den Nabel piercen lassen soll oder nicht.«

»Nur über meine Leiche!«

Er klang ganz wie ein Vater. Sie begann die Lebensmittel aufzudecken. »Ich hab gesagt, sie sollte es unbedingt machen.«

»Wieso erlaubst du ihr so was?«

»Weil der Nabel immer noch besser ist als die Nase oder die Augenbrauen. Im Übrigen würde sie nie was machen, was ich befürworte. Dann haben wir noch darüber diskutiert, ob ich mir die Ohren piercen lassen soll.«

»Das hast du doch bereits.« Er berührte das kleine Loch in ihrem linken Ohrläppchen und verharrte dabei länger als nötig.

Sie räusperte sich. »Lucy meint, ein Loch zählt nicht, und ich sollte mir noch mindestens eins in jedes Ohr machen lassen.«

»Du willst jeweils zwei Ohrringe auf einmal tragen?«

»Na ja, ich überlege noch.«

Ein seltsamer Ausdruck lief über seine Miene, fast so etwas wie Erleichterung. »Vielleicht bist du doch nicht so 'n Blaublut.«

Nealy richtete die Karotten her, und er wollte gerade auf der Bank Platz nehmen, als Button sich wieder an ihm hochzog. Er warf einen Blick auf den wenige Meter entfernten Sandkasten. »Komm, Dämon.«

»Der Sandkasten? Nein, Mat. Sie ist noch zu klein. Sie wird ihn essen.«

»Nach ein, zwei Kostproben wird ihr schon der Appetit

vergehen.« Er hob das Baby schwungvoll hoch, warf es einmal in die Luft und trug es dann zum Sandkasten, wo bereits zwei kleine Jungen spielten.

»Sie wird sich schmutzig machen«, rief ihm Nell nach. »Und einen Sonnenbrand kriegen.«

»Hier ist Schatten, und man kann sie wieder waschen. Du willst doch in den Sandkasten, nicht wahr, Dämon?«

»Gah!«

»Dacht ich's mir doch.« Er setzte sie im Sand ab und blickte dann die beiden anderen Kinder an. »Möge Gott euch gnädig sein!«

Das Baby nie ganz aus den Augen lassend, kehrte er zum Picknicktisch und zu seinem Kräuterbier zurück. »Cupcakes mit Pandagesicht? Gibt's vielleicht auch kleine bunte Papierhütchen dazu? He, Dämon, lass das!« Das Baby machte Anstalten, die anderen beiden mit einem Eimer Sand zu überschütten.

»Geh und pass auf sie auf, während ich hier alles fertig mache.«

Er sah sie an, als hätte sie ihn gebeten, sich Nadeln in die Augen zu stechen.

»Und nenne sie vor den anderen nicht Dämon«, fügte sie hinzu. »Sie ziehen sie sonst auf.«

Mat brachte ein gequältes Lächeln zustande und trottete gehorsam davon.

Die Jungs mit den Skateboards waren verschwunden, und Lucy kam zum Tisch zurückgeschlendert. Sie nahm auf der Bank Platz und begann, die Tischkante zu bearbeiten. Nealy wusste, dass sie etwas auf dem Herzen hatte, fragte aber nicht, da Lucy sonst bloß wieder die Stacheln aufstellte.

Das Mädchen blickte zum Sandkasten, wo Mats Stirnrunzeln jeden einschüchterte, außer Button. »Jorik is wohl doch nich so 'n Arsch, wie ich dachte.«

»Na ja ... er ist dickköpfig und befehlshaberisch. Und *laut* –

mir schleierhaft, wo er den Nerv hernimmt, sich über Button zu beschweren.« Sie lächelte. »Aber ich weiß, was du meinst.«

Lucy kratzte mit dem Fingernagel am Holz. »Er is ganz schön heiß. Ich mein, für ältere Frauen wie du jedenfalls.«

»Er ist okay, und ich bin keine ältere Frau.«

»Ich glaub, er mag dich.«

Nealys Antwort kam vorsichtig. »Wir verstehen uns recht gut.«

»Nö, ich meine, ich glaub, er mag dich echt. Du weißt schon.«

Selbstverständlich konnte sie dem Teenager nicht erklären, dass die Anziehung zwischen ihnen hauptsächlich sexueller Natur war.

»Es ist bloß eine Freundschaft. Mehr nicht.« Bis sie Iowa erreichten, jedenfalls. Danach würden sie ein Liebespaar werden. Falls das Weiße Haus sie nicht vorher aufstöberte.

Ein streitlustiger Ausdruck huschte über Lucys Gesicht. »Du könntest es viel schlechter treffen, weißt du. Er fährt ein Mercedes Coupé.«

»Tatsächlich?«

»Yep. Echt cool. Dunkelblau. Ich wette, er hat tonnenweise Geld.«

»Ich glaube nicht, dass Stahlarbeiter tonnenweise Geld machen.« Woher konnte er sich einen Mercedes leisten?

»Is ja egal. Auf jeden Fall könntest du ihn haben, wenn du wolltest.«

»Ihn haben?«

»Du weißt schon ... mit ihm ausgehen. Ihn heiraten oder so was.« Letzteres war nur mehr ein Gemurmel, das Nealy aber dennoch verstand.

Sie starrte sie überrascht an.

»Na ja ... wenn du, du weißt schon, dich ein bisschen zurechtmachst, oder so. Schminke. Und 'n paar geile Klamotten, nicht so lahme wie jetzt. Wahrscheinlich wär er ein guter

Ehemann, hm! Ich meine, er würd dich sicher nich prügeln, wie der Arsch, mit dem du verheiratet warst.«

Nealy merkte, wie etwas in ihr schmolz angesichts von Lucys kindlichem Ernst, und sie setzte sich hin, um ihr direkt in die Augen schauen zu können. »Für eine gute Ehe braucht es weit mehr als nur einen Mann, der einen nicht prügelt. Gute Ehen basieren auf Kameradschaft und gemeinsamen Interessen. Man sollte jemanden heiraten, der auch sonst zu einem hält, nicht bloß als Liebhaber. Jemand, der …« Der Schmerz traf sie mit betäubender Wucht. Genau das hatte sie ignoriert, und ihre Ehe war eine Farce gewesen.

Lucy betrachtete sie mürrisch. »Ihr habt aber gemeinsame Interessen. Beide mögt ihr reden und gute Manieren und so 'n Kram. Und ihr mögt Button.« Sie zupfte an einem Astloch herum. »Ihr könntet …« Sie holte tief Luft – »sie vielleicht adoptieren oder so was.«

Jetzt verstand Nealy auf einmal, was hinter dieser ganzen Unterhaltung steckte, und es brach ihr das Herz. Im Moment war es ihr egal, ob Lucy angefasst werden wollte oder nicht. Sie langte über den Tisch und legte ihre Hand auf Lucys. »Ach, Lucy … Mat und ich werden kein Paar. Es tut mir Leid. Wir können weder Button noch dir ein Zuhause bieten.«

Lucy sprang auf, als hätte Nealy sie geohrfeigt. »Als ob ich mit euch leben wollte. Du bist einfach erbärmlich!«

»Lucy!« Mat kam mit Button unter dem Arm auf sie zugestürmt. Zornerfüllt wies er mit ausgestrecktem Arm auf Mabel. »Los, sofort in den Trailer.«

»Nicht, Mat … es ist schon gut.« Nealy erhob sich, um ihn zu besänftigen.

Button begann zu wimmern.

»Nichts ist gut!« Er schoss Lucy einen höllischen Blick zu. »So redest du nie mehr mit Nell! Wenn du dich wie ein Miststück aufführen willst, kannst du das allein machen. Jetzt verschwinde.«

»Und du blöder Arsch!« Lucy stürmte über die Wiese in Richtung Trailer davon.

Mat ballte die Fäuste. »Ich möchte ihr eine Tracht Prügel verabreichen, die sich gewaschen hat.«

»Lucy kann einen ganz schön auf die Palme treiben, aber ich glaube ...«

»Nein, du verstehst nicht. Ich möchte ihr wirklich eine Tracht verpassen.«

Button blickte mit weit aufgerissenen Augen und zitternder Unterlippe zu ihm auf. Er legte sie an seine Schulter, tätschelte ihr den Rücken und blähte die Nüstern. »Das hab ich mit meinen Schwestern gemacht, als ich noch kleiner war.«

»Wirklich?« Sie war hin- und hergerissen zwischen ihrem Bedürfnis, ihm zuzuhören und Lucy nachzueilen. Wenn er doch bloß ein wenig geduldiger gewesen und nicht gleich so in die Luft gegangen wäre!

»Sie haben mich bis aufs Blut gereizt, so wie Lucy eben, und wenn ich's nicht mehr aushalten konnte, hab ich sie mir vorgeknöpft. Ein paarmal hatten sie sogar Blutergüsse und blaue Flecken. Ich taug einfach nicht für diesen Scheiß. Deshalb gehe ich Kindern ja so weit wie möglich aus dem Weg.« Er legte sich Button an die andere Schulter.

»Du hast sie verprügelt?« Sie sah, wie Button einen nassen Finger in sein Ohr steckte. »Wie alt warst du?«

»Zehn. Oder elf. Alt genug, um's besser zu wissen, so viel ist klar.«

Aber sicher nicht alt genug. Leider wusste Nealy über Geschwistererziehung so gut wie nichts. »Hast du sie, als du älter wurdest, auch noch geschlagen?«

Seine Augenbrauen schossen in die Höhe. »Nein, natürlich nicht. Stattdessen hab ich mit Eishockey angefangen und im Sommer ein bisschen geboxt. Rückblickend muss ich gestehen, dass der Sport meinen Schwestern wahrscheinlich das Leben gerettet hat.«

»Dann hast du sie später also nicht mehr geschlagen?«

»Nö, aber ich wollte. So wie jetzt. Sie ist eine richtige Viper!«

»Lucy hat's nicht leicht. Und jemanden schlagen zu wollen oder es tatsächlich zu tun sind zwei Paar Stiefel. Ich glaube nicht, dass du dir Sorgen machen musst, der Typ zu sein, der Frauen verprügelt.«

Er sah aus, als wollte er ihr widersprechen, aber im Moment machte sie sich zu viele Sorgen um Lucy – da würde sie ihm ja doch nicht zuhören. »Ich gehe besser und rede mit ihr.«

»Nein. Sie wickelt dich bloß wieder um den Finger. Ich mach das!«

»Moment! Du musst erst wissen, wieso ...«

»Spar dir den Atem. Für ein solches Verhalten gibt's keine Entschuldigung.« Er drückte ihr Button in die Arme und machte sich Richtung Trailer davon.

Während Nealy ihm nachstarrte, begann das Baby zu heulen und sich zu winden. Nealy starrte trübe auf den schön gedeckten Tisch. So viel zu ihrem wundervollen Picknick!

Lucy lag bäuchlings auf dem Bett, das Gesicht in den Kissen vergraben, die Faust aufs Herz gedrückt. Oh, wie sie ihn hasste! Alle beide hasste sie. Sie wünschte, sie wäre von einem Auto überfahren worden und würde nun im Koma liegen. Dann täte es ihnen Leid, wie sie sie behandelt hatten.

Sie ballte die Faust fester und zwickte die Augen zusammen, um gegen die aufsteigenden Tränen anzukämpfen. Natürlich war sie ein Miststück und konnte sich selbst kaum noch ertragen. Kein Wunder, dass sie sie hassten. Nell wollte doch nett sein. Wieso musste sie sich auch immer alles selbst verderben?

Die Tür des Wohnmobils ging krachend auf, und Mat stürmte herein. Jetzt ging wirklich die Post ab. Sie wollte nicht, dass er sie schluchzend auf dem Bett vorfand, und richtete sich rasch auf.

Lucy fragte sich, ob er sie schlagen würde. Sandy hatte sie nie geschlagen, nicht mal, wenn sie betrunken war. Aber Trent schon einmal.

Mat kam nach hinten. Sie richtete sich auf und wappnete sich. »Es tut mir Leid!«, schrie sie, bevor er sie anschreien konnte. »Das wolltest du doch hören, oder?«

Er sah sie nur an, und als sie den Ausdruck auf seinem Gesicht sah, hätte sie am liebsten gleich wieder losgeheult. Stinksauer sah er aus, aber auch verletzt – als ob sie ihn schwer enttäuscht hätte.

… wie ein Dad.

Sie biss sich auf die Lippe, um nicht in Tränen auszubrechen, und dachte an all die Jahre, in denen sie von ihm geträumt hatte. Damals schrieb sie immer wieder seinen Namen in ihr Notizbuch und flüsterte ihn auch vor dem Einschlafen. Mathias Jorik. Ihr Dad.

Es stand von jeher fest, dass er nicht ihr richtiger Vater war. Sandy hatte sie diesbezüglich nie belogen. Ihr richtiger Dad war ein Student an der Carnegie Mellon gewesen, den Sandy eines Abends in einer Bar getroffen und danach nie wieder gesehen hatte. Sandy erinnerte sich nicht mal mehr an seinen Namen. Sie hatte immer gesagt, dass in ihrem Herzen Mat Lucys Vater war.

Lucy erfuhr eine Menge Geschichten über Mat, als sie aufwuchs. Wie er und Sandy einander kennen gelernt hatten. Wie klug er war. Wie gut er sie behandelt hatte, obwohl er kein Geld hatte, weil er erst einundzwanzig war und gerade den Collegeabschluss gemacht hatte.

Das Mädchen träumte immer davon, dass es ihm egal wäre, ob sie nun seine richtige Tochter war oder nicht. Sie stellte sich vor, wie er zu ihrer Mutter sagte: *Ist schon gut, Sandy. Das Kind hat ja keine Schuld, dass du schwanger geworden bist, und ich liebe sie jetzt schon wie meine eigene Tochter.*

Pustekuchen!

»Ich lasse nicht zu, dass du so mit Nell redest.«

»Sie hat angefangen.« Lucy wunderte sich selbst, dass ihr so eine dicke Lüge über die Lippen kam.

»Was hat sie gemacht?« Er klang nicht so, als ob er ihr das abkaufte. Irgendwie durchschaute er sie als eine passionierte Lügnerin und wollte ihr sicher bloß die Gelegenheit geben, sich noch mehr reinzureiten.

Das junge Ding musste daran denken, wie schlimm sie heute alles vermasselt hatte. Sie wollte sie doch zusammenbringen, aber dabei war nur Schaden entstanden. Wenn Nell doch bloß nicht gesagt hätte, dass sie und Mat nie heiraten würden und auch Button nicht adoptieren könnten. Und dann hatte sie noch hinzugefügt, dass sie auch Lucy nicht adoptieren könnten, und da war sie irgendwie ausgeflippt – obwohl sie überhaupt nicht daran gedacht hätte, dass sie *sie* je adoptieren würden.

Aber Nell war nur der eine Teil, erinnerte sich Lucy. Jorik der andere, und vielleicht sah er die Dinge zwischen ihm und Nell ja anders. Der einzige Weg für Lucy, das herauszufinden, war, ihren Stolz zu besiegen. Eine verdammt harte Aufgabe – als müsste sie einen ganzen Mund voll Glassplitter schlucken!

»Nell hat gar nichts gemacht. Ich bin schuld. Hab mich wie ein Miststück aufgeführt.« Jetzt, wo die Worte heraus waren, fühlte sie sich gar nicht mehr so schlecht und war beinahe froh, dass sie sich überwunden hatte.

»Da hast du verdammt Recht.«

»Nell sagt, du sollst nicht in meiner Gegenwart fluchen.«

»Dann wollen wir's ihr auch nicht sagen, oder? Genauso, wie wir ihr nicht sagen wollen, dass ich dich am liebsten hier hinten einsperren würde, bis wir in Iowa ankommen und ich dich deiner Großmutter übergeben kann.«

Lucy bohrte den Finger in ein Loch ihrer ausgefransten Jeansshorts. »Is mir doch egal.«

»Du hast Nells Picknick ruiniert, das weißt du hoffentlich,

oder? Du hast gesehen, wie viel Mühe sie sich mit den Sandwiches gegeben hat, als ob die das Wichtigste auf der Welt wären. Sie hat Cupcakes mit Gesichtern drauf gekauft! So Kram bedeutet ihr sehr viel, und jetzt hast du's ihr verdorben.«

Alles, was er sagte, stimmte, und Lucy fühlte sich schrecklich. Aber im Moment musste sie an Button denken, nicht an ihre eigenen Gefühle. »Ich hab doch gesagt, dass es mir Leid tut. Du magst sie ganz schön, stimmt's?«

»Nell?«

Was glaubte er, über wen sie redeten? Aber Lucy hielt ihren Sarkasmus zurück. »Sie findet dich auch sehr nett. Sie hat gesagt, du bist ganz schön heiß.«

»Hat sie?«

»Hm. Und dass du klug bist und echt sensibel.« Was machten ein paar Lügen mehr jetzt noch aus, wo sie ohnehin alles vermasselt hatte?

»Sie hat gesagt, ich wär sensibel?«

»Frauen bedeutet das 'ne Menge. Ich glaub, das kommt daher, weil du Button magst.« Sie wollte nicht, dass es wie eine Frage klang, aber genau so kam es heraus.

Jetzt war sie wohl ein bisschen zu weit gegangen, denn er betrachtete sie misstrauisch. »Was hat Button damit zu tun?«

»Nix«, beeilte sie sich zu versichern. »Das war bloß ein Beispiel. Und ich wollte dir sagen … wenn du mal mit Nell allein sein willst oder so, dann können wir uns gern verdrücken, Button und ich. Du brauchst's mir bloß zu signalisieren.« Bei Sandy und Trent hatte sie das Verdrücken gelernt.

»Herzlichen Dank!« Jetzt war er derjenige, der sarkastisch klang. Er verschränkte die Arme und spießte sie mit seinem Blick auf wie einen Wurm am Angelhaken. »Da ist 'ne fette Entschuldigung bei Nell fällig. Und die klingt besser so ehrlich, dass sie 'nen Kloß in den Hals kriegt, kapiert?«

Obwohl sie das Gefühl hatte, dass ihr der Nacken brach, nickte sie.

»Und du isst alles auf, was sie dir hinstellt, und wenn's noch so mies schmeckt.«

Wieder nickte sie.

»Und noch was ... wenn wir gegessen haben, wirst du ihr in die Augen sehen und sie anflehen, mit dir Frisbee zu spielen!«

»Klaro!« Lucy fühlte sich schon viel besser, denn ihm würde nicht so viel daran liegen, wenn er Nell nicht so gern hätte. Vielleicht bekam Button ja doch noch ein Zuhause ...

In Anbetracht des desaströsen Auftakts wurde Nells Picknick am Ende richtig nett. Lucy entschuldigte sich leise, und Nealy nahm die Entschuldigung bereitwillig an. Dann verputzten Mat und sie alles, was sie auftischte, einschließlich des Tortellinisalats – obwohl ihr auffiel, dass Lucy ihn sich für den Schluss aufhob und beim Kauen ein wenig die Backen aufblies. Button schmeckte alles, aber ganz besonders ihre Banane, die sie sich mit großem Vergnügen in die Haare schmierte.

Kaum waren sie mit Essen fertig, als Mat sagte: »Also, wo ist dieses Frisbee? Mal sehen, wie gut du bist, Nell.«

»Ihr zwei fangt schon mal an; ich will noch Button sauber machen. Ich komme dann nach.«

Lucy und Mat bezogen auf einer Wiese gleich neben den Picknicktischen Position. Nealy beobachtete sie, während sie Button neue Pampers anzog, zögerte dann jedoch, sich ihnen anzuschließen, und beschloss stattdessen, Button in eine der Schaukeln zu setzen. Sie wollte Mat und Lucy noch ein wenig Zeit allein gönnen.

Mats Sportlichkeit überraschte sie nicht. Er warf das Frisbee hinter dem Rücken hoch, machte anmutige Sprünge und genoss ganz allgemein das Rumtollen. Über Lucy staunte sie dagegen tatsächlich. Nach den ersten verkrampften Minuten kam plötzlich ein lebensfroher Teenager zum Vorschein. Lucy erwies sich als schneller, wendiger Gegner. Mat war hin- und hergerissen zwischen Neckereien und Lob.

Den kriegst du nie. Ich bin viel zu gut für dich. He, gar nicht schlecht für so einen Frechdachs ... Oha, der hat aber 'nen ganz schönen Drive drauf. Okay, du Ass, mal sehen, was du damit anfängst ...

Nealy tat das Herz weh, als sie den beiden so zusah. Lucys braune Augen glänzten, und ihr Kinderlachen wehte mit jeder Brise zu ihr herüber. Sie wirkte jung, sorglos und glücklich, so wie das Mädchen, das sie eigentlich sein sollte, und nicht das, was die Umstände aus ihr gemacht hatten. Als Mat zum Spielplatz ging, um das danebengeflogene Frisbee aufzuklauben, folgten ihm Lucys Blicke, und in ihnen lag eine so tiefe Sehnsucht, wie sie nur dem einsamsten aller Herzen entspringen konnte.

Sie musste an ihre eigene schwierige Beziehung zu ihrem Vater denken. Weil er immer den Herrscher herauskehrte, sah sie sich als sein Opfer. Doch jetzt ertappte sie sich bei der Frage, inwieweit sie selbst die Schuld an ihrer Rolle trug. Es war erbärmlich, First Lady zu sein und immer noch Daddy alles recht machen zu wollen.

Vielleicht wäre es ja leichter für sie gewesen, wenn sie ihre Mutter nicht schon so früh verloren hätte. Sie und ihre Stiefmutter unterhielten zwar eine herzliche, aber nicht besonders enge Beziehung, was die Rolle des Vaters in ihrem Leben umso zentraler machte. Oft hatte sie gegen seine Manipulationen protestiert, sich ihm aber nie ernsthaft widersetzt, nicht bis vor vier Tagen jedenfalls, als sie dem Weißen Haus den Rücken gekehrt hatte. Hatte sie etwa Angst, dass er sie nicht mehr lieben würde, wenn sie tatsächlich rebellierte? Sie nahm sich vor, James Litchfield von nun an anders gegenüberzutreten. Wenn er sie nicht zu ihren Bedingungen akzeptierte, dann würde er eben nur mehr eine Nebenrolle in ihrem Leben spielen.

»Komm, Nell«, rief Mat. »Setz den Dämon da ins Gras ab. Mal sehen, ob du bei uns jungen Leuten mithalten kannst.«

Mit dem Gefühl, eine Last abgeschüttelt zu haben, schloss sich Nealy den beiden an. Obwohl sie ihnen nicht das Wasser reichen konnte, nahmen sie sie geduldig in ihren Kreis auf, und sie amüsierte sich prächtig.

Schließlich schlang Mat den Arm um Lucys Schulter und rieb ihr mit den Fingerknöcheln über den Kopf. »Zeit zum Aufbrechen, Ass! Du hast dich prima geschlagen.«

Lucy strahlte, als hätte er ihr ein unbezahlbares Geschenk gemacht.

Button schlief rasch in ihrem Autositz ein, und Lucy verzog sich mit einem Buch nach hinten. Nealy ließ sich mit dem Wegräumen der Picknickreste Zeit. Ohne die Kinder als Schutzschild fühlte sie sich in Mats Gegenwart unsicher. Wenn sie an die heißen Worte von gestern Abend dachte, an die intimen Berührungen und ihre Reaktion darauf, dann konnte sie ihm kaum in die Augen sehen. Sie mochte das gar nicht. Mit einunddreißig sollte Sex einen wirklich nicht mehr so verlegen machen.

Sie merkte, wie sehr sie sich daran gewöhnt hatte, die Leute auf Distanz zu halten, was jedoch nur Selbstschutz war für eine First Lady in einem Zeitalter des Sensationsjournalismus und der öffentlichen Outings. In den letzten Jahren hatten sogar ihre langjährigen Freundschaften darunter gelitten.

Vielleicht gefiel ihr ja am meisten an Nell Kelly, dass die sich keine Gedanken darüber machen musste, welchen Platz sie in der Geschichte einnahm. Sie konnte einfach sie selbst sein. Nell, erkannte sie plötzlich, hätte sicher keine Probleme, mit Mat über die Eskapaden der letzten Nacht zu reden.

Sie ging nach vorn und nahm auf dem Beifahrersitz Platz. »Willst du, dass ich eine Weile fahre?«

»Nie im Leben. Dir fällt dann bloß ein, dass Button nicht in den Kindergarten gehen kann, bevor sie nicht Lincolns Anwaltspraxis in Springfield oder den Schaufelraddampfer in Peoria gesehen hat.«

»In Peoria gibt's einen Schaufelraddampfer?« Lincolns Anwaltspraxis kannte sie bereits.

»Ist abgesoffen.«

»Du lügst! Komm, Mat, lass uns hinfahren. Peoria ist ein solch perfektes Symbol für den amerikanischen Mittelwesten. Es wäre wie eine Wallfahrt.«

»Iowa ist ein gleichwertiges Symbol für den amerikanischen Mittelwesten, und einzig und allein diese Wallfahrt unternehmen wir!« Er blickte zu ihr hinüber, und seine rauchigen grauen Augen unternahmen einen gemächlichen Spaziergang von ihrer Brust zu ihren Fußspitzen. »Im Übrigen können wir in Peoria nicht miteinander schlafen.«

Nell Kelly, dieses kleine Flittchen, streckte ihre Beine ein Stück aus. »Das stimmt allerdings.«

»Darauf kannst du wetten.«

Ihre Beine schienen ihm jedenfalls sehr zu gefallen. Sie musste lächeln. »Lucy hat das Frisbeespielen mit dir eine Riesenfreude gemacht.«

»Na ja, sie ist auch ganz schön sportlich.«

»Ich frage mich, was aus ihr werden wird. Heute habe ich sie nach ihrer Großmutter gefragt, aber sie ist mir ausgewichen.«

»Ich hab sie bloß einmal getroffen, und meiner Ansicht nach ist sie keine typische Großmutter. Sandy kam auf die Welt, als sie noch sehr jung war. Sie wird jetzt so Anfang fünfzig sein.«

»Umso besser für die Mädchen. Sie brauchen jemand Jungen. Ich hoffe, dass sie mit Lucy zurechtkommt, ohne ihren Willen zu brechen.«

»Der bricht so leicht niemand den Willen. Sie ist innerlich äußerst robust.«

Nealy zögerte. »Als du heute mit ihr gesprochen hast, hat sie sich da seltsam verhalten?«

»Was meinst du damit?«

»Hat sie ... hat sie was über uns gesagt?«

»Ja, hat sie. Sie hat gesagt, du hältst mich für heiß und sensibel.«

»Das habe ich nie gesagt.«

»Und für äußerst klug obendrein. Aber ich wusste ja immer, dass du Leute gut einschätzen kannst. Sie hat sich außerdem erboten zu verschwinden, falls ich mich an dich ranmachen will.« Er hielt inne. »Was ich auch will ...«

Leider brachte sie kein Lächeln zustande. »Ich glaube, Lucy spielt ein wenig die Kupplerin. Sie glaubt wohl, wenn sie uns beide zusammenbringt, würden wir sie und Button adoptieren. Deshalb ist sie heute Mittag so ausgerastet. Ich habe ihr gesagt, das soll sie sich aus dem Kopf schlagen.«

Zähneknirschend sagte er: »Genau das wollte ich vermeiden. Ich schwör dir, wenn Sandy noch am Leben wäre, würde ich ihr jetzt den Hals umdrehen.«

»Außerdem scheint sie es gar nicht eilig zu haben, nach Iowa zu kommen. Das Ganze macht mir allmählich Sorgen. Was willst du machen, wenn es mit der Großmutter nicht klappen sollte?«

Nealy gefiel nicht, wie sich seine Augen verengten. »Die Mädchen sind Joanne Pressmans Verantwortung. Sie muss sie nehmen.«

Sie warf einen Blick nach hinten, wo Button friedlich in ihrem Autositz schlief, das Beanie-Baby-Walross über einem molligen kleinen Oberschenkel, dann blickte sie Lucy an, die auf dem Bett lümmelte, die Nase in ein Buch versenkt. Diesen beiden Kindern stand eine Familie zu, und sie konnte nur beten, dass sie eine fanden.

Mat hatte gehofft, dass sie bei Einbruch der Nacht näher an der Grenze zu Iowa sein würden, aber durch das Picknick waren sie spät dran. Dann sah Nell auch noch ein Transparent, das auf ein ländliches Volksfest hinwies, und ehe er sich's versah, saß er auf einem Karussellpferd mit einem Baby auf dem

Schoß, das große Kulleraugen machte. Und jetzt, gerade wo sie auf einem besonders verlassenen Stück Highway in Zentral-Illinois unterwegs waren, fing besagtes Baby zu motzen an. Da der nächste Campingplatz vierzig Meilen entfernt war und ihr Geschrei immer lauter wurde, bog er an einem verwitterten FOR-SALE-Schild vom Highway ab.

Eine enge, holprige Straße führte zu einer verlassenen Farm. Er parkte den Trailer auf einer schmalen Lichtung zwischen dem Haus und einer alten Scheune.

»Ich wette, hier lebt irgendwo ein Kettensägenmörder.«

Er hörte die Furcht aus Lucys gespielt lässiger Stimme, wollte sie aber nicht bloßstellen, indem er sie darauf ansprach. »Willst du etwa kneifen, Ass?«

»Nein, ich kneif nich! Aber Nell sieht nervös aus.«

Nell sah überhaupt nicht nervös aus, sondern hellauf begeistert. Aber sie schien sich ja über jedes neue Abenteuer zu freuen. »Meinst du, dass es jemanden stört, wenn wir hier campen?«, erkundigte sie sich.

Er öffnete die Tür und warf einen Blick hinaus auf die überwachsene Auffahrt und das baufällige Farmhaus. »Sieht nicht so aus, als wäre kürzlich jemand hier gewesen. Vermutlich müssen wir uns nicht allzu viele Sorgen machen.«

Er musste den Babysitter spielen, während Nealy Wasser heiß machte für die Spaghetti und das Glas Tomatensauce, das er als Notration vorgesehen hatte. Lucy räumte die Abfälle des Tages weg und holte ohne Aufforderung die Teller heraus. Nell, die keine Mahlzeit ohne Ameisen genießen zu können schien, verkündete, dass sie draußen essen würden – und das taten sie dann, auf der alten Decke in dem überwucherten Obsthain hinter dem Haus.

Danach wollte Nell auf Erkundung gehen. Da sich auf dem vernachlässigten Grundstück zahlreiche Gefahren verbergen konnten, setzte sich Mat Button auf die Schultern und schloss sich ihr mit Lucy an. Während ihm gelegentlich etwas Spucke in die Haare tropfte, ließ er seine Weibsleute die Farm erforschen. Direkt am Haus sah er etwas Rosarotes aufblitzen. Als er sich bückte, um es näher zu untersuchen, entdeckte er einen alten, von Unkraut fast erstickten Rosenbusch. Er pflückte eine der Knospen, die kurz vor dem Aufblühen standen, und reichte sie Nell.

»Eine perfekte Rose für eine perfekte Lady!«

Er hatte es spaßig gemeint, aber so klang es nicht. Es klang ernst, und Nell sah aus, als hätte sie den Hope-Diamanten geschenkt bekommen.

Sie spazierten herum, bis es zu dunkel war, um noch etwas zu sehen. Da fiel Lucy ihre Aufgabe als Kupplerin wieder ein.

»Gib mir Button, Jorik. Selbst ein Blödmann weiß, dass sie längst im Bett sein sollte, und sie braucht ja noch ihr Bad.«

Button wollte jedoch nicht von Mat weg, deshalb fand er sich unversehens in der Rolle des Babybaders, während Nell draußen blieb, mit seiner Rose hinter dem Ohr, und den warmen Abend genoss. Da er nicht die Geduld hatte, sie erst lang ins Spülbecken zu setzen, wie Lucy und Nell, stellte er sie in die Duschwanne und drehte ganz einfach das Wasser auf. Schnell und effektiv!

Lucy brachte sie ins Bett, lümmelte sich dann mit einem Buch in der Hand auf die Liege und forderte ihn auf, zu verschwinden, damit sie sich auf ihr Buch konzentrieren konnte. Er überlegte, ob er ihr sagen sollte, dass ihre Versuche, ihn mit Nell zusammenzubringen, zum Scheitern verurteilt seien – meinte dann jedoch, dass er blöd wäre, wenn er sich eine Gelegenheit, mit Nell allein zu sein, durch die Lappen gehen ließe.

Draußen beschien der Mond die alten Apfelbäume und verwandelte sie in verkrüppelte Gnome. Sie stand mit zurückgeneigtem Kopf im hohen Gras und blickte zu den Sternen hinauf, die soeben zum Vorschein kamen ... in einer Million Meilen Entfernung.

Er ging auf Zehenspitzen, um sie nicht zu stören. Das Mondlicht fiel silbrig auf ihr Haar und ihre helle Haut. Sie sah wunderschön und gleichzeitig exotisch aus, als würde sie in diesen Obsthain gehören und doch wieder nicht.

Wieder spürte er dieses seltsame Kribbeln im Nacken, dazu krampfte sich sein Magen zusammen. Nein, sie war bloß Nell. Nell Kelly, eine Ausreißerin aus gutem Hause mit einem weichen Herzen und einer unbändigen Sehnsucht nach dem Leben.

Die Nacht schien zu friedlich, um sie mit Reden zu stören, besonders, wo er nur daran denken konnte, mit ihr ins Bett zu gehen; also überraschte es ihn, als er sich dennoch sprechen hörte. Noch mehr wunderte er sich darüber, was er sagte.

»Mrs. Case?«

»Ja?« Automatisch drehte sie sich um.

13

Eine Sekunde, die eine Ewigkeit zu dauern schien, stand Nealy bloß da, mit einem idiotischen Lächeln auf dem Gesicht, und wartete darauf, was er wollte. Und dann, als ihr die Situation klar wurde, kam es ihr vor, als würde ihr der Boden unter den Füßen weggezogen.

Tausende von Gedanken rasten durch ihren Kopf, ein Tornado von Bildern – ihre Hoffnungen ... ihre Träume ... ihre Lügen ...

Zu spät sagte sie: »Was ... was hast du bloß immer mit dieser ... Cornelia Case?«

Er schwieg. Rührte sich nicht.

Sie versuchte es zu überspielen. »W-was ist los?«

Nur seine Lippen bewegten sich. »Das ist ... das ist einfach verrückt.«

Sie wollte die Hände in die Taschen schieben, doch ihre Arme waren so steif wie die eines Zinnsoldaten und bewegten sich nicht. »Hast du Button ins Bett gebracht?«

»Nicht«, sagte er leise und voller Intensität.

Nealy überlegte fieberhaft, was sie sagen könnte, um den Augenblick zu entschärfen, aber ihr Hirn war wie leer gefegt. Da wandte sie sich ab und verschränkte die Arme vor der Brust, als könnte sie so ihre Geheimnisse bewahren.

»Es stimmt also!« In seiner Stimme lag nicht der leiseste Zweifel.

»Ich weiß nicht, wovon du redest.«

»Es kommt seit gestern Abend überall in den Nachrichten.«

»Was?«

»Dass Mrs. Case ... dass *du* aus dem Weißen Haus verschwunden bist.«

Heute früh hatte sie keine Zeitung gekauft, hatte im Supermarkt nicht mal einen Blick auf die Schlagzeilen geworfen. Sie wollte gar nichts wissen. Jetzt fiel ihr wieder ein, wie er den ganzen Tag an den Radioknöpfen herumgespielt hatte.

Der Mantel der First Lady umhüllte Nell Kelly auf einmal wie der Umhang eines Zauberers. Aber sie wollte nicht, dass Nell verschwand. Nell war ein neuer Mensch, der in ihr zum Leben erwacht war, der Mensch, der sie vielleicht geworden wäre, wenn sie sich nicht vom Ehrgeiz ihres Vaters hätte missbrauchen lassen. Nell besaß Cornelia Cases Stärken, aber nicht ihre Unsicherheiten.

»Sicher weißt du, dass das ganze Land nach dir sucht.«

Sie hörte die Distanz in seiner Stimme. Diese schreckliche, erdrückende Förmlichkeit, mit der jedermann die First Lady ansprach. Nell hatte er nie so behandelt, und in diesem Moment wusste sie, dass sie ihn verloren hatte. Bevor es überhaupt richtig beginnen konnte.

Ihr heimlicher Wunschtraum, den sie halb unbewusst gehegt hatte, fiel in sich zusammen. Der Traum von Mat und Nell, die in einem klapprigen alten Wohnmobil mit zwei Kindern unterwegs waren. Die in den Great Lakes fischten, Disney World besuchten, Sonnenuntergänge über den Rocky Mountains genossen und sich in der Wüste von Arizona liebten. Eine endlose, wundervolle Reise!

»Der Wind frischt auf«, sagte sie mit der krächzenden Stimme einer alten Frau.

»Ich finde, du solltest jemanden anrufen.«

»Lucy duscht immer ewig. Ich hoffe, es ist noch genug Wasser im Tank.«

»Wir müssen besprechen, wie wir die Sache am besten handhaben.«

»Gut, dass wir zum Abendessen Pappteller genommen haben. Dann gibt's nicht so viel zum Abwaschen.«

»Nell – *Mrs. Case*, wir müssen das besprechen.«

Sie wirbelte zu ihm herum. »Nein! Nein, das müssen wir nicht. Ich sehe jetzt mal nach Button.«

Er trat ihr in den Weg, ohne sie jedoch zu berühren. Sein Gesicht wirkte im Mondlicht steinern. »Tut mir Leid, aber ich bestehe darauf.«

Sie schaute auf den Mund, den sie erst gestern Abend geküsst hatte. Er sah hart und grimmig aus. Sie hatten geplant, in Iowa miteinander zu schlafen, doch nun würde nichts daraus. Nicht einmal so selbstbewusste Männer wie Mat Jorik schliefen mit einer Ikone.

Nealy kämpfte gegen die überwältigende Enttäuschung und Traurigkeit an. »Bestehen? Auf was bestehen?«

»Ich muss wissen, was hier vorgeht. Was du willst.« Wieder dieses abscheuliche Fremdeln.

»Ganz einfach. Ich will, dass du das alles vergisst!«

Sie schlüpfte an ihm vorbei, und er versuchte nicht, sie aufzuhalten. Nell hätte er einfach am Arm gepackt, aber die First Lady würde er nicht anfassen.

Mat starrte Nell hinterher, bis sie im Wohnmobil verschwunden war. Nichts in seiner bisherigen Erfahrung hätte ihn auf so einen Moment vorbereiten können. Sie hatte nicht zugegeben, dass sie Mrs. Case war, und vorübergehend versuchte er sich einzureden, dass er sich irrte. Aber an der Wahrheit führte kein Weg vorbei. Trotz der rosa Rose hinter ihrem Ohr war die Frau, die er als Nell Kelly kannte, Cornelia Case, die Witwe des US-Präsidenten und die First Lady dieses Landes.

Er hatte das Gefühl, als hätte ihm jemand einen Magenschwinger versetzt. Wie blind ging er auf das Farmhaus zu und ließ sich auf die wackligen Eingangsstufen sinken. Mat versuchte, ein wenig Klarheit in seine Gedanken zu bringen. Seit drei Tagen waren sie gemeinsam unterwegs. Sie hatten gelacht, sich gestritten, sich um Sandys Kinder gekümmert. Sie waren Freunde geworden. Und beinahe ein Liebespaar.

Er musste an ihre leidenschaftlichen Küsse denken und daran, wie er sie berührt, wie er sie liebkost hatte. Ihm wurde ganz heiß vor Erregung, aber auch vor Scham. Himmel, was er getan ... was er gesagt hatte. Zur First Lady!

Auf einmal stieg heiße Wut in ihm auf. Von Anfang an hatte sie ihn belogen. Hatte mit ihm gespielt, sich mit ihm amüsiert wie Marie Antoinette mit einem Bauernburschen – nur um ihn dann im Nachhinein mit einem Fußtritt zu entlassen. Und er war voll auf sie reingefallen. Sie musste sich über ihn kaputtgelacht haben.

Er fluchte und wollte schon aufstehen, doch da traf es ihn wieder wie ein Schlag in den Magen. Nat sank auf die Stufen zurück. Holte tief Luft.

Soeben war er auf die Story seines Lebens gestoßen.

Die First Lady war auf der Flucht, und er war der einzige Reporter in Amerika, der wusste, wo sie sich befand.

Wie betäubt erkannte er, dass er sich damit mehr als rehabilitieren konnte.

Sprungartig auf den Beinen, begann er aufgeregt hin und

her zu laufen, ordnete die Ereignisse – aber die Wut ließ ihm keine Ruhe. Sie hatte einen Verrat begangen – hatte ihn verraten – und das würde er ihr nie verzeihen.

Die Story, ermahnte er sich. Denk an die Story! Er würde ihr nicht sagen, dass er ein Reporter war, so viel stand fest. Von Anfang an hatte sie ihn belogen, und er schuldete ihr gar nichts.

Er zwang sich, jetzt wirklich Ordnung ins Chaos seiner Gedanken zu bringen. Wieso war sie geflohen, und wie hatte sie es angestellt? Er überlegte, wie viel Zeit wohl zwischen ihrem Verschwinden aus dem Weißen Haus und dem Moment, als er sie an jenem Truckstop auflas, vergangen war. Aber er konnte sich nicht richtig konzentrieren. Stattdessen musste er daran denken, dass sie vorgehabt hatten, in Iowa miteinander ins Bett zu gehen. Noch ein Verrat. Selbstverständlich war ihr immer klar, dass das nie geschehen würde.

Ihm fielen jene jungfräulichen Küsse ein, ihre alberne Geschichte über einen schwulen Ehemann. Aber ihre Lügen waren so überzeugend gewesen, die Art, wie sie ihn manipulierte mit ihrer scheuen, verlegenen Art, dass er völlig falsche Schlüsse zog. Er war von einer wahren Meisterin zum Besten gehalten worden!

Mat begann, Pläne zu schmieden. Früher oder später würde sie ihm zumindest einen Teil der Wahrheit verraten müssen – ihre Beweggründe und wie sie es geschafft hatte, fortzukommen. Panikmacher witterten bereits überall Verschwörungen, aber ...

Auf einmal spannte sich jeder Muskel in seinem Körper an, und zum dritten Mal an diesem Abend hatte er das Gefühl, in den Magen geboxt zu werden. Ihr schwuler Gatte ... und wenn sie nun gar nicht gelogen hatte? Wenn es die Wahrheit war?

Einen Moment lang wurde ihm ganz schwindlig, Dennis Case, Amerikas blitzsauberer junger Präsident, war das perfekte Gegenstück zum Weiberhelden Clinton gewesen. Und wenn er nun aus weit komplexeren Gründen als rein moralischen kein Auge für andere Frauen gehabt hatte?

Ein Sturm von Argumenten durchtoste seinen Kopf. Er brauchte Fakten, keine Spekulationen. Diese Story war viel zu hochrangig, um auch nur den kleinsten Fehler zu dulden. *Wahrheit. Akkuratesse. Fairness.* Was er schrieb, würde in die Geschichtsbücher eingehen, mit seinem Namen darunter, und da durfte er nichts verderben.

Mindestens eine Stunde verging, bevor er sich so weit beruhigt hatte, dass er das Wohnmobil betreten konnte. Die Schiebetür war geschlossen, obwohl es für sie noch zu früh zum Schlafengehen war. Klarer hätte sie ihm nicht mitteilen können, dass sie nicht reden wollte.

Er kickte die Schuhe von den Füßen, holte sich ein Kräuterbier aus dem Kühlschrank und begann, ein Konzept aufzustellen. Doch seine tiefe Wut ebbte nicht ab. Nichts hasste er mehr, als zum Narren gehalten zu werden.

Nealy erwachte bei Tagesanbruch. Ein paar Sekunden lang lag sie nur da und fühlte die Freude am neuen Tag bis in ihre Zehenspitzen, doch dann fiel ihr wieder alles ein. Mat wusste, wer sie war!

Am liebsten hätte sie sich neben Lucy zusammengerollt und wäre den ganzen Tag im Bett geblieben, aber sie zwang sich aufzustehen. Button schlief noch friedlich auf dem Boden. Sie balancierte um sie herum und schlich ins Bad, um zu duschen und sich anzuziehen. Wenigstens hatte er die Neuigkeit für sich behalten. Wenn nicht, hätte der Secret Service längst an die Tür gepocht. Sie versuchte, für diese vier Tage dankbar zu sein, anstatt Bitterkeit zu empfinden, dass nun alles vorbei sein sollte – aber es gelang ihr nicht so recht.

Lucy schlief noch, als sie herauskam, und Mat hatte Button auf dem Arm und rührte Babybrei. Die Kleine war noch im Schlafanzug; doch er hatte ihr ihre rosa Kappe aufgesetzt, diesmal mit dem Schirm zur Seite, was ihr das Aussehen eines frechen Wirbelwinds verlieh. Für einen harten Typen hatte er ein ziemlich weiches Gemüt. Aber nicht für sie. Seit gestern Abend nicht mehr.

Auf einmal fühlte sich ihre Kehle an wie zugeschnürt. Sie waren ihr alle so ans Herz gewachsen. Der Gedanke an eine Trennung erschien ihr unerträglich.

»Gah!« Das Baby pumpte mit den Beinen und strahlte sie von Mats Armen aus an.

Nealy lächelte zurück. »Selber *Gah!*« Sie griff nach der Breischachtel. »Ich mache das schon.«

»Nicht nötig.«

Jetzt war er erst recht überhöflich, sogar noch mehr als gestern. Doch nahm sie auch die versteckte Wut dahinter wahr. Mat war starrköpfig und stolz. In seinen Augen hatte sie ihn an der Nase herumgeführt.

Sie blickte auf sein zerzaustes Haar und das verknitterte T-Shirt, das er über den Shorts trug. Sein Kinn war unrasiert, und er ging barfuß. Er sah umwerfend zerknautscht aus und schien sich so wohl in seinem Bärenkörper zu fühlen, dass selbst das Anrühren von Babybrei maskulin bei ihm wirkte.

»Ich hab Kaffee gemacht, falls du einen willst.« Fast immer kümmerte er sich um den Kaffee, aber heute fühlte er sich zum ersten Mal genötigt, dies zu verkünden. Sie war zu einem Hausgast degradiert worden.

»Danke.«

»Wir haben kaum was zum Frühstück.«

»Ich weiß. Ich war ja beim Einkaufen dabei, schon vergessen?«

»Falls du was brauchst ...«

»Nein, ist schon gut.«

»Da stehen noch ein paar Frühstücksflocken und ein bisschen Milch, aber ich glaube nicht, dass noch ...«

»Hör auf! Hör sofort auf damit!«

Ein pikierter Ausdruck trat auf seine Miene. »Wie bitte?«

»Ich bin noch genau dieselbe Person wie gestern. Du brauchst nicht auf Zehenspitzen um mich herumzuschleichen!«

Sie kehrte ihm den Rücken zu und ging nach draußen.

Mat verfluchte sich, weil er sich von seinem Zorn hatte hinreißen lassen. Die Story war alles, was jetzt noch zählte, und er musste seine Gefühle in den Griff bekommen für diesen Job. Er nahm einen vertrockneten Keks aus einer Schachtel auf der Anrichte, drückte ihn Button in die Hand und ging mit ihr nach draußen.

Der Tag war trübe, schwül und wolkenverhangen. Das lange, taufeuchte Gras streifte seine nackten Beine, als er zum Obsthain schlenderte, wo sie dastand, die Arme um den Oberkörper geschlungen. Einen Moment lang fühlte er sich schwach werden. Sie sah so verdammt verletzlich aus. Aber seine Anwandlung ging vorüber.

»Mrs. Case!«

»Ich heiße Nell!« Mit wehenden Haaren wirbelte sie zu ihm herum. »Einfach nur Nell.«

»Mit allem Respekt, aber das stimmt nicht. Und da liegt das Problem.«

Nell stemmte die Hände in die Hüften. »Ich sage dir, wo du dir deinen *Respekt* hinstecken kannst!«

»Leider muss ich wissen, was hier vorgeht!«

»Nein, musst du nicht!« Dann ließ sie die Arme fallen. »Tut mir Leid. Ich wollte nicht arrogant klingen.«

»Du schuldest mir die Wahrheit«, sagte er hartnäckig.

Er hatte Recht, aber es gehörte nicht zu ihren Gewohnheiten, sich irgend jemandem anzuvertrauen. First Ladys konnten es sich nicht erlauben, ihre Geheimnisse preiszugeben. Trotzdem, etwas war sie ihm schon schuldig.

»Ich musste einfach weg. Ich – ich wollte bloß einmal wie ein ganz normaler Mensch leben ...«

»Ist das nicht ein extremer Entschluss gewesen?«

»Das muss dir natürlich so vorkommen, aber ...«

»He, wo sind denn alle?« Beide drehten sich um, als Lucy den Kopf zur Tür rausstreckte. Das T-Shirt, in dem sie geschlafen hatte, reichte ihr bis zu den Knien, und sie musste wohl mit nassen Haaren eingeschlafen sein, denn sie standen ihr wie ein Hahnenkamm hoch. Ihr bloßer Anblick bewirkte, dass Nealy sich besser fühlte. Wenigstens einen gab es noch, für den sie nur Nell war.

»Wir sind hier draußen«, rief sie überflüssigerweise.

»Streitet ihr euch?«

»Nicht unbedingt.«

Mat schien ebenso froh über die Unterbrechung zu sein wie sie. »Wo hast du das T-Shirt her?«

Lucy zog ein finsteres Gesicht. »Hab's irgendwo gefunden.«

»Ja, in meinen Sachen.«

Nealy hatte kein Bedürfnis, ihre Unterhaltung mit Mat fortzusetzen, also ging sie wieder zum Wohnmobil zurück. Sie lebte auf Pump und wollte jede Sekunde dieser Frist genießen.

Lucy trat beiseite, um sie hereinzulassen. »Gibt's irgendwas zum Frühstück, was nich ätzt?«

Nealy musste an sich halten, sie nicht zu umarmen. »Nächstes Mal frag einfach, ob wir etwas Essbares haben, okay?«

Lucys Stirn umwölkte sich erneut. »Ich hab die Frühstücksflocken satt.«

»Dann mach dir einen Toast.«

»Toast ätzt auch.«

»Lucy, sprich nicht so mit ... Nell«, mahnte Mat vom Türrahmen aus.

Nealy fuhr zu ihm herum. »Das geht nur Lucy und mich was an!«

»Ja, Jorik, halt dich da raus!«

»Das genügt, Lucy«, sagte sie. »Du bekommst ... äh ... fünfzehn Strafminuten wegen Respektlosigkeit.«

»*Strafminuten?*« Fassungslos blickte Lucy sie an. Nealy wusste aus ihren Besuchen in Kindergärten über Strafminuten Bescheid und wies mit ausgestrecktem Zeigefinger nach hinten. »Fünfzehn Minuten. Und schließ die Tür hinter dir. Dann kannst du ein bisschen darüber nachdenken, wie man sich Erwachsenen gegenüber verhält.«

»Du willst mich wohl verarschen.«

»Das sind nochmal fünfzehn Minuten für eine unflätige Ausdrucksweise. Willst du noch mehr aufgebrummt bekommen?«

Lucy blickte Mat an, als erwarte sie, dass er sie vor Nells neuester Verrücktheit rettete, aber er wies nur mit einer barschen Kopfbewegung nach hinten. »Das war überfällig.«

»Ist ja wohl das Allerletzte! Ich hab noch nicht mal *gefrühstückt*!« Sie stürmte davon und knallte die Tür, so laut sie konnte, hinter sich zu.

Mat setzte Button ab. »Tut mir Leid. Mit sowas solltest du dich nicht herumschlagen müssen.«

»Wieso nicht? Ich schlage mich schon seit Mittwoch damit herum.«

»Ja, aber ...«

»Hör auf, mich wie einen Gast zu behandeln«, fauchte sie. »Ich mache jetzt Buttons Frühstücksbrei. Wenn du was Intelligentes zu sagen hast, dann raus damit. Ansonsten halt die Klappe!«

Sie stakste zum Spülbecken und dachte bei sich, dass Nell Kelly vielleicht doch noch nicht ganz tot war.

Mat kochte. Er war derjenige, der Unrecht erleiden musste – aber sie tat, als wäre alles seine Schuld.

Die Tatsache, dass er sein Inneres einfach nicht unter Kontrolle bekam und die Sache mit der nötigen beruflichen Distanz betrachtete, machte alles nur noch schlimmer. Hier brauchte er nach der größten Story seiner gesamten Karriere nur die Hand auszustrecken – und alles, was er tun wollte, war, seine Zielperson bei den Schultern zu packen und zu schütteln, bis ihr die gepflegten aristokratischen Zähne klapperten.

Seine Beherrschung ging endgültig flöten, als er ein paar Stunden später an der Kasse eines Tankstellensupermarkts im ländlichen Südillinois stand, ihre Einkäufe bezahlte und merkte, dass Nell – Mrs. Case – verschwunden war. Ein kalter Schauder durchzuckte ihn. Zum ersten Mal wurde ihm klar, dass diese Dame von einem Trupp Secret-Service-Agenten beschützt werden müsste, und sie hatte nur ihn.

Er raffte die Tüten zusammen und jagte hinaus. Sie war nicht ins Wohnmobil zurückgegangen. Es stand gleich vor der Tür, und er hätte sie sehen müssen. Sein Blick glitt über ein paar staubige Fahrzeuge hinweg, eine Tanksäule und einen böse dreinblickenden deutschen Schäferhund. Wo, zum Teufel, steckte sie?

All die ominösen Voraussagen der Verschwörungscracks aus dem Radio schossen ihm durch den Kopf. Er rannte zur Seite des Gebäudes und erblickte ein überwuchertes Feld, einen Haufen alter Autoreifen, aber keine entschwundene First Lady. Als er zur anderen Seite gerast war, stand sie vor einer Telefonsäule, neben einem Luftschlauch.

»*Verflucht noch mal!*«

Ihr Kopf zuckte hoch, als er die Tüten fallen ließ und auf sie zujagte. Sie sprach rasch ins Telefon und hängte auf.

»Tu das nie wieder!« Er wusste, dass er brüllte, konnte es aber nicht abstellen.

»Hoffentlich waren da keine Eier in den Tüten. Und was soll ich nie wieder tun?«

»Einfach so zu verschwinden! Ich dachte, du wärst … verdammt, Nell, wenn wir nicht in diesem Trailer sind, dann will ich, dass du an mir klebst wie eine Klette, hast du verstanden?«

»Wäre das nicht ein bisschen unbequem für uns beide?«

First Lady oder nicht, er musste ein paar Dinge klarstellen. Wütend zischte er sie an: »Für dich ist das Ganze vielleicht unheimlich komisch – die entsprungene Prinzessin zu spielen, die sich mit dem Pöbel amüsiert –, aber es ist kein Spiel. Hast du überhaupt eine Ahnung, was geschehen kann, wenn du in die Hände von Extremisten fällst?«

»Davon habe ich mehr Ahnung als du«, zischte sie zurück. »Und du bist der einzige, der weiß, wo ich bin. Zugegeben, du benimmst dich manchmal ein bisschen extrem, aber ...«

»Wage es ja nicht, darüber zu witzeln!«

Sie lächelte ihn an und flüsterte: »So gefällst du mir schon besser.«

Sein Blut erreichte den Siedepunkt. »Du findest das lustig, oder?«

»Nicht lustig. Es ist bloß schön, wieder den alten, arroganten Mat zu erleben.« Ihr Lächeln erlosch. »Und ich amüsiere mich nicht mit dem Pöbel.«

»Wie würdest du's nennen?«

»Freiheit!« Ihre Augen blitzten. »Das ist ein Grundrecht eines jeden amerikanischen Bürgers, bloß für eine First Lady nicht! Jetzt hör mir mal gut zu, Mat Jorik ...« Zu seiner Verblüffung stach sie ihm mit dem Finger in die Brust. »Im vergangenen Jahr habe ich meinen Mann zu Grabe getragen und mich breitschlagen lassen, ein Amt weiter auszuüben, das ich gar nicht mehr will. Von Geburt an stehe ich in der Öffentlichkeit, habe immer die Interessen anderer meinen übergeordnet. Und wenn ich jetzt auch mal selbstsüchtig bin, na und? Es steht mir zu, und ich werde jede Minute genießen.«

»Ist das so?«

»Darauf kannst du wetten, Buddy!«

Eigentlich sollte er derjenige sein, der sie anbrüllte, und es war ihm schleierhaft, wie er die Oberhand hatte verlieren können. »Mit wem hast du telefoniert?«, knurrte er.

»Mit Barbara Bush.«

»Klar. Das kannst du einem anderen weis …« Er brach ab, denn es war ja durchaus möglich, dass sie mit Barbara Bush telefoniert hatte.

Sie sah richtig selbstgefällig aus, und das brachte ihn noch mehr in Rage. »Willst du wissen, was sie noch gesagt hat?«

Er nickte.

»Sie sagte, *alles Gute, Mädel*.«

»Äh … tatsächlich?«

»Und Hillary Clinton hat ungefähr dasselbe gesagt, als ich sie gestern von der Tankstelle aus anrief.«

»Du hast Hillary …«

»Vielleicht verstehst du nicht, warum ich das mache – aber sie schon.«

»Hast du – hast du sie aus einem bestimmten Grund angerufen?«

»Ich bin nicht völlig verantwortungslos, egal, was du denkst. Fast jeden Tag habe ich jemanden angerufen, damit sie im Weißen Haus wissen, es gibt mich noch. Also, falls du glaubst, mehr über nationale Sicherheit zu wissen als ich, dann spuck's jetzt gleich aus.«

Er hatte jede Menge Fragen zu eben diesem Thema, angefangen damit, wie sie es geschafft hatte, unbemerkt aus dem Weißen Haus zu schlüpfen; aber das musste warten, bis er ihr den Kopf zurechtgerückt hatte. »Ich hab nicht gesagt, dass du verantwortungslos bist, sondern dass du nirgends ohne mich hingehen sollst. Das ist der Deal. Schluck es oder lass es!«

»Vielleicht lasse ich's ja. Vergiss nicht, ich habe Geld und kann jederzeit allein weiterreisen.«

Mat knirschte mit den Zähnen. »Du gehst verdammt nochmal nirgendwo allein hin!«

Wieder lächelte sie, was ihn rasend machte. Er holte ein paarmal tief Luft und versuchte, diese Schreckschraube in Khakishorts und buttergelbem T-Shirt mit der kühlen, reservierten First Lady in Einklang zu bringen.

Es galt, verlorenen Boden wiederzugewinnen. »Wer hat dir das Geld geschickt?«

Zunächst glaubte er nicht, dass sie ihm darauf antworten würde, doch dann zuckte sie mit den Schultern. »Terry Ackerman.«

Ackerman war der Chief Advisor des Präsidenten gewesen und außerdem sein ältester Freund. Wer durchschaute schon dieses Verhältnis – aber für Spekulationen war der jetzige Zeitpunkt nicht geeignet. Er nahm sich jedoch vor, später noch einmal darüber nachzudenken. »Woher willst du wissen, dass er denen im Weißen Haus nicht verraten hat, wo er das Geld hinschicken sollte?«

»Weil ich ihn darum gebeten habe.«

»Und du vertraust ihm?«

»So wie ich einem Menschen nur trauen kann.« Er vermutete, dass das beiläufig hätte klingen sollen, aber das tat es nicht. Es klang traurig.

Er wurde damit fertig, wenn sie hochmütig und unvernünftig war – aber gegen Traurigkeit kam er nicht an. Sein Frust brodelte an die Oberfläche. »Ich weiß nicht mal, wie ich dich nennen soll!«

»Du nennst mich besser weiter Nell. Oder würdest du mich lieber Mrs. Case nennen und den Extremisten, die dort in dem Maisfeld lauern, einen Hinweis liefern?«

»Das Ganze ist überhaupt nicht witzig.«

»Kümmer dich einfach um dich selber, okay? Ich passe schon auf mich auf.«

Als sie sich bückte, um die Lebensmitteltüten aufzuheben, hörte er Reifen quietschen, ein Autoradio plärren und etwas, was wie eine Explosion klang.

Ohne lange zu überlegen, warf er sich schnurstracks auf sie.

Beide flogen durch die Luft, vom Gehsteig in die hohe Wiese daneben. Er hörte ein leises »uff«, als es ihr die Luft aus den Lungen drückte.

»*Rühr dich nicht!*« Er wollte eine Pistole. Er brauchte eine Knarre, verdammt noch mal!

Eine lange Stille folgte, dann ein Ächzen … »Mat?«

Sein Herz hämmerte mit solcher Wucht, dass er überzeugt war, sie müsste es fühlen.

Und dann überlief ihn ein unangenehmes Prickeln. Diese Explosion, die er gehört hatte … jetzt, wo er wieder klar denken konnte, merkte er, dass es gar nicht so sehr nach einem Schuss geklungen hatte.

Sondern eher wie ein Auspuffknall.

14

Der Regen trommelte gegen die Windschutzscheibe des Wohnmobils, als sie in der flachen Landschaft von Illinois auf die Grenze von Iowa zufuhren. Nealy blickte über die weiten Mais- und Sojabohnenfelder hin, die sich grau und einsam unter dem trüben Nachmittagshimmel erstreckten. Sie lächelte in sich hinein. Es war wirklich tapfer von Mat gewesen, sie vor diesem bösen Auspuff zu beschützen, und abgesehen von einer kleinen Schürfwunde am Schienbein hatte sie auch weiter keinen Schaden davongetragen.

Ein vorbeifahrendes Auto bespritzte sie mit einem Schwall Regenwasser. Mat wechselte die Radiostation, um das Neueste über ihr Verschwinden zu hören. Er redete zwar kaum mit ihr, aber auf diese schreckliche Förmlichkeit verzichtete er glücklicherweise wieder. Und er schien nicht die Absicht zu haben, sie an die Behörden auszuliefern. Heute Morgen hatte sie noch geglaubt, ihr Abenteuer wäre vorbei – doch nun bestand erneut Hoffnung.

»Wieso lässt du nicht mich ein bisschen fahren?«, fragte sie.

»Weil ich nichts Besseres zu tun hab.«

»Außer schmollen.«

»Schmollen!«

»Ich weiß, es war ein herber Schlag für dich, dass in dem Auto zwei Rowdies saßen und nicht eine Bande Terroristen, die mich als Geisel nehmen wollten – aber ich bin sicher, du überstehst die Enttäuschung schon.« Sie grinste. »Danke, Mat! War eine wirklich nette Geste von dir.«

»Was du nicht sagst.«

In diesem Moment tauchte Lucy von hinten auf. Sie war seit ihrem Aufbruch von der Tankstelle nervös, kam immer wieder nach vorn, um sich mit Button zu beschäftigen, nur um sich gleich wieder nach hinten zu verdrücken und dort einzuschließen. »Das is so irre«, sagte sie. »Die ganze Zeit haben wir über Cornelia Case geredet, und jetzt heißt es überall im Radio, dass sie abgehauen is.« Sie hatte eins von den Sommerkleidern an, die Nealy für sie gekauft hatte, und war nur halb so grell geschminkt wie sonst. Sie sah wunderhübsch aus, reagierte jedoch nur mit einem Schulterzucken, als Nealy ihr ein Kompliment machte.

Jetzt hob sie das Beanie-Baby-Walross vom Boden auf und gab es Button zurück, die allmählich lästig wurde, weil Mat sie nicht beachtete. »Wär's nich cool gewesen, wenn die Typen beim Ähnlichkeitswettbewerb gedacht hätten, dass du wirklich sie wärst und wir von so 'ner Sondereinheit mit Knarren und schusssicheren Westen aufgemischt worden wären?«

Mat erschauderte.

»Ja, wirklich cool«, meinte Nealy trocken.

»Was ist das für ein Geräusch?« Mat neigte den Kopf zur Seite. »Diesmal kommt's von hinten.«

»Ich hab nix gehört«, sagte Lucy.

Das Beanie-Baby-Walross kam angesegelt und traf Mat an der Schulter. Nealy wandte sich um und sah, dass Button aufgehört hatte, sich zu winden. Sie sah jetzt richtig zufrieden aus.

Nealy musterte sie misstrauisch. »Das kann doch bloß ein Versehen gewesen sein?«

»Wenn du das glaubst!« Er warf dem Baby einen finsteren Blick zu.

»Gah!« Sie funkelte ebenso böse zurück, und ihre Miene glich der seinen dabei so sehr, dass sie gut und gerne als seine Tochter hätte durchgehen können.

»Wie weit ist es noch?«, erkundigte Lucy sich.

»Gleich kommen wir an den Mississippi. Wir werden ihn bei Burlington überqueren und dem Fluss dann nach Norden bis Willow Grove folgen. Vielleicht noch eine Stunde oder so.«

»Lass mich fahren. Ich kann das.«

»Vergisses!«

Sie begann an ihrem Daumennagel zu kauen. Nealy blickte sie besorgt an. »Was ist los, Lucy? Du bist schon den ganzen Nachmittag so nervös.«

»Bin ich nich!«

Sie beschloss, ein wenig tiefer zu bohren. »Du hast nicht viel über deine Großmutter erzählt. Wie ist sie so?«

Lucy ließ ihren Orangensaft stehen und nahm auf der Essbank Platz. »Sie is eben 'ne Großmutter. Du weißt schon.«

»Nein, weiß ich nicht. Es gibt alle Arten von Großmüttern. Wie kommt ihr beiden miteinander aus?«

Wieder setzte Lucy diesen aufmüpfigen Ausdruck auf. »Wir kommen prima aus! Sie is die beste Großmutter der Welt, hat tonnenweise Geld und is Professorin am College. Und sie hat mich und Button richtig gern.«

Wenn sie sie so gern hatte, wieso war sie dann nicht gleich zurückgeflogen, als sie vom Tod ihrer Tochter erfuhr? Und wieso mühte sich Lucy dann so sehr, sie mit Mat zu verkuppeln, wenn sie doch ihre Oma hatte? »Klingt fast zu schön, um wahr zu sein.«

»Was meinst du damit?«

»Ich meine, dass Mat und ich sie sehr bald selbst kennen lernen werden – also kannst du ruhig ehrlich sein.«

»Das geht dich einen Dreck an!«

»Lucy!« Mats Stimme klang drohend.

»Mir reicht's. Ich verschwinde.« Sie stampfte nach hinten und ließ die Tür hinter sich zukrachen.

»Langsam bekomme ich ein ganz schlechtes Gefühl, was diese Großmutter betrifft«, sagte Nealy.

»Sie ist 'ne Collegeprofessorin. Wie schlimm kann sie da schon sein?«

»Was passiert, wenn sie sich als unmöglich herausstellt?«

»Wird sie nicht. Mach dir da mal keine Sorgen.«

Sie fragte sich, wen er damit zu überzeugen hoffte.

Genau in diesem Moment kam ein lauter Japser von hinten.

»Das ist nicht der Motor!« Mat fluchte unterdrückt, trat auf die Bremse und lenkte das Wohnmobil an den Straßenrand. »Lucy! Komm sofort raus!«

Die Schiebetür öffnete sich langsam. Mit hängendem Kopf und hängenden Schultern schob sie sich widerwillig herbei. »Was hab ich jetzt schon wieder gemacht?«

Mat betrachtete sie streng. »Das will ich von dir hören!«

Ein kummervolles Heulen echote durch den Trailer.

Er schoss aus dem Sitz und stürzte nach hinten. »*Verflucht noch…*«

»Vermutlich hat er Squid gefunden«, brummte Lucy.

»Squid?«, krächzte Nealy.

»So hat ihn der Typ an der Tankstelle jedenfalls genannt. Ich würd ihm gern einen anderen Namen geben, aber ich wollte ihn nich durcheinanderbringen.«

Noch ein Fluch, dann tauchte ein zorniger Mat auf, gefolgt von einem schmutzigen, unterernährten Köter, der teils Beagles, teils alle anderen Rassen in sich vereinte. Er besaß ein fleckiges braunes Fell, lange Schlappohren und große, kummervolle Augen.

»Ich hab ihn nich gestohlen!« Lucy drängte sich an Mat vorbei und kniete bei dem Hund nieder. »Der Typ an der Tankstelle sagte, er würde ihn erschießen! Irgend jemand hat ihn gestern am Straßenrand ausgesetzt, und keiner will ihn haben.«

»Kann mir gar nicht vorstellen, wieso!« Mat funkelte die erbärmliche Kreatur empört an. »Man täte der ganzen Menschheit einen Gefallen, wenn man ihn erschießen würde!«

»Wusst ich's doch, dass du irgendwo 'nen Mist sagen würdest!« Sie umschlag den Hund und drückte ihn an ihre schmale Brust. »Er gehört mir! Mir und Button.«

»Das glaubst auch bloß du.«

Während Mat und Lucy giftige Blicke austauschten, hievte der Hund seinen müden Leib auf die Couch, wo Button in ihrem Autositz saß. Nealy wollte gerade eingreifen, um den Hund von dem Baby fern zu halten, als er sich Button voller Erbarmen näherte und ihr dann gemächlich die Zunge übers Gesicht zog.

»Allmächtiger! Er hat ihr das Gesicht abgeleckt!« Nealy hechtete vor, um den Hund fortzustoßen.

»Hör auf!«, kreischte Lucy. »Du verletzt seine Gefühle!«

Button klatschte in die Händchen und packte den Hund bei einem Schlappohr.

Mat stöhnte.

»Schaff ihn fort von ihr!« Nealy versuchte sich zwischen Button und den Hund zu drängen, wurde jedoch unversehens von Mats Arm um die Taille gepackt und zurückgezogen. »Nie hat man eine Zyanidkapsel zur Hand, wenn man sie mal wirklich braucht!«

»Nicht! Lass mich los! Vielleicht hat er die Tollwut?« Noch während Nealy versuchte, sich aus Mats Bärenumklammerung zu befreien, dachte ein Teil von ihr, wie herrlich es doch war, genau darin zu verbleiben.

»Beruhig dich. Er hat schon nichts!«

Mat zog sie weiter nach vorne und ließ sie dann so plötzlich los, dass sie beinahe hinfiel. Aha, sicher war ihm gerade eingefallen, dass er Cornelia Case verschleppte und nicht Nell Kelly. Sie fuhr zu Lucy herum. »Schaff den Köter vom Sofa herunter!«

»Ich werd ihn behalten!«

»Los, nach hinten mit ihm!« Mat klemmte sich hinters Steuer und fuhr wieder los. »Zuerst gab's nur mich. Genau so, wie ich's wollte! Dann hab ich mir zwei Gören aufhalsen lassen. Und ehe ich mich versehe …«

Ein Greyhound-Bus raste von der entgegenkommenden Seite an ihnen vorbei und überschüttete sie mit einem Schwall Spritzwasser. Er stieß ein wütendes Schnauben aus und stellte das Radio an.

»*… gehen immer mehr Meldungen von Bürgern aus dem ganzen Land ein, die die First Lady Cornelia Case gesehen haben wollen …*«

Nealy beugte sich vor und schaltete den Apparat aus.

Jede nur mögliche Abstellfläche war mit Krimskrams voll gestellt. Glasfigürchen standen neben Tierplastiken mit Schleifchen auf dem Kopf, die wiederum Keramikplatten mit Bibelsprüchen drauf umrahmten. Hier sollte einmal der Blitz einschlagen, dachte Toni, und ordentlich aufräumen.

»Sind Sie sicher, dass Sie keinen Kaffee wollen?« Die Person, deretwegen Toni und Jason zwei Staaten durchquert hatten, musterte Jason unsicher. Sie trug einen kurzärmeligen blauen Hosenanzug mit einer funkelnden Regenschirmbrosche daran, dazu weiße Pumps mit Bleistiftabsätzen.

Jason, der wie immer gerne so schnell wie möglich zur Sache kam, schüttelte den Kopf und wies auf eine blaue Velourscouch, die unter dem Fenster im Wohnzimmer des kleinen Apartments im ersten Stock stand. »Hätten Sie was dagegen, wenn wir uns einen Moment hinsetzen und Ihnen ein paar Fragen stellen?«

»Äh ... ja ... nein. Ich meine ...« Sie rang die Hände. Gerade war sie von der Messe gekommen, als sie bei ihr aufgetaucht waren; und jemanden vom FBI und vom Secret Service im Haus zu haben, schien sie ganz schön aus der Fassung zu bringen. Die etwa Vierzigjährige besaß ein rundes Mondgesicht, leicht strapaziertes braunes Haar und eine makellose Porzellanhaut.

Toni lächelte sie an. »Ich wäre Ihnen dankbar, wenn ich ein Glas Wasser haben könnte, Miss Shields, falls es Ihnen nicht zu viel Umstände macht. Mir wird immer ein wenig schlecht von langen Autofahrten, und das Wasser hilft, meinen Magen zu beruhigen.«

»Ach, das macht doch gar keine Mühe.« Rasch eilte sie in die Küche.

Jason warf Toni einen irritierten Blick zu. »Seit wann wird dir beim Autofahren schlecht?«

»Das kommt und geht, je nachdem, wie's die Situation erfordert. Hör zu, Kumpel, du mit deinem Stahlblick machst sie so nervös, dass sie schon anfängt, sich über Gummischläuche und Bambusstöcke Gedanken zu machen.«

»Ich tu doch gar nichts!«

»Übermäßig nervöse Zeugen vergessen entweder wichtige Einzelheiten oder erfinden welche, um die Person, die sie befragt, zufrieden zu stellen.«

Stirnrunzelnd betrachtete Jason einen kleinen Keramikclown. »Ich will das hier bloß bisschen dalli über die Bühne bringen!«

Nicht nur er. Im ganzen Land waren Special Teams unterwegs, um den Hinweisen von Bürgern nachzugehen, die glaubten, Cornelia Case aus einer Limousine am Flughafen aussteigen oder am Strand von Malibu beim Sonnenbaden gesehen zu haben. Aber der Hinweis von Barbara Shields, einer Kassiererin aus Vincennes, Indiana, hatte es geschafft, Tonis und Jasons Aufmerksamkeit zu erregen.

Shields behauptete, eine Frau, die wie Cornelia Case aussah, an der Kasse des Supermarkts, in dem sie arbeitete, gesehen zu haben. Die Frau war mit einem dunkelhaarigen Mann, einem jungen Mädchen und einem Baby mit einer rosa Baseballkappe zusammengewesen. Die Beschreibung passte, einschließlich der kurzen hellbraunen Haare, auf die Frau aus dem Ähnlichkeitswettbewerb.

Toni und Jason besprachen die Sache. Beide hielten es für höchst unwahrscheinlich, dass eine Lady, die mit drei anderen Personen reiste, zwei davon Kinder, Cornelia Case sein könnte. Trotzdem wollten sie einmal mit ihr selbst sprechen, und ihr Boss, Ken Braddock, war derselben Meinung.

Shields kam mit einem blauen Glas Eiswasser wieder zurück. Toni hegte zu neunzig Prozent die Überzeugung, dass sie einem Blindläufer nachliefen, raffte sich aber dennoch zu einem Lächeln auf. »Würde es Ihnen was ausmachen, wenn wir uns einen Moment setzen?«

»O nein! Nein, gar nicht. Bitte machen Sie es sich bequem.« Sie rieb ihre Hände an ihren blauen Hosenanzugsbeinen ab und setzte sich dann auf die Lehne eines Couchsessels. »Ich bin bloß ein bisschen nervös. Weil ich noch nie mit richtigen Regierungsagenten gesprochen habe.«

»Das verstehen wir sehr gut.« Toni nahm neben Jason Platz. Der öffnete seinen Notizblock, aber Toni ließ den ihren in ihrer Handtasche. »Wieso erzählen Sie uns nicht einfach, was Sie gesehen haben?«

Wieder fuhren ihre Hände an die Hosenbeine. »Na ja, es war am Freitag vor zwei Tagen – mein erster Arbeitstag, seit ich diese Operation hatte.« Sie deutete auf ihr Handgelenk. »Ich habe mir eine Sehnenscheidenentzündung von der Arbeit an der Kasse geholt. Das kommt in meinem Job gar nicht so selten vor. Obwohl alle immer bloß über die reden, die den ganzen Tag vorm Computer sitzen. Keiner denkt an uns Kassiererinnen. Wahrscheinlich sind wir denen einfach nicht wichtig genug.« Ihre Miene verriet, dass sie es gewohnt war, im Leben den Kürzeren zu ziehen.

»Na, jedenfalls, diese Frau kam mit einem sehr gut aussehenden Mann und zwei Kindern an meine Kasse. Ich war so überrascht, als ich sie sah, dass ich ein Glas Babybrei gleich zweimal durch den Scanner gezogen hab.«

»Warum waren Sie denn überrascht?«, erkundigte sich Toni.

»Weil sie der First Lady so verblüffend ähnlich sah.«

»Viele Frauen sehen der First Lady ähnlich.«

»Aber nicht so. Ich bewundere Mrs. Case seit dem Wahlkampf und habe angefangen, Fotos und Artikel über sie zu sammeln. Ihr Gesicht kenne ich ebenso wie mein eigenes.«

Toni nickte ihr aufmunternd zu, während sie gleichzeitig überlegte, ob die Tatsache, dass die Frau ein Cornelia-Case-Fan war, ihre Aussage nun mehr oder weniger glaubwürdig machte.

»Sie hat sich die Haare schneiden lassen. Es ist jetzt kurz und hellbraun, aber ihr Gesicht war ganz dasselbe. Und ich weiß nicht, ob Sie je eine Großaufnahme von ihr gesehen haben, aber – warten Sie, ich zeig's Ihnen.«

Rasch ging sie zu einem Bücherregal und holte mehrere dicke Alben heraus. Sie blätterte einen Moment lang darin herum und zeigte ihnen dann eine Großaufnahme der First Lady, die letztes Jahr als Titelblatt auf dem *Time Magazine* erschienen war.

»Schauen Sie! Hier. Gleich da bei ihrer Augenbraue. Da hat sie diesen kleinen Leberfleck. Ich hab das Bild sicher ein Dutzend Mal angesehen, bevor's mir auffiel. Diese Frau an meiner Kasse! Sie hatte an genau derselben Stelle einen Leberfleck!«

Toni blickte die Stelle an, auf die sie wies; doch für sie sah das mehr nach einem Fleck auf dem Negativ aus.

»Und sie hatte auch die gleiche Stimme«, fuhr Barbara Shields fort.

»Kennen Sie denn Mrs. Cases Stimme so genau?«

Sie nickte. »Ich schalte immer ein, wenn sie im Fernsehen kommt. Diese Frau klang genauso wie sie.«

»Was hat sie zu Ihnen gesagt?«

»Sie hat nicht mit mir geredet, aber mit dem Mann – hat ihn gefragt, was er auf seine Sandwiches haben will.«

»Sprach sie Englisch?«

Diese Frage schien Miss Shields zu überraschen. »Ja, natürlich.«

»Hatte sie einen Akzent?«, erkundigte Jason sich.

»Nein. Sie sprach genauso wie Mrs. Case.«

Er und Toni wechselten einen Blick. Dann beugte er sich vor. »Erzählen Sie uns alles, woran Sie sich noch erinnern können von der Unterhaltung. Von Anfang an.«

»Sie hat den Mann gefragt, was er auf seine Sandwiches haben will und er sagte, Senf. Und dann unterbrach das junge Mädchen sie, weil sie dieses Taschenbuch wollte, das wir zwischen den Astrologiebüchern im Ständer hatten. *Zehn Geheimnisse eines erfüllteren Sexuallebens.* Die Frau sagte nein, und das Mädchen fing an zu maulen. Das gefiel dem Mann nicht und er sagte so was wie, dass sie besser auf Nell hören sollte und sie könnte was erleben. Dann fing das Baby ...«

»Nell?« Unwillkürlich umfasste Toni das Wasserglas fester. »So hat er die Frau genannt?«

Barbara Shields nickte. »Ich hab mir gleich gedacht, dass Nell doch fast so wie Nealy klingt. So wird Mrs. Case nämlich von ihren Freunden genannt, wissen Sie!«

Ein ähnlich klingender Name. Ein Leberfleck, der ebensogut ein Fleck auf dem Film sein konnte. Nicht genug, um einen Fall darauf aufzubauen – aber genug, um das Interesse anzuheizen.

Sie fuhren mit ihrer Befragung fort und die Kassiererin beschrieb ihnen den Mann und das junge Mädchen genauer – doch erst als sie im Aufbruch waren, rückte sie mit ihrer wichtigsten Information heraus.

»Ach, das hätte ich beinahe vergessen. Sie waren in einem gelben Wohnmobil unterwegs. Ich habe ihnen durchs Fenster nachgeschaut, wie sie davonfuhren. Zwar kenne ich mich mit Wohnmobilen nicht gut aus, aber neu wirkte es nicht gerade.«

»Ein gelbes Wohnmobil?«

»Es war auch ziemlich dreckig – als wären sie schon länger unterwegs.«

»Sie haben sich nicht zufällig das Nummernschild merken können?«

»O doch, das habe ich.« Barbara Shields griff nach ihrer Handtasche.

Willow Grove, Iowa, lag auf einer Anhöhe, oberhalb eines Nebenflusses des Iowa Rivers. Es war ein Städtchen voller Kirchtürme und Antiquitätenläden, ein Städtchen, in dem sich rote Backsteinhäuser mit weißen Holzhäusern abwechselten und wo schattenspendende Kastanien die schmalen Straßen säumten. Ein kleines Privatcollege befand sich in mehreren Blocks nahe dem Stadtzentrum, und gegenüber dem Rathaus mit seiner Kupferkuppel gab es einen alten Gasthof. Es hatte aufgehört zu regnen, und die Kupferplatten blitzten im Schein der trüben Spätnachmittagssonne, die sich durch den wolkenverhangenen Himmel kämpfte.

Nealy sagte sich, dass es keinen besseren Platz für Kinder zum Aufwachsen gab, und Mat war offensichtlich derselben Meinung. »Das ist einfach großartig für die Mädchen!«

In einem Laden außerhalb der Ortschaft kaufte er Hundefutter und erkundigte sich nach dem Weg zu Großmutters

Haus. Es lag in der Nähe des Stadtzentrums, auf der Anhöhe, die sich über dem Fluss hinzog. Zwischen den Häusern konnte man ihn gelegentlich erspähen.

»Nummer eins-elf«, sagte er. »Hier ist es.«

Er hielt vor einem roten Backsteinhaus mit weißer Umrandung an. Alle Häuser in dieser Straße schienen Frontverandas und Einzelgaragen zu besitzen. Dieses Haus war breit und solide – hier könnten Generationen von Familien groß werden.

Es wirkte ein wenig vernachlässigter als die anderen in der Straße, weil weder im Vorgarten noch in den Tontöpfen auf der Veranda Blumen wuchsen. Das Gras musste auch einmal gemäht werden, und die weiße Umrandung wirkte längst nicht so frisch wie bei den Nachbarn. Aber es war nicht heruntergekommen. Es sah einfach nur aus, als hätten seine Bewohner etwas Besseres zu tun.

»Der Köter bleibt hier, bis Grandma die Mädchen verdaut hat«, ordnete Mat an.

Nealy merkte, dass er nervös war. Sie auch. Nun, zumindest hatte er aufgehört, sie anzuschnauzen.

Button stoppte beim Erreichen des Städtchens plötzlich ihre Arien, als wüsste sie, dass gleich etwas Monumentales in ihrem Leben geschehen würde – und Lucy hatte sich mit Squid nach hinten verzogen. Als Nealy das Baby losschnallen wollte, fielen ihr die alten Essensflecken auf ihrem Strampler, ein kleines Loch im Ärmel und ihre reichlich platten Löckchen auf. »Vielleicht sollten wir Button ein wenig herrichten, bevor sie ihre Großmutter kennen lernt. Könnte gut sein, dass sie sie zum ersten Mal sieht.«

»Gute Idee. Ich hole sie aus ihrem Sitz. Schau, ob du was Ordentliches für sie zum Anziehen findest.« Dann fiel ihm wieder ein, mit wem er sprach. »Wenn es dir nichts ausmacht.«

»War doch mein Vorschlag, oder?«, fuhr sie ihn an.

Lucy lag bäuchlings mit dem Hund auf dem Bett. Dass dieser vor Dreck starrte, schien ihr nichts auszumachen. Sie tat, als würde sie lesen, aber Nealy ließ sich nicht täuschen und drückte tröstend ihr Fußgelenk. »Wird schon gut gehen, Lucy. Es ist doch wundervoll hier.«

Das Fräulein steckte die Nase tiefer in ihr Buch und antwortete nicht.

Nealy wählte die kleine pfirsichfarbene Jeanslatzhose, die sie im Baby Gap erstanden hatte. Über den Latz zog sich eine Reihe winziger blauer Blümchen, dazu gehörte ein farblich passendes Rippenhemdchen mit Puffärmeln. Als sie damit wieder auftauchte, sah sie, dass Mat die Kleine bis auf die Windel ausgezogen hatte und ihr eine Standpauke hielt.

»Ich möchte, dass du ganz brav bist, Dämon, hörst du? Kein Zirkus, kein Rumgeschrei, okay? Immer schön leise. Und kein Kotzen. Benimm dich einfach mal wie ein ganz normales Baby.« Er runzelte die Stirn, als er den Verschluss der frischen Windel festmachte und sie ihn ankrähte. »Ja, ja ... spar dir deine Augenaufschläge für Grannie.«

Nealy reichte ihm die Anziehsachen, und er hatte das Baby in null Komma nichts angezogen. »Du kannst das so gut. Ich brauche immer ewig.«

»Weil du zu zimperlich bist. Das darf man bei Babys nicht sein, oder sie machen mit einem, was sie wollen. Genau wie Frauen.«

»Ach ja?« Das gefiel ihr schon besser und sie grinste ihn herausfordernd an, nur um zu sehen, wie das freche Funkeln in seinen Augen gleich wieder erstarb.

»Könntest du mal nachsehen, wo ihre Schuhe sind?«

Ohne ein Wort wandte sie sich ab. Sie würde nicht um seine Zuneigung betteln. Nicht, dass sie unbedingt seine Zuneigung wollte. Sie wollte ... ja, seinen Prachtkörper, da brauchte sie sich nichts vorzumachen. Aber sie wünschte sich außerdem seine Freundschaft, seine Respektlosigkeit, ja selbst seinen nervtötenden männlichen Chauvinismus.

Der Refrain eines alten Cheryl-Crow-Songs kam ihr in den

Sinn. *Is he strong enough to be my man?* Hatte sie das tatsächlich gehofft?

Das klang nun schon beinahe wie Selbstmitleid und sie riss sich zusammen. »Lucy will anscheinend nicht rauskommen.«

»Wahrscheinlich ist ihr klar, dass es bei ihrer Großmutter viel strenger zugehen wird als bei Sandy.«

»Kann sein.« Sie fuhr mit der weichen Bürste durch den Haarschopf des Babys. Zu ihrem Erstaunen wurde sie mit einem strahlenden Lächeln belohnt. So strahlte Button sonst nur Mat an. Ihr wurde das Herz tonnenschwer. »O nein«, murmelte sie, »du fängst nicht an, mit mir zu flirten, jetzt, wo ich dich gleich hergeben muss!«

Button gluckste vor Freude und streckte Nealy die Ärmchen entgegen. Auf einmal hatte sie einen Kloß im Hals.

Mat hob sie von der Couch. »Zu spät, Dämon! Manche Leute lassen sich eben nicht kaufen.« Er bückte sich, zog eine der eingebauten Sofaschubladen auf und holte das Wal-Mart-Kissen heraus. »So sehr ich's auch verabscheue, aber ich fürchte, du musst dir das wieder umschnallen.« Seine Miene verriet deutlich seinen Widerwillen. »Abgesehen von mir ist das der beste Schutz, den du hast.«

Er hatte Recht. Sie würden eine Weile hierbleiben, und alle Welt suchte nach ihr. Sie kramte eine ihrer alten Umstandsblusen heraus und verschwand damit im Bad. Als sie wieder herauskam, hörte sie, dass Mat mit Lucy sprach.

»... die Detektive, die ihr ihr Ex-Mann auf den Hals gehetzt hat, könnten hier auftauchen, und um sie zu täuschen, tut sie wieder so, als ob sie schwanger wäre. Falls jemand fragt, werde ich sagen, dass sie meine Frau ist. In Ordnung?«

»Okay!« Lucy klang traurig.

Ein paar Sekunden lang war es still. »Ich werd dich nicht einfach absetzen und mich aus dem Staub machen, hörst du? Ich bleib 'ne Weile, um zu sehen, wie's dir geht. Es wird sicher toll, warte nur!«

Lucy trottete zur Tür, als trüge sie eine tonnenschwere Last auf den Schultern. Squid watschelte hinter ihr drein.

»Ich glaube, den Hund lassen wir vorläufig lieber hier.« Mat zog seinen Kragenzipfel aus Buttons Mund.

Ein reichlich stilles Grüppchen erklomm nun die Stufen zur Haustür. Als Mat auf den Klingelknopf drückte, blickte Nealy Lucy an. Die lehnte niedergeschlagen am Verandageländer.

Nealy trat neben sie und schlang ihr den Arm um die Taille. Sie hätte dem Mädchen am liebsten versichert, dass alles in Ordnung war – doch das konnte sie nicht, denn das Gegenteil traf zu.

Lucy blickte zu ihr auf, und Nealy sah die ganze Angst in ihren Augen. »Ich weiche auch nicht von deiner Seite«, flüsterte sie. »Nicht, bevor ich sicher bin, dass es dir gut geht.« Sie hoffte bloß, dass sie ihr Versprechen auch halten konnte.

»Scheint niemand da zu sein«, sagte Mat. »Ich schau mal ums Haus rum.« Er reichte ihr Button.

Das junge Mädchen starrte die Haustür an.

»Möchtest du mir jetzt vielleicht etwas über deine Großmutter erzählen?«, fragte Nealy.

Lucy schüttelte den Kopf.

Brummend kam Mat zurück. »Die Fenster stehen offen und drinnen ist Musik an. Wahrscheinlich hat sie die Klingel nicht gehört.« Er ballerte an die Tür. »Ach, übrigens, es freut dich sicher zu hören, dass deine Großmutter *Smashing Pumpkins* mag, Lucy.«

»Cool«, quietschte Lucy heraus.

Die Tür ging auf. Ein junger Mann Mitte Zwanzig stand vor ihnen, der typische Ökostudent: Kurzhaarschnitt, Ziegenbärtchen, Ohrringe. Er hatte ein T-Shirt, dazu Khakishorts und Birkenstocksandalen an. »Yeah?«

Aus dem Augenwinkel sah Nealy, wie Lucy schluckte und vorsichtig einen Schritt vortrat. »Hallo, Grandpa!«

15

Mat erstickte beinahe – gar nicht so einfach mit einem staubtrockenen Mund. Er wirbelte zu Lucy herum. »*Grandpa?*«

Sie knetete ihre Hände, biss sich auf die Lippe und sah aus, als würde sie jeden Moment in Tränen ausbrechen. Dann drehte er sich wieder zu dem Öko herum, der sich gerade verwirrt die Brust kratzte.

»Ich weiß nich, für wen ihr mich haltet, Mann, aber ...« Er hielt inne und nahm Lucy genauer in Augenschein. »He, bist du nicht – Laurie?«

»Lucy.«

»Ja, na klar.« Er lächelte entschuldigend. »Du siehst ganz anders aus als auf den Fotos. Wie läuft's so?«

»Nich so gut. Meine Mom is gestorben.«

»Ach Mann, das is echt übel!« Er blickte wieder Mat an und schien plötzlich zu begreifen, dass dies mehr als nur ein Höflichkeitsbesuch war. »Wollt ihr reinkommen?«

»Darauf kannst du wetten«, stieß Mat zwischen zusammengepressten Lippen hervor. »Reinkommen wollen wir auf alle Fälle.« Er packte Lucy am Arm und stieß sie vor sich her ins Haus. Aus den Augenwinkeln sah er, dass Nell so verzweifelt aussah, wie er sich fühlte. Nur dem Dämon schien das alles gar nichts auszumachen. Sie tätschelte Nells Wange, um ihre Aufmerksamkeit zu erhalten.

Sie folgten dem Öko in ein Wohnzimmer, in dem ein Sammelsurium verschiedener alter, aber gemütlich aussehender Möbel mit dunkelgrüner und brauner Samtpolsterung herumstand, dazu einige sehr hübsche antike Beistelltischchen. An der Wand beiderseits des Kamins zogen sich Bücherregale hin, deren Inhalt wohl gelesen zu sein schien. Außerdem gab es ein paar Holzfiguren, Keramiken und etliche alte Radierungen. Die Stereoanlage, aus der die Musik der Smashing

Pumpkins plärrte, stand auf einem gediegenen Schreibtisch, der mit CDs zugepflastert war. Zeitschriften lagen herum, eine Gitarre, in der Ecke ein paar Hanteln und auf dem Wohnzimmertisch ein Matchsack.

Der Öko drehte die Musik leiser. »Wollt ihr 'n Bier oder so was?«

»Ja, bitte«, sagte Lucy, die Mat einen nervösen Blick zuwarf und schnellstens ein wenig von ihm abrückte.

Mat funkelte sie drohend an und überlegte dann, wo er anfangen sollte. »Nein danke. Wir wollten Mrs. Pressman besuchen.«

»Joanne?«

»Ja.«

»Sie is auch tot, Mann.«

»Tot?«

Nell wollte Lucy schon in den Arm nehmen, um sie so irgendwie vor dem Schock zu bewahren, doch Lucy sah gar nicht geschockt aus. Sie sah eher aus, als würde sie bis zum Hals in Schwierigkeiten stecken.

Mat starrte den Öko an und meinte gepresst: »Lucy hat uns nicht gesagt, dass ihre Großmutter verstorben ist.«

»Joanne is vor 'nem knappen Jahr verstorben. Ganz schön hart, Mann!«

»Vor einem Jahr?« Mat war schier am Ersticken vor Wut. »Man hat mir erzählt, Mrs. Pressman wäre für ein paar Monate verreist.«

»Ja, Mann, ganz schön weit verreist ...« Seine Stimme begann zu zittern. »Eines Tages hat sie sich mein Bike geschnappt und es dann auf der County Line Road zu Schrott gefahren.«

Geistesabwesend tätschelte Nell Buttons Beinchen. »Sie fuhr mit dem Fahrrad?«

»Ich glaube, er meint ein Motorrad«, korrigierte Mat heiser.

Lucy versuchte, sich hinters Sofa zu verdrücken, offenbar

in der irrigen Ansicht, dass das Möbelstück sie vor Mat schützen könnte.

»Meine neue Fünfzehnhunderter Kawasaki. Ich war fix und fertig, echt!«

»Wegen des Bikes oder wegen Mrs. Pressman?«

Der Öko blickte ihm ernst in die Augen. »Komm, Mann, das geht unter die Gürtellinie. Ich hab sie geliebt!«

Mat fragte sich, warum sich nie im Leben etwas einfach gestaltete. Er war überhaupt nicht auf den Gedanken gekommen, die Echtheit des Briefes, den Lucy ihm gezeigt hatte, zu hinterfragen, weil das Collegesiegel auf dem Blatt prangte. Und die Handschrift hatte auch nicht wie die eines jungen Mädchens ausgesehen. Wie dumm von ihm! Er hatte doch längst rausgefunden, wie gerissen sie war. Wieso hatte er nicht in der Zwischenzeit ein paar Erkundigungen eingezogen?

Nun stellte er die Frage, die er sich verkniff, seit sie den Öko Grandpa genannt hatte. »Und wer sind Sie?«

»Nico Glass. Joanne und ich waren erst ein paar Monate verheiratet, als sie starb.«

Nell schien das ebenso wenig fassen zu können wie er. »Sie waren miteinander verheiratet?«

Nicos Augen blitzten herausfordernd: »Yeah! Wir haben uns geliebt, Mann!«

Dazu äußerte Nell die Untertreibung des Tages. »Da gab es aber doch wohl einen kleinen Altersunterschied.«

»Für viele Leute vielleicht, aber nich für uns. Sie war erst dreiundfünfzig – meine Anthropologieprofessorin am Laurents. Sie haben versucht, sie zu feuern, als das mit uns herauskam; aber weil ich über einundzwanzig bin, konnten sie nicht.«

»Laurents?«, erkundigte Nell sich. »Ist das das hiesige College?«

»Yeah. Ich hab mein Hauptfach 'n paarmal gewechselt, deshalb hat's länger gedauert, bis ich meinen Abschluss machen konnte.«

Für Mat wurde es Zeit, sich Lucy vorzuknöpfen, und er war froh, dass das Sofa zwischen ihnen stand, denn er hätte ihr am liebsten den Kragen umgedreht. »Wer hat den Brief gefälscht?«

Sie fuhr mit dem Daumennagel an den Mund und wich ängstlich einen Schritt zurück. Er hatte keinen Funken Mitleid mit ihr.

»Die Frau, für die ich als Babysitter gearbeitet hab«, nuschelte sie. »Und er war nich für dich! Er war für Sandys Anwalt. Irgendwie wurde er allmählich misstrauisch, also wollte ich ihm den Brief beim nächsten Mal zeigen – bloß, dass du dann aufgetaucht bist und nich er.«

Er biss die Zähne zusammen. »Du wusstest, dass deine Großmutter tot ist, und hast mich angelogen!«

Sie warf ihm einen sturen Blick zu. »Vielleicht wusste ich, dass sie tot war, aber das mit der Kawasaki nich.«

Nell merkte wohl, dass er kurz vorm Explodieren stand, denn sie legte ihm die Hand auf den Arm und drückte ihn sanft.

»He, Mann, müsste ich dich kennen, oder was?«

Mat rang um Beherrschung. »Ich bin Mat Jorik ... war mal mit Sandy, Joannes Tochter, verheiratet. Das ist ... meine Frau Nell.«

Er nickte Nell zu. Button strahlte ihn mit ihren babyblauen Augen an, und er lächelte zurück. »Süß, die Kleine! Joanne hat sich Sorgen gemacht, als Sandy schwanger wurde, weil sie doch so viel trank. Sie haben sich nich allzu gut verstanden.«

»Sandy hat nich getrunken, als sie schwanger war.« Lucy begann auf ihrem Daumennagel herumzukauen.

Button wollte hinunter, und Nell setzte sie auf den Boden. Der Wonneproppen begann sofort um den Wohnzimmertisch herumzuwatscheln, die Fußspitzen auswärts gewandt wie eine betrunkene Ballerina. Mat brauchte einen Moment, um sich wieder ein wenig zu beruhigen, und trat deshalb an den

Kamin, um sich die Fotos, die dort standen, anzusehen – in der schwachen Hoffnung, dass sie ihm etwas verraten würden.

Die Fotos in der ersten Reihe zeigten nur Joanne und Nico. Sie hätten Mutter und Sohn sein können, wären da nicht die hungrigen Blicke gewesen, die sie einander zuwarfen. Joanne war eine attraktive Frau gewesen, schlank und wohlproportioniert, das lange, glatte graumelierte Haar in der Mitte gescheitelt und mit Haarspangen zurückgehalten. Ihre flattrigen Röcke, die weiten Oberteile, der schwere Silberschmuck zeigten deutlich das Blumenkind der Sechziger, das sie einmal gewesen war. Und offensichtlich hatte sie ihr ganzes Herz an Nico verloren. Das sah man an der Art, wie sie sich auf jedem Foto an seine breite Brust schmiegte. Warum er sich zu einer fast dreißig Jahre älteren Frau hingezogen gefühlt hatte, stand auf einem ganz anderen Blatt – wahrscheinlich ein Fall für den Analytiker.

Auf den Bildern dahinter sah man Sandy und Lucy in verschiedenen Altersstufen. Die von Lucy interessierten ihn besonders. Auf den frühen Bildern hatte sie die toughe Nummer noch nicht draufgehabt, und man sah ein strahlendes kleines Mädchen, das das Leben offensichtlich liebte. Buttons Porträt, das aus dem Krankenhaus stammte, zeigte einen Säugling mit einem verformten Kopf und einem eingedrückten Gesicht, der keinerlei Ähnlichkeit mit dem Engelchen hatte, das eben jetzt versuchte, sich den Finger in die Nase zu bohren.

Gerade wollte er sich abwenden, als sein Blick auf ein Foto am Ende der Reihe fiel. Es war ein Bild von Sandy und ihm selbst, das bei der Party eines Freundes entstanden war. Beide hatten Gläser in den Händen, was damals ziemlich oft vorkam, und sie sah wunderhübsch aus, mit ihrem dichten, dunklen Haar und den vollen Lippen, zu einem Mega-Watt-Lächeln geöffnet. Er fragte sich, ob der große, dürre Bursche an ihrer Seite, der krampfhaft versuchte, älter auszusehen, wirklich er gewesen war. Das Foto deprimierte ihn, und er wandte sich ab, um sofort festzustellen, wie Nico Nell anstarrte.

»Kenn ich dich nich von irgendwoher?«

Bevor Nell antworten konnte, gab Lucy Auskunft: »Sie sieht aus wie Cornelia Case, die First Lady.«

Nell erstarrte, aber Nico lächelte nur. »Yeah, Mann, echt, du ähnelst ihr!« Sie blickte Mat an. »Also seid ihr auf Urlaub oder so was?«

»Könnte man nicht behaupten, nein. Lucy, verzieh dich!«

Normalerweise hätte sie gemault, doch nun traute sie sich nicht. Stattdessen schnappte sie sich Button und verschwand durch die Vordertür nach draußen. Durchs Fenster konnte er sehen, dass sie in der Hollywoodschaukel Platz nahm, die auf der Vorderveranda stand und wo ihr vielleicht einiges ins Ohr drang, was drinnen gesprochen wurde.

Er wandte sich um und musterte den Burschen, der nun so etwas wie der einzige Verwandte war, den die Mädchen noch hatten. »Also Nico, jetzt hör mir mal gut zu ...«

Nealy ging schließlich nach draußen, um nach Lucy zu sehen. Der Teenager hatte Squid aus dem Wohnmobil befreit, und der Köter lag wie ein Haufen schmutziger Wäsche zu ihren Füßen auf der Veranda. Button, die sich mit einer Faust am Verandageländer festhielt und an der anderen nuckelte, sah einem Rotkehlchen zu, das über den Rasen hüpfte. Nealy schob den Gedanken an Bleivergiftung durch alte Farbe rasch wieder von sich. Die Zeit mit Button hatte ihr gut getan, wie sie jetzt erkannte. Sie kam sich nicht mehr gar so sehr wie der Todesengel von Säuglingen vor.

Gemächlich ließ sie sich Lucy gegenüber auf der obersten Stufe nieder und blickte auf die baumbestandene Straße hinaus. Am einen Ende war eine Grundschule mit einem Spielplatz unter schattigen Kastanien zu erkennen; am anderen

Ende umrundeten zwei Jungen halsbrecherisch auf Fahrrädern ein paar Pfützen. Vis-a-vis studierte ein Mann im Anzug seinen Rasen. Nealy hörte das Klingeln eines Eiswagens und eine Mutter, die ihr Kind zum Essen ins Haus rief. Diese alltäglichen Laute waren für sie so exotisch wie die meisten fremden Länder für normale Menschen.

Lucy spielte mit einem Ohr von Squid. »Was glaubst du, was Mat jetzt mit mir machen wird?«

»Ich weiß nicht. Jedenfalls ist er ziemlich sauer. Du hättest ihn nicht anlügen sollen.«

»Was sollte ich denn sonst tun? Die hätten uns doch sofort in Pflegefamilien gesteckt!«

Und das würden sie noch immer. Nealy glaubte nicht einen Moment, dass Mat die Kinder bei Nico ließe – obwohl er sich drinnen ganz schön anstrengte, um den jungen Mann davon zu überzeugen, dass er der einzige verbliebene Verwandte sei.

Natürlich wollte Nico nichts davon wissen. Als er verkündete, er müsse zum Felsklettern in die Rocky Mountains, beschied ihm Mat, das könne er vergessen – doch Nico packte dennoch weiter seine Sachen in den Matchsack.

Sie warf einen Blick auf Button, deren pfirsichfarbene Jeanslatzhose schon jetzt wieder fleckig war vom Herumkrabbeln auf der Veranda, und dann auf Lucy, die zutiefst verzweifelt dreinblickte. Was würde mit diesen beiden geschehen? Mat war grundanständig und versuchte sein Bestes; aber er hatte von Anfang an klargestellt, dass es in seinem Leben keinen Platz für Kinder gab. Was dann noch blieb, war eine Pflegefamilie oder Adoption. Um Button würden sich die Leute reißen, aber Lucy würde keiner wollen. Man würde sie von der kleinen Schwester, die sie so leidenschaftlich beschützt hatte, trennen.

Lucy war vom Daumennagel zum Zeigefinger übergegangen. »Er bringt mich um, wenn er rauskommt.«

Nealy versuchte, den Kloß in ihrem Hals hinunterzuschlucken. »Du hättest ihm das von deiner Großmutter gleich sagen sollen. Und dann noch dieser gefälschte Brief!«

»Na klaro! Dann hätte Button überhaupt keine Chance gehabt. Sie hätten sie mir noch am gleichen Tag weggenommen.«

Nealy kam der Gedanke, dass dieser Teenager bereits mehr über Mut wusste, als die meisten Menschen in einem langen Leben lernten. So sanft sie konnte, fragte sie: »Was hast du dir davon erhofft, Mat zu erzählen, deine Großmutter wäre noch am Leben?«

»Immer, wenn was Schlimmes passiert is, hat Sandy gesagt: Es is erst vorbei, wenn's wirklich vorbei is. Und ich hab gedacht, wenn die Fahrt nur lang genug dauert, könnt vielleicht noch ein Wunder geschehen.«

»Dass Mat euch doch behalten würde?«

Lucy antwortete nicht. Das brauchte sie auch nicht.

»Es tut mir Leid, Lucy. Du weißt, es gibt jede Menge toller Pflegefamilien. Und Mat wird sicher mal nach euch sehen.« Zwar hatte Mat so etwas nie gesagt, aber Nealy war überzeugt davon. »Und ich auch.«

»Nach mir braucht ihr nicht zu schauen, weil ich selbst für mich sorgen kann«, erwiderte Lucy stur, »und in eine Pflegefamilie geh ich nich.« Kleinlauter fuhr sie dann fort: »Ich weiß, ihr mögt Button. Sie is auch ein ganz tolles Baby. Sie is süß und intelligent und macht kaum Schwierigkeiten. Na ja, ein bisschen vielleicht, aber das legt sich bald. Nächsten Monat vielleicht, oder so.« Lucy gab es mit der Subtilität auf. »Ich weiß wirklich nich, wieso ihr nicht heiraten könnt, du und Mat. Und sie adoptieren!«

Nealy blickte sie verzweifelt an. »Lucy, das geht nicht...«

»Ist doch Bullshit, Mann!« Nicos wütende Stimme unterbrach ihr Gespräch. »Ich hab mit diesen Kids einfach nichts am Hut!« Die Tür flog auf, und er schoss mit seinem Matchsack und einer Gitarre in der Hand nach draußen. Mat folgte ihm. »Also, ich verzieh mich. Wenn ihr noch 'ne Weile hier campieren wollt, hab nix dagegen! Aber das wär's dann auch.«

Er warf Mat seine Hausschlüssel zu und sprang dann ohne einen Blick auf Lucy oder Button mit einem Satz die Stufen hinunter. Ein paar Augenblicke später röhrte er auf einem Motorrad davon.

Grimmig durchbohrte Mat Lucy mit dem Zeigefinger. »Du! Ab in den Trailer. Wir beide werden uns jetzt mal unterhalten.«

Sie war nicht dumm. Sofort schnappte sie sich Button und drückte sie, gleichsam als menschliches Schutzschild, an sich.

»Allein!«, donnerte Mat.

Resigniert setzte sie Button ab, warf ihm einen schmaläugigen Blick zu, reckte das Kinn und marschierte zum Wohnmobil.

Nealy blickte ihr nach und schüttelte bewundernd den Kopf. »Bist du sicher, dass sie nicht deine Tochter ist?«

Mat ignorierte sie und setzte sich mit verkniffenem Mund ebenfalls in Bewegung. Nealy packte Button und wollte ihm folgen, doch dann hielt sie inne. Er mochte vielleicht aussehen, als würde er gleich jemanden erwürgen, aber sie wusste es besser. Zwar bellte er und biss auch schon einmal, aber nie allzu fest.

Und bellen tat er dann auch, bis sie glaubte, die Wände des Wohnmobils würden platzen. Als sie es nicht länger aushielt, trug sie Button ins Haus, um sich ein wenig umzusehen. Sie würden mindestens eine Nacht hier verbringen, und sie wollte alles kennen lernen.

Hinten führte eine geräumige, sonnige Küche zu einer mit Fliegengitter geschützten Veranda und einem kleinen Garten hinaus. Auf einem abgetretenen Orientteppich stand eine gemütliche Sitzgruppe brauner Korbmöbel, und auf ein paar nicht zueinander passenden Tischen lagen wissenschaftliche Zeitschriften, alte Ausgaben des *Rolling Stone* und Reste von Junk-Food-Verpackungen herum. Tongefäße, in denen wohl früher einmal Pflanzen gewesen sein mochten, standen neben Tonlampen. Durch die Verandafenster blickte sie auf den Garten hinaus, der von einer Hecke und einem hübschen Kirschbaum begrenzt wurde. Im überwucherten Blumenbeet blühten etliche Rosen.

Oben gab es drei Schlafzimmer, deren kleinstes in einen Abstellraum verwandelt worden war. Ein tragbarer CD-Player, ein paar herumliegende Kleidungsstücke und ein offenes Buch über Zen deuteten darauf hin, dass Nico das größte Schlafzimmer bewohnte. Im Gästezimmer lag eine indische Decke in Blau und Lavendel über dem Doppelbett, und an den Fenstern hingen einfache Stores. Das charmant-altmodische, aber etwas schmuddelige Badezimmer war grau und weiß gekachelt und besaß eine prähistorische Füßchenbadewanne mit einer Duschvorrichtung. Außerdem stand darin ein Korb voller alter Zeitschriften; durchs offene Milchglasfenster schaute man in den Garten und in der Ferne auf ein Stückchen vom Iowa River.

Sie hörte die Seitentür zuknallen und ging nach unten, wo Mat soeben in Joanne Pressmans Arbeitszimmer verschwand, das aussah, als wäre es davor wohl einmal ein Esszimmer gewesen. Durch die Glastür sah sie, wie er nach dem Telefonhörer griff, und wurde traurig. Zweifellos begann er die Maßnahmen einzuleiten, die ihm die Mädchen wieder vom Hals schaffen würden.

»Er hat mich nich geschlagen oder so.«

Lucys leise Stimme ertönte hinter ihr, und Nealy drehte sich nach dem armen Ding um. Ihre Wangen waren hochrot, ihre Augen verhangen. Sie sah besiegt aus, wollte es sich aber keineswegs anmerken lassen.

»Hätte ich auch nicht gedacht.«

»Aber er ist ganz schön sauer.« Ihre Stimme brach. »Weil ich ihn enttäuscht hab und so.«

Nealy hätte sie am liebsten umarmt, aber Lucy arbeitete

selbst tapfer an ihrer Beherrschung, an ihrem Stolz. »Mal sehen, ob wir irgendwo Pizzas zum Abendessen bestellen können. Und Button hat nichts Sauberes mehr zum Anziehen. Würdest du mir zeigen, wie man eine Waschmaschine bedient?«

»Du weißt nich, wie 'ne Waschmaschine geht?«

»Ich hatte Hauspersonal.«

Lucy schüttelte den Kopf über Nealys totale Unwissenheit und demonstrierte dann geduldig den Gebrauch der Waschmaschine.

Als die Pizza geliefert wurde, war Mat verschwunden. Sie fand ihn draußen mit dem Kopf unter Mabels Motorhaube. Er grunzte, dass er später essen würde. Sie vermutete, dass er noch ein wenig Zeit für sich brauchte, und ging ihm nur zu gerne aus dem Weg.

Nach der Mahlzeit schrubbte Nealy die Wanne, zog das Baby aus und setzte es ins Wasser. Button kreischte vergnügt und begann dann mit den Plastikbechern, die Nealy aus der Küche mit hinaufgenommen hatte, zu plätschern. »Du weißt aber, wie man Spaß hat«, bemerkte sie lachend.

»*Dada!*«

Sie wandte sich um und sah Mat mit verschränkten Armen im Türrahmen lehnen. »Das ist mein Job«, sagte er müde. »Ich wollte sie dir nicht aufhalsen.«

»Hast du ja auch nicht!« Ihre Worte klangen schärfer als beabsichtigt, aber sie war zornig auf ihn. Zornig, weil er nicht der Mann war, der er in ihren Augen sein sollte – ein Mann mit Familiensinn, der sich dieser Mädchen annahm.

Nun, eigentlich verdiente er mehr Milde. Mat hatte nicht um all das gebeten, und es sprach wahrhaftig für seinen Charakter, dass er sich ihretwegen schon so viel Mühe gemacht hatte. Trotzdem war sie zornig auf ihn.

Button schlug mit beiden Ärmchen ins Wasser, dass es nur so spritzte, um ihn zu beeindrucken.

»Ich hab gerade Lucy unten mit einem tragbaren Fernseher verschwinden sehen«, sagte er. »Hoffentlich muss ich mir nicht wieder Gedanken um irgendwelche Leihhäuser machen.«

»Wo hat sie ihn hingebracht?« Sie versuchte ihr Bestes, um Buttons Ohren zu waschen, doch es fruchtete nicht allzu viel.

»Ins Wohnmobil. Sie sagt, sie und Button würden auf keinen Fall im Gästezimmer schlafen, egal was du davon hältst.«

Nealy seufzte. »Da ist ein Doppelbett drin, das mit einer Seite an der Wand steht, sodass Button nicht rausfallen könnte. Ich hielt das für eine gute Unterbringungsmöglichkeit. Aber Lucy ist offensichtlich anderer Meinung.«

»Diese Mistgöre!«

Die Pizza musste wohl Lucys Kampfgeist neu entfacht haben, denn Nealy wollte schwören, dass sie sich wieder einmal als Kupplerin versuchte – sie und Mat sollten auf jeden Fall allein im Haus sein.

Squid folgte Mat ins Bad und ließ sich auf den Fliesen neben der Wanne nieder. Button krähte und spritzte ihn zur Begrüßung ordentlich voll. Der Hund betrachtete sie demütig und schleppte sich dann unters Waschbecken, wo ihn die Flut nicht erreichen konnte.

»Das ist der erbärmlichste Köter, der mir je untergekommen ist.«

»Nun, immerhin habe ich Lucy dazu gebracht, ihn draußen mit dem Schlauch zu waschen, also stinkt er wenigstens nicht mehr. Und außerdem hat er einen eindrucksvollen Appetit.«

»Drei verschiedene Nachbarn sind rübergekommen, um sich vorzustellen, als ich das Wohnmobil in die Auffahrt gefahren hab. Bloß gut, dass du dieses blöde Kissen anhast.«

»Na ja, die Leute im Mittelwesten sind nun mal gesellig.«

»Viel zu gesellig!« Er nahm den Lappen, mit dem Nealy die Wanne sauber geschrubbt hatte, und wischte Buttons Überschwemmung auf. »Ich weiß nicht, wie's dir geht, aber ich hab die Nase voll vom Rumfahren mit diesem blöden Kasten; also hab ich einen Mietwagen reservieren lassen. Wir können ihn morgen früh abholen.«

Sie wollte ihn fragen, was er jetzt mit den Mädchen vorhatte; aber Button fing an, sich zu langweilen, und sie sollte zuerst versorgt werden. »Ich mach das hier schon.«

Während Mat unten Buttons Fläschchen vorbereitete, trocknete Nealy sie ab und zog ihr einen sauberen Schlafanzug an. Dann trug sie Button mitsamt Fläschchen zum Wohnmobil und überreichte beides Lucy.

Als sie zurückkam, hockte Mat mit Squid zu Füßen auf den Stufen der hinteren Veranda. Sie setzte sich neben ihn und blickte auf den stillen Garten hinaus. Glühwürmchen tanzten über den Büschen, und der Duft von Geißblatt lag in der Luft. Durch das Rückfenster eines Nachbarhauses war das Flackern eines Fernsehers zu erkennen. All das wollte sie in sich aufnehmen, um diesen perfekten Sommerabend im Herzland von Amerika nie mehr zu vergessen.

Mat trank einen Schluck Kaffee. »Vorhin hab ich Sandys Anwalt angerufen und ihm gesagt, wo die Mädchen sind und was passiert ist. Wie zu erwarten war, ist das Jugendamt von Pennsylvania nicht gerade glücklich über meine Eigenmächtigkeit.«

»Du bringst die Mädchen wieder zurück.« Es sollte eine Frage sein, kam aber nicht so heraus.

»Ja, natürlich! Sobald das mit den Bluttests erledigt ist.«

»Du willst den Vaterschaftstest hier machen?«

»In Davenport ist ein Labor. Das passt mir besser in den Kram, denn in Pennsylvania macht man mir ja doch bloß Schwierigkeiten.«

»Also lässt du die Tests machen und dann hast du die Kinder vom Hals«, sagte sie bissig.

»Das ist unfair.«

Sie seufzte. »Stimmt. Es tut mir Leid.«

»Ich will das alles nicht! Vater hab ich genug gespielt, noch bevor ich einundzwanzig war, und das reicht mir fürs Leben. Eine furchtbare Zeit!« Er blickte in den Abendfrieden hinaus. »Mein Leben lang hab ich geschuftet, um genau davon loszukommen.«

Es tat weh, dass etwas, das ihr so viel Freude machte, so schrecklich für ihn war. »War denn deine Kindheit die Hölle?«

Er stellte die Kaffeetasse auf den Stufen ab. »Nicht die Hölle – aber du kannst dir nicht vorstellen, was es heißt, ohne jede Privatsphäre aufzuwachsen und für so viele Weiber verantwortlich zu sein.«

»Was war mit deiner Mutter?«

»Sie hat fünfzig, sechzig Stunden pro Woche als Buchhalterin gearbeitet. Mit ihren acht Kindern konnte sie sich's nicht leisten, Überstunden auszuschlagen. Die Mädchen sind meiner Großmutter auf dem Kopf rumgetanzt, also blieb eigentlich alles an mir hängen. Ich konnte nicht mal ausziehen, als ich mit der Highschool fertig war. Meine Großmutter wurde allmählich gebrechlich, und meine Mutter hat mich noch gebraucht – also wohnte ich sogar während der Collegezeit zu Hause.«

»Aber da waren ein paar von deinen Schwestern doch sicher schon alt genug, um selbstständig zurechtzukommen.«

»Alt genug schon, aber das hieß noch lange nicht, dass man sich auf sie verlassen konnte.«

»Wieso auch, wo ihr ältester Bruder so ein Fels in der Brandung war?«

Der Hund rückte näher an Mats Füße heran. Mat stützte die Ellbogen auf seine gespreizten Beine und ließ die Hände dazwischen runterbaumeln. Der Hund knabberte an seinen Fingern, doch Mat schien es nicht zu bemerken. »Schau mich doch an. Innerhalb von ein paar Tagen hab ich zwei Kinder am Hals und eine schwangere Frau, von der ich allen erzähle, dass sie meine Gemahlin ist, sowie einen verdammten Köter.

Und als ob das nicht reichen würde, wohne ich jetzt auch noch in einem Haus in Iowa.«

Sie lächelte. »Fehlt bloß noch ein Kombi und eine Schwiegermutter.«

Stöhnend sank er nach vorn. »Als ich vorhin telefonierte ... hab ich 'nen Ford Explorer reservieren lassen. Ich hab einfach nicht nachgedacht.«

»Einen Explorer?«

»Ja, ein Kombi. *Der* Stationwagon von heute.«

Nealy feixte.

Sein natürlicher Sinn für Humor brach durch, und er lächelte ein wenig schief.

»Und was ist mit deinem Job?«, fragte sie. »Musst du nicht wieder zur Arbeit?«

»Das geht schon noch.«

Irgendwie passte auch das nicht zusammen. »Lucy hat gesagt, du fährst einen Mercedes. Nettes Auto für einen Stahlarbeiter.«

Er brauchte einen Augenblick, bevor er antwortete. »Ich hab nie gesagt, dass ich Stahlarbeiter bin. Ich hab gesagt, ich arbeite in einer Stahlfabrik.«

»Und was ist der Unterschied?«

»Meine leitende Position.«

»Ach so.« Sie schob die Hände zwischen ihre Oberschenkel. »Und wie lange kannst du noch wegbleiben?«

»Es dauert zwei Wochen, bis die Ergebnisse vorliegen.«

Hoffnung flammte in ihr auf, erstarb jedoch wieder, als er fortfuhr. »Wahrscheinlich werd ich morgen Abend oder übermorgen mit ihnen zurückfliegen. Hängt wohl von dir ab, denke ich.«

»Was meinst du damit?«

»Ich lasse dich nicht allein.«

»Bitte keinen Leibwächter! Genau davon wollte ich ja weg.«

Er griff nach unten und kraulte Squid geistesabwesend hinter den Ohren. »Der Präsident hat heute Nachmittag eine Pressekonferenz abgehalten. Du warst das Hauptthema.«

Sie ging den Nachrichten absichtlich aus dem Weg und wollte nichts davon hören.

Der Hund legte die Schnauze auf Mats Fuß. »Vandervort hat allseits versichert, dass es keinen Grund zur Sorge um deine Sicherheit gibt – dass du erst heute Nachmittag mit Mrs. Bush telefoniert hättest.«

»Hm!«

»Offenbar hat die Special Task Force, die nach dir sucht, Fortschritte gemacht, und man erwartet, dich schon bald aufzuspüren.«

Seufzend stützte sie die Ellbogen auf die Knie. »Ja, wahrscheinlich.«

»Ich weiß nicht. Du scheinst deine Spuren ganz gut verwischt zu haben.«

»Sie sind besser. Früher oder später finden sie mich trotz allem.«

»Er macht die skrupellosen Schurken der Opposition für dein Verschwinden verantwortlich.« Sein Mund verzog sich zu einem zynischen Lächeln. »Er sagte, du hättest nicht mehr mit ansehen können, wie die Gegner deines Mannes ihre eigenen kurzsichtigen politischen Interessen über das höhere Wohl des amerikanischen Volkes stellen.«

Nealy stieß ein leises Gurren aus. »Ja, so was würde er sagen.«

»Also welche First Lady rufst du morgen an?«

Sie lehnte sich zurück. »Keine First Ladys mehr! Deren Telefone dürften inzwischen alle überwacht werden ... muss wohl zum Supreme Court oder zum Kabinett übergehen.«

Er schüttelte den Kopf. »Ich kann's immer noch nicht fassen.«

»Dann denk nicht daran.«

»Das sagt sich so leicht.« Die zornige Note hatte sich wieder in seinen Ton zurückgeschlichen. »Du hättest mir reinen Wein einschenken müssen.«

»Wieso?«

»Wie kannst du so was fragen?«

»Was hättest du getan, wenn du ich wärst?«

»Nun, ich hätte wohl mein Leben in die Hand genommen, bevor es außer Kontrolle geriet, nehme ich an.«

Das machte sie wütend. »Das sagt jemand, der überhaupt keine Ahnung hat.«

»Du hast gefragt.«

Sie sprang auf die Füße. »Du bist ein Arsch, weißt du das, Mat? Lucy hat Recht.«

Er schoss ebenfalls hoch. »Du hast mich reingelegt!«

»Na, entschuldige bitte, dass ich nicht gleich in dem Truckstop zu dir gerannt bin und mich vorgestellt habe: Cornelia Case!«

»Das meine ich doch gar nicht! Danach hattest du genug Zeit, mir die Wahrheit zu sagen.«

»Bloß damit du mich dann entweder anschnauzt oder vor mir kriechst?«

Empörung blitzte in seinen Augen auf. »Ich bin noch nie in meinem Leben vor jemandem gekrochen!«

»Heute Morgen hast du zu mir gesagt, du hast Kaffee gemacht! Seit du weißt, wer ich bin, behandelst du mich wie einen Gast!«

»Ich hab gesagt, ich hab *Kaffee* gemacht? Was soll das schon wieder heißen, Teufel noch mal?« In seinen Augen braute sich definitiv ein Sturm zusammen, aber das war ihr schnurz.

»Ist übrigens noch nicht alles, und das weißt du ganz genau!«

»Nein, keine Ahnung! Und noch nie im Leben bin ich vor jemandem gekrochen!«

»Dann sag mir doch mal, wieso wir hier sitzen, anstatt da

weiterzumachen, wo wir vor zwei Nächten aufgehört haben! Das ist Iowa, Mat! *Iowa!*«

Dass sie ihn daran erinnern musste – dass er auf einmal nur noch an ihre Identität dachte –, tat einfach zu weh. »Vergiss es! Vergiss es einfach.« Sie riss die Verandatür auf und rannte ins Haus.

Mat sah die Fliegengittertür zuknallen und zerbrach sich den Kopf über die Szene. Wieso war er auf einmal der Böse? Was erwartete sie von ihm? Sollte er die First Lady der Vereinigten Staaten einfach aufs Bett werfen und all das tun, woran er den ganzen Tag hatte denken müssen? Der Teufel sollte sie holen, dass sie nicht Nell war! Und was sollten diese Vorwürfe übers Kriechen?

Er riss die Tür auf. »Komm sofort wieder her!«

Was sie natürlich nicht tat, denn wann tat sie je, was er ihr befahl.

Die Seitentür krachte zu. Sie rannte weg. Das kleine Miststück rannte weg! Zum Wohnmobil, wo sie sich einschließen konnte! Zum Wohnmobil, wo er ihr doch ausdrücklich befohlen hatte, an ihm zu kleben wie eine Klette. Dachte sie denn überhaupt je nach? Dachte sie an all die Verrückten da draußen, die ganz scharf darauf waren, sie in die Finger zu kriegen? Nein, natürlich nicht!

Die Tatsache, dass er sich mit jenem kaputten Auspuff heute schon einmal zum Trottel gemacht hatte, hielt ihn nicht davon ab, durchs Haus zu stürmen und durch die Seitentür in den Hof hinaus zu laufen. Unterwegs versuchte er, sich wieder ein bisschen zu beruhigen, was ihm auch beinahe gelungen wäre, wenn er die Tür des Wohnmobils nicht unverschlossen vorgefunden hätte. Er erstarrte beinahe. Was für eine Idiotin! First Lady oder nicht, jetzt würde er ihr aber ordentlich Bescheid geben!

Er preschte ihr nach und sah, dass sie gerade dabei war, ein Laken über diese erbärmliche Liege, auf der er die letzten vier

Nächte zugebracht hatte, auszubreiten. »Hast du den Verstand verloren?«, brüllte er.

Gereizt wie die Königin von Saba, fuhr sie zu ihm herum und fragte hochmütig: »Was willst du?«

»Du hast nicht mal die verdammte Tür zugesperrt!«

»Still! Du weckst noch die Kinder.«

Er warf einen Blick auf die geschlossene Schiebetür und machte sich dann mit merklich leiserer Stimme wieder über sie her. »Ich bin ein steuerzahlender Bürger dieses Landes, und es passt mir verdammt noch mal überhaupt nicht, wie du dich aufführst!«

»Dann schreib doch an deinen Senator.«

»Du hältst das wohl für lustig? Und wenn ich nun ein Terrorist wäre? Was glaubst du, wo du dich jetzt befändest? Und wer alles stünde in diesem Land kopf, wenn es irgendeinem Verrückten einfiele, dich als Geisel zu nehmen?«

»Wenn er so verrückt wäre wie du, dann allerdings gute Nacht, Marie!«

Er wies mit dem ausgestreckten Arm zur Tür. »Los, sofort wieder ins Haus, wo ich dich im Auge habe!«

Ihre feinen Nasenflügel blähten sich, und sie reckte das aristokratische Kinn. »Wie bitte?« Jetzt würde sie ihn gleich ins Verlies werfen lassen. Ihre Miene erinnerte ihn daran, dass, während seine Vorfahren einen Pflug in Osteuropa durch die Äcker gezogen hatten, die ihre Martinis auf Country-Club-Verandas geschlürft hatten. Momentan schien er zu weit gegangen zu sein; aber er war derart verrückt nach ihr, dass sein Hirn einfach nicht mehr richtig funktionierte.

»Denkst du überhaupt mal an jemand anders als an dich selbst?«

Ihre fein geschwungenen Augenbrauen lüfteten sich. »Hinaus!«

Er machte sich zum Trottel, und wenn er noch eine Minute länger blieb, ritt er sich nur noch tiefer rein. Aber Rückzug lag ihm einfach nicht, hatte ihm noch nie gelegen; also anstatt sich wie ein vernünftiger Erwachsener zu benehmen, bückte er sich, packte sie kurzerhand, samt Decke und allem.

»Lass mich sofort runter! Was tust du da?«

»Meine patriotische Pflicht!« Er stieß die Tür mit dem Fuß auf und musste dann ein wenig jonglieren, um diese trotz ihres Gezappels fest hinter sich zu schließen. Dann machte er sich mit seiner widerstrebenden Last auf den Weg zum Haus.

»Du hast wohl dein bisschen Verstand verloren!«

»Kann sein.«

»Was fällt dir ein! Du benimmst dich wie ein Neandertaler!«

»So bin ich eben.«

Drinnen im Wohnmobil lag Lucy noch wach. Bei dem Streit waren ihre Magenschmerzen wieder zurückgekehrt. Sie hätte nie gedacht, dass sie sich so streiten würden. Worüber stritten sie sich eigentlich? Was Jorik da von sich gab, machte einfach keinen Sinn. Bei Sandy und Trent hatte sie es zumindest verstanden, weil es oft um Geld ging.

Aber Jorik und Nell besaßen viel mehr Verstand als Sandy und Trent – genug, um zu wissen, dass man über Probleme reden musste, anstatt sich gegenseitig anzubrüllen. Und wenn sie nun miteinander Schluss machten?

Ihr Magen krampfte sich zusammen.

Sie warf einen Blick auf Button, und das leise Schnaufen überzeugte sie davon, dass ihre Schwester tief und fest schlief. Kurz entschlossen stieg sie aus dem Bett und machte sich so leise wie möglich zum Haus auf.

»Lass mich runter!«

»Erst wenn ich so weit bin.«

Sie spähte um die Ecke und sah, wie Mat Nell die Treppe hinauftrug. Nell zischte ihm ständig ins Ohr, sie runterzulassen, und ihre Stimme klang, als würde sie Eispickel auf ihn abschießen – aber er kümmerte sich nicht darum.

Lucys Magenschmerzen wurden schlimmer. Gleich würde Jorik davonstürmen und sich betrinken, und Nell würde in Tränen ausbrechen und sich ebenfalls betrinken. Und dann würden sie tagelang nicht mehr miteinander reden.

Das konnte Lucy einfach nicht ertragen. Sie schlich gerade rechtzeitig die Treppe hoch, um mitzubekommen, wie Mat ins Gästezimmer marschierte. Sie hörte ein Plumpsen, als hätte er sie auf das Bett fallen lassen. Inzwischen erreichte Lucy den Treppenabsatz.

»Hinaus!«

»Darauf kannst du wetten!«

Lucy presste sich gegen die Wand und streckte den Kopf gerade weit genug vor, um ins Zimmer sehen zu können. Das einzige Licht kam vom Gang, aber es reichte. Und obwohl Mat angekündigt hatte, dass er gehen würde, rührte er sich nicht.

»Du bleibst gefälligst hier, verstanden?«, brüllte er. »Und wenn ich vor der Tür schlafen muss!«

»Hör auf, mir vorzuschreiben, was ich tun soll!«

»Irgend jemand muss es ja!«

»Genau! Man weiß ja nie – es könnte immerhin jemand mit dem Auspuff auf mich schießen!«

Sie waren so von ihrem Streit in Anspruch genommen, dass sie sie überhaupt nicht bemerkten. Nell sah einfach nur sauer aus, aber Jorik schien ernstlich aufgebracht zu sein. Schade, dass Nell sich nicht die Mühe machte, Mat zu fragen, was ihm denn über die Leber gelaufen war. Jeden Moment würde er türmen – genau wie Trent.

Gerade wollte Lucy sich abwenden, als ihr Blick auf den alten Schlüssel fiel, der im Schloss der Tür steckte. Da wusste sie, was sie zu tun hatte. Sie würde zwar noch tiefer ins Schlamassel geraten, aber Mat war ohnehin schon total sauer auf sie, also was sollte es?

Nell wurde aufmerksam, als sie sich gerade an dem Schloss zu schaffen machte. »Lucy? Was ...«

Die junge Dame knallte die Tür zu und drehte den alten Schlüssel energisch herum.

»Lucy!«, kreischte Nell, während auch Jorik einen Brüller losließ.

Mit dem Mund an der Tür brüllte Lucy zurück: »Ihr zwei habt eine Auszeit!«

16

Mat hechtete los und rüttelte am Rahmen, doch nichts rührte sich. Seine Fäuste begannen zu hämmern. »Lucy! Mach sofort diese Tür auf!«

Stille.

»Du elende Kröte, ich warne dich …«

Jetzt, wo die Tür zu war, wurde die Dunkelheit nur durch die Straßenbeleuchtung ein wenig erhellt. Nealy eilte ans offene Fenster, blickte zum Wohnmobil hinunter und sah, wie der Teenager dorthin rannte. Sie presste die Wange an die Fensterscheibe. »Du verschwendest deine Spucke.«

Er trat zu ihr und folgte der Richtung ihres Blicks. »Diesmal ist sie zu weit gegangen!«

Aber Nealy war mit Streiten noch nicht fertig. Er hatte sie misshandelt, beschimpft, beleidigt, und überhaupt hatte sie ihm erst einen Bruchteil von dem an den Kopf geworfen, was er verdiente, dieser Dickschädel! Gleichzeitig jedoch fragte sie sich, wie man in einem alten ausgewaschenen T-Shirt und abgeschnittenen Shorts so gut aussehen konnte.

Sie richtete sich auf und ließ den Vorhang zurückfallen, dann schaltete sie die kleine Lampe auf der Ankleidekommode an und musterte ihn zornig. »Das ist alles deine Schuld!«

Seufzend stieß er sich vom Fenster ab. »Ich weiß.«

Das nahm ihr erst mal den Wind aus den Segeln. Zu ihrer

Schande musste sie gestehen, dass sie dieses Scharmützel genossen hatte. Man stelle sich vor, so angebrüllt zu werden! Und obendrein zurückzubrüllen, ohne auf seine Worte achten, ohne seine Gefühle unterdrücken zu müssen! Ihre Litchfield-Ahnen drehten sich jetzt wahrscheinlich in ihren wohl gepflegten Gräbern um.

Obwohl er sie hart angefasst hatte, hatte sie kein bisschen Angst vor ihm gehabt. Er mochte ja glauben, dass er fähig war, die Frauen, die ihn zur Weißglut brachten, zu schlagen – aber sie wusste es besser.

Nealy schniefte gekränkt. »Du hast mich zu Tode geängstigt!«

»Es tut mir Leid. Ehrlich.« Er sah so bekümmert drein, dass sie nahe daran war, Erbarmen mit ihm zu haben; doch dann sagte sie sich: Nein! So leicht kam er ihr nicht davon.

Sie verschränkte die Arme und hob das Näschen in die Luft. »Du bist zu weit gegangen.«

»Verzeihung! Ich ...«

»Du hast mich misshandelt! Mir einen Heidenschrecken eingejagt!«

»Ich wollte nicht ... entschuldige vielmals!«

»Weißt du, dass es ein Kapitalverbrechen ist, einem Mitglied der First Family Schaden zuzufügen? Dafür könntest du ins *Gefängnis* kommen.«

Unglücklicherweise schaffte sie es nicht, die Genugtuung bei diesem Gedanken zu unterdrücken, und er warf ihr einen Seitenblick zu. »Für wie lang?«

»Och, bis du schwarz wirst, würde ich sagen.«

»So lange, hm?«

»Ich fürchte ja.« Sie funkelte ihn an. »Aber sieh's von der positiven Seite! Zumindest gibt es dort keine Weiber, die dir das Leben schwer machen!«

Er trat vom Fenster weg ans Bett. »Das lässt die Sache natürlich schon in einem anderen Licht erscheinen.«

»Bloß tätowierte Kerle namens Bruno! Ich bin sicher, dass ein paar von denen ein Auge auf dich werfen werden.«

Seine Brauen lüfteten sich.

Sie blickte zur Tür. »Ich bin froh, dass ich noch im Bad war, bevor wir zu streiten anfingen. Sieht so aus, als würde ich da so schnell nicht wieder hinkönnen.«

Er schwieg, aber sie war noch nicht fertig mit trietzen. »Und du?«

»Was?«

»Warst du im Bad?«

»Wieso?«

Jetzt trietzte er sie. »Vergisses!«

»Das werde ich.«

»Was glaubst du, wann lässt sie uns wieder raus?«

»Wenn's ihr passt, nehme ich an.«

Sie sah, wie seine Mundwinkel zuckten. »Wag es ja nicht, gutzuheißen, was sie getan hat.«

»Ich werd ihr die Seele aus dem Leib prügeln!«

Jetzt war sie diejenige, die ihn mit hochgezogenen Brauen musterte. »Sicher wirst du!«

Wieder lächelte er. »Aber ihr Mumm ist schon bewundernswert. Sie weiß, dass sie ihr blaues Wunder erlebt, wenn ich wieder hier rauskomme – aber das war ihr Wurscht!«

Nealys eigenes Lächeln erstarb. »Sie ist verzweifelt. Ich mag gar nicht daran denken, wie sie sich fühlen muss.«

»Das Leben ist hart.«

Natürlich war er nicht so kaltschnäuzig, wie er sich gab. Er begann auf und ab zu wandern, erst langsam, dann schneller.

»Ich werd die Tür aufbrechen!«

»Typisch Mann.«

»Was meinst du damit?«

»Männer zerschlagen eben gern Sachen. Oder zerbomben sie!«

»*Deine* Freunde zerbomben Sachen. Meine Freunde fluchen

bloß, geben der Couch einen Fußtritt und schlafen vor dem Fernseher ein.« Wieder rüttelte er am Türknauf.

»Beruhige dich! Morgen früh befreit sie uns sicher.«

»Ich verbringe nicht die Nacht eingeschlossen in einem Raum mit dir.«

»Falls du Angst hast, dass ich über dich herfalle, kann ich deine Bedenken zerstreuen«, fauchte sie. »Du bist stärker als ich, also wirst du dich schon gegen mich zu verteidigen wissen.«

»Papperlapapp, Nell! Wir können doch seit Tagen kaum die Hände voneinander lassen.«

Sie musterte ihn hochmütig. »Damit habe ich überhaupt keine Probleme.«

»Das ist eine faustdicke Lüge! Du bist so scharf auf mich, dass du's kaum aushalten kannst!«

»Du warst ein Zeitvertreib, und basta!«

»Ein Zeitvertreib?«

»Ich habe mich mit dir amüsiert. Wirklich, Mat, du glaubst doch nicht, dass ich es ernst meinte, oder? Ts, ts, was sich Männer alles vormachen, um ihre zerbrechlichen Egos aufzuwerten!«

»Das einzig momentan Zerbrechliche an mir ist meine Selbstbeherrschung! Du weißt genau, was passiert, wenn wir die ganze Nacht hier verbringen!«

Gut. Endlich hatte sie ihn wieder aus der Reserve gelockt. »Sicher weiß ich das. Du wirst rumfauchen und mich beleidigen. Dann wird dir wieder einfallen, wer ich bin, und es kommt zum Rückzieher.«

»Wovon redest du eigentlich?«

Jetzt zog sie die Messer. »Ich rede davon, dass ich Cornelia Case, die Witwe des Präsidenten der Vereinigten Staaten, bin. Und damit wirst du nicht fertig!«

»Was soll das heißen, zum Teufel noch mal?«

Erneut wurde er laut, was ihr unendliche Genugtuung bereitete; denn sie wünschte nichts mehr, als bis aufs Blut mit ihm weiter zu zanken. »Alles war in Ordnung, als du noch glaubtest, ich wäre die arme, verlassene kleine Nell Kelly, stimmt's?«

»Du redest bloß Quatsch.«

»Der armen Nell konntest du dich überlegen fühlen. Aber jetzt, wo du weißt, wer ich bin, kneifst du den Schwanz ein!«

O Junge, Junge ... damit hatte sie endgültig die Grenze überschritten. Keiner beschuldigte Mathias Jorik ungestraft des Schwanzeinkneifens!

Er schoss auf sie zu, und ehe sie sich's versah, landete sie rücklings auf der Matratze.

Das Bettgestell wackelte, als er sich einen Augenblick später mit einem triumphierenden Glitzern in den schiefergrauen Augen auf sie warf. Endlich hatte sie ihn dort, wo sie ihn wollte – aber ihr Sieg schmeckte schal, weil sie psychologische Kriegsführung benutzt hatte, während sie doch in Wirklichkeit umworben werden wollte.

Mat blickte auf sie hinunter, und eine Vielzahl von Emotionen huschte über dieses herrlich kantige Gesicht. »Ich hab versucht, mich wie ein Gentleman zu benehmen ...«

»Gekniffen hast du!«

Er griff unter ihre Bluse, riss das Kissen raus und warf es beiseite. »Und respektvoll wollte ich ebenfalls sein ...«

»Du hast ja schon Schürfwunden an den Knien vom Kriechen!«

Seine Augen waren nur noch gefährliche Schlitze. »Ich hab versucht, dich auf die prekäre Situation hinzuweisen ...«

»Dass du dich von mir bedroht fühlst?«

Er hielt inne, legte die Hand auf ihre Brust und strich mit dem Daumen über die Brustwarze. »Du spielst gern mit dem Feuer, wie ich weiß.«

Sie wandte das Gesicht ab. »Geh sofort von mir runter!«

»Nein!«

»Ich habe meine Meinung geändert.«

»Ungefähr fünf Minuten zu spät.«

Sie blickte wieder zu ihm auf. »Du willst mich zwingen?«

»Genau.«

»Oh!« Nealy setzte eine gelangweilte Miene auf. »Dann mach schnell!«

Er lachte leise und umkreiste sanft mit dem Daumen ihre Brustwarze. »Nicht mal eine Armee von Secret-Service-Leuten könnte dich jetzt vor mir retten.«

Es fiel ihr zunehmend schwer, gleichgültig zu bleiben. »Du Schuft!«

Sein Tonfall wurde weicher, und auch seine Berührungen wurden zärtlicher. »Gib's auf, Nell! Gib auf, damit wir uns lieben können, so wie wir's uns beide wünschen.«

»Mein Name ist Nealy!« Er sollte es sagen. Sie wollte sicher sein, dass er wusste, mit wem er schlief.

Mat holte tief Luft. »Nealy.«

»Gar nicht einfach, oder?« Es klang nicht ganz so unbekümmert, wie es geplant war.

»Wenn du nicht gleich den Mund hältst«, flüsterte er, »werde ich dich zum Schweigen bringen müssen.«

»Jetzt sollte ich aber aufstehen.«

»Sag nicht, du wärst nicht gewarnt worden.« Seine Lippen strichen über die ihren und pressten sich dann auf ihren Mund, um so jeden weiteren Protest im Keim zu ersticken. Er drückte sie mit seinem Gewicht in die Matratze und küsste sie lange und gründlich, sodass sie rasch auch die letzten Reste von Sturheit aufgab. Er war wirklich gut, was das betraf.

Plötzlich jedoch riss er sich von ihr los und sank mit einem unterdrückten Fluch auf die Seite. »Ich fasse es nicht.«

Ihre Augen flogen auf. Wieder war ihm eingefallen, wer sie war. Oder vielleicht war's was ganz anderes? »Ist es wieder, wie ich küsse? Ist es das?«

Zur Antwort brachte er ein reichlich gezwungenes Lächeln

zustande. »Nein, mein Schatz, du küsst wundervoll. Aber wo dieser Kuss hinführt, das macht mit Kopfzerbrechen.« Er streichelte mit dem Daumen ihren Wangenknochen. »Liebes, ich hab eine ganze Schachtel Kondome. Aber leider sind die auf der anderen Seite dieser Wand.«

Selbstgefällig grinste sie. »Zum Glück für uns bin ich besser organisiert. Schau in meine Tasche!«

Glücklicherweise hatte sie sie hier liegen gelassen, als sie Button in den Schlafanzug steckte.

»So gut kann das Leben doch gar nicht sein!« Beschwingt kehrte er nur Augenblicke später mit der Schachtel zurück. Dann machte er genau da weiter, wo er aufgehört hatte.

Hungrig küssten sie sich, und sie hatte das Gefühl, gar nicht genug von ihm bekommen zu können. Er rollte sich mit ihr auf den Rücken, sodass sie nun auf ihm lag. Sie nahm sein breites, kantiges Gesicht in beide Hände, legte den Kopf schief und küsste ihn, was das Zeug hielt.

Es war herrlich, einmal die Kontrolle zu haben. Der Kuss war ein wenig anders, mit ihr am Ruder – ein wenig ungeschickter vielleicht und nicht so erfahren, was sie aber mit jeder Menge Eifer ausglich. Sie hob den Blick und schaute in seine heißen Stahlaugen, auf diesen harten Mund, der nun viel weicher war vom Küssen. Sie rückte sich ein wenig auf ihm zurecht, schlang den Fuß um seine Wade, zentrierte ihren Busen auf der Mitte seiner Ringerbrust – kurz, sie hatte ihren Spaß an seinem mächtigen Bärenkörper.

Er stöhnte. »Hoffentlich amüsierst du dich, denn mich bringt's fast um.«

»Gut!« Sie lächelte auf ihn hinunter. »Denn mir geht's nicht anders.«

»Du hast keine Ahnung, wie gern ich das höre.«

Mat umfasste die Innenseite ihres Schenkels. »Du fühlst dich so toll an. Seit Tagen konnte ich an nichts anderes mehr denken.«

Sie lächelte und spielte mit seinem Ohrläppchen. »Und alles, woran ich denken konnte, war, dich nackt zu sehen.«

»Du willst mich nackt sehen?«

»Bitte!« Ohne auf seine Erlaubnis zu warten, rutschte sie von ihm herunter und erhob sich auf die Knie. »Steh auf, damit ich den Anblick besser genießen kann.«

»Bist du sicher, dass du das packst?« Er kam langsam hoch.

»O ja, ich glaube schon.« Sie zog ihm das T-Shirt über den Kopf und berührte dann den Gummizug seiner Shorts. Mit halb geschlossenen Augen sah er zu, wie sie sie Millimeter um Millimeter herunterzog. Dann machte sie große Augen. »Wo ist deine Unterwäsche?«

»Im Trockner.« Sein Ton wurde ein wenig drohend, was ihr ein köstliches Schaudern verursachte. »Hast du was dagegen?«

»Ich weiß nicht. Lass mich sehen.« Sie spielte einen Moment lang mit seinem Nabel herum, scheinbar um ihn noch mehr zu erregen; doch in Wirklichkeit wollte sie sich selbst ein wenig Zeit gönnen, sich auf das, was jetzt kam, vorzubereiten. Schließlich gab sie sich einen Ruck und enthüllte die beeindruckende Wölbung, die kaum mehr zu kaschieren war.

Ein herrlicher Anblick, aber sie hatte noch gar nicht richtig mit Gucken angefangen, als er sie auch schon wieder auf den Rücken warf.

»He, ich war noch nicht fertig!«

»Ein andermal. Wir haben die ganze Nacht.«

»Wozu dann die Eile?«

»Das kann auch bloß eine Frau fragen. Eine sehr kluge Frau und sexy noch dazu …« Er knabberte an ihrem Hals, verweilte ein wenig an ihren Mundwinkeln – begann dann wieder, sie ausgiebig zu küssen. Dabei machte er sich an ihrer Kleidung zu schaffen, und ehe sie sich's versah, war sie ebenso nackt wie er.

Er stemmte sich weit genug hoch, um ihren schmalen Körper zu betrachten, und sie wünschte in diesem Augenblick, sie hätte die Lampe ausgelassen. Aber in seinem Blick lag keine Kritik, nur Bewunderung. Und Erregung.

Seine Lippen verzogen sich zu einem sinnlichen Lächeln; seine Hand legte sich auf ihre Brust. Er ächzte, als sie ihn an der richtigen Stelle umfasste. Wieder erhob sie sich auf die Knie und ließ ihre Hände überallhin wandern, wo sie wollte. Es dauerte nicht lange, und sie lagen eng ineinander verschlungen da und küssten sich leidenschaftlich.

Mit einiger Willensanstrengung riss er sich von ihr los, richtete sich auf und legte die Hände auf ihre Knie. Ihre Blicke begegneten sich. Der seine verriet, dass er keine Eile hatte. Zuerst einmal wollte er sie sich gründlich ansehen und erwartete, dass sie sich seine Blicke gefallen ließ.

Sie entspannte ihre Beine, spreizte sie jedoch nicht. In einer Epoche, in der Sex zu einer Konsumware geworden war, mochte sie altmodisch sein; aber sie fand, dass dies ein Geschenk für ihn sein sollte. Ein Geschenk, das vom Empfänger geöffnet werden musste.

Vielleicht verstand er es ja, denn sein Griff wurde fester, und sanft schob er ihre Knie auseinander.

Nealy fühlte sich wie eine sehr junge, sehr unschuldige Braut. Und wenn sie auch nicht mehr ganz so jung war, so spielte das keine Rolle. Und ihre Unschuld hatte sie auch nie absichtlich bewahren wollen.

Seine Hände glitten zu ihren Schenkeln, drückten sie nach oben, öffneten sie weiter, sodass sie zunehmend verletzlich vor ihm lag. Seine Halsschlagader pochte. Er war sehr erregt. Und sehr entschlossen.

Ein warmer Windhauch blähte die Vorhänge und strich über jenen heißen, feuchten Ort, der sich nun für ihn öffnete. Er sah sich alles genau an, und sein Blick wurde sichtlich besitzergreifend.

Dann strich er mit dem Daumen über das hellbraune Haarnest. Sie atmete hörbar ein, als er nun ihre Falten sanft teilte.

Seine Finger berührten sie suchend, und sie rang nach Luft. Er war so sanft für einen so großen Mann. Sie hatte das Gefühl, er würde sein Revier markieren, als er sie nun erforschte. Dann senkte er den Kopf und besiegelte alles mit dem Mund.

Seine dichten dunklen Haare strichen über die Innenseiten ihrer Schenkel. Sie spürte das Saugen seines Mundes, fühlte seine zarten Bisse. Mit offenen Augen starrte sie zur Decke und kämpfte gegen die aufsteigende Ekstase an, denn sie wollte nicht, dass es schon so schnell endete. Aber all die Jahre der Selbstkontrolle hatten sie nicht stark genug gemacht, um seinen Liebkosungen zu widerstehen.

»Nicht«, stöhnte sie. »Nicht bevor ... ich will nicht ... nicht, bevor ich dich in mir spüre.«

Mit heiß funkelnden Augen, die Haut schweißbedeckt, blickte er sie an. Und dann schob sich sein mächtiger Körper über ihren zarten, kleineren. Sie fühlte sich beschützt, behütet, aber auch köstlich bedroht. Denn sobald dieser Mann sie einmal genommen hatte, würde nichts mehr so sein wie bisher.

Und er drang langsam, aber umso entschlossener in sie, und obwohl sie beinahe überfloss, war es nicht einfach für sie, ihn in sich aufzunehmen. Er küsste sie ... flüsterte ihr Trostworte ins Ohr ... schob sich tiefer in sie hinein ... immer tiefer ...

Er dehnte sie so, dass es brannte, und sie packte verzweifelt seine Schultern, drückte die Wange so hart an seinen Kiefer, dass seine Bartstoppeln ihre Haut zerkratzten. Als er endlich bis zum Ansatz in ihr vergraben war, entrang sich ihr ein kleiner Schrei.

Mat küsste ihre Augenwinkel, ihren Mund, liebkoste ihre Brüste. Erst dann versetzte er ihr einen langsamen, harten Stoß.

Schluchzend bäumte sie sich auf.

Nun begann er so richtig. Seine Rücken- und Schultermuskeln wogten unter ihren Handflächen, und das langsame, tiefe Pochen in ihrem Innern wurde stärker und stärker. Nichts existierte mehr, außer dem Bett, ihren Leibern und einer köstlichen, animalischen Wildheit.

Ein heftiger Stoß. Ein Aufbäumen. Ein erneuter Stoß, ein Empfangen.

Der uralte Rhythmus zog sie in ihren Bann, saugte sie in seinen dunklen Abgrund.

Eine Welle des Wohlbehagens und der Zufriedenheit ging von ihr aus, und das machte Mat so glücklich, dass er nicht aufhören konnte zu grinsen. Er rieb ihre Schulter. Sie war so weich. Überall. Weich, süß und einfach unwiderstehlich.

Ihr Haar strich an seinem Kinn vorbei, und sie schob ein Bein über das seine. Wenn sie es nur ein wenig nach oben bewegte, würde sie merken, dass er schon wieder hart war, und das wollte er noch nicht. Sie brauchte ein wenig Zeit. Teufel, er brauchte auch Zeit! Nicht sein Körper, aber sein Geist.

Ihr Atem kitzelte seine Brusthaare, als sie flüsterte: »Das war einfach fantastisch.«

Die Untertreibung des Jahrhunderts.

Es hätte nicht so gut sein dürfen. Es hätte einschüchternd sein sollen in Anbetracht ihres Stammbaums. Abgesehen davon hätte es das sein sollen, was Sex normalerweise für ihn war – eine nette Zeit mit einer netten Lady. Aber diese spezielle Lady hatte wenig Nettes an sich. Sie war frech und hochmütig, provozierend und auf eine Weise erregend, wie er dies nie für möglich gehalten hätte.

Und was er einfach nicht fassen konnte ... der Gedanke, der sich ihm immer wieder aufdrängte, egal wie sehr er ihn von sich schob ... es schien unmöglich ... aber sein ganzer Instinkt, sein Gefühl sagten ihm, dass sie es so zum ersten Mal erlebt hatte.

Er scheute vor dieser Tatsache zurück, doch sie haftete hartnäckig in seinem Bewusstsein. Nealy kam ihm wie jemand vor, der zum ersten Mal Paris sieht, zum ersten Mal Achterbahn fährt oder das Tauchen lernt. Sie war noch nie richtig mit einem Mann zusammen gewesen. Nicht einmal mit ihrem verstorbenen Gatten, dem Präsidenten der Vereinigten Staaten.

Zwar würde er dieses Wissen nie benutzen. Das stand fest! Aber er wollte dennoch Gewissheit. Nicht für eine Story – sondern für sich selbst.

Sie fing an, an seiner Brust herumzunesteln. »Ich weiß, ich bin zu dünn. Danke, dass du nichts gesagt hast.«

Du lieber Himmel, Frauen und ihre Figurticks! Er hatte schon jede nur erdenkliche Klage gehört, einschließlich der Beschwerde einer Schwester, ihre Daumen wären zu dick, und einer anderen, die ihre Oberschenkel drei Tage lang in Zellophan verpackt hatte.

»Manche Frauen hungern sich zu Tode, um so eine Figur wie du zu kriegen.«

»Aber ich bin zu dünn.«

Das stimmte, trotzdem gehörte ihre Zerbrechlichkeit zu ihrer Identität. Es war, als würde ihr Enthusiasmus für das Leben alle Kalorien verbrennen, bevor sich irgendwo Fett ansetzen konnte. Er legte die Hand auf ihren Bauch. »Falls es dir noch nicht aufgefallen sein sollte, dein Bauch ist nicht mehr so flach wie am Anfang, als wir uns kennen lernten.«

Sie schob seine Hand beiseite und legte die ihre dorthin. »Doch, ist er. Ich fühle gar nichts.«

Er verbarg sein Lächeln in ihren Haaren. »Ja jetzt, wo du auf dem Rücken liegst; aber wenn du aufstehst, wirst du sehen, dass du ein kleines Tönnchen bekommen hast.«

»Hab ich nicht!«

Mat wieherte los.

Sie rollte sich auf ihn, um ihm das Lachen auszutreiben, und bemerkte sofort sein kleines Problem. »Da laust mich doch der Affe!«

In der nächsten Sekunde lag sie unter ihm.

Lucy schlich sich mit Button auf dem Arm ins Haus. Squid schaukelte hinter ihnen drein. Sie wünschte, ihre Schwester würde bloß einmal länger als bis halb sieben schlafen, und blickte das Baby strafend an. »Wenn du auch nur einen Pieps machst, werd ich richtig böse, ehrlich! Du musst die Klappe halten!«

»Tak!« Buttons Finger landete in Lucys Mund.

Lucy runzelte die Stirn und trug sie zur Treppe. Wenn ihre kleine Schwester nicht wäre, hätte sie heute früh ihre Sachen packen, zum Highway laufen und nach Kalifornien oder sonst wohin trampen können, bevor Mat aufwachte. Aber sie konnte nicht weg, solange Button sie noch brauchte. Was jedoch nicht bedeutete, dass sie sich nicht ein paar Stündchen verdrücken würde. Mat war immer mies drauf, wenn er aufwachte, sogar in Friedenszeiten. Wie würde dann erst heute seine Laune sein?

Die Kleine schmiegte ihr Köpfchen an Lucys Hals. Die wusste, dass sie sie voll sabbern würde, aber es machte ihr nichts aus. Die Verantwortung für Button lastete schwer auf ihr, doch da war zumindest ein Mensch auf der Welt, der sie bedingungslos liebte.

Als sie oben an der Treppe ankam, taten ihr die Arme weh, und sie musste das Baby absetzen, das sofort den Gang entlang zu krabbeln begann. Sie schob den Schlüssel so leise wie möglich ins Türschloss und drehte ihn vorsichtig herum. Sie zuckte zusammen, als das Klicken ertönte, aber drinnen blieb alles still.

Das Baby war hinter Squid hergerobbt, und Lucy eilte ihr nach, um sie hochzunehmen.

»Lal!«

Lucy hielt ihr den Mund zu und bekam dabei noch mehr Spucke ab. Sie trug sie zur Tür zurück und flüsterte ihr dabei nervös ins Ohr, ja leise zu sein. Gleich nahm sie die Hand wieder von ihrem Mund und drehte langsam an dem Knauf.

Die Tür quietschte ein wenig, als sie sie ein Stück öffnete. So gerne sie sich auch davon überzeugt hätte, dass mit Mat und Nell wieder alles im Lot war, schaute sie nicht zum Bett, da sie fürchtete, irgendwas Ätzendes zu sehen. Stattdessen setzte sie Button drinnen am Boden ab und zog die Tür eilends wieder zu.

Umgehend flohen sie und Squid die Treppe hinunter und aus dem Haus. Nicht weit von hier gab es ein Dunkin' Donuts. Dort konnten sie rumhängen, bis die Geschäfte aufmachten, und dann ein bisschen bummeln gehen. Hoffentlich hatten sich Mat und Nell bis zum Mittag wieder etwas abgeregt.

»*Gah!*«

Widerstrebend öffnete Mat die Augen und blinzelte ins helle Sonnenlicht. Sie hatten sich fast die ganze Nacht geliebt, und er war beileibe noch nicht reif für einen neuen Tag.

Nealy lag zusammengerollt mit dem Rücken an ihn gekuschelt. Seine Hand suchte ihre Brust und umschloss sie sanft. Sie war warm und weich und passte perfekt in seine Handfläche. Mats Lider fielen wieder zu. Er zog sie fester an sich und wollte gerne noch dösen.

Da spürte er, wie etwas nass und spitz in sein Ohr drang.

Als er den Kopf umwandte, starrte er in ein strahlendes Babygesicht.

»Dadaaa ...«

Er stöhnte. »Ach, Mensch ...«

Sie schlug mit den Händchen auf die Matratze und grapschte energisch nach ihm. Niemand stand an der Tür, Lucy hatte sich also wohlweislich schleunigst aus dem Staub gemacht.

»DA ... DA ... DA ... DA!« Das Baby quietschte und bumperte wie ein kleiner Bongospieler auf die Matratze ein.

Nealy regte sich. Der Dämon quietschte lauter und bekam wieder diesen sturen Ausdruck, der besagte: Ich bin eine Frau, die sich nicht so leicht abwimmeln lässt. Er packte sie, schwang sie hoch und setzte sie sich auf die Brust.

Sie griente begeistert und ein wenig Spucke tropfte auf sein Kinn. »Dadaaa ...«

Nealy drehte sich um und öffnete langsam die Augen.

Der Dämon stieß ein entzücktes Quietschen aus und grub die Knie in seinen Bauch. Sekunden später landete sie auf Nealy.

Nealy äußerte ein ersticktes Uff, dann warf ihre aristokratische Stirn Verzweiflungsfalten. »O Mat!«

Das Baby kroch über sie hinweg, als wäre sie der gelbe Steinweg aus dem *Zauberer von Oz*, hielt auf ihrem Kopf an und griff nach dem Messingkopfteil des Bettes.

»Ganz schön bewegliches kleines Ding, nicht?«

Nealy schob den Po des Babys von ihrem Gesicht. »Wie furchtbar!«

»Könnte schlimmer sein! Wenigstens ist die Windel nicht geladen.«

»Das meine ich nicht. Wir sind nackt!«

Mats Hand glitt zu Nealys Schenkel und umfasste ihn. »Da laust mich doch – du hast Recht!«

»Das ist nicht witzig!«

»Bitte, Schatz, jetzt bloß nicht wieder diesen Unsinn über Traumatisieren und so!«

»Aber wir haben nichts an. Und dieses Schlafzimmer riecht nach ... na ja, du weißt schon.«

Er schenkte ihr einen unschuldigen Blick. »Ich hab keine Ahnung, was du meinst.«

»Nach Sex!«

Mat fühlte sich großartig. »Ja, und zwar der beste, den ich je hatte!«

»Ehrlich?« Der weiche, verletzliche Ausdruck auf ihrem

Gesicht ließ ihn wünschen, den Mund gehalten zu haben – aber sein Hirn erwachte immer erst ein paar Minuten nach seinem Körper.

Der Dämon griff Nealy in die Haare und strahlte auf sie hinunter. Wieder huschte dieser bekümmerte Ausdruck über Nealys Züge, aber das Baby strahlte weiter. Dann fing sie leise an zu brabbeln, als wollte sie Nealy alles Mögliche erzählen. Nealys Gesicht begann auf eine Weise zu glühen, dass sich Mats Magen zusammenkrampfte. All das – das Baby in ihrem Bett, Nealy nackt neben ihm, die Ereignisse der letzten Nacht – war zu viel für Mathias Jorik.

Er schwang die Füße aus dem Bett und klaubte seine Shorts vom Boden auf. Nealy starrte ihn an und versuchte gleichzeitig, das Baby vor dem Anblick eines splitternackten, voll erigierten Mannes zu bewahren.

Der Dämon gurgelte glücklich weiter und überschüttete Nealy überhaupt mit der Bewunderung, die sie gewöhnlich für Mat reservierte. Offenbar glaubte die Kleine, dass sie ihn genau da hatte, wo sie ihn haben wollte, und machte sich nun an ihre nächste Eroberung. Was taktisch gar nicht so verkehrt war.

Sie senkte das Köpfchen und drückte ihr nasses Mündchen auf Nealys Kinn. Nealy lag einen Augenblick lang reglos da, dann legte sie die Hand auf den Kopf des Babys.

Gleichzeitig presste sie den Mund auf ihre typische sture Weise zusammen, die besagte, dass sie auf keinen Fall weinen würde.

Mat dachte nicht mehr an seine Hose, die er gerade hatte zuknöpfen wollen. »Was ist los?«

»Sie ist einfach so perfekt.«

Er blickte auf das Baby hinunter, das nun den Daumen in den Mund steckte und es sich auf Nealy bequem machte. Eigentlich wollte er sagen, dass man den Dämon alles, nur nicht perfekt nennen konnte; doch die Worte blieben ihm im Hals stecken, denn die beiden sahen so wundervoll aus, wie sie da beieinander lagen, dass ihm das Herz wehtat.

Dann tauchten Bilder von Haarschleifen, Barbies, Tampons und sechsunddreißig verschiedenen Lippenstiftfarben vor seinem geistigen Auge auf. Er wollte das nicht! Bloß raus hier – auf einmal hatte er das Gefühl, ersticken zu müssen, wenn er sich nicht schleunigst verdrückte –, aber er konnte nicht weg, solange Nealy das Wasser in den Augen stand.

Er nahm das Baby auf den Arm und setzte sich zu ihr an den Bettrand. »Nun sag schon, was los ist.«

Einen Moment lang sagte sie gar nichts, dann sprudelten die Worte nur so aus ihr hervor. »Ich habe Angst, sie zu verletzen. Ich ... als ich jünger war ...« Sie wollte sich bremsen, konnte es aber nicht länger für sich behalten. »Man hat dieses Foto von mir gemacht, als ich sechzehn war. In Äthiopien. Ich hielt ein verhungerndes Baby auf den Armen.«

»Ja, kann mich erinnern.«

»Das Baby ist gestorben, Mat. Gleich nach dem Fototermin. Da hielt ich es noch!«

»Ach, Schätzchen ...«

»Und damit war es nicht vorbei. Seitdem gab es endlos viele. Babys, die schreckliche Qualen leiden, die verhungern, die unaussprechliche Krankheiten haben. AIDS-Babys. Crack-Babys. Du kannst dir nicht vorstellen ...«

Während sich dieser Strom von Erinnerungen ergoss, begriff er plötzlich, welchen Preis sie für das Bild der perfekt gepflegten, perfekt auftretenden, immer beherrschten First Lady, die ein krankes Kind hält, entrichten musste. Kein Wunder, dass sie das Gefühl hatte, es würde eine Art Fluch an ihr haften.

»Ich musste weitermachen. Es gibt so viel Leid, so viel zu tun. Aber ich ... ich fing an, mich für ...« Ihre Stimme brach, »... für einen Todesengel der Säuglinge zu halten.«

Der Dämon kam auf den Boden, und Mat zog sie an sich.

»Ist schon gut, Schatz ... Ist ja gut ...« Er streichelte ihr über den weichen, samtigen Rücken, flüsterte ihr allen möglichen Unsinn ins Ohr, alles, was ihren Schmerz ein wenig lindern könnte.

Der Dämon mochte es gar nicht, einfach ins Abseits gestellt zu werden, und es dauerte nicht lange, bevor das Theater losging. Nealy wurde verlegen und befreite sich aus seinen Armen. »Das ist albern. Ich hätte nicht ...«

»Sei still«, sagte er sanft. »Du hast das Recht auf ein paar wohlverdiente Neurosen.«

Sie schenkte ihm ein schwimmendes Lächeln. »Und das sind sie, nicht wahr? Bloß Neurosen.«

Er nickte. Der Dämon schrie lauter. Nealy runzelte unruhig die Stirn. »Was ist nur mit ihr? Sie hat doch was mitgekriegt, Mat!«

Zärtlich drehte er ihr Kinn zu dem wütenden Kleinkind hin. »Sieh sie dir an, Nealy! Sieh genau hin. Sie brüllt sich die Lunge aus dem Leib, aber da ist keine einzige Träne in ihren Augen. Sie will einfach bloß ausprobieren, wie weit sie gehen kann.«

»Ja, aber ...«

»Nicht alle Babys leiden. Ich weiß, dass du das mit dem Verstand begreifst. Versuch einfach, es auch mit dem Gefühl nachzuvollziehen.«

Er hob den Dämon hoch und drückte ihn Nealy in die Arme. Es gab keine Medizin, die er ihr anbieten konnte, um die traumatischen Erlebnisse auszulöschen. Button musste diesen Job auf direkte Weise erledigen.

Lucy war immer noch nicht zurückgekehrt, als er und Nealy ihr Frühstück, auf das beide keinen rechten Appetit gehabt hatten, beendeten. Zwar hatte sie den Hund mitgenommen, aber alle ihre Sachen waren noch im Wohnmobil; also würde sie wohl zurückkommen. Er überlegte, was er mit ihr machen sollte, wenn das eintraf.

Er und Nealy hatten seit dem Verlassen des Schlafzimmers nicht mehr viel geredet. Sie machte sich im Haus zu schaffen, erledigte dies und das, um ihre Fassade wieder intakt zu kriegen, denn offenbar schämte sie sich ihrer Schwäche wegen des Dämons. Am liebsten hätte er sie wieder mit aufs Zimmer genommen und von vorne angefangen, aber das Baby war im Weg.

Beide hoben die Köpfe, als draußen ein Bellen ertönte. Nealy schnappte sich den Dämon und folgte ihm nach draußen.

Lucy kam mit Squid, den sie an einer neuen Leine hinter sich herzog, aufs Haus zu. Sie erstarrte, als sie Mat auf der Vorderveranda stehen sah.

Drohend blickte er auf sie hinunter. »Jetzt kannst du aber was erleben!«

Ihr kleiner Kopf schoss hoch, die zierlichen Schultern strafften sich, ihre Oberlippe zitterte. »Is mir doch schnurz!«

Er wies mit ausgestrecktem Arm auf die Garage. »Los, sieh zu, dass du da drin ein paar Gartengeräte findest. Ich möchte, dass jedes einzelne Unkraut aus dem Blumenbeet im Garten verschwindet. Aber dalli!«

Lucy blinzelte. »Du willst, dass ich dieses blöde Beet jäte?«

»Hast du Tomaten in den Ohren?«

»Nein. Nein!« Entzückt darüber, so leicht davongekommen zu sein, hüpfte sie zur Garage.

Nealy musterte ihn amüsiert. »Du bist ja ein ganz harter Bursche. Damit wird sie ... na, sagen wir mal eine Stunde ... zu tun haben.«

Er lächelte zurück. »Ihr habe ich eine der besten Nächte meines Lebens zu verdanken. Fällt mir schwer, allzu böse auf sie zu sein.«

Sie nickte. Und dann sagte sie etwas ganz Eigenartiges. »Danke!«

Da stand er und aalte sich grinsend wie ein Idiot in ihrem Lob, als ein Auto mit einem silbernen Wohnanhänger vorfuhr.

Obwohl er in letzter Zeit eine Menge von diesen silbernen Dingern gesehen hatte, kam ihm dieser hier irgendwie bekannt vor.

Die Wagentür öffnete sich, und zwei miserabel gekleidete Senioren kletterten heraus.

Nein. Das war doch einfach nicht *möglich!*

»Juhuu! Mat! Nell!«

Nealy jauchzte entzückt auf, als Bertis und Charlie auf sie zuwogten.

Er sank gegen den Verandapfosten. Gerade als er glaubte, es könnte nicht schlimmer werden ... Zuerst die Gören ... dann eine Frau und ein Hund. Dann das Haus in Iowa ... und dieser blöde Ford Explorer ...

Jetzt erschienen zu guter Letzt auch noch Grandma und Grandpa auf der Bildfläche!

17

Charlie schüttelte Mat die Hand, während Bertis Nealy umarmte und Button in die Zehen zwackte. Nealy konnte noch immer nicht glauben, dass sie hier waren. »Woher wusstet ihr, wo ihr uns findet?«

»Hat Lucy nichts gesagt? Sie hat uns, kurz bevor ihr abfuhrt, die Adresse gegeben. Was für ein Mädel, das ist wieder typisch für sie!«

Bertis nur zu sehen munterte Nealy gewaltig auf. Die letzte Nacht hatte ihr Leben auf den Kopf gestellt. Dass es schön werden würde, hatte sie erwartet; aber nicht, dass diese Gefühlsflut anhielt ...

Himmel, dies war nur eine Affäre! Wenn sie Glück hatte, blieben ihnen noch ein, zwei Nächte – doch dann würde alles vorbei sein. Irgendwann, in der fernen Zukunft, wenn es nicht mehr so wehtat, würde sie an diese Zeit zurückdenken, während eines langweiligen Empfangs oder einer überlangen Rede. Der Gedanke deprimierte sie. Bertis und Charlie hätten zu keinem geeigneteren Zeitpunkt auftauchen können.

»Lucy wird sich riesig freuen, euch zu sehen.« Sie setzte sich Button auf die Hüfte. »Sie ist gerade hinten im Garten beschäftigt.«

»Ja, man sollte Kindern immer was zu tun geben.« Bertis setzte sich ihre Lesebrille auf, musterte Button prüfend und wischte ihr einen Fleck vom Kinn. »Da wir ohnehin nach Westen fahren wollten, dachten wir, schauen wir mal, wie's euch geht.«

Charlie streckte die vom Fahren steifen Glieder. »Wir sind unterwegs zum Yosemite, da wollten wir längst mal hin. Aber wir haben keine Eile, und Bertis hat sich Sorgen um Lucy gemacht.«

Bertis ließ die Lesebrille, die an einem Kettchen um ihren Hals hing, wieder fallen. »Wir dachten, es wird sicher schwer für sie, sich endlich mit dem Tod ihrer Großmutter auseinander zu setzen.«

Worauf Mat die Augen zusammenkniff. »Sie wissen das von ihrer Großmutter?«

»Oh, sie hat uns alles darüber erzählt.« Sie schnalzte missbilligend mit der Zunge. »Man stelle sich vor, eine dreiundfünfzigjährige Frau heiratet einen ihrer Studenten. Natürlich habe ich Lucy nicht gesagt, was ich darüber denke.«

Mats Kiefer begann zu jucken. »Ihr wusstet auch das mit Nico?«

»Siehst du, Charlie, ich habe dir doch gesagt, sein Name ist nicht Nick, aber du hörst ja nie auf mich!«

Charlie kratzte sich am Kopf. »Was ist das bloß für ein Name – Nico?«

»Darum geht's nicht. Es geht darum, dass ich Recht und du Unrecht hattest.«

»Ein Glück – denn wenn's tatsächlich mal andersrum wäre, dann könnte ich diesen Herzanfall kriegen, den du mir dauernd prophezeist.«

Liebevoll tätschelte sie seine Hand und blickte dann Mat an. »Sie und Nell waren ja wohl in letzter Zeit ganz schön fleißig.«

Mat lächelte. »So was passiert eben.«

Nealy verstand nicht, wieso alle sie anstarrten. »Was?«

Sie erhielt von Mat einen amüsierten, aber auch warnenden Blick. »Ich glaube, Bertis und Charlie meinen deine plötzliche Schwangerschaft.«

Nealys Hand flog an ihren Bauch. Ihr Auftauchen hatte sie so überrascht, dass sie gar nicht mehr an das Kissen dort dachte. Vor zwei Tagen, als sie die Waynes zum letzten Mal gesehen hatten, war ihr Bauch noch ganz flach gewesen. Verzweifelt blickte sie sich um. »Oh ... äh ...«

»Warum kommt ihr nicht rein?« Mat stieg die Stufen zur Veranda hinauf und sah dabei gar nicht so unglücklich über ihr Auftauchen aus. »Ich setze frischen Kaffee auf.«

»Gute Idee.« Bertis eilte geschäftig hinter ihm her. »Charlie, geh doch rasch und hole diese Jiffy-Mix-Blaubeermuffins, die ich heute früh gebacken hab.« Sie warf Nealy einen verschwörerischen Blick zu. »Zu Hause mache ich sie immer selber, aber für unterwegs gibt's nichts Besseres als diese Fertigbackmischungen – erspart einem unnötige Arbeit.«

Nealy, die noch nie etwas von Jiffy-Mix-Fertigbackmischungen gehört hatte, zerbrach sich den Kopf darüber, wie sie ihre Kissen-Schwangerschaft erklären sollte.

Mats Hand legte sich warm und beschützend auf ihren Rücken. »Blaubeermuffins klingt sagenhaft!«

Während er den Kaffee machte, sagte Bertis nichts zu Nealys falscher Schwangerschaft. Stattdessen plauderte sie über ihre Enkelkinder und richtete dann die Muffins, die Charlie brachte, auf einer Kuchenplatte an, die Nell im Geschirrschrank fand. Sie trugen alles auf die hintere Veranda, und dann rief Bertis Lucy herbei, die fleißig bei den Rosenbüschen werkelte.

Ihr Gesicht leuchtete auf, als sie sie sah, und sie kam förmlich aufs Haus zugeflogen. »Ihr seid gekommen! Wow, ich fasses nich!« Sie umarmte beide stürmisch und wich dann zurück, weil das gar nicht cool gewesen war. »Ich meine, es wär okay gewesen, wenn ihr gleich zum Yosemite gefahren wärt. Wie lang könnt ihr bleiben?« Wieder keimte Angst in ihren Augen auf. »Ihr bleibt schon, oder?«

»Ein paar Tage, ja. Draußen vor der Stadt gibt es einen reizenden Campingplatz. Natürlich nur, wenn Nell und Mat nichts dagegen haben, dass wir euch noch ein Weilchen Gesellschaft leisten.«

Lucy wandte sich an Mat, und plötzlich gab es da gar keine coole Fassade mehr. Flehend blickte sie zu ihm auf. »Sie können doch bleiben, oder?«

Nealy verbarg ihre Belustigung, als sie hörte, wie Mat versuchte, begeistert zu klingen. »Aber sicher doch! Ist schön, dass ihr da seid.«

Lucys Grinsen wurde breiter. Dann langte sie nach einem Muffin. »Finger weg, junge Dame! Erst die Hände waschen.«

Wie ein Pfeil schoss Lucy ins Haus. Button, die gerade versuchte, ohne Festhalten über den Orientteppich zu watscheln, plumpste auf den Windelpopo und zog eine beleidigte Schnute.

Charlie gluckste. Bertis blickte Lucy lächelnd an. »Sie ist schon eine! Eine ganz besondere Nummer.«

Stolz durchzuckte Nealy. »Ja, wir finden auch, dass sie was Besonderes ist.« *Wir.* Als ob Lucy ihre und Mats Tochter wäre.

Charlie setzte sich mit seiner Kaffeetasse auf die Couch. »Na ja, Bertis und ich haben uns Sorgen um sie gemacht. Um beide Mädchen.«

»Es geht ihnen gut!« Mat klang mehr als nur ein wenig defensiv.

»Im Moment schon.« Bertis wischte ein paar Muffinkrümel von ihren pinkfarbenen Shorts. »Aber was ist, wenn ihr drei diesen Vaterschaftstest gemacht habt, den Lucy unbedingt verhindern will? Ich spreche nicht gerne schlecht von einer Toten – aber Ihre Ex-Frau war eine ganz schön unverantwortliche Person.«

»Da haben Sie Recht.« Er ging mit seiner Tasse zur Terrassentür und lehnte sich dort an. Auf diese Weise distanzierte er sich subtil von der Gruppe.

»Mat denkt, wir stecken unsere Nase in Dinge, die uns nichts angehen«, vertraute Bertis Nealy an, als wäre Mat überhaupt nicht da. »Natürlich sind wir neugierig, aber bohren tun wir nicht. Die Leute erzählen uns einfach gerne ihre Sorgen.«

»Das liegt hauptsächlich an Bertis«, erläuterte Charlie. »Die Leute wissen eben, dass sie ihr vertrauen können.«

»Also, jetzt stell mal dein Licht nicht unter den Scheffel, Charlie. Vergiss nicht diesen Fernfahrer gestern an der Raststätte!«

Nealy lächelte. Bertis und Charlie hatten nur das Beste für die Mädchen im Sinn, und sie konnte sich keinen Grund denken, warum sie sie im Ungewissen lassen sollte. Vielleicht fiel den beiden ja eine Lösung ein.

Sie beugte sich vor und streichelte Buttons blonden Haarflaum. »Mat will heute mit den Mädchen nach Davenport fahren, um die Bluttests machen zu lassen. Danach kehrt er wieder mit ihnen nach Pennsylvania zurück.« Sie erwähnte nichts von Pflegefamilien – aber Bertis' nächste Worte verrieten ihr, dass sich das auch erübrigte.

»Man wird die Mädchen trennen, so viel ist sicher. Button wird adoptiert werden, aber Lucy nicht, weil sie zu alt ist.« Sie nestelte an der Kette ihrer Lesebrille herum, als wäre es ein Rosenkranz.

»Ich kann sie nicht behalten«, blaffte Mat, und Nealy spürte, wie schuldig er sich deswegen fühlte.

Bertis wandte sich an Nealy. »Und was ist mit Ihnen, Nell? Sie benehmen sich ohnehin, als ob es Ihre eigenen wären. Vielleicht könnten Sie sie ja nehmen.«

Dieser verlockende Gedanke ging Nealy schon seit gestern nicht mehr aus dem Kopf; aber immer wenn er auftauchte, wies sie ihn von sich. Wenn sie sie aufnahm, würde das eine Medienlawine auslösen, die das Leben der Mädchen ruinierte.

Sie wusste, was es hieß, ohne jedes Privatleben aufzuwachsen – immer und überall von der Presse beobachtet zu werden. Ihr Vater hatte ihr von klein auf Gehorsam eingetrichtert, deshalb war sie damit fertig geworden – aber nicht so Lucy. Ein Leben unter den Augen der Öffentlichkeit würde ihr keinen Raum mehr für Fehler lassen. Ihr flinker Verstand und ihr unbändiger Wille waren zwar ihre Stärken, würden sie aber ebenso oft in Schwierigkeiten bringen. Sie musste aufwachsen dürfen, ohne dass die ganze Welt dabei zusah.

Nealy schüttelte den Kopf. »Ich würde sie liebend gerne behalten, aber das kommt nicht in Frage. Mein Leben ist ... es ist im Moment sehr kompliziert.«

Mat spürte wohl, dass sie es nicht über sich brachte, sie anzulügen; denn er setzte sich zu ihnen und begann ihnen die Geschichte über den bösen Ex-Mann und die einflussreichen Schwiegereltern aufzutischen. Währenddessen kam Lucy wieder auf die Veranda heraus und machte sich über die Muffins her.

Bertis und Charlie hörten aufmerksam zu, und als Mat fertig war, blickten sie Nealy mitfühlend an. »Auf uns können Sie sich verlassen, das wissen Sie!«

Sie fühlte sich so schuldig wegen dieser Lügen, dass sie kaum ein Nicken zustande brachte.

Trotz seines Brummens schien Mat froh zu sein, einen anderen Mann um sich zu haben; er und Charlie unterhielten sich angeregt über das Sportgeschehen in Chicago, während sie sich auf den Weg machten, um den von Mat gemieteten Ford Explorer abzuholen. Sobald sie wieder da waren, nahm Mat Nealy beiseite und sagte, es sei alles für die Bluttests vorbereitet, und er wolle so schnell wie möglich nach Davenport aufbrechen. Er schien es für selbstverständlich zu halten, dass sie mitkam – aber sie wollte von der ganzen Sache nichts wissen. Am Ende drohte er ihr den Zorn Gottes an – was eigentlich hieß, seinen eigenen –, falls sie auch nur die Nase aus der Tür streckte, solange er fort war. Da sie wusste, wie viel Sorgen er sich um sie machte, gab sie ihm ihr Wort.

Lucy war eine ganz andere Sache, und Mat und sie trugen es im Garten aus. Nealy konnte dem Wortwechsel nicht folgen; aber ihm musste wohl etwas eingefallen sein, denn am Ende schleppte sie sich mit hängenden Schultern zum Kombi. Button brauchte nicht lange überredet zu werden. Sie war mehr als willens, mit ihrem Angebeteten auf und davon zu fahren.

Nachdem er sie im Autositz, den er vom Wohnmobil in den Stationwagon transportiert hatte, festgeschnallt hatte, wandte er sich an Bertis. »Versprechen Sie mir, dass Sie sie nicht aus dem Haus lassen. Ihr Ex ist unberechenbar!«

»Wir passen schon auf sie auf. Na los, fahren Sie ruhig.«

Er blickte Nealy an. »Bertis und Charlie haben sich erboten, heute Abend auf die Mädchen aufzupassen, damit wir essen gehen können. Na, hast du Lust?«

Sie lächelte. »In Ordnung.«

»Gut. Dann sind wir also verabredet.«

Der Gedanke an den heutigen Abend und ihre äußerst limitierte Garderobe hielt sie davon ab, sich allzu viele Sorgen um die Mädchen zu machen. Sie wollte keine Shorts zu ihrer ersten Verabredung mit Mat anziehen, aber sie hatte ihm auch versprochen, das Haus nicht zu verlassen; also konsultierte sie Willow Groves Gelbe Seiten und tätigte ein paar Anrufe. Es dauerte nicht lange, und sie hatte eine Liste von Kleidungsstücken beisammen.

Bertis erklärte sich bereit, alles für sie abzuholen, während Charlie einige Reparaturarbeiten am Wohnwagen erledigen wollte. Am späten Nachmittag kam sie dann mit den Sachen anmarschiert, die Nealy sich per Telefon ausgesucht hatte.

Die Riemchen an den hochhackigen Schuhen drückten zwar, aber sie waren sexy, und allein das zählte. Und das kurze orangefarbene Umstandskleid besaß einen tiefen Ausschnitt, sodass es zumindest vom Busen aufwärts gut aussah. Ihr Lieblingsstück war jedoch eine Goldkette mit einem Herzchenanhänger, der in ihrer Halsgrube ruhte. Als sie alles für später beiseite gelegt hatte, machte sie es sich mit Bertis in der Küche gemütlich. Sie tranken gerade ein Glas Eistee, als Lucy mit ausgestrecktem Arm hereinplatzte und ihnen ihr Pflaster präsentierte.

»Es war einfach ätzend! Du hättest dabei sein sollen. Die Spritze war soo groß, und sie haben uns 'ne Tonne Blut abgezapft. Es hat echt wehgetan, und Mat is umgekippt.«

»Ich bin nicht umgekippt!« Mat tauchte mit einem äußerst unleidlichen Dämon auf; doch sein Blick suchte als Erstes Nealy, als wolle er sich überzeugen, dass alles in Ordnung mit ihr war.

»Aber fast!«, beharrte Lucy. »Du bist ganz käsig geworden und hast die Augen zugemacht.«

»Ich hab nachgedacht.«

»Übers Umkippen!«

Buttons platt gedrücktes Haarschöpfchen und die knittrige Wange wiesen darauf hin, dass sie gerade erst aufgewacht war. Auch sie hatte, ebenso wie Mat und Lucy, ein Pflaster auf dem Arm. Aber bei ihr sah es grausam aus, und Nealy empfand eine plötzliche, irrationale Wut auf Mat, weil er ihr das angetan hatte.

Das Baby wand sich in seinen Armen. Ihr Wimmern verwandelte sich in Schluchzen, und Lucy trat zu ihr. »Komm her, Button.« Sie streckte die Arme aus, aber das Baby schlug sie weg und heulte noch lauter.

Mat setzte sie sich auf die Schulter. »Ich schwöre, sie hat vierzig Meilen lang geplärrt! Ist erst vor ungefähr zehn Minuten eingeschlafen.«

»Wenn dein Arm so klein wäre wie ihrer, würdest du auch heulen«, fauchte Nealy.

Seine Schuldgefühle ruinierten den finsteren Blick, mit dem er sie strafen wollte. Er begann in der Küche auf und ab zu gehen, aber das Baby ließ sich nicht beruhigen, also nahm er sie mit ins Wohnzimmer. Es dauerte nicht lange, und Nealy hörte ein leises Muhen, aber das Baby krakeelte weiter.

»Bringen Sie sie her und lassen Sie's mich versuchen«, rief Bertis. Aber als er wieder in die Küche kam, brüllte Button immer lauter und verdrehte den Kopf, bis ihre tränennassen Augen auf Nealy fielen.

Sie schob die Unterlippe vor und blickte so erbarmungswürdig drein, dass es für Nealy kaum zu ertragen war. Unwillkürlich eilte sie auf das verzweifelte Baby zu, obwohl sie sich nicht vorstellen konnte, wieso Button auf einmal zu ihr wollte – wo sie doch alle Favoriten von sich gewiesen hatte.

Zu ihrem Erstaunen streckte Button die Ärmchen aus. Nealy nahm sie, und das Baby klammerte sich an sie, als wäre sie endlich daheim. Erschüttert bettete Nealy sie an ihre Schulter. Sie streichelte ihr über den Rücken und spürte, wie die kleine Wirbelsäule zuckte. Auf einmal war ihr auch nach Heulen zumute. Sie trug sie auf die Gartenveranda hinaus, wo sie allein waren, und setzte sich mit dem Päckchen in den großen alten Schaukelstuhl.

Auf der Veranda war es warm von der Nachmittagssonne, aber der Schaukelstuhl stand in einer Ecke, die von einer großen Kastanie überschattet wurde. Durch die Fliegengittertür strömte eine warme Brise, die der Deckenventilator kühlte.

Button schmiegte sich an Nealys Brust, als wäre sie alles, was sie noch hatte. Ihr krampfhaftes Schluchzen ließ allmählich nach, während Nealy sie streichelte, ihr Pflaster küsste und ihr Abzählreime ins Ohr flüsterte. Sie hörte die leisen Stimmen von Lucy und Bertis aus der Küche, aber nichts von Mat.

Schließlich blickte Button zu Nealy auf. In ihren Augen lag ein Ausdruck grenzenlosen Vertrauens. Nealy schaute sie ebenfalls an, und gleichzeitig fühlte sie förmlich, wie ihr Herz anschwoll und wie sich all die kalten Inseln in ihrem Inneren mit Wärme füllten. Dieses kleine Wesen vertraute ihr blindlings.

Nealy kam es vor wie ein Rauschen in den Ohren; das Rauschen großer schwarzer Schwingen, die sich für immer auf und davon machten – und während sie dieses wunderhübsche kleine Baby auf ihrem Schoß anblickte, fühlte sie sich endlich frei.

Button stieß ein triumphales Gurgeln aus, als könne sie Nealys Gedanken lesen. Nealy lachte und blinzelte die Tränen weg.

Jetzt war Button bereit, sich mit dem Geschehenen auseinander zu setzen. Sie rückte sich auf Nealys Schoß zurecht, packte ihre Zehen und begann zu reden. Vielsilbige Wörter, lange Sätze, eine komplette Rede in Babysprache, in der sie über das ihr angetane Leid klagte, ja sich beschwerte.

Nealy blickte nickend in dieses ausdrucksvolle kleine Antlitz. »Ja ... ich weiß ... richtig gemein.«

Buttons Geplapper wurde aufgebrachter.

»Hängen sollte man ihn!«

Noch mehr Empörung.

»Du glaubst, das wäre zu gut für ihn?« Nealy streichelte ihre Wange. »Ja, du hast Recht. Wie wär's mit Folter?«

Ein blutrünstiges Quieken.

»Alle Venen auf einmal? Genau, gar keine so schlechte Idee.«

»Amüsiert ihr euch?« Mat schlenderte, beide Hände in den Taschen seiner Shorts vergraben, auf die Veranda hinaus.

Button blickte ihn empört an und vergrub das Köpfchen an

Nealys Brust. Nealy war so glücklich, dass sie am liebsten laut gesungen hätte. »Du hast gewaltig was wieder gutzumachen. Bei uns beiden!«

Die Schuldgefühle standen ihm fett ins Gesicht geschrieben. »Jetzt komm schon, Nealy. Sie erholt sich doch wieder. Es musste sein.«

»Button findet das nicht, nicht wahr, Schätzchen?«

Das Baby schob die Finger in den Mund und funkelte ihn böse an.

Er versuchte zwar, es zu überspielen, aber die ganze Sache nahm ihn so mit, dass Nealy Mitleid bekam. »Sie hat dir sicher bald verziehen.«

»Ja, kann sein.« Er klang nicht sehr überzeugt.

»Wie hast du's geschafft, Lucy zum Mitkommen zu überreden?«

»Bestechung! Ich hab ihr versprochen, dass wir noch ein paar Tage länger hierbleiben würden, wenn sie mitmacht.« Er blickte unbehaglich drein. »War wohl nicht gerade klug von mir, weil das das Unvermeidliche bloß hinauszögert – aber ich hab's trotzdem getan.«

Ihre Freude über ein paar kostbare Tage mehr wich rasch der immer größer werdenden Sorge um die Zukunft der Mädchen.

Wenn doch bloß ...

Das Willow Grove Inn war eine alte Postkutschenstation, die kürzlich neu renoviert worden war und nun ganz in Holz und Chintzbezügen erstrahlte. Mat ließ den Blick suchend schweifen, um sicherzugehen, dass nicht irgendwo Terroristen oder ein verrückter Einzeltäter lauerten. Seiner Ansicht nach waren sie draußen im Innenhof am sichersten aufgehoben.

Nealys kurze Haare wehten, als sie durchs Lokal schritt, der Rock ihres Kleides umflatterte ihre Knie, und das kleine Herz in ihrer Halsgrube kitzelte. Ihre hohen Absätze klapperten auf den Fliesen, und Armanis neuester Duft stieg von ihren Pulspunkten auf. Der vage verblüffte Ausdruck auf Mats Gesicht, als sie die Treppe herunterkam, hatte sie voll belohnt.

Sie war nicht die Einzige, die sich mit ihrer Erscheinung Mühe gegeben hatte. Auch er sah umwerfend aus in einer hellgrauen Hose und einem graublauen Hemd. Die goldene Uhr an seinem Handgelenk blitzte, als er ihr den Stuhl zurechtrückte und dann die Weinkarte zur Hand nahm, um sie zu studieren. Obwohl der dekorative gusseiserne Stuhl viel zu zierlich für ihn war, ließ er sich dennoch höchst selbstverständlich darauf nieder.

Der Ober warf Nealy einen missbilligenden Blick zu, als Mat einen teuren Wein wählte. »Vorschrift vom Arzt«, erklärte Mat ihm. »Ihr hormoneller Zustand erfordert gelegentlichen Alkoholgenuss.«

Nealy beugte lächelnd den Kopf über die Speisekarte. Sie konnte sich nicht erinnern, wann sie das letzte Mal unbeobachtet in einem Restaurant gesessen hatte. Hinter ihnen stand ein Spalier voller blühender, purpurroter Klematis und rosa Rosen, und der nächste Tisch war weit genug entfernt, um ihnen ein köstliches Gefühl von Privatsphäre zu geben.

Sie plauderten über Belangloses, bis der Ober den Wein brachte und ihre Bestellung aufnahm. Als er gegangen war, erhob Mat sein Glas und stieß mit ihr an. Sein Lächeln beinhaltete allerhand sinnliche Versprechungen. »Auf ein herrliches Essen, eine heiße Sommernacht und meine wunderschöne, sexy First Lady!«

Am liebsten hätte sie auch gleich Mat mitgetrunken, nicht nur den Wein. Es war nicht einfach, wo das Wissen um das, was der Abend später noch bringen würde, wie ein dritter Gast mit bei ihnen am Tisch saß. Auf einmal wollte sie diesen Restaurantbesuch, auf den sie sich den ganzen Tag gefreut hatte, so schnell wie möglich abhaken. »Ihr Stahlarbeiterjungs könnt ja richtige Süßholzraspler sein!«

Er lehnte sich auf dem zierlichen Stuhl zurück. Wie sie

schien auch er zu merken, dass sie in Flammen aufgehen würden, noch bevor das Essen serviert war, wenn sie das Gespräch nicht in etwas kühlere Gewässer lenkten. »Nur einer aus der Zweiten Liga, verglichen mit deiner Meute.«

»Ah, da ist er ja wieder, dieser Zynismus, den ich so schätze und bewundere.«

»Schon erstaunlich, wie es deine Kumpels in Washington immer wieder schaffen, sich vor der Wahrheit zu drücken!«

Sie reagierte instinktiv auf das herausfordernde Blitzen in seinen Augen. »Du langweilst mich!«

»Gesprochen wie der geborene Politiker!« Als er an jenem Abend mit Bertis und Charlie über Politik diskutierte, hatte sie nicht gewagt mitzureden, nun aber schon. »Zynismus ist einfach«, fasste sie zusammen. »Einfach und billig.«

»Und außerdem der beste Freund der Demokratie.«

»Und ihr schlimmster Feind. Mein Vater hat mich in dem Glauben erzogen, dass Zynismus meistens nur als Vorwand für Inaktivität dient.«

»Und das soll heißen?«

»Es soll heißen, dass es leichter ist, andere zu kritisieren, als selber ein schwieriges Problem zu lösen.« Eifrig beugte sie sich vor, voller Freude, endlich die Klingen mit ihm kreuzen zu können, besonders wo es um ein Thema ging, das ihr auf der Seele brannte. »Zynismus ist bloß eine Ausrede. Man kann sich moralisch überlegen fühlen, ohne sich je die Hände schmutzig zu machen – indem man wirklich etwas ändert.«

»Schwierig, heutzutage nicht zynisch zu werden!«

»Da spricht pure Faulheit, nichts weiter.«

»Interessante Theorie.« Er lächelte. »… wundert mich, wie ein derart überzeugter Optimist so lange in Washington überleben konnte …«

»Ich liebe Washington. Das meiste davon jedenfalls.«

»Und was nicht?«

Die alte Gewohnheit, hinterm Berg zu halten, überkam sie

wieder, aber sie hatte ihre eigene Vorsicht satt. »Ich bin weggelaufen, weil ich schlichtweg ausgebrannt war. First Lady zu sein ist der mieseste Job, den du in diesem Land haben kannst. Du hast keine genau festgelegten Aufgaben, und jeder hat andere Vorstellungen davon, was du tun sollst. Es ist eine Situation, in der du gar nicht gewinnen kannst, egal was für eine Mühe du dir gibst.«

»Du scheinst aber doch gewonnen zu haben. Barbara Bush ist die einzige First Lady, die ebenso beliebt war wie du.«

»Ja, und das mit Recht. Ich dagegen spiele jemanden, der ich gar nicht bin. Aber bloß weil ich es hasse, First Lady zu sein, lehne ich noch lange nicht die Politik ab.« Jetzt wo sie angefangen hatte, wollte sie nicht mehr aufhören. »Natürlich wirst du das kaum glauben – aber ich liebe die Ehre, die in einem politischen Leben liegt.«

»Die Worte Ehre und Politik hört man heutzutage nicht mehr oft in ein und demselben Atemzug.«

Seine Skepsis feuerte sie nur noch mehr an. »Es ist eine Ehre, das Vertrauen der Bürger erwiesen zu bekommen. Eine Ehre, dem Land zu dienen. Manchmal überlege ich sogar ...« Entsetzt unterbrach sie sich.

»Ja, was?«

»Das war's. Mehr ist dazu nicht zu sagen.«

»Nun komm schon! Ich hab dich schon ohne was an gesehen.« Er schenkte ihr ein schiefes Lächeln.

»Das heißt aber nicht, dass ich dich in meinen Kopf hineinschauen lasse.«

Sein Scharfsinn, was sie betraf, war von Anfang an erstaunlich gewesen, und ein eigenartig wachsamer Ausdruck machte sich auf seinen Zügen breit. »Na, das haut mich doch um. Hillary Clinton ist nicht die Einzige. Du überlegst, ob du dich nicht selbst um ein Amt bewerben sollst, stimmt's?«

Beinahe stieß sie ihr Weinglas um. Wie konnte jemand, den sie erst so kurze Zeit kannte, etwas begreifen, das sie sich noch nicht einmal selbst richtig eingestanden hatte? »Nein, überhaupt nicht. Ich habe ... na ja, ich habe schon überlegt, aber ... nein, nicht ernsthaft.«

»Bitte, erzähl schon!«

Mats intensives Interesse ließ sie wünschen, nie damit angefangen zu haben.

»Feigling!«

Sie hatte es so satt, immer vorsichtig sein zu müssen, und sie wollte reden, verdammt noch mal! Vielleicht war es ja an der Zeit, diesen vagen Ideen ein wenig frische Luft zu gönnen. »Na ja ... es ist nur so ein Gedanke von mir, aber ich habe schon überlegt. Ein bisschen.«

»Mehr als nur ein bisschen, wette ich.«

»Bloß in den letzten paar Monaten.« Sie blickte in diese eindringlichen grauen Augen. »Ich habe das politische Leben in Washington von klein auf verfolgt – bin sozusagen im Herzen der Macht groß geworden – habe aber nie selbst Macht gehabt. Zwar verfüge ich über Einfluss, das schon – aber nicht über echte Autorität, um Dinge ändern zu können. Doch ein Beobachter zu sein hat auch seine Vorteile.«

»Und die wären?«

»Ich habe die Laufbahnen der Besten und der Schlimmsten, die wir haben, verfolgt ... alles, was gelungen und was nicht gelungen ist – daraus lernt man.«

»Was hast du gelernt?«

»Dass dieses Land in einer Krise steckt. Dass wir nicht genug Politiker haben, die bereit oder auch nur willens sind, harte Entscheidungen zu treffen.«

»Aber du schon?«

Nealy dachte darüber nach und nickte dann. »Ja. Ja, vermutlich bin ich das.«

Er betrachtete sie aufmerksam. »Und wo würdest du anfangen?«

Also legte sie ihm ihre Ideen dar, nicht alle – das hätte Stunden gedauert –, aber doch einige. Je mehr sie redete, desto aufgeregter wurde sie, und desto mehr glaubte sie an das, was sie sagte.

Ein leicht benommener Ausdruck zeigte sich auf seinem Gesicht. »Also, du hast das verrückteste Politikverständnis, das mir je untergekommen ist. Hier links, dort rechts, da fett in der Mitte. Ein Wunder, dass du überhaupt noch geradeaus laufen kannst.«

»Gegen Schubladendenken hatte ich schon immer etwas. Für mich zählt nur, was für das Land am besten ist. Die Parteipolitik hat unseren Regierenden das Rückgrat gebrochen.«

»In Washington kann sich nur der ein Rückgrat leisten, der über genügend persönliche Macht verfügt.«

Sie lächelte. »Richtig.«

Kopfschüttelnd meinte Mat: »Du bist doch ein Federgewicht im Vergleich zu diesen Haifischen. Weil du mit dem Herzen denkst, fressen die großen Jungs dich auf und spucken deine Knochen wieder aus.«

Sie lachte. »Trotz deines Geredes bist du doch ganz schön naiv. Die großen Jungs haben mich aufwachsen sehen. Ich bin auf ihren Knien gesessen und habe mit ihren Kindern gespielt. Sie haben mir über den Kopf gestrichen und auf meiner Hochzeit getanzt. Deshalb gehöre ich zu ihnen.«

»Aber das ist auch alles, was es dir einbringt: ein Kopftätscheln!«

»Du vergisst, dass ich einen Trumpf in der Hand halte.«

»Was meinst du damit?«

Während eines kleinen Schlucks aus ihrem Weinglas überlegte Nealy ein wenig und stellte es dann wieder ab. »Ich bin eine nationale Ikone.«

Er starrte sie bloß an, mehrere Sekunden lang. Dann begann ihm allmählich klar zu werden, was sie nicht direkt in Worte gefasst hatte, und wieder bekam er diesen leicht benommenen Gesichtsausdruck. »Du könntest es echt schaffen, stimmt's?«

Sie stützte das Kinn auf den Handrücken und blickte träumerisch in die Ferne. »Wenn ich wollte, könnte ich unter Umständen das größte Machtzentrum um mich versammeln, das Washington je gesehen hat.«

»Und würdest dann wie eine gute Fee bloß gute Dinge bewirken.«

Sein Zynismus war wieder da, aber sie ließ sich nicht aus der Ruhe bringen. »Ja, genau!«

»Aber so läuft's in diesem Spiel nicht.«

»Vielleicht bin ich die einzige Person, die dieses Spiel nicht mitzuspielen braucht. Denn ich habe das bereits hinter mir.«

»Im Klartext heißt das?«

»Dass ich vollkommen uneigennützig bin. Denn wer das Ego aus dem Spiel lässt, kann einfacher Diener des Volkes sein. Ich verfüge über absolute Glaubwürdigkeit.«

»Na, die vergangene Woche hat aber eine dicke Delle in diese Glaubwürdigkeit gerammt.«

»Nicht, wenn ich die Sache zu meinem Vorteil nutze.«

»Ja, der liebe Vorteil«, meinte er gedehnt. »Hab mich schon gefragt, wann du darauf kommst.«

»Durchaus legitim, solange man ehrlich bleibt. Die Leute verstehen es, wenn man seinen Job satt hat. Ich habe bei einer Aufgabe das Handtuch geworfen, die mich zu ersticken drohte. Damit kann sich jeder Normalbürger identifizieren.«

»Aber hier geht's um weit mehr als nur um das Fortlaufen vor einem unbefriedigenden Job. Es geht darum, wo du warst und was du getrieben hast. Die Presse wird nicht eher ruhen, bis die ganze Geschichte auf dem Tisch liegt.«

»Glaub mir, ich weiß besser, wie man Journalisten aus dem Weg geht, als du dir vorstellen kannst.«

Ihr Gegenüber begann, das Tischtuch zu studieren.

»Vertrau mir, Mat. Ich liebe die Mädchen. Nie würde ich etwas tun, was ihnen schaden könnte.«

Er nickte, schaute sie aber nicht an.

Der Ober brachte ihre Salate, und sie hielt es für besser, das Thema zu wechseln. »Jetzt habe ich die ganze Zeit nur über mich geredet, aber du hast mir fast noch gar nichts über deinen Job erzählt.«

»Da gibt's nicht viel zu berichten. Willst du ein Brötchen?« Beflissen hielt er ihr das grüne Körbchen hin, das der Ober zuvor gebracht hatte.

»Nein danke. Magst du deinen Job?«

»Ich mache wohl gerade eine berufliche Krise durch.« Unbehaglich rückte er auf dem kleinen Stuhl hin und her.

»Vielleicht kann ich ja helfen.«

»Unwahrscheinlich.«

»Das ist also bloß eine Einbahnstraße – verstehe ich das richtig? Ich erzähle dir alle meine Geheimnisse, und du behältst deine für dich?«

»Ich bin alles andere als stolz auf ein paar von meinen Heldentaten.«

So ernst hatte sie ihn noch nie gesehen.

Er legte seine Gabel beiseite und schob den Salatteller von sich. »Es wäre da etwas zu klären.«

Ihr Herz sank. Sie wusste genau, was jetzt kommen würde – aber sie wollte es nicht hören.

18

Mat musste ihr die Wahrheit sagen. Das wusste er schon seit letzter Nacht.

»Du brauchst dir keine Sorgen zu machen«, winkte sie ab. »Ich mag ja in vielen Dingen naiv sein, aber was letzte Nacht betrifft, verstehe ich schon.«

Seine mentalen Rädchen quietschten, und er runzelte die Stirn. Seine Riesenstory war mit ihrem Geständnis, dass sie überlegte, sich selbst um ein Amt zu bewerben, soeben noch riesiger geworden – aber das änderte nichts. Sie hatte ein Recht darauf, seinen Beruf zu erfahren.

Der Gedanke an ihre Reaktion lähmte seine Zunge ein wenig. »Letzte Nacht? Da hab ich nicht gemeint. Ich muss dir – was genau meinst du damit, du verstehst schon?«

»Du zuerst.«

»Dir kommen Zweifel, stimmt's?«

»Ja, ganz gewaltige«, gab sie zu. »Und dir?«

Er hatte gute Gründe für Zweifel, aber es störte ihn, dass sie auch welche hegte. »Meine einzigen Zweifel bestehen darin, ob Lucy und das Baby auch schlafen, wenn wir zurückkommen, damit wir gleich in die Kissen können.«

»Ab in die Kissen also, hopplahopp?«

»Ja.« Er verdrängte, was er ihr hatte sagen wollen. Später. Nach dem Essen. »Tu nicht, als ob du das nicht auch willst. Vergiss nicht, ich war ganz schön dabei, letzte Nacht! Außerdem schaust du mich schon den ganzen Abend an, als ob ich die Nachspeise wäre.«

»Tue ich nicht! Na, vielleicht ein bisschen, aber bloß, weil du immer das mit den Augen machst.«

»Was mache ich mit den Augen?«

»Du weißt schon, das mit den Augen.« Ein hochmütiges kleines Schnauben folgte. »Du lässt sie überall hinwandern, wenn ich rede.«

»Wanderaugen also? Interessante Vorstellung.«

»Stell dich jetzt nicht dumm. Du weißt, was ich meine.«

»Hm, so ungefähr.« Er lächelte sie an und saugte ihren Anblick förmlich in sich ein. Die First Lady der Vereinigten Staaten hatte sich extra für ihn fein gemacht.

Sie trug dieses orange Umstandskleid wie ein Designeroriginal, und ihre kleine Kette war das erotischste Accessoire, das er je gesehen hatte. Der Herzchenanhänger lag in ihrer Halsgrube, eine der vielen Stellen, die er gestern Nacht geküsst hatte. Sie war schon eine Klassefrau; aber obwohl er seinen Lebensunterhalt mit Worten verdiente, wusste er nicht, wie er seine Gefühle ausdrücken sollte, also kam er direkt auf den wesentlichen Punkt.

»Hab ich dir schon gesagt, wie schön du bist und dass ich es nicht erwarten kann, mit dir ins Bett zu gehen?«

»Mit Worten nicht, nein.«

»Mit den Wanderaugen?«

»Darauf kannst du wetten.«

Sein Bedürfnis, sie zu necken, legte sich, und er berührte ihre Hand. »Ich hab letzte Nacht ein bisschen die Kontrolle verloren. Geht es dir gut?«

»Sehr gut sogar. Aber danke der Nachfrage!«

Er streichelte ihre Handfläche mit den Fingerspitzen und zwang sich dabei, es ihr jetzt zu sagen, jetzt gleich ... noch in dieser Minute ...

Glaub mir, ich weiß besser, wie man Journalisten aus dem Weg geht, als du dir vorstellen kannst.

Innerlich sah er, wie diese wunderschönen blauen Augen – so blau wie der Himmel auf einer amerikanischen Flagge – blicklos wurden, wenn sie hörte, womit er seinen Lebensunterhalt verdiente.

Mat langte mit ausgestrecktem Arm über den Tisch. »Heute Nacht ... falls es zu schnell für dich gehen sollte ... möchte ich, dass du was sagst.«

»Damit du aufhören kannst?«

»Spinnst du? Ich will dich betteln hören.«

Sie lachte, schob dann ihre Linke unter die seine und ließ sich festhalten. Eine Welle der Erregung durchflutete ihn und erhitzte sein Blut. Er sagte sich, dass er sein Geheimnis schließlich nicht seit Wochen vor ihr verbarg. Selbst hatte er ja auch erst vor weniger als achtundvierzig Stunden erfahren, wer sie war.

»Ich wusste nicht, dass es so sein könnte.« In ihrer Stimme

lag ein heiserer Unterton, den keine Nachrichtensendung je wiedergegeben hatte. »Verrückt und lustvoll, aber dabei trotzdem voller Humor.«

»Es ist so, wie wir es wollen.«

»Sex war für mich immer eine ernste Angelegenheit.« Sie zog ihre Hand zurück. »Eben ... schwierig.«

Er wollte nichts über ihre Beziehung zu Case hören, nicht jetzt, wo er ihr noch nicht die Wahrheit gestanden hatte. »Du solltest mir vielleicht nicht so viel über dich erzählen.«

Das gefiel ihr gar nicht. »Und wo soll ich aufhören, wo anfangen, Mat? Wo sind hier die Regeln? Ich habe nicht deine umfangreiche Vergangenheit mit Bettgeschichten.« Als begabte Politikerin, die sie war, hatte sie die Worte so gewählt, dass sie wehtaten. »Am besten sagst du gleich, wo dich der Schuh drückt.«

»Das hat nichts mit Regeln zu tun. Es ist nur ...« Sein Verrat bereitete ihm allmählich Magenschmerzen, und er versuchte, so vorsichtig wie möglich aufs Thema zu kommen. »Was ist, wenn du mir nun etwas anvertraust? Etwas, was die Öffentlichkeit noch nichts angeht. Wie beispielsweise deine Überlegung, ob du dich nicht selbst um ein Amt bewerben sollst.« *Oder die Tatsache, dass dein Mann schwul war* – aber das sagte er nicht. »Woher weißt du, dass du mir vertrauen kannst ... dass ich nicht plaudere?«

»Weil du das nicht tun würdest. Du hast das überentwickeltste Verantwortungsbewusstsein, das mir je begegnet ist.« Sie überraschte ihn mit einem Lächeln. »Du stürmst durchs Leben wie ein Bulle, stößt die Leute mit deinen Hörnern, schüchterst jeden mit deiner Größe ein. Du stampfst den Boden, schnaubst in den Wind und brüllst jeden an, der dir missfällt. Aber du machst immer das Richtige. Deshalb vertraue ich dir.«

Sie riss ihn in Stücke. Er musste endlich auspacken ...

Ihr aristokratisches Näschen reckte sich in die Luft. »Hast

du Angst, dass ich der letzten Nacht mehr Bedeutung beimesse, als sie hatte? So naiv bin ich, wie gesagt, nicht. Ich verstehe, dass es hier nur um Sex geht.«

Endlich bot sie ihm eine Plattform für seine Schuldgefühle, und er senkte die Stimme zu einem wütenden Flüstern. »Was ist das für ein Gerede von einer Frau, die ein moralisches Vorbild für dieses Land sein sollte?«

»Realistisches Gerede.«

Eigentlich sollte er froh sein, dass sie wusste, wie solche Beziehungen liefen – stattdessen schnauzte er sie an. »Das zeigt nur, wie viel Ahnung du hast. Und jetzt iss deinen Fisch auf, bevor er kalt wird.«

Er war derjenige, der sein Essen noch nicht angerührt hatte, aber sie verkniff sich eine entsprechende Bemerkung. Energisch griff sie jetzt zu Messer und Gabel und säbelte einen Bissen von seinem Steak ab. Genauso entschlossen lenkte er das Gespräch in eine weniger persönliche Richtung. Sie machte mit, aber bestimmt wartete sie bloß auf einen anderen Zeitpunkt.

Sie aßen fertig und verzichteten auf eine Nachspeise, bestellten sich jedoch einen Kaffee. Gerade als er den ersten Schluck nahm, fühlte er, wie ihre Schuhspitze seine Wade streichelte.

»Brauchst du die ganze Nacht zum Austrinken?« Ihr Mund verzog sich zu einem ebenso frechen wie erotischen Lächeln.

Er lehnte sich zurück und ließ den Blick absichtlich über ihre Brüste gleiten, um es ihr ein wenig heimzuzahlen. »Wozu die Eile?«

»Weil ich beschlossen habe, dass es Zeit für dich wird, zu zeigen, was du hast, Big Boy!«

Daraufhin hätte er sie fast mit Haut und Haar verschlungen, doch irgendwie schafften sie es zum Auto. Dann waren seine Hände überall, gleich dort am Parkplatz auf dem Vordersitz des Kombis.

Ein Auto fuhr an ihnen vorbei und brachte ihn wieder zu Verstand. »Wir müssen hier weg ...«

»Es ist erst neun«, keuchte sie. »Lucy schaut sicher noch fern. Und Bertis und Charlie sind vielleicht auch noch da, um ihr Gesellschaft zu leisten.«

Entschlossen legte er den Gang ein. »Dann machst du eben noch eine neue Erfahrung!«

Er raste aus der Stadt, fand eine schmale Straße, die am Fluss entlangführte; er bog dann auf einen Kiesweg ab, der an einem kleinen Bootssteg endete. Mat manövrierte den Kombi am Steg vorbei und ein wenig ins Gebüsch. Jetzt schaltete er die Scheinwerfer aus, ließ die Seitenfenster herunter und stellte den Motor ab. »Im Grunde sind wir vielleicht ein bisschen zu alt dafür ...«

»Sprich für dich selbst!« Und ehe er sich's versah, saß die First Lady der Vereinigten Staaten auf seinem Schoß. Soweit es das Lenkrad zuließ, jedenfalls.

Es war zwar nicht gerade gentlemanlike, aber er machte sich als Erstes über ihr Höschen her und stieß dabei seinen Ellbogen gegen die Fahrertür. Dann musste er die Hüfte an die Armstütze pressen, um ihr den Slip die schönen Beine herunterzuziehen. Das mühsam erkämpfte Objekt flog kurzerhand aus dem Fenster.

Sie zog ihre süße kleine Zunge aus seinem Mund und flüsterte: »Hast du gerade mein Höschen aus dem Fenster geworfen?«

»Nö.«

Lachend griff sie nach seinem Reißverschluss. »Dann will ich deinen Slip auch.«

»... kriegst du, keine Sorge!« Er nahm ihr das Wal-Mart-Kissen weg und dabei rutschten sie zusammen auf den Beifahrersitz. Sein Knie stieß ans Armaturenbrett, sein Kopf bumste ans Wagendach, aber das war ihm egal. Nealy warf ein Bein über ihn und saß nun rittlings auf seinem Schoß. Jemine, wie herrlich! Er knabberte an dem Herzchen in ihrer Halsgrube, saugte an ihrer Unterlippe. »Du hast so was schon mal gemacht, wie ich sehe.«

»Och, schon hundert Mal. Ich hab's erfunden.«

Caramba, jetzt hatte sie auch schon seine Hose offen. Und verlieh dem Wort *Enthüllung* eine völlig neue Bedeutung.

Nach letzter Nacht hatte er sich vorgenommen, sich ihr ohne Kondom keine zehn Meter mehr zu nähern. Nachdem er endlich fündig geworden, öffnete er ihren Rückenreißverschluss, damit er ihr das Kleid über die Schultern streifen konnte. Nur Augenblicke später zwickte er eine harte Brustwarze.

»Das tut weh«, murmelte sie. »Mach's noch mal.«

Umgehend tat er, wie ihm geheißen.

Etwas wie eine Mischung aus Knurren und Schnurren verursachte eine leichte Vibration in seinem Mund. Er fühlte es mit seiner Zunge, und es machte ihn ganz wild.

Er schob die Hand unter ihr Kleid und umfasste sie zwischen den so großzügig gespreizten Schenkeln. Sie war nass und glitschig, wollte gestreichelt werden.

»Nicht ... hör ... auf ... damit.«

Mats Finger glitt in sie, und er flüsterte: »Ist das besser?«

Stöhnend packte sie seinen Kopf und küsste ihn wild, rieb dabei ihre Brustwarzen an seinem Hemd.

Er hatte sie buchstäblich in der Hand, war aber so verrückt nach ihr, dass es ihm nicht genügte. Daher verließ er diesen herrlich süßen, warmen Ort und packte sie bei den Hüften ... drückte sie tiefer in den Sitz ...

Sie stoppte ihn, indem sie ihn fest zwischen die Schenkel nahm. Dann rieb sie sich an ihm. Ganz offen. Herrliche nasse Falten. Vor und zurück.

Das Hemd klebte ihm am Leib und sein Körper war wie eine Feder gespannt. Stöhnend fand er ihre Brust. Saugte daran.

Sie war eine Verführerin, eine Hexe ... quälte ihn, spielte mit ihm.

Er bäumte sich auf ... zerrte sie herunter ...

Nealy rang nach Luft und gewährte ihm Einlass.

Sie war so neu und übereifrig, dass er versuchte, sie ein wenig zu bremsen – aber es drängte sie, ihn auf ihre Weise zu reiten. Er wollte sie halten, sie beschützen, sie aufspießen, alles auf einmal. Diese wilde, herrliche, unglaublich kostbare Eroberung!

Das Wageninnere wurde zu ihrem Universum und das Rauschen der Blätter in den Bäumen am Ufer des Flusses zu ihrer Serenade. Sie klammerten sich aneinander, als würde sonst nichts existieren. Und dann wurden sie ins Universum geschleudert.

Am nächsten Morgen saß Nealy im Nachthemd auf den Stufen der Gartenveranda, die Knie unter dem weißen Gewand angezogen, und blickte auf den taufeuchten Garten hinaus. Die dampfende Kaffeetasse in der Hand, atmete sie tief die Gewissheit ein, mit der sie erwacht war.

Sie liebte Mat.

Ohne Vorwarnung hatte sie sich in seine laute Stimme, sein schiefes Lächeln, sein dröhnendes Gelächter und seinen flinken Verstand verliebt. Und dann letzte Nacht, was für ein großzügiger, uneigennütziger Liebhaber er doch gewesen war. Aber am allermeisten liebte sie seine ausgeprägte Integrität und Anständigkeit, die es ihm nicht erlaubte, die beiden kleinen Mädchen, obwohl er sie nicht wollte, im Stich zu lassen. Und so hatte sie in kaum einer Woche, ohne Sinn und Verstand, ihr Herz an ihn verloren. Ein Herz, das er sicher nicht gebrauchen konnte ...

Wie hatte sie so etwas Verheerendes zulassen können? Und es nicht mal bemerkt! Sie war so damit beschäftigt gewesen, ihre Gefühle als bloße Lust am Sex abzutun, dass sie gar nicht in Betracht gezogen hatte, was sie doch über sich selbst wusste – dass sie eine Frau war, die sich nie einem Mann hingeben würde, den sie nicht liebte.

Eine hoffnungslosere Paarung als sie und Mat gab es wohl kaum. Sie war sich genau darüber im Klaren, dass sie mit ihrer Berühmtheit nie in seine Welt passen würde – genauso wenig wie er in ihre. Warum konnte er nicht ein Harvardabsolvent sein, der es zum Partner in einer bedeutenden Washingtoner Anwaltskanzlei gebracht hatte? Warum konnte sie nicht eine Schullehrerin, eine Krankenschwester oder Verkäuferin sein?

Während sie sich mit diesem fruchtlosen Gehader herumschlug, musste sie daran denken, in wie vielerlei Hinsicht sie sich doch ideal ergänzten. Sie war kühl, wo er aufbrauste, ruhig, wo er Krach schlug, überlegt, wo er drauflos preschte. Aber all das machte keinen Unterschied.

Sie ertränkte ihre Verzweiflung unter der Dusche und schlich sich danach ins Wohnmobil, um Button zu holen, bevor sie die große Schwester aufweckte. Auch wenn Lucy sich nicht beschwerte, konnte sie doch selten so lange schlafen wie ihre Altersgenossen. Als Nealy in die Küche zurückkehrte, machte sie das Radio an.

»*Nun sind schon acht Tage vergangen, seit die First Lady Cornelia ...*«

Sie schaltete es wieder aus.

Mat kam herunter, als Nealy gerade dabei war, Button mit dem Frühstücksbrei zu füttern. Er gab ihr einen Zahnpastakuss und bat sie dann, im Haus zu bleiben, während er joggen ging. Kurz nach zehn Uhr, als sie gerade den gestrigen Bericht des *Wall Street Journal* über die Zinsraten studierte und dabei gleichzeitig Button im Auge behielt, tauchte Lucy auf.

»Sind Bertis und Charlie schon da? Sie haben gesagt, dass Button und ich im Pool auf ihrem Campingplatz schwimmen dürfen. Es gibt dort eine große Wasserrutsche und drei Sprungbretter.«

»Bertis hat vorhin angerufen und gesagt, sie würden dich gegen Mittag abholen. Button behalte ich hier.«

Das Baby jaulte zornig, und Squid verdrückte sich kurzerhand vor dem kleinen Quälgeist unter die Couch.

»Wo is Mat?«

»Er ist joggen gegangen. Danach wollte er mit dir zu dem Spielplatz auf der anderen Straßenseite rübergehen und ein bisschen Basketball trainieren.«

»Echt?« Sie strahlte.

»Aber ich habe gesagt, so was Albernes würdest du doch nie mitmachen.«

»Hast du nich!«

Nealy lachte und erhob sich von der Couch. »Du stehst mal wieder auf der Leitung.« Sie packte Lucy und umarmte sie, so fest sie konnte.

»Und du bist so krass!« Lucy schmiegte sich an sie.

»Ich weiß. Deshalb mögen wir uns ja.«

»Wer hat gesagt, dass ich dich mag?«

»Das brauchst du nicht zu sagen.« Ohne zu überlegen, küsste sie das Mädchen aufs Haar. Lucy erschlaffte ein paar Sekunden lang, dann befreite sie sich aus ihren Armen, als wäre ein simpler Kuss einfach zu viel für sie. Oder als fürchtete sie, Nealy könnte ihn zurücknehmen, wenn sie die Umarmung nicht als Erste abbrach.

Die Ältere startete den nächsten Anlauf. »Ich hab eine Idee, aber lach nicht über mich, okay?«

»Wieso sollte ich das denn?« Lucy setzte sich im Schneidersitz auf den Boden und zog Button für eine Morgenumarmung an sich.

»Weil ich was mit dir zusammen machen will, was du sicher für ätzend hältst.«

Lucy grinste. »Und was ist daran neu?«

»Ich will, dass wir uns gegenseitig schminken.«

»Du machst Witze!«

»Nein, wirklich. Ich möcht's gern.«

»Weil du findest, dass ich mich zu stark schminke, stimmt's?«

»Du schminkst dich wirklich zu stark. Jetzt komm schon, Lucy, das ist sicher lustig. Hol du deine Sachen und ich hol meine.«

Lucy betrachtete sie mit der Herablassung einer Halbwüchsigen. »Wenn's dich glücklich macht!«

»Und wie!«

Nachdem beide ihre Kosmetika geholt hatten, bestand Lucy darauf, Nealy zuerst zu schminken. Während Button hinter einem leidenden Squid herwatschelte, legte der Teenager Nealy mehrere Schichten Make-up auf und betrachtete das Ergebnis dann mit dem zufriedenen Blick einer Kupplerin. »Du siehst heiß aus. Warte nur, bis Mat dich sieht!«

Nealy musterte sich im Schminkspiegel, den sie auf der Couchlehne postiert hatten. Alles, was ihr jetzt noch fehlte, war ein Zuhälter und eine geeignete Straßenecke. Sie hatte Angst zu lachen, weil sonst ihre Schminke zerrinnen könnte. »Jetzt bin ich dran.«

»Mensch, ich werd so richtig lahm aussehen.«

»Aber süß lahm.«

Sie machte sich an die Arbeit, legte nur einen Hauch Lidschatten auf, zeichnete dann Lucys Lippen mit ihrem eigenen rosa Konturenstift nach und benutzte an Stelle von Lippenstift ihr farbloses Lipgloss. »Das nimmt Sandra Bullock immer statt Lippenstift.«

»Woher willste das wissen?«

Weil Sandra Bullock es ihr selbst gesagt hatte. »Hab's in einer Zeitschrift gelesen.«

Lucy musterte sich ein bisschen weniger kritisch.

Jetzt holte Nealy die drei rosa Schmetterlingsspangen heraus, die sie in ihrer Shortstasche versteckt gehalten hatte. Sie sollten eine Überraschung für Lucy sein, und die Lady steckte damit Lucys Haare an den Seiten zurück.

Lucy starrte ihr Spiegelbild an. »Mannomann, Nell, das ist ja sooo cool!«

»Schau dich an, Lucy. Du siehst einfach umwerfend aus. Versprich mir, dass du dich nur noch so stark schminkst, wenn du einen dieser Ich-fühl-mich-wie-eine-Schlampe-Tage hast.«

Lucy verdrehte die Augen.

»Du hast es nicht nötig, dich hinter einer Maske zu verstecken«, fuhr Nealy fort. »Weil du ganz genau weißt, wer du bist.«

Verlegen zupfte Lucy an der Sofalehne herum. Nealy beschloss, ihr ein paar Minuten Zeit zu geben, um über das, was sie ihr gesagt hatte, nachzudenken, und hob Button auf, die gerade versuchte, den Kopf in den Papierkorb zu stecken. »Komm, du Racker. Jetzt bist du dran.«

Sie setzte das Baby auf einen Stuhl, nahm ihren rosa Lippenstift zur Hand und malte der Kleinen damit einen Punkt auf die Nasenspitze und danach mit Lucys Augenbrauenstift ein paar zarte Schnurrbarthaare auf die Wangen. Lucy kicherte.

Gerade hielt Button einen entzückten Dialog mit ihrem Spiegelbild, als der Sultan des Palasts hereinmarschiert kam und seinen Harem überblickte. Er hatte seine Runden gelaufen und hielt einen Basketball ans verschwitzte T-Shirt gedrückt. Alle drei Ladys drehten sich auf einmal zu ihm um.

Der Sultan wusste, wie man mit der holden Weiblichkeit umging, und tat genau das Richtige. »Wer ist denn diese süße kleine Maus?« Er tätschelte Buttons Flaumköpfchen, und sie klatschte begeistert Beifall.

Dann fiel sein Blick auf Lucy.

Nealy sah eine ganze Gefühlsskala über ihr Gesicht huschen: Unsicherheit, Sehnsucht und dann ihr typischer mürrischer Ausdruck, den sie sich zum Schutz angeeignet hatte.

»Du siehst wunderhübsch aus«, meinte er schlicht.
Zitternd rang sie um Atem. »Das sagst du bloß so.«
»Es stimmt einfach.«
Langsam begann sie zu strahlen. Er drückte ihre Schulter, dann wandte er sich Nealy zu, aber ihr Look schien ihm die Sprache zu rauben. Mat musterte die dicke Grundierung, die beinahe zugetuschten Wimpern und den knallroten Mund.

»Sieht Nell nich einfach voll krass aus?«, rief Lucy. »Wenn dieses blöde Kissen nich wär, könnte sie sicher ein Model oder so was sein.«

»Ja, dafür würde entschieden jemand 'ne Menge Geld hinblättern.«

Nealy zog die Augenbrauen hoch, und er grinste, dann wandte er sich wieder Lucy zu. »Komm, Kiddo, schnapp dir deine Schuhe und lass uns ein paar Körbe schießen. Nell, du rührst dich nicht vom Fleck, verstanden?«

»Okeydokey!« Sie salutierte.

Lucy zog die Stirn in Falten. »Du solltest dich nich so von ihm rumkommandieren lassen.«

»Sie mag das.« Mat gab Lucy einen sanften Schubs zur Tür. Aufgeräumt schaute Nealy ihnen nach. Lucy bot in diesen Tagen tatsächlich die Darbietung einer aufgehenden Knospe.

Summend räumte sie das Haus auf, gab Button dann eine kleine Zwischenmahlzeit und zog sie um. Danach beschloss sie, über die Straße zu gehen und den beiden beim Basketballspiel zuzusehen.

Als sie auf die Vorderveranda hinaustrat, fuhr ein dunkelblauer Taurus vor dem Haus vor. Die Wagentüren öffneten sich, und ein Mann und eine Frau in Anzügen stiegen aus. Sie hätten ebenso gut Schilder mit der Aufschrift »Regierungsbeamte« um den Hals tragen können. Nealy wurde blass.

Nicht jetzt! Noch nicht! Sie hatte ein Haus und einen Hund. Sie hatte zwei Mädchen und einen Mann, in den sie verliebt war. Bloß noch ein bisschen länger …

Am liebsten wäre sie ins Haus zurückgelaufen und hätte die Tür zugesperrt; stattdessen jedoch drückte sie Button fester an sich und zwang sich, an den Rand der Veranda zu treten.

Beide musterten sie sorgfältig, während sie aufs Haus zuschritten. »Ich bin Agent DeLucca vom FBI«, stellte sich die Frau vor. »Das ist Agent Williams, Secret Service.« Ihre Blicke glitten über ihren enormen Bauch, und sie dankte Mat im Stillen dafür, dass er auf dem Kissen bestanden hatte.

Sie bemühte sich, auf ihrem stark geschminkten Gesicht keine Regung zu zeigen, außer vielleicht Neugier. »Ja, bitte?«

»Sie sind Mrs. Case!« Williams sagte dies, als wäre es eine Tatsache – aber in seinen Augen flackerte Zweifel auf.

»Mrs. Case? Sie meinen die First Lady?« Sie versuchte, ihnen einen von Lucys Du-bist-ja-so-blöd-Blicken zuzuwerfen. »Ja klaro! Das bin ich.«

»Könnten Sie sich ausweisen, Ma'am?«, fragte die Agentin.

»Sie meinen, so was wie 'nen Führerschein oder so?« Ihr Herz pochte so hart, dass sie fürchtete, sie könnten es hören.

»Ja, das wäre schön.«

»Ich hab keinen. Mir wurde vor ein paar Tagen in einem Waschsalon die Handtasche geklaut.« Sie schluckte. »Sind Sie deshalb gekommen? Bringen Sie meine Handtasche zurück?«

Nealy sah ihr Zögern. Sie dachten, sie hätten sie, waren aber nicht hundertprozentig sicher. Ein Funken Hoffnung flammte in ihr auf. Wenn man sie endgültig identifiziert hätte, dann wären sie gleich mit einem Bataillon Agenten hier aufgekreuzt, nicht bloß zu zweit.

»Wir würden uns gerne mal in Ruhe mit Ihnen unterhalten, Ma'am. Dürften wir hereinkommen?«

Wenn sie sie einmal ins Haus ließ, konnten sie sie stundenlang verhören. »Lieber würde ich hier reden.«

Mat kam angebraust wie ein gereizter Bulle. Das T-Shirt klebte ihm an der Brust, und eine seiner Tennissocken war ihm bis zum Fußgelenk hinuntergerutscht. »Was geht hier vor?«

»Ich – ich glaube, sie haben meine Handtasche gefunden«, stammelte sie.

Ihr Bodyguard war nicht auf den Kopf gefallen. Er kapierte sofort das Stichwort. »Also, haben Sie ihre Handtasche gefunden?«

Keiner der Agenten antwortete. Die Agentin bat, seinen Führerschein sehen zu dürfen.

Lucy kam mit ängstlich aufgerissenen Augen angerannt, als er ihn den Agenten soeben zeigte. Sie hielt den Basketball wie eine Rettungsweste vor ihre Brust gepresst. Das Fräuleinchen wusste genau, wann sie es mit Behörden zu tun hatte, und Nealy merkte, dass sie glaubte, sie wären ihretwegen hier. »Ist schon gut, Lucy. Sie wollen mit mir reden.«

»Wieso?«

»Können Sie sich denn gar nicht irgendwie ausweisen, Ma'am?«, fragte Agent Williams.

»Ich hatte alles in meiner Tasche.«

»Sie ist meine Frau«, meldete sich Mat. »Nell Jorik. Das sollte wohl genügen.«

Die Agentin warf ihm einen stechenden Blick zu. »Mr. Jorik, zufällig wissen wir, dass Sie unverheiratet sind.«

»Bis vor einem Monat schon. Nell und ich haben in Mexiko geheiratet. Und wieso wissen Sie überhaupt was über mich?«

»Wessen Kinder sind das, Sir?«

»Sie sind von meiner Ex-Frau, die vor zirka sechs Wochen tödlich verunglückt ist.«

Lucy schob sich näher an Nealy heran.

Williams meldete sich wieder zu Wort. »Ma'am, könnten wir hereinkommen, um das Ganze in Ruhe zu besprechen?«

Sie schüttelte den Kopf. »Nein, drinnen ist nicht aufgeräumt.«

Selbstverständlich hätten die beiden am liebsten darauf bestanden, und Nealy war heilfroh um den vierten Verfassungszusatz. Nun beschloss sie, ein wenig in die Offensive zu gehen. »Lucy, das sind Agent DeLucca und Agent Williams. Sie suchen nach Cornelia Case.«

»Und sie glauben, das wärst du?«

»Ja.«

Lucy fiel sichtlich ein Stein vom Herzen. »Nell is nich Mrs. Case! Das kommt von dem Wettbewerb, stimmt's? Das war meine Idee, weil ich 'nen Fernseher gewinnen wollte, damit meine kleine Schwester *Teletubbies* gucken kann – hab aber stattdessen bloß 'nen blöden Bohrer gewonnen.« Sie blickte Nealy an. »Ich wollte dich nicht in Schwierigkeiten bringen!«

»Du hast mich nicht in Schwierigkeiten gebracht.« Nealy zwackte das Gewissen. Lucy verteidigte sie aus reiner Unschuld.

Die Agenten schauten sich an. Sie wussten, dass etwas nicht stimmte, aber Lucys offensichtliche Ehrlichkeit zeigte Wirkung, und was Nealy anbelangte, waren sie noch unsicher.

Toni warf ihr einen verschwörerischen Von-Frau-zu-Frau-Blick zu. »Sie würden uns wirklich sehr behilflich sein, wenn wir reinkommen und alles besprechen könnten.«

»Völlig überflüssig«, sagte Mr. Tough Guy. »Und wenn Sie ins Haus wollen, müssen Sie schon mit einem Durchsuchungsbefehl kommen.«

Williams blickte Nealy an. »Für jemanden, der nichts zu verbergen hat, sind Sie nicht gerade kooperativ.«

»Haben Sie nichts Besseres zu tun, als eine Schwangere zu belästigen?«, parierte Mat.

Nealy griff ein, bevor er sich noch in Schwierigkeiten hineinritt. »Sie sollten besser gehen. Wir können Ihnen leider nicht helfen.«

Agent DeLucca musterte sie lange und durchdringend, dann wandte sie sich Lucy zu. »Seit wann kennst du … Mrs. Jorik?«

»Seit 'ner Woche. Aber sie is echt nett und würde sicher nichts anstellen.«

»Dann hast du sie also erst kennen gelernt?«

Lucy nickte langsam.

»Du musst nicht mit ihnen reden, Lucy«, mischte sich Mat ein. »Geh ins Haus.«

Die Arme blickte verwirrt drein, aber sie tat, was er sagte. Button wand sich auf Nealys Arm und streckte Mat die Ärmchen entgegen. »Dada …«

Er nahm sie.

»Junge oder Mädchen?«, erkundigte sich Agent DeLucca mit einem Blick auf Nealys Bauch.

»Junge«, sagte Mat ohne Zögern. »Natürlich ein Junge.«

Nealy drückte die Hand ins Kreuz und versuchte, zerbrechlich auszusehen. »Er ist ein großes Baby, und es geht mir nicht besonders. Ich sollte eigentlich gar nicht so lange stehen.«

Mat legte den Arm um ihre Schultern. »Wieso gehst du nicht rein und legst dich ein bisschen hin, Schatz?«

»Ja, ich glaube, das werde ich. Tut mir Leid, dass wir Ihnen nicht helfen konnten.« Sie schenkte den beiden ein, wie sie hoffte, schwaches Lächeln und wandte sich zum Gehen.

»MA!«, schrie Button, so laut sie konnte.

Nealy drehte sich wieder um.

Button warf die Ärmchen in die Luft – sooo groß – und streckte sie nach ihr aus.

Sie nahm sie Mat ab und vergrub die Lippen in ihrem Flaumhaar.

Weder Toni noch Jason sagten etwas, als sie sich wieder trollten. Toni bog an der ersten größeren Kreuzung links ab und fuhr auf den Parkplatz eines Kentucky-Fried-Chicken-Schnellrestaurants. Sie fand einen Platz etwas abseits, schaltete die Zündung aus und starrte durch die Windschutzscheibe auf den gegenüberliegenden Burger King.

Schließlich unterbrach Jason das Schweigen. »Das ist sie.«

»Hast du einen Leberfleck an ihrer Augenbraue gesehen?«

»Sie war zu stark geschminkt.«

»Und ist schwanger! Davon hat Barbara Shields überhaupt nichts erwähnt!«

Toni griff nach ihrem Handy, und wenige Augenblicke später hatte sie die Shields am anderen Ende der Leitung. Ihre Unterhaltung war kurz. Als sie wieder auflegte, blickte sie Jason an.

»Zuerst hat sie gesagt, das wäre nicht möglich. Dann gab sie zu, dass sie ihren Bauch nicht richtig sehen konnte, weil das Baby im Autositz davor war, dazu die Lebensmitteltüten. Und Jorik hat ihr die Sicht versperrt, als er zum Zahlen vor sie trat.«

»Verdammt.«

»Das ist sie. Ich weiß es«, beharrte Toni.

»Wenn sie's ist, dann will sie jedenfalls nicht gefunden werden.«

»Hast du bemerkt, wie sie diese Kinder ansah? Als wären es ihre eigenen.«

»Vielleicht ist sie ja doch nicht Aurora.« Er rieb sich den Nasenrücken.

»Glaubst du das wirklich?«

»Ich weiß nicht mehr, was ich glauben soll.«

Sie beobachteten, wie zwei Geschäftsmänner in Anzügen aus dem Fast-Food-Restaurant kamen und zu einem neuen Camry gingen.

»Wir können ja Fingerabdrücke von der Tür des Wohnmobils nehmen; aber damit müssen wir warten, bis es dunkel ist«, schlug Toni vor.

Jason blickte starr geradeaus und stellte die Frage, die beiden im Kopf herumspukte. »Sollen wir den Boss jetzt anrufen oder später?«

»Willst du Ken berichten, dass wir mit ihr geredet haben, aber immer noch nicht exakt wissen, ob wir Aurora haben?«

»Nicht unbedingt.«

»Genauso wenig wie ich.« Sie griff nach ihrer Sonnenbrille. »Warten wir noch ein paar Stunden und schauen wir, was sich bis dahin ergibt.«

»Bin genau derselben Meinung.«

Mat schritt auf die hintere Veranda hinaus und blickte Nealy grimmig an. »Die Jagd ist gelaufen, schätze ich.«

Sie drückte die Lippen auf die weiche Wange des Babys und versuchte alles zu verdrängen, bis auf dieses lebhafte kleine Bündel. »Sicher hat Button nicht gewusst, was sie sagte, als sie mich *Ma* nannte.«

»Schwer zu sagen.« Seine Skepsis spiegelte ihre eigenen Gefühle wider. »Nealy, sie haben dich!«

»Noch nicht. Sie sind sich nicht sicher. Wenn sie das wären, würde es hier nur so wimmeln von Secret-Service-Agenten.«

»Der Tag ist lang …«

Sie schenkte ihm ihr bestes freches Lächeln. »Du bist ganz schön rangegangen, da draußen, Buddy! Wie Staatsfeind Nummer eins.«

»Wollte schon immer mal Cops anfegen, und ich dachte, eine bessere Gelegenheit kommt nicht. Vermutlich genieße ich, solange ich mit dir zusammen bin, diplomatische Immunität oder so was.«

»Aber treib's nicht zu weit.« Sie blickte in den Garten hinaus. »Ich muss Lucy suchen.«

Er musterte sie schweigend. »Willst du's ihr sagen?«

»Ich hab sie vorhin benutzt. Das sollte ich wieder gutmachen.«

»Willst du, dass ich mitkomme?«

»Nein, meine eigene Angelegenheit!«

Sie suchte sie im Haus und im Wohnmobil, bis sie sie schließlich zwischen den Heckenrosen fand, die hinter der Garage blühten. Lucy hatte die Knie an die Brust gezogen und saß mit hängenden Schultern da.

Nealy setzte sich neben sie ins Gras. »Hab ich dich endlich!«

Lucy sagte zunächst nichts. Schließlich blickte sie Nealy ängstlich an. »Sind die wegen deinem Mann gekommen?«

»Irgendwie schon.« Sie holte tief Luft. »Aber nicht der Mann, von dem ich dir erzählte.«

»Was meinst du damit?«

Nealy beobachtete ein paar Hummeln, die sich an einer voll erblühten gelben Heckenrose zu schaffen machten. »Präsident Case war mein Mann, Lucy.«

»Nein!«

»Es tut mir Leid.«

Sie sprang auf die Füße. »Du lügst. Das sagst du bloß so. Du bist Nell! Du ...« Ihre Stimme brach. »Sag, dass du Nell bist.«

»Leider nicht. Ich bin Cornelia Case ...«

Lucys Augen füllten sich mit Tränen. »Du hast uns angelogen. Du hast uns alle angelogen.«

»Verzeih mir!«

»Hast du's Mat erzählt?«

»Er hat's schon vor ein paar Tagen rausgefunden.«

»Und niemand hat mir was gesagt.«

»Wir konnten nicht.«

Lucy war ziemlich intelligent und wusste sofort, was das für sie bedeutete. Ein Schauder überlief sie. »Jetzt wirst du ihn nicht heiraten, stimmt's?«

Nealys Magen krampfte sich zusammen. »Davon war nie die Rede, Lucy.«

»Doch, das war es!« Ihre Lippen zitterten, und sie sah aus, als wäre die Welt für sie zusammengebrochen. »Du magst ihn! Du magst ihn sogar sehr! Und du mochtest mich und Button!«

»Ich mag euch immer noch. Das ändert nichts an meinen Gefühlen für euch beide.«

»Aber es heißt, dass du Mat nie heiraten wirst. Nicht, wo du doch mit dem Präsidenten verheiratet warst. Und jemand wie du würde auch niemals Button adoptieren!«

»Lucy, so lass dir doch erklären …«

Aber Lucy wollte keine Erklärungen. Sie rannte ins Haus.

19

Mat fand Nealy kurze Zeit später. Er setzte sich neben sie, auf denselben Platz, auf dem zuvor Lucy gesessen hatte – nur dass er ein paar Pflänzchen mehr platt drückte. Seine vom Duschen noch nassen Haare sahen aus, als wäre er bloß mal kurz mit den Fingern durchgefahren. Mit angezogenen Knien betrachtete er seine Lady. »Du hattest schon mal bessere Tage, vermute ich.«

Nealy rieb sich die Augen. »Was macht Lucy jetzt?«

»Charlie ist aufgetaucht, gerade als sie ins Haus gerannt kam, und hat sie zum Schwimmen mitgenommen. Sie wollte zuerst nicht, aber er sagte, Bertis hätte Brownies gebacken, und sie würde ihre Gefühle verletzen – also hat sie sich Button geschnappt und ist mit ihm gefahren.«

»Du hast ihr Button überlassen?«

»Lucy passt besser auf Button auf als der Secret Service auf dich.« Er streckte ein Bein aus und blickte zum Nachbargarten hinüber. »Und das Baby braucht ein wenig Abstand von uns.«

»Was meinst du damit?«

»Dieser Dämon …«, er blickte unbehaglich drein, »… fängt an, sich zu sehr an uns zu gewöhnen.«

Sie wusste, was er meinte, und spürte, wie Eisfinger ihr Herz umklammerten. »Das ist doch ganz normal bei Babys. Das müssen sie.«

»Nealy ...«

Sie erhob sich. »*Menschen* gewöhnen sich nun mal aneinander.«

»Was willst du damit sagen?«

»Nichts. Vergiss es.«

Nun rannte auch sie ins Haus. Drinnen ging sie direkt nach oben, um ihre Sachen aufzuräumen und nicht denken zu müssen – aber sie hörte ihn die Treppe heraufkommen.

Das Bett, der Ort, an dem sie sich in der Nacht geliebt hatten, war noch zerwühlt. So etwas wie Bettenmachen war immer für sie erledigt worden. Sie durfte nicht vergessen, dass das jetzt zu ihren Pflichten gehörte.

Er kam ins Zimmer. »Ich kann die Kinder nicht behalten. Das ist es doch, was du willst, oder? Du willst, dass ich sie adoptiere.«

Sie nahm die Bettdecke und zog sie glatt. »Du hättest Lucys Gesicht sehen sollen, als ich ihr sagte, wer ich bin. Sie hat sich in diese Wunschträume über uns beide hineingesteigert. Natürlich haben wir ihr beide gesagt, dass es unrealistisch ist; aber sie weigert sich, das zu glauben. Sie dachte, wenn sie sich nur fest genug an ihre Träume klammert, werden sie auch wahr.«

»Das ist nicht unser Problem.«

Ihre Frustration wurde unerträglich, und sie fuhr zu ihm herum. »Was ist denn so großartig an deinem einsamen Junggesellendasein, zu dem du unbedingt zurück willst? Sag's mir, Mat! Was ist so großartig an einem Leben, in dem es keinen Platz für sie gibt?« *Und für mich auch nicht*, hätte sie am liebsten geschrien. *Was ist so großartig an einem Leben ohne mich?*

»Du bist unfair«, sagte er tonlos.

»Ist mir egal! Ich habe Lucys Gesicht gesehen, und Fairness ist das Letzte, was mich jetzt schert!«

»Ich muss mich nicht vor dir rechtfertigen.«

Sie wandte sich von ihm ab und machte sich wieder am Bett zu schaffen. »Nein, da hast du Recht.«

»Hör zu, Nealy. Diese Situation habe ich mir nicht ausgesucht. Sie ist mir aufgezwungen worden.«

»Ja, ich glaube, das hast du schon mal erwähnt.« Die Schärfe in ihrer Stimme kam von ihrer inneren Pein. Sie mochten ja erst sieben Tage zusammen sein, aber in dieser Zeit war eine Familie aus ihnen geworden. Er empfand dieses offenbar als Bürde, für sie dagegen bedeutete es alles.

»Geht es hier um die Kinder oder um uns?«

Subtilität lag ihm nicht, und sie hätte sich denken können, dass er stracks zum eigentlichen Thema kommen würde.

»Es gibt kein uns«, stieß sie mühsam hervor und betete inbrünstig, er möge ihr widersprechen. »Das wissen wir beide. Nur das Hier und Heute gilt.«

»Willst du, dass es mehr wäre?«

O nein, solch eine Herausforderung ließ sie sich nicht gefallen. »Wie könnte es? Ich bin ein weibliches Wesen, schon vergessen? Also der Feind. Und eine nationale Institution.«

»Du machst mich echt wütend.«

»Und weißt du was? Das ist mir piepegal!«

Alles war außer Kontrolle geraten – ihre Gefühle, ihr Leben, ihre Liebe für diesen Mann, der sie nicht wiederliebte. Sie konnten nicht einmal über die Gründe reden, warum eine Heirat zwischen ihnen unmöglich war, weil seine Gefühle für sie nicht tief genug gingen.

Sie wartete darauf, dass er davonstürmte, aber er tat es nicht. Stattdessen trat er näher, breitete seine starken Bärenarme aus und zog sie an sich. »Du benimmst dich wie eine Göre«, knurrte er.

Seine wundervolle Güte. Sie fühlte seine großen Pranken auf ihren Haaren und merkte, wie ihr ein Schluchzen im Hals stecken blieb. Sie schluckte es hinunter und presste die Wange an seine Brust. »Ich weiß.«

Seine Lippen strichen über ihr Haar. »Fühlst du dich besser, wenn du mit mir rangeln kannst?«

»Glaub schon.«

»Okay. Dann zieh dich aus.«

Wenn es nur so einfach wäre! Sie seufzte. »Sex ist keine Lösung.«

»Zieh dich trotzdem aus. Ich hab's nötig.«

»Du hast's nötig? Spricht man so mit einer First Lady?«

»Du bist meine First Lady, und ich fange gerade erst an.« Er griff unter ihre Bluse. Ein Band riss, als er an dem Kissen zerrte. »Verdammt, ich hasse dieses Ding.«

»Das wundert mich nicht. Du hasst ja alles, was mit Kindern zu tun hat.«

»Ist nicht wahr!«

»Verklag mich doch.«

»Ich hab 'ne bessere Idee.« Sie riss die Augen auf, als er ihr in ziemlich eindeutigen Worten schilderte, was er vorhatte.

Eine Erregung, die ebenso stark war wie ihr Schmerz, wallte in ihr auf. »Bist du sicher, dass du mit mir mithalten kannst?«

»Ich werd mein Bestes versuchen.«

Die Kleider flogen beiseite, und innerhalb weniger Momente lagen sie auf dem Bett. Er rollte sich auf sie und verschlang sie geradezu. Sie überließ sich seinen Händen, seinem Bärenkörper und schließlich auch seinen harten, tiefen Stößen.

Sie liebten sich wild und leidenschaftlich, ohne etwas zurückzuhalten ... außer die Gefühle, die sie nicht auszudrücken wagte und die er nicht empfand.

Als es vorbei war, liebkoste er sie, als wäre sie besonders zart und kostbar. Er küsste ihre Stirn, ihre Augenwinkel, ihre Nasenspitze. Küsste sie, als wolle er sich ihr Gesicht auf ewig einprägen.

Sie strich mit dem Daumen über sein Brustbein, drückte die Lippen an seinen mächtigen, haarigen Oberkörper.

Er streichelte ihre Schultern, vergrub sein Gesicht in ihrem

Haar. Sie fühlte, wie er allmählich wieder hart wurde, und ließ ihre Finger über seinen Waschbrettbauch gleiten, um ihn zu ermutigen.

Seine Stimme war nur ein Hauch. »Ich muss dir was sagen.«

Mat klang so ernst, und die Zeit war zu ihrem schlimmsten Feind geworden. Sie ließ ihre Finger tiefer gleiten. »Später.«

Er hielt den Atem an, als sie ihn umfasste. Dann schloss er die Finger um ihre neugierige Hand. »Nein, jetzt! Ich hab schon viel zu lange damit gewartet.«

»Die Mädchen werden bald wieder da sein. Bloß noch ein letztes Mal.«

Er rollte sich auf die Seite, sodass er neben ihr lag. Er sah so versteinert aus, dass sie zum ersten Mal eine schlimme Vorahnung verspürte.

»Ich hätte es dir schon gestern Abend sagen sollen – eigentlich schon davor –, aber ich war feige. Es wird dir nicht gefallen.«

Ihre satte Zufriedenheit verpuffte. Sie wartete, und als er zögerte, merkte sie, wie ihr übel wurde. »Du bist verheiratet!«

»Nein!« Empörung flammte in seinen Augen auf. »Wofür hältst du mich?«

Schwach vor Erleichterung sank sie in die Kissen zurück. Nichts, was er ihr sagen wollte, konnte so schlimm sein wie das.

»Nealy, ich arbeite nicht in einer Stahlfabrik.«

Sie wandte das Gesicht zur Seite und blickte ihn an. Er sah niedergeschmettert aus. Und todernst. Sie wollte ihn trösten, ihm sagen, dass er sich keine Sorgen zu machen brauchte.

»Ich bin Journalist.«

Seine Worte zogen ihr buchstäblich den Boden unter den Füßen weg.

»Ursprünglich wollte ich es dir gestern Abend im Restaurant sagen, aber ich war egoistisch. Ich hab mir noch eine Nacht mit dir gewünscht ...«

Ein langer, lautloser Schrei schwoll in ihr an und wollte sich Bahn brechen.

Er begann zu reden. Zu erklären. »... in L. A. gearbeitet ... Schmierenfernsehen ... hab den Job gehasst ...«

Es zerriss sie.

»... auf der Suche nach 'ner richtig großen Story, damit ich den Kopf wieder hochhalten kann, aber ...«

»Eine große Story?« Endlich drangen seine Worte zu ihr durch.

»Ich hab mich verkauft, Nealy. Und hab auf die harte Tour gelernt, dass Geld überhaupt nichts bedeutet, wenn man sich selbst nicht mehr achten kann.«

Seine Stimme drang wie aus weiter Ferne zu ihr. »Das bin ich für dich? Deine große Story? Dein Ticket zur *Selbstachtung*?«

»Nein! Bitte sieh mich nicht so an.«

Welche Grausamkeit! Ihre intimsten Momente waren überhaupt nicht intim gewesen. Sie hatte mit dem Feind geschlafen.

»Ich werde dich nicht verletzen«, schwor er.

»Du wirst nichts über mich veröffentlichen?«

Er zögerte nur ein paar Sekunden, aber das genügte. Sie sprang aus dem Bett und griff nach ihren Sachen. »Ich gehe, sobald ich mich von Lucy verabschiedet habe.«

»Warte. Lass mich erklären!«

Und sie wartete. Sah zu, wie er aus dem Bett stieg, wie er um Worte rang, aber die, mit denen er schließlich aufwartete, waren mehr als unzureichend. »Ich wollte dir nicht wehtun ...«

Sie musste ins Bad, bevor sie sich noch vor ihm übergab. Nealy dachte an das, was sie ihm über Dennis erzählt hatte, und hasste sich. Sie hatte es zwar nie zugegeben, aber er hatte mit ihr geschlafen. Mat wusste Bescheid.

»Nealy«, sagte er leise. »Ich gebe dir mein Wort, dass ich dich nicht verraten werde.«

Ihr Hals war staubtrocken, ihre Kehle rostig. »Zu spät! Du hast es bereits.« Blindlings rannte sie ins Bad und schloss sich dort ein.

Hinterher fielen Mat ein Dutzend Weisen ein, wie er es ihr besser hätte beibringen können. Schonender. Nicht so damit herausplatzen, wie er's getan hatte. Er hätte es sanfter angehen müssen, hätte alles tun müssen, damit ihre herrliche Porzellanhaut nicht so bleich wurde, damit die patriotenblauen Augen ihn nicht so gebrochen ansahen. Als hätte er ihr den Todesstoß versetzt.

Die zerbrechliche Welt, die sie aufgebaut hatten, war eingestürzt, und das war seine Schuld. Er wandte sich von der Badezimmertür ab und schleppte sich nach unten. Es gab nichts, das er hätte sagen können, um die Sache wieder gutzumachen, keine Entschuldigung.

Der dunkelblaue Taurus stand auf der anderen Straßenseite. Sie hatten sich also noch nicht entschlossen, hier alles platzen zu lassen.

In der Gewissheit, dass sie für den Moment sicher war, nahm er die Kombischlüssel und stakste nach draußen. Er musste ein wenig allein sein. Vielleicht käme ihm dann ja eine rettende Idee.

Button winkte müde zum Abschied, als Charlie wieder davonfuhr. Dann kuschelte sie sich wimmernd an Lucy. Lucy musste daran denken, wie gern Button in jüngster Zeit bei Nell Zuflucht suchte, wenn sie müde war.

Nicht Nell. Mrs. Case. Cornelia Case!

Lucy hatte Charlie und Bertis nicht erzählt, wer Nell in Wirklichkeit war. Sie hatte es ihnen verschwiegen, dass Nell bald fortgehen würde, zurück nach Washington. Dass sie wieder die First Lady sein würde.

Das war alles ihre eigene Schuld. Wenn sie Nell nicht zu diesem Wettbewerb gedrängt hätte, hätte keiner sie gefunden, und alles wäre so weitergegangen wie bisher: bloß sie und Button und Mat und Nell, und Button, die auf Nells Schoß Zuflucht suchte, wenn sie unleidlich wurde.

Aber Lucy begriff, dass sie sich etwas vormachte. Nell hätte Mat trotzdem nicht geheiratet. Sie war Mrs. Case. Falls sie überhaupt wieder heiratete, dann sicher jemand Berühmten. Und falls sie sich entschließen sollte, Kinder zu adoptieren, dann sicher nur höfliche, saubere Kinder, keine armen, ungezogenen Gören wie sie und Button.

Und Mat ... der hatte sie von Anfang an nicht gewollt ...

Abermals begann ihr Magen zu grimmen, und sie drückte das Baby fester an sich. Sie versuchte sich einzureden, dass sie keine Angst hatte, aber das stimmte nicht. Die ganze Zeit bei Bertis und Charlie hatte sie überlegt, was sie tun sollte. Denn wenn sie nicht gleich etwas unternahm, würde man ihre kleine Schwester zu Fremden geben. Und egal wie sehr sie sich auch fürchtete, das durfte sie nicht zulassen – also griff sie in ihre Shortstasche und holte den Wohnmobilschlüssel heraus, den sie vor dem Gehen eingesteckt hatte. Sie würde sich ihr Knöpfchen nicht von irgendwelchen Fremden wegnehmen lassen.

Nealy starrte durchs Fenster auf den Iowa River, der sich in der Ferne wie ein glitzerndes Band dahinschlängelte. Aber das war nicht ihr Fluss. Ihr Fluss zog tausend Meilen entfernt am Arlington National Cemetery vorbei und in die Chesapeake Bay.

Jetzt trug sie wieder ihre Sachen von vorhin und hatte den Großteil von Lucys Make-up abgewaschen. Mat war vor etwa zehn Minuten im Ford Explorer weggefahren, also musste sie ihm wenigstens nicht noch mal gegenübertreten. Sie stieg über das Wal-Mart-Kissen hinweg und begann ihre Sachen zu packen, obwohl sie diese Kleidungsstücke wohl nie wieder anziehen würde. Ein von draußen kommendes Geräusch lenkte sie ab. Es war das Geräusch von Mabels Motor.

Als sie ans Fenster trat, sah sie, wie das Wohnmobil ein wenig schief rückwärts aus der Einfahrt stieß, über die Gehsteigkante rumpelte und auf die Straße hinausschlitterte, wobei es beinahe mit dem auf der anderen Straßenseite geparkten Wagen zusammenstieß. Entsetzt fuhr sie sich mit der Hand an den Mund, als sie kurz Lucy am Steuer erblickte. Dann töffte das Wohnmobil davon.

Panisch raste sie zur Treppe und erreichte die Vorderveranda gerade noch, um zu sehen, wie Lucy beinahe ein Stoppschild überfuhr, als sie bei der ersten Kreuzung abbog.

Lass mich fahren. Ich weiß, wie man das Ding steuert.

Ihr wurde ganz schwindlig vor Angst. Mabel war selbst für einen erfahrenen Autofahrer schwer zu lenken, geschweige denn für eine Vierzehnjährige ohne Führerschein. Und Lucy saß bestimmt nicht allein da drin. Niemals hätte sie Button zurückgelassen.

Nealy krallte sich ans Verandageländer und zwang sich nachzudenken. Der Kombi war weg, und sie hatte kein Auto. Vielleicht ein Nachbar …

In diesem Moment bemerkte sie den dunkelblauen Taurus auf der anderen Straßenseite. DeLucca, die Agentin, war aus der Beifahrerseite ausgestiegen, starrte in die Richtung, in der das Wohnmobil verschwunden war, und griff nach ihrem Handy.

Nealy zögerte keine Sekunde. »Legen Sie das Telefon beiseite!«, schrie sie, während sie auch schon hinausrannte.

DeLucca ging in Habachtstellung. Williams sprang aus dem Wagen, bereit, sich zwischen sie und eine mögliche Kugel zu werfen.

»Sie ist erst vierzehn«, keuchte Nealy, »und sie hat das Baby dabei!«

Keiner von beiden stellte irgendwelche Fragen. DeLucca hechtete bereits wieder ins Auto, und Williams riss die hintere Tür für sie auf, knallte sie nach ihr wieder zu.

Sie packte die Fahrersitzlehne. »Sie können nicht weit sein. Sie müssen sie unbedingt einholen!«

Williams trat aufs Gas. DeLucca wandte sich um und blickte Nealys jetzt flachen Bauch an, schwieg aber. Was auch? Sie kannte die Wahrheit ja bereits.

Jetzt befanden sie sich auf einer etwas breiteren Vorortstraße, aber vom Wohnmobil war keine Spur. Nealy vermutete, dass Lucy zum Highway wollte.

»Biegen Sie an der Kreuzung rechts ab.«

»Sind Sie sicher, dass wir nicht die Polizei holen sollen, Mrs. Case?«, erkundigte Williams sich.

»Nein. Lucy könnte in Panik geraten!«

Nealy ignorierte den Blick, den die Agenten tauschten. Er hatte sie bei ihrem wirklichen Namen genannt, und sie hatte es nicht bestritten. Ihr herrliches Abenteuer war in dem Moment zu Ende, als Mat ihr seinen wahren Beruf gestand. Schließlich holten sie Mabel am Stadtrand ein. Lucy fuhr unter der zulässigen Geschwindigkeit; aber es war nicht leicht für sie, das sperrige Vehikel zu lenken, und sie kam immer wieder gefährlich nahe an die Mittellinie heran. Nealy erstarrte das Blut in den Adern.

»Meine Tochter hat mal meinen Wagen genommen, als sie vierzehn war«, erzählte DeLucca. »Um die Zeit bekam ich die ersten grauen Haare.«

Nealy grub die Fingernägel in ihre Handflächen. »Im Moment fühle ich mich wie eine Achtzigjährige.«

»Ja, Kinder machen das mit einem. Ich heiße übrigens Toni. Am Steuer sitzt Jason.«

Abwesend nickte Nealy. »Versuchen Sie, neben sie zu fahren, damit sie mich sieht; aber schalten Sie auf keinen Fall eine Sirene oder so etwas ein, Sie ängstigen sie sonst zu Tode.«

Die Straße war ziemlich gerade und gottlob kaum befahren. Es dauerte nicht lange, und Jason glitt auf die zweite Spur. Er fuhr neben dem Wohnmobil her, und Nealy sah Lucy. Sie starrte geradeaus und schien das Lenkrad krampfhaft umklammert zu halten.

»Allmächtiger, hupen Sie bloß nicht!«

»Ich fahre vor sie und bremse sie ein wenig ab«, erläuterte Jason. »Beruhigen Sie sich, Mrs. Case. Es wird schon gut gehen.«

Am liebsten hätte sie gebrüllt, dass er das schließlich nicht wissen konnte, unterließ es aber.

Er fuhr vor das Wohnmobil und verlangsamte die Geschwindigkeit. Nealy drehte sich herum und winkte durch die Rückscheibe, aber Lucys Augen waren starr auf die Straße gerichtet, und sie sah sie nicht.

Mabel kam immer näher. *Bremsen! Steig auf die Bremse!*

Sie rang nach Luft, als Lucy auf den Seitenstreifen schlitterte. Die Ausreißerin schien mit dem Steuer zu kämpfen, aber es gelang ihr, Mabel wieder auf die Fahrbahn zu lenken. Sie sah vollkommen verängstigt aus.

Jason tippte auf die Hupe, und Lucy erkannte endlich Nealy, die durch das Rückfenster gestikulierte.

Sie stieg kräftig auf die Bremse.

Nealy blieb fast das Herz stehen, als das Wohnmobil mit den Hinterreifen schlingerte. Lucy riss am Lenkrad, und wieder geriet das Hinterteil aus der Bahn. Die Reifen rutschten auf den Seitenstreifen, und der Kies spritzte. Schließlich kam das Vehikel zitternd und ruckelnd zum Stehen.

Nealy atmete auf.

Im nächsten Moment schon war sie aus dem Wagen gesprungen und rannte, gefolgt von Toni und Jason, auf Mabel zu. Sie stürzte sich auf den Türgriff, aber die Tür war verschlossen.

Nealy schlug mit der Faust dagegen. »Mach sofort auf!«

»Geh weg!«

»Tu, was ich dir sage. Mach auf!«

Durchs Fenster konnte sie sehen, dass Lucy trotz der Tränen, die ihr übers Gesicht liefen, zornig und wild entschlossen aussah.

»Im Ernst, Lucy! Wenn du nicht gleich tust, was ich dir sage, kannst du was erleben.«

»Schlimmer kann's sowieso nicht werden!«

Sie reckte den Hals, um zu sehen, ob mit Button alles in Ordnung war. »Du hättest dich umbringen können! Was glaubst du eigentlich, was du da machst?«

»Ich such mir einen Job! Und wir werden in Mabel wohnen! Und du kannst mir nichts befehlen!«

Button fing an zu weinen.

Toni schob Nealy beiseite und schlug hart gegen die Tür. »Mach auf, Lucy, FBI.«

Lucy biss sich auf die Fingernägel und starrte stur geradeaus.

Toni sprach lauter. »Wenn du nicht gleich diese Tür aufmachst, werde ich Agent Williams anweisen, zuerst in die Reifen zu schießen und dann auf dich!«

Jason starrte sie an. Mit leiserer Stimme sagte sie zu Nealy: »Die Jugendlichen heutzutage sehen so viele FBI-Thriller, die glauben nur das Schlimmste.«

Aber nicht diese Jugendliche. »Für was für einen Blödmann halten Sie mich eigentlich?«

Nealy hatte genug. »Mach sofort auf, Lucy, oder ich erschieße dich höchstpersönlich! Im Ernst!«

Eine lange Stille. Schließlich schien Lucy einzusehen, dass ihr kein anderer Ausweg blieb. Sie biss sich auf die Fingernägel und blickte Nealy durchs Seitenfenster an. »Versprich mir, dass du Mat nichts erzählst.«

»Ich verspreche gar nichts.«

Button hatte ihre höchste Phonstärke erreicht.

Langsam wie eine Schnecke schob sich Lucy hinter dem Lenkrad hervor und entriegelte den Türknauf.

Nealy schoss hinein, hob die Hand und versetzte ihr einen Schlag an den Hinterkopf.

»*Hey!*«

Stürmisch zog sie sie dann an ihre Brust. »Du hast mir eine Todesangst eingejagt!«

»MA!«, schrie Button.

Nealy, die Lucy umklammert hielt und das erzürnte Baby ansah, wusste auf einmal, dass sie an einem neuen Scheideweg ihres Lebens angelangt war.

Keine Spur von dem dunkelblauen Taurus! Der Platz vor der Garage, an dem das Wohnmobil gestanden hatte, war ebenfalls leer. Und Nealy war fort!

Mat hatte bereits das Haus abgesucht, doch was er fand – Nealys halb gepackte Tasche – verriet ihm auch nicht mehr, als er bereits wusste.

Seine Angst wuchs von Minute zu Minute. Da stimmte etwas nicht. Die Mädchen sollten inzwischen wieder da sein, das Wohnmobil sollte an seinem Platz stehen, und Nealy …

Er hörte eine Wagentür zuschlagen und rannte auf die Veranda hinaus, wo er sah, wie sie aus der Beifahrerseite des Taurus ausstieg. Eigentlich wollte er nicht brüllen, konnte aber nicht anders.

»Ist mit dir alles in Ordnung? Wo warst du?« Er machte sich über den neben ihr stehenden Secret-Service-Agenten her. »Was ist passiert? Haben Sie sie schon wieder belästigt?« Er wartete gar nicht erst auf eine Antwort des Wichts, sondern bestürmte Nealy. »Wo ist das Wohnmobil? Und wo sind die Mädchen?«

Sie wandte sich von ihm ab, als würde er überhaupt nicht existieren. Genau in diesem Moment tauchte Mabel mit der Agentin am Steuer auf und knatterte in die Auffahrt.

»Die Mädchen sind im Wohnmobil«, sagte sie so kühl, als würde sie mit einem Fremden reden. Dann blickte sie Williams an. »Wie viel Zeit genehmigen Sie mir?«

»Nicht viel, Mrs. Case. Wir müssen Meldung machen.«

Mat sank das Herz.

»Nicht, bevor ich es Ihnen erlaube«, erwiderte Nealy. »Ich brauche wenigstens eine Stunde.«

Williams sah sie unglücklich an. »Ich glaube nicht, dass das möglich ist.«

»Wenn Sie nicht als der Agent bekannt werden wollen, der Cornelia Case ein zweites Mal verloren hat, dann machen Sie's möglich.«

Er schien einzusehen, dass er dagegen nichts ausrichten konnte, und nickte widerstrebend. »Eine Stunde!«

DeLucca kletterte aus Mabel, und Lucy folgte mit Button auf dem Arm. Sie hatte es überhaupt nicht eilig, ihm nahe zu kommen – woraus er schließen konnte, wer an dem, was auch immer geschehen sein mochte, die Schuld trug.

Schnaubend nahm er ihr Button ab. »Los, ins Haus!« Das Baby schmiegte sich an seine Brust, als wäre es das bequemste Kissen der Welt.

Lucy schoss Nealy einen flehentlichen Blick zu. »Er wird mich umbringen.«

»Wir gehen alle ins Haus.« Nealy setzte sich in Bewegung, ohne nach rechts oder links zu schauen, den Rücken kerzengerade aufgerichtet.

Er sah, wie sich die Agenten verteilten, einer vor dem Haus, der andere im Garten. So lebte Nealy immer, dachte er, immer unter Beobachtung, unter Bewachung, nie wirklich für sich. Das hatte er zwar mit dem Verstand begriffen – es nun aber selbst zu erleben war etwas ganz anderes.

Sie gingen auf die hintere Veranda hinaus. Lucy suchte nach einem Fingernagel, den sie noch nicht völlig abgekaut hatte, und überlegte, wie sie ihm sagen sollte, was ohnehin auf der Hand lag. Seine Schwester Ann Elizabeth hatte mit fünfzehn einmal das Familienauto geklaut, aber sie hatte damals kein Baby dabei ...

Trotzig lümmelte sich Lucy in einen Korbsessel und tat, als berühre sie das alles gar nicht – was ihr jedoch nicht gelang.

Nealy, die steif und förmlich wirkte, setzte sich in den gegenüberstehenden Sessel. Das sah aus, als müsse sie den Vorsitz bei einem besonders unangenehmen Mitarbeitermeeting übernehmen.

Er setzte sich auf die Couch und legte Button neben sich, wobei er das Bein so hinstellte, dass sie nicht im Schlaf versehentlich hinunterfallen konnte. Nealy sah ihn an, als wäre er soeben aus einem besonders stinkenden Abfallhaufen gekrochen.

»Darf ich annehmen, dass dies unter uns bleibt?«

Er verdiente es nicht besser und hätte sich deshalb nicht so über ihre Bemerkung ärgern sollen. »Reiz mich nicht.«

»Ein einfaches Ja oder Nein genügt.«

Sie wusste, dass er die Mädchen nie ausnützen würde; also schluckte er die bittere Pille und sagte gepresst: »Es bleibt unter uns.«

Lucy verfolgte ihren Dialog mit Neugier, aber Mat gab für den Moment keine weiteren Kommentare von sich.

»Lucy ist mit Button ausgerissen«, sagte Nealy langsam. »Sie hat Mabel genommen.«

So viel hatte er sich selbst schon zusammengereimt. Gleichzeitig wurde ihm klar, dass Nealy keine Sekunde gezögert hatte, die beiden Bundesagenten um Hilfe zu bitten – obwohl sie wusste, dass sie damit endgültig aufgeflogen war.

Er blickte Lucy an, die versuchte, sich in ihrem Sessel ein wenig kleiner zu machen. »Wieso?«

Sie reckte das Kinn und machte sich auf einen Nahkampf gefasst. »Ich gebe Button nicht an Fremde her!«

»Stattdessen hast du lieber ihr Leben aufs Spiel gesetzt.«

»Weil ich fahren kann«, entgegnete sie aufmüpfig.

»Nein, kannst du nicht!«, konterte Nealy. »Das Wohnmobil ist quer über die ganze Straße geschlingert.«

In seiner Brust wurde es noch enger. »Das ist wirklich das Dümmste, was du je angestellt hast.«

Sie hatte nicht den Mut, es mit ihm aufzunehmen, deshalb machte sie sich über Nealy her. »Das ist alles deine Schuld! Wenn du nicht Mrs. Case wärst, hättet ihr heiraten können.«

»Hör sofort damit auf«, fuhr er Lucy an. »Damit wirst du die Schuld nicht los! Du hast nicht nur dein eigenes Leben riskiert, sondern auch das deiner Schwester.«

»Was geht's dich an? Du gibst sie doch sowieso weg!«

Sein Herz zog sich zusammen. Das Baby rollte auf die Seite und steckte sich den Daumen in den Mund. Er hatte bereits gemerkt, dass sie keine Daumenlutscherin war – also musste sie im Moment wohl besonders trostbedürftig sein. Himmel, Lucy war ein großartiges kleines Kerlchen. Weltklasse! Klug, großherzig und mutig – genau die Qualitäten, die sie in der Welt einmal voranbringen würden ... wenn man ihr eine Chance gab.

»Und hier noch etwas!« Nealy presste die Lippen zusammen. »Als ich endlich ins Wohnmobil reinkam, habe ich Lucy einen Schlag versetzt. Nur einen leichten. Aber ich habe sie geschlagen.«

»Das war doch nix«, brummte Lucy. »Ich weiß nich, wieso du damit rausrücken musst.«

Mat gefiel es gar nicht, dass jemand die kleine Kröte schlug, nicht einmal Nealy – aber er verstand.

»Es war nicht richtig«, beharrte Nealy. »Keiner verdient es, geschlagen zu werden.« Sie blickte Mat an. »Ich muss mit Lucy allein reden.«

Ihre kühle Art brachte ihn in Rage. »Was immer du auch zu sagen hast, kannst du auch vor mir ausbreiten.«

»Dann könnte ich's doch gleich der ganzen Welt mitteilen, oder nicht?«

»Das hab ich nicht verdient.«

»Das und noch viel mehr.«

»Du hast mit der Geheimniskrämerei angefangen.«

»Streitet euch nicht«, bettelte Lucy kläglich.

Lucy hatte sie schon öfter streiten gehört; aber sie schien zu spüren, dass sich etwas Wesentliches zwischen ihnen geändert hatte. Er merkte, dass auch er ihr die Wahrheit schuldete.

»Nealy ist nicht die Einzige, die dir was verschwiegen hat, Lucy.«

Der Teenager starrte ihn an und zog die Stirn in Falten. »Shit! Du bist verheiratet.«

»Nein, bin ich nicht! Was habt ihr beiden bloß immer? Außerdem dachte ich, du würdest auf deine Ausdrucksweise achten.«

Button stieß einen leisen Unmutslaut aus, da sie sich von seiner lauten, knurrigen Stimme im Schlaf gestört fühlte. Er rieb ihr den Rücken. Sie öffnete träge ein Augenlid, sah, wer sie streichelte, und ließ es wieder zufallen. In seiner Brust wurde es immer enger.

»Jedenfalls hab ich Nealy erzählt, dass ich in einer Stahlfabrik arbeite – aber das stimmt nicht. Ich bin Journalist.«

»Journalist? Du meinst ein Zeitungsjournalist?«

»Ich hab auch ein paar andere Sachen gemacht, aber ja, überwiegend schreibe ich für Zeitungen.«

Lucy kam, typisch für sie, direkt auf den Punkt. »Wirst du auch über Nell schreiben?«

»Das habe ich vor. Deshalb ist sie so wütend auf mich.«

Lucy blickte Nealy an. »Ist es schlimm, dass Mat Journalist ist?«

Nealy blickte sie nicht an. »Ja, sehr schlimm.«

»Wieso?«

Nealy blickte auf ihre Hände. »Weil das für mich eine sehr private Zeit war. Und ich habe ihm ein paar Dinge anvertraut, die ich sonst keinem gesagt hätte.«

Lucys Miene hellte sich auf. »Dann ist ja alles gut. Er wird seine Meinung ändern. Nicht wahr, Mat?«

Nealy sprang auf und wandte sich mit verschränkten Armen von ihnen ab.

Jetzt runzelte Lucy die Stirn. »Sag's ihr, Mat! Sag ihr, dass du nichts über sie in die Zeitung bringst.«

Nealy drehte sich mit einem eiskalten Funkeln in ihren himmelblauen Augen zu ihm um. »Ja, Mat, sag's mir!«

Derweilen huschten Lucys Blicke zwischen den beiden hin und her. »Du wirst doch nicht über sie schreiben, oder?«

»Natürlich wird er, Lucy. Das ist eine zu fette Story für ihn. So was kann er sich nicht entgehen lassen.«

Genau in diesem Moment wurde ihm klar, dass alles vorbei war – dass er sie verlieren würde. Nicht in der unbestimmten Zukunft, sondern jetzt, noch heute Nachmittag.

»Mat?« Lucy schaute ihn flehentlich an.

»Ich werde sie nicht verraten, Lucy. Das hab ich ihr bereits versprochen, aber sie glaubt's mir nicht.«

Nealy holte Luft und drehte sich dann zu Lucy herum, als ob er gar nicht anwesend wäre. Sie zwang sich zu einem Lächeln. »Mach dir keine Sorgen. Es hat nichts mit dir zu tun.«

Lucy wurde wieder ängstlich. »Aber wieso wolltest du dann mit mir allein reden? Worüber?«

Nealys Brust hob sich; sie ließ die Arme sinken. »Ich will dich und Button adoptieren ...«

20

Nealy hätte lieber allein mit Lucy darüber gesprochen; aber da Mat dies nicht zuließ, tat sie, als wäre er Luft. Lucy starrte sie an – sie konnte nicht fassen, was sie da eben gehört hatte. Lächelnd wiederholte Nealy es.

»Ich möchte euch beide adoptieren.«

»E-echt?«, piepste Lucy.

»Findest du nicht, wir hätten das erst besprechen sollen?« Mat erhob seinen Bärenkörper langsam von der Couch.

Lucys Augen hingen wie Saugnäpfe an Nealy. »Du meinst doch nicht uns beide? Button und ... *mich*?«

»Aber natürlich meine ich euch beide.«

Mat nahm das schlafende Baby auf die Arme. »Nealy, ich will mit dir reden.«

Sie achtete nicht auf ihn. »Die Sache ist die, du musst dir das wirklich sehr gut überlegen! Denn wenn du mit mir kommst, erwarten dich eine ganze Menge schlimmer Sachen, und du wirst überhaupt nichts dagegen machen können.«

Erschrocken riss Lucy die Augen auf. »Was meinst du damit? Was denn Schlimmes?«

Nealy erhob sich und ging zu der Ottomane vor Lucys Sessel. »Ich stehe in der Öffentlichkeit, und das wird sich nicht ändern, selbst wenn ich keine First Lady mehr bin.« Sie setzte sich, nahm Lucys Hand und rieb ihre schmalen, kalten Finger. »Du gehörst dann zu mir, und eine Menge Leute werden bloß darauf warten, dass du was falsch machst.«

Lucy schluckte sichtlich. »Das is mir egal.«

»Nicht ganz. Glaub mir, es ist schrecklich, sein Privatleben aufgeben zu müssen, und genau das musst du. Du wirst nur noch in Begleitung des Secret Service ausgehen, egal wohin – zu deinen Freunden, zu deinem ersten Date, überallhin. Du kannst dich nirgends mehr allein bewegen.«

»Aber genau das hast du doch auch gemacht.«

»Das war ich gewöhnt. Ich wusste von Anfang an, dass mein Leben so verlaufen würde.« Sie rieb Lucys Fingerknöchel. »Aber es geht nicht bloß um die großen Dinge; auch die kleinen wirst du verlieren. Überleg nur, wie gern du ins Einkaufszentrum bummeln gehst. Das wird in Zukunft nur mehr unter großem Aufwand möglich sein, und schon bald wirst du merken, dass es dir das nicht wert ist. Trotzdem wirst du solche Dinge schwer vermissen.«

»Ich hab nie gesagt, dass ich unbedingt ins Einkaufszentrum muss.«

Nealy wollte sich vergewissern, dass Lucy verstand, worauf sie sich einließ. »Warte nur, bis du Mist baust, Lucy, denn das bleibt dann nicht zwischen uns beiden. Alle werden es erfahren, die ganze Weltöffentlichkeit.«

Mat trat einen Schritt näher an die Fenster. Button hing schlaff in seinen Armen. Sein Gesicht wurde zunehmend finster. Er sollte ihr in dieser Sache eigentlich zur Seite stehen und nicht ihr Gegner sein – doch ihr Hass auf ihn wuchs.

Sie wandte ihre Aufmerksamkeit wieder Lucy zu. »Wenn du in der Öffentlichkeit fluchst, wenn du zu laut redest oder es dir einfallen sollte, dir die Haare wieder so scheußlich lila zu sprühen, dann wird das in den Zeitungen stehen, und sofort fangen alle an, dich zu kritisieren. Eines Tages schaltest du den Fernseher ein, und irgendein Psychiater wird deine Persönlichkeit vor ganz Amerika analysieren.«

»Das ätzt doch.«

Nealys Worte waren endlich zu ihr durchgedrungen. »Ja, das tut's. Und das sind Tatsachen.«

»Haben die Leute über dich viel Schlechtes gesagt, als du klein warst?«

»Nicht allzu viel, nein.«

»Wieso glaubst du dann, dass sie's bei mir tun werden?«

Sie schenkte Lucy ein mitfühlendes Lächeln. »Versteh das nicht falsch – aber ich war ein Engel im Vergleich zu dir. Bei meinem Vater hatte ich nicht die geringste Wahl. Und das ist das zweite Problem. Mein Vater.«

»Is er gemein?«

»Nicht gemein, aber er kann ganz schön schwierig sein. Aber er spielt eine sehr wichtige Rolle in meinem Leben, also musst du wohl oder übel mit ihm zurechtkommen. Und selbst wenn ich ihm sage, dass er's nicht tun soll, wird er dir Predigten über deine Vorbild-Aufgabe halten. Und wenn du was falsch machst, dann sieht er dich mit diesem Blick an, bei dem du dich richtig schlecht fühlst. Er wird dich dauernd mit mir vergleichen, wie ich als Kind war, und du wirst immer den Kürzeren ziehen. Du wirst ihn sicher nicht allzu sehr mögen, musst aber trotzdem mit ihm auskommen.«

Lucy holte zitternd Luft. »Du meinst es wirklich ernst, oder? Du ... du willst uns ... für immer adoptieren?«

»Ach, Schätzchen, ich weiß, dass du glaubst, dir das mehr als alles auf der Welt zu wünschen – aber es wird nicht leicht werden. Und da ist noch etwas ... du musst diese Entscheidung nicht bloß für dich, sondern für zwei Menschen treffen.«

»Auch für Button?«

Nealy nickte. »Du wirst dich zumindest daran erinnern, wie es war, ganz normal zu leben – aber sie wird nur das Leben in der Öffentlichkeit kennen lernen. Und ich kann dir versprechen, dass sie dir das eines Tages bitter vorwerfen wird.«

Das junge Ding musterte sie lange. »Du meinst es also wirklich ernst?«

»O ja! Leider hast du nicht viel Zeit zum Überlegen, obwohl dies wahrscheinlich die wichtigste Entscheidung in deinem Leben ist.«

»Da gibt's nichts zu überlegen.« Sie sprang auf. »Wir kommen mit dir!«

Nealy war nicht überrascht, und sie wünschte beinahe, dass Mat sein Veto einlegen würde; aber der zog nur eine steinerne Miene.

»Dann pack deine Sachen«, sagte sie ruhig. »Wir werden bald aufbrechen.«

Lucy rannte zur Tür, blieb dort jedoch abrupt stehen. »Du solltest noch was wissen. Buttons Name. Er ist in Wirklichkeit ...« Sie schnitt eine Grimasse. »Sie heißt Beatrice.«

Nealy brachte ein Lächeln zustande. »Danke, dass du's mir gesagt hast.«

Einen Moment stand Lucy bloß da, und dann zuckten die armen, abgekauten Fingernägel wieder in ihren Mund. »Ich weiß, warum du Button adoptieren willst – weil sie so süß is und so. Aber ...« Sie zog die Finger zurück und zupfte stattdessen an ihrem Daumen. Ihre Stimme wurde auf einmal ganz klein und verletzlich. »... wieso willst du mich dazu?«

Nealy stand auf. »Weil ich dich liebe, Lucy.«

»Das is so lahm.« Doch trotz ihrer Worte blickte sie eher verblüfft als trotzig drein. »Wie kannst du mich lieben nach dem, was ich grad getan hab?«

»Weil du du bist. Ich glaube, du bist genauso, wie ich als Mädchen immer sein wollte.«

»Was meinst du?«

»Du bist tapfer, und du stehst für dich selbst ein. Du weißt, was du vom Leben willst, und bist bereit, alles dafür zu tun.«

Zum ersten Mal war Lucy sprachlos. Das hielt jedoch nicht lange an, und auf einmal wurde ihre Miene wild entschlossen. »Ich liebe dich auch, Nell. Und ich verspreche dir, ich lass nich zu, dass dir irgendwer blöd kommt!«

»Genau das befürchte ich.«

Der Teenager strahlte sie an und rannte dann ins Haus.

Lucy war so aufgeregt gewesen, dass sie Mat überhaupt nicht angeschaut, geschweige denn konsultiert hatte. Er trat auf Nealy zu.

»Ich wünschte, du hättest zuerst mit mir darüber geredet.«

»Wieso? Ich bin doch die Antwort auf deine Gebete, Mat. In knapp einer Stunde hast du alles, was du dir wünschst. Keine Weiber und die Story deines Lebens!«

»Irrtum ...« Er rang sichtlich nach Worten. »Ich bin nicht sicher, dass es das Beste für sie ist.«

»Ich weiß das. Aber hast du einen besseren Vorschlag?«

Er wollte sich setzen, überlegte es sich jedoch anders. Dann kam er näher, hielt indes gleich wieder inne. Zum ersten Mal, seit sie ihn kannte, wirkte er ungelenk – als ob diese langen Beine und starken Arme nicht zu ihm gehörten.

»Ich glaube ... es ist ...« Er schob Button von einer Seite

zur anderen. »Ja, du hast Recht. Was soll ich da noch groß vorschlagen? Ich geb dir den Namen des Anwalts, der sich um die Sache kümmert. Sicherlich werden deine Freunde in Washington das mit dem Jugendamt in Pennsylvania wieder gerade biegen.«

»Ich kümmere mich darum.«

»Juu-huu!«

Nichts hätte Nealy klarer machen können, dass ihr Abenteuer vorbei war, als der Anblick von Bertis und Charlie, wie sie im Garten standen, rechts und links bewacht von Toni und Jason.

»Diese Leute wollen uns nicht reinlassen!«, schrie Bertis wild winkend.

Nealy ließ die Schultern hängen. Das war die Welt, in die sie die Kinder mitnehmen wollte.

»Tut mir Leid, Nealy.«

Überrascht blickte sie auf und sah, dass Mat sie zutiefst mitfühlend ansah. Sie wollte sein Mitgefühl nicht, und in diesem Moment hasste sie ihn so sehr dafür, dass sie kaum ein Schulterzucken zustande brachte. »Das Leben geht weiter.«

»Ja, sicher.«

Am Ende war er derjenige, der die Waynes rettete und ins Haus führte. Sie dachten sich bereits, wer sie war; doch als Nealy ihnen erklären wollte, warum sie Washington verlassen hatte, konnte sie es nicht, und wieder übernahm Mat die Regie. Er erzählte ihnen auch, was mit den Mädchen geschehen würde. Als er fertig war, wartete Nealy darauf, dass andere Menschen aus ihnen wurden; aber Bertis schüttelte lediglich den Kopf und hielt ihr die mitgebrachte Kuchenplatte hin.

»Essen Sie einen Brownie. Sie armes Ding. Dann geht's Ihnen gleich besser!«

Während Nealy Buttons Sachen zusammenpackte, flog Lucy aufgeregt schnatternd durchs Wohnzimmer und war ihr im

Weg. »... wasche jeden Tag ab, kümmer mich um Button, räume mein Zimmer auf. Ich räume das ganze Haus auf – sogar das White House – und ich ...«

Die Tür ging auf, und Mat zwängte sich herein. »Lucy, Bertis und Charlie sind auf der Gartenveranda und passen auf Button auf. Warum gehst du nicht raus und verabschiedest dich von ihnen?«

»Ich werd sie einladen, uns zu besuchen!« Die Tür knallte hinter ihr zu, als sie hinausrannte.

Mats Verrat klebte wie bitterer Staub an Nealy. Sie beschäftigte sich mit dem Packen von Buttons Stramplern.

»Die Geier kreisen schon«, sagte er. »Gerade ist ein Streifenwagen aufgetaucht.«

Sie legte den Kleiderstapel in den Koffer und tat, als würde das keine Rolle spielen. Mat trat näher und nahm ihr das bisschen Platz, den das Wohnmobil bot, auch noch weg. In dem Moment dachte sie an Dennis und an das, was sie zwar nicht direkt zugegeben, was Mat aber zweifellos erraten hatte. Bevor sie ging, musste sie ihn darauf ansprechen.

»Was kann ich tun, damit du nicht preisgibst, was ich dir anvertraut habe?«

Er betrachtete sie wachsam. »Nun, du wirst mir wohl vertrauen müssen.«

»Warum? Vertraue nie der Presse – mein erstes ABC, das ich gelernt habe.«

»Ich bin nicht bloß die Presse«, grollte er. »Ich bin dein Freund.«

Ihr *Freund*. Nicht ihr Geliebter. Es dürfte nicht so wehtun.

Sie zwang sich, daran zu denken, dass sie ein Erbe zu hüten hatte und dass es um mehr ging als um ein gebrochenes Herz. Vielleicht hatte sie seine Absichten ja falsch eingeschätzt und zu hart über ihn geurteilt. »Heißt das, du schreibst nicht über die letzten Tage?«

»Ich muss«, sagte er ruhig.

Das traf sie wie ein Peitschenhieb ... dürfte es auch nicht, aber es war so.

»Hör mir zu, Nealy. Die Presse wird völlig aus dem Häuschen sein. Ich bin der beste Schutz, den du hast.«

»Ich Glückliche«, spottete sie.

»Es gibt ein Dutzend Gründe, warum ich diese Story schreiben muss, aber du hörst mir ja doch nicht zu, oder? In deinen Augen bin ich bereits vorverurteilt.«

Sie ballte die Fäuste. »Wag es ja nicht, den Moralapostel zu spielen! Ich habe schon die schmierigsten Schreiberlinge erlebt – aber du schießt wahrhaftig den Vogel ab. Schläfst du immer mit deinen großen Storys?«

»Hör auf«, sagte er gepresst.

Sie mühte sich mit dem Reißverschluss des Koffers ab. »Verschwinde! Ich habe dir nichts mehr zu sagen.«

»Nealy, benutz doch mal deinen Verstand. Irgendjemand muss erzählen, wo du warst, oder du wirst nie Ruhe haben.«

»Dann tust du das also, um mir einen Gefallen zu erweisen?«

»Ich möchte nicht, dass wir als Feinde auseinander gehen.«

»Du willst, dass wir als Freunde scheiden?« Sie nestelte heftig an dem Reißverschluss. »Das würde dir so passen, wie? Nealy, die nette Bekannte! Dann würde ich dir vielleicht hin und wieder ein paar saftige Insidergeschichten in den Schoß werfen, ja?«

»So denkst du also von mir?«

Sie war froh, ihn endlich ein wenig in Rage gebracht zu haben, denn das machte alles gleich viel leichter für sie. »Glaub mir – du willst gar nicht wissen, was ich von dir denke!«

Der Koffer war fertig, und sie versuchte, sich an ihm vorbeizudrängen; aber er schob ihn beiseite und riss sie an sich. »Verdammt noch mal, Nealy!«

Sein Mund verschlang sie. Der Kuss war schmerzhaft, ein Zerrbild dessen, was sie erst vor ein paar Stunden miteinander geteilt hatten. Das schien er ebenfalls zu merken, denn er hielt inne und stützte seine Stirn an die ihre. »Nicht, Nealy, tu mir das nicht an! Lass es nicht so enden.«

Sie stieß ihn von sich, wollte ihm ebenso wehtun wie er ihr. »Du warst bloß ein Zeitvertreib für mich, Mat. Und jetzt ist es vorbei.«

Die Tür sprang auf, und Lucy rauschte herein. Vor lauter Aufregung merkte sie gar nicht, dass etwas nicht stimmte. »Wow hey, Nell! Da draußen stehen jetzt zwei Streifenwagen, und diese Typen vom Fernsehen sind auch gerade aufgetaucht! Und Toni sagt, da wartet ein Helikopter auf uns, auf einem Feld nicht weit von hier. Werden wir wirklich mit dem Hubschrauber fliegen? Mannomann, ich bin noch nie mit 'nem Hubschrauber geflogen! Glaubst du, dass Button sich fürchtet? Du musst sie halten, Mat. Vielleicht kriegt sie keine Angst, wenn …«

In diesem Moment fiel es ihr wie Schuppen von den Augen.

Sie starrte Mat an, und obwohl sie ihre Frage stellte, schien sie die Antwort schon zu kennen – denn sie schüttelte den Kopf. »Du kommst doch mit, oder?«

»Nein. Nein, das geht nicht.«

Das Strahlen in ihren Augen erlosch schlagartig. »Aber du musst! Sag's ihm, Nell. Sag ihm, dass er muss!«

»Lucy, du weißt doch, dass Mat woanders arbeitet. Er hat einen Beruf. Ein anderes Leben.«

»Aber … na ja, du kannst vielleicht nicht bei uns wohnen, aber du kommst uns doch besuchen, ja? Vielleicht schon nächste Woche oder so?«

Er holte tief und zitternd Atem. »Tut mir Leid, Lucy, aber ich fürchte nicht.«

»Was meinst du? Du fürchtest … Nicht wegen mir, natürlich, aber wegen Button … du weißt doch, wie sie is. Sie versteht das noch nich, und …« Zittrig holte Lucy Luft. »Sie glaubt, du wärst ihr Dad.«

Seine Stimme klang heiser. »Sie wird mich vergessen.«

Lucy wirbelte zu Nealy herum. »Sag ihm, dass er das nich machen kann, Nell. Ich weiß, du bist sauer auf ihn, aber sag ihm, dass er sich nich so einfach drücken kann.«

Nealy wollte nicht, dass ihre eigene Bitterkeit Lucys Erinnerungen an Mat trübte. »Er hat viel zu tun, Lucy. Und er muss wieder in sein Leben zurückkehren.«

»Aber ...« Ihre Augen richteten sich wieder auf ihn. »Aber ihr zwei, ihr liebt euch doch! Ich weiß, ihr habt euch in letzter Zeit oft gestritten, aber jeder streitet mal. Das bedeutet gar nichts. Ihr wollt euch doch sicher wiedersehen?«

Nealy gelang es nur mühsam, ruhig zu sprechen. »Wir lieben uns nicht. Ich weiß, du verstehst das nicht – aber wir sind sehr unterschiedliche Menschen. Wir sind eben bloß durch besondere Umstände zusammengekommen.«

»Ich werd dir schreiben«, sagte Mat. »So oft ich kann.«

»Ich will deine blöden Briefe nich!« Ihr Gesicht verzerrte sich. »Brauchst sie gar nich erst zu schicken! Wenn du uns nich mehr sehen willst, dann werd ich auch nie wieder mit dir reden!«

Mit Zornestränen in den Augen stürzte sie aus dem Trailer.

Auch wenn Nealy wollte, dass er litt – das wollte sie nicht. »Ich bin sicher, dass sie ihre Meinung ändert.«

Seine Miene war wieder steinern. »Es ist besser so.«

Während Nealy die letzten Vorbereitungen traf, stand Mat im Garten und stritt sich mit Jason Williams wegen des Zirkus, der sich versammelt hatte. Sie hatte nicht mehr mit ihm gesprochen, seit er vor einer halben Stunde aus dem Wohnmobil gepoltert war. Nun, es gab auch nichts mehr zu sagen.

Durchs Wohnzimmerfenster sah sie, dass sich schon jede Menge neugieriger Nachbarn versammelt hatten, die wissen wollten, wieso die Straße abgesperrt worden war. Obwohl nur eine Fernsehcrew das Glück gehabt hatte, gerade vor Ort zu sein, wusste sie, dass es nicht lange dauern würde, bis es in dem kleinen Städtchen nur so wimmelte von Reportern und Kameras.

Ihre schäbigen Koffer waren in einen Streifenwagen verladen worden, ebenso die Plastiktüten mit Lucys Walkman, Buttons Spielsachen und anderen Kostbarkeiten, die keinesfalls zurückgelassen werden durften. Unglücklicherweise gehörte dazu auch Squid.

Nealy ging zu Lucy, die Button auf dem Arm trug. Bertis und Charlie warteten daneben. Ihr Gewissen zwang sie, einen letzten Versuch zu machen. »Schau aus dem Fenster, Lucy. Das ist es, was dich in Zukunft erwartet.«

»Ich hab schon geschaut, und es is mir egal.« Trotz ihrer tapferen Worte war sie offensichtlich erschüttert und zog Button fester an sich.

»Du hast immer noch Zeit, deine Meinung zu ändern. Ich werde alles tun, was ich kann, damit ihr beide in eine gute Familie kommt.«

Flehentlich blickte Lucy zu ihr auf. »Bitte, Nell. Gib uns nich zurück.«

Die First Lady kapitulierte. »Werde ich nicht, Kiddo. Von nun an gehört ihr zu mir. In guten wie in schlechten Zeiten!«

»Und vergiss bloß nicht, uns zu schreiben, Lucy«, sagte Bertis. »Und du musst wirklich mehr Gemüse essen! Ich hätte dir meinen Bohnenauflauf machen sollen.«

Nealy umarmte sie und versuchte dabei nicht an den Mann zu denken, in den sie sich Hals über Kopf verliebt hatte. »Vielen Dank für alles. Ich werde anrufen. Bist du bereit, Lucy?«

Lucy schluckte und nickte.

»Wir können dies auf zweierlei Weise machen: Entweder rennen wir zum Auto, dann müssen wir mit niemandem reden – oder wir halten den Kopf hoch, lächeln in die Kamera und zeigen der Welt, dass wir nichts zu verbergen haben.«

»Dada!«

Mat erschien in der Vordertür. Nealy blieb auch nichts erspart.

Seine grauen Augen fanden die ihren – dieselben grauen Augen, in die sie heute früh geschaut hatte, während er sich in ihr bewegte. Sie wollte heulen, bis sie keine Tränen mehr hatte, wollte ihn anschreien, weil sie ihn liebte und er sie nicht. Stattdessen setzte sie eine ausdruckslose, höfliche Maske auf.

Er zuckte zusammen und ging dann zu Lucy und Button. Er streichelte dem Baby mit dem Daumen über die Wange und sagte: »Zeig's ihnen, Dämon!«

Dann war Lucy dran, doch die schien am Zusammenbrechen zu sein; also versuchte er erst gar nicht, sie anzufassen. Nealy schluckte und wandte den Blick ab.

»Pass gut auf dich auf, Ass! Und benimm dich.«

Mit verkniffenen Lippen blickte Lucy zur Seite.

Schließlich trat er vor Nealy hin, aber aller Augen waren auf sie gerichtet, und es gab auch nichts mehr zu sagen. Mit verschleiertem Blick krächzte er: »Ich wünsche dir alles Gute, Nealy.«

Sie brachte ein steifes Nicken zustande, wandte sich dann Lucy zu und nahm ihr das Baby ab. Anschließend trat sie in die Welt hinaus, die sie so gut kannte.

Cornelia Case kehrte heim.

21

»Hollings ist schon seit zwölf Jahren im Senat, Cornelia! Ich verbiete dir, diesen Unsinn noch weiterzutreiben.«

Nealy rieb sich müde die Augen und blickte dann über ihren Mahagonischreibtisch hinweg James Litchfield an. Ihr Arbeitszimmer befand sich in einem sonnigen Raum im Rückteil des georgianischen Landsitzes, der einst Dennis' Reich war – den nun jedoch sie ihr Eigen nannte. Zu dem Landsitz gehörte ein riesiges Waldgrundstück nahe Middleburg, im Herzen des Jagdlands von Virginia. Das Haus hatte schon immer mehr ihr als Dennis gefallen, der Washington bevorzugte – jetzt diente es als ihr permanentes Zuhause.

Das Arbeitszimmer gehörte zu ihren liebsten Räumen – cremeweiße Wände mit schneeweißen Abschlüssen, ein Mischmasch guter Antikmöbel, ein gemütlicher offener Kamin. Weiche Blumenvorhänge hingen an den hohen, rechteckigen Fenstern, die den Blick auf wunderschöne alte Laubbäume im beginnenden Herbstkleid freigaben.

Sie legte ihren Stift beiseite. »Hollings ist ein Idiot, und das Volk von Virginia verdient etwas Besseres. Was hast du dir jetzt schon wieder in den Mund gesteckt, du kleiner Racker?«

Button spielte auf dem englischen Kammgarnteppich. Auf seinem zarten Rosenmuster lagen überall Spielsachen herum, dazu eine Klorolle aus Pappe, eine leere Frühstücksflockenschachtel und Messbecher aus der Küche. Mit unschuldigen Augen blickte sie Nealy an, doch ihre Backen waren voll gestopft mit Beutegut, wahrscheinlich das Brötchen, das sie gestern den ganzen Tag mit sich rumgeschleppt hatte.

»Nimm ihr das aus dem Mund, Dad.«

Litchfield musterte das Baby streng. »Spuck das aus, Beatrice.«

»Nah!«

Glücklicherweise wurde durch diesen Ausruf der dicke Brötchenbrocken herausgeschleudert. Mit einer so eleganten Bewegung, als würde er einen Poloschläger schwingen, zog Litchfield ein Taschentuch hervor, klaubte den durchweichten Brötchenbrocken damit auf und warf ihn in den Papierbehälter auf Nealys Anrichte, wo er Babys nicht mehr in Versuchung führen konnte.

»Hollings mag ja nicht der beste Senator sein, den wir haben – aber er hat immer loyal zur Partei gestanden und ist sehr aufgebracht.«

Sie und ihr Vater stritten sich schon seit vergangenem Monat, als sie sich endgültig entschloss, für den Senat zu kandidieren. Jetzt lehnte sie sich zurück und stellte einen seidenbestrumpften Fuß auf Squid, der unter ihrem Schreibtisch hockte. »Dann musst du eben einen anderen Weg finden, ihn zu belohnen – denn ich will mir in den Vorwahlen seinen Sitz holen.«

»Wenn du darauf bestehst, kannst du nicht auf meine Unterstützung zählen!«

»Dad«, sagte sie so sanft wie möglich. »Ich brauche deine Unterstützung nicht.«

Die Tür sprang auf, und Lucy platzte herein – die rettende Teenagerkavallerie. »Bin wieder zu Hause!«

»Ja, das sehe ich.« Nealy lächelte ihre resolute Noch-nicht-Tochter an.

Sie sah aus wie die meisten anderen Vierzehnjährigen in der Privatschule, die sie sich zusammen wegen ihres ausgezeichneten pädagogischen Rufs und der demokratischen Atmosphäre ausgesucht hatten: graue Wollhose, dunkelbraune Jacke, hässliche Treter mit dicken Sohlen und zu viele Ohrringe. Aber Lucys frische junge Schönheit strahlte dennoch durch.

Sie hatte sich einen flotten Haarschnitt zugelegt und trug die glänzende braune Mähne an den Schläfen mit kleinen ovalen Spangen zurückgesteckt. Die Hautprobleme, die so viele Jugendliche ihres Alters plagten, waren gnädigerweise an Lucy vorübergegangen, und ihr Erste-Sahne-Teint war auch nicht mehr von den dicken Make-up-Schichten zugekleistert, hinter denen sie sich früher immer versteckt hatte. Ihre Fingernägel ließ sie jetzt endlich in Ruhe, und sie hielt sich mit neuem Selbstbewusstsein. Nealys Herz schwoll vor Stolz.

Lucy, die James Litchfield geflissentlich ignorierte, marschierte stracks zu Nealy an den Schreibtisch. »Also ... willst du dir vielleicht meine neue CD anhören?«

Nealy hatte sich Lucys neue CD bereits angehört und ließ sich nicht täuschen. »Später, Schätzchen. Dad und ich diskutieren gerade über meine politische Zukunft.« Und dann, um die Dinge ein wenig anzuschüren ... »Er will noch immer nicht, dass ich mich hinter Hollings' Sitz hermache.«

»Wirklich, Cornelia, Lucille ist viel zu jung, um das vor ihr zu erörtern. Und es wird sie kaum interessieren.«

»Aber sehr sogar«, schoss Lucille zurück. »Ich werd übrigens beim Wahlkampf mithelfen.«

Er stieß ein wegwerfendes Schnauben aus. »Du weißt doch überhaupt nichts von Wahlkämpfen.«

»Ich weiß aber, dass ein paar von den älteren Schülerinnen an meiner Schule schon achtzehn sind – die dürfen also wählen. Und all die Kids in meinem Alter haben Eltern, die wählen können. Mom und ich arbeiten sogar an einer Broschüre nur für Jugendliche – damit sie verstehen, was ihr Senator so macht.«

Nealy hatte sich noch immer nicht daran gewöhnt, dass Lucy sie Mom nannte statt Nell. Sie hatte erst vor ein paar Wochen damit angefangen, einfach so, ohne sie zu fragen oder mit ihr darüber zu reden – und Nealy freute sich. Button andererseits nannte sie Ma – oder besser: pflegte es mit der ganzen Kraft ihrer kleinen Lungen zu brüllen – seit jenem Tag vor drei Monaten, als sie alle dem Haus in Iowa den Rücken kehrten.

Nein, nicht alle. Ein Mitglied ihrer zusammengewürfelten Familie war zurückgeblieben.

Aber Nealy hatte gelernt, nicht an Mat zu denken – außer wenn sie allein war; jetzt richtete sie ihre Aufmerksamkeit wieder auf das interessante Scharmützel zwischen Lucy und ihrem Vater.

»... also hab ich Fettklops gefragt, ob ...«

»Lucy ...« In Nealys Stimme lag ein warnender Ton.

»Hab ich *Mrs. Fegan* gefragt, ob Mom kommen und bei einer Schulversammlung reden könnte, nicht über ihren Wahlkampf natürlich – das wär so offensichtlich, dass sogar ein Blödmann es durchschaut –, sondern über die früheren First Ladys und ihre Leistungen. Mom kennt jede Menge guter Geschichten, über Abigail Adams zum Beispiel, die eine Frauenrechtlerin war, und Nellie Taft, die die Kirschbäume in Washington hat pflanzen lassen, und Edith Wilson, die das Land regierte, als Woodrow krank war.«

»Das war nicht unbedingt eine Leistung«, erinnerte Nealy sie. »Edith Wilson hätte das Land damit beinahe in eine Verfassungskrise gestürzt.«

»Ich find trotzdem, dass es cool war.«

»Ja, das glaube ich gern.«

Lucy lümmelte sich in ihren Lieblingssessel, den, der gegenüber von Nealys Schreibtisch stand, und sprach mit der ganzen Lässigkeit einer erfahrenen Wahlkämpferin. »Wir werden Hollings bei den Vorwahlen in den A ... in den Hintern treten.«

James Litchfield bekam einen stechenden Blick, sagte aber nichts; er war zu schlau, um Lucy offen zurechtzuweisen. Nealy hatte ihm von Anfang an klar gemacht, dass das ihre Aufgabe war, und er hatte schnell feststellen müssen, wie ernst sie es meinte. Wenn er in ihrem Leben weiter eine Rolle spielen wollte, dann zeigte er besser keine offene Feindseligkeit den Mädchen gegenüber.

Ihr armer Vater! Langsam tat er ihr sogar Leid. Die Mädchen waren eine bittere Pille für ihn, aber er hatte sie geschluckt. Überdies musste er sich auch noch mit der unglaublichen Publicity herumschlagen, die ihr Verschwinden verursacht hatte.

In den letzten drei Monaten war Nealy wie eine Art Filmstar von der Presse verfolgt worden. Jeder, mit dem sie während ihrer siebentägigen Reise in Kontakt gekommen war, wurde interviewt. Auf das, was Bertis und Charlie sagten, konnte sie nur stolz sein, und Nico war auch nicht die Katastrophe, die sie befürchtet hatte. Selbst die Organisatoren des Ähnlichkeitswettbewerbs bekamen ihre fünfzehn Minuten Ruhm. Alle wurden interviewt – alle außer Mat, der die Geschichte auf seine Weise erzählte und sich standhaft weigerte, vor die Kamera zu treten.

Nealy selbst trat nur zweimal an die Öffentlichkeit – in einem obligatorischen Barbara-Walters-Interview und in einem großen Artikel im *Ladies Home Journal*, komplett mit Fotos von ihr und den Mädchen. Sie fotografieren zu lassen war eine schwere Entscheidung für sie gewesen; aber sie wusste, dass sie umbarmherzig von Paparazzis gejagt worden wären, wenn sie es nicht gemacht hätte. Und Lucy fand das Ganze supercool.

In all dieser Zeit war ihr Vater wie ein Fels hinter ihr gestanden. Mit zusammengebissenen Zähnen zwar und hervortretenden Kiefermuskeln, aber er war für sie da – sogar vor sechs Wochen, als sie schließlich als Lester Vandervorts First Lady abtrat.

An ihrer Stelle standen nun drei Damen, die sie höchstpersönlich für diese Aufgabe ausgewählt hatte. Zwei von ihnen waren erfahrene Politikerfrauen, die sich mit den Verhältnissen in Washington gut auskannten. Die Dritte war Lesters temperamentvolle zweiundzwanzigjährige Nichte – eine Eliteschulabsolventin, die kein Blatt vor den Mund nahm und den perfekten Kontrast zu den beiden älteren Ladys und dem verstaubten Präsidenten bildete. Nealy beriet das weibliche Triumvirat zwar noch hin und wieder; doch da diese ihre Aufgaben zunehmend selbstbewusst erfüllten, hatte sie mittlerweile mehr Zeit, sich auf ihre eigene Zukunft zu konzentrieren.

Die Mädchen hatten natürlich absolute Priorität. Sie wusste, dass Button eine Nanny braucht, wenn sie wirklich für den Senat kandidieren wollte; aber es war nicht leicht zu finden, was sie suchten. Sie und Lucy luden Dutzende von Kandidatinnen zu Vorstellungsgesprächen ein, bevor sie endlich Tamarah fanden, eine alleinerziehende Mutter von neunzehn Jahren mit einem Ring in der Nase, einem allzeit präsenten Lachen und dem festen Willen, ihre Ausbildung abzuschließen.

Tamarah und ihr sechs Monate altes Baby Andre wohnten nun in einem kleinen Apartment über der Küche. Nealy und Lucy hatten ein wenig eifersüchtig beobachtet, wie schnell Button sich mit Tamarah und Andre anfreundete. Doch selbst mit dieser Hilfe im Haus versuchte Nealy den Großteil ihrer Telefonanrufe zu erledigen, während die Kleine ihr Mittagsschläfchen hielt – und den Papierkram spät abends, wenn alle in ihren Betten lagen, was natürlich dazu führte, dass sie ständig hundemüde war. Auch ihre Achtung vor anderen alleinerziehenden Müttern wuchs, und sie war noch fester entschlossen, etwas für diejenigen zu tun, die nicht über üppige finanzielle Ressourcen verfügten.

»Ich kann noch immer nicht glauben, dass es dir wirklich ernst damit ist«, sagte ihr Vater.

»Und wie ernst es ihr ist«, flocht Lucy ein.

»Mit dir habe ich nicht geredet.«

»Als ob ich keine Meinung hätte!«

»Mehr als einem *Kind* zusteht!«

Lucy war viel zu gerissen, um eine Bemerkung zu machen, die Nealy zwingen würde, sie auf ihr Zimmer zu schicken. Stattdessen schenkte sie ihm ein hinterhältiges Lächeln. »In vier Jahren darf ich auch wählen. Und alle meine Schulkameradinnen.«

»Nun, die Republik wird das zweifellos überleben.«

»Und die Demokraten auch.«

Es war einfach zu köstlich. Nealy genoss diese Schlagabtausche mehr und mehr.

Am Anfang hatte sie sich auf Buttons Babycharme verlassen, um ihren Vater für sich einzunehmen – aber er war weit mehr an Lucy interessiert. Ihr Vater schätzte einen würdigen Gegner, und die Tatsache, dass Lucy sich, noch bevor sie ihn kannte, zu seiner moralischen Feindin erklärt hatte, stellte für ihn eine willkommene Herausforderung dar.

Seit kurzem fragte Nealy sich, ob die beiden sich nicht insgeheim auf ihre Duelle freuten. Es gab überraschend viele Gemeinsamkeiten zwischen den beiden. Beide waren dickschädelig, gerissen, manipulativ und absolut loyal ihr gegenüber.

Squid regte sich unter ihren Füßen. »In zehn Tagen werde ich eine formelle Ankündigung machen. Terry ist schon mit den Vorbereitungen für die Pressekonferenz beschäftigt.«

Sobald sie Terry von ihren Plänen erzählt hatte, bat er sie, als ihr Pressesprecher fungieren zu dürfen. Sie war gerührt und entzückt gewesen.

»Dad, ich verstehe ja, dass dich das in eine unmögliche Lage versetzt, und natürlich musst du dich heraushalten; deshalb würde ich auch nie ...«

»Heraushalten?« Er nahm seine Prinz-Philip-Haltung ein und blickte sie unter seinen noblen Brauen hinweg an. »Meine Tochter, die ehemalige First Lady der Vereinigten Staaten, kandidiert für den Senat, und du erwartest, dass ich mich heraushalte? Wohl kaum! Ich werde Jim Millington veranlassen, dich morgen anzurufen. Ackerman ist zwar gut, aber er braucht bestimmt Hilfe.«

Sie konnte es nicht fassen, dass ihr Vater, nachdem er sich so aufgeplustert hatte, nun sang- und klanglos nachgab. Jim Millington war der beste Wahlkampfleiter, den die Branche aufzuweisen hatte.

Lucy wollte sicher sein, dass er nun auf ihrer Seite stand. »Dann machst du ihr deswegen also keine Schwierigkeiten mehr?«

»Lucille, das geht dich nichts an. Ich habe mein Bestes versucht, sie davon abzubringen – aber da sie nicht auf mich hören will, bleibt mir nichts anderes übrig, als die Kampagne zu unterstützen.«

Lucy grinste triumphierend. »Voll krass!«

Nealy erhob sich lächelnd. »Warum bleibst du nicht zum Abendessen, Dad? Es gibt Pizza.«

Ein beinahe enttäuschter Ausdruck glitt über seine aristokratischen Züge. »Ein andermal. Deine Stiefmutter und ich sind bei den Ambersons zum Cocktail eingeladen. Vergiss nicht, dass sie euch alle zum Sonntagsbrunch erwartet.«

»Sie erwartet Button, meinst du«, brummte Lucy.

Nealys Stiefmutter war entsetzt von Lucy, aber hingerissen von Button – die im Moment eins von den sündteuren Outfits trug, die sie ihr gekauft hatte.

»Das liegt daran, dass Beatrice noch nie bei einem ihrer Dinners geflucht hat.«

»Das war ein Versehen. Und ich hätt wirklich gern mal wieder Dunkin Donuts oder so. Könntest du sie vielleicht dazu kriegen, dass es auch mal so was zum Brunch gibt?«

Ihr Vater blickte Lucy mit einem Ausdruck an, als wäre sie ihm unerträglich lästig. »Falls sie's vergisst, müssen wohl wir beide los und ein paar Donuts besorgen ...«

»In echt?«

»Im Gegensatz zu gewissen Leuten pflege ich nicht leeres Geschwätz von mir zu geben, nur um mich selbst reden zu hören!«

Lucy grinste abermals. »Cool!«

Irgendwie überlebten sie alle den Sonntagsbrunch. An diesem Abend wiegte Nealy Button in den Schlaf und half dann Lucy bei ihrer Geschichtsarbeit. Um elf Uhr, als endlich alles still war, ging sie in ihr Zimmer, zog sich aus und schlüpfte in einen Morgenmantel.

Tagsüber tat sie alles, um nicht an Mat denken zu müssen; aber nachts war das schwerer und am allerschwersten sonntagabends – vielleicht weil das den Anfang einer neuen Woche ohne ihn markierte. Zuerst hatte sie versucht, es sich auszureden; aber das führte bloß dazu, dass ihre Traurigkeit auch noch den Montag überschattete. Schließlich lernte sie, sich ihren Sonntagabendblues zu gönnen.

Leidenschaftliche Nächte mit Amerikas First Lady
von Mat Jorik

Als ich Cornelia Case zum ersten Mal begegnete, zeigte sie sich brandheiß auf mich – und kein Wunder, da ihr Mann, der frühere Präsident der Vereinigten Staaten – ja, ist es zu fassen? – SCHWUL gewesen war! Ihre Lust umhüllte mich wie seidige Unterwäsche ... Diese Art Story stellte Nealy sich vor, aber nicht die, die Mat geschrieben hatte. Sie saß auf der Fensterbank und erinnerte sich daran, wie sie den *Chicago Standard* in der Hand hielt und die Exklusivstory zum ersten Mal las.

Als ich Cornelia Case zum ersten Mal begegnete, versuchte sie gerade, ein Baby in einem Truckstop außerhalb von McConnellsburg, Pennsylvania, zu retten. Babys retten kann sie ziemlich gut, denn sie hat ja schon eine beträchtliche Erfahrung darin. Wenn ihr das nicht gelingt, was bisweilen der Fall ist, dann neigt sie dazu, es persönlicher zu nehmen, als sie sollte ... aber mehr dazu später.

Ich wusste damals nicht, dass sie Cornelia Case war. Sie hatte eine dunkelblaue Shorts, billige weiße Turnschuhe und eine gelbe Umstandsbluse mit blauen Entchen drauf an. Ihr Haar war kurz geschnitten, und sie trug einen Acht-Monats-Bauch vor sich her.

In keinem der vielen Artikel, die schon über sie geschrieben wurden, wird erwähnt, dass diese Lady auch Temperament besitzt – aber glauben Sie mir, das tut sie! Trotz ihres kultivierten Auftretens kann sie einem ganz schön an den Kragen gehen, wenn sie sich ärgert. Und über mich hat sie sich einigermaßen geärgert ...

Der *Chicago Standard* brachte Mats Story in sechs Teilen, die sowohl im Fernsehen als auch in den Printmedien ausgiebig zitiert und analysiert wurden. In seinen Artikeln schilderte er sowohl die schwierige Situation der Mädchen als auch, wie Nealy in ihr Leben getreten war. Er beschrieb den Vorfall an der überdachen Brücke, das Dinner bei Grannie Peg's und den Ähnlichkeitswettbewerb. Er schrieb darüber, wie sie Bertis und Charlie kennen lernten, und über den Abend, an dem er Nealy auf ihre wahre Identität hin ansprach. Mabel und Squid nahmen in seiner Geschichte auch Gestalt an, ebenso wie Nico und das Haus in Iowa.

In jedem seiner Artikel entschied er selbst, was die Öffentlichkeit erfahren sollte und was nicht. Erfahren durfte sie die Einzelheiten ihrer Flucht, ihre Frustration über ihre Aufgabe als First Lady, ihre Begeisterung für Picknicks, Frisbeespielen, Einkaufen in Supermärkten und zwei mutterlose kleine Mädchen. Zuerst war sie verblüfft gewesen, dass er so viel über die Mädchen preisgab; aber indem er die öffentliche Neugier so rasch befriedigte, pfiff er die Bluthunde zurück und tat mehr zum Schutz ihres Privatlebens als eine Armee von Sicherheitsbeamten.

Was er ebenfalls preisgab, waren ihre politischen Ambitionen, ihre Angst vor gesunden Babys, obwohl, wie Mat schrieb, ihre Neurose sich bereits erheblich gebessert zu haben schien.

Was er nicht preisgab, war ihre sexuelle Beziehung zu ihm und alles, was Dennis Case betraf. Er hatte sie gebeten, ihm zu vertrauen – aber das war ihr unmöglich gewesen. Jetzt gab sie zu, dass sie an sein enormes Verantwortungsgefühl hätte denken und nicht so rasch über ihn urteilen sollen.

Obwohl er mehr über ihre private Seite enthüllte als je ein Journalist zuvor, hatte er damit gleichzeitig aus einer nationalen Ikone eine Person von Fleisch und Blut gemacht. Er beschrieb, wie ihr die normalen Menschen am Herzen lagen, wie sie überhaupt das Alltägliche liebte, wie zutiefst patriotisch sie war und für wie wichtig sie die Politik hielt, obwohl es ihr gar nicht gefiel, als »blauäugige Optimistin« bezeichnet zu werden. Er ließ sie viel verletzlicher erscheinen, als sie glaubte zu sein – aber es gefiel ihr, wie er ihre weitreichenden Kenntnisse in nationalen und internationalen Angelegenheiten betonte.

Nur in der Beschreibung seiner eigenen Beziehung zu ihr blieb er vage, womit er ihr den Schwarzen Peter zuschob. Und Barbara Walters machte es ihr nicht gerade leicht.

BW: Mrs. Case, Mat Jorik beschreibt in seiner Artikelserie im Chicago Standard *Ihre Gefühle für die Mädchen ziemlich ausführlich, aber er sagt nicht viel über Ihre Beziehung zueinander. Wie würden Sie dazu Stellung nehmen?*

CC: Mat ist ein guter Journalist und hat das, was geschehen ist, besser beschrieben, als ich das je könnte. Ich glaube nicht, dass er etwas ausgelassen hat.

BW: Aber wie würden Sie Ihre Beziehung zu ihm beschreiben?

CC: Zwei dickschädelige Erwachsene, die herauszufinden versuchen, was das Beste für die Mädchen ist. Betonung auf dickschädelig.

BW: Ja, Mat erwähnt, dass Sie öfters Streit hatten.

CC: (lacht) Was nie der Fall gewesen wäre, wenn er nicht so oft Unrecht gehabt hätte.

Das Lachen tat weh. Es tat weh, so zu tun, als hätte es nichts bedeutet.

BW: Sind Sie noch Freunde?

CC: Wie könnten wir keine Freunde mehr sein, nachdem wir ein solches Abenteuer gemeinsam erlebt haben? Sie haben sicher von den Soldaten aus Kriegszeiten gehört. Selbst wenn sie einander nie wiedersehen, bleibt ein besonderes Band zwischen ihnen bestehen.

Und wie besonders ...

BW: Haben Sie und Mat seitdem miteinander gesprochen?

CC: Er ist noch immer der legale Vormund der Mädchen, und ich will sie, wie Sie ja wissen, adoptieren; also hat es natürlich Gespräche gegeben.

Selbstredend nur über ihre Anwälte.

BW: Also um die Dinge klarzustellen: Es bestand keine romantische Beziehung zwischen Ihnen beiden?

CC: Romantisch? Wir haben doch nur sieben Tage miteinander verbracht. Und Sie dürfen nicht vergessen, dass wir zwei sehr lebhafte Anstandsdamen dabeihatten. Unter diesen Umständen wäre eine romantische Beziehung ganz schön schwierig gewesen.

Sehr schwierig sogar ... aber nicht unmöglich.

Den Gürtel ihres eisblauen Morgenmantels fester zuziehend, schritt sie über den Schlafzimmerteppich zu ihrer Schrankwand, in der ihre Stereoanlage untergebracht war, und schaltete den CD-Player ein. Sie drückte auf ein paar Knöpfe und drehte dann die Lautstärke herunter, sodass nur sie die Musik hören konnte.

Die wundervolle Stimme von Whitney Houston erklang, und ihre Hymne für alle gebrochenen Herzen dieser Welt brachten Nealys erste, ach so notwendigen Tränen zum Fließen.

I will always love you ...

Ja, sie würde ihn immer lieben.

Die Arme fest vor der Brust verschlungen, lauschte sie Whitneys Worten.

Bittersweet Memories ...

Sie kramte die Schachtel aus dem Schrank und trug sie zum Bett, wo sie sich im Schneidersitz hinsetzte, der Morgenmantel über den Knien aufklaffend. In der Schachtel befanden sich ihre eigenen bittersüßen Erinnerungen: eine Speisekarte aus Grannie Peg's, ein glatter Stein aus dem Flüsschen bei der überdachten Brücke, ihre Herzchenkette und die blassrosa Rose, die er an dem Abend bei dem alten Farmhaus für sie gepflückt hatte. Von Mal zu Mal wurde sie brüchiger.

Nealy hob sie an die Nase, aber sie duftete nicht mehr.

Er war der zweite Mann, den sie geliebt hatte. Der zweite Mann, der ihre Liebe nicht erwiderte.

Der Song erklang von neuem.

Ihr Selbstmitleid war so bühnenreif, dass sie immer am liebsten über sich gelacht hätte. Aber irgendwie schaffte sie das nie.

Bittersweet Memories ...

Nur einmal, ein einziges Mal pro Woche erlaubte sie sich, in der Vergangenheit zu schwelgen. War das so schlimm? Einmal pro Woche, damit sie die restlichen Tage und Nächte ihres Lebens überstand.

I will always love you.

Mat hatte alles, was er sich je gewünscht hatte. Geld. Achtung. Einen Job, den er liebte. Und Privatsphäre.

Wenn er nach Hause kam und sein Flanellhemd anziehen wollte, dann war es noch genau dort, wo er es liegen gelassen hatte. Wenn er sein Badeschränkchen öffnete, fand er darin

Rasiercreme, Deodorant, eine Packung Pflaster und Fußpulver. Niemand ging ihm an sein Kräuterbier, ließ seinen Walkman herumliegen, wo man draufsteigen konnte, und niemand spuckte auf den Teppich des Stadthauses im Chicagoer Lincoln Park, in dem er neuerdings zur Miete wohnte.

Er war nur für sich selbst verantwortlich: konnte seine Pläne von einem Moment auf den anderen ändern, konnte den Chicago Bears beim Verlieren zusehen, ohne dabei ständig unterbrochen zu werden, oder konnte, wann immer er Lust hatte, seine Kumpels anrufen, um ein paar Körbe zu werfen. Sein Leben lief einfach perfekt. Aber wieso fühlte er sich dann, als hätte man ihn irgendwie betrogen?

Mat legte die Zeitung, in der er ohnehin nicht gelesen hatte, beiseite. Samstagvormittag fuhr er meist zum Fullerton Beach hinaus, um ein wenig zu joggen; aber heute Vormittag hatte er leider keine Lust dazu. Überhaupt hatte er zu kaum etwas Lust. Vielleicht sollte er ja mit den Kolumnen für die nächste Woche anfangen ...

Derweilen schweifte sein Blick über sein Wohnzimmer, in dem extra große Sessel und eine extra lange Couch standen, und er fragte sich, was sie heute wohl tun mochten. Kam Lucy mit den anderen Mädchen dieser schicken Privatschule aus, in die Nealy sie gesteckt hatte? Hatte Button irgendwelche neuen Wörter gelernt? Vermissten sie ihn? Dachten sie überhaupt noch an ihn?

Und Nealy ... es sah aus, als würde sie sich ernsthaft auf die Jagd nach Jack Hollings' Sitz im Senat machen. Er freute sich für sie – freute sich wirklich –, deshalb war es ihm auch ein Rätsel, warum es ihn immer wie ein Messer ins Herz traf, wenn er irgendwo ein Bild von ihr in einem ihrer Designerkostüme sah.

Da er es satt hatte, deprimiert herumzusitzen, machte er Anstalten, nach oben zu gehen, um in seine Joggingshorts zu schlüpfen; aber die Türklingel stoppte ihn.

Das Letzte, was er an einem Samstagmorgen wollte, war Gesellschaft. Er stakste zur Tür und riss sie auf. »Was zum Teufel ...«

»*Überraschung!*«

»*Überraschung! Überraschung!*«

»*Überraschung!*«

Und zwar gleich ganze sieben! Sieben Überraschungen. Seine Schwestern platzten herein und warfen sich ihm in die Arme.

Mary Margaret Jorik Dubrowski ... Deborah Jorik ... Denise Jorik ... Catherine Jorik Matthews ... Sharon Jorik Jenkins Gros ... Jacqueline Jorik-Eames ... und Schwester Ann Elizabeth Jorik.

Pummelig und schlank; hübsch und schlicht; Collegestudentin, Hausfrau und Mutter, berufstätig; single, verheiratet, geschieden, Braut Christi – alle stürmten sie in seine Wohnung.

»Du hast am Telefon so deprimiert geklungen ...«

»... also haben wir uns zusammengetan und beschlossen, dich zu besuchen.«

»Um dich ein bisschen aufzumuntern!«

»Aus dem Weg. Ich muss mal!«

»... hoffe bloß, du hast Entkoffeinierten.«

»Allmächtiger, meine Frisur! Wieso habt ihr mir nicht gesagt, dass ich aussehe wie ...«

»... dein Telefon benutzen. Weil ich den Babysitter anrufen ...«

»... all die Publicity in den letzten Monaten muss dir ganz schön an die Nieren gegangen sein.«

»Mist! Ich hab eine Laufmasche in meiner neuen ...«

»... wozu sind Schwestern da?«

»... jemand eine Midol?«

Sie waren kaum zur Tür hereingerauscht, als sie auch schon anfingen, ihn eine nach der anderen beiseite zu nehmen.

»… Sorgen um Cathy. Ich glaube, ihre Bulimie ist wieder durchgebrochen und …«

»… meine Visa ausgeschöpft …«

»… mit dir über Don reden. Ich weiß, du mochtest ihn nie, aber …«

»… offensichtlich, dass der Prof mich hasst …«

»… ob ich den Job wechseln soll oder …«

»… alle Zweijährigen sind temperamentvoll, aber …«

»… zur Kommunion gehen und die Tatsache, dass Pater Francis die Hostie segnen kann, aber ich nicht …«

Innerhalb einer knappen Stunde hatten sie Lippenstift an sein Hemd geschmiert, seinen Lieblingssessel verrückt, in seinem Adressbuch herumgeschnüffelt, fünfzig Piepen von ihm geborgt und die Karaffe seiner neuen Krups-Kaffeemaschine zerbrochen.

Himmel, war er froh, sie zu sehen!

Zwei Schwestern verbrachten die Nacht im Drake, zwei übernachteten bei Mary Margaret in ihrer Wohnung im Oak Park und zwei blieben bei ihm. Da er in letzter Zeit sowieso nicht mehr richtig schlafen konnte, überließ er ihnen sein Doppelbett und zog selbst ins Gästezimmer.

Wie immer wachte er ein paar Stunden nach dem Einschlafen wieder auf und wanderte nach unten. Schließlich landete er im Wohnzimmer, wo er auf die toten Blätter und abgerissenen Äste, die auf seiner kleinen Terrasse herumlagen, hinausblickte. Er stellte sich Nealy vor, wie sie aussah, wenn sie sich geliebt hatten: das Haar zerzaust, die Haut ganz rosig …

»Wir sind schlimm, nicht wahr?«

Er drehte sich um und sah Ann die Treppe herunterkommen. Sie hatte diesen grässlichen grauen Bademantel an, den sie ins Kloster mitgenommen hatte. Ihr dickes, welliges Haar stand ihr vom Kopf ab und umrahmte ihr rundes, liebes Gesicht.

»Ja, ziemlich«, pflichtete er ihr bei.

»Ich weiß, ich sollte mich bei dir nicht über Kirchenpolitik beschweren, aber die anderen Nonnen sind so konservativ und ...« Sie lächelte ihn bekümmert an. »Das tun wir immer, nicht wahr? Die Jorik-Mädchen sind starke, unabhängige Frauen – aber sobald wir unseren großen Bruder sehen, fallen wir in alte Gewohnheiten zurück.«

»Das macht mir nichts aus.«

»Doch, das macht es. Und ich kann's dir nicht verübeln.«

Er umarmte sie lächelnd. Was für eine Rübe sie als Mädchen gewesen war. Ganz wie Lucy ... Schmerz durchzuckte ihn.

»Was ist los, Mat?«

»Wieso sollte was los sein?«

»Weil du dich wie ein König fühlen müsstest, aber du tust es nicht. Du warst ein Teil der größten Story des Jahres. Jeder Amerikaner kennt deinen Namen. Du hast deinen Job wieder und Angebote von den besten Zeitungen und Nachrichtenmagazinen des Landes. Alles, was du dir gewünscht hast, ist in Erfüllung gegangen. Aber du scheinst nicht glücklich zu sein.«

»Doch, ich bin glücklich. Echt. Und jetzt erzähl mir von Pater Francis. Was hat er gemacht, dass du so sauer auf ihn bist?«

Sie schluckte den Köder, was ihm ersparte, etwas erklären zu müssen, was er nicht erklären wollte – dass er endlich all das hatte, was er sich vom Leben wünschte, und jede einzelne Minute davon hasste.

Statt Eishockey zu spielen, wollte er ein Picknick machen. Statt ins United Center zu gehen, wollte er ein kleines Mädchen in einen Sandkasten setzen und ihrer großen Schwester die Frisbeescheibe zuwerfen. Statt mit einer von den vielen Frauen auszugehen, die neuerdings hinter ihm her waren, wollte er eine süße, dickköpfige First Lady mit Augen so blau wie der Himmel über Amerika in die Arme nehmen.

Eine süße, dickköpfige First Lady, *die verdammt noch mal mit seiner Familie auf und davon gegangen war!*

Ann hielt schließlich mit Reden inne. »Okay, Buddy, jetzt hab ich dir genug Zeit gelassen. Also rück schon raus, was ist los?«

Der Korken, den er so fest auf seine Gefühle gedrückt hatte, knallte. »Mist hab ich gebaut, das ist los!« Er wollte seine Schwester böse anschauen, hatte aber keine Kraft mehr zum Kämpfen. »Ich liebe Nealy Case.«

22

Er war verliebt! Mat hatte das Gefühl, als hätte er einen Hockeypuck an den Schädel gekriegt. Von all dem albernen, lahmarschigen, selbstzerstörerischen Quatsch, den er sich je eingebrockt hatte, war dies das absolut Schlimmste: so lange zu brauchen, um herauszufinden, dass er Nealy liebte.

Wenn er sich schon verlieben musste, wieso dann nicht in eine ganz normale Frau? Ach nein, nicht er. Nicht Mr. Blödschädel. Denn das wäre ja zu verflucht *einfach*! Nein, er musste sich unbedingt in die berühmteste Frau Amerikas vergaffen!

Den restlichen Vormittag über lungerte Ann mitfühlend in seiner Nähe herum. Gelegentlich sah er, wie sich ihre Lippen bewegten, und wusste, dass sie für ihn betete. Am liebsten hätte er ihr gesagt, dass sie ihre Gebete für sich behalten sollte, bloß dass er sie noch nie so nötig gebraucht hatte wie jetzt – also tat er, als würde er nichts bemerken.

Er lud seine Schwestern zum Mittagessen in eins der schicken Bistros in der Clark Street ein und musste sich dann zwingen, sie nicht zu bitten, noch ein wenig zu bleiben, als sie sich zum Flughafen oder zu ihren Autos aufmachten. Sie küssten ihn, umarmten ihn und schmierten nun das zweite Hemd mit ihrem Make-up voll.

An diesem Abend erschien ihm seine Wohnung noch einsamer als sonst. Keine Schwester, die ihm mit ihren Problemen auflauerte. Keine Windel zu wechseln, kein frecher Teenager, auf den es ein Auge zu haben galt. Und noch lausiger: keine patriotenblauen Augen, die ihn anlächelten!

Wie hatte er bloß so blind sein können? Vom ersten Moment an war er auf sie geflogen wie heiße Schokoladensauce auf Eiscreme. Nie hatte er die Gesellschaft einer Frau mehr genossen, nie hatte ihn eine mehr erregt. Und nicht bloß physisch, auch intellektuell und emotional. Falls in diesem Moment eine böse Fee zu ihm käme und ihm anböte, er könne Nealy für immer haben, aber dürfte nie mehr mit ihr schlafen – er würde sie trotzdem nehmen. Verrückt, nicht wahr?

Es hatte ihn schlimm erwischt.

Er konnte es in der engen Wohnung nicht mehr aushalten, angelte sich daher kurzerhand seine Jacke, ging hinaus und stieg in den Ford Explorer, den er als Ersatz für sein Sportcoupé gekauft hatte. Der Wagen war zwar für die Innenstadt denkbar ungeeignet; aber er rechtfertigte den Kauf mit seiner guten Straßenlage auf den Expressways und damit, dass er beinahe groß genug für ihn war. In Wirklichkeit jedoch mochte er ihn wegen der Erinnerungen, die er in ihm weckte.

Während er ziellos durch die engen Straßen von Lincoln Park fuhr, überlegte er nächste Schritte. Freilich hatte er keine Ahnung, wie tief Nealys Gefühle für ihn gingen. Sie war gern mit ihm zusammen gewesen und hatte den Sex mit ihm ganz sicher genossen – aber außerdem hatte er sich mit ihr gestritten, sie betrogen, sie hart angefasst; also war es eine Illusion, sich vorzustellen, dass sie sich ihm noch an den Hals warf. Trotzdem konnte er es kaum erwarten, dass ...

... sie ihn heiratete.

Beinahe fuhr er auf einen weißen Subaru auf. Erwartete er

wirklich, dass sich Amerikas ungekrönte Königin für immer an ein riesiges slowakisches Raubein band?

Und ob!

Am nächsten Morgen packte er sein Laptop und sein Handy, warf ein paar Kleidungsstücke in einen Koffer und lud alles in den Explorer. Er rief seinen Redakteur von unterwegs aus an und erzählte ihm irgendeine fadenscheinige Geschichte von einer Story, die er weiterverfolgen müsste. Mat versprach, den Abgabetermin für seine Mittwochskolumne einzuhalten, und setzte das Navigationssystem in Gang. Er und Amerikas ehemalige First Lady hatten etwas zu bereden.

Nealys Anwalt weigerte sich, ihre Adresse herauszurücken; also nutzte er seine Kontakte zum Washingtoner Pressekorps und befand sich schon am nächsten Tag in Middleburg, Virginia. Das Haus war von der Straße aus nicht sichtbar; aber der zwei Meter fünfzig hohe Zaun, der das Grundstück umgab, sprach Bände, ebenso wie das elektronisch gesicherte Eingangstor. Er steuerte den Explorer in die Auffahrt. Die Pressekonferenz fand morgen statt; hoffentlich war sie zu Hause und bereitete sich darauf vor.

Über seinem Kopf zoomte sich eine Videokamera auf ihn ein. Wenn der Zaun nur auch elektrisch geladen wäre und dahinter ein Rudel Dobermänner frei herumliefe. Er hatte Albträume, was ihre Sicherheit betraf.

»Kann ich Ihnen behilflich sein?«, ertönte eine Männerstimme aus einem Messingpaneel in der Backsteinmauer.

»Mat Jorik. Ich möchte Mrs. Case sprechen.«

»Werden Sie erwartet?«

»Ja«, log er.

Es folgte eine kurze Pause. »Sie scheinen nicht auf meiner Liste zu stehen.«

»Ich war nicht sicher, wann ich ankomme. Wenn Sie sie fragen, wird sie Ihnen sagen, dass es in Ordnung ist.«

»Warten Sie einen Moment.«

Wenn er doch bloß zuversichtlicher aussah, als ihm zumute war! Der Anblick dieses Eingangstors und des dahinter liegenden Grundstücks machte die Kluft zwischen ihm und Nealy auf einmal sehr real. Er trommelte mit den Fingern aufs Lenkrad. Wieso dauerte das so lange?

»Mr. Jorik?«

»Ja.«

»Tut mir Leid, Sir, aber Mrs. Case kann Sie leider nicht empfangen.«

Mat packte das Lenkrad fester. »Dann komme ich später noch mal.«

»Nein, Sir.«

Er wartete, aber je länger er wartete, desto unbehaglicher fühlte er sich. »Und wie steht es mit morgen Vormittag?«

»Nein. Mrs. Case möchte Sie überhaupt nicht empfangen.«

Nealys Magen krampfte sich zusammen, und ihre Hände waren eiskalt. Mat hier! Direkt vor ihrem Eingangstor. Sie wäre am liebsten aus dem Haus gerannt bis zum Tor hinunter und hätte sich ihm in die Arme geworfen ... nur um wieder von ihm weggestoßen zu werden.

Sie brauchte nicht lange zu überlegen, um zu wissen, weshalb er hier war. Zwar hatte sie ihn über die Mädchen auf dem Laufenden gehalten, aber er wollte sich mit eigenen Augen überzeugen. Typisch. Immer verantwortungsbewusst.

Zitternd griff sie nach dem Telefonhörer im Wohnzimmer, um ihren Anwalt anzurufen. Mat konnte nicht einfach ins Leben der Mädchen hereinplatzen, wann immer es ihm einfiel – um dann wieder zu verschwinden. Das wäre nicht gut für die beiden, und für sie selbst wäre es eine Katastrophe. Nealy musste sich auf ihren Wahlkampf konzentrieren. Musste sich ein neues Leben aufbauen.

»Ma!« Button passte es überhaupt nicht, dass Nealy telefonierte. Sie schlug mit ihrem Plastiklaster auf den Teppich und blickte sie mit einem sturen Ausdruck an, der dem von Mat so sehr glich, dass Nealy am liebsten geheult hätte.

Sie legte den Hörer auf, schob ihren Terminkalender beiseite, ging zu Button und setzte sich im Schneidersitz nieder. Button krabbelte sofort auf ihren Schoß und brachte zugleich ihren Plastiklaster und einen kleinen blauen Schuh von Andre mit.

»Gah bleg flel Ma!«

Nealy zog sie an sich, um sich zu trösten. »Ja, ich dich auch.«

Sie küsste ihre Wange und spielte mit einer Locke ihres Babyhaars, das jetzt länger war und sich zu wellen begann. »Wie kann Mat mir das antun?«

»Dada?«

Das war das erste Mal, dass Button dieses Wort aussprach, seit sie Iowa verlassen hatten. Das Baby runzelte die Stirn und sagte es noch einmal. »Dada?« Füllte ihre kleinen Lungen. »DADA!«

Nealy durfte ihn nicht hereinlassen. Sie schaffte es ohnehin kaum, die Nächte zu überstehen, und konnte den Trauerprozess nicht wieder von vorne beginnen. Erst recht nicht, wo sie morgen die wichtigste Pressekonferenz ihres Lebens absolvieren musste.

Eilig küsste Nealy die kleine dicke Pfote. »Tut mir Leid, meine Süße, aber er wird nicht kommen!«

Button schob die Unterlippe vor, und ihre babyblauen Augen wurden groß und rund. Sie legte die Wange an Nealys Brust.

Nealy streichelte ihre Haare und wünschte, sie wären wieder zu viert unterwegs.

Mat parkte kurzerhand am Straßenrand vor dem Grundstück, im Kopf den vagen Plan, Lucy abzufangen, wenn sie von der Schule heimkam; aber ein naseweiser Secret-Service-Agent hatte andere Vorstellungen.

Schon wollte Mat dem Kerl Bescheid stoßen, dass dies eine öffentliche Straße war – entschied dann jedoch, es ihm nicht noch schwerer zu machen. Er erledigte bloß seinen Job, und sein Job war es, für die Sicherheit von Mats Familie zu sorgen. Die Familie, der Mat den Rücken gekehrt hatte!

Auf dem Weg zum Hotel zermarterte er sich das Hirn. Aber jede Beleidigung, die er Nealy an den Kopf geworfen hatte, jeder Befehl, jede Beschwerde, er hätte viel zu viele Weiber am Hals, kam ihm in den Sinn und ließ ihn nicht mehr los. Niemand konnte behaupten, er hätte sich von seiner besten Seite gezeigt.

Er war so in seine Misere versunken, dass er versehentlich am Hotel vorbeifuhr. Was für ein Trottel warf etwas so Kostbares weg? Welcher Trottel warf seine Familie weg?

Beim Wenden entschied er, dass er sich selbst für den Rest seines Lebens dafür prügeln oder etwas unternehmen konnte – um das, was er mit allen Kräften zu ruinieren versucht hatte, wieder zu kitten. Aber dafür brauchte er einen Plan.

Nealy explodierte. »Was meinen Sie damit, er geht zu CNN?« Sie umklammerte ihr Handy fester und sank wieder in den Ledersitz ihres Lincoln Town Car zurück.

Steve Cruzak, der Secret-Service-Agent, der heute Fahrdienst hatte, warf einen Blick in den Rückspiegel und dann auf seinen neben ihm sitzenden Partner. Jenseits der getönten Scheiben zog die grüne Hügellandschaft von Nordvirginia im gleißenden Morgenlicht an ihnen vorbei, während sie nach Osten zum Arlington Hotel fuhren, wo Nealys Pressekonferenz stattfinden sollte.

»Er hat keine Erklärung dafür abgegeben«, erwiderte ihr Anwalt.

Der schwere Chanel-Ohrring, den sie sich vom Ohrläppchen gezogen hatte, als ihr Handy klingelte, stach ihr in die Handfläche. Normalerweise wäre ihre Assistentin mit ihr im

Wagen gesessen, aber sie hatte eine Erkältung. Jim Millington, ihr neuer Wahlkampfleiter, sowie Terry und die wichtigsten Mitarbeiter befanden sich bereits im Hotel, wo sie sich unter die Presse mischten, die auf ihre Ankunft wartete.

Drei Monate lang hatte sich Mat geweigert, irgendwelche Fernsehinterviews zu geben; aber jetzt, an dem Tag, an dem sie ihre wichtigste Pressekonferenz abhielt, änderte er plötzlich seine Meinung. Er wollte sie erpressen.

»Vielleicht sollten Sie mit ihm reden«, schlug der Anwalt vor.

»Nein.«

»Nealy, ich bin kein politischer Berater, aber die Augen des gesamten Landes ruhen auf Ihrer Kampagne. Dieser Kerl ist ein offenes Pulverfass. Wer weiß, was in ihm vorgeht? Es schadet doch keinem, wenn Sie ihn einmal anhören.«

Mehr, als er sich vorstellen konnte! »Das kommt überhaupt nicht in Frage.«

»Nun gut, dann übernehme ich das.«

Sie schob ihr Handy wieder in die braune Aktentasche zurück, die sie anstelle einer Handtasche trug, und steckte sich dann ihren Goldohrring wieder an. Für die Pressekonferenz hatte sie ein weiches, engangliegendes cremefarbenes Wollkleid von Armani ausgewählt, dazu einen Seidenschal, der am Hals locker verknotet war. Ihr kesser Kurzhaarschnitt, den sie sich während ihres Abenteuers zugelegt hatte, war von ihrem langjährigen Friseur ein wenig gezähmt worden, sodass sie nun zwar elegant, aber dennoch modern aussah. Sie hatte beschlossen, den Kurzhaarschnitt beizubehalten, ebenso wie ihre natürliche Haarfarbe. Das waren zwar nur kleine Veränderungen, dafür aber umso bezeichnender. Jede dieser Neuheiten bewies, dass sie ihr Leben endlich in die eigenen Hände genommen hatte – weshalb sie sich auch nicht von Mat zu einem Treffen zwingen ließ, das ihr bloß Kummer bescheren würde!

Sie zog ihr Lederportfolio heraus und studierte die Notizen, die sie in den vergangenen drei Monaten zusammengetragen hatte. Aber sie ergaben keinen Sinn mehr. Wenn Mat so unbedingt mit ihr sprechen wollte, wieso hatte er dann nicht zu dem direktesten Druckmittel gegriffen, das ihm zur Verfügung stand? Wieso hatte er nicht gedroht, gegebenenfalls die Adoption zu verhindern?

Weil ihm so etwas Hässliches nie in den Sinn käme.

»Wir sind da, Mrs. Case.«

Sie merkte, dass sie vor dem Hotel angekommen waren. Die Schmetterlinge in ihrem Magen begannen zu tanzen, als sie ihre Notizen wegsteckte und sich dann von dem Secret-Service-Mann die Tür öffnen ließ.

Eine Schar Fotografen erwartete sie, dazu Jim Millington, ein robuster Politveteran, der aus Georgia stammte und einen ausgeprägten Südstaatenakzent besaß. »Wir haben ein volles Haus«, flüsterte er und nahm ihr ihre Tasche ab. »Reporter aus allen Teilen des Landes. Bereit, Schätzchen?«

»Yep. Bereit.«

Jim führte sie in den Ballsaal, der mit weit mehr Reportern gefüllt war, als jede andere Wahlkampagne anziehen könnte. Niemand machte sich über ein kostenloses Buffet schneller her als die Presse, und besagtes Buffet sah aus wie von einem Rudel Wölfe bearbeitet.

Terry kam zu ihr, als aus den Lautsprechern Van Halens »Right Now« ertönte. Ihr Herz krampfte sich zusammen, denn das war Dennis' Wahlkampfsong gewesen, und nun war er der ihre. Sie und Terry hatten darüber debattiert, ob sie ihn benutzen sollten – waren am Ende jedoch übereingekommen, dass er sowohl ein Tribut an vergangene Zeiten als auch ein Symbol des Übergangs darstellte.

Terry nahm ihren Arm. »Ganz ruhig, Babe.«

»Dieser Song ...«

»Ich weiß. Hör mal, er würde es lieben, dich jetzt so zu sehen.«

Sie lächelte ihren rundlichen, ein wenig zerknittert wirkenden Freund an. Er sah besser aus als zu irgendeiner Zeit seit Dennis' Tod. Dieser Wahlkampf tat ihm gut.

Mit Terry und Jim im Rücken kämpfte sie sich lächelnd und winkend durch die Menge zur Tribüne am Eingang des Saals. Ihr Vater stand bereits dort, daneben einige Parteigrößen. Einer von ihnen, ein populärer lokaler Kongressabgeordneter, trat ans Mikrofon und kündigte sie an. Die Reporter applaudierten höflich, und ihre Wahlkampfhelfer jubelten. Sie trat ans Mikrofon und begann zunächst mit ihren Dankeschöns. Dann leitete sie über zu ihrer eigentlichen Rede.

»Die meisten von Ihnen wissen, warum ich diese Pressekonferenz einberufen habe. Gewöhnlich sagen die Bewerber, dass sie lange und gründlich nachgedacht hätten, bevor sie sich entschlossen, zu kandidieren; aber ich musste das nicht. Ich wünsche es mir schon lange, obwohl mir erst vor kurzem klar wurde, wie sehr.« Sie machte ein paar Bemerkungen zur stolzen Geschichte des Staates Virginia und darüber, wie wichtig gerade im neuen Millennium eine starke Führung wäre. Dann erklärte sie ihre Absicht, Jack Hollings bei den Vorwahlen im Juni herauszufordern.

»... daher betrete ich hiermit offiziell den Ring und bitte die wundervollen Bürger des Staates von Virginia, mir ihr Vertrauen zu schenken und mich zu ihrer nächsten Senatorin zu wählen.«

Blitzlichter flammten auf, und Reporter sprachen über den Applaus der Menge in ihre Mikrofone. Als es endlich wieder ruhig wurde, begann sie die Hauptthemen ihres Wahlkampfs vorzustellen und neigte dann den Kopf, um Fragen entgegenzunehmen. Bis jetzt hatte sie sich an ihre Notizen gehalten. Doch nun waren Schlagfertigkeit und rasches Denken gefordert.

»Calli Burns, *Richmond Times-Dispatch*. Mrs. Case, inwieweit steht Ihre Entscheidung zu kandidieren mit Ihrem Verschwinden in Zusammenhang?«

Diese Frage hatte sie erwartet. Die Reporter wussten, dass ihre Leser im Moment mehr an ihrem Privatleben interessiert waren als an ihrem politischen Konzept. »In dieser Zeit konnte ich ein wenig Abstand vom Weißen Haus gewinnen und mein Leben wieder in die richtige Perspektive rücken ...« Ihre gründliche Vorbereitung machte sich bezahlt, und sie hatte keinerlei Probleme, die Frage zu beantworten.

»Harry Jenkins, *Roanoke Times*. Sie haben kein Geheimnis aus Ihrer Unzufriedenheit mit dem politischen Leben gemacht. Wieso wollen Sie jetzt unbedingt wieder dorthin zurück?«

»Als First Lady hatte ich keine wirkliche Macht, um Veränderungen herbeizuführen ...«

Eine Frage folgte der anderen. Obwohl sie es erwartet hatte, war sie dennoch enttäuscht, dass sich so wenige um die wirklichen Themen drehten.

Plötzlich übertönte eine tiefe Stimme alle anderen im Saal. »Mat Jorik, *Chicago Standard*.«

Sie erstarrte. Im Ballsaal wurde es sofort mucksmäuschenstill, während sich sämtliche Köpfe umdrehten und sehen wollten, woher die Stimme kam.

Mat trat hinter einer der dicken Säulen im Rückteil des Ballsaals hervor. Er hatte eine Hand in die Hosentasche geschoben und trug über dem Hemd eine offene braune Bomberjacke. Selbst aus der Entfernung schien er den Raum auszufüllen – ganz mächtiger Bärenkörper, dröhnende Stimme und ungeschliffene Kanten.

Tausend Bilder rasten ihr durch den Kopf. Sie umkrallte das Rednerpult, während sie versuchte, sie abzuschütteln und konzentriert zu bleiben. Mit beinahe stabiler Stimme hörte sie sich sagen: »Hallo, Mat.«

Ein Summen ging durch die Menge. Fotoapparate blitzten. Seine Anwesenheit allein war schon eine Story für sich.

Ein kurzes Nicken. Ganz professionell. »Sie sagten, Sie

würden sich in Ihrer Kampagne vor allem auf wirtschaftliche Pläne konzentrieren. Könnten Sie das ein wenig genauer ausführen?«

Irgendwie brachte sie ihr Routinelächeln zustande. »Ich danke Ihnen für die Gelegenheit, über ein für die Einwohner des Staates von Virginia äußerst wichtiges Thema sprechen zu dürfen …«

Selbst vor Mats durchdringendem Blick schaffte sie es, über das in allen Einzelheiten vorbereitete Sujet zu referieren; aber sie war kaum fertig, als er mit einer Folgefrage nachfasste. Als sie mit deren Beantwortung fertig war, meldete sich ein anderer Reporter und fragte sie nach dem Balkan.

Mat meldete sich danach nicht mehr zu Wort, aber er blieb, wo er war – mit verschränkten Armen an eine Säule gelehnt, die Augen unverwandt auf sie gerichtet.

Schließlich trat Terry vor und beendete die Konferenz, indem er sich bei allen Anwesenden für ihren Besuch bedankte. Ihren Vater an einer Seite, Jim Millington an der anderen, Terry dahinter, trat sie vom Podium ab. Zuvor blickte sie sich noch nach Mat um, doch der war verschwunden.

Ihr Vater fuhr mit ihr zum nächsten Termin. »Hätte mich eigentlich nicht überraschen sollen, diesen Jorik zu sehen! Macht wahrscheinlich eine Karriere aus dem Schreiben über dich!«

Es schauderte sie bei dem Gedanken.

Die nächste Rede, etwa anderthalb Stunden später, hielt sie im Konferenzraum eines Bankettsaals. Kaum hatte sie begonnen, als sie Mat im Hintergrund stehen sah, den Blick erneut unverwandt auf sie gerichtet. Er stellte keine Fragen mehr, aber sie erkannte seine Absicht. Bevor sie nicht ein Treffen mit ihm vereinbarte, würde er nicht weichen.

Um einundzwanzig Uhr dreißig, nach ihrer letzten Rede dieses Tages vor einer Delegation der Handelskammer, hatte sie die Nase voll. Wenn er glaubte, Katz und Maus mit ihr spielen zu können, dann irrte er sich.

Sie löste sich von den händeschüttelnden Mitgliedern der *Falls Church Chamber of Commerce* und drängte sich zu ihm durch, bevor er untertauchen konnte. Die Fotografen, die ihr immer noch folgten, drängten vor, um die ersten gemeinsamen Bilder von ihnen zu schießen.

Nealy musterte Mat geradeheraus. »Ich möchte dich morgen Vormittag um zehn Uhr bei mir im Haus sehen.«

Er lächelte. »Jawohl, Ma'am.«

In jener Nacht schlief sie kaum, was sie sich eigentlich nicht leisten konnte, da ihr am nächsten Tag ein terminbepackter Nachmittag bevorstand. Sobald Tamarah Andre schlafen gelegt hatte, schickte sie sie mit Button zu Besorgungen in die Stadt, die sie so lange fern halten würden, bis Mat wieder verschwunden war. Dann wartete sie darauf, dass der Zeiger der Uhr auf zehn kroch.

Squid spitzte die Ohren, als über die Anlage das Wimmern eines Babys ertönte. Andre hielt vormittags gewöhnlich ein ausgiebiges Schläfchen; doch heute hatte er offenbar beschlossen, ein wenig früher aufzuwachen. Ihre Haushälterin würde nicht vor Mittag zurück sein, daher eilte Nealy selbst ins Kinderzimmer, Squid hinterher.

Das Baby lag auf dem Rücken in seinem Bettchen. Er trug einen leuchtend blauen Winnie-the-Pooh-Schlafanzug, und aus seinen braunen Augen kullerten Tränchen, die sofort versiegten, als er sie sah. Einen Augenblick lang vergaß Nealy ihre eigenen Probleme, während sie in sein süßes, ausdrucksvolles Gesichtchen schaute.

»Was ist los, kleiner Mann? Hast du schlecht geträumt?«

Sie schob die Hände unter seinen warmen Körper und legte ihn sich an die Schulter. Er war ein wunderschönes Baby, mit milchschokoladenbrauner Haut und einem ernsthaften Blick, als wüsste er noch nicht so recht, was er von der Welt halten sollte.

Die Gegensprechanlage vom Eingangstor summte zweimal, was bedeutete, dass Besuch unterwegs war, und Nealy benutzte einen von Button Joriks Lieblingsausdrücken. »Sit!«

Sie nahm das Baby in die Armbeuge und mache sich auf den Weg zur Haustür. »Okay, Buddy, dann also nur du und ich und der Hund.«

Die Klingel schellte. Sie zählte bis zehn und griff nach dem Türknauf.

23

Mat erblickte die Frau im Türrahmen und fühlte, wie alles in ihm dahinschmolz. Gestern vor all den Kameras hatte er sich noch zusammenreißen können, aber jetzt waren keine Kameras da, und sie stand nur einen Schritt von ihm entfernt.

Unglücklicherweise war die Frau vor ihm nicht die Nealy, die er in Iowa verlassen hatte. Diese Nealy präsentierte Eleganz. Stammbaum. Ganz weiße Oberschicht, von der Spitze ihrer aristokratischen Nase bis zu den Sohlen ihrer Cole-Haan-Schuhe. Sie trug eine Perlenkette, die wahrscheinlich bereits mit der Mayflower hier angekommen war, einen einfachen Pulli, der nur aus Kaschmir sein konnte, sowie eine maßgeschneiderte graue Flanellhose. Nur der räudige Köter, der auf die Veranda purzelte und nun an ihm hochsprang und das süße dunkelhäutige Baby auf ihrem Arm passten nicht in das Bild.

Himmel, war er froh, sie wiederzusehen! Es juckte ihm in den Fingern, sie einfach auf die Arme zu nehmen und ins Schlafzimmer zu tragen, wo er ihr die ganzen Statussymbole vom Leib reißen konnte; aber er vermutete, dass das nicht allzu gut ankommen würde – weder bei ihr noch bei dem Secret-Service-Agenten, der die ganze Auffahrt kontrollierte.

Das Herz schwoll ihm in der Brust, aber ihm fiel nichts anderes zu sagen ein als *Ich liebe dich*, was ihm ein wenig verfrüht erschien – also begrüßte er den Hund. »Hey, Squid!«

Das Baby blinzelte, als es Mats Stimme hörte, und schenkte ihm ein zahnloses Lächeln.

Die Königin von Amerika trat von ihrer Schwelle zurück, um ihn einzulassen. Sein Mut sank. Sie schaute ihn an wie irgendein altes Erinnerungsstück, das ihr in einem Abstellraum unter die Augen kam.

Er folgte ihr durch eine Diele, die ins Smithsonian gehört hätte, in ein Wohnzimmer mit jeder Menge Täfelung, Ohrensesseln und alten Ölgemälden. Er selbst war in einem Haus voller bunt zusammengewürfelter Möbelstücke, Plastikanrichten und hölzerner Kruzifixe mit vertrockneten Palmwedeln aufgewachsen.

Sie wies auf ein zierliches Sofa mit einer geschwungenen Rückenlehne. Vorsichtig ließ er sich darauf nieder, halb in der Befürchtung, dass das dürre Ding unter ihm zusammenkrachen würde.

Sie betrachtete ihn mit dem ganzen Selbstbewusstsein einer Frau, die endlich genau wusste, wer sie war. »Ich würde dir ja gerne etwas zum Trinken anbieten, aber das Kräuterbier ist uns gerade ausgegangen.«

Im Moment wäre ihm ein Scotch ohne alles, am liebsten gleich direkt aus der Flasche, sowieso am liebsten gewesen. Er merkte, dass sie das Baby so fest hielt, dass es unruhig zu werden begann. »Ein neuer Zuwachs?«

»Andre ist Tamarahs Sohn – sie betreut Button.«

»Ich dachte, das würdest du machen!« Er zuckte zusammen. Eine laute Anschuldigung war nicht gerade der beste Anfang.

Sie musterte ihn mit einem Stahlblick und machte sich gar nicht die Mühe, darauf zu antworten.

»Sorry!« Seine Handflächen begannen zu schwitzen.

Nealy suchte sich einen Ohrensessel beim offenen Kamin, um den sich wahrscheinlich schon die Gründerväter versammelt und über dieses Ding namens Verfassung diskutiert hatten.

Das Baby wand sich schon wieder. Er wartete darauf, dass sie es in eine bequemere Position legte, aber sie tat es nicht. Es schien beinahe, als hätte sie Andre vergessen ... vielleicht war sie nervös?

Aber sie sah nicht nervös aus.

Das jämmerliche Sofa unter ihm ächzte ominös, als er sich darauf zurücklehnte und die Beine ausstreckte. Wenn er nicht bald etwas sagte, stand er wie ein kompletter Idiot da. »Wie geht's ihnen? Den Mädchen?«

»Du weißt doch, wie es ihnen geht. Ich habe dir regelmäßig Berichte zukommen lassen.«

Das Baby regte sich unbehaglich. Wo hatte sie wohl Button versteckt? Er würde alles darum geben, die Kleine wiederzusehen – eine dieser stinkenden Windeln wechseln zu dürfen, sich ein bisschen besabbern zu lassen und auf diese besondere Art angestrahlt zu werden, die ihm sagte, dass sie ihn mehr als alles auf der Welt liebte. »Ein Bericht ist nicht dasselbe, als sich mit eigenen Augen zu überzeugen. Ich vermisse sie.«

»Schon möglich ... aber das heißt nicht, dass du nach Belieben auftauchen und wieder verschwinden kannst. Wir haben eine Vereinbarung.«

Es lief überhaupt nicht so, wie er erhofft hatte. Das Baby wimmerte. »Was ich ja verstehe, aber ...« Sie war zwar nach wie vor recht dünn, sah aber längst nicht mehr so ausgezehrt aus wie bei ihrer ersten Begegnung. Er war froh darüber ... und enttäuscht. Ein Teil von ihm wünschte sich, sie würde sich seinetwegen verzehren.

Als ob sich Nealy Case wegen eines Mannes verzehren würde!

Da gab's nur eins, und das stritt sich mit jeder Unze Männlichkeit in seinem Körper. Er holte tief Luft. »Dich hab ich auch vermisst.«

Sie sah nicht sehr beeindruckt aus.

Hastig wich er einen Schritt zurück. »Dich und die Mädchen!«

Wieder ertönte ein Wimmern aus dem blauen Schlafanzug. Das Baby versuchte die Ärmchen frei zu bekommen, aber sie umklammerte ihn gnadenlos. Mat konnte es nicht mehr aushalten und sprang auf die Füße. »Los, gib mir den Kleinen, bevor du ihn noch erdrückst!«

»Was …«

Er nahm ihr den kleinen Kerl ohne viel Federlesens weg und legte ihn sich an die Schulter. Das Bürschchen beruhigte sich sofort. Er roch gut. Wie ein Junge.

Sie bekam einen stechenden Blick und trommelte mit den Fingern auf die Lehne ihres Sessels. »Was ist mit den Ergebnissen des DNA-Tests? Mein Anwalt hat schon ein paarmal danach gefragt, aber noch keine Kopie davon erhalten.«

O Mann … erwischt! Er hatte den Umschlag ungeöffnet zerrissen, als er ihn vom Labor in Davenport erhielt. »Ich auch nicht. Das Labor muss ihn wohl verlegt haben.«

»Verlegt?«

»So was passiert schon mal.«

Nealy legte den Kopf schief und musterte ihn eingehend. »Ich weiß, wie wichtig dir das ist. Vielleicht sollte der Test noch mal gemacht werden.«

»Spinnst du? Willst du Button das schon wieder antun? Du redest leicht daher, weil du nicht dabei warst. Du hast nicht gesehen, wie sie sie zu mehreren festgehalten haben!«

Sie blickte ihn an, als hätte er den Verstand verloren – was der Wahrheit so nahe kam, dass er sich umdrehte und am Kamin abstützte.

»Was willst du hier, Mat?«

Das Baby kuschelte den Kopf unter sein Kinn. Er funkelte

sie böse an. »Also gut. Ich hab Mist gebaut, okay? Ich geb's zu, also lass uns die Sache vergessen und in die Zukunft schauen.«

»In die Zukunft?« Sie strömte Kälte aus wie eine Schar Presbyterianer in einer ungeheizten Kirche.

»Nun ja, weil nun mal die Zukunft zählt.« War es wirklich so heiß hier drinnen, oder lag's nur an ihm? »Wir müssen voraus schauen und nicht zurück.«

Der Blick, mit dem sie ihn nun musterte, triefte vor aristokratischer Verachtung. Er kam sich auf einmal vor, als hätte er ein rotes Satin-Bowlinghemd an und einen Maßkrug in der Hand. Höchste Zeit, zur Sache zu kommen!

»Ich muss wissen, was du für mich empfindest.«

»Darüber willst du also mit mir reden?«

Mat nickte. Das Baby kuschelte den Kopf an seinen Hals, und er hätte in diesem Moment alles dafür gegeben, mit dem Kleinen spielen gehen zu können – anstatt seiner eigenen düsteren Zukunft ins Auge zu blicken, die ihn erwartete, wenn die Eiskönigin Nealy ihm einen Fußtritt versetzte.

»Nun ja ... ich bin dir sehr dankbar, dass du mich in deinen Artikeln nicht verraten hast.«

»Dankbar?«

»Und ich weiß es zu schätzen, dass du mir mit den Mädchen vertraust.«

»Du weißt es zu schätzen?« Diese Frau war ein Albtraum. Er sank wieder auf die harte Puritanercouch.

»Sehr sogar.«

Die Großvateruhr in der Ecke tickte die Sekunden herunter. Die sich dehnende Stille schien ihr nichts auszumachen.

»Sonst noch was?«, fragte er schließlich.

»Nein, ich glaube, das wär's.«

Jetzt kochte er über. Sie musste verdammt noch mal mehr für ihn empfunden haben, oder sie hätte ihn nie an all die heißen, feuchten Orte gelassen, die er zu den seinen gemacht hatte.

Er biss die Kiefer aufeinander. Legte sich das Baby an die andere Schulter. »Denk noch mal nach.«

Sie zog eine Augenbraue hoch. Berührte mit den Fingerspitzen ihre Perlenkette. »Sonst fällt mir nichts mehr ein.«

Mat sprang auf. »Na, aber mir fällt noch was ein, verflucht noch mal! Ich liebe dich! Und wenn's dir nicht passt, hast du Pech gehabt.«

Das Baby stieß ein unbehagliches Quäken aus. Nealy riss die Augen auf. »Du liebst mich?«

Er wartete darauf, dass ihre Lippen sich zu einem glücklichen Lächeln verzogen, dass ihr Blick weich wurde. Stattdessen sah sie aus, als wäre sie von der ersten Runde Musketenfeuer bei Lexington getroffen worden.

Caramba, was für ein Blödmann er doch war! Er schob sich das Baby unter den Arm und marschierte vor. »Tut mir Leid. Das ist nicht so rausgekommen, wie ich's wollte. Es ist bloß – ist es nicht verdammt heiß hier? Vielleicht funktioniert ja deine Klimaanlage nicht richtig. Ich könnt sie mir mal ansehen, wenn du willst.«

Was war denn bloß mit ihm los? Den Großteil seines Lebens hatte er in Gesellschaft von Frauen verbracht und wusste, wie sie dachten. Wieso verpatzte er gerade jetzt alles, im wichtigsten Augenblick seines Lebens?

Eine Vielzahl von Emotionen huschte über ihr Gesicht, aber er hätte beim besten Willen nicht sagen können, welche. Sie lehnte sich in ihrem Sessel zurück, schlug ihre schlanken Beine übereinander und machte mit ihren Fingern ein kleines Dach. »Wann hattest du diese erstaunliche – und offenbar unwillkommene – Erkenntnis?«

»Sonntag.«

Ihre Nasenflügel blähten sich. »*Letzten Sonntag?*« Keine Frage, sondern eine Anschuldigung!

»Jawohl! Und sie war nicht unwillkommen.« Das Wimmern des Babys wurde lauter. Er schaukelte es.

»Es ist dir erst vor *zwei Tagen* aufgegangen?«

»Das heißt nicht, dass ich's nicht schon die ganze Zeit gefühlt hab.« Als Rechtfertigung kam selbst ihm das recht schwach vor. Seine Stimme brach. »Ich liebe dich schon lange.«

»Aha ... ach, so ist das!« Sie erhob sich und ging zu ihm, nicht um ihm um den Hals zu fallen, wie er hoffte, sondern um ihm das Baby wegzunehmen.

Der unterarmgroße Benedict Arnold schien mehr als froh zu sein, es sich wieder an ihrer Schulter gemütlich machen zu können. »Du scheinst nicht sehr glücklich darüber zu sein«, sagte sie. Das Baby packte eine Hand voll Mayflower-Perlen und schob sie sich in den Mund.

»Und wie! Überglücklich sogar!«

Wieder diese hochgezogene Augenbraue.

Verdammt noch mal! Er verdiente seinen Lebensunterhalt mit Worten. Wieso mussten sie ihn ausgerechnet jetzt im Stich lassen? Es ging ihm zwar verflucht gegen den Strich, aber leider war es Zeit, sich der Gnade des Gerichts anheimzustellen.

»Nealy, ich liebe dich. Es tut mir Leid, dass es so lang gedauert hat, bis ich drauf gekommen bin – aber das macht es nicht weniger spürbar. Was wir zusammen haben, ist zu kostbar, um es wegzuwerfen – bloß weil ich Mist gebaut habe.«

Sie schien nicht beeindruckt zu sein. »Deine Art, zärtliche Gefühle zu zeigen, ist also, zur CNN zu gehen und vor der ganzen Welt über mich zu reden, oder irre ich mich?«

»Ich hab doch bloß gebluff. Du hast meine Anrufe nicht angenommen, schon vergessen? Irgendwie musste ich deine Aufmerksamkeit erregen.«

»Mein Fehler! Und was hast du nun mit diesen deinen neu entdeckten Gefühlen vor?«

»Ich hab vor, dich zu heiraten, was glaubst du denn?«

»Aha!«

Das Baby kaute vergnügt auf ihrer Perlenkette herum. Mat hätte liebend gerne auch ein wenig an ihr herumgekaut – an ihrer Unterlippe, ihrem Ohrläppchen ... an einer Brust. Er unterdrückte ein Stöhnen. Nicht der rechte Zeitpunkt, um in Wallung zu geraten. »Und?«

»Und was?«

»Wirst du mich heiraten?«

Ihr eisiger Blick sagte, da müsste er sich schon was Besseres einfallen lassen. Etwas Logisches, nicht diesen emotionalen Kram. »Wahrscheinlich denkst du, dass die Ehe nicht standesgemäß wäre, weil ich kein Aristokrat bin wie du. Aber vielleicht ist es ja Zeit, die Litchfield-Gene ein wenig mit osteuropäischem Bauernblut aufzufrischen.«

»Um drei Fliegen mit einer Klappe zu schlagen?«

Er verengte die Augen. Was sollte das schon wieder heißen?

Nealy sah, wie er seinen großen Schädel schief legte und sie studierte wie ein Insekt unter einem Mikroskop. Ihr Herz tat so weh, dass sie ihre Fassung nur mit größter Willensanstrengung aufrecht hielt. Glaubte er wirklich, dass sie seine widerwillige Liebeserklärung glauben und diesen erbärmlichen Heiratsantrag annehmen würde?

Jetzt erkannte sie, dass es ein Fehler gewesen war, zu versuchen, ihn aus dem Leben der Mädchen zu verbannen. Auch wenn er es nicht hatte ausdrücken können, so wusste sie doch, wie sehr er sie liebte. Aber sie hätte nie geglaubt, dass er so weit gehen würde, um sie wiederzubekommen ... dass er in seiner Verzweiflung sogar eine Ehe vorschlüge.

Mat schien immer noch nicht auf den Gedanken gekommen zu sein, dass er ihr die Mädchen ganz einfach wieder wegnehmen könnte. Er war ihr legaler Vormund und die Adoption noch nicht rechtmäßig. Lediglich eine Meinungsänderung müsste er vorbringen. Aber das würde sein Ehrgefühl nie zulassen.

Auf einmal wurden ihre Knie butterweich. Gestattete ihm sein Ehrgefühl, eine Frau, die er nicht liebte, um die Ehe zu bitten, bloß damit er seine Kinder wiederbekam?

In ihrem Kopf begann es schmerzhaft zu pochen. Und wenn es nun wahr war? Wenn er sie nun wirklich liebte? Konnte dies ein weiteres Beispiel für Mats geniale Ungeschicklichkeit im Minenfeld seiner eigenen tieferen Gefühle sein? Oder waren seine Gefühle für die Mädchen so stark, dass er es in Kauf nahm, jemanden zu heiraten, den er zwar gern hatte, aber nicht liebte – bloß um sie nicht wieder verlieren zu müssen?

Eins allerdings stand fest ... trotz der langen Monate, in denen sie sein blödes T-Shirt an sich gedrückt und über Whitney Houston bittere Tränen vergossen hatte, war sie nicht mehr die emotional bedürftige Frau, die Dennis Case geheiratet hatte. Dieses Jahr hatte sie gelehrt, dass sie etwas Besseres verdiente, und niemals wollte sie mehr an der Liebe eines Mannes zweifeln müssen. Wenn Mat Jorik wirklich für sie entflammt war, dann musste er schon ein anderes Feuerwerk inszenieren, um sie die Hitze spüren zu lassen.

»Nealy, ich weiß, dass ich das ziemlich schlecht rübergebracht hab, aber ...«

»Schlecht ist noch gewaltig untertrieben.« Sie warf einen Blick auf ihre Uhr, erhob sich und ging in die Diele hinaus. »Tut mir Leid, aber ich habe keine Zeit mehr.«

Mat blieb nichts anderes übrig, als ihr zu folgen. »Wie wär's, wenn ich heute mit dir mitfahre? Ein bisschen Insider-Berichterstattung kann nicht schaden.«

Es wurde mehr als genug über sie berichtet, das wusste er ebenso gut wie sie. Sie öffnete die Haustür und trat hinaus, während er immer hinterhertappte. »Ich fürchte, das ist nicht möglich.«

»Dann gib mir deine Telefonnummer. Wir müssen noch mal miteinander reden.«

»Du wirst sie schon herauskriegen, wenn du dich ein bisschen anstrengst.«

Sie machte auf dem Absatz kehrt und zog die Tür hinter

sich zu, bevor er reagieren konnte. Dann drückte sie das Baby fester an sich und überlegte, ob sie heulen oder schreien sollte.

Mat wusste, dass er's endgültig vermasselt hatte. Er hatte so viele Jahre damit zugebracht, eine Wand zwischen sich und seinen Schwestern zu errichten, um seine innersten Gefühle zu schützen, dass er nicht mehr in der Lage war, diese Mauer einzureißen, auch nicht im Notfall! Reglos saß er hinterm Steuer seines Wagens und starrte durch die Windschutzscheibe. Wenn er doch bloß den Mumm gehabt hätte, sie sofort in die Arme zu nehmen und ihr alles zu sagen, was ihm auf dem Herzen lag. Nein, stattdessen hatte er rumgestottert wie ein Idiot.

Und jetzt hatte er gar nichts. Kein Date, um sie wiederzusehen. Keine Telefonnummer. Nichts.

Er war so wütend auf sich, dass er das Stück Gelb, das hinter der Garage hervorblitzte, beinahe übersehen hätte, als er in der Auffahrt wendete. Bei einem näheren Blick darauf erkannte er jedoch, dass es das Hinterteil eines klapprigen Wohnmobils war.

Nicht zu fassen! Kurz bevor er Iowa verließ, hatte er Mabel an einen Händler verkauft und den Scheck an Nealys Anwalt für die Mädchen geschickt. Wieso hatte sie sich die Mühe gemacht, ihn extra zurückzukaufen? Hoffnung keimte in ihm auf. Es war nicht viel, aber mehr stand im Moment nicht zur Debatte.

Mat kramte den Namen von Lucys neuer Schule aus seiner Erinnerung und rief dort an, um sich den Weg beschreiben zu lassen. Als er eingetroffen war, erklärte er der Direktorin, wer er war, und wurde in ein leeres Büro geführt. Gerade als er sich klaustrophobisch zu fühlen begann, ging die Tür auf, und Lucy kam herein.

Sein Gesicht verzog sich zu einem Lächeln. Er empfand nur

einen Moment des Bedauerns über das verschwundene Nutten-Make-up und die lila Haare. Sie sah hinreißend aus – gepflegt und strahlend und hüsch. Hatte Nealy ihre rauen Kanten weggeschliffen, oder brauchte Lucy sie nicht mehr?

Am liebsten hätte er sie sofort in die Arme genommen, aber die widerstreitenden Gefühle auf ihrer Miene ließen ihn zögern. Er hatte sie zutiefst verletzt, als er sie so einfach davongehen ließ, und das vergab sie ihm nicht so schnell.

»Was willst du?«

Er zögerte und entschied dann, dass er sich kein Gestammel mehr leisten konnte. »Ich will meine Familie wiederhaben.«

»Deine Familie?« Die junge Dame hatte ihr gesundes Misstrauen noch nicht verloren. »Was meinst du damit?«

»Dich und Button und Nealy.«

Da – ihr vertrauter dickköpfiger Blick! »Wir sind nicht deine Familie.«

»Wer sagt das?« Er trat einen Schritt näher, doch sie wich zurück. »Du bist immer noch sauer auf mich, stimmt's?«

Sie zuckte mit den Schultern und blickte ihm dann, typisch Lucy, direkt in die Augen. »Warum bist du hier?«

Er dachte nach. Wie viel durfte er ihr sagen, ohne Nealy gegenüber unfair zu sein?

Zur Hölle mit der Fairness! »Ich bin hier, weil ich herausgefunden hab, dass ich es ohne euch nicht aushalte.«

Unsicher lehnte sie sich an die Schreibtischkante. »Ja, und?«

»Und jetzt bin ich wieder da.«

»Na toll!«

Es zerschnitt ihm das Herz, wie sie versuchte, ihre verletzten Gefühle vor ihm zu verbergen. »Es ist meinetwegen. Ich war ziemlich einsam. Und ich mach mir Vorwürfe, weil ich so lange gebraucht hab, um zu erkennen, was mir im Leben wirklich wichtig ist.«

Sie blickte auf ihren Daumennagel hinunter, hob ihn an den Mund, merkte jedoch, was sie da tat, und ließ den Arm wieder sinken. »Ja, ich schätze, du hast Button ganz schön vermisst.«

Immer noch glaubte sie, selber der Liebe nicht wert zu sein, und das tat ihm weh. »Wie geht's dem kleinen Racker so?«

»Ziemlich gut. Sie kann jetzt viel mehr Wörter. Sie nennt Squid Skid.« Mat erntete einen finster-vorwurfsvollen Blick. »Aber *Dada* hat sie nie mehr gesagt.«

»Sie fehlt mir sehr.« Er hielt inne und trat noch ein Stückchen näher. »Aber du fehlst mir noch mehr.«

»Ich?«

Er nickte. »Ich liebe Button, aber sie ist eben ein Baby. Du weißt schon. Man kann nicht wirklich mit ihr über was reden oder Basketball spielen. Und schau mich nicht so überrascht an. Wir beide haben uns doch von Anfang an verstanden.« Wieder hielt er inne. »Hast du schon mal was von Seelenverwandtschaft gehört?«

Misstrauisch nickte sie.

»Ich glaube, dass wir beide Seelenverwandte sind.«

»Echt?«

»Du nicht?«

»Ja, aber ich hätt nich gedacht, dass du ...«

»Du bist ein solcher Blödmann!« Er lächelte. »Wann kapierst du endlich, was für ein toller Mensch du bist?«

Sie starrte ihn an, und dann fiel ihr Gesicht zusammen. »Ich dachte nicht, dass du uns je wiedersehen wolltest.«

Jetzt war es ihm egal, ob sie sich sträubte gegen ihn oder nicht. Er packte sie und zog sie fest an sich. »Und ich bin der allergrößte Blödmann! Ich hab dich vermisst, Lucy ... ganz schrecklich!«

Ein Arm schlang sich versuchsweise um seine Taille. Er rieb ihr blinzelnd über den Rücken. Wie hatte er je vor diesen weiblichen Wesen davonlaufen können? »Ich hab dich so lieb, Lucy.« Dieses Geständnis hätte ihm eigentlich schwer fallen sollen, aber das tat es nicht. Tatsächlich fiel es ihm so leicht, dass er es gleich noch mal wiederholte. »Ich hab dich so lieb, Kleines!«

Sie vergrub ihr Gesicht in seinem Hemd. Obwohl ihre Worte gedämpft klangen, hatte er keine Schwierigkeiten, sie zu verstehen. »Ich dich auch ...«

So standen sie eine ganze Weile da, eng umschlungen und verlegen – aber keiner war bereit, den anderen loszulassen. Als sie sich schließlich voneinander lösten, sah sie verletzbar und ängstlich aus. »Du versuchst doch nicht, uns ihr wieder wegzunehmen?«

»So was würde ich nie tun! Entschuldige mal ...«

Erleichtert ließ sie die Schultern sinken. »Ich wollte bloß sicher sein.«

»Nein, wolltest du nicht. Aber ich brauche Hilfe, und du bist die Einzige, an die ich mich wenden kann.«

Sie reagierte sofort. »Was soll ich tun?«

Jetzt war er derjenige, der den Blick abwendete. »Ich habe Nealy heute Vormittag gesehen, aber ich bin nervös geworden und hab alles vermasselt.«

»Zum neunmillionsten Mal!«

»Du musst nicht auch noch auf mir rumtrampeln! Jedenfalls ist sie jetzt noch empörter über mich als vorher. Früher oder später wird sie schon wieder mit mir reden – aber so lang kann ich's nicht aushalten. Deshalb brauche ich Hilfe.«

Er erklärte, was er von ihr wollte, und als er fertig war, umspielte ein kleines Lächeln ihre Lippen. Da gratulierte er sich zu seiner Strategie. Nichts gefiel einer richtigen Frau mehr, als sich in anderer Leute Angelegenheiten zu mischen, und diese Tochter seines Herzens war definitiv eine waschechte Eva.

Nealys Anspannung ließ ein wenig nach, als sie mit Button im Arm auf dem Fußboden saß und Lucys Geplapper über die Ereignisse ihres Tages anhörte. Aus der Küche roch es nach gebackenem Hühnchen und Knoblauch, und das erinnerte sie daran, dass sie seit dem Frühstück fast nichts mehr gegessen hatte.

Sie hatte einen furchtbaren Nachmittag hinter sich. Statt sich auf ihre Termine zu konzentrieren, hatte sie dauernd an Mat denken müssen und daran, was wohl in ihm vorging.

Ihre Haushälterin kam ins Wohnzimmer. »Falls die Hände noch nicht gewaschen sind, dann ist jetzt der richtige Zeitpunkt. Essen gibt's in fünf Minuten.«

»Danke, Tina.«

Es klingelte an der Tür, und Lucy sprang auf. »Ich geh schon! Ich hab Cliff gesagt, er soll ihn reinlassen.«

Cliff war der Wachtposten am Eingangstor, was erklärte, warum die Gegensprechanlage nicht gesummt hatte.

Lucy rannte in die Diele. »Ich hab jemand zum Abendessen eingeladen. Tina fand das okay.«

Neugierig blickte Nealy ihr nach. Es war nicht das erste Mal, dass Lucy jemanden mitbrachte, aber sie hatte Nealy bis jetzt immer vorher Bescheid gesagt. Doch Nealy war so froh über Lucys neue Freunde, dass sie sich einen Einwand verkniff.

Sie knöpfte einen Träger von Buttons lavendelfarbener Jeanslatzhose wieder zu. »Okay, du Schlamperchen, lass uns noch ein bisschen aufräumen, bevor's zum Essen geht.«

»Hi, Schätzchen!«

Nealy erstarrte, als sie Mats dröhnende Stimme aus der Diele vernahm.

Button riss die Augen auf und ließ die Plastikschildkröte fallen, die sie die ganze Zeit mit sich herumgeschleppt hatte. »*Dada!*« So schnell ihre molligen Beinchen sie trugen, hoppelte sie dorthin, wo die vertraute Stimme erklungen war.

Mat stand in der Diele und umarmte Lucy gerade zum zweiten Mal an diesem Tag, als er Buttons lauten Entzückungsschrei, gefolgt vom Trampeln zweier Füßchen, hörte. Er blickte gerade rechtzeitig auf, um seine kleine Schönheitskönigin um die Ecke watscheln zu sehen.

»Dadaaa!«

Bei ihrem Freudenschrei lief er los, schloss sie in seine Arme und überschüttete sie mit Küssen. Sie war schon größer geworden, wie er feststellte. Ihre Haare waren länger und sahen nicht mehr wie Löwenzahnflaum aus. Jemand hatte ihr am Oberkopf eine Schleife um eine Locke gebunden, die nun wie ein Springbrunnen in die Höhe stand. Sie trug knallrosa Schuhe, lavendelfarbene Jeans und ein knallrotes T-Shirt mit der Aufschrift HOT STUFF.

Die Tatsache, dass sie ihn nicht vergessen hatte, trieb ihm zum dritten Mal an diesem Tag die Tränen in die Augen. Vor lauter Zappeln stieß sie ihm aus Versehen den Schuh in den Magen, aber das war ihm egal. Sie roch nach Babyshampoo, Orangensaft und nach Nealy.

»Dada!« Button zog den Kopf zurück, schürzte die Lippen und blickte ihn mit ihrem typischen sturen Blick an. Das war ein neuer Trick – aber er begriff sofort und pflanzte einen Kuss direkt auf die Mitte ihres Erdbeermündchens. »He, Stinker!«

»Tink! *Tink*!«

»Ja, genau.« Auf dem einen Arm das Baby, den andern um Lucy, betete er darum, sich zwei Drittel des Schicksals gewogen gemacht zu haben.

Das letzte Drittel tauchte am Ende der Diele auf, und der finstere Ausdruck in ihren wunderschönen Augen verriet ihm, dass es bis zum Ziel noch weit war.

»Was hast du hier zu suchen?«

»Ich hab ihn eingeladen«, meldete sich Lucy zu Wort. »Weil du ja bestimmt nichts dagegen hast.«

Nealy war wütend. »Wann hast du mit ihr gesprochen?«

Lucy ließ ihm keine Chance zu antworten. »Er is heute in meine Schule gekommen.«

Nicht einmal ihre legendäre Selbstbeherrschung konnte verbergen, wie gerne sie ihn dafür auseinandergenommen hätte, dass er sich ohne ihre Erlaubnis an Lucy herangemacht hatte – aber vor den Mädchen wollte sie sich nicht mit ihm streiten.

Ihre Zurückhaltung verdeutlichte ihm noch mehr, auf welch wackeligem Grund er sich bewegte. Obwohl er bereit war, bis zum letzten Atemzug zu kämpfen, um Nealy klar zu machen, dass er sie liebte, wollte er lieber den Rest seines Lebens allein verbringen, als den Mädchen wehzutun.

»Ich habe der Direktorin gesagt, wer ich bin. Sie hat mich ein paar Minuten lang mit Lucy reden lassen.«

»Aha!« Das klang, als hätte sie Eiswürfel geschluckt.

»Ich hab Geschenke für alle draußen im Wagen«, sagte er rasch, »aber der Sicherheitsdienst wollte sie sich zuerst einmal ansehen, bevor ich sie reinbringen darf.« Er blickte Nealy an. »Ich wusste nicht, welche Rosen du am liebsten magst, also hab ich von jeder Farbe ein paar mitgebracht.« Sechs Dutzend, um genau zu sein, in Schattierungen von tiefstem Rot bis Weiß mit pfirsichfarbenen Rändern. Er hatte gehofft, sie als Ablenkung benutzen zu können, wenn er zur Tür reinkam – aber das hatte ihm der Secret Service verpatzt.

Ihre Lippen bewegten sich kaum. »Wie umsichtig!«

Eine rotblonde Person Mitte vierzig streckte den Kopf in die Diele. »Essen ist fertig.« Sie blickte Mat neugierig an.

»Das ist der Freund, den ich für heute Abend zum Essen eingeladen hab, du weißt schon«, erklärte Lucy.

Die Frau lächelte. »Ihr Highschool-Kids werdet auch immer größer!«

Er erwiderte ihr Lächeln. »Ich hoffe, ich mache keine Umstände.«

Sie errötete. »Nein … nein, natürlich nicht. Nun kommt schon, bevor das Hühnchen kalt wird.«

Lucy packte seinen Arm und steuerte ihn an Nealy vorbei in die Küche. »Warte nur, bis du Tinas Hühnchen probiert hast. Sie macht es mit richtig viel Knofel.«

»Ich liebe Knoblauch.«

»Ich auch.«

»Hast du schon mal Jalapeños gegessen?«

»Pur?«

»Na klar, pur. Wofür hältst du mich, für einen Schwächling?«

Nealy hörte ihr Geplauder und sah zu, wie Mat, in jedem Arm eine ihrer Töchter, durchs Wohnzimmer kurvte. Beide schauten ihn an, als hätte er den Mond und die Sterne bloß für sie an den Himmel gehängt. Sie merkte, dass sie am ganzen Körper zitterte, und holte tief Luft, bevor sie sich ebenfalls auf den Weg in die Küche machte.

Als sie eintrat, setzte er Button gerade in ihr Hochstühlchen. Er wirkte wie zu Hause in der gemütlichen Küche mit ihren Kirschholzschränkchen, den blanken Kupferbeschlägen und der Sammlung leuchtend oranger Kürbisse auf der Anrichte. Der runde Esstisch stand in einem Erker an der Seite des Hauses, von wo aus man einen herrlichen Blick in den Garten hatte. Er war mit irdenen Tellern und dicken grünen Tassen gedeckt, und vor Button stand ihr Lieblingsgeschirr: Alice im Wunderland.

»Setz dich hierhin, Mat!« Lucy wies auf ihren eigenen Stuhl, gleich zur Rechten von Nealy. »Normalerweise essen Andre und Tamarah mit uns, aber Andre ist heute Nachmittag geimpft worden und deswegen ein bisschen quengelig; außerdem muss Tamarah sich auf eine Matheprüfung vorbereiten.«

»Ich hab einen Hockeyschläger für Andre draußen im Wagen«, sagte er. »Und 'n paar Schlittschuhe.«

Nealy starrte ihn an. Er hatte einem sechs Monate alten Baby eine Hockeyausrüstung gekauft?

»Cool.« Lucy setzte sich, in sicherer Entfernung von etwa herumfliegenden Essensresten, Buttons Hochstuhl gegenüber. »Weil Button immer so rumkleckert, mampfen wir nur im Esszimmer, wenn wir wichtigen Besuch haben.« Sie schnitt eine Grimasse. »Zum Beispiel Du-weißt-schon-wer.«

»Nö, weiß ich nicht.«

Lucy verdrehte die Augen. »Groooßvater Liiiiitchfield! Er nennt mich Lucille. Das ätzt doch, oder? Und er nennt Button Beatrice, obwohl sie das hasst. Sie hat mal auf ihn gekotzt. Das war lustig, stimmt's, Mom?«

Nealy sah, wie sich Mats Gesichtsausdruck änderte, als er hörte, wie Lucy sie *Mom* nannte – aber sie konnte nicht genau sagen, was in ihm vorging. »Ja, war auf jeden Fall einer von Buttons ganz besonderen Momenten«, brachte sie mühsam hervor.

Mat lehnte sich im Stuhl zurück und blickte sie an. War auch ihm aufgefallen, wie sehr sie wie eine Familie aussahen?

»Wie lief's bei den Meetings? Hast du den Anzügen ein paar Scheinchen aus dem Kreuz leiern können?«

»Ja, ein paar.« Sie brachte es nicht über sich, Smalltalk mit ihm zu machen, also wendete sie sich Button zu. »Schmecken dir die Kartoffeln?«

Das Baby zog eine kartoffelbreibeschmierte Faust aus dem Mund und deutete damit auf ihre Schwester. »Woos!«

Lucy kicherte. »So nennt sie mich. Woos. Sie hat erst vor ein paar Wochen damit angefangen.«

»Ma!«

Nealy lächelte. »Da hast du Recht, du kleiner Racker.«

»Da!«

Mat blickte Nealy an statt das Baby. »Damit hat sie auch Recht.«

Das konnte Nealy nicht zulassen. Es kam nicht in Frage, dass er sich wieder in ihr Leben drängte, bloß weil ihm auf einmal die Mädchen fehlten. Sie mochte sich ja vielleicht damit abfinden müssen, dass er sie besuchte; aber das hieß noch lange nicht, dass sie sich mit den lauwarmen Gefühlen begnügte, die er ihr hinwarf, und so tat, als wären sie mehr.

Nealy faltete ihre Serviette zusammen, legte sie neben ihren Teller und erhob sich. »Ich fühle mich nicht so gut. Wenn ihr mich entschuldigt ... Tina, würden Sie mir Button bitte raufbringen, wenn sie fertig sind?«

»Sicher.«

Er erhob sich. »Nealy ...«

»Auf Wiedersehen, Mat. Lucy leistet dir sicher noch gerne Gesellschaft.« Sie kehrte ihnen allen den Rücken zu und verließ den Raum.

24

Nealy zog sich mit ihrem Terminkalender sowie Laptop in ihr Zimmer zurück und unterbrach ihre Arbeit nur kurz, um Button eine Gute-Nacht-Geschichte vorzulesen, als Tina sie nach oben gebracht hatte. Auf dem Rückweg in ihr Zimmer hörte sie unten, wie Mat sich mit Lucy unterhielt. Beim leisen, drängenden Klang seiner Stimme hätte sie am liebsten gelauscht, ging jedoch stattdessen rasch weiter, legte Chopin auf und drehte den Lautstärkeregler hoch.

Eine Stunde später kam Lucy herein. Ihre Augen strahlten vor Aufregung; aber sie wusste wohl, dass Nealy nicht unbedingt hören wollte, wie froh sie war, Mat wiedergesehen zu haben. Also umarmte sie sie stürmisch mit einem Gute Nacht! und verschwand wieder.

Jetzt, wo Mat gegangen war, fühlte sich Nealy noch niedergeschlagener. Sie zog ihren Lieblingsschlafanzug an, einen himmelblauen Flanellpyjama mit weißen Wolken darauf, der herrlich nach Weichspüler roch. Sie wollte weiterarbeiten, aber bohrender Hunger ließ ihr keine Ruhe. Es war gleich elf Uhr, und sie hatte fast den ganzen Tag nichts gegessen. Sie stellte ihren Laptop beiseite und ging barfuß nach unten.

Tina hatte vor dem Gehen das Licht im Backrohr angeschaltet, und Tamarah und Andre hatten sich ebenfalls bereits zurückgezogen. Nealy ging in die Speisekammer und bückte sich, um eine Schachtel Frühstücksflocken aus dem Regal zu holen. Als sie sich wieder aufrichtete, legte sich eine Hand über ihren Mund.

Ihre Augen flogen entsetzt auf. Ihr Herz hämmerte wie eine Straßenbaumaschine.

Ein muskulöser Arm schlang sich um ihre Taille und zog sie an eine bretthart, aber sehr vertraute Brust. »Tu einfach, als wäre ich ein Staatsfeind«, wisperte er, »und fühle dich hiermit gekidnappt.«

Erst als sie merkte, dass er sie zur Hintertür zerrte, wurde ihr klar, dass Mat nicht bloß Witze machte.

Er grunzte nicht mal, als ihre nackte Ferse sein Schienbein traf. Wieso hatte sie bloß keine Schuhe angezogen, bevor sie nach unten ging?

Irgendwie gelang es ihm, die Hintertür aufzujonglieren. Sie fühlte seinen warmen Atem an ihrer Wange. »Die einzige Möglichkeit, mich in Ruhe mit dir unterhalten zu können, ist, dich aus diesem Haus wegzukriegen, also werden wir gehen! Du kannst ja versuchen zu schreien – aber falls es dir gelingen sollte, werden die Burschen vom Secret Service anrücken, und die fragen nicht lange, sondern ballern drauflos. Also, wie sehr wünschst du dir meinen Tod?«

Er hatte ja keine Ahnung!

Sie versuchte ihn in die Hand zu beißen, aber es gelang ihr nicht.

»So ist's richtig, Schatz. Wehr dich, so viel du willst, aber mach dabei bloß nicht zu viel Lärm – denn deine Kumpels meinen es ernst.«

Einer ihrer Füße hinterließ eine Furche in den Herbstblättern, als er sie, ohne je seine Hand auf ihrem Mund zu lockern, über die Terrasse und dann über den Rasen schleppte. Er war stark wie ein Ochse, und sie war außer sich vor Wut. Wahrscheinlich hätte sie den einen oder anderen Laut ausstoßen können, traute sich aber nicht. Sie wünschte ihm zwar einen besonders brutalen und grausamen Tod an den Hals, wollte den Job aber selbst erledigen. Ja, sie wagte nicht einmal, ihn noch einmal zu treten, weil sie fürchtete, ihn so zu treffen, dass er einen Schmerzenslaut von sich gab. Einfach unerträglich! Was für ein unmöglicher, abscheulicher, nervtötender Mann!

Sie wand sich wie ein Aal, wehrte sich aus Leibeskräften, jedoch ohne einen Mucks. Dann sah sie die vertrauten gelben Umrisse vor sich. Mabel. Er schleppte sie zu Mabel! Das war gut. O wie wundervoll! Er konnte nicht rein, weil sie das Wohnmobil selbst abgeschlossen und den Schlüssel …

Er schloss die Tür auf.

Lucy! Dieses abscheuliche, kupplerische kleine Ungeheuer! Das genau wusste, wo Nealy den Schlüssel aufbewahrte, und sie hatte ihn ihm gegeben.

Mat hievte sie ins muffige Innere, zerrte sie nach hinten, öffnete die Badezimmertür und stieß sie hinein.

Sie riss den Mund auf, um ihn anzuschreien. »*Ich werde dir gleich …*«

»Später.« Er drückte ihr die Tür ins Gesicht.

Sie stürzte sich auf den Knauf, aber er stemmte etwas von außen dagegen, sodass sie ihn nicht aufbekam. Kurz darauf hörte sie, wie der Motor ansprang.

Beinahe hätte sie gelacht. Er war lang nicht so clever, wie er dachte. Glaubte er etwa, er könnte einfach so durch das elektronisch gesicherte Tor fahren? Offensichtlich wusste er nicht, dass nur einer der Wachtposten es ohne eine dieser kleinen Fernbedienungen …

Sie sank gegen die Kabinentür. Natürlich hatte er eine dieser Fernbedienungen. Der verräterische junge Teenager war auf seiner Seite, und Lucy wünschte sich eine Familie mehr als alles auf der Welt. Ein Kinderspiel für sie, die Fernbedienung aus dem Town Car zu stibitzen und ihm zuzustecken.

Er kam damit durch. Mat kam damit durch! Der Kerl entführte die ehemalige First Lady der Vereinigten Staaten, und es gab nichts, was sie dagegen tun konnte.

Pflichtschuldigst hämmerte sie an die Seitenwand, obwohl sie wusste, dass es hoffnungslos war. Es gab zwar neben den Videokameras auch ein Mikrofon am Tor, aber Mabels Motor übertönte ihr Hämmern komplett. Dennoch hämmerte sie munter drauflos, damit Mat zumindest nicht glaubte, sie gäbe sich kampflos geschlagen.

Das Wohnmobil hielt kurz an, und sie konnte sich gut vorstellen, wie Mat einen unschuldigen Blick in die Kamera warf und was Lucy den Wachen am Tor erzählt hatte. *Mom leiht Mat das Wohnmobil für ein paar Tage.*

Sie hämmerte lauter und gab dann auf, als sie sich vom Tor entfernten. Erschöpft sank sie auf den Toilettendeckel. Ihre Füße waren eiskalt, der Saum ihrer Pyjamahose ganz feucht. Warum hatte sie sich nicht in einen ganz normalen Mann verlieben können? In einen netten Harvard-Typen, der Frauen mit Mondschein-Dinners umwarb anstatt mit einem Mondscheinkidnapping. Ein Harvard-Typ, der sie um ihrer selbst willen liebte und nicht wegen ihres Anhangs. Sie versuchte sich auf ihren Zorn zu konzentrieren, damit sie bereit war, wenn er die Tür aufmachte.

Middleburg lag in einer ländlichen Gegend. Viele reiche Politiker oder Geschäftsleute unterhielten hier Pferdegestüte oder prächtige Anwesen. Mat hätte keine Schwierigkeiten, ein einsames Plätzchen zu finden, und sie war daher nicht überrascht, als er von der Teerstraße auf einen Kiesweg abbog. Die Straße wurde zunehmend holpriger. Sie musste sich am Waschbecken festhalten, während Mabel über Wurzeln und Schlaglöcher rumpelte und schließlich ächzend anhielt.

Nealy presste die Lippen zusammen, straffte die Schultern und wartete auf ihre Befreiung. Was gar nicht lange dauerte.

Sie sprang auf die Füße. »Wenn du glaubst...«

Er packte sie bei den Schultern, gab ihr einen harten Kuss und zog sie dann aus dem Bad. »Bevor du noch mehr sagst ... ich bereue vieles, aber nicht das hier. Wie soll ich auch mit dir reden, wenn du bloß mit den Fingern schnippen musst, und deine Palastwache schmeißt mich raus?«

»Du hättest ...«

Energisch drückte er sie auf die Couch und kniete dann vor ihr nieder. »Ich hätte mir ja selbst eine etwas romantischere Umgebung gewünscht, aber in Mabel hat's angefangen, also kann's wohl auch in Mabel gipfeln.« Er nahm ihre kalten Füße hoch und wärmte sie mit seinen großen Pranken. »Es gibt ein paar Dinge zu sagen, und ich möchte, dass du mir zuhörst, in Ordnung?«

Sie fand, dass er eher verstört als triumphierend aussah. Die Wärme seiner Hände begann langsam in ihre Füße zu sickern. »Ich hab ja wohl keine andere Wahl, oder?«

»Nein, hast du nicht.« Seine Daumen massierten ihren Rist. »Ich liebe dich, Nealy Case. Ich liebe dich aus tiefster Seele.« Er holte tief Luft. »Nicht bloß mit dem Herzen, verstehst du. Ich liebe dich mit meiner Seele!«

Ihre Zehen krümmten sich in seinen Pranken.

»Allmählich hab ich das grausame Gefühl, dass du mich nicht liebst – aber das ändert nichts an meiner Liebe für dich oder bringt sie gar ins Wanken. Selbst wenn du mich für immer aus deinem Leben verbannst, sollst du wissen, dass du auf ewig der beste Teil von mir bleibst.«

Seine Stimme wurde zu einem Wispern so voller Gefühl, dass sie glaubte, es greifen zu können. »Du bist die Luft, die ich atme, die Nahrung, die ich zu mir nehme, das Wasser, das ich trinke. Du bist mein Schutz, meine Zuflucht; du bist meine Energie und meine Inspiration; mein Ehrgeiz, meine Lebensfreude. Du bist mein Hafen!«

Ihre Glieder wurden zu Wachs unter der Poesie seiner Worte. Er lächelte. »Dich nur anzusehen bringt Sonne in jeden

Moment meines Lebens. Bevor ich dich kannte, lebte ich nicht einmal. Ich dachte, ich wüsste, was ich wollte – aber ich hatte keine Ahnung. Du bist in mein Leben geplatzt und hast es für immer verändert. Ich liebe dich, ich bewundere dich, ich begehre dich, ich bete dich an …«

Seine Worte umfingen sie – Sonette der Liebe, eine Rhapsodie der Hingabe. Dieser brüske Mann, der so hart darum gekämpft hatte, sich von allem Femininen in seinem Leben zu befreien, war der Traum jeder Frau.

»Durch dich sehe ich die Welt mit neuen Augen. Du bist das Erste, was mein Herz beim Aufwachen begrüßt, und mein letzter Gedanke vor dem Einschlafen gilt dir.«

Er gab ihre Füße frei und nahm ihre Rechte in seine beiden großen, zärtlichen Fäuste. »Manchmal träume ich davon, nur deine Hand zu halten. Das ist alles. Bloß deine Hand zu halten. Und ich stelle mir vor, wie wir so durchs Leben gehen, Hand in Hand. Manchmal stelle ich mir sogar vor, wie wir uns heftig streiten – ebenfalls Hand in Hand. Oder einfach so zusammen auf dem Sofa sitzen. Oder …« Jetzt glitt ein Anflug von aggressivem Trotz über seine Züge, während er sich wieder zu sammeln suchte.

»Ich weiß, das klingt kitschig, aber es ist mir egal – diese Schaukelstühle, von denen die Leute immer reden …« Er zog die Augen zu Schlitzen zusammen, nur damit sie ihn nicht für einen kompletten Weichling hielt. »Ich seh das vor mir … sehe diese große Veranda und diese zwei Schaukelstühle, dicht nebeneinander, und du und ich, alt und runzlig.« Seine Stimme wurde wieder weich. »Die Kinder sind aus dem Haus, sind erwachsen, und es gibt nur noch uns beide, und ich möchte jede einzelne Falte auf deinem Gesicht küssen und einfach nur mit dir dort sitzen und schaukeln …«

Ihr Kopf schwirrte. Ihr Herz sang. Er beschrieb mit dem Daumen kleine Kreise in ihrer Handfläche.

»Ich kann gar nicht sagen, wie sehr ich es liebe, neben dir

einzuschlafen. Weißt du, dass du die erstaunlichsten Laute von dir gibst? Und du hältst mich fest, als wäre ich alles, was du hast, so komme ich mir vor wie dein großer Beschützer!«

Er streichelte ihre Wange und blicke ihr tief in die Augen. »Ich liebe es, in dir zu sein, dein Gesicht zu berühren und meine Augen offen zu halten, damit ich genau weiß, dass du es bist.«

Ein Schauder überlief sie.

»Und danach gerate ich immer in ein Fieber beim Gedanken an einen Tag, an dem ich für immer in dir bleiben kann. An dem ich die Seife wegwerfe, das Wasser abdrehe und einfach so bleibe ... in dir ... ein Teil von dir.«

Ihre Haut brannte. Er rieb mit dem Daumen über ihre Unterlippe, und seine Stimme war eine heisere Verführung. »Ich stelle mir vor, dass du so herumgehst, so mit den Leuten redest, deine Geschäfte erledigst, und du und ich, wir sind die Einzigen, die wissen, dass ich noch dort, immer noch in dir bin.«

Sie ging in Flammen auf.

»Und jetzt verstehe ich endlich diese unglaubliche Vorstellung von zwei Menschen, die eins sind, denn genau das wünsche ich mir: eins zu sein mit dir.«

In seinen Augen begann es zu glitzern, und ihr selbst kullerten bereits die Tränen aus den Augen über die Wangen.

Seine Stimme wurde rau und wild. »Niemals wirst du einen Mann finden, der dich so liebt wie ich, der dich besser beschützt, als du je beschützt worden bist – sogar vor dir selbst –, und der an deiner Seite steht, während du der beste Mensch wirst, der du sein kannst. Denn ich weiß, dass du das aus mir rausholst: den besten Teil von mir.«

Ein Schluchzen erschütterte ihre Brust.

»Und das ganze patriotisch-politische Gepäck, das du mit dir herumschleppst, ist mir egal; ja, ich liebe es sogar, denn es hat dich zu dem gemacht, was du bist – die beste Frau, die ich je kennen gelernt habe, und die einzige, die ich je lieben werde!«

Schließlich hörte er auf zu sprechen und blickte sie nur noch an. Es war, als wären alle Worte aus ihm herausgeflossen und hätten nur blanke Emotionen zurückgelassen.

Sie berührte sein Gesicht mit den Fingerspitzen, zeichnete die nassen Spuren auf den kantigen, attraktiven Flächen seiner Wangenknochen nach und nahm die absolute Wahrheit seiner Worte in sich auf. Ja. Das war es, wovon sie immer geträumt, das zu bekommen sie jedoch nie geglaubt hatte.

Als sie schließlich wieder sprechen konnte, fiel ihr nur eins ein. »Würdest du das bitte noch mal wiederholen?«

Er stieß ein bellendes Lachen aus und riss sie in seine Arme. Und dann liebte er sie so wie in seinen Träumen!

Epilog

Nealy hatte in Mats Augen nie schöner ausgesehen als an diesem Januartag, an dem sie vor dem Capitol stand und die Sonne auf ihr Haar schien. Ein Zipfel ihres rot-weiß-blauen Wollschals wurde vom Wind erfasst und flatterte in ihrem Rücken, was den Fotografen eine weitere herrliche Aufnahme bescherte.

Die ganze Familie war um sie versammelt. Button hatte auf jeder Seite eine kleine Schwester. Mit neun war sie ebenso willensstark wie als Baby und erlaubte der Familie nur hinter geschlossenen Türen, sie Button zu nennen. Für den Rest der Welt hieß sie Tracy – ihre Art, mit einem Namen wie Beatrice umzugehen. Ihre langen blonden Haare flatterten im Wind, während sie ein sorgfältiges Auge auf Holly, ihre vierjährige Schwester, hatte, die bei öffentlichen Anlässen ein wenig unberechenbar sein konnte. Die sechsjährige Charlotte stand auf ihrer anderen Seite. Obwohl sie sich im Moment tadellos benahm, wusste Mat, dass das nicht lange anhalten würde. Beide Mädchen hatten sein dunkles Haar und die blauen Augen ihrer Mutter geerbt.

Lucy, die große Schwester, die alle drei Mädchen anbeteten, stand dicht hinter ihm mit Bertis und Charlie und den meisten von seinen eigenen Schwestern – sowie mit ihrem pompösen alten Ziegenbock von Großvater, der verstohlen ihre Hand hielt. Mit ihren zweiundzwanzig hatte die Älteste ihrer Nachwuchsriege gerade das College absolviert und brannte darauf, die Welt zu verbessern. Sie schnaubte zwar verächtlich, wenn er es zur Sprache brachte – aber er vermutete, dass sie ihrer Mutter über kurz oder lang in die Arena der Politik folgen würde. Er war entsetzlich stolz auf sie alle.

Nealys Augen blickten in die seinen, und er konnte ihre Gedanken fast hören. *Noch ein neues Abenteuer, mein Schatz. Bist du bereit?*

Und konnte es kaum erwarten. Sie hatten schon so viele Abenteuer miteinander erlebt. Er dachte an die vergangenen acht Jahre – an den Spaß und das Lachen, an die harte Arbeit, die langen stressigen Tage, die hitzigen Diskussionen und noch hitzigeren Nächte. So viel Glück!

Nicht, dass es nicht auch schwere Zeiten gegeben hatte. Am schlimmsten war es, als sie ihre geliebte Nanny Tamarah durch eine schwere Lungenentzündung verloren, doch selbst das führte schließlich zu einer Freude. Mit geschwellter Brust blickte er auf seinen einzigen Sohn, den achtjährigen Andre.

Die meisten Familien entstanden, wenn Sperma auf Ei traf – aber seine war weniger konventionell zusammengewürfelt worden, mit ein wenig rotem, blauem und schwarzem Blut. Hinsichtlich eines Familienstammbaums könnte man die seine nur als typisch amerikanische Mischung bezeichnen.

Er merkte, dass es Zeit war, seinen Part zu spielen, und hob andächtig die alte, abgegriffene Familienbibel der Joriks. Nealys Hand zitterte nicht, als sie sie darauf legte. Ruhig übernahm sie das Staatsruder.

Der Anlass war ein bewegender – aber er konnte sich das Grinsen dennoch nicht verkneifen, als sie nun sprach.

»*Ich, Cornelia Litchfield Case Jorik ...*«

Nach all den Jahren schien es ihm immer noch unfassbar, dass sie seinen Namen angenommen hatte.

»*... schwöre hiermit feierlich ...*«

Er hielt den Atem an.

»*... dass ich das Amt der Präsidentin der Vereinigten Staaten ...*«

»*... gewissenhaft ausführen werde.*«

Da hatte sie verdammt Recht!

Präsidentin der Vereinigten Staaten! Seine Frau trat endlich das Amt an, zu dem sie geboren war.

Das Land hatte Glück, sie zu bekommen. Sie war nicht nur intelligent, sondern besaß darüber hinaus Weitblick, Erfahrung, Integrität und einen verblüffenden Mangel an Egoismus. Und was fast ebenso wichtig war, in ihrer Zeit im Senat hatte sie bewiesen, dass sie das rare Talent besaß, Leute zusammenzuführen, selbst langjährige politische Feinde. Irgendwie schaffte sie es, das Beste aus allen herauszuholen, was vielleicht daran lag, dass es niemand übers Herz brachte, sie zu enttäuschen. Obendrein hatte sie sich eine tiefe Gelassenheit angeeignet, die daher kam, dass sie gelernt hatte, ein Leben im Auge der Öffentlichkeit zu führen, ohne sich dabei selbst untreu zu werden.

»... und ich schwöre, die Verfassung der Vereinigten Staaten ...«

Mat hatte viel über seine künftige Rolle als erster First Husband der Republik nachgedacht und beabsichtigte, einen Job hinzulegen, der sich gewaschen hatte. Er setzte Maßstäbe für all die anderen, die noch folgen würden, und war sich seiner Prioritäten wohl bewusst.

Neben Nealys Wohlergehen lag ihm vor allem das Wohlergehen seiner fünf Kinder am Herzen. In einer Artikelserie, die er nach der Wahl geschrieben hatte, machte er der amerikanischen Öffentlichkeit klar, dass er und die neue Präsidentin Eltern von Kindern waren, die sich manchmal wie Engel, manchmal wie Teufel und oft weder wie das eine noch das andere aufführten. Die Präsidentin schuldete dem amerikanischen Volk zwar Rechenschaft – aber ihre Kinder nicht, und wem das nicht passte, der konnte ja bei der nächsten Wahl für jemand anders stimmen und sehen, was daraus wurde.

»... nach bestem Wissen und Gewissen zu bewahren, zu schützen und zu verteidigen.«

Es flößte ihm wahrhaft Ehrfurcht ein, seine Frau als Bewahrerin dieses kostbarsten aller Dokumente zu wissen. Und falls sie je auch nur für einen Moment vergaß, was für eine Verantwortung auf ihren Schultern ruhte, dann war er sogleich zur Stelle, um sie daran zu erinnern. Es wurde auch Zeit, dass ein Top-Journalist einmal direkten Zugang zu den Korridoren der Macht bekam – Bürger Mathias Jorik hegte die Überzeugung, dass es keine noblere Aufgabe für den First Husband gab, als den Wachhund der Nation zu spielen.

Die folgenden Stunden gingen wie im Flug vorüber, bis es schließlich Zeit für die Amtsantrittsparade war. Er und Nealy hatten beschlossen, die Strecke zu Fuß zurückzulegen, und sie machten sich Hand in Hand auf den Weg, die Kinder hinter ihnen. Es dauerte jedoch nicht lange, bis sich Andre und Charlotte in die Haare gerieten und getrennt werden mussten. Holly war zu klein, um schon so lange Strecken zu Fuß zurückzulegen, und wollte getragen werden. Das wollte Charlotte natürlich dann auch, also übergab er Holly an Lucy.

Andre war definitiv die Attraktion der Familie; aber Mat fragte sich, ob er und Nealy ihm seinen Platz in der Geschichte als erstes afrikanisch-amerikanisches Kind eines US-Präsidenten vielleicht zu deutlich gemacht hatten. Sie tauschten amüsierte Blicke, als ihr achtjähriger Prinz einmal mehr die kleine braune Faust hob und die Menge damit grüßte.

Lucys Arme wurden allmählich müde, sodass Mat Holly in die Karosse setzte, die ihnen mit Jason Williams und Toni DeLucca als Ehrengarden folgte. Dann wollte Charlotte auch in den Wagen. Andre hielt fast bis zum Ende durch, bevor ihm der Gedanke kam, dass seine erhobene Faust aus dem offenen Fenster der Präsidentenlimousine noch eindrucksvoller wirken würde. Es dauerte nur wenige Minuten, dann okkupierten seine Schwestern das gegenüberliegende Fenster und demonstrierten ihrerseits ihre Solidarität mit der afrikanisch-amerikanischen Bevölkerung.

Am Ende waren sie nur mehr zu viert, so wie damals vor acht Jahren. Nealy ging voraus und winkte der Menge überglücklich zu. Lucy schritt neben Mat, Button auf seiner anderen Seite. Er schlang einen Arm um jedes Mädchen und musste lächeln, als er daran dachte, wie verzweifelt er sich einst gegen eine eigene Schar gewehrt hatte. Jetzt war er der bekannteste Familienvater der freien Welt.

Seine wunderschöne älteste Tochter schlang ebenfalls den Arm um ihn. »War eine ziemlich lange und seltsame Reise, nicht wahr, Dad?«

»Ich würd sie um keinen Preis der Welt eintauschen wollen.«

»Ich auch nicht.« Button legte kurz den Kopf an seine Brust, und er dankte Gott im Stillen, dass sein schlimmster Albtraum, eine eigene Familie zu besitzen, schließlich wahr geworden war. Dann ließ er seine Töchter los, um seinen Platz an der Seite seiner Frau einzunehmen.

Die Augen des neuen *Commander in Chief* funkelten, als sie zu ihm aufblickten. »Man stelle sich vor, dass ich einmal alles riskiert habe, nur um aus dem Weißen Haus fortzukommen.«

»Das war der zweitbeste Entschluss deines Lebens, nach dem, mich zu heiraten, natürlich.«

Sie lächelte. »Habe ich dir schon gesagt, dass ich dich liebe?«

»O ja, das hast du!« Und dann, mitten auf der Pennsylvania Avenue und vor den Augen der ganzen Welt, nahm er seine Frau, die neue Präsidentin der Vereinigten Staaten, in die Arme und gab ihr einen langen, innigen Kuss.

BLANVALET

JUNGE AUTORINNEN BEI BLANVALET

Charmant, selbstbewußt und witzig!

C. Kelly. Wär ich doch im Bett geblieben
35132

S. E. Phillips. Träum weiter, Liebling
35105

V. Routledge. Sekt oder Selters
35099

C. Alliot. Und tschüß, Liebling
35196